PAUL E. HORSMAN

DE SHARDHELD SAGE

Complete Trilogie

I0641487

Vertaald door de auteur
Woordredactie Nederlandse Editie: Tekstbureau Charizma
Omslag illustratie: Ravven

Voor meer info: paulhorsman-auteur.nl

Paul E. Horsman's books:

Zilverspoor Uitgeverij (Nederlandse Uitgaven):
Rhidauna – Schaduw van de Revenaunt #1
Zihaen – Schaduw van de Revenaunt #2
Ordelanden – Schaduw van de Revenaunt #3

Red Rune Books (Nederlandse Uitgaven):
De Shardheld Sage, complete trilogie

Red Rune Books (Engelse Uitgaven):
Lioness of Kell
The Road to Kalbakar – Wyrms of Pasandir #1 (Fall 2016)

Shardfall – The Shardheld Saga #1
Runemaster – The Shardheld Saga #2
Shardheld – The Shardheld Saga #3
The Shardheld Sage, the complete trilogy

Rhidauna –The Shadow of the Revenaunt #1
Zihaen – The Shadow of the Revenaunt #2
Ordelanden – The Shadow of the Revenaunt #3
Vavaun – The Shadow of the Revenaunt

INHOUD

KAART

SKETCHED MAP OF THE SHARDHELD'S WORLD
All locations are indicative only.

DEEL 1: SHARDVAL

HOOFDSTUK 1 – VOORTEKEN

Het sneeuwde niet meer. Aan de voet van de Silfjallberg was het landgoed Eidungruve voor het eerst sinds dagen weer zichtbaar in het vrieskoude blauw van de poolnacht. Elward, de jonge wachter op de poorttoren, leunde op zijn speer. Hij staarde naar de kraaien die rondjes draaiden boven de daken van de huizen, terwijl hij wachtte op het einde van zijn dienst. Na vier uur op de toren begon de kou hem parten te spelen. Iedere ademhaling bevroor in zijn harige gezicht en er zaten ijspegels in zijn snor. Even dacht hij aan zijn vrouw, beneden in de warmte van het langhuis. Ze was zwanger. Hij wist dat alles goed verliep, maar het was hun eerste en dat maakte hem nerveus.

Hij huiverde en begon weer op en neer te lopen, terwijl de sneeuw kraakte onder zijn zware laarzen. Zes passen voorwaarts, zes passen terug; de lengte van zijn kleine koninkrijk.

Er flitste iets in zijn ooghoek. Elward keek op en bevroor. Een kleine lichtbol schoot vanuit de nachtblauwe hemelkom omlaag. Het raakte de top van de Silfjall en een geluidloze explosie zette de hele omgeving in een huiveringwekkend fel licht. Elward schreeuwde en klauwde aan zijn ogen, doodsbang door zijn plotselinge blindheid. Zijn speer viel met een bonk op de grond. Hij kreunde, half voorovergebogen en wachtte verstijfd van angst op het einde. Maar de sterretjes voor zijn ogen losten op en tussen zijn vingers door keerde de vertrouwde schemer van de poolnacht terug.

Bij Thor, ik dacht dat 'ie voor mij kwam. Elward omklemde de reling terwijl hij omlaag keek naar het landgoed. Hij zuchtte; het langhuis, de schuren en de mijngebouwen beneden hem stonden er nog zoals voorheen. Hij draaide zich om en zijn hart sloeg over. Hoog op de helling van de Silfjall brandde een blauw vuur.

Oh goden, wat is dat? Met trillende handen zocht hij de signaalhoorn en blies een enkele, lang aangehouden toon de stilte in. De kraaien vluchtten en zochten krassend in protest een schuilplaats in het woud.

Er verscheen een man tussen de gebouwen beneden en Elward herkende Oskar, de wapenmeester van Eidungruves troepen. De krijgsman stopte en staarde naar de gloed op de berghelling. Abrupt draaide hij zich om en rende het huis binnen.

Elward zwaaide woedend met zijn speer. 'Verdomme, ik ben hier, dronken zot! Ik heb wat te melden.' Hij sloeg met zijn speer tegen de reling, maar niemand hoorde hem. Onwillekeurig ging zijn blik naar het kwaadaardige licht op de berg en hij rilde.

Even later keerde de wapenmeester terug met iemand anders en Elward verstarde. Theyn Almans wijdbeense gang was onmiskenbaar. Een moment lang staarden de mannen op de grond naar het licht en toen beklommen ze de ladder naar zijn hoge post. De theyn bewoog langzaam, alsof zijn oude wond hem pijn deed.

Elward sloeg met zijn vuist tegen zijn schouder in saluut toen zijn landheer op het platform stapte en zijn hart begon sneller te slaan. Theyn Alman was een strenge man. Heer van een rijke zilvermijn en een theyn, een naaste volgeling van de koning. Zijn mensen vreesden en respecteerden hem als een harde maar eerlijke leider.

Alman knikte naar de blauwe gloed. 'Waar komt dat vandaan? Wanneer is het begonnen?'

'Nog maar net, heer,' zei Elward.

De theyns ogen vernauwden zich in hun holle kassen. 'Wees nauwkeurig, kerel. Hoelang is maar net?'

'Een halve rondgang van de palissade,' zei Elward, terwijl hij zweeg over zijn moment van blindheid. Stijf in de houding bracht hij rapport uit, zich bewust van zijn meesters onderzoekende blik. Hij slaakte een onhoorbare zucht van opluchting toen de theyn zich weer naar de gloed op de berg keerde.

'Het is op de hoogweide,' zei Alman. 'Is het een voorteken? Maar waarvan?'

Rampspoed, dacht de wachter. Hij zei het niet hardop; zijn heer zou het als een bewijs van zwakte opvatten en Alman haatte zwakkelingen.

De theyn keek naar zijn wapenmeester. 'Laat mijn zoon roepen.' Zonder nog een blik op het blauwe licht te werpen, daalde hij behoedzaam de ladder af.

Kjelle aaide Ema's wang en blies een streng blonde haren van haar oor. Ze giechelde toen hij zijn hand op haar linkerborst legde en bewoog alsof ze hem uitnodigde. Kjelles duim streelde haar tepel en ze kreunde. 'Ja, oh ja.'

Zijn andere hand trok de bronzen speld los van haar laatste schouderband. Snel deed hij het lijfje van haar jurk en de onderjurk omlaag. Ema slaakte een kreetje. 'Haast je.'

Kjelle gromde.

Met een klap vloog de deur open. 'Theynling, je vader laat je roepen.'

Kjelles gezicht ging van hete woede naar schuldbewuste schrik. 'Mijn vader?'

De oude vrijgemaakte op de drempel knikte. 'Ja, het is dringend.' Zijn waterige ogen bekeken het meisje en hij grinnikte. 'Heel dringend.'

Haastig sprong Kjelle van het bed en trok Ema met zich mee. 'Ik moet weg. Naar buiten met jou.'

Het meisje pruilde terwijl ze trachtte haar jurk te fatsoeneren.

Kjelle sloeg een arm om haar heen en sleepte haar zowat zijn kamer uit. Chagrijn kleurde zijn gedachten. *Verdomme, ik had haar bijna.* Zijn mannelijkheid bewoog bij de gedachte aan het mollige meisjeslichaam en hij zuchtte. *Later.*

Zijn vader zat grimmig rechtop in de kiststoel die zijn schatten verborg. Hij was ooit een gevreesd krijger geweest, tot hij tijdens een gevecht een speer in zijn kruis kreeg. Dat was nu veertien jaar geleden, maar zijn wond kwelde hem voortdurend en hij was niet meer dan een schaduw van zijn vroegere zelf. Alleen zijn brein was nog even scherp als de dolk aan zijn riem, en bijna even dodelijk.

Kjelle boog zijn hoofd, zich bewust van het zweet op zijn gezicht. Zo groot als hij was, voelde hij zich bij zijn vader nog altijd een onhandig kind.

'Je hebt het licht gezien?' vroeg de theyn.

Kjelle had alleen oog gehad voor het meisje op zijn bed, maar hij knikte. 'Ja, heer.'

Alman gromde. 'Kon je je lang genoeg wegrukken?'

Kjelle klemde zijn kaken op elkaar; natuurlijk wist zijn vader van het meisje. Hij wist altijd alles.

Theyn Alman wachtte niet op een antwoord. 'Er viel een stukje van de hemel op onze berg.' De theyn keek zijn zoon nadenkend aan. 'Je bent meerderjarig; tijd om te bewijzen dat je buiten je bed ook een man bent. Neem drie krijgers mee en ga naar de hoogweide. Hagen zal een van de drie zijn. Benut zijn ervaring en luister naar zijn advies. Blijf op het pad, dan zal de sneeuw veilig genoeg zijn. Breng me zo snel mogelijk verslag uit.'

Kjelle voelde hoe koude doodsangst het bloed uit zijn gezicht dreef. *Moet ik naar de top van de Silfjall vanwege een... een licht?* Met moeite slaagde hij erin zijn paniek te verbergen. 'Onmiddellijk, heer.' Hij salueerde als de soldaten, vuist aan de schouder. Ziek van angst rende hij zijn vaders kamer uit naar de grote hal. 'Muus! Waar zit je, onzalig zwijnskind?'

Krakend kwam de oude beuk los van zijn wortels. De aarde trilde toen de reusachtige boom onder een waaier van sneeuw en gebroken takken neerkwam.

'Dat is vijf.' Harald Enske plaatste zijn bijl in de stronk en veegde het zweet van zijn gezicht. 'Genoeg voor vandaag; goed gedaan.' De oude voorman keek de groep rond. Zijn ogen bleven rusten op een van de vermoeide gezichten. 'Jij ook, Muus. We maken nog wel eens een echte Nord van je.' De vrijgemaakten grinnikten om de grap. Muus forceerde een glimlach, maar hij zei niets. Als kindslaaf was hij regelmatig het mikpunt van ruwe humor geweest en harde handen hadden hem geleerd er geen aanstoot aan te nemen. Maar hij was nu zestien, een man, en elke lompe grap voedde zijn zwijgende opstandigheid. Hij dacht aan de vele plannen die hij had gemaakt en verworpen. Weglopen was één ding; weglopen en in leven blijven was iets heel anders. Theyn Alman zou kosten noch moeite sparen om een ontsnapte slaaf terug te krijgen en Muus wist dat hij in niets leek op een Nord. De mannen van de Norden waren groot, gespierd en uitbundig; Muus niet. Hij had zichzelf een keer gezien, weerspiegeld in een waterplas. Zijn magere, bleke gezicht, half verborgen achter warrig zwart haar. Het was totaal geen Nords gezicht, dus hij zou overal opvallen. Daarbij was hij te klein. Nords waren de helft groter dan hij. Hij gromde onhoorbaar; zelfs veel van hun kinderen staken een stuk boven hem uit. Weglopen was geen optie. Maar zijn verlangen bleef en hij wachtte op een gelegenheid. Met zijn hoofd bij de vrijheid liep hij tegen een boom aan en slaakte een kreet.

'Looppie te dromen, slaaf?' Rode Orn, een krijger met een lange rossige baard, grijnsde zijn rottende tanden bloot. 'Bende een wijf dan?' Hij likte zijn lippen.

Muus' gezicht werd rood en hij zegende de poolnacht die zijn schaamte verborg. Een wijf! Bij een andere Nord was dit een dodelijke belediging geweest. Maar hij was een gemakkelijk slachtoffer: een slaaf had geen eer en hij kon zich niet verweren.

Orn grinnikte en gaf hem een por met zijn elleboog, zodat hij bijna viel.

'Kijk uit waar je loopt,' zei Harald Enske zonder om te kijken.

Muus haastte zich naar voren. *Orn, die hersenloze worm.* Wat het nog erger maakte: de krijger was een van Kjelles hielenlikkers. Theynling Kjelle, zijn meester en eigenaar.

'Muus!' Kjelle stormde het huis uit, zijn hoofd rood van woede. 'Waarom kwam je niet toen ik je riep? Ik zal je leren luisteren.' Hij hief zijn hand op om te slaan toen Haralds kalme stem hem tegenhield.

'Uw slaaf was met de rooiploeg mee, theynling.'

Kjelle vloekte, maar hij kon niets zeggen zonder gezichtsverlies te leiden. In zijn opwinding was hij vergeten dat hij zelf zijn slaaf met de mannen mee het bos in gestuurd had, om hem uit de weg te hebben terwijl hij met het meisje in bed lag. Hij balde zijn vuisten in frustratie. 'Jullie zijn laat.'

'De bel voor het avondmaal is nog niet gegaan,' zei Harald. 'We hebben vijf bomen neergehaald; dat kost tijd.'

Kjelle haalde diep adem. Waarom spraken ze hem altijd tegen? Niemand nam hem serieus. En dat verraderlijke slavenjong met z'n achterbakse streken... Hij zou 'm leren. Hij schudde zijn vuist in Muus' gezicht. 'We gaan de berg op. Oude Siga heeft een rugzak met mijn spullen klaarstaan. Ga 'm halen en kom direct terug.'

'Het is bijna tijd voor het avondmaal,' zei Harald. 'Net als de anderen hier heeft Muus hard gewerkt vandaag.'

'Doe wat ik zeg!' schreeuwde Kjelle. 'Haal die spullen; we vertrekken nu.'

Terwijl Muus zich naar binnen haastte, keek de theynling de groep rond. 'Hagen gaat mee. Ik heb nog twee anderen nodig.' Hij wees naar Orn. 'Jij.' De rossige krijger grijnsde, alsof hij trots was uitgekozen te zijn. Orn zou zijn beslissingen steunen. Niet zoals Hagen, zijn vaders *ervaren* man.

Kjelles blik viel op Jal. Een schuchtere knul, maar een goed vechter. 'Jij ook. Maak je gereed.'

Hij keek op naar het blauwe licht op de berg. *Het zijn alven.* Hij dacht aan de kleine, valse wezentjes die in de bergen woonden en rilde. *Zwartalven.* 'Verdomme, waarom moet ik gaan? Ik ben de theynling.' Hij besefte te laat dat hij hardop gesproken had. Gelukkig was alleen Harald Enske nog bij hem.

'Jij bent de theynling,' zei de voorman zachtjes. 'Heer Almans erfgenaam. Dat brengt verantwoordelijkheden mee. De mannen verwachten een leider, Kjelle. Een onbevreesde aanvoerder.'

Kjelle beet op zijn lip. Harald was een man met gezag, niet iemand om tegen je te krijgen. 'Ik weet het.' Hij keek weer naar de berg. Het blauwe licht scheen vol onzichtbaar gevaar. Alven met scherpe bijlen, zoals in de oude verhalen. *Ik kan het niet. Wat moet ik doen?* Hij wilde zijn woede uitschreeuwen, maar drong het gevoel weg. Hij was de theynling.

'Sneeuwschoenen?' Siga staarde Muus aan. 'Ga je de berg op? Na een hele dag werken in het woud?' Ze schudde haar hoofd. 'Je hebt pech, jong; ik heb alleen nog dit paar over. Ze zijn een beetje klein, zelfs voor jou. Hier is de rugzak van de theynling. En verder…' Ze aarzelde. 'Er is iets met dat licht op de berg. Iets dat ik me zou moeten herinneren. Afgelopen nacht droomde ik van raven. Raven boven Eidungruve.' Haar gerimpelde gezicht keek Muus bezorgd aan. 'Toen zag ik jou en Kjelle in de sneeuw in een bos, alleen. Er kwam een man, een oude eenoog met een baard. Het was een benauwende droom, vol woede. Kjelle en jij… jullie zijn geen vrienden.'

De wijsvrouw was een van de weinigen die hem als een mens behandelde in plaats van een slaaf, dus was Muus niet bang om haar recht aan te kijken.

'Vrouwe, ik ben zijn slaaf, hij is de theynling van Eidungruve. Hoe kan ik zijn vriend zijn?'

'Vriendschap tussen een Nord en zijn slaaf is niet ongewoon.'

'Tussen mij en Kjelle Almansen wel, wijsvrouw. Ik heb zijn harde vuist te vaak gevoeld; zijn beledigingen te vaak geslikt.'

Siga zuchtte. 'Kjelle is niet zoals zijn vader. Iedereen volgt theyn Alman blindelings, maar zijn zoon moet zich nog bewijzen. Hij zou een goede leider kunnen zijn als hij meer zelfvertrouwen had.'

Opnieuw schudde ze haar hoofd en haar lange grijze vlechten dansten. 'Hij heeft je hulp nodig.'

Muus sloeg zijn ogen neer en zei niets.

Siga's aarzeling verdween. 'Wacht.' Ze boog zich over een kist tegen de muur. Muus keek toe hoe ze kruidenbuiltjes en kleine gevlochten doosjes verschoof. Hij zag snoeren veelkleurige kralen, lange veren van een vreemd dier en andere parafernalia van haar beroep. Mysterieuze dingen, die Muus' nieuwsgierigheid wekten. Siga was een wijsvrouw, volgelinge van Freya, en een spreukenweefster. *Seidr* magie was een kunst van vrouwen; mannen moesten niet te veel van zulke dingen af weten. Hij fronste; op de een of andere manier klonk die gedachte hem hol in de oren.

Siga kwam terug en strekte haar hand uit. Aan haar vingertoppen bungelde een klein botje aan een leren veter. 'Dit is van jou. Je droeg het toen ze je hier brachten. Het heeft kracht, maar niet het soort dat ik herken of kan gebruiken. Doe het om en vlug; Kjelle wacht. Onthoud wat ik je vertelde.'

Het kleine botje voelde droog en licht aan in Muus' hand. Er stond een runenwoord op geschreven, maar een die hij niet kon lezen. 'Wat is het? Een vingerkootje? Wat betekent het?'

'Ik weet het niet,' zei Siga. 'Het is een menselijk botje; het moet heel oud zijn. Ik ken de rune niet. Misschien is het een machtswoord, maar het is mannelijke magie; die kan ik niet lezen. Je zult er zelf achter moeten komen.'

Mannelijke magie? Bestond er zoiets? Gespannen hing Muus het vingerkootje om zijn hals. Er gebeurde niets. Hij haalde zijn schouders op. Natuurlijk werkte het niet; hij was geen wijsman. Met een onderdrukte vloek hing hij Kjelles zak op zijn rug en griste de sneeuwschoenen mee. De amulet zou moeten wachten, of Kjelle zou een hartverzakking krijgen. Als dat zou kunnen... Met een korte 'dank' voor Siga haastte hij zich naar buiten.

'Muus!' De arrogante stem van zijn meester doorsneed de stilte op de berg. 'Schiet 's op, lapzwans.'

'Ja, heer.' Muus bewoog zijn schouders. De banden van de zak sneden in zijn magere schouders en beten in zijn botten. De dikke laag sneeuw op het pad verdoofde zijn tenen en deed hem struikelen. Hij haastte zich om bij te blijven. Natuurlijk was hij langzaam. Hij had lompen als laarzen en de oudste, meest versleten sneeuwschoenen in heel Eidungruve. Een kinderpaar, zelfs voor zijn voeten te smal. *Laat ze naar Helheim lopen!* Hoe konden ze verwachten dat hij hierop vooruit kwam? Bitter staarde hij naar de mooie sneeuwschoenen en de stevige leren laarzen van Jal, die voor hem liep. Laarzen. Dat was een droom. Dure laarzen waren niet voor slaven. Theyn Alman was een harde meester. Hard voor iedereen; zichzelf, zijn soldaten, zijn vee, zijn slaven. Voor iedereen behalve zijn zoon. Kjelle was een verwende windbuil, bang voor zijn eigen schaduw.

Een van Muus' sneeuwschoenen raakte een rots en hij viel bijna. Rode Orn lachte om zijn wild zwaaiende armen.

'Het manneke wil vliegen,' zei hij met een valse grijns. 'Zal ik je helpen, kleintje?' Hij gaf Muus een schop, waardoor die languit in de sneeuw belandde.

Kjelle brieste van woede. 'Kijk toch uit je ogen, stommeling.' Hij sleurde Muus overeind en mepte hem met de rug van zijn hand vol in het gezicht. 'En nou doorlopen!'

Muus proefde het bloed dat langs zijn lippen naar zijn kin droop. Hij graaide een handvol verse sneeuw van de grond en drukte die tegen zijn neus, terwijl hij haastig achter de anderen aan ging.

Halverwege de berg hielden ze halt. In de vallei beneden zag Muus de langhuizen en de zilvermijn van Eidungruve donker afsteken tegen het blauw van de poolnacht. Een deur ging open en warm licht scheen naar buiten. Warmte, de gedachte bracht tranen in zijn ogen. Een traag kringelende rookpluim bracht beelden van Siga's verse brood en hete pap. Even dacht Muus dat hij de kookgeuren kon ruiken en zijn maag schreeuwde het uit. Die schurftige hond Kjelle was zo fanatiek om zichzelf aan zijn vader te bewijzen, dat zijn slaaf zijn maaltijd miste. En waarvoor? Om de geesten op de berg te storen? Onwijze dwaasheid. Koud, hongerig en haast briesend van woede keerde Muus zijn rug naar het uitzicht over de vallei.

'Muus,' beval Kjelle. 'Kom hier. Ik heb honger.'

De jonge slaaf haastte zich naar zijn meester, die zonder een woord in de rugzak graaide.

'Ah,' zei Kjelle tevreden, toen hij een rond brood en een stuk in linnen verpakte kaas tevoorschijn haalde. Gretig zette hij zijn tanden in de knapperige korst, terwijl Muus woedend zijn overhoop gehaalde zak weer inpakte.

Toen Kjelle genoeg gegeten had, wierp hij de laatste homp brood naar Muus. 'Hier, meer heeft dat magere lijfje van jou niet nodig.'

De jongste van de drie soldaten, Jal met de Mooie Laarzen, wachtte tot Kjelle zich had omgedraaid en duwde toen een brok harde kaas in Muus' handen. 'Pak aan,' zei hij. 'Ik heb genoeg gehad.'

Muus bracht zijn hand naar zijn hoofd in dank, maar zijn hart was vervuld van wrok. Jals goedbedoelde gift kwetste zijn trots even hard als Kjelles klappen. Net op tijd propte hij de brok in zijn mond, want Kjelle gebaarde alweer dat ze verdergingen. Muus zette zich in beweging, zijn verwensingen gesmoord door de kaas.

Na een bocht in het pad hield Hagen halt. Hij staarde naar de grond, onzeker als een jachthond die een vers berenspoor had ontdekt.

'Theynling, ik vertrouw de sneeuw hier niet.'

Kjelle wierp een achterdochtige blik op de grond. 'Wat is ermee?'

De soldaat aarzelde. 'Ik weet niet of het veilig is om verder te gaan. De sneeuw is niet solide. Een lawine...'

'Onzin,' zei Kjelle over zijn schouder. 'De helling ziet er goed uit. Doorlopen; we zijn bijna aan de hoogweide.'

Hoe dichter ze bij het plateau kwamen waar in de zomer de schapen graasden, des te helderder werd het blauwe schijnsel. Het laatste stuk was net alsof ze door de koude vuren van Helheim wandelden, langs rotsen en sneeuw bedekt met dansend licht.

Muus keek even naar Kjelles gezicht. Hij zag het glinsterende zweet op zijn meesters voorhoofd, de starende ogen en de haastige witte wolkjes van zijn ademhaling. Muus wist dat Kjelle bang was. Hij herinnerde zich alle trainingssessies met Oskar, de dronken, tierende wapenmeester. Muus paste dan op zijn meesters wapens en keek toe hoe Kjelle vocht, zwetend en trillend, terwijl Oskar brulde en hem opjoeg.

Kjelle was altijd boos na die sessies met Oskar. Boos op zijn slaaf, nooit op de wapenmeester.

Muus lachte geruisloos. Kjelle moest wel de enige Nord zijn die z'n mannelijkheidstest had volbracht door op een bijna dode beer te jagen. Muus was bij hem geweest, met zijn meesters speren, en hij wist dat iemand anders het echte werk al had gedaan. Het leven van de theynling was kostbaar en hij mocht niet in gevaar gebracht worden, zei men. Muus wist wel beter. De theynling met zijn snoevende mond en zijn harde handen was bang.

Na drie lange uren lopen bereikten ze de hoogweide.

'Goden,' fluisterde Kjelle. In het midden van het veld was een ronde plek, ongeveer een voet diep en rond als het schild van een reus. Het blauwe licht straalde vanuit het middelpunt.

De mannen mompelden ongerust.

'Alvenwerk!' riep Orn. 'We moeten hier wegwezen, voordat de zwartalven ons de berg in sleuren.'

Muus zag zijn hele gezicht vertrekken van angst.

'Zwartalven zijn verzinsels van de barden,' zei Hagen. 'Wees stil en wacht op bevelen.' Hij keek naar Kjelle.

De theynling wiste het zweet van zijn gezicht. 'Ga zien wat het is,' zei hij, terwijl hij zijn slaaf een duw gaf.

Muus haalde zijn schouders op; de blauwe gloed maakte hem niet bang. Hij stapte de cirkel in en het licht omgaf hem alsof het hem verwelkomde. In het midden lag een scherf in de kleur van een wolkeloze winterhemel, doorschijnend als een klomp ijs en zo groot als de palm van zijn hand. Dit was waar de gloed vandaan kwam. Zonder na te denken raapte Muus de scherf op. Een geluidloze flits verlichtte hem; een felle pijn joeg door zijn lijf en verdween. Terwijl hij versuft naar de glanzende steen staarde, kwam Kjelle op hem af.

'Wat heb je daar?' snauwde hij. 'Geef hier.' Hij stak een dwingende hand uit.

Muus wilde hem de steen geven, maar een stem in zijn hoofd zei: 'Nee.'

'Nee?' herhaalde Kjelle ongelovig.

Met een schok realiseerde Muus zich dat hij hardop gesproken had.

Zijn meester ontplofte van woede. 'Jij schurftige rat! Geef hier of ik zal je karkas voor de wolven laten.'

De scherf leek Muus' wil te versterken en hij schudde zijn hoofd. 'Het is van mij,' zei hij zacht. 'Ik heb het gevonden.'

'Je bent een slaaf,' schreeuwde Kjelle. 'Niets is van jou.' Hij greep Muus' hand en kneep.

Muus trachtte los te komen, maar de theynling was sterker. Toen Kjelle zijn middelvinger achterover boog, moest hij zich gewonnen geven. Hij opende zijn hand en begerig greep Kjelle naar de blauwe scherf.

Op het moment dat zijn vingers het glanzende oppervlak aanraakten, echode een donderklap tegen de wand van de Silfjall omhoog en het hele plateau schokte. Kjelle en Muus werden hard tegen de berghelling geworpen. Ergens klonk een kreet vol doodsangst, direct overstemd door een grommen als het ontwaken van een hongerige beer. Verdoofd zag Muus een immense sneeuwmassa op een armlengte afstand voorbij komen. Instinctief drukte hij zich tegen de berg aan, zijn oren vol van het wilde gebulder van de lawine. Het duurde drie of vier hartslagen tot het laatste rotsblok voorbij stuiterde en een kolkende wolk poedersneeuw boven de weide uitsteeg. Het gebulder stierf weg in diepe stilte.

Het duurde een tijd voor Muus de moed vond om onder de veilige overhang vandaan te kruipen.

Op zijn knieën staarde hij naar de kale rots die de lawine had achtergelaten. Geen sneeuw, geen gras, de zomerweide was verwoest.

Zijn hand deed pijn en toen hij keek zag hij dat zijn vingers krampachtig de blauwe scherf vasthielden. Al het licht was gedoofd; de steen lag koud en levenloos in zijn handpalm. Hij borg hem weg in het buideltje dat hij om zijn nek droeg.

Hij probeerde op te staan, maar iets greep zijn enkels beet. Langzaam drong tot hem door dat het zijn oude sneeuwschoenen waren, gebroken en nutteloos. Hij vloekte terwijl hij ze van zijn voeten rukte en liep naar de rand van de afgrond. Hij keek eroverheen en zijn adem stokte. De hele berghelling was kaal geveegd. Geen bomen, geen bergpad en in plaats van het landgoed zag hij een barrière van sneeuw in de vallei. Muus onderdrukte een schreeuw en wierp de sneeuwschoenen in de diepte.

Hij voelde zich heel kalm worden. Dit was het dan. Er was geen weg terug. De drie schikgodinnen hadden zijn levensdraad afgesneden; op dit plateau ging hij sterven.

Muus draaide zich om en zag Kjelle liggen, opgerold in de schaduw van de overhang. Een eindje verderop lag Hagen als een vormeloze hoop onderaan tegen de bergwand. Jal met zijn mooie laarzen en Orn de Rode Bluffer waren verdwenen. Over de rand gesleurd, nam hij aan.

Hij liep naar zijn meester. Kjelle was bewusteloos; zijn gezicht was lijkbleek en bloed druppelde van een snee in zijn hoofd omlaag. Muus boog zich over hem heen. Hij dacht aan al die keren dat deze lafaard hem had vernederd en voelde kolkende razernij opkomen. Zijn hand ging naar zijn mes, maar met het wapen half getrokken, aarzelde hij. *Nee, ik kan de klootzak niet zomaar vermoorden.* Hij deed zijn mes terug in de schede en haastte zich naar Hagen toe.

Tot zijn verbazing leefde de soldaat nog. Er zat bloed in zijn baard en zijn benen lagen in een vreemde hoek onder zijn lichaam, maar zijn ogen waren waakzaam.

'Wel?' zei hij toen Muus naast hem neerknielde.

De jonge slaaf schudde zijn hoofd. 'Alles is verdwenen. Ik kan Eidungruve niet meer zien en het pad omlaag is weggevaagd. Het is voorbij, Hagen.'

'Voor mij,' zei de man. 'Niet voor jou. Luister, er is een tunnel; hij leidt door de berg heen. Oude Garn viel er ooit in. Het kostte 'm de hele zomer, maar hij kwam terug.'

'Echt?' vroeg Muus schor. 'Ik dacht dat het een sterk verhaal was. Waar is die tunnel?' Zijn strot leek dicht geklemd door de onverwachte hoop.

'Loop langs de rotswand. De theyn heeft er grote stenen omheen laten leggen, opdat de schapen d'r niet in vallen.'

'Dat vind ik wel. Hoe is 't met jou?'

'Afgelopen,' zei de soldaat. 'Die sneeuwschoenen hebben m'n benen gebroken.' Hij gromde. 'De krengen zelf zijn nog heel. Waar zijn Jal, Orn en de theynling?'

Muus gebaarde met zijn hoofd. 'Jal en Orn zijn verdwenen; de lawine heeft ze meegenomen. Kjelle ligt daarginds. Hij is bewusteloos, maar levend.' Iets van zijn weerzin moest in zijn stem doorgeklonken hebben, want Hagen grimaste.

'Doe hem geen kwaad.' Hij balde een krachteloze vuist. 'Ik weet hoe hij je behandelde; het was onwaardig. Je bent nu vrij. Vlucht als je wilt, maar laat Kjelle leven.'

Muus knikte. 'Maak je niet ongerust. Ik ben niet eerloos genoeg om een bewusteloze tegenstander te doden.'

Hagen ontspande zich. 'Ik wist dat je een goeie knul was. Ik zag 't meteen, toen ik je op die slavenmarkt kocht. Jij was het enige kind dat niet huilde.'

'Jij hebt me gekocht? Waarom?' Muus herinnerde zich een man die hem van die markt wegvoerde. Zijn stem had vriendelijk geklonken, maar hij was even gezichtsloos als alle andere herinneringen.

'Theyn Alman had me opgedragen een kleine jongen te kopen, als slaaf voor Kjelle. Hij had een metgezel nodig. Vriendschap tussen meester en slaaf is niet ongewoon.'

'Ha!' Muus lachte bitter. 'Siga zei hetzelfde. Jullie moeten allebei iets verkeerds gegeten hebben. Kjelle en ik, vrienden? Niet aan deze kant van Godsdammer.'

'Dat merkten we snel genoeg,' zei Hagen moeizaam. 'Kjelle haatte je vanaf het moment dat hij je zag. Geen idee waarom. Ik weet alleen dat hij niet zo dapper is als jij.'

'Kjelle is een lafaard. Niemand weet dat beter dan jij, Kjelles berendoder.'

Hagens gezicht vertrok even. 'Dat weet je dus. Kijk, Kjelle was enig kind. Almans wond… Zijn vreselijke geheim was het verlies van zijn ballen in die laatste strijd. De theyn zal geen kinderen meer verwekken. Daarom raakte hij overbezorgd voor zijn zoon en hij maakte zo een verwende zwakkeling van hem.' Hagen hoestte en een spoortje bloed lekte uit zijn mondhoek. 'Gebroken ribben.' Hij hoestte weer, met zijn hand tegen zijn mond gedrukt. 'Alman heeft spijt van zijn verwennerij. Daarom zond hij Kjelle de berg op.' De oude soldaat keek naar Muus. 'Breng de theynling hier, wil je? Ik heb een verzoek.'

De jonge slaaf stond op. 'Als 'ie bijgekomen is, sleep ik 'm hierheen.'

Kjelle zat met zijn armen om zijn benen geslagen en zijn hoofd tussen zijn knieën. Toen Muus naderbij kwam, keek hij op, zijn gezicht nat van de tranen.

'Heb je 't gezien?' vroeg Muus wreed. 'Je theyndom is er niet meer. En jouw lawine heeft het bergpad weggevaagd. We kunnen niet meer terug, Kjelle. We gaan hier dood.'

Zijn meester reageerde niet. Al zijn bluf was met de lawine verdwenen en naakte ontzetting sprak uit zijn ogen.

Muus snoof. 'Hagen vraagt naar je. Hij heeft zijn ribben en zijn benen gebroken.'

Zonder een woord kwam Kjelle overeind.

Toen ze bij Hagen terugkwamen, had deze zich uit zijn mantel en zware leren overjas geworsteld.

Even dacht Muus dat Hagen zijn verstand verloren had. 'Wat doe je?'

'Neem jij ze,' zei de soldaat, zijn gezicht vertrokken en bezweet. 'De jas is warm. Echte sneeuwwolf.' Even streek zijn hand door het wolvenhaar langs de naad. 'Ik heb 'm zelf gedood, toen jij nog klein was.' Toen draaide hij zich naar Kjelle. 'Theynling, ik ben er geweest – dood, op sterven na. Laat me gaan als een krijger, door jouw hand, opdat ik het Walhalla kan betreden.'

Kjelles gezicht werd asgrauw. 'Ik…' Zijn hand ging naar zijn jachtmes en Muus zag hoe hij trilde. De theynling zette de punt van zijn mes op de plaats waar Hagens hart zat en verstijfde. Met ogen groot van afschuw staarde hij naar het kostbare staal.

Hagen keek naar hem en scheen zijn angst te begrijpen. 'Ik ben je vaders man, Kjelle. En jij bent jouw vaders zoon. Een wapendood is mijn recht en jouw plicht, Kjelle Almansen.'

Kjelle aarzelde. 'Ik kan het niet.'

'Doe het,' fluisterde Hagen. 'Bespaar me de pijn, theynling.'

Kjelle staarde naar het mes terwijl de tranen over zijn gezicht stroomden. 'Ik kan het niet. Ik…

'Kjelle, jij laffe hond!' riep Muus. 'Hier dan, oude Nord.' Met zijn vlakke hand gaf hij een klap op Kjelles vuist. Het mes boorde zich diep in Hagens hart. De krijger schokte; zijn leven liep weg met het bloed uit zijn mond en het was afgelopen.

Kjelle staarde naar Hagen, naar het mes en toen naar Muus. 'Hij is dood,' zei hij, en met slechts een spoor van zijn normale woede: 'Waarom deed je dat?'

'Waarom deed jij het niet?'

Kjelle liep rood aan. 'Jij... jij...' Toen beukten zijn handen in Muus' gezicht. Muus had zoiets verwacht en rolde weg. Kjelle dook hem achterna en haalde uit met zijn vuist. Muus' hoofd klapte achterover en hij schreeuwde. Terwijl Kjelles slagen op zijn gezicht en borst hamerden, graaide Muus naar iets om mee terug te slaan. *Een steen,* bad hij. In plaats daarvan vond hij iets van metaal. De knop van een zwaardgreep. Hagens zwaard, dat tijdens zijn val uit de schede was ontsnapt. Kjelle hurkte bovenop Muus, neus aan neus, zijn handen rond Muus' nek. De jonge slaaf hapte naar adem. Met zijn laatste kracht sloeg hij Kjelle hard met de zwaardknop tegen zijn slaap. Kjelle gilde en zijn grip verslapte. Muus wist hem van zich af te duwen. Hij kwam op zijn knieën overeind en plaatste de punt van het zwaard op Kjelles keel. 'Ben je klaar?' Bloedspetters van zijn kin drupten op Kjelles jas. 'Ben je klaar of moet ik je doodmaken?'

Kjelle keek naar hem op met moord in zijn ogen, maar ineens vloeide alle spanning uit hem weg. Zijn ogen vulden zich met tranen en hij knikte. 'Was het waar wat je zei?'

'Dat we niet meer naar beneden kunnen? Ja, de lawine heeft de laatste bomen meegesleurd en het pad uitgewist. Onderaan de berg zie je alleen nog sneeuw en gebroken stammen. Het landgoed moet manslengten diep bedolven zijn.'

'Laat me opstaan,' zei Kjelle zonder een spoor van zijn eerdere arrogantie. 'Ik moet het zien.'

Muus deed het zwaard onder zijn arm. 'Kom mee.'

Aan de rand van de afgrond staarde Kjelle lang in de diepte. 'Je hebt gelijk,' zei hij ten slotte. 'We zijn afgesneden. Het is ons lot hier te sterven.'

'Wie weet,' zei Muus. 'Maar eerst moet ik andere kleren hebben. Jij bent warm gekleed,' zei hij met een blik op Kjelles mooie jas. 'Ik niet.'

'Natuurlijk niet,' zei Kjelle. 'Mijn jas was duurder dan een nieuwe slaaf.'

Muus spuugde op de grond, maar hij zei niets. Hij wist dat Kjelle gelijk had.

Terug bij Hagens lichaam bukte hij en begon de sneeuwschoenen van de dode voeten los te maken. De laarzen van de krijger pasten over Muus' eigen beenwindsels heen en de zware jas van sneeuwwolfbont reikte tot zijn knieën. Hij gespte Hagens zwaardriem om en stak met een demonstratief gebaar het zwaard terug in de schede.

Kjelles ogen volgden al zijn bewegingen. 'Slaven mogen geen zwaard dragen.'

Muus keek hem aan. 'Ik moet 'm aan jou geven, zeker. Nadat je geprobeerd hebt me te wurgen? Ik ben niet gek, Kjelle.'

Het gezicht van de theynling vertrok even. 'Ik ben je meester.'

'Niet meer.' Muus grinnikte zonder een spoor van humor. 'Ik ben een vrij man. En bewijs maar dat het niet zo is.'

Een vaag spoor van woede trok over Kjelles gezicht. 'Het woord van de theynling van Eidungruve tegen het jouwe?'

Muus' grijns werd harder. 'Hoe kun jij aantonen dat je bent wie je zegt te zijn, *theynling*?'

Kjelles ogen werden groot. 'Maar ik...'

Muus zag met leedvermaak hoe de waarheid tot Kjelle doordrong. Hij was nog niet aan de jarl voorgesteld, en niemand buiten Eidungruve kende hem. Zonder hoofdman aan zijn zijde, zonder zijn vaders zwaard in de hand, zonder geld en mooie kleren was Kjelle niemand. Zijn brede schouders zakten en zijn vuisten ontspanden. 'Ik zie het.'

Muus keek naar Kjelles gezicht en herkende de mengeling van schok, angst en de vreemde hulpeloosheid die zo vaak aan een van Kjelles woedeaanvallen vooraf ging. Maar niet deze keer.

'Ik moet naar beneden,' zei Kjelle na een tijdje. 'Ik moet weten of Eidungruve nog bestaat.'

Muus was even stil. *En ik? Ga ik met hem mee? Nu is mijn kans om te ontsnappen. Alleen... waarheen?* Hij voelde warmte op zijn borst. Het was de scherf, die hitte uitstraalde. Toen hij het buideltje tevoorschijn haalde, vervaagde het halfdonker van de poolnacht. Een landschap van rode rotsen onder een gloeiende zon verscheen voor zijn ogen. Met een vloek trok hij zijn hand terug. Het hete land loste op in het koude hier en nu. Hij knipperde met zijn ogen. *Was dat een droom? Ik voelde de hitte op mijn huid.* Hij zag Kjelle naar hem staren met een verloren blik in zijn ogen. Muus wreef over zijn gezicht. *Ik kan hem niet vertrouwen.* Maar hij wist dat hij niet kon weglopen en de sukkelaar aan zijn lot overlaten. Niet hier op de berg.

'Wat doe je met Hagen?' zei hij. 'We kunnen hem hier niet begraven en de meeste rotsen zijn door de lawine meegenomen. Je wilt niet dat hij als draug aan het dwalen gaat.'

Kjelle verstarde. 'Goden, nee.' Hij liep naar de dode soldaat. Na een moment van aarzeling sloot hij diens starende ogen en legde het lichaam recht in de sneeuw. 'Ik kom voor je terug, Hagen.' Zijn stem beefde. 'Slaap, dappere Nord; je hoeft niet te gaan lopen. Je zult een eervolle begrafenis krijgen. Ik, Kjelle Almansen, zweer het.' Toen rechtte hij zijn rug. 'Laten we gaan.'

'Vergeet je niet iets?'

'Wat?'

Muus gebaarde om zich heen. 'Er is geen weg omlaag meer.'

'Hier gaan we dood,' zei Kjelle met wanhoop in zijn stem. 'We moeten naar beneden.'

Muus knikte. 'Tuurlijk. Maar niet langs het verdwenen pad.' Hij knikte naar de zware rugzak. 'Jouw beurt om 'm te dragen.'

Kjelle opende zijn mond en sloot hem weer. Zwijgend hing hij de zak op zijn rug.

De twee volgden de bergwand tot Muus de plek zag die Hagen had beschreven.

'Daar, onze weg naar buiten.'

'Een gat in de berg?' Kjelles stem sloeg over. 'Dat is het werk van de zwartalven.'

Muus haalde zijn schouders op. 'Misschien. Volgens Hagen is het een tunnel.' Hij glimlachte vreugdeloos. 'Oude Garns tunnel.'

Kjelle jankte als een wolf met zijn poot in een klem. 'Garn! Hij moest honderden monsters verslaan voordat hij weer uit de berg was.'

'Oude Garn was een groot verhalenverteller,' zei Muus. 'Als je hem hoorde was hij wel een dozijn keer opgevreten. Luister, theynling, we hebben geen keus. We kunnen hier niet blijven. Langs de helling omlaag is zelfmoord. Door de tunnel maken we een kans. En zo niet, dan kun je me laten zien hoe dapper een Nord sterft.'

De schampere ondertoon in zijn stem had effect, want met een wanhopige kreet sprong Kjelle in het gat.

HOOFDSTUK 2 – OUDE GARNS TUNNEL

Muus sprong hem achterna. Het gat was dieper dan hij verwachtte. Een gladde tunnel van ijs, die hem schuin door het donker in de diepte liet glijden. Iemand schreeuwde en hij wist niet zeker of het Kjelle was of hijzelf. Na een eindeloze tijd kwam er een scherpe bocht en toen viel hij in het niets. Het was niet diep; hooguit zes voet, en hij eindigde met Kjelle in een pijnlijke hoop van armen en benen op een rotsig oppervlak.

'Muus.'

'Haal je hand uit mijn gezicht, sloomgevingerde hark,' riep Muus en zijn stem echode in het donker: ark... ark... ark...

'Ik kan niks zien.' Kjelle schreeuwde het bijna. 'We zijn dood.'

'Houd je kop.' Muus schopte in Kjelles richting. Hij voelde zijn voet iets raken en het gejammer brak af. 'Stil, laat me nadenken.' Hij stond op en trachtte zich te oriënteren. Het duister was drukkend. Om hem heen was de berg. Al die rotsen boven zijn hoofd... hoe kon een tunnel bestaan zonder in te storten? Hij hoorde iets boven zijn hoofd bewegen en zijn hart begon te bonken.

Naast hem brak Kjelles snik de spanning. De theynlings angst stonk naar zweet. 'Waar is Zon?'

'Hè?' Muus keek in de richting van Kjelles stem, maar in het absolute duister kon hij zelfs geen silhouet zien.

'Tijdens de poolnacht schuilt ze in de aarde,' zei de theynling afwezig. 'Maar waar is dan haar licht?'

Muus snoof. 'De aarde is groot. Ze kan wel overal zijn.' Hij dacht even na. 'Trouwens, die zonnewagen van haar past nooit in deze tunnel. De zwartalven zullen wel ergens een mooie hal voor haar gebouwd hebben.'

Hierna was het stil.

'Muus, Godsdammer. Je geeft licht!' Kjelles stem was hoog en ademloos, alsof hij op de rand van hysterie stond.

Maar hij had gelijk. Muus zag een vage blauwe gloed om zich heen groeien. De scherf op zijn borst voelde warm aan; even warm als toen hij hem op de weide had opgeraapt. Hij opende het buideltje om zijn hals en kneep zijn ogen tot spleetjes tegen de blauwe gloed die eruit scheen.

'Ik ben het niet; het is de hemelscherf.'

'Wat!' Kjelles stem weerkaatste tegen de muren. 'Heb je dat vervloekte ding meegenomen? Thor! Die scherf is de oorzaak van alles. Gooi 'm weg!'

'Onzin,' zei Muus. 'Jij had hem niet aan moeten raken. Die scherf is van mij. Als ik hem vasthoud, gebeurt er niks.'

'Hij is gevaarlijk.'

'En hij schijnt ons bij, zodat we kunnen zien waar we lopen. Nou, gaan we verder of had je hier nog iets te doen?'

Kjelle duwde zijn hoofd bijna in Muus' gezicht. In het licht van de scherf verwrong zijn gezicht van woede. Hij zwaaide zijn witgeknokkelde vuisten onder Muus' neus. 'Jij... jij...'

De jonge slaaf zette zich schrap, maar het was niet nodig. Kjelles gezichtsspieren verslapten, het vuur in zijn ogen doofde en zijn schouders zakten moedeloos omlaag. Hij knikte dof. 'We gaan verder.'

Muus onderdrukte een rilling en liep verder de gang in. Om hem heen waren de tunnelmuren glad en ze dropen van het vocht. De blauwe gloed van de scherf weerkaatste in druppels en plassen, zodat het leek alsof ze over de bodem van een rivier liepen. Stenen tanden groeiden omhoog en omlaag en overal klonk het geluid van water.

'Waarom?' vroeg Kjelle na een lange stilte. Zijn stem klonk vlak, zonder emotie.

Muus hoefde niet te vragen wat hij bedoelde. 'Wat denk je? Omdat je een lompe hond bent, misschien?'

Kjelle stopte en keek opzij naar Muus. 'Hoe kon ik weten dat zo'n klein steentje een lawine zou veroorzaken?'

Muus snoot zijn neus in zijn vingers. 'Dat kon je niet. Je had je poten thuis moeten houden.' Hij mompelde een verwensing toen een koud straaltje water tussen zijn ogen neerplensde. 'Jullie Nords willen altijd alles hebben. Stinkende dieven zijn jullie, stuk voor stuk.' Hij dacht aan de ronde hutten van zijn dorp. *Moordenaars en kinderontvoerders.* Een onderdrukte snik deed hem opzij kijken. Kjelles gezicht, lijkblauw in het licht van de scherf, was vertrokken van de angst en woede die in hem streden. 'Ik ben je meester. Je had moeten gehoorzamen.' 'De scherf dacht van niet. Hij verwierp je, Nord.' 'Maar waarom? Wie stuurde die steen? De zwartalven? Ze haten ons, het zijn verraderlijke schepsels.' Muus schokschouderde. 'Ik heb geen verstand van zwartalven.' 'Je lijkt op ze, slaaf,' zei Kjelle kwaadaardig. 'Klein, zwartharig en vals.' 'Ik had je op de weide achter moeten laten, stomme Nord,' zei Muus onverstoorbaar. Hij was verbaasd dat Kjelles woorden hem niets meer deden. 'Misschien zouden je goden je gered hebben.' Hij keek naar Kjelle. 'Waarschijnlijk niet. Je bent niet genoeg man voor ze, Kjelle Almansen.' Kjelle hoorde het niet. 'Waarom kwam die steen? Om me te straffen? Om me... op de proef te stellen? Een proef... en ik heb gefaald.' 'Alle goden, man, denk je nou werkelijk dat er een steen uit de hemel valt om *jou* op de proef te stellen? Ben je zo belangrijk? Doe niet zo idioot. Door jouw stommiteit zijn veel mensen gestorven. Dat is jouw schuld. Wat ga je nu doen?' Kjelle straalde zoveel angst uit dat Muus wegkeek. 'Laten we verdergaan. Praten lost niets op. Het antwoord ligt bij de goden. De jouwe of de mijne.' Het harde geluid om hen heen was hun ademhaling, onderbroken door het ploenk, ploenk van de druppels die uit de rots boven hun hoofd vielen. Het dunne laagje water op de bodem van de tunnel dempte hun voetstappen en verder was het stil. 'Jouw goden?' zei Kjelle na een tijdje. 'Wie zijn dat?'

'Ik… weet het niet.' Muus dacht aan de beelden waar hij zo vaak over had gedroomd. De ronde hutten op de rivieroever en de gezichtsloze mensen. 'Mijn herinneringen beginnen bij mijn aankomst in Eidungruve. Hagen bracht me daar. Hij had een grijs paard en hij praatte tegen me. Ik kon hem niet verstaan, maar zijn stem klonk… niet bedreigend. Grappig, dat herinner ik me zo goed. Maar wie mijn ouders waren? Geen idee. Het kan me ook niet schelen; dat is allemaal voorbij. Het landgoed was mijn thuis, ook al haatte ik het.'

Opnieuw viel er een stilte.

'Ik haatte je vanaf het moment dat je kwam,' zei Kjelle vanuit de schemering. 'Je houding, je trots, de manier waarop je naar me keek. Jij, mijn eigen slaaf, lachte me uit. Je werkte me altijd tegen; maakte me belachelijk. Mij, de theynling. Met je hypocriete beleefdheid: ja meester, nee meester, en achter mijn rug lachte je me uit. Ik had je dood moeten slaan.'

'Je hebt me anders genoeg geslagen.'

'Niet genoeg,' zei Kjelle bijna fluisterend. 'Je leeft nog.'

Muus schudde zijn hoofd. 'Als je me niet wilde, waarom nam je me dan overal mee naartoe?'

'Dat moest. Ik…' Kjelle viel stil.

Ineens daagde het bij Muus. 'Je had mij nodig om je dapper te voelen.'

'Zwijg!' Kjelle zei het op een toon die Muus naar zijn zwaard deed grijpen. Het geluid van het staal langs de schede deed hen beiden opzij stappen. Zonder een woord liepen ze door.

Het pad door het duister deed Muus denken aan rijen alven met houwelen, die tunnels uithakten in de rots. Magere, zwartharige schepsels, lelijk en krom door hun leven onder de grond. Hij huiverde en liep als in een boze droom verder.

Een scheurend geluid, gevolgd door een schrille kreet, rukte Muus uit zijn gedachten. Hij zag nog net hoe zijn metgezel in de grond verdween. Op de een of andere manier was er een gat in de bodem ontstaan dat hem had opgeslokt.

Op zijn knieën kroop Muus naar de rand van de spleet. Het schreeuwen en snikken gaf aan dat Kjelle nog leefde.

'Hoe is 't?'

Een onbegrijpelijk gebrabbel antwoordde hem. De jonge Nord zat klem, zo'n zes voet lager. Met wilde ogen keek hij naar Muus. 'Haal me hieruit.'

'Rustig, diep ademhalen. Noem de namen van al je voorouders.'

'Mijn voorouders? Kjelle, zoon van Alman, zoon van Hralf, zoon van Rognar... Aah! Waar is dat goed voor?'

'Het helpt je niet in paniek te raken,' zei Muus kalm. 'Kun je staan?'

Kjelle schudde zijn hoofd. 'De bodem is te nauw.'

Muus trok Hagens zwaard uit de schede en ging plat op zijn buik liggen. Zijn gehandschoende handen grepen de kling vast en hij stak het wapen met de greep oplaag naar beneden.

'Hang de rugzak aan de pareerstang.' Hand over hand haalde hij het wapen op, totdat hij de zak met een zwaai naast hem neerzette. 'Zo, die hebben we tenminste.'

'Je laat me toch niet in de steek?'

Muus antwoordde niet. Een stem van binnen fluisterde: *Dit is je kans. Laat hem verrotten.* Hij trok zijn jas uit, Hagens zware sneeuwwolf overjas. Van mouw tot mouw zou hij net lang genoeg moeten zijn.

'Muus!' Paniek klonk door in Kjelles stem. 'Ben je daar?'

'Tuurlijk,' zei Muus kortaf. 'Ik zou je niet op deze manier van kant maken.'

Opnieuw klonk het geluid van scheurende rots en Kjelle krijste.

'Ik houd het niet meer!'

'Hier.' Muus hing de jas over de rand en greep een van de mouwen met beide handen beet. 'Probeer naar boven te klimmen; ik kan je er niet in mijn eentje uittrekken. En zorg dat je mijn jas niet scheurt of ik vermoord je werkelijk.'

Brabbelend van angst werkte Kjelle zich omhoog. De ruwe wanden van de spleet schuurden het vel van zijn handen en knieën terwijl een zwetende Muus zijn jas optrok. Eindelijk wist Kjelle zijn ellebogen op de rand te zetten. Muus greep de achterkant van Kjelles broekriem en met vereende krachten wist de theynling zichzelf op de bodem van de tunnel te werken.

Kjelle keek Muus woordeloos aan. Zijn bebloede gezicht weerspiegelde een vrees zo intens dat het Muus kippenvel gaf. Trillend over zijn hele lijf hing de theynling zijn rugzak om. Ze liepen nog een tijd, tot Kjelle abrupt stopte.

'Ik kan niet meer,' zei hij, terwijl de tranen over zijn gezicht liepen.

Muus zuchtte. Hij had de hele dag bomen gerooid. Daarna had hij dat vervloekte bergpad beklommen en nu liep hij door deze tunnel. Hij was moe, maar om hieruit weg te komen, kon hij nog dagen lopen. Alleen Kjelle niet.

'Laten we proberen te slapen,' zei Muus met een knik naar een van de vele nissen in de rotswand.

Stijf als een draug strompelde Kjelle erheen en viel uitgeput neer. Muus ging naast hem zitten en luisterde naar het snurken van zijn metgezel. *Goden, ik wilde uit Eidungruve ontsnappen. Maar moest het op deze manier?* Toen ging hij naast Kjelle liggen en zo, rug tegen rug, sliepen ze.

Toen Muus koud en hongerig ontwaakte, zat Kjelle naar hem te kijken; zijn gezicht was als een dodenmasker en zijn bewegingen stijf.

'Kunnen we verdergaan?' vroeg Muus.

Zwijgend stond Kjelle op en pakte de rugzak.

De tijd was onmeetbaar in de tunnel. Hoelang waren ze hier al? Uren? Een dag? Langer? Muus staarde in het duister en zuchtte.

Plotseling opende Kjelle zijn mond. 'Het wordt kouder.'

Muus keek op. Het vocht op de tunnelmuren was bevroren en de stenen drakentanden hadden plaatsgemaakt voor ijspegels.

'Licht!' Opgewonden haastte de theynling zich verder, naar een smalle streep van wat leek op daglicht. Hij begon te rennen.

'Pas op,' zei Muus. 'Het is…' Maar hij was te laat. Op de grond had zich een dun laagje ijs gevormd en Kjelle viel voorover. '… glad.'

Kjelle staarde hem lijkbleek aan. Toen stond hij op en liep behoedzaam naar het wenkende licht.

Hier eindigde de tunnel. De opening waarop ze hadden gehoopt, bleek een smalle rotsspleet waardoor een bleke glinstering scheen.

'Oh vervloekt; het is dichtgevroren.' Kjelle bonkte met zijn vuist op het ijs waardoor het verraderlijke licht van de buitenwereld lonkte. 'Solide ijs,' zei hij met tranen in zijn ogen.

'We hebben messen,' zei Muus. 'We kunnen ons een weg naar buiten hakken.'

Kjelle likte zijn bloedende lip en knikte. Hij hurkte neer bij de spleet en begon met zijn jachtmes het ijs te bewerken. De laag was dik, de twee jongemannen vermoeid en koud. De ruimte was klein, dus ze moesten om de beurt werken, zodat het lang duurde voordat hun bloedende handen voldoende ijs hadden weggehakt om door de opening te kruipen. Toen hij moeiteloos door de opening glipte, was Muus voor het eerst dankbaar voor zijn kleine gestalte. Kjelles massieve lijf kon hem niet volgen, hoe hard de ander ook worstelde en kreunde.

'Trek je kleren uit,' zei Muus. 'Ze maken je dik.'

Kjelle snauwde iets onverstaanbaars, maar hij gehoorzaamde. Naakt slaagde hij erin zich door de opening te wurmen.

'Is dit het andere eind van de tunnel?' vroeg hij, terwijl hij zijn hemd en zijn harige jas over de bloedende krassen op zijn lijf aantrok.

Muus keek om zich heen. 'We zijn in een ijsgrot,' zei hij. 'Dit moet de gletsjer uit Garns verhalen zijn. Misschien was hij toch niet zo'n fantast.'

'Dan zijn we dus bijna buiten?'

Muus grimaste. 'Ik hoop het. In ieder geval zijn er geen monsters.' Hij stapte naar voren. 'Daar is een opening.' Een nauwe doorgang leidde naar een tweede, kleinere ruimte.

'Wacht,' zei Kjelle en zijn stem trilde. De tweede grot lag bezaaid met de bevroren resten van dieren. 'Die aangevreten konijnen zijn nog vers.'

Toen zagen ze een driehoekige kop met twee wijd open ogen naar hen staren.

'Een sneeuwwolf,' fluisterde Kjelle.

Zonder aarzelen trok Muus zijn zwaard. Hij wist welke kant boven was, maar daar bleef het bij.

Kjelle keek hem aan, lijkbleek. 'Wat nu?' Zijn lippen trilden. Op dat moment sprong de wolf.

Muus schreeuwde. De sneeuwwolf aarzelde en dat verstoorde zijn aanval. In een reflex haalde Muus uit en hij voelde het zwaard diep onder de ribben van de wolf doordringen. Man en beest vielen neer en er vormde zich een plas bloed op de bevroren grond. De lucht van natte hond vulde Muus' neusgaten. Hij duwde tegen het harige lijk.

'Hij heeft me niet geraakt!' Hij stond op en trok zijn zwaard uit het lichaam van de wolf.

'Het beest is dood.' Kjelle keek verbijsterd van de wolf naar Muus. 'Hij is echt dood.'

'Doder vind je ze niet,' zei Muus met een grimas van pure opluchting. Toen bukte hij zich en sneed de zilverwitte staart af. 'Mijn dank, Fenrisson Sneeuwwolf, voor uw gift.'

Ongeloof en woede streden om voorrang in Kjelles gezicht. 'Ik wist niet dat je met een zwaard kon omgaan.'

Muus haalde zijn schouders op. 'Laten we gaan.'

'We moeten wat te eten hebben,' zei Kjelle.

'Sneeuwwolf?' Muus' blik ging naar het dode dier. Het zag er taai uit.

De theynling keek hem aan. 'Je bent geen jager. Wolven zijn vleeseters; hun vlees is niet voedzaam. Hert, konijn, alles wat leeft van planten en wortels is eetbaar.'

'Ik ben geen jager,' gaf Muus toe. 'Een slaaf met pijl en boog? Je vader zou het niet durven.' Hij liep naar de uitgang van de grot. 'Laten we een konijn zoeken. Het is jouw beurt om een monster te doden, theynling.'

Kjelle trok een gezicht, maar hij zei niets.

De uitgang was een scheur in het ijs van zo'n dertig voet lang en maar sneeuwwolfbreed, dus moest Kjelle weer uit de kleren. Vloekend en wriemelend kwam ook hij erdoor en even later stonden ze zij aan zij in het vertrouwde halfduister van de poolnacht.

Zonder te letten op de sneeuwvlokken die zijn blote lijf bedekten, keek Kjelle rond. Tegen een achtergrond van bosland snelde een donkere rivier voorbij.

'De Jerna.' Zijn stem was vol ongeloof. 'We hebben het gehaald.'

Muus knikte. *Eindelijk vrijheid.* Hij wilde lachen en huilen, maar ineens was hij er te moe voor.

De honger dwong hen in beweging. Maans wagen reed langs de hemel, net als op de avond van de lawine, dus moesten er ten minste een dag en een nacht voorbij gegaan zijn. Vreemd genoeg voelde Muus geen vermoeidheid meer, maar zijn maag gromde als een stal vol uitgehongerde varkens. Zijn mond was droog en hij liet een handje sneeuw op zijn tong smelten. Het pad door de berg had gedropen van het water, maar dat was bijna vloeibaar gesteente, ondrinkbaar.

Hij keek om zich heen. Achter hen rees een glinsterende muur op, alsof er een rivier van ijs van de berg omlaag stroomde. *Zijn we daar doorheen gekomen?* Hij floot zachtjes. *Een verhaal voor bij de haard. Met een hoop fantasie voor de details.* Hij zuchtte. 'Moeten we links- of rechtsaf?'

Kjelle rimpelde zijn voorhoofd. 'Rechts. Garn zei dat hij vanuit de tunnel Zons wagen achterna ging.' Hij knikte naar Maan boven hen. 'Net als hij doet.'

Ze liepen verder tot ze aan een bocht in de rivier kwamen. 'Daar is een voorde,' zei Kjelle en hij wees met zijn hoofd. Een rij stenen vormde een natuurlijke brug naar de overkant van de rivier.

Op de laatste steen bleef Muus stilstaan. In het water aan zijn voeten zag hij de slanke vorm van een forel. 'Sta stil.' Hij zonk door zijn knieën en liet zijn hand in het water glijden. Het was ijskoud. Behoedzaam bewoog hij zijn vingers naar de onderkant van de forel. De vis hing roerloos in het water, rustend van de trek stroomopwaarts. Muus aaide zijn buik tot de vis in trance raakte. Toen greep hij de forel met beide handen en wierp hem op de oever, om daarna de lange reis met een vuistgrote steen te beëindigen.

Met open mond staarde Kjelle hem aan. 'Hoe deed je dat?' Toen, vol afschuw: 'Toverij?'

Muus ontblootte zijn tanden. 'Het is een oude visserstruc. Door hem te strelen gaat 'ie slapen en bam, je hebt 'm. Kun jij een vuur maken?'

'J–ja,' zei Kjelle. 'Maar ik ben er niet goed in.'

'Begin maar te oefenen.' Muus draaide zich terug naar het water. 'Ik heb nog wel een uur nodig.' *Forel kietelen leerde ik als kind. Waarom herinner ik me dat nu?*

Kjelles kampvuur stelde niet veel voor en de vis was halfgaar, maar het was voedsel en ze hadden honger. Daarna groeven ze een hol in de sneeuw, rolden zich op en sliepen.

Die nacht droomde Muus van brandende landen en een monoliet, een grote gebeeldhouwde steen in een vurige grot. Het was er heet, kokend heet. Maar toen hij uren later wakker werd, was alles aan hem koud en moest hij plassen. Toen hij klaar was, zocht hij wat droog hout en maakte een nieuw vuur.

Het was stil in het woud. Maans wagen was al uit de hemel verdwenen. Dageraad. Onverwachts kreeg Muus tranen in zijn ogen. Hij zou nu de varkens moeten voeren, dacht hij, terwijl Siga en haar vrouwen het ochtendmaal bereidden. Siga... Hij bleef roerloos zitten. De wijsvrouw had hem verteld van haar droom over raven boven Eidungruve. Odins raven waren heilig; boodschappers van de strijd. Hun aanwezigheid waar ze niet thuishoorden, was een teken van oorlog. Ze had hem en Kjelle gezien, alleen, in een besneeuwd woud. Een echte profetie, want hier was het bos en er lag sneeuw genoeg. Siga's droom voorspelde weinig goeds voor Eidungruve, als het de lawine al had overleefd.

Muus stond op en liep naar de oever van de Jerna. Hij schepte een hand vol ijskoud water en liet het in zijn mond opwarmen voordat hij het doorslikte. Voorovergebogen zocht hij het wateroppervlak af naar forellen. Hij was er maar half met zijn gedachten bij; het lot van Eidungruve en haar bevolking zat hem meer dwars dan hij wilde toegeven. Dit was zijn elfde winter op het landgoed. Hij was er opgegroeid en ondanks alles was het zijn thuis geworden; de enige familie die hij had.

Zonder erbij na te denken ving hij de ene forel na de andere, tot er zes naast elkaar op de oever lagen. Zijn gedachten dwaalden naar het verleden. De gezichtsloze mensen uit zijn dromen. Wie waren zij? Voor het eerst voelde hij een spoortje nieuwsgierigheid. Waar kwam hij vandaan? Niet uit de Norden; niet met haar zo zwart als het zijne en zo'n bleke huid. Wit als een sneeuwmuis. Iedereen noemde hem Muus, maar dat was zijn naam niet. Hij wist niet hoe hij echt heette.

Haastig verzamelde hij zijn vissen en ging terug naar hun slaapplaats. Eenmaal daar liet hij bijna zijn vangst vallen. Een oude man in een grijze mantel zat bij het vuur, terwijl de vlammen zijn baard rood kleurden. Over zijn knieën lag een lange wandelstok. Kjelle zat tegenover hem, zijn ogen groot en starend. Toen Muus naderbij kwam, draaide de man zijn hoofd in zijn richting. Hij miste een oog.

'Zes forellen. Eet u met ons mee, vreemdeling?' zei Muus, terwijl hij de vissen in de sneeuw legde.

De oude man lachte. 'Hoe hoffelijk. Maar nee, ik moet bedanken.' Hij pauzeerde even, terwijl hij zijn hoofd schuin hield. 'Jullie hebben zeker geen wijn?'

Muus spreidde zijn handen. 'We hebben alleen wat we kunnen vangen.'

'Daar was ik al bang voor. Het geeft niet.' Zijn ene oog twinkelde. 'Vertel mij waarom een jonge Nord en een Bryt door de bevroren wouden van Dalland dwalen. Daar moet een sage achter zitten, de beste skalden waardig.'

Muus dacht even na en de glimlach van de oude nam werd breder.

'Voorzichtigheid is wijsheid; voor hetzelfde geld ben ik die schurk Loki in vermomming.'

De jonge man knikte. 'Ik twijfel niet aan uw oprechtheid.' Hij keek even naar Kjelle, maar de theynling staarde stom naar de vreemdeling. Muus ging bij het vuur zitten en wreef in zijn verstijfde handen, terwijl hij vertelde over de scherf, de lawine en hun tocht door de berg.

De oude man volgde zijn verhaal aandachtig. Toen Muus uitgesproken was, glimlachte hij. 'Dus u bent de Shardheld. De Shard maakte een vreemde keuze. Mag ik hem zien?'

Voorzichtig haalde Muus de scherf uit de buidel rond zijn nek. In de palm van zijn hand straalde het een helder blauw licht uit.

'Lawinemaker,' zei de oude man, alsof hij een bekende groette. Toen keek hij naar Muus. 'De Shard heeft vele namen en geen van hen vliejend. Deze is nieuw. Hij is een genadeloze last, Shardheld, terwijl uw krachten beperkt zijn. Volg de rivier door het woud. Eén rust stroomafwaarts vindt u Belisheim, een huis van studie, wijsheid en magie. Vertel de völva uw verhaal. Zeg haar dat Harbard u zond.' Hij stond op en schudde de plooien van zijn mantel los. 'Ik moet gaan.'

'Wat is een shardheld?' vroeg Muus.

De oude man keek hem scherp aan. 'De drager van de Shard.' Hij boog. 'Ik wens u kracht toe, Shardheld.' En met een snelle blik op de starende Kjelle: 'U evenzeer, theynling van Eidungruve.' Toen liep hij weg het woud in en verdween tussen de bomen.

'Jij maakte een lekkere indruk,' zei Muus, terwijl hij de eerste forel opensneed. 'Je zat die oude aan te kijken alsof je nog nooit een man had gezien.'

'Dat was Odin, onnozele Bryt. Odin, de Alvader.'

Muus liet zijn mes zakken. 'Odin? Waarom? Omdat 'ie een oog kwijt was? Hij zei dat hij Harbard heette.'

'Ik wist het toen ik hem zag. Harbard? Dat is een van Odins namen.'

Muus haalde zijn schouders op en ging verder met zijn vis. Hij had belangrijker dingen om te overdenken dan Nords bijgeloof. 'Wat is een Bryt?'

Kjelles mond viel open. 'Dat weet je niet? Ik heb het me nooit gerealiseerd, maar jij bent er een; een wildeman uit Brytanna, waar de barbaren wonen.' Er kroop een spoor van minachting in zijn stem. 'Klein als kinderen zijn de Bryts, met een lelijke, vuile huid en ze zijn broodmager. Net als de zwartalven.' Hij bukte net op tijd om de forel te ontwijken die Muus naar zijn hoofd smeet. 'Dat zeggen de barden!'

'Maak je eigen vis maar schoon, blonde halftrol,' gromde Muus. 'Of laat die barden het voor je doen. Deze wildeman heeft al genoeg gewerkt vanochtend.'

Terwijl Kjelle onhandig aan de glibberige ingewanden van zijn forel plukte, staarde Muus in het vuur. *Brytanna. Waar de barbaren wonen.*

'Muus?'

'Wat?' Zijn naam riep hem terug uit het labyrint van zijn gedachten.

'Het sneeuwt weer.' Kjelle wierp de graten van de laatste vis in de bosjes en zuchtte. 'We kunnen beter verdergaan.'

Muus knikte en begon met een stok het vuur uiteen te rakelen. Even later liepen ze weg langs de rivier, het woud in.

HOOFDSTUK 3 – JARLSBODE

Tuuri leidde in een staat van blijde verwachting zijn paard van de loopplank af. *Slaap maar door, goede mensen; hier komt de heraut van de verandering.* Zijn hand raakte de vellen perkament aan binnenin zijn tuniek. Het waren de orders die jarl Rannars plannen in werking zouden stellen. Hij stond even stil op het smalle plankier dat als kade dienst deed en keek om zich heen. *Dus dit is Helmshaven. 't Is niet veel bijzonders.* Vergeleken bij Westhal, de stad van zijn heer, was deze meest noordelijke haven een verzameling krotten. Kleine huisjes die eruitzagen alsof ze haastig van drijfhout in elkaar geflanst waren, met strooien daken, wit van de meeuwenstront. *In ieder geval zijn de kippen van de straat met dit weer.* Alleen de varkens niet en Tuuri wachtte ongeduldig tot een vette zeug opzij gegaan was om hem te laten passeren.

Het begon te sneeuwen; de vlokken verdronken in de modder die de straten bedekte. Hij liep met zijn paard de stad uit, zorgvuldig de diepste poelen vermijdend. De poortwachter keurde hem nauwelijks een blik waardig, zijn aandacht was bij de stukjes hout waarmee hij zijn kleine vuurpot brandend hield. Tuuri groette hem met opgeheven hand, klom in het zadel en reed fluitend het bos in.

Tuuri was tevreden met het leven. Hij was achttien jaar oud en al een jarlsbode, met een heel leven vol grote daden voor zich. Een passende toekomst voor iemand die van vaderskant een Fynni was. Zijn gehandschoende vingers beroerden het hemelsymbool op zijn linkerwang. Het was een stamteken dat zijn vader hem op zijn achtste naamdag had gegeven en hij was er trots op.

De Fynni waren de oorspronkelijke bewoners van de Ostmark en ze woonden daar al lang voordat de Nords kwamen. Ze vormden een volk van stammen, in werk en strijd aangevoerd door machtige tarkynni en door de sa'amanen die met de goden spraken. Tuuri was er trots op deel uit te maken van die oude natie.

Hij glimlachte. De orders die hij bij zich had waren bestemd voor een man van zijn volk. De tarkynn van een Fynni krijgsbende. "Zoek hem niet, hij vindt jou wel," had de jarl gezegd. Tuuri zuchtte. Hij kende alle verhalen over Fynni daden en hij verlangde naar de kans hen te ontmoeten, om als bloedverwant erkend te worden.

Het ging harder sneeuwen; zachte vlokken vormden een laagje op zijn leren jas. Tuuri schudde ze uit zijn zwarte krullen voordat hij zijn capuchon over zijn hoofd trok. Het weer bracht herinneringen mee van zijn leven in de Ostmark, waar het sneeuwen nooit ophield en alleen de sterksten hun kindertijd overleefden. Daar was hij geboren, om te doen wat anderen niet durfden.

Zijn paard waarschuwde hem op hetzelfde moment dat zijn oren geritsel hoorden in het bevroren kreupelhout. *Wolven.* Tuuri grinnikte. *Arme beesten, er staat ze een verrassing te wachten.* Hij hief zijn hand en zong de oude bindingswoorden die zijn vader hem had geleerd. Even was alles stil. De wolven stonden bewegingsloos en staarden naar hem. Tuuri kon hun ribben door hun ruige pels heen zien. De lucht boven het pad trilde en een beer verscheen voor hem, groter dan man en paard samen. Het dier keek Tuuri vuil aan, geïrriteerd dat die hem ontboden had.

Excuses dat ik je riep, Sha'akaii, mijn vriend. Ik heb je grote kracht nodig. Zijn totembeer gromde en ging op de wolven af. De leider van de roedel jankte gefrustreerd en stil als ze gekomen waren, verdwenen de dieren in het duister. Tuuri slaakte een diepe zucht.

Sha'akaii keek hem kil aan. *Wees de volgende keer wat voorzichtiger.* Met een voor zijn grootte ongelofelijke snelheid ging hij achter de wolven aan.

Goede jacht, mijn vriend, dacht Tuuri, terwijl hij verder reed.

Uren later begon zelfs zijn paard vermoeid te raken. Haar tempo zakte en ze liet haar hoofd hangen in overdreven vermoeidheid.

'Ik weet het,' zei Tuuri met een grijns. 'Ik zal een goede slaapplaats opzoeken.'

Bij een plek waar de sneeuw hoog opgetast lag, hield hij halt. Hij gaf zijn paard wat graan en nam voor zichzelf brood en kaas uit zijn zadeltas. Zacht fluitend groef hij een ondiep hol in de sneeuw, wikkelde zich in zijn mantel en viel in slaap.

Een trap in zijn zij deed hem ontwaken. Gespannen, zijn dolk in de hand, staarde Tuuri naar de jongeman voor hem.

'Fynni,' zei hij, toen hij de stamtekens op beide wangen zag. 'Je liet me schrikken.'

De ander lachte. 'Je bent snel bang, Fynnikin.'

Dat klonk als een belediging.

Tuuri stond op en stak zijn mes weg. 'Ik verwachtte je, alleen niet midden in de nacht.'

De jongeman ontblootte zijn tanden. Het was geen glimlach. 'Ik verwachtte je wakker, niet slapend.'

Tuuri fronste bij de vijandige toon in zijn stem. 'Wat is je naam, broeder?'

De jongeman staarde hem snerend aan. 'Ik zeg het één keer, Fynnikin. Ik ben Vulf, tarkynn van de Yenchinnii. Ik ben je broeder niet.'

Tuuri voelde het bloed uit zijn gezicht wegtrekken. Zijn keel kneep zich dicht en hij slikte. 'Ik... ik ben Tuuri Klein Mes, jarl Rannars bode.' Hij rechtte zijn schouders. 'Ik breng je orders.'

Vulf draaide zijn hoofd weg. 'Later. We zijn bezig met een overval. Kom mee.' Zijn gezicht was koud. 'Het zal je onze Fynni manieren laten zien.'

Tuuri wist dat het geen verzoek was. Hij schudde de sneeuw van zijn mantel en haalde zijn paard. De enormiteit van Vulfs afwijzing verdoofde hem. Zijn hart kromp ineen van schaamte en hij zou willen huilen. Met moeite hield hij zijn stem onder controle.

'Wat voor overval? Ik ben niet zwaar bewapend.'

'Wees maar niet bang,' zei Vulf. 'We gaan de familie van een spion pakken. Het is niet gevaarlijk, Fynnikin.'

Tuuri beet op zijn lip. Zo bedoelde hij het niet. 'Ga maar voor, tarkynn.'

Vulfs mannen vormden een solide vierkant van strijders, vijfentwintig man sterk. Ulvhednar, zag hij aan hun insignes, de meest fanatieke van alle Fynni krijgers, die leefden en stierven op het woord van hun aanvoerder. Hun gezichten bevielen hem niet. Ze waren leeg, ontdaan van alle menselijkheid.

'Is dit je hele strijdmacht?'

Vulf staarde naar hem, zijn ogen hard als steen. 'Nee.' Hij keek weg en Tuuri huiverde.

Ze volgden de weg tot ze bij een zijpad kwamen, waar ze rechtsaf gingen. De weg leidde naar een klein huis met uitzicht over de zee.

Met een enkele handbeweging wees Vulf zijn mannen hun posities. 'Kom,' zei hij. Met vijf man achter zich, liep hij naar de ingang.

Voordat Vulf de klink kon grijpen, deed iemand de deur op een kier open en een mannenstem vroeg: 'Wie is daar?' Toen zag hij de krijgers en probeerde de deur dicht te gooien. Vulf wierp zijn gewicht ertegenaan en ze stormden naar binnen. De man bij de deur klapte tegen de muur en het bloed spoot uit zijn neus.

Tuuri keek om zich heen. Aan zijn linkerkant verborg een donkerharige vrouw een schreeuw met haar handen. Een jongeman van zijn eigen leeftijd had een kind achter zijn rug geduwd. Ze waren alle vier klein van stuk. De man met de bloedneus kwam net tot Tuuri's schouder, terwijl hij zelf niet de langste was.

'Je hebt een leuk huis,' zei Vulf op een conversatietoon. 'Mooi uitzicht, comfortabel. Een leuke vrouw heb je ook. Je hebt het voor elkaar, niet?'

De kleine man veegde het bloed weg. 'Tarkynn, uw gezicht draagt de tekens van de Fynni. Waarom komt u hier? Waarom bedreigt u ons? Vertrek met uw ulvhednar, ga terug naar uw bergen en laat ons met rust.'

Vulf gaf hem een klap. 'Jij smerige zwartalf. Jullie zijn spionnen.' Over zijn schouder zei hij: 'Dood ze.'

Zijn mannen trokken hun zwaarden. De vrouw gilde eenmaal en stierf rochelend met een Fynni wapen tussen haar ribben. Haar bloed kleurde de biezen op de vloer rood. De jongeling hurkte met een mes in zijn handen en bewoog het van links naar rechts in opperste concentratie. Een van de ulvhednar lachte erom en sloeg toe. Terwijl de jongeling met een gapend gat in zijn keel ineenzakte, sloeg de krijger het kind achter hem met het plat van zijn zwaard tegen de slaap. Bij de deur stierf de kleine man als laatste, vloekend en schreeuwend, door drie zwaarden doorboord.

Tuuri stond daar en zag de slachtpartij aan met niet–begrijpende afschuw. Dit was niet Rannars glorieuze strijd. Dit was moord. Hij liep naar de twee jongens. De oudste lag met de armen wijd, zijn ogen leeg. Onder hem lag de kleinste, besmeurd met bloed, de ogen half gesloten en de ademhaling nauwelijks zichtbaar. Tuuri draaide zich om.

'Deze twee zijn dood, tarkynn,' zei hij, terwijl hij zijn stem in bedwang hield.

Vulf toonde zijn tanden in die onware grijns. 'Is dat zo?' Tegen de man naast hem zei hij: 'Steek het huis in brand.'

Ze liepen naar buiten. Vulf keek Tuuri aan. 'Die jongste leefde nog. Ik zag zijn oogleden trillen. Het doet er niet toe; hij zal in het vuur sterven Je bent een slappeling, Fynnikin.'

'Dit is niet jarl Rannars manier, tarkynn,' zei Tuuri, terwijl zijn bloed kookte.

Vulf bekeek hem minachtend. 'Wij zijn Fynni. Dit is *onze* manier, Fynnikin. Dat is niet iets wat een Ostmark schaap als jij begrijpt. Je bent geen puurbloed, laat staan een verwant. Geef me je orders.'

Tuuri overhandigde hem het perkament.

De tarkynn liet zijn blik langs de regels glijden. 'Een zilvermijn veroveren? Mooi, dat doen we.' Daarop verfrommelde hij het bericht en wierp de prop achter zich in het brandende huis. 'Wij zijn uitgesproken. Verdwijn uit mijn ogen, Fynnikin.'

Tuuri keek naar de wrede beschilderde gezichten van de krijgers om hem heen, naar de wolfskopinsignes op hun tunieken en de lange scherpe zwaarden op hun heupen. Dit waren dus de beroemde Fynni. De glorieuze berserkers van zijn volk. Zijn bloedverwanten. Zijn hart was ziek toen hij wegreed, het woud in.

HOOFDSTUK 4 – BELISHEIM

"Het is ongeveer één rust naar Belisheim," had de oude man gezegd. Een rust, twee mijlen te voet. Alleen niet in een sneeuwstorm, met een zicht ter lengte van je pink en iedere stap een beweging in een worstelwedstrijd. Muus wist dat ze niet de relatieve beschutting van het woud konden benutten. Zonder de rivier als gids waren ze verloren.

Toen de uitputting hen dwong te stoppen, groeven ze een gat in de sneeuw. Daar sliepen ze, in hun mantels gerold, dicht tegen elkaar aan. Uren later werden ze wakker, aten een van de overgebleven gegrilde forellen en gingen verder. De storm was gaan liggen en de luchtgeesten vierden het met een hemel vol groene lichten. De twee waren te moe om te praten en te miserabel om ruzie te maken terwijl ze voortgingen.

'Daar.' Kjelle wees in de verte en Muus zag tussen de bomen door brandende toortsen en het silhouet van een palissade.

'Voorzichtig.' Muus' keel was schor en hij wreef de aanvriezende sneeuw uit zijn wimpers. 'Laten we eerst zien waar we zijn, voordat we naar binnen rennen.'

'Wijs gezegd.' Een gesmoorde stem klonk uit het duister, diep en melodieus. Toortslicht danste op de schouder van een gemantelde figuur. 'Twee jonge mannen in de sneeuw. Wie zijn jullie en wat zoeken jullie in Belisheim?'

Kjelle stapte naar voren en hief zijn hand op.

'Gegroet. Wij zijn slachtoffers van rampspoed, op zoek naar onderdak en voedsel. Ik ben Kjelle Almansen en mijn s… mijn metgezel heet Muus.'

'Welkom in Belisheim, Kjelle Almansen en Muus. Volg me; binnen zijn warmte, voedsel en drank.'

Eenmaal binnen de palissade keek Muus om zich heen. Een groot huis, met verschillende bijgebouwen. Goed, solide houtwerk, rijk versierd met machtige symbolen die hij niet kon lezen.

'Is er geen poort?' vroeg hij. 'Alles en iedereen kan zomaar in en uit lopen?'

'We hebben poort noch wachters,' zei hun escorte. 'Belisheim wordt beschermd door de macht van de völva.' De deur naar het langhuis zwaaide open. De warmte bracht de geur van voedsel mee en Muus' ogen begonnen te tranen. *Vers brood en stoof.* Knipperend met zijn ogen keek hij de hal rond. Groene twijgen en maretakken herinnerden hem eraan dat het Joeltijd was. Dat zouden ze nu gevierd hebben, vrijen en slaven samen.

Een ruwe vloek deed hem naar de krijgers kijken die rond een vuur in het midden van de hal zaten. Ze droegen uniformen en op hun leren helmen prijkten metalen wolfskoppen. *Ulvhednar.* Alleen de machtigsten in het koninkrijk konden zich deze berserkers veroorloven. Ze hadden hun wapens bij de hand en hun meedogenloze gezichten vol stamtekens zagen rood van de mede die ze al gedronken hadden. Een van hen sprong overeind, een pokdalige kerel met een geprepareerde wolvenkop als hoofddeksel en de donkergrijze pels over zijn schouders gedrapeerd.

'Jij daar,' brulde hij tegen hun escorte. 'We wachten al een halve dag. Wanneer kan de oude vrouw ons ontvangen? Jarl Rannar zal niet blij zijn dat zijn man Swinne zo aan het lijntje gehouden wordt.'

De gemantelde begeleider hief een hand op. 'Jarl Rannars man Swinne zal geduld moeten hebben. Het godgunstige moment voor een audiëntie is nog niet gekomen. Zodra het zover is, zal de vrouwe u ontbieden. Tot zover staan eten en drinken tot uw beschikking.'

De man vloekte en ging weer zitten. Zijn harde ogen staarden naar Muus en Kjelle, terwijl zijn lippen een sarcastische grijns vormden. 'De vrouwe heeft wel tijd voor twee baardeloze snotneuzen?'

'Het Lot leidde hen hierheen, jarl Rannars man Swinne. Tegen het Lot strijden is zonder betekenis.'

'Jij en je vaagspraak.' De pokdalige man snoof en spoog in het vuur.

Muus vermeed het naar hem te kijken. Toen de naam Rannar viel, voelde hij de theynling naast hem verstijven. Rannar van Westhal, wiens landen ver weg in het zuidoosten lagen, was een verklaard vijand van jarl Dettrich en dus van Kjelles vader. Rannar was een ambitieus en gewetenloos man, met volgelingen die bij zijn aard pasten. *We moeten oppassen,* dacht Muus, met een vlugge blik op de gewapende strijders. *Eén verkeerd woord en ons bloed vloeit. Het is maar goed dat ze niet weten wie we zijn.*

Toen ze tussen de mannen en het vuur door liepen, stak een van de krijgers zijn been uit. Muus struikelde en kon zich nog net aan Kjelles schouder vastgrijpen om niet te vallen. De ulvhednar keek hem uitdrukkingsloos aan en de spanning steeg. Maar Muus zei niets. Onder luid hoongelach van de wolfskrijgers leidde hun escorte de twee jongens naar achteren.

In een afzonderlijke ruimte troffen ze een oudere vrouw in een bedstee aan. Toen de deur achter hen sloot, liet hun escorte de capuchon zakken. Tot zijn verrassing zag Muus een meisje, niet de man die hij had verwacht. Ze boog voor de oudere dame.

'De zoekers, vrouwe.' Daarop trok ze zich in een hoek van de ruimte terug.

'Welkom,' zei de oude dame. 'Mijn verontschuldigingen dat ik u liggend ontvang; mijn benen dragen mij niet meer. Ik ben Asgisla, de völva van Belisheim. Uw komst was verwacht, Shardheld.'

'Moge de goden met u zijn,' zei Muus, terwijl hij haar rechtop als een vrij man begroette. 'Harbard zond ons hierheen.'

De völva glimlachte. 'Hij had gelijk, zoals altijd.' Ze gebaarde naar een kist tegen de muur. 'Haal die naar voren en kom bij me zitten.' Ze wachtte tot Muus en Kjelle zover waren. 'Het spijt me dat ik u geen rust gun na uw reis. U hebt de krijgers in de hal gezien. Ze wachten al een halve dag op een voorspelling. Ik heb ze laten wachten, omdat ik wist dat u zou komen en ik moest u eerst spreken. Ik weet waarom u hier bent, maar toch wil ik het verhaal uit uw eigen mond horen, Shardheld.'

Muus knikte. Hij voelde zich kalm in deze vaag verlichte ruimte. De ogen van de völva waren warm en begripvol. Hij vertelde het verhaal zoals tegen de oude eenoog en, net als Harbard, luisterde de völva met een intensiteit die alleen de beste skalden bij hun publiek losmaakten.

'U hebt de Shard,' zei ze toen Muus uitgesproken was. Zijn hand ging naar de buidel om zijn nek, maar de völva schudde haar hoofd.

'Ik hoef hem niet te zien, Shardheld. Ik weet dat hij er is. Over hem moeten we praten. Het kan hem niet schelen; niets van wat ik zeg zal hem van zijn doel afhouden.'

'Kan die steen ons horen?' zei Kjelle met angst in zijn stem. 'Bij Odin, ik zei toch dat je hem weg had moeten gooien, dwaas.'

'U kunt de Shard niet wegdoen, theynling,' zei Asgisla onverstoorbaar. 'Noch kan hij verloren raken, gestolen worden of op enigerlei manier vernietigd worden. Zodra iemand hem gevonden heeft, blijven ze samen tot de Shard zijn taak heeft vervuld, of tot de drager sterft. Muus heeft geen andere keus. Hij is de Shardheld.' Ze keek even naar het meisje, dat overeind gekomen was om de sputterende pit van de olielamp helderder te laten branden.

'Wie of wat is de Shardheld?' vroeg Muus.

'Dat is een goede vraag.' De völva vouwde haar handen op de deken. 'Toen de nieuwe goden de oude verjoegen, heerste er chaos in het land. De goden zagen dit met lede ogen aan, want de chaos bedreigde hun plannen voor de wereld. Ze besloten orde te scheppen, opdat de mensen zouden worden verenigd.

'Ver weg, in het zuiden van de wereld, stond een kasteel, hoog op een rots, in een streek van beboste bergen en snelstromende rivieren. Hier werd een tweeling geboren, Karos en Kalman. Hun volk is ons onbekend, maar ze stamden van de goden af en de jongens groeiden sterk en wijs op. Toen Karos een man was, ging hij de wereld in en slaagde erin om de woelige landen onder zijn heerschappij te verenigen. Rond zijn kasteel stichtte hij Rom, de hoofdstad van het Eeuwige Rijk. Daar regeerde hij lang en rechtvaardig. Aan zijn zijde stond Kalman, zijn broeder en een groot geleerde, meester van alle magie. Hij schreef de wetten die Karos uitvoerde.

'Na vele jaren stierf Kalman kinderloos. Zijn volgelingen begroeven hem in de diepten van de grotten onder de stad Rom. Op zijn graf plaatsten de goden een monoliet, de Kalmanir, en gaven hem al hun magie. Vanaf die dag kwam de macht van goden en mensen uit die steen.' Asgisla stopte even en keek naar Muus, die bewegingsloos terugkeek.

'De glorie van Rom is voorbij, maar de kracht die wij gebruiken is nog altijd de gift van de Kalmanir. Alleen is de kracht van de steen niet oneindig. Wanneer er vijf maal vijf generaties gekomen en gegaan zijn, moet de Kalmanir worden bijgevuld. Daartoe zenden de goden een shard naar de aarde, een stukje van de blauwe lucht. Degene die de scherf ter hand neemt, is de Shardheld, wiens lot het is de scherf met de Kalmanir te verenigen. Dat is geen gemakkelijke taak; de weg en de last zijn zwaar voor hen met ontoereikende krachten. En dus hebben we een probleem.'

Tot nu toe had Muus zwijgend geluisterd, maar bij de laatste woorden slikte hij. Het lamplicht weerkaatste in Asgisla's ogen toen ze hem aankeek.

'Alle eerdere Shardhelds waren machtige wijsvrouwen of grote geleerden. Mensen met kracht en ervaring. Dit is de eerste keer dat de Shardheld zowel een jonge man is als een slaaf.'

'Wat!' Muus kreeg een kleur. 'Ik ben geen slaaf.'

De völva stak haar hand op. 'Ik kan uw levensdraden lezen terwijl ze gesponnen worden,' zei ze. 'Kjelle Almansen, uw verleden, heden en toekomst zijn geen geheim voor me.'

De theynling verbleekte. Zweet parelde op zijn voorhoofd en zijn mond hing open.

Asgisla negeerde zijn angst. 'Van Muus zie ik...' Nu haperde haar stem even, 'alleen het heden. Er ligt een waas over wat was, en wat zal zijn is een vurige grot die alle beelden doet vervagen.'

De völva wenkte het meisje. 'Dit is Birthe,' zei Asgisla. 'Zij is mijn armen, benen, ogen en oren buiten deze kamer. Birthe, breng me twee duimpjes.'

Een moment later kwam het meisje terug met twee duimgrote bronzen bekertjes. Een reikte ze de völva aan en de andere Muus.

'Hier,' zei ze op een toon die grensde aan vijandigheid.

Muus keek van het bekertje naar haar gezicht. 'Wat zit erin?'

'Drink het gewoon op, jongen,' snauwde Birthe.

Asgisla glimlachte. 'Kalm, meisje. Wees niet bang, Muus. Dit water verenigt jou en mij in een droom die ik kan lezen. Het zegt mij of je krachten toereikend zullen zijn om je last te dragen. Drink het, Shardheld.'

Muus bracht het bekertje naar zijn mond. Het rook vreemd, naar onbekende kruiden. Met zijn ogen dicht dronk hij het water op. Het smaakte bitterzoet.

Hij zweeft door de lucht. Om hem heen worden wolken gesponnen van eindeloze draden die in de verte verdwijnen.

Dan verandert zijn ziening. Gezichtsloze mannen en vrouwen dwalen door de mist. Sommigen hebben monden die geluidloos open en dicht gaan, anderen alleen een oog of een oor. Allen zijn onherkenbaar.

De houten boeg van een langschip glijdt zijn blikveld binnen. Krijgszuchtige mannen met bijlen werpen zich op de gezichtslozen. Hun monden gaan wijder open en er is bloed,

vuur. Een in leer gehulde arm sleurt een kleine jongen weg
van de gezichtslozen. De gesloten mond van de jongen
schreeuwt door zijn ogen.
Het langschip danst op de groene zeeën. Golven, hoog en
schuimend, jagen het schip voortdurend op, terwijl de
roeiers, hun riemen in ruststand, zich aan hun banken
vastklampen. Het zeil staat strak en rond, zodat het lijkt alsof
de geschilderde beer op het punt staat om aan te vallen. Een
kleine jongen, rillend van de kou, staat bij de mast. Er zijn
meer gevangen kinderen aan boord, maar hij is de enige die
niet huilt. De beer op het zeil is Skid Largassens totem, de
viking van Helmshaven.
Houten huizen, lemen huizen, rieten daken. Wind en regen,
de klotsende zee tegen de pieren. De straten zijn houten
plankieren boven het getijdenwater en schapen dwalen over
de hoge grond. Helmshaven, bij Harkoy.
Er is een rokerige hal; donker en stinkend naar verschaald
bier. Walmende toortsen verlichten jammerende kinderen. De
kleine jongen huilt nog steeds niet; zijn mond is gesloten.
Alleen zijn ogen schreeuwen. Mannen roepen
onverstaanbare woorden. Rinkelende munten wisselen van
hand en een voor een verdwijnen de huilende kinderen. Een
jongere Hagen, in een nieuwe jas van witte wolfshuid, neemt
de kleine jongen mee naar buiten. De slavenmarkt van
Helmshaven.
In het duister zweeft hij, alleen.

Kjelle zag hoe Muus' ogen wegrolden in hun kassen en de
haartjes op zijn armen stonden overeind. Hagens ogen deden
net zo toen hij stierf. *Nee!* Het koude zweet brak hem uit bij
de gedachte. Hij had Muus nodig. Hij staarde naar de
bewusteloze slaaf, zijn brein in verwarring en zijn hart zo
snel kloppend dat hij dacht te stikken. Vanaf het eerste
moment, toen zijn vader hem Muus schonk, had hij de jongen
verafschuwd. Dat zwarte haar en bleke gezicht, de rechte
schouders zo zonder angst. Hij leek op een zwartalf en hij

huilde nooit, zelfs niet als Kjelle hem sloeg. Hij was zo klein en mager, zo'n arrogante muis. Nooit–bange Muus. Kijk hoe hij die sneeuwwolf doodde. Hij had nog nooit een zwaard in handen gehad, maar het beest ging dood, niet Muus. Muus was sterk genoeg voor twee. Muus moest blijven leven. De oude völva bewoog haar handen en ze zong zo zacht dat hij de woorden niet kon verstaan. Muus zwaaide heen en weer op de melodie, zijn gezicht zo leeg als de stenen beelden in Siga's kamer. Kjelles maag bewoog bij het idee. Dit was onnatuurlijk. Muus' magie, zijn hulpeloze staat, was onmannelijk. Geen Nord zou in zo'n situatie mogen belanden. Muus was geen Nord, maar toch... magie was voor vrouwen.

'De völva heeft gesproken,' zei Birthe. Zonder dat hij het gemerkt had, was ze naderbij gekomen. 'Til hem op; ik breng jullie naar een andere ruimte. Een paar uur slaap en hij is weer in orde. Dan zal de völva jullie haar bevindingen vertellen.'

Via een verborgen achterdeur bracht ze hen door de kou naar een kleine hut bij de hoofdingang. 'Er zijn wat stromatrassen. Ik breng je eten en drinken,' zei het meisje, terwijl ze haar toorts in een wandhouder plaatste. 'Probeer te rusten. Als de tijd daar is, kom ik jullie halen. Blijf tot dan binnen. Vermijdt de wolfkrijgers van Westhal.'

Kjelles gezicht vertrok. 'Rannars mannen zijn geen vrienden van mijn huis.'

Het meisje keek hem aan. 'Van niemand,' zei ze en ze deed de deur achter zich dicht.

Kjelle liet Muus op een van de matrassen zakken. Met zijn vuisten gebald keek hij naar het zwaard aan diens riem. Zou hij...? Nee. Kjelle huiverde. Het zwaard had Muus geluk gebracht; hij kon het beter houden, je wist maar nooit. Hij ging op het tweede matras liggen en sliep.

Ruwe handen schudden Kjelle totdat hij zijn ogen opendeed.

'Word wakker,' fluisterde een stem. 'Freya, help me; word toch wakker.'

Het was Birthe, haar gezicht nat van de tranen en met bloed uit een snee boven haar rechterwenkbrauw.

'Je bent gewond.'

'Dat komt later wel. We moeten vluchten. Snel, maak je klaar.'

Kjelle voelde zijn hart in zijn keel kloppen. 'Wat is er?' vroeg hij, terwijl hij zijn sneeuwschoenen omdeed en naar zijn rugzak graaide.

'Swinne!' Birthes gezicht was een grauwend masker van haat. 'De schurftige rat doodde Asgisla. Zijn mannen plunderen het huis; we moeten gaan voordat ze hier zijn.'

Kjelle begon te zweten. 'Muus! Luie bastaard.' Hij schudde het slappe lichaam. 'Hij wordt niet wakker.'

'Beheers je.' Birthes stem was als een zweepslag. 'Dat komt door het droomwater. Je moet hem dragen.'

Kjelle trok een gezicht. 'Hem dragen?'

'Je mag hem niet. Dat doet er niet toe; til 'm op.'

De theynling bukte zich en tilde de bewusteloze Muus van de grond. 'Hij weegt niet veel.'

'Rustig aan! Je hoeft z'n arm niet te breken. Er is niemand te zien. Kom, vlug.'

Als twee bange schaduwen vluchtten ze het duister in. Het sneeuwde terwijl ze zich door het woud haastten. Kjelle met Muus over zijn schouder en Birthe diep in haar mantel weggedoken, beiden zwijgend. De rode gloed van Belisheims toortsen vervaagde in het halfduister en er was niets meer dan de sneeuw en het kraken van overladen takken.

Kjelle raakte alle gevoel voor tijd en richting kwijt. Blindelings volgde hij Birthe, tot ze aan de gapende mond van een grot kwamen. Hij rook een bekende lucht en haastig onderdrukte hij de herinnering aan die vervloekte mannelijkheidstest.

Naast hem hief Birthe haar handen op en begon te zingen. Ze wachtte even, maar niets bewoog. 'Het is leeg.'

Kjelle volgde haar naar binnen en keek rond. De grot was groot genoeg om in te slapen en diep genoeg om hen tegen de wind te beschermen. Hij bukte en legde Muus neer. 'Weet je waar we zijn?'

Het meisje keek naar hem. Haar bebloede gezicht zag grauw, haar ogen waren rood van het huilen en haar handen openden en sloten zich krampachtig. 'Ik ken de hele omgeving. Hier leefde een beer, maar een jager doodde hem afgelopen zomer. Ik verwachtte dat de grot leeg was; zijn geest is nog sterk hierbinnen.'

'Kunnen ze ons vinden?' Kjelle voelde hoe zijn stem trilde.

Birthe veegde met haar mouw over haar neus; tranen glinsterden in haar wimpers. 'Ik denk het niet. Ze waren waanzinnig, dronken van alle mede en bier. Daarnaast sneeuwt het hard; onze voetsporen zijn al lang uitgewist. Nee, zelfs hun wolfsneuzen zullen ons niet vinden.'

De theynling ontspande een beetje. 'Dan zijn we voorlopig veilig. Hoe kom je aan die wond?'

'Een van Swinnes mannen wilde me aanranden. Ik maakte bezwaar, alleen was ik wat langzaam. Het Lot was met me, want zijn mes mikte op mijn keel.' Ze trachtte te glimlachen. 'Hij was zo gretig; hij greep me met zijn broek omlaag. Toen ik hem achterliet, was hij bezig zijn ingewanden terug naar binnen te proppen.' Ze bracht haar vingertoppen naar de wond, maar aarzelde toen. 'Hoe lang is de snee?'

'Van je oog tot boven je neus,' zei Kjelle. 'Het bloedt nog.'

Birthe nam een stijf opgerolde reep stof en een klein zakje bladeren uit haar jaszak. 'Kun je het verbinden?'

Kjelle knikte. 'Mijn vader wilde dat ik iets wist van krijgswonden.'

'Verstandig van 'm. Leg wat duizendblad over de snee, dat helpt het genezen.'

Kjelle slikte. Wijsvrouw Siga had hem laten zien hoe hij het moest doen, maar nog nooit bij een echte wond. Terwijl hij het lange verband over de wond wikkelde, keek hij naar het meisje. Ze was zo angstaanjagend zeker van zichzelf. Ze leek meer op een krijger dan op een völva, met haar rugzak, de pijlenkoker op haar heup, de boog in zijn foedraal over de schouder en aan haar riem een jachtmes zo lang als zijn onderarm. Haar aanrander de buik opensnijden... Hij huiverde.

'Wat heb je daar onder je mantel?' vroeg hij, terwijl hij de laatste knoop in het verband legde. 'Het beweegt.'

Birthe maakte een hijgend geluid en greep de zak op haar rug. 'Oh, kleine man,' zei ze. 'Je moet je armpjes binnenhouden. Het is veel te koud om te zwaaien.'

'Een baby?' Kjelles stem sloeg over. 'Je hebt een baby bij je?'

HOOFDSTUK 5 – HINDERLAAG

De bruidswagen was twee dagen onderweg van Jonthal aan de kust naar Leidwald, diep in de wouden van Dalland. Twee ossen trokken de wagen over de bevroren weg. Een zijde van de leren huif was open, zodat Swanfrid met haar nieuwe echtgenoot kon praten. Ajkell Gudrofsen volgde met de achterwacht, zijn ogen alert en zijn hand nooit ver van zijn zwaard. Niet dat hij problemen verwachtte, maar de zonen van Gudrof kwamen van een beroemde stam van beerkrijgers en zij waren zelfs in hun slaap nog waakzaam. Daarom had Leidwald Gudrofs jongste zoon ingehuurd als lijfwacht voor hun theynling.

Ajkell keek naar zijn meester en meesteres. Hij grinnikte. De bruid, een fervent jaagster, mokte omdat ze in de wagen opgesloten zat met haar lijfslavin en haar bruidsgeschenken, en Meili, haar echtgenoot, deed zijn best om haar op te monteren. De theynling was in een goede stemming en geen wonder. Hij was jong, gezond en trots op zijn nieuwe echtgenote. De bruiloft was een groot succes geweest. Alleen de afwezigheid van theyn Brandr, Meili's vader, had een kleine domper op Meili's vreugde gedrukt, maar het hart van de oude man was niet sterk genoeg voor de lange reis. Nu wachtte hen een tweede feest als ze thuiskwamen.

Ajkells blik ging naar de hoofdman, een reusachtige krijger in een maliënhemd, met koperen ringen in zijn haar en zijn gevorkte baard. Zijn gezicht leek uit steen gehouwen en zijn mond was grimmig.

Het begon te sneeuwen. Ajkell keek naar de lucht en nieste. Ratelend reed de wagen voort. De wielen kraakten door de sneeuw en de ossen ploegden onverstoorbaar door. Theynling Meili zei iets tegen zijn jonge vrouw. Het moest grappig zijn geweest, want Ajkell hoorde haar lach.

De jonge beerkrijger keek op. Er was iets mis. De hoofdman voelde het ook. Hij keek zoekend rond, zijn handen om de greep van zijn machtige bijl geklemd. Toen veranderden de sneeuwvlokken in schachten en de grote man stierf, zijn lichaam doorboord door een dozijn pijlen.

Nog voordat de hoofdman viel, sprong Ajkell naar voren en sleurde de theynling van zijn paard. 'Kruip onder de wagen. Laat het vechten aan mij over.' Maar een pijl had zich diep in Meili's borst geboord en het bloed uit zijn mond liep over Ajkells berenjas. Om hem heen waren nog maar drie krijgers in leven. De jonge bruid sprong uit de wagen met de nieuwe boog die ze van haar vader gekregen had in haar handen. Ze schoot op de grimmige schaduwen in de sneeuw en doodde er twee, terwijl andere om de wagen heen gingen en haar van achteren aanvielen. Ajkell snelde haar te hulp en zwaaide met zijn zwaard. De eerste aanvaller zakte ineen met een verdwaasde uitdrukking op zijn wegrollende hoofd. Terwijl de jonge beerkrijger zich naar de volgende vijand keerde, zag hij hoe een van de aanvallers zijn zwaard in Swanfrids rug ramde. Haar laatste pijl verdween doelloos tussen de sneeuwvlokken. Bloed welde op onder haar borsten, haar feestelijke jurk kleurde roze en Ajkell brulde in wanhoop. Zijn tegenstander stortte neer met zijn helm en schedeldak gespleten. Hijgend keek Ajkell rond, zoekend naar de moordenaar van zijn meesteres. Toen explodeerden alle sterren uit de hemel in zijn hoofd en werd het donker.

Hij ontwaakte toen iemand aan zijn riem plukte. Hij kreunde en haalde uit met zijn hand, alsof hij een lastige vlieg wilde verjagen. Boven zich hoorde hij een gesmoorde kreet en hij opende zijn ogen. Een kind, een jongen met een smerig gezicht en felle ogen, keek hem aan. Hij had bloed aan zijn handen, zijn wangen en zijn veel te grote kleren. Op zijn vettige haar zat Swanfrids bruidskrans en in zijn vuist hield hij een mes.

'Nee,' zei Ajkell en hij greep de pols met het mes beet. 'Nee, zoon van een luizige teef, blijf met je smerige poten van me af.'

Een grote grijns trok over het vuile jongensgezicht. 'Je leeft! Hij dacht dat je dood was en hij vertrok met zijn mannen. Maar je leeft. Laat me gaan, oh Thor met de machtige spieren. Geniet van je leven en laat me gaan, voordat ik hem kwijtraak.'

Ajkell beet op zijn tanden tegen de pijn in zijn hoofd. 'Wie is hij?' vroeg hij. 'En wie ben jij?'

'Ik ben niets, Thor. Ik ben een schaduw. Te onbeduidend om dood te maken. Of misschien ben ik al dood.'

'Je bent niet dood,' zei Ajkell. 'Ik voel je arm; je hart klopt. Heb je een naam?'

De jongen lachte weer en hield zijn hoofd schuin. 'Noem me Hraab.'

'Raaf,' zei Ajkell grimmig. 'De lijkenpikker. Een passende naam, kind. Wie is "hij"?'

'Dat is Vulf. Mrrrarh!' zei de jongen met een knappe imitatie van een grauwende wolf. 'Zo noemt hij zichzelf.'

'Raaf en Wolf. Vertel me meer over Vulf.'

Het gezicht van de jongen vertrok. 'Hij is de Dood met het gezicht van een jonge man. Niet ouder dan mijn broer. De Wolf dient een groot heer in het zuiden; een jarl.' Hij leunde naar voren en fluisterde: 'Rannar de Slang.'

Ajkell zat rechtop en de jongen piepte toen zijn hand haast werd fijngeknepen.

'Rannar?' zei de jonge krijger. 'Hoe weet je dat?'

'Toen ik dood op de grond lag, hoorde ik hen praten. Ze schepten op over de beloning die Rannar hen zou geven voor hun daden.'

'Rannar. Hij is een vriend van mijn meesters schoonvader. Waarom zou hij zoiets als dit doen?'

'De slang bijt ook zijn vrienden,' zei Hraab. 'Zo is hij gemaakt.'

Ajkell trok de jongen naar zich toe. 'Je spreekt de waarheid? Ik maak je dood als je tegen me liegt, kind.'

'Ik ben al dood, Thor. Ik stierf toen Vulf mijn familie vernietigde. Ik lag onder het lichaam van mijn broer, naast mijn vader en mijn moeder. Toen, net als nu net met jou, sponnen de schikgodinnen me een beetje leven en ik ontwaakte. Het huis stond in brand, maar ik kon wegkomen. Vulfs troep was nog niet ver en ik volgde ze.'

'Waarom?'

De jongen haalde zijn schouders op. 'Ik ben als een draug, een lopende dode. Hen volgen geeft me een doel. Ik eet wat ze achterlaten, slaap in de sneeuw en wacht op een kans.' Er brak een grijns door op zijn gezicht. 'Ze weten dat ik er ben. Vulf vindt het grappig. Hij zwaait naar me als hij me ziet en af en toe laten zijn mannen wat eetbaars voor me achter. Alsof ze willen dat ik hen volg.' Hij zuchtte. 'Als ik hem alleen tref, krijgt hij mijn kleine havik in zijn rug.'

'Nog een ander beest?'

'Laat me gaan en ik zal het je tonen.'

'Ik laat je los als je niet wegloopt.'

De jongen lachte. 'Ik loop niet weg. Onze doelen zijn dezelfde, Thor.'

Ajkell liet zijn pols los en de jongen kraakte zijn vingers een paar keer.

'Goed. De havik vliegt.' Hij bewoog zijn hand en een ogenblik later stak een kleine werpbijl trillend in een boomstam, zo'n dertig voet verderop. 'Hij vond zijn prooi.'

De jonge krijger knikte. 'Een nuttig dier, kind.' Hij stond daar en staarde naar de lijken. 'Hier liggen de erfgenamen van twee landgoederen, dood. Twee rijke bezittingen met bejaarde heersers beroofd van hun opvolgers.' Zijn stem was koud, ontdaan van alle vrolijkheid. 'Zie je de edele heer? Dat was Meili Brandrsen, theynling van Leidwald, wiens leven ik moest beschermen. De vrouwe wier krans je draagt was Swanfrid, Jonthals erfdochter en Meili's bruid van drie dagen. Zie hun bleekheid, hun bloed. Ik heb gefaald, ravenkind; gefaald in mijn eed. Ik had eerder moeten vallen dan mijn meester, maar ik leef nog. Met hen stierf mijn eer, de eer van clan Gudrofsen.'

'Je bent net als ik, broeder draug,' zei de jongen. 'Vulfs dood herstelt jouw eer en misschien mijn leven.'

Ajkell zocht zijn zwaard en vond het in de sneeuw, nutteloos. Anderhalve voet van het uiteinde was afgebroken. 'Hoe in Hels naam...' Toen zag hij de punt, ingeklemd tussen twee rotsen. 'Ik moet erop gevallen zijn.' Zijn eer en zijn zwaard, allebei gebroken. Zonder na te denken hief hij het wapen op. 'Dit zwaard zat niet worden hersteld zolang mijn wraak nog onvolbracht is.' Hij stak het bovenste deel terug in de schede en keerde zich om. 'Help me mijn heer en vrouwe af te leggen; ik kan ze zo niet achterlaten. Daarna gaan we achter de Wolf aan.'

'Goed,' zei de jongen. 'Thor en de Raaf samen.'

Het kan niet ver meer zijn naar Belisheim, dacht Tuuri. "Je volgt gewoon de rivier," had de dorpeling gezegd. "Je kunt 't niet missen. De völva is een voorname vrouwe, ze zal je ruim te eten geven en je slaapt een nacht droog." Tuuri had hem bedankt. Warm eten was veelbelovend, maar belangrijker nog was de vraag die hij haar van zijn meester moest stellen. Hij moest haar geld aanbieden voor het antwoord. Honderd goudmunten, zorgvuldig verstopt onder de valse bodem in zijn zadeltas. Iemand anders had dezelfde vraag voor haar, maar zijn argument zou de kracht van zijn wapens zijn. Tuuri grinnikte; hij dacht dat zijn manier veel prettiger was.

Voor de tweede keer vulde een brandlucht zijn neusgaten. Hij liet zijn paard langzamer lopen, klaar om bij het minste spoor van onraad te vluchten. Toen zag hij de gloeiende resten van uitgebrande gebouwen tussen de bomen. Iemand had het gedurfd de hand op te heffen tegen de grootste völva in de wereld? Tuuri volgde zijn moeders goden; voor hem waren wijsvrouwen de dienstmaagden van Freya zelf, en onschendbaar.

Hij staarde naar de ruïnes van Belisheim. Het weigerde tot hem door te dringen. Hadden ze de völva gedood? Zijn ogen dwaalden naar de mannen tussen de bomen. De meesten sliepen, dronken van plunder en doodslag. Een oudere man, met een baard en een gezicht vol stamtekens, keek hem met dikke ogen aan.

'Wie bend jij?' vroeg hij. 'Je lekt me 'n Fynnikin, welp.'

'Dat ben ik. En wie ben jij? Beging jij deze dwaasheid?' De man brieste. 'Dwaas? We verbrandden de heks; de liegende, arrogante hoer. Waddehel doede gij hier?'

'Ik ben jarl Rannars bode. Ik moest de völva een vraag stellen, in het geval de krijgers faalden. Waren jullie dat?'

De man spuugde een klodder speeksel in Tuuri's richting. 'Ik faalde niet, Fynnikin welp. Ik ben Swinne, tarkynn van de Azdainii. Ik kan niet falen. Ze hield me bijna een dag aan 't lijntje en toen... toen zei ze nee. Dus doodden we haar.' Hij zakte terug tegen de boom waaronder hij zat en boerde.

Tuuri huiverde. Hij voelde de wereld rondom hem instorten. Eerst Vulf en nu Swinne. Zijn verleden, zijn trots, het was allemaal een leugen. Hij rechtte zijn rug. 'Dit was niet wat de jarl wilde. Hij had haar advies nodig.'

'Da's be'oorlijk stom van 'em,' zei de dronken tarkynn, terwijl hij onder zijn wolfsmuts krabde. 'Je ve'trouwt geen liegende vrouw, welp.'

'Ik zal dit rapporteren.' Tuuri kon ternauwernood zijn woede bedwingen.

Swinne staarde hem aan, zijn ogen rood als de gloeiende resten van het huis. 'Doe dat, kleine hielenlikker. Die verdomde jarl van je betaalt me, maar hij zegt me niet wa'k moet doen. Ik ben een Fynni hoofdman. Naahh, maak da'je wegkomt nu je nog heel bent, v'rrekte halfbloed. Je babbel begint me te irriteren.'

Zonder een woord keerde Tuuri zijn paard en reed het besneeuwde woud in. Zijn hart kromp ineen. *Ik moet naar huis. De jarl moet weten wat hier gebeurt. Zijn hele plan valt in duigen door die beesten. Halfbloed!* Het woord dat hij bovenal haatte en dat zo waar was.

HOOFDSTUK 6 – MEER GEVAREN

Muus keerde uit vlagen van bewustzijn terug naar de Aarde en de harde vloer onder zijn rug.

'Kjelle?'

'Je bent wakker!'

Muus knipperde met zijn ogen en zag het gezicht van de theynling boven zich. 'Help me overeind.' Kjelles sterke arm in zijn rug hielp hem rechtop te gaan zitten. 'Een grot?' Toen zag hij Birthe. 'Jij hier? Wat is er gebeurd?'

'Swinne,' zeiden ze tegelijkertijd. Birthes reactie was de felste en Muus keek naar het verbonden gezicht van het meisje.

'Jij bent de völva's leerlinge. Heb je de vrouwe alleen gelaten?'

'Ze is dood.' Een klaaglied zong van Birthes lippen. Met haar armen om de bundel op haar schoot wiegde ze heen en weer, haar ogen naar binnen gedraaid.

'Swinnes mannen hebben Asgisla en haar mensen vermoord,' zei Kjelle. 'Terwijl ze Belisheim plunderden, kwam Birthe me waarschuwen dat we moesten vluchten. Ik kon je niet wakker krijgen.'

'En toen?' Muus balde zijn vuisten.

Toen heb ik je gedragen. Dat magere lichaam van jou weegt niet veel.' Kjelle keek hem schuin aan. 'Je eet te weinig.'

'Af en toe een homp brood,' zei Muus. Toen greep hij Kjelles hand. 'Dank je.'

De theynling snoof. 'Ik wilde je niet verliezen, Bryt. Jij bent de enige die kan bevestigen wie ik ben.'

Muus klopte op Kjelles arm. 'Ik zal duizend eden zweren, theynling.' Een gevoel van neerslachtigheid kwam over hem heen en hij keek naar de sneeuw buiten de grot. 'Nu zal ik nooit weten wat de völva over mij ontdekt heeft.'

'Natuurlijk wel.' Birthe ging rechtop zitten, haar gezicht uitdrukkingsloos. 'Ik ben ook een völva.'

Muus keek haar aan. 'Moet je daar niet oud voor zijn?'
'Ik ben oud genoeg,' beet het meisje hem toe. 'En getrouwd
geweest.'
'Muus,' zei Kjelle. Zijn stem klonk gespannen. 'Ze heeft
een baby bij zich.'
Birthe tilde de bundel pelzen van haar schoot en door de
plooien keek een klein, ernstig gezicht met blauwe ogen naar
Muus.
'Hij heet Búi,' zei ze. 'Búi Birthesen. Mijn zoon, mijn
naam. Zijn vader kwam de beer doden die in deze grot
leefde, maar de beer won. Barn was geen jager. Hij hoopte
indruk op mij te maken; in plaats daarvan maakte hij me een
weduwe. De dwaas.' Ze veegde haar tranen weg. 'Ik was drie
maanden zwanger, toen ik eropuit ging en zijn beer voor hem
doodde. Net zo lang als we getrouwd waren.' Ze wiegde het
kleintje in haar armen. 'Ik zou een andere man kunnen
vinden, maar ik wil niet. Nooit meer.' Het meisje toonde een
dunne metalen staf die ongeveer even lang was als haar
onderarm. 'Zie je dit? Ik hoor nu tot de völur. Ik heb geen
man nodig.' Búi begon te huilen. Ze knoopte haar jas en haar
vest open. Even later had de mond van de pasgeborene haar
tepel gevonden en zoog hij zijn maaltijd naar binnen.
'Hij heeft altijd honger,' zei ze. 'Net als zijn vader.'
Muus keek haar aan. 'Het spijt me.'
'Mij ook.' Het meisje klonk bitter. 'We waren te jong.'
Bijna boos pakte ze haar toverstaf beet. 'We hadden het over
jou en wat Asgisla van je wist.'
'Goed,' zei Muus. 'Vertel me wat de vrouwe ontdekte.'
Birthe keek hem aan. 'Je bent een Bryt.'
'Ik weet het. Ik hoorde het haar zeggen.'
'Je werd gestolen door Skid Largassen, hij die Beermuil
wordt genoemd, de viking van Helmshaven.'
'Ik zag hem in mijn droom,' zei Muus. 'Beelden van de
overval, van zijn langschip met de beer op het zeil, van
Helmshaven en de slavenmarkt.'
'Je hebt magische kracht.'

'Ja.'

'Maar niet genoeg.'

Muus schokte rechtop. 'Wat betekent dat?'

'Dat de Shard je geest over zal nemen. Tenzij...'

'Tenzij wat?' vroeg Kjelle.

'Tenzij je geest wordt bevrijd van de spreuk die over je is uitgesproken.'

'Wat voor spreuk?'

'Ik weet het niet.' Birthe stak haar arm uit. 'Geef me je hand.'

Haar greep was harder dan hij had verwacht, bijna mannelijk. Het contact veroorzaakte een tinteling die door zijn schouder ging. Hij weerstond de drang om te krabben en wachtte.

Birthe knikte. 'Er is een drempel waar ik niet overheen kom. Iemand heeft een betovering op je verleden gelegd. Je herinneringen zijn er nog steeds, maar onleesbaar. De kracht van deze spreuk is anders dan de onze. Mijn vrouwe had je niet kunnen helpen, dus ga ik het niet eens proberen. Ik denk dat je alleen hulp vindt in je eigen land.'

Muus trok zijn hand weg. 'Nee!' Voor het eerst voelde hij paniek opkomen.

'Je hebt geen keus, Shardheld. Je moet naar Brytanna.'

'Maar dat kan niet,' stamelde Kjelle. 'Muus moet mij helpen. Hij is mijn...' Het juiste woord wilde niet komen.

Birthe gaf een dunne glimlach. 'Hij is geen slaaf, theynling. De Shardheld moet vrij door de wereld gaan.'

Kjelle maakte een ongeduldig gebaar. 'Hij behoort tot mijn huis. Als hij zegt dat hij een vrij man is, zal ik hem niet tegenspreken. Zo veel heeft hij wel verdiend.'

'Als hij terugkeert naar Brytanna, is hij wettelijk vrij.'

'Maar hij moet me helpen!' riep Kjelle.

'We gaan eerst naar Eidungruve.' Muus aarzelde. 'Ik wil ook weten of het nog bestaat.'

'Je kunt er niet blijven,' zei Birthe.

'Ik weet het.' Muus keek Kjelle aan. 'Zelfs als je land en je vader gespaard zijn, moet ik verder. Desnoods als wegloper.' Kjelles ogen brandden. Toen knikte hij. 'Weet iemand waar die menhir is die Muus moet zoeken? Ergens in het zuiden, zei de völva.' Zijn stem klonk nonchalant, maar zijn ogen verraadden zijn spanning.

Birthe staarde naar haar toverstok. 'Ik weet wat de legenden zeggen. De Kalmanir staat in de Grot van de Vlammende Bron onder de ruïnes van Rom, in Falrom, in het zuiden van de wereld.'

'Falrom,' fluisterde de theynling, doodsbleek.

Muus zat stijf als een door de zon versteende trol en staarde naar het visioen van een gloeiend landschap vol rook en vuur. 'Ik zie het,' zei hij. 'Met de Shard in mijn hand zie ik Falrom. Oranje en rood zijn de rotsen. Vurig aardbloed stroomt door de rivierbeddingen en de bergen braken vlammen. Het is heet.' Hij zuchtte. 'Ik moet erheen, Kjelle. De Shard vertelt me hoe. Hij kent de weg.'

De jonge theynling staarde Muus aan met een blik van ontzag, bijna van onderwerping.

Toen sprong Muus op. 'Maar eerst gaan we naar Eidungruve.'

Birthe wikkelde kleine Búi terug in het bont op haar rug. 'Ik ga met jullie mee.'

Muus zag de schok op Kjelles gezicht. 'Met dat kind? We slapen in de sneeuw, moeten ons voedsel vangen en we kunnen dood zijn voordat Zons wagen terug in de lucht is,' zei de theynling.

'Mijn vader was een jager,' zei Birthe trots. 'Sinds mijn vijfde winter woonde ik met hem in het bos, dus de sneeuw is niets nieuws voor mij.' Haar hand ging naar de boog in het etui op haar heup. 'Deze was van mijn vader. Een sneeuwbeer verraste hem van dichtbij, terwijl hij zat te schijten. We hadden geen idee dat het beest in de buurt was. De boeg hing aan een tak. Ik pakte hem en rende weg.'

'Was je vader toen al dood?' vroeg Kjelle.

Birthes ogen vonkten. 'Denk je dat ik een lafaard ben?' snauwde ze. 'Ja, hij was helemaal dood toen ik wegging.' Ze balde haar vuisten. 'Mijn armen waren niet sterk genoeg om hem te wreken, dus vluchtte ik het bos in. Het Lot had een moment van zwakte en leidde mijn voeten naar Belisheim, waar de völva mij als haar leerling aannam. Ik was tien jaar oud. Asgisla zag mijn kracht en leerde mij wat van haar wijsheid. Een beetje, genoeg om me naar het Pad van Lied en Spreuk te leiden. Toen kwam Barn, op zoek naar glorie. Hij had net zulke blauwe ogen als Búi. Mijn vrouwe troostte me als een moeder toen hij stierf. En nu...'

'Nu wat?'

'Nu is de völva dood.' Ze draaide zich wild om en de sneeuw van haar mantel stoof in het rond. 'Ik ben allebei mijn mannen verloren aan een beer en mijn vrouwe aan een nog wreder beest. Alles wat ik heb is Búi. Hij leeft en sterft met mij.' Ze haalde diep adem en kalmeerde. 'We zullen je niet tot last zijn, Shardheld.'

Birthe hield woord. Ze leidde hen feilloos door donkere bossen en sneeuwstormen, totdat ze een weg bereikten.

Kjelle tuurde door de houten sneeuwbril die ze hadden gemaakt. 'Dit moet Koning Huralds Weg zijn.'

Birthe knikte. 'De heerweg naar het zuiden. Wees blij dat het winter is. In de zomer is het een modderig muskietenfeest.'

'Goed gedaan,' zei Muus, maar Birthe tuurde naar een bocht in de weg en gaf geen antwoord. In plaats daarvan wees ze. 'Er is daar iets mis.'

Langs de rand van het bos leidde ze hen verder, tot ze bij een grote wagen kwamen die de weg blokkeerde, met dode ossen en de lichamen van krijgers gedeeltelijk bedekt door sneeuw.

'Er was een hinderlaag.' Kjelle klonk geschokt.

'Een bruidsgezelschap.' Birthes stem was hees, terwijl haar hand als vanzelf naar de baby op haar rug ging. 'Kijk daar.'

Onder de wagen lag zij aan zij een jong stel, bleek en bevroren. Hij in een lange, donkerrode tuniek van fijne stof en zij in wat een trouwjurk moest zijn geweest, met linten en opgenaaide bloemen, doordrenkt met bloed uit een gapende wond onder haar borsten.

'Iemand moet het overleefd hebben. Een soldaat of bediende, die het geriskeerd heeft om zijn heer en vrouwe af te leggen.' Muus keek om zich heen, naar de wagen, de gesneuvelde krijgers en terug naar het dode stel, in een poging te begrijpen hoe het was gebeurd. 'Dit was geen overval. Kijk naar die krijgers. Al hun wapens en uitrusting liggen er nog. Welke bandiet zou de krijgsbijl van die grote kerel achterlaten? Het ding moet een klein vermogen waard zijn.'

'Maar wie zou zoiets doen?'

Birthe vloekte zo bitter dat Kjelle haar aankeek. 'Groengele pijlveren.'

'Dat zijn Herigels kleuren.' Kjelles gezicht werd rood. 'Herigel moordt in Dalland? Dit moet jarl Dettrich weten.'

'Swinnes boogschutters hadden dezelfde kleuren in hun kokers,' zei Birthe.

Er viel een doodse stilte.

'Ik begrijp het niet,' zei Kjelle. 'Swinne is Rannars man. Waarom zou hij een overval plegen in ons jarldom, onder Herigels kleuren? Bij alle goden, waarom?'

Muus wierp hem een snelle blik toe. 'Om Dettrich te laten denken dat Herigel hem aanvalt?'

Kjelles mond viel open. 'Maar dat zou oorlog betekenen.'

'Rannar aast op de troon,' zei Birthe.

'Hoe weet je dat?'

'Swinne kwam naar Belisheim voor een profetie over het succes van jarl Rannars rebellie. Mijn vrouwe weigerde. Daarom vermoordde Swinne haar.'

Kjelle knikte. 'Dus dat is het. Waldrich van Herigel is een van 's konings trouwste aanhangers. Met hem uit de weg geruimd zou de koning alleen staan.'

'Nee maar, je hebt opgelet tussen het neuken door,' zei Muus.

Kjelle spuwde in de sneeuw. 'Ik ben de theynling, Bryt. De meeste mensen wisten het niet, maar mijn vaders gezondheid ging achteruit. Die liesblessure was erger dan hij wilde toegeven; hij ging er langzaam aan dood. Natuurlijk had ik mijn oren open.' Hij keek om zich heen. 'Die reus was geen gewone krijger, zijn uitrusting is er te duur voor. Hij moet de hoofdman zijn geweest.'

'Toch stierf hij zonder te vechten,' zei Muus. 'De pijlen verrasten hem volledig.'

Kjelle ging naar de plek waar de grote krijger lag. 'Doorzeefd door twaalf schachten. Hij moet onmiddellijk dood geweest zijn.' Hij griste de grote, prachtig gegraveerde bijl uit de sneeuw. 'Ik wil deze.'

Muus keek hem aan. 'Je kunt niet alles hebben. Die bijl is een meesterwerk en veel te herkenbaar. Je wilt niet dat iemand je voor een van deze moordenaars aanziet.'

Kjelle zuchtte. 'Je hebt gelijk. Maar ik heb wapens nodig.'

'Neem die van de soldaten. De helft van alle Nords gebruikt dezelfde spullen.'

Kjelle mompelde iets, maar raapte twee kleine bijlen van de bevroren grond en stak ze tussen zijn riem.

Birthe maakte een gesmoord geluid. Toen de andere twee zich bij haar voegden, staarde ze roerloos naar een jong meisje achter in de wagen.

'Ze moet een slaaf geweest zijn,' zei Kjelle onhandig.

Birthe draaide zich naar hem om en haar ogen spuwden vuur. 'Ze was nog maar een kind.'

Kjelle keek verward. 'Dat bedoelde ik niet.'

'Ze is stijf bevroren.' Birthe probeerde het dode meisje te verplaatsen, maar ze zat vast aan de onderzijde van de wagen.

'Laat haar maar,' zei Muus. 'Als we jarl Dettrich zien, zullen we het hem vertellen en hij zal zijn maatregelen nemen.'

71

Birthe onderdrukte een snik en knikte. Ze zong een paar woorden, bijna onhoorbaar en maakte de rune van Freya over het dode lichaam. 'Moge Helheim vriendelijker voor je zijn dan de wereld was, meid.'

'We hebben voedsel nodig,' zei Kjelle, nog steeds met een rood hoofd. 'Zou er iets in de wagen overgebleven zijn?' Birthe keek hem woest aan, maar ze zei niets. 'Ik zal eens kijken.' Muus klauterde naar binnen en doorzocht de zakken en kisten. 'Er is voedsel genoeg. En kijk, hier is een tent. De heer en zijn vrouwe sliepen dus niet in de wagen.' Snel gaf hij brood, bevroren vlees, kaas, gedroogde appeltjes en een zakje vol gemengde noten door aan Kjelle. Ten slotte liet hij de opgerolde tent over de zijkant zakken. 'We moeten riemen hebben om hem te dragen.'

Zonder een woord sneed Kjelle enkele lengtes uit het tuig van de ossen en bond de tent vast om Muus' schouders. Vervolgens hing hij zijn eigen, nu goed gevulde rugzak om.

'We gaan door het bos,' zei Birthe. 'Dat is minder opvallend.'

'Denk je dat degene die hen vermoordde nog steeds in de buurt is?'

Het meisje keek naar Kjelle. 'Waarschijnlijk niet, maar ik wil geen risico nemen.'

Kjelle knikte en langzaam gingen ze op weg.

Al Tuuri's blije verwachtingen waren vervlogen. De ontmoetingen met zijn verwanten waar hij zo naar verlangde hadden zijn leven op z'n kop gezet. Hij raakte met zijn vingertoppen het symbool op zijn wang aan. Zijn teken van schaamte. *Fynni. Het zijn niet meer dan beesten en moordenaars.* Plotseling schoot hij rechtop in het zadel. *Mijn vader. Was hij ook zo geweest?* Hij moest haast kotsen bij het idee. Sprak zijn moeder daarom nooit over hem? De gedachte bracht tranen in zijn ogen. En de jarl, die zijn grote plan aan deze monsters had toevertrouwd, hadden ze hem verraden?

Het liefst zou hij in galop naar Helmshaven gaan, naar zijn schip, en dan hard wegvaren. Maar de weg was nauwelijks begaanbaar en alles sneller dan stapvoets was vragen om gebroken benen.

Ineens bleef zijn paard staan en schudde haar hoofd. 'Wat is er?' vroeg Tuuri, terwijl hij zich over de nek van het dier boog. Toen zag hij door de bocht een grote wagen dwars over de weg liggen. Hij steeg af en leidde zijn onwillige rijdier verder. Dichterbij gekomen, zag hij de besneeuwde hopen en de twee lichamen onder de wagen. De verse sporen die naar en van de achterzijde leidden deden zijn ademhaling sneller gaan. Hij zat roerloos en luisterde, maar de enige geluiden waren het gekraak van takken en het geruis van de sneeuw die uit een boom naar beneden viel. Zijn blik viel op een groengele pijl in de zijkant van de wagen. Dezelfde kleuren gebruikte Vulf in plaats van Rannars zwart en blauw. Nu vielen hem nog meer pijlen op en ineens werd het hem duidelijk. Het was bedrog; valse kleuren gebruiken om onenigheid te zaaien tussen de plaatselijke jarl en een buurman. Alleen hadden ze het verkeerde slachtoffer gekozen. Het doden van een edele en zijn gevolg was een uitnodiging voor een burgeroorlog. Dat ging te ver; oorlog zou Rannar niet helpen. Hij vervloekte Vulf en zijn hersenloze volgelingen.

Met zachte woordjes leidde hij zijn paard langs de ondergesneeuwde lichamen en vervolgde zijn reis.

Een paar uur later kwam hij bij een scherpe bocht in de weg, waar een zijpad afboog, de bergen in. Een menhir wees hem een nederzetting waar hij nog nooit van had gehoord: Eidungruve. Tuuri reed het pad in. Hij verlangde ernaar om mensen te zien. Gewone, levende, fatsoenlijke mensen om mee te praten en misschien een beetje te lachen.

Na een tijd zag hij de contouren van een palissade in de verte. Weer bleef zijn paard met een ruk staan. Daarop zag Tuuri de met sneeuw bedekte hoop in het midden van het pad, waar een groengele pijl uit stak. Hij keek om zich heen, maar er was niemand te zien.

Hij gleed uit het zadel en leidde zijn onwillige paard het bos in. Uit het zicht van de weg bond hij het dier aan een boom vast. Op een steenworp afstand riep hij: 'Sha'akaii.' Zijn enorme totembeer verscheen met even weinig enthousiasme als de vorige keer. Het dier staarde hem aan en Tuuri spreidde zijn handen. *Er is iets mis, mijn vriend. Leen mij je vorm, oh, machtige Sha'akaii. Ik wil liever niet gezien worden.* De beer kwam naar hem toe. Tuuri greep zijn ruwe vacht en voelde zich veranderen. Even was hij duizelig. Toen, in de vorm van een onzichtbare beer, haastte hij zich naar het landgoed. Ongezien glipte hij langs de open poort. Binnen de palissade was de sneeuw met bloed doordrenkt. Overal lagen lijken; krijgers, slaven, mannen en kinderen. Waar waren de vrouwen?

De deur van het langhuis stond op een kier en voorzichtig gluurde hij naar binnen. Hij telde meer dan zeventig strijders, drinkend, slapend en… Oh, goden! Daar waren de vrouwen. Hij wendde zijn ogen af. *Beesten,* dacht hij. *Smerige, geile Fynni beesten.* Hij zag Vulf, languit in een kiststoel, de benen gestrekt voor hem uit, terwijl hij hem aankeek met een sarcastische grijns op zijn gezicht. *Hij ziet me!* Tuuri's adem stokte en in een wilde paniek vluchtte hij het langhuis uit, terug naar de relatieve veiligheid van het bos. Hij veranderde weer in zijn eigen vorm en toen overmande de misselijkheid hem. Hij braakte in de sneeuw tot zijn maag leeg was. *Hoe kon hij me zien?* De gedachte maalde door zijn hoofd. *Hoe? Wat is Vulf?* Tuuri greep de leidsels van zijn paard en haastte zich terug naar de heerweg. *Naar Helmshaven. Ik moet de jarl waarschuwen.*

HOOFDSTUK 7 – THUISKOMST

De volgende middag, tien dagen en nachten nadat ze de Silfjall op waren gegaan, kwamen Kjelle en Muus thuis. In de verte doemde de palissade van Eidungruve op en de theynling slaakte een diepe zucht. Maar voordat hij iets kon zeggen, stak Birthe haar hand op. 'Wacht.' Even verderop stak een pijl uit de sneeuw. Een lange, ijzeren pijl met groene en gele veren. Voorzichtig liepen ze naar voren. In de buurt van de pijl raakte Muus' voet iets dat niet meegaf en hij knielde neer. Met zijn handen veegde hij de sneeuw weg. 'Een soldaat.' Kjelles stem klonk gespannen. 'Verdomme, het is Elward, een van torenwachters.'

'In de rug geschoten,' zei Birthe.

De anderen staarden haar aan.

'Swinne? Kan hij ons ergens ingehaald hebben?' Kjelles handen ging naar zijn bijlen.

Birthe schudde haar hoofd. 'Toen we uit Belisheim wegvluchtten, waren Swinnes mannen nog aan het plunderen. Ze waren dronken van mede en bloed. Ik heb ze gezien; ze gingen nergens heen die nacht.'

Kjelle monsterde de muren met zijn blik. 'Geen wachter in zicht. Die banier...' Hij kneep zijn ogen tot spleetjes. 'Dat zijn weer Herigels kleuren. Kom mee.'

Ze gingen door het bos, buiten het zicht van spiedende ogen.

'De lawine heeft het landgoed niet bereikt,' fluisterde Muus.

Kjelle keek hem even aan, maar er was geen opluchting op zijn gezicht te zien.

Toen ze de poort bereikten, bevroor hij. 'Nee. Oh, Thor, nee.'

Naast hem kokhalsde Muus en hij vocht om zijn maaginhoud niet te verliezen. Aan weerszijden van de weg naar het langhuis stond een rij palen met hoofden. Hoofden van mensen die hij had gekend.

'Mijn vader?' Kjelles ademhaling klonk alsof hij een eind had gerend. 'Ik zie hem niet; is mijn vader erbij?'

Muus klemde zijn tanden op elkaar en keek langs de verschrikkelijke hoofden. De meesten waren soldaten en vrijgemaakten, er waren geen vrouwen bij. Toen zag hij de staak boven de deur, met het afgehakte hoofd van theyn Alman. Hij wees en Kjelles blik volgde zijn vinger. De theynling sperde zijn ogen wijd open en zijn lippen vormden een schreeuw. Muus sloeg hem hard in het gezicht, twee keer. 'Stil.'

Kjelles mond knapte dicht.

'We moeten hier weg,' zei Birthe. 'Kom.'

Met zijn hand op Kjelles schouder haastte Muus zich langs de rand van het bos, tot ze uit het zicht van het landgoed waren. De theynling liep als een draug. Zijn gezicht was leeg, zijn schouder onder Muus' hand voelde stijf als een houten plank en zijn voeten struikelden over de met sneeuw bedekte weg.

Ergens nabij lachte iemand. Een andere man antwoordde en snel trok Muus Kjelle achter een groepje pijnbomen. Birthe dook naast hen op en hield vier vingers omhoog.

Vier krijgers kwamen het pad af en trokken een slee voort met het karkas van een hert erop. Ze grapten zoals tevreden mannen doen, terwijl een van hen met luide stem opschepte over het blonde meisje dat hij had genomen, hoe ze had geschreeuwd en gesmeekt.

Kjelle stapte onder Muus' hand vandaan. Hij liet zijn rugzak op de grond glijden en greep zijn bijlen. Voordat de andere twee hem konden tegenhouden, schreeuwde hij: 'Voor Ema!' en wierp zich op de krijgers.

'Oh, Thor,' snauwde Muus, terwijl hij zijn zwaard trok.

De aanval verraste de vier ulvhednar volledig. Kjelle maakte gebruik van hun verbluftheid en hakte het gezicht van de opschepper open. Bloed en hersenen spatten rond terwijl de man zonder een kik neerstortte.

Muus rende met zijn zwaard voor zich uitgestoken als een speer. Zijn tegenstander haalde uit met zijn bijl en in een reflex bukte Muus. Hij was alleen de opgerolde tent op zijn rug vergeten en het gewicht bracht hem uit balans. Zijn knie beukte tegen de zijkant van de slee en met een kreet wierp hij zich naar voren. Instinctief hield hij zijn zwaard stil en zijn voorwaartse beweging duwde het wapen diep in de ingewanden van zijn tegenstander. De man schreeuwde; een ijselijk geluid dat Muus kippenvel bezorgde.

Muus krabbelde overeind en sloeg wild naar de hals van de ulvhednar. Het gekrijs brak abrupt af. Hijgend keek Muus om zich heen, terwijl het zweet van zijn gezicht droop. Hij zag Kjelle op de derde man duiken, terwijl hij zijn woede uitschreeuwde zonder oog voor zijn eigen veiligheid. De bandiet probeerde de beukende slagen af te weren, maar hij had geen schijn van kans. Kjelle keerde zijn wapen en brak de kaak van de man met het gevest, waarna hij de bijl in het voorhoofd van zijn vijand plaatste. De vierde man vluchtte.

'Stop hem,' zei Muus tegen Birthe. 'Snel, voordat hij alarm kan slaan.'

Birthes boog zoemde. Een seconde lang leek de wereld zijn adem in te houden – toen stortte de rennende man neer. Het maagdelijke wit om hem heen werd rood en zijn benen stuiptrekten een laatste keer.

'Mooi schot,' zei Muus. Toen zag hij de tranen over haar gezicht lopen. 'Eerste keer?'

Birthe knikte terwijl ze haar boog om haar schouder hing. Daarop liep ze naar haar slachtoffer. Met een snelle beweging brak ze de pluim van de pijl af en doorzocht snel zijn zakken.

Muus had zijn armen om Kjelle geslagen. 'Je vocht goed,' zei hij. 'Je vader zou trots op je zijn geweest.'

Kjelle keek hem aan. Zijn ogen waren leeg. Bloed kleefde aan de voorkant van zijn leren jas en spikkelde zijn gezicht.

'Ema,' zei hij met een doodse stem. Hij rukte zich los en stak zijn bijl in de lucht. 'Vlucht, Rannar!' schreeuwde hij. 'Ren nu het nog kan, want ik kom je achterna. Ik, Kjelle Almansen, zal het je betaald zetten!' Toen zonk hij neer op de rand van de slee en huilde.

Muus liet hem begaan en liep naar Birthe.

'Wie is Ema?' vroeg het meisje, terwijl haar handen door de zakken van een dode krijger gingen.

'De dochter van één van onze soldaten. Kjelle was een beetje gek op haar, voor zover hij daartoe in staat was.'

Birthe gaf Muus een staalharde blik, maar ze zei niets.

De doden hadden niet veel van waarde bij zich. Een handvol koperen en een aantal zilveren munten, een jachtmes en een gedroogd konijnenpootje; dat was alles.

'Laten we maken dat we wegkomen,' zei Muus. 'Tegen de tijd dat die vier gemist worden, moeten we ergens anders zijn.'

'We gaan naar Harkoy.' Kjelle sprong op, zijn gezicht lijkbleek. In zijn stem lag een mengeling van woede, wanhoop en vastberadenheid die in niets leken op zijn vroegere uitbarstingen. 'Naar de jarl.'

'We hebben vers voedsel nodig.' Birthe boog zich over het dode hert en sneed een groot stuk vlees van de romp.

Ajkell en Hraab hadden met spanning toegekeken. Verborgen in de schaduwen zagen ze hoe de grootste van de twee jongens de vier mannen met de slee aanviel.

'Goden,' zuchtte Ajkell, maar toen de eerste vijand neerging, moest hij zich bedwingen om zich afzijdig te houden. Al snel was het duidelijk dat de drie het gingen winnen. Toen op het laatst het meisje de rennende ulvhednar met een enkel schot doodde, knikte hij alleen maar. 'Mooi werk,' fluisterde hij.

Hraab keek naar hem op. 'Waarom verstoppen we ons? We hadden ze kunnen helpen.'

'Zij zijn vijanden van onze vijanden,' zei Ajkell twijfelend.

'Maar zijn ze onze vrienden? Ik ken ze niet.' Hij hoorde de

grote, de vechter, zijn eed van wraak zweren. 'Kjelle Almansen? Alman was de theyn hier. Is hij zijn zoon?'

'We zullen 't hem vragen.' Hraab stak twee vuile vingers in zijn mond en floot schril.

'Hee!' Ajkell sloeg de hand van de jongen weg, maar het was al te laat. De drie hadden zich omgedraaid en hielden hun wapens in de aanslag.

'Kom hierheen of je krijgt een pijl in je darmen,' zei het meisje.

Ajkell zag haar gezicht met het bloederige verband en wist dat ze niet blufte. 'Als jullie Rannars vijanden zijn, moeten we praten,' zei hij, terwijl hij met zijn handen geopend naar voren liep.

'Dat is ver genoeg.' Haar toon was ijzig en haar boog bewegingsloos. 'Wie ben je?'

'Ajkell Gudrofsen. De kleine hier is Hraab. Ik diende de theynling Meili van Leidwald.' Ajkell voelde hoe strak zijn gezicht was. 'Mijn meester en zijn jonge vrouw werden gedood toen die klootzakken in het huis onze wagen overvielen.'

'De bruidswagen,' zei het meisje.

Ajkell knikte. Het was op de weg hierheen gebeurd. Natuurlijk hadden ze het wrak gezien. Hij gromde. 'Ik was mijn meesters lijfwacht; daarin heb ik gefaald. We werden vanuit een sneeuwbui aangevallen en hij stierf met een pijl in de borst. Toen probeerde ik om mijn vrouwe te redden, maar ze werd voor mijn ogen afgeslacht. Iemand sloeg me van achteren neer en liet me voor dood achter. Toen ik bijkwam, zat Hraab op mijn borst. Hij wilde me beroven. Alle anderen waren dood. Nu volgen Hraab en ik die schoft Vulf met zijn mannen, in de hoop de moordenaars te doden. We waren even hun spoor kwijtgeraakt, maar gisteravond troffen we ze hier. De vuile daad was toen al gedaan. De plaats is een puinhoop, maar Vulf lijkt het niet te kunnen schelen.'

'Vulf?' De kleinste van de twee jongens, pezig en donkerharig, keek hem strak aan. 'Wie is Vulf?'

'Hij is een van jarl Rannars hirdmannen,' zei Hraab. 'Een kille doder van velen, met meer bloed aan zijn handen dan alle monsters in Hels onderwereld bij elkaar. Hij was degene die dat deed.' Hij wees met zijn duim over zijn schouder in de richting van Eidungruve.

'Vulf,' herhaalde de zwartharige jongen. 'Nu is het duidelijk. Er zijn verdomme twee groepen. Wij troffen Swinne, die de völva van Belisheim doodde.'

'Wat?' Dit schokte Ajkell. Asgisla van Belisheim, adviseur van de machtigen. 'Waar is Rannar mee bezig? De koning zal dit nooit accepteren.'

'Koning Vidmer moet oppassen,' zei het meisje. 'Rannar aast op zijn troon. Zijn man Swinne verlangde van Asgisla een voorspelling van de jarls kansen als hij in opstand kwam, maar mijn völva weigerde. Daarom werd ze vermoord.'

'We moeten hier niet blijven rondhangen,' zei de zwartharige jongen. 'Als ze naar die vier dwazen op zoek gaan, moeten we weg zijn.'

'Waarheen?' zei Ajkell.

'Naar Harkoy. We moeten jarl Dettrich waarschuwen dat Rannar Herigels kleuren misbruikt.'

Ajkell keek zijn kleine metgezel aan. De vuile jongen grijnsde. 'Mijn havik is net zo tevreden met Rannars bloed.'

De beerkrijger schudde zijn hoofd. 'De eer van Gudrofsen schreeuwt om vergelding. Alleen Vulfs dood kan zijn honger stillen.'

'Ik ben Kjelle,' zei de grootste van de drie grimmig. 'Theynling van Eidungruve. Die doden zijn mijn mensen. Een van hen was mijn vader. Ook ik dorst naar wraak, Ajkell Gudrofsen. Maar mijn plicht stuurt me naar Harkoy en mijn heer. Wat kunnen wij doen tegen Vulf met al zijn mannen? We zijn maar met zijn drieën; het dient geen enkel doel als we sterven met onze wraak onvervuld. De jarl zal ons helpen, hij heeft de krijgers.'

Ajkell wist dat Kjelle gelijk had. Hij trok het gebroken zwaard uit de schede. 'Dit zal niet worden gemaakt tot mijn eer is hersteld. Toch kan ik vechten als je nog een extra hand nodig hebt.'

De drie keken elkaar aan en toen knikte de zwartharige knaap. 'Om Rannar te verslaan hebben we strijders nodig. Je bent welkom, Ajkell.'

'En ik?' piepte Hraab. 'Ben ik geen man?' De manier waarop hij zijn hoofd hield en de verfrommelde bloemenkrans op zijn haar gaven hem een vreemde onschuld.

De ander glimlachte. 'Jij ook, jong.'

'Laten we gaan.' Hraab klopte op de werpbijl aan zijn riem. 'Ze is ongeduldig.'

Muus staarde naar de slee. 'Die kunnen we gebruiken.'

Birthe keek op van het hert. 'Het laat sporen achter. Zelfs een dronken zeug kan die volgen.'

'Niet als we door het Ghastland gaan.'

'Thor!' Kjelles gezicht was opgezwollen; zijn ogen rood met een hint van waanzin. 'Onmogelijk.'

'We kunnen niet terug zoals we gekomen zijn. Vulfs mannen zullen ons zeker achtervolgen. In het Ghastland kunnen we ze afschudden.'

'Nee! Dat is levensgevaarlijk.'

Muus haalde zijn schouders op. 'Daarom juist. De ghasts zullen iedere achtervolger tegenhouden. We moeten gewoon snel zijn en ze bij verrassing voorbij rennen.'

'Wie zijn die gasten?' vroeg Hraab. 'Krijgen we bezoek?'

'Ja en nee.' Muus legde zijn handen onder de rand van de slee. 'Allemaal tegelijk, één, twee, drie.' Het uitgebeende karkas van het hert gleed op de grond. Muus rekte zich uit en glimlachte naar Hraab. 'De ghasts waren ooit familie. Kjelle kan het beter vertellen dan ik, ze zijn voorouders.'

De theynling trilde van de spanning. Zijn handen omklemden zijn bijlstelen en hij haalde diep adem om de woorden uit zijn mond te krijgen. 'Ghasts zijn ondoden, net als de draugar. Toen mijn familie zich hier vestigde, bouwden ze het oorspronkelijke langhuis verder naar het noorden, aan de rand van een aantal hete bronnen. Na een tijdje bleek de grond er instabiel. Muren barstten, vloeren verzakten en de koeien stopten met melk geven. Het ergste was dat de geesten van onze begraven doden gingen lopen. Uiteindelijk besloot mijn overgrootvader zijn huis te verplaatsen en zij bouwden het huidige landgoed nabij de zilvermijn.'

'Niemand gaat nog naar het Ghastland,' zei Muus. 'Maar de verhalen vertellen dat de ghasts nog rondzwerven en hun grondgebied bewaken.'

'Hoe breed is het land dat we over moeten?' vroeg Birthe, terwijl ze het laatste stuk vlees met handenvol sneeuw schoonmaakte.

Muus dacht even na. 'Ik meen iets van vijf keer zo ver als een boog kan schieten. Er ligt geen sneeuw en in de kreken stroomt warm water. Aan de overkant ervan beginnen de bergen. Er loopt een smal pad over de kam, door de Vrakkenpas. Bijna niemand weet dat die weg er is, zelfs onze eigen mensen niet.'

Kjelle staarde hem aan. 'Ik wist het, maar jij?'

Muus zuchtte. 'Je hield me altijd bij je, weet je nog? Ik stond tijdens je lessen recht achter je. Ik ben niet doof, theynling.' Met een zucht liet hij de tent op de slee ploffen. Toen zag hij Ajkells gezicht terwijl die naar de bundel keek.

'Ik ben bang dat we wat dingen uit je meesters wagen meegenomen hebben. Dit en vooral voedsel. Ik hoop dat je het niet erg vindt, maar we hadden het nodig.'

Ajkell keek alsof het hem pijn deed. Hij haalde zijn vingers door zijn lange haar en zuchtte. 'Het voelt aan als diefstal, maar ik begrijp de noodzaak.'

Muus knikte. 'Laten we gaan.'

Ajkell nam de teugels van de slee en ze liepen van de weg af, het bos in.

Ze haastten zich in stilte voort. Na een tijd hoorden ze in de verte stemmen schreeuwen.

Ze hebben ons spoor gevonden,' zei Ajkell kalm. 'Hoe ver is het nog?'

Kjelle keek rond. 'Een half uur.'

Zij gingen op een draf verder. Kleine Búi begon te huilen, bang door het onverwachte schudden. Zonder de pas in te houden zong Birthe een slaapliedje dat hem kalmeerde. Het geschreeuw achter hen leek dichterbij te komen.

'Ze nemen niet de moeite zich verborgen te houden.' Ajkells stem klonk bijna ongeïnteresseerd.

'Ze denken dat ze ons te pakken hebben.' Muus vond de gedachte grappig en hij glimlachte. 'We lopen immers recht tegen de bergen aan.'

'Daar.' Kjelle stopte en wees. In de verte, achter de bomen, was een rotsachtig, sneeuwvrij veld. 'Ghastland.'

Toen ze dichterbij kwamen, zagen ze een met mos bedekt stuk wildernis, met dunne slierten mist uit talloze stomende poelen. Aan de linkerkant waren de overwoekerde resten van het oorspronkelijke Eidungruve en rechtdoor wenkten de bergen. Een honderd of meer ghasts dwaalden rond, doorzichtige flarden in de vorm van mannen, vrouwen en kinderen.

Hraab bestudeerde ze een tijdje en knikte toen, maar hij zei niets.

Achter hen werd het lawaai van Rannars mannen luider.

''t Zal niet lang meer duren voordat ze hier zijn,' zei Ajkell, nog steeds onverstoorbaar. Zijn hand ging naar zijn gebroken zwaard.

Kjelle fronste zijn wenkbrauwen. 'Daar vecht je niet mee.' Hij nam een van de twee bijlen uit zijn riem. 'Neem deze; je moet blijven leven om je eed te vervullen.'

Ajkell aarzelde, maar aanvaardde het wapen. 'Dank je.'

Kjelle stapte op het sneeuwvrije land en onmiddellijk haastte een ghast zich naar hem toe. Zodra de transparante arm hem aanraakte, schreeuwde de theynling en sprong terug. 'Goden, dat is koud!'

'Ze houden niet van ons,' piepte Hraab. 'Ze zijn boos dat we ze storen.'

'We zijn ook niet de eersten die deze weg nemen.' Birthe leek te luisteren terwijl ze sprak. 'Ik hoor een echo zingen. Had Eidungruve een völva?'

Kjelle en Muus knikten allebei.

'Siga,' zei Muus en hij dacht aan de wijsvrouw die hem de nutteloze amulet had teruggegeven die hij om zijn nek droeg.

'Ze moet haar groep langs de ghasts gezongen hebben.'

'Bedoel je dat er mensen zijn ontsnapt?' Kjelle pakte het meisje bij de schouder. 'Niet iedereen is dood?'

Met een klein schouderophalen verbrak Birthe zijn greep. 'Ik weet alleen wat ik zei, theynling. Ik hoor een echo van een lied in de lucht.' Van onder haar verband kropen rimpels naar haar ogen. Toen ontspande ze zich. 'Het is moeilijk, maar ik kan voor ons hetzelfde doen. Het probleem is dat ik de eerdere toon moet volgen, om dissonantie te voorkomen.'

Muus gaf haar een scherpe blik. 'Wat bedoel je?'

'Denk aan twee barden in dezelfde ruimte, die beiden in een ander tempo zingen. Voor een bard is dat lelijk, maar voor een sprokenzanger is het ook nog gevaarlijk. Het brengt vaak het tegenovergestelde van wat je wilt bereiken.' Ze sloot haar ogen en luisterde opnieuw.

Muus staarde naar de ghasts, die zonder zichtbaar doel ronddoolden. Ze waren dun als mist boven een rustig meertje, maar leken tastbaarder dan de gezichtsloze herinneringen aan zijn jeugd. Hij huiverde. Zijn ogen ontmoetten die van Hraab en de jongen knipoogde.

Toen begon Birthe te zingen; haar half gesproken lied klonk hard en toonloos. Ze liep weg, het Ghastland in. Zonder haar lied te pauzeren, spatte ze door het warme water, rechtdoor richting de verre bergen. Haastig volgden de anderen haar, dicht opeen. De ghasts stopten hun dwalen, groepten samen en staarden naar de vijf levenden. Birthe zong; telkens opnieuw herhaalde ze dezelfde woorden, terwijl de ghasts angstvallig afstand bewaarden. Haar stem werd schor en het zweet liep van haar voorhoofd. Muus voelde haar hand die van hem pakken en zonder erbij na te denken, greep zijn andere hand de Shard. Hij voelde een tinteling door zijn lichaam stromen, via zijn middenrif langs zijn arm, naar Birthes hand. Nu werd haar stem sterker, indringender en de ghasts lieten hen passeren. Heel even haperde Birthes stem en onmiddellijk drongen de ghasts naar voren. Haastig zong ze verder en ging intussen sneller lopen. De anderen volgden. Warm water klotste rond hun voeten, boomwortels dreigden hen te laten struikelen, maar ze liepen door, omringd door boze ghasts. Toen, vlak bij de overkant, stapte Kjelle in een diepere geul. Hij verloor zijn evenwicht en tuimelde voorover, waarbij hij Birthe meesleepte. Haar lied brak af. Ze slaakte een kreet, draaide in de lucht om en belandde met haar gezicht naar beneden in het water. Búi huilde, uit zijn slaap geschrokken.

Muus pakte Birthes handen en sleepte haar de laatste paar voet naar de veiligheid van de besneeuwde grond. De ghasts zweefden naderbij, terwijl Ajkell Kjelle uit het water plukte en hem buiten gevaar bracht. Hraab zwaaide naar de ondoden.

'Stop, ghasts; jullie zijn niet uitgenodigd.' Toen lachte hij, een hoog, spottend geluid en sprong als een wildharige kikker de anderen achterna. 'Hiyaa!' riep hij uitgelaten, terwijl hij op Ajkells rug landde. 'Ik hield ze tegen. Ik stopte ze allemaal.' Búi krijste nog steeds in zijn pelzen, maar kalmeerde toen Birthe hem in haar armen nam.

Aan de overkant van de warme beken klonk een schreeuw. Mannen kwamen onder de bomen vandaan naar de rand van het Ghastland.

'Vierentwintig,' zei Ajkell. 'Een derde van de hele bende.'

'Maar geen Vulf.' Er klonk een onuitgesproken verlangen in Hraabs stem door.

'Nee.' Ajkell trok een gezicht. 'We zijn te onbelangrijk voor hem.'

'Hij zal erachter komen.' Hraab stak zijn handen uit naar Birthe. 'Laat mij hem vasthouden.'

Zonder een woord gaf het meisje hem Búi en richtte haar völva's staf op de achtervolgers.

'Sla je armen om me heen,' zei ze tegen Muus. Hij gehoorzaamde, terwijl de jonge völva een nieuw gezang begon. Nu was de toon anders; veeleisend en vol van dreiging. Een lied van roof en dood, terwijl haar beschuldigende staf naar de mannen wees.

Er steeg een vaag gejammer op uit de kreken. De ghasts waren in beroering en wendden zich tot de bandieten, die het dampende waterland met zichtbare tegenzin hadden betreden.

Birthe zong sneller nu en harder; vulde hun harten met krijgswoede. Kjelle en Ajkell zwaaiden met hun wapens naar de achtervolgers, terwijl de kleine Hraab verschrikkelijke obsceniteiten schreeuwde. Birthes beschuldigende toon zwol aan, bitter en wraakzuchtig. Geluidloos cirkelden de ghasts rondom de bandieten. Een dikke mist steeg op van het warme water en verborg wat er gebeurde.

Muus hoorde mensen schreeuwen en de rinkelende geluiden van wapens op wapens; een geraas dat langzaam wegstierf, totdat alles rustig werd. De mist trok op en de ghasts hervatten hun doelloze zwerftochten. In de warme, bloedige kreken dreven vierentwintig lijken.

Kjelle stak zijn bijl in de lucht. 'Ik dank u, mijn voorouders. Eidungruve dankt u. We zullen dit nooit vergeten.'

Birthe leunde achterover in Muus' armen. 'Freya en Freyr, jongen.' Haar stem was moe. 'Zonder de kracht van de Shard had ik het niet voor elkaar gekregen.'

'Was dat wat ik voelde? Kun je die kracht in mij aftappen?'

'Jij deed dat. Ik zou niet weten hoe. Jij stuurde de kracht van de Shard naar me toe.' Ze rukte zich los uit Muus' greep en draaide zich naar hem om.

Muus liet zijn armen langs zijn zijden vallen. 'Ik deed helemaal niets. Ik voelde een tinteling die uit de scherf door mijn arm naar je hand vloeide. Maar het gebeurde gewoon.'

'Maar hoe? Heeft de Shard zelf...?'

Muus zuchtte. 'Geen idee. Als ik het begreep, zou ik me een stuk beter voelen.'

'Het spijt me dat ik tegen je opbotste,' zei Kjelle van achter hen. Zijn gezicht was rood, maar hij ontweek de blik van het meisje niet.

Birthe gaf geen antwoord.

'Laten we doorlopen.' Muus staarde naar de met sneeuw bedekte bergen. 'Hoe verder weg we komen, hoe beter.'

HOOFDSTUK 8 – TOREN DER PROFETIE

Ze haastten zich verder en algauw bereikten ze de voet van de bergen. Hoog boven hen uit rezen kale hellingen, te steil om te beklimmen. Geen wonder dat Vulfs mannen hadden geloofd dat ze in de val zaten, dacht Muus.

'Daar is het pad,' zei Kjelle opgelucht.

De sneeuw lag hoog opgewaaid en maakte het lopen moeilijk. Het pad leidde tussen twee torenhoge bergwanden door, breed genoeg voor een kleine ossenkar en met niet meer dan een enkeldiepe sneeuwlaag op de grond.

Na een tijd raakte Hraab telkens achterop. Hij klaagde niet, maar zijn gezicht was rood van inspanning.

'Dit gaat zo niet,' zei Ajkell. Spring op de slee, jongen, laat je trekken.'

'Hoe ver is het naar de top?' vroeg Birthe.

Kjelle haalde zijn schouders op. 'Ik weet het niet.'

'Dan ga je vooruit en als je het weet kom je terug om het ons te vertellen.'

De theynling wierp haar een boze blik toe, maar hij knikte. Hij keek naar Muus en opende zijn mond, toen draaide hij zich om en liep alleen weg. Muus onderdrukte een grijns.

Na een uur kwam Kjelle buiten adem terug. 'We zijn vlakbij de pas. Er is een ruïne waar we kunnen schuilen.'

Birthe rimpelde haar voorhoofd. 'Is het veilig? Leven er geen wilde dieren in?'

'Daar heb ik niet naar gekeken,' zei Kjelle stijfjes. 'Ik kwam meteen terug om te zeggen dat het niet ver was.'

'Goed gedaan,' zei Ajkell snel. 'Of er beesten zitten, zien we wel als we er zijn.'

Achter elkaar liepen ze door, tot ze het hoogste punt van de pas bereikten. Maan was net aan een nieuwe reis begonnen en trok bleke banen licht door de sneeuw.

'Daar.' Birthe wees op een donkere plek tussen de bomen. 'Is dat je ruïne?'

'Ja. Het moet Bangerns Torn zijn,' zei Kjelle. 'Een tolburg uit de tijd dat de Vrakkenpas een handelsroute was. Het verbaast me dat 'ie nog steeds overeind staat.'

'Een tolburg!' Hraab klonk opgewonden. 'Reizende kooplieden beroven en veel goud verdienen.' Hij strekte de 'ou' in goud, zodat het klonk als gehuil van een wolf.

'Zo veel verkeer kwam hier niet langs,' zei Kjelle. 'Het was meer een roversnest, van waaruit klootzakken zoals Vulf de omgeving terroriseerden.'

'Oh,' zei de jongen. 'Dat is niet leuk.'

Kjelles gezicht was hard. 'Nee. Toen ik klein was vond ik het een spannend idee. Maar nu...' Hij wachtte even. 'Een van mijn voorvaderen heeft ze allemaal opgehangen.'

Hraab knikte ernstig. 'Goed.' Toen gaapte hij. 'Dat ophangen was ook een goed idee.'

Toen ze dichterbij kwamen, zagen ze een toren van grijze steen. Het houtwerk van de ramen en de deur was weggerot, maar verder was hij intact.

Birthe liep naar de ingang en keek naar binnen. Ze luisterde. Toen zong ze een paar onverstaanbare strofen en luisterde opnieuw. Na een paar minuten wendde ze zich tot de anderen. 'Mijn lied loste op. De muren zouden de woorden moeten terugkaatsen, maar ze verdwenen gewoon.'

'Is dat gevaarlijk?' vroeg Muus.

Ze beet op haar lip. 'Ik weet het niet. Mijn lied had me moeten waarschuwen als er iets mis was, maar ik hoorde niets.'

'Is dat niet goed dan?' zei Kjelle. 'Als je niets hoort?'

Birthe schudde haar hoofd. 'Het is vreemd.'

'We moeten een slaapplaats hebben.' Ajkell knikte met zijn hoofd naar Hraab. 'De jongen is doodop. Ik stel voor dat wij om de beurt de wacht houden.'

Het was duidelijk dat Birthe de toren niet vertrouwde, maar dat haar onbehagen te vaag was om bezwaar te maken. Ze stapte naar binnen en Muus, gegrepen door haar onzekerheid, ging achter haar aan. Het sterrenlicht door de raamgaten verlichtte de ruimte net genoeg om te zien dat ze in het wachtlokaal stonden; een halfronde ruimte met een enorme open haard en de vermolmde resten van een tafel en een paar bankjes. Tegen de muren stonden roestige wapenrekken voor speren en zwaarden. De deur naar de andere helft van de begane grond was uit de sponning gevallen en blokkeerde de doorgang. Daarachter zag Muus verweerde britsen waar eens de bewakers hadden geslapen. Een ijzeren ladder bij een luik in het plafond gaf toegang tot de eerste verdieping. Het was gewoon een toren; als er al gevaar was, kon hij het niet voelen.

Ajkell kwam binnen met Hraab in zijn armen en legde hem tegen de muur, uit de wind.

'Hij sliep staande; werd zelfs niet wakker toen ik hem optilde.'

Muus keek naar de jongen. *Zijn haar lijkt op dat van mij.* Zwart en stekelig, stijf van het vuil, nog steeds met die pathetische krans van zijden bloemen scheef op zijn hoofd. Hij was klein, kleiner zelfs dan Muus. Zijn lijf was dun als dat van een rat in de winter en onder zijn vodden was hij smerig.

'Waar heb je hem gevonden?'

Ajkell schikte zijn mantel over het slapende kind. 'Na de hinderlaag. Toen ik bijkwam zat hij op mijn borst met een mes in zijn handen, klaar om de bronzen armbanden van mijn polsen te snijden.'

Muus keek hem verbaasd aan. 'Dan werd je net op tijd wakker.'

'Ja.' Ajkells gezicht toonde geen emotie. 'Hraab is een goede jongen. Anderen hadden hun mes in mijn keel gezet. Hij niet, hij was blij dat ik nog leefde. Vergis je niet; hij is een verdomd taaie knul, zo klein als hij is. Vulfs mannen hebben zijn familie vermoord. Hij hield zich dood tot ze weg waren en daarna volgde hij ze, in de hoop Vulf alleen te vinden.'

'En wat had hij dan gedaan?' Muus was eerder nieuwsgierig dan ongelovig.

'Hij is een bijlwerper,' zei Ajkell. 'Een vrij goede.' Muus knikte. Met een mes of een goed geslepen werpbijl kon een kind een gewapende volwassene doden. Als hij geluk had.

'Hij is wijs voor zijn leeftijd,' zei Ajkell. 'Veel wijzer dan ik toen.'

'Daarom ben jij een beerkrijger.' Muus grijnsde. 'Die hoeven niet wijs te zijn.'

'En wat ben jij?' Ajkell zat op zijn hielen en staarde uitdrukkingsloos naar Muus.

'Een Bryt.'

'En een slaaf?' De vraag klonk neutraal, alsof het antwoord er niet toedeed.

Er viel een stilte.

'Niet langer,' zei Muus. 'Voor wat ik moet doen, kan ik geen slaaf zijn.'

'Wat moet je doen?'

'Heb je ooit gehoord van de Shardheld?'

Ajkell knikte. 'Natuurlijk, ik...' Hij stopte en staarde naar Muus. 'Je bedoelt dat jij...' Hij schudde zijn hoofd. 'Ben je een wijsman?'

'Ik weet het niet. Volgens de völva van Belisheim zit er een vloek in mijn hoofd die mijn verleden verborgen houdt.'

'Heb je de Shard?'

Muus haalde het buideltje uit zijn tuniek. Een vage blauwe gloed kroop langs zijn arm omhoog en weerkaatste in zijn ogen.

'Ow enh a bach.' Het was Hraab, die rechtop zat en streng naar de blauwe steen keek. *'Bach a enh.'* Toen ging hij liggen en sliep verder alsof er niets was gebeurd.

'Wat zei hij?' vroeg Muus, terwijl hij de scherf wegstopte.

'Geen idee. Mijn kleine broertje deed dat ook. Hij vertelde hele verhalen in het midden van de nacht en de volgende ochtend herinnerde hij er zich niets van.'

'Zelfs in een vreemde taal?'

Ajkell keek nadenkend. 'Nee.'

Muus boog zich over de jongen heen, maar Hraab reageerde niet. Zijn ademhaling was gelijkmatig, vaag snurkend. 'Hij slaapt echt.'

'Dacht je dat hij ons voor de gek hield?'

Muus zuchtte. 'Er gebeuren zo veel vreemde dingen. Ik weet niet wat ik moet denken.'

Ajkell bestudeerde Muus. Toen haalde hij diep adem. 'Wat zijn je plannen?'

'De völva zei dat ik naar Brytanna moet gaan om mijn geheugen terug te krijgen. Daarna ga ik waarheen het Lot me stuurt. Dat zal wel naar Falrom zijn.'

De beerkrijger floot. 'Dat is een verdomd verschrikkelijk doel, maat.'

Muus knikte. Hij zei niets; wat viel er te zeggen? Hij liep naar buiten, waar Kjelle bezig was een vuur aan te maken.

Muus keek om zich heen. 'Waar is Birthe?'

'Ze ging een eindje terug,' zei Kjelle, terwijl hij droge splinters sneed uit de binnenkant van een afgevallen tak. 'Ze wilde er zeker van zijn dat we niet worden gevolgd en ze zei dat ze beter kan horen zonder ons in de buurt.'

'Ah,' zei Muus, terwijl hij in de deuropening neerplofte. 'Wat een dappere Nordse krijger is onze völva.' Hij zag Kjelles gezicht verstijven, maar hij was te moe voor een discussie. Hij sloot zijn ogen en leunde met zijn rug tegen de deurpost. Het werkte niet; telkens als hij indommelde verschenen er beelden van stromend vuur en gloeiende stenen, hitte die hem pijn deed zonder te verwarmen en een gevoel van urgentie dat hem onrustig heen en weer deed schuiven.

Het was Muus' beurt om de wacht te houden. Hij zat ineengedoken bij het kampvuur en probeerde wakker te blijven. De nacht was stil. Geen dier bewoog, zelfs geen tak liet zijn lading sneeuw op de grond vallen. Stom staarde hij voor zich uit.

Plotseling verstijfde hij. Over het pad waarlangs ze die middag waren gekomen, marcheerde een rij soldaten, twee aan twee. Geluidloos naderden ze, hun zwaarden en speren in de aanslag, hun gezichten onverbiddelijk. Muus kon alleen maar toekijken, zijn armen en benen, zelfs zijn tong weigerden te gehoorzamen. Hij zag de kleuren van de naderende troep, rood en blauw. Het waren mannen uit Eidungruve en hij kende niet een van hen.

Op enige afstand van de toren hielden ze halt. Hun leider stapte naar voren, een potige krijger in een borstharnas, die iets weg had van theyn Alman in zijn jonge dagen. Een stap achter hem volgde een oude man in een grijze mantel. De leider in het borstharnas opende zijn mond en schreeuwde iets, maar er klonk geen geluid. De oude man naast hem strekte zijn handen uit naar de hemel. Om zijn nek had hij een amulet die fonkelde in het duister. Muus keek er strak naar. Het leek op het vingerkootje dat hij droeg; het kootje dat nooit iets had gedaan.

Vanuit de toren kwamen tien, vijftien mannen in lederen uitrusting naar buiten stormen. Boogschutters vuurden van boven pijlen af en doodden twee aanvallers. Een lange verdediger met een witte pluim op zijn helm juichte geluidloos en zwaaide met zijn bijl. De aanvallers kwamen naar voren en nu begon de veldslag in alle ernst, extra verschrikkelijk door de absolute stilte. De strijd ging heen en weer, terwijl mannen van beide kanten sneuvelden. De verdedigers, ruige mannen met meedogenloze gezichten, vochten als berserkers en al snel leken ze aan de winnende hand. De oude man stond nog steeds smekend met opgeheven armen: zijn mond opende en sloot in een stil gebed. Iets moest hem verhoord hebben, want uit de nachtelijke hemel kwam een verblindende lichtstraal, die de top van de toren raakte. Een hartslag lang was het alsof beekjes van vuur van de muren dropen. Vier donkere lichamen ploften op de grond, één zo dichtbij dat Muus hem zou kunnen aanraken. De verdediger met de witte pluim draaide zich om, zijn gezicht vertrokken van woede om de dood van zijn boogschutters, en zijn bijl spleet de schedel van de oude man open. Dit schokte zowel aanvallers als verdedigers en de strijd haperde even. De man in het borstharnas gebruikte dat moment en velde de gepluimde krijger met een enkele bijlslag. De dood van hun aanvoerder ontnam de verdedigers alle strijdlust. De aanvallers roken de overwinning en hun zwaarden hakten op de verdedigers in. Ten slotte gooiden de laatste vier verdedigers hun wapens neer en gaven zich over.

De beelden veranderden. De lucht was grijs van de naderende dageraad. Het regende hard en het water gutste langs de vijf lichamen die aan de takken van een nabije beuk bungelden. De oude man lag op zijn rug in de modder, zijn handen gekruist over zijn borst. Naast het lichaam keek de man in het borstharnas toe hoe zijn soldaten aan de voet van de beuk een graf groeven in de drassige aarde. De soldaten wierpen steelse blikken op de dode wijsman, alsof ze bang waren dat er elk moment een nieuwe bliksemschicht uit zijn gevouwen handen kon komen. Ze werkten snel, ondanks de regen, en na een tijdje was het graf groot genoeg. De man in het borstharnas wees naar twee van zijn soldaten. Een van hen protesteerde, maar een klap in het gezicht deed hem zijn mond sluiten en zonder ceremonie dumpte het paar de oude man in het graf. Muus staarde naar de amulet die nog steeds om de nek van de wijsman zat. Kluiten druipende aarde vielen op het lichaam neer en al snel was het graf gevuld. De leider leek een laatste toespraak te houden. Alleen richtte hij zich niet tot zijn mannen. Hij gebaarde naar de bungelende rovers en wees naar het graf aan hun voeten. Het was alsof hij hen beval de dode wijsman te bewaken. Toen verdween alles en de poolnacht keerde terug.

'Je zou me wekken als het mijn beurt was,' zei een boze stem. 'Was je in slaap gevallen?' Het was Birthe, met Búi in haar armen.

Muus schudde zijn hoofd en merkte dat zijn lichaam hem weer gehoorzaamde. 'Nee, ik dacht dat ik droomde, maar ik was klaarwakker.'

Birthe plofte naast hem neer. 'Vertel.'

Toen Muus zijn verhaal verteld had, staarde ze roerloos voor zich uit. Een blik van verbazing kroop over haar gezicht. Ze neuriede een paar noten en luisterde. 'Grappig, de toren is nu leeg, ik hoor mijn tonen terugkaatsen. Ik denk niet dat je droomde, Muus.'

'Die soldaten waren niet echt, noch de bandieten in de toren.'

Birthe dacht na. 'Het was een ziening, een visioen uit het verleden. De ziening wachtte in de toren op iemand aan wie het kon verschijnen en nu is hij weg.' Ze gaf Muus een nadenkende blik. 'Die soldaten droegen Eidungruves kleuren?'

Muus knikte. 'Maar het waren vreemden.'

'Het zou de voorouder kunnen zijn geweest waar Kjelle over sprak. De theyn die alle rovers in deze toren ophing.'

Muus keek naar de beuk aan de overkant van de weg. Sommige takken ontbraken, maar het was onmiskenbaar dezelfde boom. Hij stond op. Waar hij het graf had gezien groeide gelig gras tussen het winterse wit. Hij zonk op zijn knieën en veegde de sneeuw weg. 'Dit was de bovenkant van het graf,' zei hij, half tegen zichzelf. Toen trok hij zijn dolk en begon te graven.

Tot zijn verbazing was de grond zacht en nat als na een zware regenbui. De aarde was los, zodat het leek alsof hij een vers gegraven graf opende. Op alles voorbereid groef hij door tot zijn mes iets hards raakte. Even later legde hij de tandeloze grijns van een schedel bloot. Met zijn hand streek hij meer aarde weg. Hij zag wervels en een stukje sleutelbeen. Plotseling bleef zijn pink haken achter een dunne zilveren ketting. Voorzichtig trok hij hem uit de grond tot hij vond wat hij zocht. Een vingerbot, zo klein als die andere om zijn nek.

Toen hij het kootje pakte, brak de ketting. Het bot voelde droog aan, ondanks de natte grond waaruit het kwam. Muus had meer verwacht, een tinteling of een ander teken van energie, maar er gebeurde niets en hij voelde een vage teleurstelling.

'Er staat een rune op geschreven,' zei hij terwijl hij het botje bekeek. 'Een andere dan op die van mij. Ik kan het niet lezen.' Een plotselinge beweging trok zijn aandacht en hij keek omhoog. Vijf doorschijnende vormen, elk met een touw rond de hals en een wapen in de vuist, sprongen uit de boom naar beneden.

'Oh Goden,' fluisterde Muus en hij deed een stap achteruit met het vingerbotje in zijn gebalde greep.

Achter hem begon Birthe te zingen. De draugar aarzelden, maar één ervan, de doorschijnende vorm van een sterke krijger met een kaal hoofd vol littekens, kwam op hem af. Muus' hand ging naar zijn zwaard, maar hij bedacht zich. Hij herinnerde zich de oude man uit zijn ziening. Zonder dat hij begreep wat hij deed, strekte Muus zijn armen uit naar de hemel. Hij voelde het botje trillen en er vormde zich een woord in zijn hoofd.

F'lach.

Zijn hand leek te ontbranden. Een bliksemschicht schoot vanaf de knook naar de naderende verschijning, sprong over naar de andere vier en verdween. De dode bewakers van het graf gingen uit als kaarsen in een storm en Muus kreunde. De tranen liepen over zijn wangen, terwijl hij zijn verbrande rechterhand tegen zijn borst klemde.

'Koel het af met sneeuw,' zei Birthe knarsetandend. Haar gezicht was rood en haar ogen schoten vuur. 'Je gebruikte *seidr*,' voegde ze eraan toe op een toon alsof Muus iets verschrikkelijks had gedaan. 'Mannelijke seidr. Hoe weet ik niet.'

Muus viel op zijn knieën en stak zijn hand in een hoop sneeuw. Langzaam voelde hij de pijn wegzakken.

'Ik begrijp het niet,' zei hij simpelweg. 'Ik weet niet wat er gebeurde.' Hij wierp een blik op Birthes gezicht. 'Ben je nu boos omdat ik seidr gebruikte?'

'Ja,' zei ze. 'Seidr is voor vrouwen. Mannen hebben al genoeg. Wat blijft er nog voor ons over? Kinderen baren?' Ze spuugde op de grond en keerde hem haar rug toe.

'Dat was leuk,' zei een hoge stem. Het was Hraab, die in het raam was geklommen en naar hen keek. 'Ik zag alles. De kracht van de Shardheld is spannend.'

'De kracht van de Shardheld,' zei het meisje zonder te kijken. 'Je denkt dat de Shard het deed via Muus?'

'Ja,' zei Muus snel. Hij wist dat hij de magie van het vingerkootje zelf op de een of andere manier had gebruikt. De F'lach rune had die bliksem veroorzaakt. Maar als het Birthe gerust zou stellen, zou hij graag zeggen dat de Shard het deed.

'Oh, barst,' zei het meisje. Ze schudde haar hoofd. 'Je liegt.' Ze draaide zich om en veegde de tranen van haar gezicht. 'En ik stel me aan. Het was jouw magie, niet de Shard. De völva had me gewaarschuwd, ze kende mijn mening over mannen. De Largassens, de Rannars, die goud en macht belangrijker vinden dan vriendschap en eer. Hun soort klootzakken haat ik, niet die paar verwijfde mannen die wat aanrommelen met seidr.'

'Bedoel je mij?' vroeg Muus gekwetst.

'Natuurlijk niet.' Birthe gaf hem een ongeduldige blik. 'Ik bedoel die Nordse zwakkelingen die seidr beoefenen. Jij manipuleerde de runen, een kunst die niets met ons te maken heeft. Zelfs mannelijke Nords gebruiken runen niet op die manier.' Ze maakte een geïrriteerd gebaar. 'Runenmeesters maken gebruik van de kracht van de elementen. Dat is mannelijke magie. Wij vrouwen hebben onze liederen en we weven de strengen van het Lot. Dat is seidr, vrouwelijke magie. Asgisla wilde dat je terugging naar Brytanna, omdat de druïden met runenmagie werken.' Ze trok een gezicht. 'Ik ben niet jaloers. Alleen zijn er momenten waarop ik dingen in elkaar wil slaan en dan zou zo'n bliksemende rune fijn zijn.'

Muus trok zijn gevoelloze hand uit de sneeuw en boog zijn vingers. 'Het brandde. Een runenwoord als dat wil je niet te vaak uitspreken.'

'Misschien moet je het aan de veter vasthouden,' zei Hraab. 'Dan brand je je vingers niet.'

'Slimme jongen.' Muus grijnsde. 'Ik zal het proberen te onthouden.'

Hraab stak zijn tong uit en liet zich achterwaarts uit de vensterbank vallen. Toen Muus zich naast hem uitstrekte, sliep de jongen weer. Van buiten kwam het zachte gezoem van Birthe, die zong terwijl ze Búi wiegde.

HOOFDSTUK 9 – HELMSHAVEN

'Het moet Eidun zijn geweest,' zei Kjelle de volgende ochtend. Zijn stem en de glinstering in zijn ogen verraadden zijn woede. 'Waarom zou onze stamvader zichzelf aan jou laten zien en niet aan mij, zijn nakomeling? Jij bent geen man van Eidungruve, geen Nord, geen...'

Muus hoorde hem in stilte aan, met zijn gedachten ver weg. 'Het was een visioen,' zei Birthe, terwijl ze Búi de borst gaf. 'Het ging helemaal niet om jouw voorouder, Kjelle Almansen. Die oude runenmeester was de focus.'

'Wat?' Kjelle vermeed naar haar te kijken terwijl ze de baby voedde.

Hij heeft vaker borsten gezien, het konijn. Is hij jaloers op Búi? dacht Muus afwezig. Toen drongen Birthes woorden tot hem door. 'De runenmeester?'

Het meisje draaide zich half naar hem toe. 'Natuurlijk. Hij liet die ziening achter voor iemand anders met runenmagie. Het was een testament. Mensen zoals hij weten wanneer zij zullen sterven.' Haar stem trilde. 'Mijn völva moet haar dood ook geweten hebben. Al die tijd hield ze het voor me geheim. Freya help me, ze wist het.' Terwijl haar tranen stroomden, hield ze Búi omhoog totdat hij boerde.

Kjelle, maar half overtuigd, mompelde: 'Al dat gedoe. Waarom zou mijn voorvader dat vervloekte botje niet zelf meegenomen hebben?'

Als Birthe een runenmeester was geweest, zou haar blik de theynling ter plaatse tot as verteerd hebben.

'Wat zou jij gedaan hebben? Dat bot veroorzaakte een dodelijke bliksem. Het bezat macht die je de stront dun langs de benen liet lopen van angst en zijn rechtmatige drager was net vermoord. Zou jij het hebben opgepikt en in je zak gestoken?'

De theynling kreeg een kleur. 'Nee.'

Het meisje haalde haar schouders op. 'Je voorvader ook niet. Die runenmeester moet dat geweten hebben.'

'Hoe kon hij weten wat er na zijn dood gebeurde?' vroeg Muus.

Birthe keek hem aan. 'Hij maakte dat visioen niet; dat deed de Kalmanir voor hem. De menhir weet alles dat was, is, zal en kan zijn. Een völva als Asgisla heeft de kracht om een dergelijke ziening aan te vragen. Je runenmeester moet hetzelfde gedaan hebben.'

Muus keek naar zijn hand en herinnerde zich de pijn. Die oude was er tenminste in geslaagd om zijn vingers niet te branden.

Een paar uur later, na een maaltijd van brood en geroosterd hertenvlees, vertrokken ze. Birthe liep voorop, met Búi op de slee, in slaap in de plooien van de tent. Het pad omlaag vanaf de Vrakken Pas bracht hen terug naar Koning Huralds Weg en van daar verliep de reis zonder problemen.

Maan was vijf keer langs de hemel gereden toen ze ten slotte Helmshaven bereikten. Het was er minder koud en de sneeuw lag nat en papperig op de velden. De lucht was bewolkt boven een donkere zee en niets toonde de oude havenplaats in een gunstig daglicht.

'Het is allemaal net zoals ik het me herinner,' zei Muus. Hij staarde naar de kleine hutjes van door zout gebleekt hout en rieten daken, naar de smalle, modderige straatjes waar scharrelende varkens en ganzen voorrang opeisten, naar de stenen kade waar langschepen deinden op de golfslag, en hij huiverde bij de herinneringen.

'Dat is een grote stad,' piepte Hraab. 'Zo veel mensen.'

'In de zomer ongeveer tweeduizend,' zei Birthe onverschillig. 'Nu zijn het er minder, omdat veel handelaren 's winters naar het zuiden gaan. Je ziet het nu op zijn best; meestal regent of sneeuwt het, waait er een storm of alle drie tegelijk. Helmshaven is geen aangename plek om te wonen.'

'Je kent de stad?' vroeg Muus.

'Ik ben hier geboren.'

Muus keek haar verbaasd aan. 'Ik dacht dat je vader een jager was?'

Het meisje beet op haar lip. 'Dat was later. Toen ik klein was, woonden we hier in Helmshaven. Zie je dat huis in het centrum, met het schuine dak? Dat was van ons. Nu is Skid Largassen de eigenaar.'

'Het is een groot huis,' zei Ajkell. 'Waren jullie rijk?' Birthe knikte. 'Mijn vader was Largassens partner.'

Muus draaide zich om en keek haar aan. 'Hij was wat?' Opnieuw leek ze in verlegenheid gebracht. 'Wacht! Mijn vader had niets te maken met jouw ontvoering. Hij had een hekel aan kinderslavernij. Jarenlang gingen mijn vader en Beermuil samen op rooftocht, op en neer langs de kust van Brytanna, helemaal naar Espayne en weer terug. Ze kwamen thuis met de schatten van steden en tempels. Ook met slaven, maar nooit kinderen. Het was vaders zwakke plek, zei Largassen altijd. Toen werd mijn moeder ziek en die zomer ging mijn vader niet mee. Hij betaalde Beermuil zijn aandeel, vijftig procent zoals gebruikelijk, in ruil voor een derde deel van de buit. Largassen zeilde uit, maar die herfst kwam hij niet terug. Het volgende jaar en het jaar daarna ook niet. Mijn moeders ziekte verergerde en mijn vader betaalde voor genezers en medicijnen; zelfs voor een dokter uit Gallië. In het derde jaar stierf mijn moeder. Mijn vader had al het geld dat hij bezat en kon lenen verbruikt en toen waren we arm. Dat najaar kwam Largassen terug. Hij had die drie jaar doorgebracht in het koninkrijk Duiblinn, van waaruit hij de westkust van Brytanna leegplunderde. Hij keerde terug met zijn schepen tot boven de boegboorden volgeladen met rijkdommen. Natuurlijk zocht mijn vader hem op om zijn avonturen te horen en zijn aandeel in Beermuils plunder te incasseren.' Ze zweeg even en keek naar de anderen. 'Beermuil wist van geen afspraken. Hij ontkende dat mijn vader zijn aandeel had betaald. Hij bood aan om ons huis voor een schijntje te kopen, "uit vriendschap". Mijn vader was te moe en te arm om tegen een man te vechten die zo rijk

en succesvol was als Largassen de Viking. Hij gebruikte het geld voor een goede boog en een aantal benodigdheden. Daarna vertrokken we uit Helmshaven.' Even was het stil.
'Dit is de eerste keer dat ik hier terug ben.'
'Nu gaan we bij die Beer goud halen,' zei Hraab.
'Wat?'
'Nou, hij is ons wat verschuldigd, nietwaar? Hij ontvoerde Muus en bedroog Birthes vader. Hij kan ons wat geld geven om het goed te maken.'
'Largassen weet waar hij mij heeft gevonden,' zei Muus, half tegen zichzelf. 'Ik zou dat graag van hem willen horen.'
'Beermuil zal je niet binnen laten.' Birthe nam haar boog uit zijn foedraal en begon hem te spannen. 'Hij is altijd bang dat een van zijn ontvoerde slaven hem komt vermoorden. Hij ziet in één oogopslag dat je een Bryt bent en dan zal hij zijn knechten op je af sturen. Met mij erbij heb je een kans. De viking kent mij; ik ben niet zo heel veel veranderd en hij... mocht me.'
'Hij mocht je,' zei Muus. De afkeer in zijn stem was voelbaar. 'Laten we maar eens met deze dappere viking gaan praten.'
'Niet met z'n allen,' zei Birthe. 'Alleen jij en ik; we moeten de klootzak niet laten schrikken.'
'En ik,' zei Hraab. 'Het was mijn idee.'
'Goed dan.' Ajkell keek Kjelle aan. 'Wij angstaanjagenden blijven wel met de slee buiten wachten. Doe er niet de hele dag over, wil je.'
Largassens huis was groot voor een stadswoning. Het was opgetrokken uit eikenhout op een stenen fundament, met rondom een galerij ondersteund door gebeeldhouwde kolommen. Het dak, in de vorm van een omgekeerde sloep, was bedekt met houten pannen.
De drie stapten naar binnen, recht in de armen van een magere vrouw in een zwart–met–rode jurk.

'Wie bent u?' zei ze met een stem even scherp als haar gezicht. 'De meesteres ontvangt geen bezoekers wanneer de meester op kaaptocht is.'

'Matta,' zei Birthe met een glimlach. 'Verwelkom je me zo?'

De vrouw boog haar hoofd dichterbij en haar gezicht ontspande.

'Birthe! Je bent een volwassen vrouw geworden. Ik herkende je niet, meisje; m'n ogen laten me in de steek. Hoelang geleden is het? Het moet tien jaar terug zijn dat je wegging.'

'Bijna,' zei Birthe. 'En er is veel gebeurd in die jaren, lang niet alles goed. Mijn vader stierf en ik ben inmiddels weduwe. Dus Largassen is niet thuis? Wie is je meesteres?'

'Hilde Luolfsdotter, met wie Largassen twee zomers geleden trouwde.'

'Nee! De wellustige bok! Zij is van mijn leeftijd. Beermuil is oud genoeg om haar vader te zijn.'

De vrouw lachte kakelend. 'De meester heeft ze graag jong, dat weet je. Hij zag jou ook graag.'

'Ik weet het inderdaad,' zei Birthe. 'Hij wilde al met me naar bed toen ik acht was. Ik had mezelf aan hem kunnen verkopen; dan hadden we hier nog steeds gewoond. Mijn vader zei nee, anders was ik weggelopen. Ze hadden die rothond jaren geleden moeten castreren.'

De oude Matta lachte weer. 'Je bent niets veranderd, m'n liefje. Kom, dan breng ik jou en je vrienden bij de meesteres.'

'Matta was onze dienstmeid voordat Beermuil alles overnam,' zei Birthe. 'Ze heeft me zo'n beetje opgevoed.'

Largassens vrouw was een kleine, mollige blondine, met grote blauwe ogen en een kinderlijke gelaatsuitdrukking.

'Birthe.' Ze opende haar armen wijd en omhelsde de jonge völva met tranen in haar ogen. 'Oh, ik ben zo blij je te zien na al die jaren. Wie zijn je vrienden?' Ze keek naar Muus en haar ogen werden groot. 'Jij... jij bent een Bryt. Was je een slaaf? Je bent toch niet gekomen om hem te doden?'

Verrast spreidde Muus zijn handen uit. 'Nee, dat ben ik niet. Ik wil een paar antwoorden.'

'En goud,' zei Hraab. 'Vergeet het goud niet.'

'Stil, kind.' Birthe keek niet naar de jongen, maar concentreerde zich op het blonde meisje. 'Maak je geen zorgen; we komen zonder moorddadige bedoelingen. Waarom ben je met hem getrouwd, Hilde? Was hij zo'n goede partij?'

Het meisje haalde haar schouders op. 'Hij is rijk. Hij geeft me wat ik wil en hij is vaak weg. Als hij thuis is, heeft hij andere dingen om zich mee te vermaken.'

'Kinderen.' Muus' stem droop van walging.

Het meisje keek weg en knikte toen. 'Hij misbruikt nooit zijn eigen vangsten; hij wil ze als maagden kunnen verkopen. Als hij thuiskomt, laat ik de bedienden er enkele kopen van andere handelaren en als hij vertrekt verkoop ik ze weer. Oh, Birthe, wat moet ik dan doen? Moet ik toelaten dat hij mij streelt?'

Birthe stapte achteruit en bekeek Hilde van top tot teen. 'Je bent diep gezonken. Als dit bekend wordt...'

Het meisje slaakte een kreet. 'Alsjeblieft, vertel het aan niemand. Hij zal me vermoorden.'

Hraab hield op met door de kamer lopen en ging op de rand van de tafel zitten, zwaaiend met zijn blote benen.

'Goud laat ons zwijgen.'

'Ik laat jullie het huis uit gooien.'

De kleine jongen grijnsde. 'Dan zullen we alles vertellen. En probeer geen lelijke dingen; buiten wachten gewapende vrienden op ons.'

Hilde verborg haar gezicht in haar handen. 'Je was mijn vriendin, Birthe.'

'Je bent een slang.' Birthe spuwde op het gepolijste tafelblad. 'Je laat een slechte smaak in mijn mond achter, kreng. Jij en dat varken Largassen. Hij ruïneerde mijn vader en roofde mijn vriend weg uit zijn vaderland. Hij molesteert slavenkinderen en...' Ze schudde haar vuisten naar het bleke meisje. 'Je hebt geluk dat hij niet thuis is. We moeten antwoorden hebben, Hilde.' De völva keek naar Hraab en knikte. 'En wat goud zou van pas komen. We hebben een lange weg te gaan. Maar de vragen gaan voor.'

Muus walgde inmiddels van de hele zaak. Het meisje had haar eer verkocht voor een comfortabel leven; een kakkerlak was meer waard dan zij.

'Ik wil maar één ding weten,' zei hij kortaf. 'Waar heeft Beermuil me gestolen? Ik moet weten waar ik geboren ben.'

Het meisje wierp hem een vuile blik toe. 'Kimbel weet dat wel. Hij is de klerk van mijn man; een slaaf uit jouw land, Bryt.' Ze schreeuwde: 'Matta!'

De oude bediende kwam op haar schrille roep af. 'Je wilt iets?' Haar stem klonk nors.

'Zoek Kimbel; laat hem het handelsboek meebrengen.'

Een paar minuten later kwam een oudere man in een verschoten tuniek binnen. Hij had een groot boek onder zijn arm. 'Ja, meesteres?' Er lag een vreemd accent in zijn stem, dat Muus niet eerder had gehoord.

Hilde gaf Muus een giftige blik. 'Stel je vraag.'

Muus haalde zijn schouders op en draaide zich naar Kimbel. 'Tien jaar geleden stal Largassen me weg uit mijn huis in Brytanna. Ik wil weten waar dit gebeurd is.'

De klerk tuurde naar Muus. *'Aogh an'bradh.''*

Muus schudde zijn hoofd. 'Ik versta je niet.'

'Je zou het moeten verstaan,' zei de klerk. 'Als je zoals ik uit Brytanna komt.'

'Het spijt me. Alle herinneringen uit mijn jeugd zijn weg.'

De man verstijfde. 'Ach, zit het zo. Je moet een halfbloed zijn. Je bent nu een vrij man?'

Muus knikte.

'Goed. Je moet teruggaan. Laat me 's zien.' Langzaam draaide hij de pagina's om. 'Hier is het. Eén jongensslaaf, zes jaar oud; verkocht aan Hagen van Eidungruve voor drie goudstukken. Een deel van de koopwaar uit Owwich. Daar heb je het. Je komt uit Owwich.'

Muus wist dat hij blij moest zijn. Het was de informatie waarnaar hij had verlangd. Vreemd; nu hij het wist, liet het hem onberoerd. 'Owwich. Ik kan me de naam niet herinneren.'

De klerk sloeg het boek dicht. 'Daarom moet je teruggaan. Eenmaal in Brytanna zal alles wat je wist weer bovenkomen.' Hij wendde zich tot zijn meesteres. 'Anders nog iets?'

Hilde wuifde hem zonder een woord weg en Muus voelde zijn wangen gloeien.

'Dat is alles wat ik wilde weten,' zei hij en Hilde stapte achteruit voor zijn woede.

Hraab klapte in zijn handen. 'Nu het goud. De helft van alles hier is van Birthe, dus wees niet zuinig.'

Een pijnlijke grimas vloog over Hildes gezicht. 'Ik kan je niet veel geven.'

'Je wilt toch niet door een woedende menigte de stad uit gejaagd worden?' Birthes ogen waren even koud als haar stem. 'Kindermisbruik, zelfs als het om slaven gaat, is niet iets wat een Nord zal vergeven. Het is eerloos en walgelijk. Geef ons wat je kunt missen.'

'En verdubbel dat,' zei Hraab met een brede grijns.

Trillend liep Hilde naar een grote, met ijzer beslagen kist in een hoek. Ze nam een bos sleutels van haar riem en opende het deksel. Na een lichte aarzeling pakte ze een lederen buidel en gooide die op de tafel. 'Daar. Lazer nu op, allemaal. En ik hoop dat je verrot.'

'Waarschijnlijk ben jij de eerste, na al dat neuken met die smerige Largassen.' Birthe griste de buidel van de tafel. Ze controleerde de inhoud en knikte. 'Dat moet genoeg zijn. Blij dat je verstandig was, Hilde. Ik wens je een gelukkig leven met je man.' Ze beende de kamer uit, zonder om te kijken.

'Je vernederde haar,' zei Matta, die in de gang op hen wachtte. 'Dat is goed. Ze is totaal bedorven. De goden zij dank is ze dom; zonder de bedienden was ze verloren en dat weet ze. Ik wens je veel succes, lieve.' Met die woorden verdween ze in het huis.

Buiten draaiden Kjelle en Ajkell zich om toen ze verschenen. Kjelle keek naar Muus. 'Hoe ging het met Largassen?'

'Hij was niet thuis,' zei Muus. 'We hebben zijn vrouw gesproken. Met wat overredingskracht liet ze Beermuils klerk opzoeken waar ik geboren ben. En onze Hraab chanteerde haar om ons zwijggeld te betalen voor enkele van Largassens gewoonten die ze verraden had.'

'Ik regelde niet alleen goud voor jullie,' zei de jongen monter. 'Kijk.' Hij greep in zijn tuniek en toonde een ivoren kam, een zijden hoofddoek, diverse gouden voorwerpen en een lange ketting met edelstenen. 'Ze moet niet alles laten rondslingeren.'

Muus keek naar Birthe. 'Heb jij gezien dat hij ze meenam?'

'Dan zou het niet zo'n bijzondere truc geweest zijn,' zei de jongen en hij grijnsde.

Birthe zuchtte. 'Nee, ik heb niets gezien. Ik dacht dat hij de hele tijd naast me stond.' Ze staarde hem aan. 'Je bent een dief.'

De grijns van de jongen groeide. 'Dat geeft me wat te doen in moeilijke tijden.'

Het meisje stak haar hand uit. 'Ze zijn van mij. Je hebt het zelf gezegd; de helft van Beermuils spullen zijn mijn erfenis.'

Hraab keek teleurgesteld. 'Loki Poki.' Hij overhandigde Birthe een kleine lading kostbaarheden. 'Hier, spelbreker.'

'Waar is die ketting? Ik wil alles, of Loki zal je echt poken.'

De kleine jongen gaf haar de veelkleurige halsketting. 'Dat is het laatste.'

'Eerlijk?'

'En deze ring. Dat is alles, eerlijk.' Hij zuchtte. 'Nu ben ik weer arm.' Toen klaarde zijn gezicht op. 'Ik kan altijd meer stelen.'

'Nee,' zei Muus. 'Dat doe je niet. We hebben genoeg problemen zonder dat jij allerlei boze slachtoffers achter ons aan stuurt.'

De jongen gromde iets onverstaanbaars. 'Kan ik dan tenminste Rannars mannen bestelen? Die zitten al achter ons aan.'

Muus lachte. 'Je kunt Rannar beroven zo veel als je wilt. Zolang je maar niet gepakt wordt.'

'Maar dan kom je me redden. Je komt dan toch, hè?' Er lag een onverwachte zweem van paniek in de ogen van de jongen en Muus greep zijn magere schouders.

'Natuurlijk. Maar liever niet, hè?' Hij draaide zich naar Birthe. 'Hoe komen we vanaf hier in Harkoy?'

'Met de veerboot. Nu hebben we geld voor de overtocht.'

'Mooi, laten we gaan.'

Tuuri kwam uitgeput terug in Helmshaven. Hij had nauwelijks geslapen en zijn voedselvoorraad was bijna op. Het meeste had hij aan zijn paard gegeven, maar het was nooit genoeg. Het arme dier was net als hij hongerig en moe en daarbij zat er links achter een hoefijzer los.

Er was niet veel volk op straat en de meesten van hen liepen voorbij zonder te kijken. In het centrum van de stad zag hij twee jonge mannen zitten op een slee voor een groot huis.

'Neem me niet kwalijk,' zei hij. 'Kunt u mij een goede taverne en een smid wijzen?'

De langste van de twee schudde zijn hoofd. 'Je hebt geen geluk, we zijn hier zelf vreemd.'

'Ik herinner me dat er een bierhuis bij de haven is,' zei de ander.

'Ben jij hier al eens geweest?' zei de eerste met een spoor van verbazing.

'Vorig jaar. Ik ging met Meili naar Jonthal, toen hij zijn toekomstige bruid ging ontmoeten. Natuurlijk wist hij waar ze drank verkochten. Hij had er een neus voor.' De jonge man keek somber toen hij dat zei.

'Dan ga ik naar de haven,' zei Tuuri. 'Daar kunnen ze me wel vertellen waar er een smid is, neem ik aan. Dank.'

De *Luimige Viking* was niet meer dan een grote schuur. Een stomend hete gemeenschappelijke ruimte, waar verschillende vuren brandden en waar grote ketels naamloze, eeuwig aangevulde soep kookten. Tuuri bestelde een grote kom van het brouwsel, met wat brood, en viel hongerig aan.

'Was u lang onderweg?' vroeg de serveerster, terwijl ze hem bekeek.

Hij knikte en sopte zijn brood in de soep. 'Is er een smid in de buurt? Mijn paard heeft een los hoefijzer.'

Het meisje glimlachte. 'Natuurlijk; dit een belangrijke stad. Hij woont hiernaast. Da's handig voor de klandizie. Aason!' schreeuwde ze met een stem die tot de stadspoorten moest doordringen. 'Ze hebben je nodig.'

Een slungelige jongeling verscheen door een zijdeur.

'Wat is 't? Niet weer zo'n lekkende ketel, hoop 'k?'

Het meisje grijnsde. 'De edele heer z'n paard moet een nieuw ijzer hebben.'

De jongen klaarde op. 'Een paard! Dat krijgen we niet vaak te doen. Is het die knappe buiten, heer?'

Tuuri glimlachte. 'Ze is mooi, of niet? Ja, ze moet linksachter opnieuw beslagen worden. Controleer de andere drie ook meteen, wil je. Weet je waar ik hier in de buurt voer kan kopen? We zijn van ver gekomen en ze heeft honger.'

'Ik zal ervoor zorgen, heer. 'k Hou van paarden en 't zou een genoegen zijn.'

'Prachtig. Wek me als je klaar bent; ik blijf voorlopig hier.' Toen strekte hij zijn benen uit, sloot zijn ogen en sliep.

Een hand schudde hem wakker en hij kreunde. 'Wat is er?'

'Uw paard is beslagen en gevoed, heer.' De smidsleerling glimlachte. 'Ze is 'n echte dame. Ik heb 'r wat opgeborsteld en ze leek het leuk te vinden.'

Tuuri moest lachen. 'O ja, ze is zo ijdel als elk meisje.' Hij ging rechtop zitten. 'Welke dag is het?'

De jongen keek hem aan. 'Bennu lang weggeweest, heer? Het is de zevende dag van het nieuwe jaar. Net na middernacht.'

'Doe me een plezier,' zei Tuuri. 'Ga eens kijken of mijn schip al aangekomen is. Een langschip met rode zeilen.'

De leerling knikte. 'Ze is hier, heer. Kwam een uur geleden binnen. Ik heb haar eerder gezien, ze moet snel zijn. Toch vind ik paarden leuker.'

Tuuri gaapte. 'Ik ook. Hoeveel krijg je van me?'

De jongen noemde een bedrag en hij betaalde, met een flinke fooi.

'Dank u, heer,' zei de leerling met een opgetogen grijns. 'Ik wens u een veilige reis.'

Buiten controleerde Tuuri het werk van de smid en vond het goed gedaan. 'Welnu, meisje,' zei hij, terwijl hij haar zorgvuldig geborstelde flanken bekeek. 'De jongen heeft je goed verzorgd. Laat ik je maar naar huis brengen, voordat je eraan gewend raakt.'

Hij leidde haar naar Rannars boot.

'Is alles goed gegaan?' vroeg de schipper.

'Ik heb mijn boodschappen afgegeven,' zei Tuuri vermoeid.

De schipper grijnsde. 'Je kunt slapen zolang als je wilt; je hebt een hele week de tijd. We gaan eerst naar Nidros. De jarl wil dat je bij heer Brundal langs gaat. Ik heb een aantal orders voor je om af te leveren. Je bent hier klaar?'

'Ja,' zei Tuuri. Hij wilde weg uit het noorden met zijn pijnlijke herinneringen.

De veerboot, een oude knarr die betere dagen had gekend, bracht ze naar de kade niet ver van jarl Dettrichs fort. Kjelle, die nog nooit buiten Eidungruve was geweest, staarde met ontzag naar de formidabele versterking.

'Dus dat is wat ze een kasteel noemen,' zei hij. 'Het is groot.' Hij keek naar de hoge, houten muren die leken op te rijzen uit de heuvel waarop ze stonden. Dubbele muren, gevuld met aarde en met een enorme zeepoort, gaven het geheel een aura van onoverwinnelijkheid. Binnenin was het langhuis van de jarl zeker vijf keer zo groot als dat van Eidungruve. Met alle muren gebouwd op een stenen ondergrond, het zichtbare houtwerk versierd en het dak bedekt met zwart leisteen, beklemtoonde het niet alleen de macht van de jarl, maar ook zijn rijkdom.

Bij de hoofdingang hield een poortwachter hen tegen. 'Waar komen jullie voor, vrienden?'

'Ik ben Kjelle Almansen, theynling van Eidungruve. Ik moet de jarl spreken over mijn en zijn belangen.'

De man streek langs zijn baard. 'U hebt pech; de jarl is naar het hof van de koning. '

'Alle goden.' Kjelle voelde zijn gezicht rood worden. 'Hij is van huis terwijl verraders door zijn land zwerven en onschuldige mensen vermoorden?'

'Hij ging op bevel van de koning. Als het erg belangrijk is, kunt u de jarls vrouwe Radgundis spreken.'

'De vrouw van de jarl neemt zijn taken waar?' Kjelle kon de verrassing niet uit zijn stem houden.

'Het is duidelijk dat je haar niet kent,' zei de krijger met een brede grijns. 'De vrouwe was voor haar huwelijk een paladijn van de koning van Gallië. Ze heeft een sterke arm en een helder hoofd, Radgundis.'

'Breng ons bij haar,' zei Birthe, terwijl ze Kjelle opzij duwde.

De krijger keek even naar haar. 'En wie ben jij, meisje?'

'Ik ben de völva Birthe van Belisheim.' De metalen staf in haar hand wees naar de poortwachter.

De man verbleekte. 'Ik wilde u niet beledigen, völva.'

'Ik was niet beledigd. Laat iemand ons naar vrouwe Radgundis brengen. Wat we te bespreken hebben, kan niet wachten.'

De krijger draaide zich om en gaf een brul. Even later verscheen een jongen van een jaar of zes.

'Mijn zoon Folki,' zei de man trots. 'Breng de bezoekers naar de vrouwe, jong, en wel zo snel mogelijk.'

De jongen keek Muus met grote ogen aan. 'Jullie zijn alven,' zei hij, terwijl hij hen door de poort leidde. 'Ik weet dat jullie het zijn; ik heb ze eerder gezien, 's nachts. Ze dansten in Maans licht. Dans jij in Maans licht?'

'Ik wel,' zei Hraab. 'Soms, als Maan helemaal rond is. Het is erg leuk.'

'Echt?' De kleine jongen klonk weemoedig. 'Ik durf niet naar buiten wanneer ze dansen. Ik ben bang dat ze me meenemen.'

Hraab knikte. 'Dat is heel slim van je. Wij alven worden niet graag gestoord als we dansen.'

Ze gingen het langhuis binnen en de jongen rende naar een rijzige vrouw met grijzend haar. 'Vrouwe, vrouwe, ik breng u bezoekers; het zijn alven.'

De vrouw glimlachte naar hem. 'Alven? Nou, nou. Dank je voor het brengen, Folki. Vertel je vader dat je het goed hebt gedaan.'

'Dag, alven,' riep hun kleine gids terwijl hij naar buiten huppelde.

'Hij heeft een levendige verbeelding,' zei de vrouw ernstig. 'Welkom in ons huis. Ik ben Radgundis, de vrouw van de jarl. Kwam u voor mijn man? Ik ben bang dat hij afwezig is.'

'Wij brengen hem slecht nieuws, vrouwe. Ik ben Kjelle, theynling van Eidungruve. Daar en elders is veel bloed gevloeid.'

Radgundis' gezicht verstilde. 'Volg mij naar mijn kamer. Zulke dingen kunnen we beter onder ons bespreken.' Ze leidde hen door de menigte bedienden, terwijl ze links en rechts haar orders gaf, altijd met een aangename glimlach en goed ontvangen. Eenmaal in haar kamer, met de deur dicht, veranderde haar opgewekte gezicht in een vermoeide frons. Ze gebaarde hen op de kisten langs de muur te gaan zitten. Zelf zakte ze met een kleine zucht neer op de rand van haar bed en pakte haar spil en spinrok. 'Uw vergeving, maar het spinnen helpt me bij het denken. Dit zijn moeilijke tijden. Soms lijkt er geen einde aan onze problemen te komen. U bent Almans zoon? Ik heb u niet eerder aan het hof van de jarl gezien.'

'Nee, vrouwe,' zei Kjelle. 'Ik heb pasgeleden mijn mannelijkheidstest afgelegd en de gezondheid van mijn vader liet niet toe om me meteen te presenteren. Ik... wij komen als vluchtelingen, met verslagen van verraderlijke daden. Moordenaars teisteren het land, verwoestend en verkrachtend. Alle aanwijzingen gaan in de richting van een bepaalde beruchte jarl in het zuiden.'

Radgundis vestigde haar ogen op zijn gezicht, terwijl haar handen met hun werk doorgingen. 'Vertel het me.'

Ze spraken over de lawine en Eidungruves val, van de hinderlaag op de bruidswagen, de moord op Hraabs familie en de plundering van Belisheim. Ze vertelden van Vulf en Swinne met hun valse groengele pijlen en toen ze dat zeiden, slaakte de jarls vrouwe een kreet.

'Ze zijn vals?' vroeg ze, terwijl ze de spindel aan haar borst klemde. 'Ze zijn niet van Herigel?'

Muus, verbaasd over haar reactie, schudde zijn hoofd. 'Nee, vrouwe. Het is allemaal Rannars werk. Hij probeert een wig te drijven tussen uw man en jarl Waldrich.'

'Dit moet Dettrich horen. Hij is bij de koning om over Herigel te klagen. Er waren nog andere gebeurtenissen. Een boerderij brandde af, een theyn vermoord, runderen geslacht. En bij elke daad werden kleine dingen gevonden die wezen op Herigel. Wij willen geen oorlog met Waldrich, de Norden hebben al problemen genoeg zonder dat twee jarls elkaar bevechten. Dettrich ging naar Nidros om de steun van de koning te eisen.' Even zat ze in gedachten. 'U moet hem achterna, theynling. U moet mijn man waarschuwen. In de haven ligt een koopvaardijschip op weg naar het zuiden. Haar kapitein kan u naar Nidros brengen.' Ze haalde een kleine sierspeld van haar schouder. 'Hier, neem dit. Mijn man heeft hem mij eens gegeven.'

Kjelle zag Muus naar hem kijken. 'Het is een stap dichter bij mijn doel,' hoorde hij de jongen zeggen. 'We zullen de jarl waarschuwen, vrouwe.' Kjelle knikte.

Radgundis klapte in haar handen en zei tegen de bediende die binnenkwam: 'Roep Walther, wil je, en zeg de keuken een mand voedsel klaar te maken voor de theynling en zijn gezelschap. Ze reizen namens de jarl.'

Het meisje haastte zich weg, terwijl de vrouwe haar spinnen hervatte. 'Ik hoop dat het niet te laat is. Zo veel problemen, zo plotseling. Waar is Rannar mee bezig? Toch zeker niet...?'

Birthe bewoog lichtjes en de vrouwe keek haar aan.

'Asgisla wist het. Rannar denkt dat hij een betere koning zou zijn dan Vidmer,' zei het meisje.

'Alsof iemand hem zou vertrouwen,' barstte Kjelle uit.

'Dat is juist zo jammer,' zei de jarls vrouwe. 'Rannar heeft capaciteiten. Als hij niet zo'n verraderlijke kerel was, zou hij genoeg steun winnen om Vidmer te verdrijven.'

'*Als* is het woord.' Op dat moment begon Búi te huilen en Birthe nam hem uit zijn pelzen.

Radgundis keek verbaasd. 'Je hebt een kind bij je?'

'Mijn zoon,' zei Birthe. 'Het enige wat overbleef van een overhaast huwelijk.'

'Overhaast? Je had geen vader of broer om het te regelen?'

Birthe schudde haar hoofd. 'Ik heb geen familie, geen clan. Mijn vader was een viking en verbrak al onze banden op het land, zodat hij zijn winst niet hoefde te delen. De oude dwaas.'

Radgundis keek haar scherp aan. 'Nu weet ik wie je bent,' zei ze. 'Je vader was Gude, Largassens partner. Mijn man en ik vroegen ons af waar je was gebleven, nadat je moeder stierf. Is je vader ook overgegaan?'

'Hij en ik, we leefden als jagers, totdat een beer hem doodde. Hij zal wel ergens in Helheim rondhangen. Geen Walhalla voor Gude Gedood–bij–'t–Schijten. Daarna belandde ik bij Asgisla en nu ben ik een völva, en onafhankelijk.'

'Je bent bitter voor je leeftijd,' zei de jarls vrouwe. Birthe snoof. 'Mijn mannen hebben me slecht bediend. Mijn vader ruilde onze clan voor het vikingleven en toen hij werd verraden door degene die hij het meest vertrouwde, hadden we niemand om op terug te vallen. De jongen met wie ik trouwde werd gedood toen hij dacht me te imponeren met vaardigheden die hij niet had. Nee, ik ben niet trots op hen, vrouwe.'

'In ieder geval ben je dapper,' zei Radgundis met een vage glimlach. 'Ik zal je niet beledigen door je ongevraagd hulp aam te bieden, maar mocht je ooit een voedster voor de kleine nodig hebben, dan kun je altijd bij me aankloppen.' Birthe schudde haar hoofd. 'Bedankt, maar nee. Búi is van mij. Ik baarde hem na de dood van zijn vader en het was mijn beslissing om hem niet buiten in de sneeuw te laten sterven, zoals de traditie het voorschrijft. Ik hield hem, vaderloos, stamloos, met mijn naam. Zijn lot en het mijne zijn één.' Ze fronste haar wenkbrauwen. 'Tot hij volwassen is, tenminste.'

Op dat moment kwam een kleine man de kamer binnen. Hij was geen Nord, met zijn steile haar op een handbreedte boven de schouder en zijn gladgeschoren gezicht. Hij boog, iets wat een Nord nooit zou doen, en zijn woorden echoden een taal van ver weg. 'U heeft mij ontboden, Hertogin?'

Radgundis ging rechtop zitten. 'Dit is Walther, hij is mijn *procurateur*. Walther, ik wil dat je mijn bezoekers aan boord van de *Madgund* brengt en dat je betaalt voor hun reis naar Nidros. Vertel de kapitein van het schip dat ze uit naam van de jarl reizen en dat hij zo snel moet varen als het weer het toelaat.' Toen knikte ze naar Birthe. 'Je bent een sterke meid. Moge het Lot je bijstaan, jou en de kleine Búi met de Blauwe Ogen.'

Kjelle zag Birthe een kleur krijgen en hij vroeg zich af waarom. Had ze afkeuring verwacht? Hij wist dat de meeste meisjes in Birthes situatie de baby in het bos zouden hebben achtergelaten, om hun kansen op een tweede huwelijk niet te bederven. Hij haalde zijn schouders op; hij zou hetzelfde gedaan hebben.

HOOFDSTUK 10 – NIDROS

De *Madgund* was een groot schip. Met zijn brede zijden en enorme mast domineerde hij de plaatselijke boten als een walvis te midden van een school witvissen. Zijn kapitein was eveneens groot, met grijs haar dat zijn schouders raakte. Gunthram was zijn naam en hij was een Galliër, zoals Walther en jarl Dettrichs vrouwe, maar meer een Nordse zeeman dan de Nords zelf. Tenminste, dat was zijn grootspraak, vergezeld van een hartelijke lach. 'Er is in de Norden geen betere zeeman dan ik en die zal er ook niet komen.'

Zodra Walther de *procurateur* het schip had verlaten, gingen de roeispanen in het water, de meerlijnen werden losgemaakt en - voorzichtig, want de haven lag vol drijvend ijs - bewoog het schip richting open zee. Eenmaal uit de buurt van de kust werd het zeil gehesen, de stuurman richtte de *Madgunds* boeg zuidwaarts en het schip maakte snelheid.

Het weer bleef kalm. Er was veel ijs, zowel bergen als grote schotsen. De matrozen vertelden van een kou zo intens dat de zee rondom 's nachts bevror en de scheepsromp gekraakt werd. Terwijl hun handen nerveus de reling omklemden, keken de jonge passagiers naar het glinsterende ijs, hun oren vol verhalen over de vele gezonken schepen en de verdronken bemanningen in deze verraderlijke wateren. Maar er gebeurde niets. Op de tweede dag lieten zij de omhelzing van de poolnacht achter zich. Nu was de lucht grijs, beladen met sneeuw, en Zon reed zo laag dat ze de horizon raakte. De vijf rustten veel, dicht tegen elkaar aan onder het achterkasteel, aten de rantsoenen die vrouwe Radgundis had meegegeven en trachtten de tijd te doden. Birthe bracht het grootste deel van de dag door met Búi, ze wiegde hem en zong eindeloos liedjes. Hraab zwierf rond op het schip, altijd vol vragen die de matrozen goedmoedig beantwoordden.

Kjelle zat in kleermakerszit op het dek, poetste zijn bijl en piekerde. Zijn vader was dood, zijn huis bezet. Hij had gezworen zich te wreken. Maar hoe? Het vertrouwde gevoel van paniek dreigde hem te verlammen toen hij bedacht hoe onvoorbereid hij was om theyn te geworden. Muus had hem een lafaard genoemd. *Ik ben geen lafaard!* schreeuwde zijn geest. *Ik weet gewoon niet wat ik moet doen.* Hij vloekte zachtjes.

'Je bent handig met die bijl.' Hraab plofte naast hem neer. De kleine jongen keek hem aan en ondanks zichzelf glimlachte Kjelle.

'Vind je?'

'Ja. Je sloeg die jager van Rannar neer met je bijlsteel. Dat was netjes. Kun je me leren hoe je dat doet?'

Kjelle knipperde met zijn ogen. Had hij dat gedaan? Het hele gevecht bij Eidungruve was als een rode waas in zijn geest. Maar hij wist wel hoe met wapens om te gaan. Oskar had daarop toegezien. Oskar... Hij voelde zich koud worden bij de gedachte aan die bruut. De wapenmeester, koud, wreed en aanmatigend, was de vloek van zijn jeugd geweest. Snel duwde hij de gedachte weg. 'Tuurlijk; laten we naar het voorkasteel gaan, ik wil liever geen matroos raken.' Samen liepen ze naar het kleine platform op de boeg van het schip.

'De truc is dat je je vijand verrast,' zei Kjelle. 'Je kunt je tegenstander doden met het puntje van je bijl, zijn schedel breken met de rug of hem knock–out slaan met het handvat. Stel, je hakt op hem in. Dan, onverwachts, draai je je bijl om en slaat hem op de kin met de onderkant. Ze doen het geheid in hun broek van schrik. Dat is één. Een andere mogelijkheid is om niet de kracht van je arm, maar het gewicht van je wapen plus de beweging van je lichaam te gebruiken.'

'Net als bij houthakken,' zei Hraab gretig.

'Precies. Bomen vechten zelden terug, maar 't principe is hetzelfde.'

Ze oefenden totdat de jongen moe werd. Toen ze klaar waren, voelde Kjelle zich tevredener dan hij zich kon herinneren.

De volgende dag bracht hij uren door met Hraab alles te leren wat hij wist over bijlvechten. De jongen leerde snel en wat hij in kracht miste, maakte hij goed in behendigheid. Hij zou niet in staat zijn om zijn tegenstander neer te slaan zoals Kjelle op Eidungruve had gedaan. Maar de manier waarop hij opsprong tegen de borst van zijn tegenstander en zijn denkbeeldige bijl in de theynlings voorhoofd plantte, bleek effectief en een doorlopende bron van vrolijkheid. Kjelle genoot van deze zorgeloze sessies en langzaamaan verloren de varkensoogjes en de vernederende beschimpingen van zijn vaders wapenmeester hun venijn. Op de derde dag voegde Ajkell zich bij hen, rustig en respectvol als altijd. Hij was een echte tegenstander en hij maakte het Kjelle regelmatig moeilijk. Maar de ontberingen van de afgelopen manen hadden wonderen gedaan voor zijn conditie en na een tijdje merkte hij dat hoewel Ajkell meer kracht had, de vechtstijl van de beerkrijger zuiver offensief was. Kjelles voetenwerk was sneller en door tijdig weg te duiken en een zorgvuldige verdediging op te bouwen, slaagde hij erin om veel van hun partijen in een gelijkspel te laten eindigen. Hij vond een plezier in deze gevechten dat hij nooit eerder had gekend en de grijze wolken die zo vaak zijn geest vulden, slonken tot bijna niets.

Rond het middaguur op de negende dag bereikten ze de fjord die de zeetoegang tot Nidros was.
'Daar hebt ge 't.' De kapitein zwaaide met een arm in de richting van de smalle strook water tussen de torenhoge rotsmuren. 'Koningsbijt noemen ze het. In tijden van gevaar plaatsen ze boogschutters op de toppen van de rotswanden. Hun pijlen bijten passerende schepen, als de tanden van een wolf. Net als de grote krijgsmachines op het plateau, die klaar staan om je met rotsblokken naar de bodem te jagen. Ze kunnen zelfs een schip als de *Madgund* tot zinken brengen. Het is maar goed dat we in vrede komen.' Hij glimlachte toen hij dat zei, maar zijn ogen zochten hun gezichten af.

Kjelle knikte. 'We zijn koningsmannen,' zei hij. 'We brengen een boodschap voor onze jarl, meer niet.'

'Fijn, ik zou graag weer uitvaren zonder dat er op me geschoten wordt.' Kapitein Gunthram lachte zijn grote, hartelijke lach, maar Kjelle dacht dat hij een spoor van ongerustheid in het door zeezout getekende gezicht zag. Een snelle blik opzij vertelde hem dat het Muus ook was opgevallen.

'Weet u iets over de situatie in Nidros?'

Gunthram haalde zijn schouders op. 'Ik kan je vertellen wat ik de hertogin vertelde, theynling. De sfeer is gespannen in de hoofdstad. Koning Vidmer is... niet populair. Ik denk dat het aan de koningin te danken is dat ze hem nog niet hebben afgezet. Leocastre is geliefd bij de mensen. Maar zij die de koning uit de weg willen hebben, worden steeds sterker. De laatste keer dat ik hier was maakte de koningin zich ongerust.'

Kjelle opende zijn mond, maar Muus was sneller. 'Wanneer was u hier voor het laatst?'

'Iets meer dan drie zevendagen geleden. Ik maak deze reis elke maand.'

Drie zevendagen. In die tijd kan alles veranderd zijn. We moeten voorzichtig zijn. Kjelle draaide zijn hoofd en keek de fjord in. Donkere schaduwen leken zich er te verzamelen en hij huiverde.

De eerste indruk die Nidros gaf was er een van kracht. De koninklijke burcht was de eerste stenen fortificatie in de Norden geweest en hij stak dreigend af tegen de met sneeuw bezwangerde hemel.

'Starreborg,' zei kapitein Gunthram. 'De koningin liet het bouwen, na haar huwelijk met Vidmer. Ze wilde iets verdedigbaars hebben en dat is het ook. Het schijnt een kopie te zijn van het kasteel van haar broer in Rhemes.'

Kjelle bestudeerde de burcht. Ja, de kapitein had gelijk. Het zag er onneembaar uit, met zijn hoge, stenen muren en de centrale toren die boven alles uit steeg. Hij floot zachtjes en zag Muus kijken. 'Een moeilijke plek om in te komen als ze dat niet willen.'

De Bryt gaf zijn vreemde alven–glimlach. 'Laten we hopen dat het niet moeilijk is om eruit te komen.'

Kjelle voelde zijn hart ineen krimpen. 'Denk je...?'

Muus schudde zijn hoofd. 'Ik weet het niet.'

'Waarom varen we er voorbij?' vroeg Hraab.

De kapitein glimlachte. 'Omdat ik eerst het schip wil draaien, jongen. Daarna leg ik hem aan het eind van de steiger, voorbij dat langschip met de rode zeilen.'

'Met slipsteken op de meertouwen om snel weg te zijn?'

Gunthram knipoogde. 'Slimme kerel. Waar heb je die wijsheid vandaan?'

'Van mijn broer,' zei Hraab somber. 'Hij wilde graag op vikingtocht gaan, maar pa kon hem thuis niet missen. Hij wist veel van de woorden.'

'En waar is je broer nu?'

'Dood. Net als pa en ma. Ze werden vermoord bij een Fynni overval.'

De kapitein keek geschokt naar de jongen.

Ineens drong het tot Kjelle door wat de jongen had gezegd.

'Je bedoelt dat Vulfs mannen *Fynni* zijn?'

Hraabs ogen gingen wijd open. 'Had je het niet gezien? Die gekke tekens in hun gezicht? Het zijn Fynni uit de Ostmark, met Vulf en Swinne als hun tarkynni.'

'Hoe weet je dat?'

De jongen rechtte zijn schouders. 'Mijn vader noemde Vulf tarkynn. "Krijgsleider, uw stamtekens laten zien dat u Fynni bent. Waarom komt u hier? Waarom bedreigt u ons? Vertrek met uw ulvhednar, ga terug naar uw bergen en laat ons met rust." Toen begon het moorden.' Een enkele traan lekte uit zijn oog en Kjelle voelde zijn hart naar de jongen uitgaan.

'Dat heb je me nooit verteld,' zei Ajkell zachtjes.

'Ik wilde er niet over nadenken. Het doet pijn. Hier,' de jongen sloeg op zijn borst.

Kjelle balde zijn vuisten zo hard dat de nagels in zijn vlees beten. Fynni in Dalland. Nooit eerder waren ze zo ver naar het westen gekomen. 'Vervloekt, Rannar.'

'Stil.' De kapitein keek bezorgd rond. 'Noem die naam in Nidros niet. De koning haat de man, maar als je kwaad spreekt over Westhals jarl, zullen zijn vele aanhangers in de stad je vinden. Er zijn mensen voor minder vermoord.'

'Maar we zijn veilig aan boord. Uw mannen zullen toch wel trouw zijn?' vroeg Muus.

Gunthram aarzelde. "Normaal gesproken zou ik mijn hand voor hen in het vuur steken, maar tegenwoordig... de jarl is erg gul met zijn zilver.'

Kjelle voelde zich rood worden. 'Goden!' Hij dempte zijn stem. 'Dus daarom slachtte hij mijn mensen af. Hij wilde de mijn. Hij gaat onze vijanden betalen met ons eigen zilver. Verdomme, ik moet hem tegenhouden. Er moet een manier zijn.'

Kjelle voelde een hand op zijn arm en hij zag Birthe naar hem kijken. 'De jarl zal wel weten wat we moeten doen. Wacht tot je met hem hebt gesproken.'

De kapitein spuugde over de zijkant. 'Ik weet niet wat er gaande is en ik ben er niet zeker van dat ik het wil weten. Maar de hertogin zei me u heen en terug te varen en varen zal ik u. Ik leg ons aan het eind van de steiger en daar blijf ik een zevendag om u naar Harkoy terug te brengen. Daarna zult u een maand moeten wachten tot ik weer kom.' Toen haastte hij zich weg en schreeuwde bevelen naar zijn mannen in een mengsel van Nords en Gallisch dat Kjelle nauwelijks kon verstaan.

Zelfs van dichtbij was de burcht indrukwekkend. Kjelle voelde zijn hart sneller kloppen toen ze naar het poortgebouw liepen. Langs de open deuren zag hij de dubbele ophaalbrug over de smalle kloof die Starreborg van het vasteland scheidde en hij floot zachtjes. Echt een onneembare plek.

'Halt.' Een hirdman, een van de eigen krijgers van de koning, versperde hen de weg.

'Wie ben je en wat wil je?'

Kjelle was verrast door de vijandige toon in de stem van de man en de manier waarop hij zijn speer vasthield.

'Ik ben Kjelle Almansen, theynling van Eidungruve. Ik kom voor jarl Dettrich met een boodschap.'

De soldaat leek zich schrap te zetten en keek naar zijn partner. 'Jarl Dettrich, hè? Volg me naar binnen, theynling.'

Iets in Kjelle riep: *Pas op! Gevaar!* Hij rechtte zijn schouders en volgde de hirdman over de bruggen naar de gesloten hoofdingang. Toen ze naderbij kwamen, zwaaide de deur open en betraden ze een kleine binnenplaats aan de voorkant van de rots waarop de slottoren gebouwd was. Een smal pad eindigde bij de houten ladder naar de eerste verdieping. Kjelle, gewend aan de eenvoudige langhuizen, verbaasde zich. Hoe kon een heer, een koning, zich zo van zijn volk afzonderen?

Ze kwamen in een ronde zaal, met een groot vuur aan de overkant. Daarvoor stond een hoge stoel, leeg.

De hirdman leidde hen door de overvolle zaal naar het vuur waar een rijk geklede man zijn handen warmde, en salueerde.

'Jarl Brundal, deze mensen liepen naar het poortgebouw en vroegen naar Dettrich.'

Langzaam draaide de jarl zich om. 'Werkelijk?'

Kjelle voelde zijn maag omdraaien toen hij de berekenende blik van de man op zich gericht voelde. Brundal, de Maarschalk van het Hof, de belangrijkste adviseur van de koning, had een akelige reputatie. Een trotse, hebzuchtige en gewelddadige kerel.

'Wie ben jij?'

Kjelle stond kaarsrecht. 'Ik ben Kjelle Almansen, theynling van Eidungruve.'

'Eidungruve... een Dalland man.' Brundal was even stil. Toen snauwde hij: 'Wat heb je hier te zoeken?'

'Ik breng een boodschap voor mijn jarl,' zei Kjelle 'Zijn goede echtgenote stuurde mij hierheen.'

'Zijn goede echtgenote.' Brundal lachte. 'Dettrich is een verrader.' Plotseling schreeuwde hij. 'Dettrich heeft de koning vermoord! Hij is een eerloze hond en we zullen hem opjagen tot hij als een hond gedood is.' Hij wendde zich tot de hirdman. 'Sluit ze op. We zullen ze verhoren als jarl Rannar arriveert en vervolgens driemaal doden. De goden zullen dankbaar zijn voor wat nieuwe offers.'

Kjelle opende zijn mond, maar er kwam geen geluid. Hulpeloos keek hij naar de anderen, maar vond er geen antwoord.

De hirdman draaide zich om en schreeuwde een bevel. Onmiddellijk haastte een handvol gewapende mannen zich naar voren. Toen wenkte hij Kjelle. 'Volg mij.'

Kjelle keek rond en zag de blikken van de mensen in de zaal. Sommigen waren openlijk vijandig; anderen alleen maar nieuwsgierig, maar niemand betwistte Brundals bevel en de theynling besefte dat er geen hulp te verwachten was.

Tuuri stond in de schaduwen van de troonzaal en wachtte tot jarl Brundal zijn aanwezigheid wenste op te merken. Hij stond daar al twee dagen; zo lang hield de landsregent hem aan het lijntje. Hij dacht aan het grote nieuws dat op hem wachtte toen hij in Nidros aankwam. Koning Vidmer was dood en Brundal, die Rannars man was, had de macht overgenomen. Maar waarom wilde de regent hem niet ontvangen? Elke keer werd hij afgescheept met argumenten als 'te druk met de verandering van leiderschap' of 'de onoverzichtelijkheid van de situatie', terwijl Brundal rondhing in de troonzaal en helemaal niets leek te doen.

De deuren gingen open en zoals iedereen rekte hij zich uit om te zien wie er binnenkwam. Het was een groep van vijf jonge mensen en onwillekeurig zonk hij dieper weg in de schaduw. *Dat zijn die twee kerels uit Helmshaven. De anderen...* Zijn ademhaling stokte en zijn hart veranderde in ijs in zijn borst. *Dat kan niet! Hij is dood. Hij moet dood zijn.* Het was de stervende jongen uit Vulfs strafexpeditie. De kleinste, de ene over wie hij had gelogen tegen Vulf. Er was geen twijfel mogelijk; het was hem. Op de een of andere manier was hij aan de vlammen ontsnapt, van zijn verwondingen hersteld en had hij die anderen ontmoet. Hij kon niet horen wat Brundal zei, maar het was duidelijk dat de vijf het niet verwachtten. Toen hoorde hij de regent schreeuwen dat jarl Dettrich een verrader was en kort daarna werden de vijf gearresteerd en weggevoerd.

Tuuri slaakte een zucht van verlichting. Het kind had hem niet gezien. Wat wilden ze? Wat het ook was, het had hen in groot gevaar gebracht. Een band met Dettrich was zo goed als een doodvonnis.

De zijdeur naar de troonzaal vloog open en een jongen van zo'n twaalf winters oud beende naar binnen, zijn gezicht hard en zijn vuisten gebald. *Prins Ottil!*

'Ik wil een verklaring, heer Brundal,' zei de jongen met een heldere stem. 'Waarom worden mijn bevelen genegeerd? Waarom word ik in onwetendheid gelaten over de moord op mijn vader?'

'Prins Ottil,' begon de landsregent, maar de jongen kapte zijn woorden af.

'Ik wil geen excuses, Brundal, ik eis een antwoord.'

Brundal verstijfde. 'Je kunt niets eisen; je bent maar een kind. Ik regeer in koning Vidmers plaats.'

'Dan ben je een vervloekte rebel, Brundal,' beet de jongen hem toe.

'Genoeg! Bewakers, breng de prins naar zijn appartement en doe de deuren op slot. Ik heb geen behoefte aan loslopende kinderen in mijn troonzaal.' Dit veroorzaakte gemompel, maar een boze blik van de regent bracht hen tot zwijgen.

'Dit kun je dit niet doen!' De jongen was wit van woede. 'Ik word de koning.'

Maar bewakers voerden de jonge prins weg. Opnieuw klonken er protesten.

'Stilte!' Met een rood hoofd confronteerde Brundal de hovelingen. 'De prins zal goed verzorgd worden, maar hij is een kind. Een weerbarstig kind. Er is nu een nieuwe orde. Jarl Rannar is op weg hierheen en hij zal beslissen hoe de toekomst eruitziet. Totdat hij hier is, zal de prins in zijn kamers blijven. U kunt gaan.'

Tuuri stond op het punt de anderen naar buiten te volgen, toen hij Brundals brul hoorde. 'Jij niet, bode. Kom hier.'

Brundal liep heen en weer, zijn gezicht woedend en onzeker tegelijk. Tuuri stond en wachtte geduldig. Na enkele minuten hield Brundal halt. 'Ik heb je laten wachten; het spijt me. Alle bevelen die je bij je had zijn achterhaald, meester Tuuri. Heer Rannar komt hierheen. Het zal nog minstens een week duren voordat hij hier is en ik vrees voor de veiligheid van de prins. Je zag zijn onbeschaamde gedrag, zijn kinderlijke driftbui, en je herkent ze als dezelfde dwaasheid waar zijn vader berucht om was. Toch ben ik bang dat iemand zal proberen de prins uit onze handen te krijgen. Dat kan ik niet toestaan. Noch kan ik iets met de blaag doen zonder heer Rannars toestemming. Ik heb één optie over. U brengt de prins en zijn leermeester naar heer Rannar. Laat hem een oplossing voor het kind vinden, dan regel ik de situatie hier. Duidelijk?'

Tuuri knikte, met stomheid geslagen.

'Welnu, ga terug naar je schip. Ik zal de prins en zijn tamme paladijn kort na middernacht bij je laten brengen. Je vaart meteen uit en neemt de jongen mee. Heer Rannar zal in Agdir zijn wanneer je daar aankomt. Noem hem de Krijgsheer. Maak in geen geval gebruik van zijn naam.'

Tuuri boog. Hier had hij niet aan gedacht, toen hij droomde van Vidmers afzetting. Hij wist amper dat er een erfgenaam was en blijkbaar was de knul niet bang uitgevallen. Natuurlijk maakte de jongen bezwaar tegen Brundals machtsovername. 'Ja, heer,' zei hij. 'Dan ga ik terug naar mijn schip.'

Als in een droom liep hij naar de haven. Een jonge prins in ballingschap voeren was geen nobele daad. *Niet in ballingschap, in veiligheid brengen*, dacht hij. Dat klonk veel beter.

De soldaten voerden ze haastig weg uit de grote zaal.

'De koning is vermoord?' vroeg Kjelle toen ze eenmaal buiten waren.

De hirdman keek hem aan. 'Drie dagen geleden. Hij verslikte zich in een drinkhoorn wijn. Gif deed zijn keel opzwellen, zeiden de genezers. Dettrich was bij hem en niemand anders. In de verwarring vluchtten hij en zijn mannen. Hoeveel meer bewijs van zijn schuld heb je nodig?'

'Of van zijn behoedzaamheid misschien?' zei Muus. 'Als hij was gebleven, hadden ze hem dan geen moordenaar genoemd? Net zoals wij zonder enig bewijs werden veroordeeld?'

'Houd je kop,' gromde een van de soldaten en hij prikte Muus onzacht in de schouder met de stompe kant van zijn speer.

In stilte brachten de soldaten hen langs het rotsachtige pad naar een deur aan de voet. De hirdman hamerde met zijn gevest op het hout en de deur opende van binnenuit. Een kleine man met een samengeknepen gezicht liet een lantaarn op hen schijnen. 'Nieuwe bezoekers?'

De hirdman knikte. 'Je moet ze opbergen tot jarl Rannar naar ze vraagt. Dus voer ze af en toe.'

De geur van zweet en verval in de smalle gang maakte Kjelle misselijk.

'Kom op,' zei de soldaat. 'Uw kamer wacht aan het einde, nobele theynling.'

Kjelle kleurde bij de toon in zijn stem. Dat was Oskars stem. Hetzelfde gebrek aan respect dat hij zo lang had moeten doorstaan. 'Praat niet op die toon tegen mij, pummel.'

De krijger werd bleek. 'Pummel? Jij baardeloze welp!' Hij hief zijn speer en sloeg de theynling tegen de muur. Bloed spoot uit Kjelles neus en mond. Opnieuw zwaaide de man zijn speer, maar nu greep Ajkell de schacht beet.

'Genoeg, soldaat van de koning.'

De man gromde en probeerde zijn speer aan de greep van de beerkrijger te ontworstelen. Maar Ajkell drukte het wapen naar de grond en dwong de soldaat op zijn knieën. Toen duwde hij; de man verloor zijn evenwicht en viel. Met een vloek krabbelde hij overeind en greep naar zijn zwaard.

'Stop,' zei de hirdman. 'Denk aan Brundals woorden. Rannar wil ze zien. Levend. Gedraag je als een soldaat.'

De tweede man stak zijn zwaard weg en pakte zijn speer. Hij zei niets, maar zijn ogen schreeuwden zijn toorn.

Kjelle veegde het bloed van zijn gezicht. 'Rannar kan me hangen, neersteken en verdrinken, maar ik ben theynling en een koningsman. Ik zal je gedrag aan de jarl melden, soldaat.'

De gang eindigde bij een deur. 'Uw cel,' zei de hirdman. 'Het is donker en ongepast, maar misschien zal jarl Rannar alles in orde brengen. Men zegt dat hij een eervol man is.'

'We moeten hun wapens afnemen,' zei de soldaat nors.

'Nee. Tijd genoeg als dat nodig mocht blijken. Voorlopig laten we ze met hun eer intact.'

De cipier ontsloot de deur. 'Niet de beste bedden in de stad, maar het beste wat ik kan bieden.'

Harde handen duwden hen naar binnen en het geluid van de sleutel in het slot was als het sluiten van de deuren van Helheim.

'Kom hier met je gezicht,' zei Birthe. 'Laat me voelen of er niets beschadigd is.'

Een blauwe gloed verlichtte de cel en Kjelle vloekte. 'Daar is die verdomde steen weer.' Spreken was moeilijk, zijn lip voelde twee keer zo dik als hij hoorde te zijn.

'Maar het licht helpt.' Birthe nam een gedroogd blad uit een van de tasjes aan haar riem. 'Hier, druk dit tegen je lippen. Het zal steken, maar het voorkomt dat je mond dicht zwelt.' Kjelle hield het blad op zijn onderlip. Ongenode tranen sprongen in zijn ogen, maar hij dwong ze terug.

'Je was dapper,' zei Hraab, 'dat je die soldaat zo op z'n nummer zette.'

'Dwaas–dapper. Die mannen hadden je kunnen doden en wat dan?' Birthe liet Kjelles neus los. 'Het bloeden is gestopt.'

'Niet dwaas,' zei Ajkell. 'Een soldaat van de koninklijke wacht die zo'n toon aanslaat tegen een koningsman is onvergeeflijk. De theynling kon niet anders, of hij had de schedel van de man moeten splijten. En dan waren we allemaal gedood.'

'Mannen,' zei Birthe bitter.

Ajkell haalde zijn schouders op. 'Het spijt me, völva, maar zo is het nu eenmaal.'

Het meisje keek hem aan, maar ze zei niets.

'We moeten hier weg,' zei Kjelle. 'Ik weiger me te laten afslachten.'

'Eruit komen is geen probleem.' Hraab legde een vinger op de deur. 'Dit slot is simpel; ik krijg het met m'n ogen dicht nog open.'

'Nou, waar wacht je op?' Kjelle stapte naar voren. 'We moeten ontsnappen.'

'Niet zo snel.' Muus had al een tijdje niets gezegd en nu hielden zijn woorden de theynling tegen.

'Wat?'

'Langs die deur komen is één ding, maar hoe komen we de burcht uit en over die bruggen?'

Kjelle draaide zich om. Een gevoel van totale wanhoop kwam over hem heen. 'Je hebt gelijk.'

'Ik kan wel eens buiten kijken.' Hraab keek gretig als altijd, zijn ogen glinsterend. 'Ik glip zo voorbij die cipier. Ik wed dat hij zijn dagen doorbrengt met drinken. Eenmaal buiten ben ik nog maar een kind. Niet zo'n grote vent als jij. Niemand zal me opmerken.'

'Het is te gevaarlijk,' zei Muus.

'Niet gevaarlijker dan wachten op Rannar.' Ajkell keek naar de kleine jongen. 'Laat hem 't proberen.'

'Woehee!' schreeuwde de jongen, maar zachtjes. Uit de plooien van zijn tuniek haalde hij een dun mes. Terwijl hij een onbekende melodie neuriede, peuterde hij in het slot. Zijn handen, die altijd fladderden als bezige bijen, waren stil. Een klik weerklonk. Hij ging op zijn hielen zitten en keek rond. Toen hij ieders aandacht had, duwde hij de deur open en gluurde de gang in. Toen, met een vrolijke glimlach en een zwaai van zijn hand, glipte hij naar buiten.

Kjelle ademde diep uit. Zijn ogen ontmoetten die van Ajkell. De beerstrijder gaf een knikje en haalde zijn schouders op.

HOOFDSTUK 11 – RUNENMEESTER

Het duurde een tijd voor Hraab terug was, tijd die de anderen verschillend doorbrachten. Kjelle en Ajkell dommelden wat, terwijl Birthe kleine Búi voedde.

Muus zat stil en staarde naar een plek op de muur waar het water naar binnen lekte. Drup, drup, drup. Het ritme was blauw in zijn hoofd: waterblauw, hemelsblauw. De Shard vulde zijn hoofd, zijn wezen. Een zee van blauw; hij hoefde slechts te springen en dan kwam alles goed. De zee steeg, over de pier in de haven, over de stenen kade, de straten in. Het verdronk de huizen, de mensen en de soldaten, brak de deuren van de kerker open en voerde hem zachtjes naar buiten, vrij. Vrij aan boord van het wachtende schip, vrij naar het zuiden, naar Falrom, naar... Nee, niet op die manier. Te veel mensen zouden sterven; onschuldige mensen, vrienden. De Shard brandde op zijn borst. Beelden van tornado's wervelden voorbij; ze brachten verwoesting, hagel en vuur; schiepen dekking waaronder ze konden ontsnappen. Nee, ook niet zo. Een hand schudde zijn arm.

'Word wakker. We krijgen bezoekers. Doe de steen weg.'

Muus opende zijn ogen en de warmte van de Shard verdween toen hij naar Hraab keek.

'Je bent terug.' Haastig borg hij de Shard weg in zijn buidel.

De jongen grijnsde. 'Natuurlijk. Maar je moet wakker worden, er komen mensen aan.'

'Wat voor soort mensen? Soldaten?'

'Die ook. Ze zijn met een belangrijk persoon en twee anderen. Ik ken ze niet, maar ze zijn heel behoedzaam. Snel, daar zijn ze.'

Buiten de cel rinkelden sleutels en vervolgens zwaaide de deur open. Een oudere man stapte naar binnen. Zijn haar was grijs, zijn gezicht gerimpeld en vol verdriet. Hij bleef in het midden van de cel staan en keek naar hen. Wat hij zag leek hem gerust te stellen, want hij ontspande zich en sloot de deur.

'Wie van jullie is de theynling van Eidungruve?'

Kjelle bracht zijn hand naar zijn hart. 'Dat ben ik, Kjelle Almansen.'

De vreemdeling knikte. 'Welkom in Nidros. Waarvoor kwam u naar het hof?'

'Ik had een bericht voor mijn jarl, Dettrich van Dalland.'

'Je liep naar de hoofdingang en vroeg naar Dettrich, wetende dat hij een koningsmoord had gepleegd en als een lafaard was gevlucht. Waarom?'

'Ik wist niets over de dood van de koning,' zei Kjelle. 'We waren net over zee aangekomen en gingen rechtstreeks naar de burcht.'

De vreemdeling plukte aan zijn lip. 'Je kwam over zee. Met welk schip?'

'De *Madgund*.'

'Ja, ik zag haar binnenlopen. Ze is een vertrouwd gezicht in Nidros. Wat is je boodschap? '

Kjelle aarzelde. 'Het was bedoeld voor mijn jarls oren.'

De man trok zijn wenkbrauwen op. 'Zou je het geheim houden voor de koning?'

'Natuurlijk niet,' zei Kjelle. 'Maar de koning is dood.'

'Ik ben Logmar, koninklijk lendmann en raadsheer. Ik spreek met zijn stem.'

'Zeg het hem,' zei Muus en hij zag hoe de lendmann zijn blik op hem richtte.

Kjelle zuchtte. Opnieuw vertelde hij alles, behalve over de Shard. Hij benadrukte het belang van de pijlveren en het aandeel dat Rannar van Westhal erin had. Terwijl hij sprak, werd Logmars gezicht nog meer gespannen.

'Dit is slecht,' zei hij toen Kjelle klaar was. 'Eidungruves mijn ingenomen, Asgisla dood, Herigels kleuren misbruikt. Nu ligt de koning vermoord en Rannar is op weg hierheen.'

'Om de kroon te grijpen,' zei Birthe.

De raadsheer keek haar verbaasd aan. 'Denk je dat hij brutaal genoeg is om Prins Ottil opzij te zetten? Ik zou denken dat hij het regentschap wil en de macht achter de troon wordt.'

'Hij stuurde een van zijn mannen naar mijn Vrouwe Asgisla, opdat die hem zijn kans op succes in het afzetten van Vidmer zou voorspellen. Ik was erbij toen de vraag werd gesteld.'

Logmar leek te twijfelen. 'Je was erbij? Wie ben jij dan, meisje?'

Birthe nam de staf van haar riem. 'Ik was Asgisla's leerling, Birthe van de völur.'

'Je noemt jezelf völva? Dat is nogal een bewering voor iemand die zo jong is.'

'Asgisla noemde me zo, nadat ik voor al haar testen was geslaagd.'

'Dan moet ik accepteren wat je zegt. Vervloekt zij Rannar als een verachtelijke schurk!' Hij draaide zich naar Kjelle. 'Je hebt een opmerkelijk gezelschap verzameld, theynling. Een völva, twee Bryts en een beerkrijger.'

Muus voelde de Shard bewegen en voor hij het wist had hij hem uit zijn tuniek gehaald. Blauw licht vulde de cel en de lendmann staarde er met open mond naar.

'Nog vreemder dan u denkt, lendmann Logmar. Ik ben Muus van Owwich, de Shardheld.'

Logmar trok wit weg. 'Er is een nieuwe shard gekomen? Nog meer onrust!' Weer wendde hij zich tot Kjelle. 'Ik zal u en uw mensen naar uw schip begeleiden. Ik vraag één gunst: dat u twee anderen meeneemt. Ook zij hebben een dringende reden om uit Nidros te ontsnappen.'

Kjelle knikte. 'Afgesproken.'

De lendmann sloeg zijn hand aan het kleine zwaard aan zijn zijde. 'Volg mij.'

Eenmaal buiten zag Muus het al donker was. Maan had zich achter de wolken verscholen en de wind was koud. Omringd door de soldaten haastten ze zich door de smalle straatjes van de stad, totdat ze bij de haven kwamen. In de verte zagen ze het toplicht van de *Madgund* knipogen. Toen ze verder liepen, stapten zes schaduwen uit het donker naar voren.

'Halt. Deze plaats is verboden terrein.'

'Niet voor mij, hirdman,' zei Logmar.

'Ik ben bang dat het zelfs voor u geldt, lendmann. Orders van de landsregent.'

'Brundal kan mij geen orders geven, hirdman.' Logmar gaf een kort bevel aan zijn soldaten, die zich dwars over de steiger opstelden. Toen keek hij naar Kjelle. 'Ren naar het schip en maak dat je wegkomt. Snel. Dit zijn de twee waarvan ik sprak, zij gaan met jullie mee.' Twee personen, in mantels gehuld en onherkenbaar, maakten zich los van de soldaten. Eén ervan was zo groot als Kjelle, de andere klein als Hraab.

'Mijn boogschutters zullen ze moeten neerschieten, lendmann.'

'Hirdman, over mijn lijk.'

Zonder een woord rende Kjelle weg, met Muus op zijn hielen en Birthe met kleine Búi stuiterend op haar rug. Ajkell volgde met de langste van de twee vreemdelingen. De kleine mantel en Hraab leken er na een paar passen een wedstrijd van te maken en schoten vooruit.

Van achter hen kwamen de geluiden van een gevecht. Even leek de grote mantel te struikelen, maar toen rende de vreemdeling verder, met een pijl in de bovenarm. De steiger was meer dan tweehonderd voet, dacht Muus, en de enige schepen waren de *Madgund* en het langschip met de rode zeilen. Hij schudde zijn hoofd en rende.

Toen ze dicht bij de *Madgund* waren, hoorde hij kapitein Gunthrams stem bevelen schreeuwen. Het grote zeil klom in de mast terwijl ze aan boord stormden, Hraab als eerste en de kleine mantel een goede tweede.

'Zet af,' zong Hraab terwijl hij naar de kapitein zwaaide. 'Op naar volle zee.'

De kapitein had geen aanmoediging nodig. 'Gooi de trossen los.'

De *Madgund* ving de wind in zijn zeil, verzamelde snelheid en weg waren ze.

'We hebben het gehaald.' Kjelles gezicht was rood van opluchting.

'Nog lang niet.' De kapitein tuurde naar de top van de steile hellingen aan beide zijden. 'Daar.' Hij wees naar de linkerkant en de nog steeds hijgende vluchtelingen zagen een bereden figuur galopperen. 'Die gaat de artillerie bij de ingang waarschuwen.' Hij keek even naar het voortsnellende paard. Toen snoof hij de wind op en schudde zijn hoofd. 'We gaan niet snel genoeg.'

'Kapitein.' De stem van de zeeman klonk gespannen en iedereen keek naar hem om. Achter hen staarde Maan door een scheur in de wolken en in zijn licht zagen zij twee slanke galeien rond de bocht in de fjord komen.

'Riemen uit!' riep de kapitein over het schip. 'Elk beetje snelheid telt. Dat zijn koningsschepen. Je hebt ze echt wakker geschud. Wat heb je met de koning gedaan?'

'De koning is dood,' zei Kjelle. 'Hij werd drie dagen geleden vermoord. Rannars stropoppen zijn nu de baas.'

Gunthram vloekte. 'Dus het is gebeurd. Rebellie. Nou, we kunnen dit allemaal later bespreken. Als er een later is.'

Langzaam vergrootte de ruiter op de berg zijn voorsprong op het schip en net zo langzaam kwamen de twee langschepen naderbij. Keer op keer stuurde de kapitein zijn mannen het want in om het zeil te trimmen of liet hij ze lading verschuiven om de maximale snelheid uit de *Madgund* te halen.

Eindelijk kwam de mond van de fjord in zicht. De Koningsbijt had al klein geleken toen ze binnenvoeren, maar nu was het niet groter dan een muizenhol. Zonder waarschuwing steeg een fontein van water naast het schip op en doorweekte de haastende zeelui.

'Dat was dichtbij,' zei de kapitein. 'Laten we hopen dat het geluk was.'

Achter hen waren de langschepen binnen schootsafstand gekomen en pijlen beten in het dek. Een zeeman schreeuwde en viel voorover, een lange schacht in zijn rug.

'Geef je over!' riep een stem uit het donker. 'Geef ons de prins ongedeerd terug of bij Thor, we brengen je tot zinken.'

'De prins?' brulde de kapitein. 'Waar heb je het over?'

'Hij heeft het over mij,' zei een jongensstem en de kleine nieuwkomer liet zijn capuchon zakken. 'Ik ben Prins Ottil Vidmersen. Ze willen me niet terug, ze willen me vermoorden.'

'Bij de goden!' Voordat de kapitein meer kon zeggen, boorde een tweede vlucht pijlen gaten in zijn zeil.

Muus voelde zijn handen tintelen en de Shard op zijn borst werd warm. Hij staarde naar de prins, een stevige knaap van Hraabs leeftijd, met lang haar en een belofte van grote kracht in hem.

De ogen van de jongen vonkten en de lijnen in zijn jonge gezicht verraadden geen angst, maar een vreselijke woede. 'Ik moet naar mijn moeder, kapitein. Het is uw taak om mij erheen te brengen.'

Gunthram veegde zijn bezwete voorhoofd af; zijn gezicht vol angst. 'Wat een vuile truc.' Hij wendde zich tot Kjelle. 'Wist je het? Dat we hem aan boord hebben is een doodvonnis voor ons allemaal.'

'Nog meer reden om te vechten, kapitein.' Muus bewoog zijn vingers terwijl de jeuk groeide.

De kapitein haalde diep adem en herwon zijn kleur. 'Uw vergeving, prins. U bent de zoon van mijn koningin en ik zal u met mijn leven verdedigen. Al zal wat er van over is kort zijn, vrees ik. '

Een tweede waterfontein bewees dat de mannen met de katapult geen amateurs waren.

'De volgende gaat door onze bodem,' zei Gunthram. Een pijl raakte de roerganger achter hem en het schip slingerde.

Met een verwensing sprong de kapitein om zijn plaats in te nemen. Meer pijlen flitsten voorbij en nog een zeeman stierf. Zonder te denken nam Muus de bliksemrune in zijn rechterhand en legde zijn linker op de Shard. Blauw licht overspoelde hem toen hij de rune *F'lach* omhoog hield. Het resultaat was onmiddellijk. Bliksem flitste uit de hemel, liet de katapult op het plateau ontploffen, sprong over naar de twee langboten die in een brandende hel veranderden en zond een regen van vonken naar de overhellende *Madgund*. Aan boord ontstonden brandjes, rook kwam uit het zeil en Muus schreeuwde van de pijn terwijl hij brandde. Toen werd alles zwart.

Vanaf het dek van de langboot met de rode zeilen was Tuuri van alles getuige. Hij had Logmars confrontatie met de bewakers gezien en een groep mensen die halsoverkop naar het grote schip voor hen rende. En toen de koopvaarder wegvoer, hoorde hij een soldaat op de steiger vloeken. 'Ze hebben de prins!' Tuuri draaide zich om naar de kapitein. 'Achter ze aan.'

Twee grote krijgsgaleien gleden voorbij, hun drums luid terwijl hun roeiers zwoegden om zo veel mogelijk snelheid te maken. De galeien ronden de bocht voordat Tuuri's langschip van de steiger vertrok.

'Ik houd afstand van die jongens,' zei de schipper. 'Ze spelen ruw en daar ben ik niet op gebouwd.'

Toen de mond van de fjord in zicht kwam, verschenen er plotseling gaten in de zeilen van de koopvaarder.

Tuuri staarde ernaar en de schipper wees naar de top van de steile wanden. 'Artillerie,' zei hij. 'De stad is goed verdedigd.'

De twee krijgsgaleien schoten een salvo pijlen weg. Uit de hoogte kwam een nieuwe lading stenen die de koopvaarder op een haar na miste.

'Ze brengen haar tot zinken,' zei Tuuri. Toen bevroor hij. Bliksem schoot uit de heldere hemel. Hij raakte het plateau en de steenwerper explodeerde in een regen van splinters. 'Haal het zeil neer!' brulde de schipper. 'Roeiers achteruit, achteruit, verdomme!'

Traag bewoog het langschip in tegengestelde richting, terwijl Tuuri verbijsterd toekeek hoe de bliksem de krijgsgaleien raakte. Zeelui en boogschutters op de twee schepen tuimelden door elkaar, vatten vlam en sprongen overboord om hun brandende kleren te blussen. De zeilen vlogen in brand en stortten in de houten rompen neer. Daarop, zonder poespas, verdwenen beide boten in de diepe wateren.

Tuuri's blik volgde de koopvaarder, die wegzeilde alsof er niets was gebeurd. 'Achter ze aan,' zei hij ten slotte.

De schipper schudde zijn hoofd. 'We moeten eerst de overlevenden oppikken.'

Tuuri knikte. Hij keek naar de dobberende hoofden en zwaaiende armen. 'Hoeveel mannen hadden ze aan boord?'

'Ieder zestig,' zei de schipper. 'De best getrainde mannen van de vloot.'

De zee gaf ze acht zielen terug. Alleen hun lichamen leefden, want de meesten hadden hun verstand verloren. De plotselinge tegenaanval, terwijl ze dachten hun prooi gevangen te hebben, de genadeloze bliksem waartegen geen verweer bestond, had zelfs de meest geharde van hen gek van angst gemaakt. Stuk voor stuk waren ze vreselijk verbrand en de stank van geschroeid vlees vulde het schip.

Eenmaal terug in Nidros fluisterden de soldaten die de overlevenden kwamen ophalen een verhaal dat Tuuri niet eerder had gehoord.

'De Shardheld,' mompelden ze. 'Hij zei het zelf; hij vertelde Logmar dat hij runenmeester en Shardheld was. Een blauw licht sprong uit zijn lichaam. Wat een boos ongeluk!'

'We hadden meer geluk dan je denkt,' zei een hirdman scherp. 'Hij had de hele stad in brand kunnen steken, maar dat deed hij niet. Hij doodde alleen degenen die hem probeerden te vermoorden.'

'Ze riepen dat prins Ottil bij hen was,' had een man van Tuuri's schip gezegd. 'Waarom probeerden we onze prins te doden? Hij is een goede jongen.'

De hirdman keek naar Tuuri en herkende hem als Rannars man. 'Zwijg, idioot,' zei hij tegen de matroos. 'Breng dat lichaam aan wal.'

Tuuri keerde zich af van de zwartgeblakerde man die op de terugweg moest zijn gestorven. *De prins doden? Wie heeft daar bevel toe gegeven? De meester wil hem levend en wel hebben. Verdomme, hij moet snel naar het noorden komen, voordat zijn hele plan naar de donder gaat. En wat is een Shardheld?* 'Kunnen we nu varen?' riep hij naar de kapitein. 'Ik moet deze hele puinhoop aan heer Rannar melden.'

De schipper floot scherp en terwijl het zeil in de mast klom, nam de laatste man op de kade een aanloop en sprong op het dek.

'We gaan, bode,' zei de schipper.

'Zo snel als je kunt,' snauwde Tuuri, bozer dan hij in lange tijd was geweest. 'Heer Rannar zal ons allemaal villen als we ons niet haasten.'

HOOFDSTUK 12 – VERANDERINGEN

Muus ontwaakte in een zee van pijn. Zijn handen en borst voelden aan alsof hij zelf in brand stond. Bittere rook vulde zijn neusgaten en misselijkheid vocht met een vreselijke hoofdpijn. Hij wilde sterven.

'Ik zei het hem nog.' Dat was Hraabs stem en hij klonk verongelijkt. 'Ik zei hem dat het beter was om dat ding bij de veter vast te houden. Maar wilde hij luisteren? Nee. Koppige dwaas.'

'Hij ziet eruit als rosbief,' zei een andere jonge stem. 'Gaat hij dood?'

'Nee, dat gaat hij niet. De Shard zal dat niet toestaan.'

'Wat is die Shard? Ik moet hem hebben, hij is krachtig.'

'Je kunt hem niet hebben, slimmerik. Hij is te sterk voor een prins. Die scherf gaat de wereld redden.'

'Maar...'

Een vrouwenstem onderbrak hem. 'Zo is het genoeg, prins. Je stoort de Shardheld terwijl hij moet rusten. Aan dek met jullie twee.' Ze zuchtte. 'Ottil is zo bot als een voorhamer, net als zijn moeder. Hij heeft haar hersenen en wilskracht en de spieren van zijn vader.'

'Een krachtige combinatie,' zei Birthe.

'Ja, maar het vraagt veel van mijn geduld. Wat is de volgende stap?'

'Ik zal het Lied van Skylbjear doen.'

'Dat ken ik niet, dus doe ik de zalf.'

'Het is gebaseerd op de wijsheid van Freya.' Toen zong Birthe en Muus zweefde weer weg.

Toen hij voor de tweede keer bijkwam, was de pijn dof maar draaglijk.

'Je bent wakker?'

Muus opende zijn ogen en staarde in Kjelles gezicht. Hij was verbaasd over de bezorgdheid van de theynling. 'Waar zijn we?'

'Op zee, twee dagen van Nidros. Je hebt ons gered, weet je. Jij bracht de langschepen tot zinken.'

'Deed ik dat? Het doet pijn.'

'Ik geloof je; je lichaam zag eruit als gebraden vlees. Wat ging er fout?'

'Ik weet het niet. Ik noemde de naam van de rune en toen kwam de bliksem... en op de een of andere manier verbrandde die mij ook. Wie was die vrouw bij Birthe?'

'Ze is een paladijn uit Gallië, de lerares van de prins.'

'Is er echt een prins? Ik dacht dat ik het gedroomd had.'

'Hij is echt genoeg. Een kleine berserker, onze prins Ottil. Zo was ik niet op die leeftijd.'

Muus hoorde de bitterheid in zijn stem. 'Je doet het nu goed,' zei hij. 'Je raakte nog niet een keer in paniek sinds Eidungruve.'

'Ik kan het me niet veroorloven. Ik moet mijn mensen wreken. Ik weet dat ik daarbij zal sterven, dus is er niets meer om bang voor te zijn.' Hij was even stil. 'Ben jij nooit bang?'

Muus dacht even na. 'Ik voel niet veel emotie. Geen angst, geen woede. Ik doe wat ik moet doen.'

'Het is vreemd,' zei Kjelle. 'Ik heb je zolang gehaat, maar nu niet meer. Ik weet inmiddels dat ik al die tijd mezelf haatte. Om mijn vader, om die klootzak van een wapenmeester.'

'Die dronken zot? Ik heb nooit begrepen waarom je bang voor hem was. Het was allemaal gebral, meer niet.'

Kjelle zweeg. 'De wapenmeester schreeuwde de hele tijd en vernederde me. Ik heb hem nooit als een dronkaard gezien. Hij gaf me nachtmerries.' Toen lachte hij. 'Een dronken zot. Meer was hij niet. Bedankt, ik hoop dat je nu een beetje beter over me denkt.'

Muus klopte op de theynlings arm. 'Maak je geen zorgen. Ik begrijp hoe het was. Je zult een goede theyn zijn, Kjelle, net als Siga voorspelde.'

'Siga?' Kjelle klonk verrast. 'Heeft ze dat gezegd?'

'Ze zei dat je een goede leider zou zijn als je meer vertrouwen in jezelf kreeg. Ze had gelijk. Nou, help me overeind, wil je? Ik heb wat frisse lucht nodig.'

Met Kjelles arm in zijn rug droegen zijn wankele benen hem naar het dek. Zodra hij verscheen, knipperend met zijn ogen tegen het heldere zonlicht, juichten de zeelui.

'Hoezo dat?' vroeg Muus verrast.

Kjelle glimlachte. 'Ik zei toch dat je ons had gered. Zonder jouw bliksem zouden ze ons tot zinken gebracht hebben. De mannen zijn je dankbaar.'

'Welkom terug.' De kapitein greep Muus' arm op een respectvolle manier. 'Mijn excuses, ik heb me nooit gerealiseerd wat een krachtige runenmeester je bent. Je hebt hen goed te pakken genomen.'

'Mezelf ook,' zei Muus spijtig. 'Waar zijn we?'

'Halverwege Agdir; we passeerden zojuist de haven van Bjergvin.'

'Agdir? Wat gaan we daar doen?'

Kjelle kuchte. 'Het is in de buurt van Ejrikastelle, waar de koningin woont. Ottil moet zich bij haar voegen nu zijn vader dood is.'

Muus keek om zich heen. 'Waar is de prins?'

'Hij zit met Hraab op de voorplecht. Ze praten. Ik dacht dat meisjes veel praatten, maar jonge jongens zijn net zo erg.'

Muus draaide zich om toen hij Birthe zijn naam hoorde noemen en voegde zich bij haar aan de reling. Bij haar was een lange vrouw in een maliënkolder. Zelfs hier droeg ze een kostbare stalen helm en op haar rug een groot zwaard. Ze was knap, dacht Muus, maar op een koude manier.

'Je bent je bed uit,' zei Birthe. 'Dat is goed. De paladijn en ik hebben onszelf schor gezongen voor je.'

'Werkelijk,' zei de paladijn. Haar stem was licht en streng, precies zoals Muus hem zich herinnerde. 'Maar het was een goede daad, want je bent een dienaar van de goden, net als de völva en ik.'

'O ja?' Even voelde Muus zich verward.

'Natuurlijk. De Shardheld wordt door de goden zelf aangewezen om hun wil uit te voeren.'

Muus zag de lach in Birthes ogen, maar hij knikte ernstig. 'Ik snap het. Ik moet u bedanken voor uw rol in mijn herstel. Mag ik uw naam weten?'

De paladijn boog lichtjes, een merkwaardig gebaar in de ogen van iemand die tussen egalitaire Nords was opgegroeid. 'Ik ben Valiantrude de Vergy, paladijn van het hof in het gevolg van koningin Leocastre van de Norden, en huislerares van prins Ottil, haar zoon. Je hoeft me niet te bedanken; dank de goden voor hun hulp, je brandwonden waren omvangrijk. Die bliksem moet je zijdelings geraakt hebben. De huid op je bovenlichaam en armen was rood en vol blaren. Maar de goden hebben onze zang en de zalfjes die we je gaven geholpen, want de blaren genazen snel.'

'De wond op je hoofd is ook weg,' zei Muus, terwijl hij naar Birthe keek. 'Er is nauwelijks een litteken te zien.'

Het meisje kreeg een kleur. 'Een deel van jouw genezing werkte door op ons. Valiantrude liep een pijlwond in haar arm op toen we naar het schip renden. Die wond is ook geheeld.'

'De goden zijn genadig.' De paladijn boog en maakte Odins rune over haar hart. Muus dacht aan de Shard en de verschrikkelijke bliksem. *Niet de goden, het was de scherf. Lawinemaker, Bliksembrenger.* Hij onderdrukte een huivering.

Twee dagen later, rond het middaguur, schreeuwde een jonge stem uit de mast: 'Ik kan de Nez zien!'

De paladijn balde haar vuisten en keek met diepe afkeuring op haar gezicht omhoog. 'De prins zit bij de uitkijk. Hij werd verondersteld aan zijn studies te zijn. Ik had beter moeten weten.'

Muus glimlachte. 'Zie het als een oefening in leiderschap. De matrozen houden van dat soort dingen en het verbetert zijn reputatie.'

'Zijn reputatie voor roekeloosheid is al gevestigd. Ik wil zijn kennis vergroten.' Even was ze stil. 'Zijn vader was geen slechte koning door gebrek aan moed, maar door gebrek aan wijsheid. Zijn zoon kan het zo veel beter doen, als hij zich wat inspant.'

'Oorlogsschepen,' zei de kapitein, terwijl hij door de regen naar de kleine haven van Agdir tuurde. 'Het zijn geen koningsschepen; die hebben geen rode zeilen.'

'Laten we buitengaats blijven,' zei Muus. 'We moeten eerst een verkenner sturen.'

'Mij,' zei Hraab. 'Vanavond, als het donker is. Net als in Nidros zullen ze me nooit opmerken.'

Muus aarzelde. 'Ik vind het niet leuk, maar goed dan.'

'Whoop,' zei de jongen gelukkig. 'De bijboot kan me op dat kleine strandje afzetten. Vanaf daar zwem ik naar de trap halverwege die kade.'

'Je klinkt als een spion,' zei Birthe.

Hraab gaf haar een onschuldige blik. 'Ik? Nee, daar ben ik niet oud genoeg voor. Ik ben gewoon erg goed in sluipen.'

'Jij kunt tenminste wat doen,' zei prins Ottil en zijn ogen waren boos. 'Zo veel mensen willen me vermoorden en ik kan alleen maar afwachten.'

'Je krijgt je kans nog wel.' Hraab gaf zijn schouder een stomp. 'Kom, we zullen dat vreselijk saaie boek van jou samen lezen.'

'Een vreemde jongen,' zei de kapitein. 'Is hij echt zo jong als hij eruitziet?'

Muus staarde de twee jongens na. 'Hij is heel wijs voor zijn leeftijd. Maar ik heb mijn twijfels over zijn familie.'

Zodra het donker was, liet de kapitein de bijboot overboord zetten.

'Is er iets dat je speciaal wilde weten?' vroeg Hraab.

'Van wie die schepen zijn en of de stad veilig is; verder zou alles over koningin Leocastre en Rannar welkom zijn.'

Nog voor Muus zijn 'Wees voorzichtig' had uitgesproken, was de jongen al in de nacht verdwenen. Niet lang daarna hoorden ze het zachte plonzen van riemen in het water, terwijl twee matrozen hem naar het kleine strand roeiden.

'Waar is hij?' De stem van de paladijn was vol nauwelijks onderdrukte woede.

'Wie? Hraab?'

Ze maakte een woedend gebaar. 'Ottil. Hij is niet in zijn slaapplaats.'

'Hij zal niet in het pikkedonker over het schip dwalen,' zei Muus. Toen keek hij in de richting van de haven. 'Hij zal toch niet...'

Voor de eerste keer sinds ze haar kenden, vloekte de paladijn.

'Voorzichtig,' zei Hraab. 'Ga niet lopen rondstampen; we zijn spionnen, geen soldaten. Doe als een gewone jongen en denk eraan, als een zeeman vraagt wie we zijn, dan wonen we in de stad. Als het een stedeling is, komen we van de schepen. Snap je?'

Ottil snoof. 'Natuurlijk.'

'Goed dan. We zullen naar die trap daarginds moeten zwemmen.'

'Eh, maat, ik kan niet zwemmen.'

'Oh. Nou, dan sleep ik je wel mee. Kom mee en raak niet in paniek.'

'Ik raak nooit in paniek,' zei Ottil. 'Dat doen prinsen niet.'

'Houd je daaraan vast.' Hraab waadde het water in. 'Ga op je rug liggen, je moet drijven, alsof je dood bent. Houd je mond gesloten. Klaar?'

'Ja,' zei de prins; het klonk gedempt maar kalm.

Hraab greep Ottil bij de oksels. Gestaag zwemmend trok hij de andere jongen mee naar de stenen trap. De prins hield woord en raakte niet in paniek. Het enige geluid dat hij maakte toen ze op de trap stonden, was een zachte zucht.

'Naar boven,' zei Hraab. 'En vergeet niet gewoon te doen.'

Ottil knikte.

Het was stil in de stad, alsof iedereen binnen was gebleven. Pas in de buurt van de centrale hal zagen ze mensen. Stedelingen, die op gedempte toon met elkaar praatten. Toen de jongens naderbij kwamen, vielen ze stil en liepen haastig weg. Hraab keek zijn metgezel aan en haalde zijn schouders op. Toen, met een gezicht zo onschuldig als dat van een jong hondje, glipte hij de hal binnen. De jongens bleven even staan, druipnat alsof de regen ze had doorweekt. Ze keken om zich heen door de rook en het lawaai, de geur van bier en de brandende fakkels. De zaal was vol met matrozen en strijders, met drinkers, gokkers en dansers op de tonen van fluiten en hoorns. Het waren geen Nords, ze leken meer op Vulfs mannen, Fynni krijgers. Als twee zich vergapende kinderen dwaalden de jongens door de massa en pikten hier een woord op en daar een zin. Deze mannen dienden een naamloze krijgsheer. En jarl Rannar was op weg naar Nidros, naar de kroon en de voogdij over de jonge prins Ottil. De prins greep Hraabs arm toen zij dit hoorden, zijn hand trilde niet, maar zijn vingers knepen hard.

'Niemand hier is nuchter genoeg om voor de krijgsheer te verschijnen,' zei een norse stem in de buurt.

'Als je wildemannen in dienst neemt, moet je hun wilde manieren accepteren.' De tweede stem klonk vermoeid. 'Ik ben het zat met deze barbaren.'

'Ik ook, lendmann. Dronken, moordzuchtige beesten zijn het.' Plotseling klonk de norse stem bijna in hun oren. 'Hé, jongens. Kom hier.'

Hraab keek omhoog. De spreker was een lange soldaat in een maliënhemd zonder herkenningstekens. 'Jullie zijn van hier, is 't niet?'

'Ja, heer,' zei Hraab, terwijl hij de man recht aankeek zoals een vrijgeboren jongen zou doen.

'Ik zoek iemand om een boodschap naar een belangrijk persoon te brengen. Geïnteresseerd?'

Hraab hield zijn hoofd schuin. 'Betaalt het wat, heer?' De lange man brulde van het lachen. 'Je gebruikt je verstand, moet ik zeggen. Ja, het betaalt wat.'

'Dan zullen we de boodschap overbrengen. Hoe luidt het bericht?'

'Oh nee, het is geen gesproken boodschap, kind. Het is geheim, op perkament geschreven. Je zult het niet kunnen lezen. Breng het naar de krijgsheer aan boord van het koopvaardijschip in de haven. Hij zal je betalen.'

Hraab knikte. 'We zullen voorzichtig zijn met uw geheim, heer.'

'Dat kun je maar beter doen,' gromde de grote man. 'Er staan grote gebeurtenissen op het spel.' Vanuit de binnenzak van zijn tuniek nam hij een opgevouwen document.

'Is dit verstandig?' zei de vermoeide stem naast hem. Hij behoorde toe aan een jonge man gekleed als een nobele krijger.

'Er is niemand anders, heer Thorgild.' De grote soldaat wreef over zijn gezicht. 'De krijgsheer moet de brief hebben. Ik kan niet een van die dwazen sturen. Je weet hoe hij denkt over dronkenschap en u en ik moeten achter de dame aan.' Hij wendde zich tot Hraab. 'Hier, neem dit en wees er snel mee. Vertel de krijgsheer dat het van Jorgard komt.'

'Ja, heer,' zei Hraab en tegen Ottil: 'Kom, wie het eerst bij het schip is.'

Buiten de hal renden ze naar de haven. Na twee straten hield Hraab halt. Hij keek om zich heen, maar er was niemand. Toen nam hij het bericht uit zijn tuniek en vouwde het open. 'Dit zijn geen runen. Het is dezelfde babbel als in dat boek van jou. Ik kan het niet lezen.'

'Geef hier.' Ottil pakte de brief. 'Het is Oud Roms, zoals de schriftgeleerden in Gallië gebruiken.' Terwijl hij las, hijgde hij plotseling en staarde Hraab aan. 'Mijn moeder... Zij zitten achter mijn moeder aan. Ze is uit Ejrikastelle weggevlucht voordat ze het koninklijke landgoed veroverden. Die klootzak van een Rannar wil haar aan Brundal uithuwelijken. *Brundal* als mijn vader? Nooit!'

'We moeten opschieten. Laten we deze brief naar de man op het schip brengen en dan terug naar de *Madgund* gaan. Kom op, rennen!'

Slechts één schip in de haven was groter dan alle anderen, dus daar gingen ze heen. Op de loopplank werden ze tegengehouden door een potige krijger, een Nord.

'Ga ergens anders spelen, jongens; dit is geen plek voor kinderen.'

'We brengen een boodschap voor de krijgsheer; 't is van Jorgard.'

'Een boodschap, hè? En waarom stuurt Jorgard niet een van z'n eigen mannen?'

Hraab leunde naar voren. 'Ze zijn allemaal dronken,' zei hij vertrouwelijk.

De krijger lachte. 'Gelukkige bastaards. Nou ja, kom maar aan boord. En let op je manieren; de krijgsheer is een groot man.'

Een matroos bracht hen naar achteren, waar een deel van het achterkasteel met zeildoek was afgeschermd.

'Een boodschapper voor u, heer,' zei de man vanaf buiten.

'Stuur hem hierheen, man.' De stem was diep en ongeduldig. Ottils hand omklemde Hraabs arm als een berenval. Toen stapten de jongens naar binnen.

Op een houten kist zat een grote man; groot zelfs naar Nordse normen, met brede schouders, en een vreemd gewrochte helm die het grootste deel van zijn gezicht bedekte.

Hij draaide zijn hoofd om en staarde naar de twee jongens. 'Boodschapper? Jullie twee?'

'Ja, heer,' zei Hraab. 'Ban is mijn naam en dit is mijn neef Ralf. Wij brengen u een bericht van Jorgard.'

De donkere ogen achter het masker glinsterden. 'Waarom kwam Jorgard niet zelf?'

'Ik geloof dat hij meteen weg moest, heer. Meer weet ik niet.' Hij hield het licht vochtige perkament in zijn hand.

De krijgsheer nam het aan en liet zijn blik langs de regels glijden. Toen vloekte hij. 'Ze is weg. Thor! Die vrouw is te slim. Natuurlijk zal Jorgard haar niet te pakken krijgen. De teef is allang onderweg naar Rhemes met haar schoothondje Dettrich.' Toen herinnerde hij zich de jongens. 'Het doet er niet toe,' zei hij. 'Jullie hebben je plicht gedaan, dank je wel.'

Hraab aarzelde. 'Heer?'

De krijgsheer keek hem ongeduldig aan. 'Wat?'

'Jorgard zei dat u ons zou betalen, heer.'

De grote man ontspande en hij lachte. 'Je bent een slimmerik, jongen.' Hij haalde een buidel van zijn riem en pakte twee zilveren munten. 'Hier, elk één. Maak nu dat je wegkomt.'

'Dank u, heer,' zei Hraab en ze haastten zich de geïmproviseerde hut uit.

'Hij was in een goed humeur?' De krijger bij het gangpad knipoogde. 'Ik hoorde hem lachen.'

'Dat was hij,' zei Hraab. 'Ongewoon geschikt, ook. Een groot man, deze krijgsheer.'

'Dat is hij, wees er maar zeker van.'

De jongens renden weg, langs een jonge man die de loopplank op kwam.

'Nog een boodschapper?' Hraab ving de woorden van de krijger op, maar niet het antwoord van de jongeman. Ze holden een zijstraat in en van daaruit keerden ze voorzichtig, zodat niemand hen zag, terug naar de wachtende bijboot.

Tuuri staarde naar de afgemeerde vloot in Agdirs haven. Het waren Rannars schepen, met dezelfde rode zeilen als zijn eigen boot. En daar, voor anker net buiten de baai, was het koopvaardijschip dat ze vanuit Nidros waren gevolgd.

'Wil je dat we de haven binnengaan?' zei de schipper.

Tuuri schrok op uit zijn gedachten. 'Hoe sneller ik mijn verslag doe, des te beter.'

Een half uur later liep hij langs de kade, in de richting van de stad. Het weer was helder en mild in vergelijking met waar hij vandaan kwam, maar toch was er bijna niemand op straat. De weinige mensen die hij zag, keken strak, bijna angstig, alsof Agdir werd bezet door een vijandelijk leger.

Hij kwam bij de centrale hal, een groot gebouw, passend bij een rijke havenstad. Hij stapte binnen en bevroor. Fynni. Geen wonder dat de mensen bang waren; Rannar had een paar honderd moorddadige Fynni krijgers meegebracht.

Tuuri keek om zich heen, om te zien of Rannar hier was, maar de meeste mannen waren groter dan hij en ze blokkeerden zijn zicht. Degenen die nog konden staan althans, want de krijgers feestten en waren zo dronken als Swinnes mannen bij Belisheim. Hij laveerde tussen hen door, zonder te letten op hun domme grappen en scheldpartijen. Nergens was een glimp te zien van een officier of heer, laat staan de jarl. In een poging om zo onopvallend mogelijk te blijven, bewoog Tuuri zich terug naar de uitgang. Eenmaal buiten veegde hij zijn hoofd af. Twee stedelingen stonden in de buurt naar hem te kijken, maar ze zeiden niets. Hun ogen verraadden hen, dat wel. Ze waren vijandig, angstig en achterdochtig.

'Pardon,' zei Tuuri, 'Kunt u mij vertellen waar ik de krijgsheer kan vinden?'

De mannen staarden. Nooit eerder had Tuuri het gevoel gehad gehaat te zijn in zijn eigen land, maar nu wilde hij vluchten, zich verbergen.

Ten slotte wees een van de mannen naar de haven.

'Dank u.' Toen flapte hij eruit: 'Kijk niet zo naar me. Ik heb die Fynni niet hier gebracht.'

Stilte. Vervolgens tikte de man tegen zijn linkerwang.

Tuuri verbleekte. Zijn stamteken! Ze dachten dat hij een van die beesten was. Hij besefte dat hij voor het leven gebrandmerkt was en met een snik vluchtte hij.

Eenmaal terug in de haven, had hij zijn kalmte herwonnen. Het eerste en grootste schip had een bewaker bij de ingang van de haven, dus daar ging hij heen. Op de loopplank botste hij bijna tegen twee jongens aan die van het schip kwamen. Ze hadden hem niet echt gezien, maar hij herkende ze onmiddellijk.

'Wie ben jij?' vroeg de bewaker. 'Niet nog een boodschapper?'

Op het dek bracht een Fynni ulvhednar hem naar een geïmproviseerde hut in het achterschip. 'Boodschapper voor u, heer.'

'Laat hem vanmiddag terugkomen,' zei een stem. 'Ik ben nu bezig.'

Tuuri aarzelde, maar de ulvhednar gaf hem geen kans. 'Kom mee, de krijgsheer heeft geen tijd voor je, Fynnikin.'

'De prins is hier!' riep hij, maar de Fynni sloeg hem in zijn gezicht en sleepte hem naar de reling. 'Niet schreeuwen. Kom vanmiddag terug.'

De wachter grijnsde. 'Die Fynni zijn directe klootzakken. Maar ja, jij bent een van hen, is het niet?'

'Nee!' Tuuri spuwde het woord uit. 'Dat ben ik niet!'

Aan boord van de *Madgund* steeg de spanning met het verstrijken van de uren. De paladijn had haar air van frigide rechtschapenheid totaal verloren. Ze ijsbeerde over het dek en mompelde vreselijke verwensingen aan het adres van de afwezige prins.

'Maak je geen zorgen,' zei Ajkell. 'Ze komen terug.'

'Het zijn nog maar kinderen.' De paladijn draaide zich om en zwaaide met haar vuisten. 'Ze zullen worden gedood of als slaaf worden verkocht.'

'Waarom? Dat ze kinderen zijn is hun bescherming. En Hraab is een slimme jongen. Hij leefde een maand helemaal alleen in het bos, in het spoor van die schoft Vulf en zijn ulvhednar. Als hij dat kan overleven, zal een uitstapje naar Agdir niet moeilijk zijn.'

'Boot ahoi!' schreeuwde een zeeman en hij wierp een touwladder omlaag.

De paladijn haastte zich naar het gangpad. 'Jij.' Haar gehandschoende hand wees naar de prins toen hij weer aan boord klom. 'Hoe durf je het schip te verlaten zonder mijn toestemming? Ik laat je afranselen, jongeman, ik zal zorgen dat je spijt krijgt van je ongehoorzaamheid.'

'De prins was niet in gevaar,' zei Hraab serieus. 'Dat was hij echt, echt niet. Maar hij is zo vol van woede dat hij iets moest doen en beter dit dan iets dwaas.'

Ottils gezicht was rood en furieus en het was twijfelachtig of hij de tirade van de paladijn had gehoord. 'Die klootzak,' zei hij, 'die laffe, door de ratten gebeten, strontetende hond.'

'Nogal,' zei Ajkell. 'Wie?'

'Rannar.'

De beerkrijger verstijfde. 'Zijn dat Rannars schepen?'

Hraab knikte. 'Hij droeg een feestmasker en noemde zichzelf de krijgsheer. Maar tijdens Rannars enige bezoek aan het hof heeft onze koninklijke vriend hier voor spion gespeeld en hij herkende de jarl onmiddellijk. Het was heel knap van hem dat hij zijn mond kon houden.'

'Hij zat achter mijn moeder aan,' riep Ottil. Hij worstelde zichtbaar met zijn zelfbeheersing terwijl hij vertelde van hun missie. 'Dus daar zat hij, de zelfvoldane witharige pokkenhond. Een teef, noemde hij haar. Mijn moeder de koningin, een teef. Vervolgens betaalde hij ons. Nadat Hraab hem eraan had herinnerd.'

Hij draaide zich om naar Hraab. 'Waar is die tweede munt?' snauwde hij. 'Die is van mij.'

Met een vertoon van onwil overhandigde Hraab hem het zilveren stuk. 'Hier, ik dacht dat prinsen rijk waren.'

'Andere prinsen misschien,' zei Ottil. 'Maar ik niet.' Hij wendde zich tot zijn lerares, zijn gezicht stijf. 'Ik hoorde wat u zei, paladijn. U overschrijdt uw gezag als mijn mentor. U behoort me te leren schrijven, niet mij te belemmeren in mijn verplichtingen. Ik zal niet meer worden behandeld als een kind; ik heb er geen tijd voor. Ik moet mijn koninkrijk terugwinnen. Met mijn vader dood en mijn moeder gevlucht moet ik een man zijn.' Hij gaf haar een harde blik. 'Ik zal niet worden gedwarsboomd, paladijn.'

De paladijn keek hem aan, haar gezicht onleesbaar. 'Je eist veel verantwoordelijkheid op, prins Ottil. Als dat je wens is, bewijs ons dan je mannelijkheid, zoals de gewoonte is.'

'Maar niet nu,' zei Birthe van achter hen. 'Jullie twee gaan naar bed. Jullie hebben een drukke nacht gehad.'

Hraab knikte. 'Je hebt gelijk. Kom op, prins, ik ben moe.'

De paladijn liet haar schouders hangen. 'Ik had niet zo tactloos moeten zijn. Zijn mannelijkheid. Hij is nog maar twaalf.'

'Het is zijn recht,' zei Ajkell ernstig. 'Het is ook niet uniek. Ik herinner me de verhalen van de jonge Grimmor de Rode en Boar–Anulf. De laatste was zelfs jonger dan Ottil toen hij zijn eerste man doodde.'

'Ze stierven ook jong,' zei de paladijn bitter.

De beerkrijger haalde zijn schouders op. 'Dat is het Lot.'

'Ik ben niet geschikt voor dit werk.' Valiantrude zuchtte. 'Ik ben een krijger, geen kindermeid. Ottil is een goede jongen, maar ik ben mijn geduld met hem al jaren geleden kwijt geraakt. Ik wou dat ik van deze plicht af was.'

De kapitein had toezicht gehouden op het inladen van de bijboot en nu kwam hij bij hen staan.

'Dus mijn koningin vluchtte,' zei hij. 'Ze is een vindingrijke vrouw. Wat ga je nu doen?'

'Onze orders zijn om Ottil naar zijn moeder te brengen,' zei Kjelle met een frons.

'Als ze inderdaad op weg is naar Rhemes, dan moeten we daarnaartoe.'

'Rhemes, parel van Gallië.' De kapitein klonk een beetje nostalgisch. ''t Is lang geleden dat ik er was. Ik kan je naar Harflot brengen, aan de kust; niet verder.' Hij schudde zijn hoofd. 'Ik denk niet dat ik deze reis winst maak.'

Birthe glimlachte naar hem. 'Nou, je kunt koning Leodowric vragen om compensatie. Je brengt immers zijn neef in veiligheid.'

Gunthrams gezicht klaarde op. 'Leodowric is een eerbaar man. Hij zal de rechtvaardigheid van mijn verzoek inzien.'

Die middag ging Tuuri terug naar het schip van de jarl en deze keer werd hij tot zijn meester toegelaten. Rannar zat op zijn gemak op een grote kist en bekeek hem met getuite lippen. 'Dus daar ben je. Je nam je tijd, moet ik zeggen.'

'Uw vergeving, heer, maar de dingen gaan niet goed in het noorden.' Hij aarzelde. 'Heer, ik wilde u waarschuwen, maar ze wilden me niet toelaten. Prins Ottil was hier.'

Rannars wenkbrauwen rezen op. 'Ben je gek? Ottil zit veilig in het noorden.'

Tuuri schudde zijn hoofd. 'Nee, heer, dat zit hij niet. Hij ontsnapte. En vandaag was hij hier, samen met een tweede jongen.'

'Die jongens? Ze waren van hier; brachten me een boodschap van hirdman Jorgard.' Rannars ogen waren kil. 'Je lijkt overspannen. Wil je niet liever gaan liggen en op een ander moment terugkomen?'

Tuuri ging geschokt rechtop zitten. 'Nee, heer, ik wil mijn verslag uitbrengen.'

De jarl zuchtte. 'Nou, doe dat dan.'

Tuuri stond in de houding, de handen op zijn rug, en vertelde alles wat hij had gezien en gedaan vanaf het moment dat hij voor het eerst in Helmshaven was aangekomen.

Rannar vouwde zijn handen rond een knie, luisterend, en keek naar hem, zijn ogen onleesbaar.

Tuuri eindigde en stond daar in stilte te wachten op zijn meesters uitbarsting. Maar er kwam niets. De jarl knikte langzaam. 'Dankjewel. Een heldere rapportage, jongeman. Nu zal ik nieuwe orders voor je bedenken. Ga en wacht buiten, wil je.'

'Maar heer... Prins Ottil...'

'Ik heb je gehoord. Hoorde je mij ook?'

'Ja, heer,' zei Tuuri beteuterd. 'Ik zal buiten wachten.'

'De Shardheld.' Een lange man stapte van achter het zeildoek vandaan. Zijn haar was lang, zijn voorhoofd hoog en zijn ogen schitterden onder zware wenkbrauwen. Zijn gezicht was bedekt met Fynni stamtekens. 'Als die dwaze jongen de waarheid sprak, kan dit je ongelofelijk machtig maken, jarl.' Rannar staarde naar zijn Fynni adviseur. 'Hoezo?'

'Je kent de saga van de Shardheld?'

'Natuurlijk.'

'Denk dan verder. De Shard bevat een duplicaat van de magie in de wereld. Als die in jouw handen valt, geeft het jou al die macht. Tegelijkertijd verliezen alle wijsvrouwen en priesters ter wereld hun kunsten. Je zou het op je eigen voorwaarden kunnen uitdelen, jarl. Dan werken ze allemaal voor jou.'

Rannar leunde achterover op zijn kist en overwoog het idee. 'Er is wijsheid in uw woorden, Rev. Hoe krijg ik deze scherf in mijn handen?'

De sa'amans blik hield Rannars aandacht gevangen en de jarl huiverde. Er brandde een eigenaardig licht in Revs ogen. Een broeierig, gewelddadig duisterlicht waarbij hij zich altijd ongemakkelijk voelde.

'Je hebt de Shardheld nodig om het bij je te brengen, jarl. Je vangt hem gewoon en brengt hem hier. Bewusteloos, als je weet wat goed voor je is.'

Rannar voelde de achterkant van zijn hoofd steken, alsof er een hoofdpijn op de loer lag. Een van die vreselijke hoofdpijnen die hem steeds meer kwelden, deze dagen. 'En hoe vang ik de Shardheld? Zal ik iemand achter hem aan sturen?'

'Je zult hem niet krijgen door hem rond de bekende wereld te jagen, jarl. Vang de muis bij het muizenhol. Er is maar één ingang naar Falrom, een bepaalde bergpas over de Barrière Alpen. Plaats je mannen daar en hij zal je recht in de armen lopen.'

'Ik zal Vulf sturen,' zei Rannar. 'Ik zal nieuwe instructies voor hem uitschrijven.'

'Een slimme keuze, jarl. Hij is een vasthoudend stamhoofd.' Met een buiging trok de sa'aman zich terug achter het scherm.

Een soldaat wekte Tuuri uit zijn gedachten. 'De krijgsheer wil je zien, Fynnikin. Vlug.'
Rannar zat als voorheen en glimlachte naar Tuuri toen hij binnenkwam. 'Je informatie veroorzaakte een verandering van de plannen, jongeman. Ik wil dat je naar het noorden teruggaat, met nieuwe instructies voor tarkynn Vulf. Bereid je voor op een lange reis, want je zult hem terug naar het zuiden vergezellen, naar Gallië en nog verder. Dit is je kans op roem, jongen. Hier zijn je orders. Heb je geld nodig?'
De jarls nieuwe bevelen deden het bloed in Tuuri's aderen bevriezen. Hij moest naar het zuiden gaan met Vulf? Die griezelige moordenaar? Hij slikte, dacht aan de goudstukken die in zijn mantel genaaid zaten en knikte. 'Jawel, als het u belieft, heer.'
Rannar reikte achter hem. 'Hier, dat moet voldoende zijn. Haast je nu, je hebt een schip te halen.'
'Dank u voor uw vertrouwen, heer,' zei Tuuri bleekjes. Hij kreunde inwendig; wat ooit een jongensdroom was geweest, was nu een bloedstollende nachtmerrie. Zwijgend boog hij en ging terug naar zijn eigen schip.

Twaalf nachten sinds ze uit Agdir en de Norden vertrokken waren, werd Muus wakker toen de *Madgund* een woeste beweging maakte. Het geluid van blote voeten boven zijn hoofd klonk anders dan andere nachten, dringender. Na een tijdje stond hij op, voorzichtig om geen van de anderen wakker te maken, en ging aan dek. Het ochtendgloren toonde boze witgekopte golven en de wolken in de lucht stormden langs in eindeloze massa's. De matrozen werkten koortsachtig, namen de zeilen in en controleerden de tuigage, hun gezichten bezorgd. De kapitein begroette hem met een

gespannen uitdrukking op zijn brede gezicht. 'Er staat ons een storm te wachten, runenmeester,' zei hij. 'Een grote. Tenzij je trucs hebt om de wind te laten liggen.'
'Ik ben bang van niet. Waar zijn we nu?'
'We passeren de kust van Frysia. De wind is noordoostelijk en we halen Harflot op deze manier niet. We worden richting de Brytanse kust geblazen, dwars over de Smalle Zee. Ik hoop beschutting te vinden in de een of andere baai, als Njord meewerkt.'

Maar Njord, Heer van Zee en Storm, dacht er niet over. Meedogenloos geselde hij zee en wind tot razernij. Het ochtendgloren bleek een leugen, want er gloorde niets, er waren alleen de wolken, de wind en de regen.

Met zijn zeil gereefd worstelde de *Madgund* met zijn machtige tegenstander. Golven, veel hoger dan de mast, tilden het schip op, schudden hem door elkaar en gooiden hem weer neer in eindeloze woede, maar elke keer weer rechtte het schip zich en zwoegde verder. Muus stond met zijn rug naar de mast, zoals hij tien jaar geleden had gedaan, op Beermuils schip. Net als toen was hij niet bang. De boze zeeën raakten iets diep in hem en vulden elke lege plek in zijn lichaam met hun razernij.

De dag vorderde, zonder dat de wind afnam. De zeelieden staakten hun nutteloze pogingen en wachtten dicht tegen elkaar aan op de wil van de goden. Alleen de kapitein en zijn twee roergangers hielden hun handen aan het stuur, om de *Madgund* met zijn neus in de wind te houden en de golven frontaal op te vangen. Zou het schip een kwartslag draaien en de zee op zijn flank krijgen, dan sloeg hij om en dat zou het einde zijn.

Muus stond als aan de kreunende mast genageld, zijn ogen in de verte gericht. Hij zag het schuim op het dek niet, noch de wolken en de bliksem. Ronde hutten vulden zijn geest, een kalme rivier te midden van glooiende heuvels. Grazende schapen, kleine jongens die visten vanaf de groene oevers, mannen en vrouwen aan het werk. Praten en lachen, hun gezichten open en blij. Gezichten die hij kende, hoewel hij zich hun namen niet kon herinneren. De mannen hadden lange snorren, maar geen baarden, wat hen een merkwaardig naakt aanzien gaven na al zijn jaren tussen harige Nords. Een man met een lange rode mantel over een wit gewaad en zijn haar tot op de schouders; een kleine vrouw, zwartharig en mooi, met een zwart–wit katje in haar armen. Het waren mensen met gezichten, niet de onherkenbare vormen uit zijn dromen.

Langzaam blies de storm de mist in zijn hoofd weg. *Terrel*, fluisterde de vrouw met het katje. *Terrel!* riep de man in de rode mantel. *Terrel!* schreeuwden de kinderen. *Kom naar huis, Terrel. Kom nu naar huis.* Een luid, scheurend geluid schokte hem uit zijn droom. Een trilling ging door het schip, het dek verboog, de mast in zijn rug zwaaide heen en weer en stortte met hem overboord. Het gebeurde allemaal snel.

Kjelle zag Muus overboord gaan. 'Nee!' riep hij, terwijl de wind de kreet van zijn mond scheurde. Hij haastte zich naar de reling, maar het was te donker om iets te zien. Een tweede klap schudde het schip door elkaar en hij zag het voorkasteel losraken en in zee vallen. Daarop brak het dek onder zijn voeten open en stortte hij in het met water gevulde ruim. De rand van een houten vat sloeg de lucht uit zijn longen en hij kreeg water binnen. Zijn knieën raakten een stenige ondergrond en hij slaagde erin door het gat in de romp naar buiten te kruipen. Hij stond op een drie voet grote rots en keek naar de schuimende zee. Vaag dacht hij in de verte een kustlijn te zien. *Brytanna?* dacht hij. Vervolgens spoelde een golf hem van zijn voetstuk. Zijn handen raakten een houten oppervlak en wanhopig probeerde hij er greep op te krijgen. Het was het luik naar het ruim en zijn handen vonden een handvat. Met behulp van een opwaartse golf slaagde hij erin om op het luik te klimmen.

'Help me omhoog!' riep een stem in het water. Het was Birthe, haar gezicht een bleke vlek aan de rand van het luik.

Haastig krabbelde Kjelle naar haar zijde. Het luik stampte en schudde op de golven, maar hij slaagde erin om het meisje naast zich te krijgen.

'Ben je in orde?' stamelde hij, plotseling koud en bang.

'We leven,' zei het meisje.

'We?'

'Búi en ik, natuurlijk.'

'Goden, de baby. Is hij...?'

'Baby's zijn net als zeehonden. Ze kunnen langer onder water blijven dan wij. Alleen de kou is slecht.' Toen begon ze te huilen. 'Freya help me, ik ben zo bang.'

'Ik ook,' zei Kjelle. 'Verdomme, ik ben al mijn hele leven bang. Maar nu heb ik tenminste een reden.'

Uren verstreken.

'Is de storm verminderd of hoop ik het alleen maar?' Kjelle dwong de woorden langs zijn door het zout gebarsten lippen.

Birthe keek op. 'Het wordt minder. Kijk, stukjes blauwe lucht.'

'Ik durf niet te kijken. M'n vingers zijn zo stijf, dat 'k bang ben om mijn greep te verliezen.' Kjelle hoestte en spuwde zeewater uit. 'Kan niet zien of we de kust naderen.'

Birthe zei niets, alleen Búi krijste in zijn natte pels en kreeg antwoord van de wilde meeuwen boven hen.

Een schok wekte Kjelle uit zijn uitgeputte gevoelloosheid. Hij opende zijn roodomrande ogen en staarde in de kraaloogjes van een meeuw die op een stuk wrakhout stond, half op het strand en half in het water.

'Land,' kraste hij. Toen drong het door de mist in zijn hoofd. 'Land.' Hij schudde Birthe. 'Een strand. We zijn gered.'

Het meisje draaide haar hoofd. 'Wat?' Toen kwam ze op haar knieën overeind en terwijl baby Búi weer begon te huilen, zong ze van dankzegging.

Kjelle stapte in het water en hielp haar naar beneden te klimmen. Toen, de armen om elkaar heen, wankelden ze naar het zandstrand.

De twee jongens klampten zich vast aan de reling van het voorkasteel van de *Madgund*. 'We gaan het niet halen!' schreeuwde Ottil tegen de wind in. Zijn gezicht was paars van de kou en de jagende wind. Het voorkasteel, een houten platform dat los stond van de scheepsconstructie, schudde alarmerend. Een luid gekraak klonk toen een van de staanders losscheurde. 'Eraf! Ga naar het dek!' zei Hraab, zijn woorden van zijn lippen gegrist door de storm. Hij greep Ottils arm en sleurde de jongen mee. Ze waren nauwelijks beneden of het voorkasteel verdween in de zee. Op hetzelfde moment begon het dek op te bollen. Planken scheurden en een groot gat gevuld met schuimend water gaapte aan hun voeten. 'Het schip valt uit elkaar!' riep Ottil. 'Snel.' Hraab wees naar het voorkasteel, ondersteboven in de zee en maar een klein eindje van hen vandaan. 'Dat is onze boot. Spring!' Ze landden op het platform en vielen om toen een grote golf ze optilde en van het schip wegvoerde. Net op tijd, want de hele boeg van de *Madgund* verdween in zee. 'Verdomme,' zei Ottil en hij probeerde wanhopig niet te schreeuwen. Hraab sloeg zijn arm om hem heen en koud en doodsbang hurkten ze op hun geïmproviseerde vlot, door een woedende zee de nacht in gejaagd.

Muus ontwaakte uit zijn verdoving toen de mast ergens tegenaan sloeg. De zware achterkant sleepte dieper door het water. Terwijl hij met een halfbevroren hand het zout uit zijn ogen wreef, staarde Muus vooruit. Het was inmiddels veel lichter geworden en door de opspattende golven heen dacht hij heuvels te zien. Niet de groene glooiingen van zijn dromen, maar ruwer, zoals de kust bij Harkoy. Hij zuchtte. Brytanna. Hij wist het; de droommensen hadden gezichten, een teken dat zijn geheugen terugkeerde. *Terrel.* De scherf op zijn borst voelde warm aan. Hij was nog steeds boos. Meerdere keren terwijl hij ronddobberde had de Shard getracht het over te nemen. Hij wilde hem rechtstreeks naar Falrom brengen.

Muus voelde de Shard reageren op zijn denken. *Nee, ik ben geen slaaf. Niet van Kjelle en niet van jou. Ik ga als ik zover ben.* De snelheid van de gebroken mast verminderde, ondanks de zuiging van de vloed op zijn benen. Zonder nadenken liet hij de mast los en zette zich af. Met zwakke, stijve slagen, zwom hij naar de heuvels, door het getij gedragen tot zijn voeten een rotsige bodem raakten. Toen stond hij op, maar viel weer terug. Traag kwam hij opnieuw overeind en struikelde door de woeste branding naar het kiezelstrand van Brytanna.

DEEL 2: RUNENMEESTER

HOOFDSTUK 1 – MUUS

Muus ontwaakte met het geluid van stemmen op de wind, gebrulde flarden van een schunnig zeemanslied in de verte. Hij opende zijn ogen naar het licht. Iets scherps schuurde langs zijn oor toen hij zich bewoog. Instinctief tilde hij zijn hoofd op en trachtte de wazige wereld om hem heen te begrijpen.

Strand. Hij zag de branding op een manslengte van hem vandaan over de kiezels spoelen. Langzaam nam zijn bewustzijn vorm aan. De nachtelijke storm – afgrijselijke geluiden van een schip dat op een klif liep, paniek en toen de gebroken mast die hem door het duister wegvoerde. Hij zag Zon een duimbreedte boven de einder hangen, dus het moest ochtend zijn. Hij lag op een strand, ruggelings in ijskoud water.

Weer hoorde hij zingen en hij dwong zichzelf te gaan zitten. De zee was nog wild en stuurde eindeloze rijen schuimbekkende golven om het land te kastijden. Op hun rug droegen de rollers een groot houten platform naar de kust.

Muus' adem stokte. Midden op het vlot, net buiten bereik van de hongerige zee, hurkten twee kleine figuurtjes. Hraab en prins Ottil! De jongens hielden elkaar stevig vast terwijl ze zongen.

Muus schreeuwde en rende de branding in.

De golven, boos dat ze van twee levens werden beroofd, lieten het vlot met een klap aan de grond lopen, waardoor de jongens in het water tuimelden. Sputterend kwamen ze weer boven, hun lied vergeten, en waadden naar het strand.

Muus spreidde zijn armen wijd uit en omhelsde zijn jonge vrienden.

'Jullie zijn volkomen geschift,' zei hij, terwijl de tranen achter zijn ogen brandden.

'Ik was niet bang,' zei Ottil ferm, alsof hij een eerder gesprek voortzette.

'Wel,' zei Hraab.

'Niet.' Toen begon de prins te huilen. 'Ik was wel bang. Verdomme. Nou en? Iedereen is bang bij een schipbreuk.'

'Natuurlijk,' zei Muus en hij klemde de jongen dicht tegen zich aan. 'Het is geen schande om bang te zijn; je bent niet van steen.' Over hun hoofden heen zocht hij het strand en de zee af. Waar waren Birthe en haar baby, de paladijn en Kjelle? Ze konden niet verdronken zijn. Dat zou niet eerlijk zijn. Hij zuchtte. *Houd jezelf niet voor de gek; de schikgodinnen kijken niet naar wat eerlijk is.* Hij forceerde een glimlach. 'Jullie hadden een fantastische boot.'

Ottil veegde zijn neus af aan een kletsnatte mouw. 'Het voorkasteel van het schip,' zei hij. 'De wind blies 'm na de klap de zee in, recht onder onze voeten. We sprongen en toen voeren we weg.'

Hraab plukte aan zijn kletsnatte tuniek. 'Bleh, ik word schoon.'

'Dat zou geen slecht idee zijn,' zei Muus. 'Ik heb je nog niets zien wassen sinds het hele gedoe begon. Je kunt je kleren op zijn minst even uitwringen.'

De jongen sloeg zijn ogen neer. 'Hoeft niet; ze drogen zo ook wel.'

'Nou, ik doe het wel,' zei Ottil en hij stapte uit zijn knielange tuniek. 'Help even, wil je?'

'Wacht, er komt iemand aan.' Hraab wees over het strand, waar drie ruiters hun kant uit galoppeerden terwijl het water rond hen opspatte.

'Als dit Brytanna is, zullen Nords niet welkom zijn.' Muus keek naar de twee jongens. 'Hraab lijkt niet op een Nord; hij zou mijn broertje kunnen zijn. Jij...'

'Ik zie er ook niet als een echte Nord uit,' zei Ottil, terwijl hij zijn tuniek terug over zijn naaktheid liet glijden. 'Ik weet het. Andere jongens zeiden hetzelfde, voordat ik ze op hun stomme neuzen mepte.'

'Nou, probeer mij geen bloedneus te slaan. Vanaf nu ben je een Galliër. Spreek je Gallisch?'

'Natuurlijk; en een mondje Brytaans en Oud Roms.'

Muus hoorde in de verte een schreeuw en besefte dat de ruiters hen hadden gezien. 'Luister,' zei hij haastig. 'We zijn ontsnapte slaven, onze meester Kjelle is verdronken. Onthoud dat!'

'Alleen hoop jij dat het niet waar is,' zei Hraab.

Muus huiverde. 'Hij kan niet verdronken zijn.' Toen keek hij naar de drie ruiters die door de branding reden. Ze waren jong en goedgehumeurd. Ondanks hun speren zagen ze er niet bedreigend uit.

Toen ze naderbij kwamen, hielden de ruiters hun paarden in en omringden hen. Een van de drie, een jonge man van Muus' eigen leeftijd met kortgeknipt rossig haar, plantte zijn speer in het zand en zei iets in een vreemde taal.

Muus begreep wat hij bedoelde. Hij had de taal van de ander al jaren niet gesproken, maar automatisch formuleerde zijn geest een antwoord. 'We zijn schip gebroken,' zei hij. 'Nee, schipbreukelingen. We liepen op de rotsen.'

'Schipbreukelingen?' De jongeman keek verbaasd. 'Die storm vannacht? Waar is het wrak?'

Hraab keek omhoog naar de ruiter, zijn ogen groot van herinnerde angst. 'We dobberden de hele nacht rond, als drijfhout in de storm, en we konden niets zien. Het was eng.'

'Dat geloof ik graag.' Een van de andere ruiters maakte een afwerende beweging met zijn vrije hand. 'Jullie zijn gezegend; het was heel kwaad weer vannacht.'

Muus keek naar de zee. Er was geen wrak, noch een rif te bekennen. 'Misschien is het schip gezonken. De rotsen hadden haar bodem opengescheurd.'

'Waar komen jullie vandaan?' vroeg de eerste ruiter. 'Je bent duidelijk een Un–a–Dach, maar je woorden klinken vreemd.'

'Ik heb onze taal in geen tien jaar gesproken,' zei Muus. 'We waren slaven van de Nords.'

De jonge man knikte ernstig. 'En nu ben je terug in je thuisland? Ik wens je vreugde! Hoe ben je ontsnapt?'

Een windvlaag vanuit zee liet Muus rillen in zijn natte kleren. 'We waren met onze meester onderweg naar Harflot. Het stormde verschrikkelijk en het was te donker om te zien waarheen de wind ons dreef. Ik stond bij de grote mast toen we op een rots liepen en ging ermee overboord. Ik hield me aan die mast vast en wist mijn bovenlichaam uit het water te houden. Mijn meester was op het achterdek, dus hij moet zijn verdronken. Nu zijn we terug, eindelijk vrij.'

'Wooh!' De ruiter hief plechtig zijn speer op. 'De schikgodinnen jullie goedgezind, vriend. Hoe heet je?'

Muus fronste verbaasd. 'Al die jaren was ik mijn naam vergeten, maar nu weet ik het weer. Ik ben Terrel, zoon van Slade, uit het dorp Owwich.' Hij had een gevoel alsof hij over iemand anders sprak.

De ruiters keken elkaar aan. Toen glimlachte de roodharige. 'Ik heb nog nooit van Owwich gehoord. Dat maakt niet uit; mijn vader zal het wel weten, of anders de druïde. Wie zijn je vrienden? Het kleintje kon je broer zijn, maar wie is die ander? Hij is toch geen Nord?' vroeg hij ongerust.

Muus glimlachte. 'Dit is Ottil, uit Gallië. De kleine is Hraab.'

'Een Galliër, dat is goed,' zei de ruiter opgelucht. 'We hebben geen ruzie met hun koning Leodowric. Een van koopman Theodgards handelaren is gisteren nog in ons dorp geweest. Ze verkopen de beste waren van heel Gallië.'

De jonge ruiter ging rechtop zitten, alsof hij tot een besluit was gekomen. 'Nou, het is allemaal heel vreemd. Maar jij en de jonge Hraab zijn van de Un–a–Dach, en die zijn te vertrouwen. Jullie zijn van harte welkom, vrienden. We brengen je naar ons dorp. Ik ben Gillach, zoon van Cardoc, de hoofdman van Windiss.' Hij gebaarde naar zijn metgezellen. 'We kunnen jullie wel achterop nemen. Het is niet ver naar het dorp, maar je lijkt me niet in staat erheen te lopen.'

Muus keek naar Hraab en zag hem knikken. *Un–a–Dach? Het is alsof ik die naam zou moeten kennen, maar ik weet het niet meer,* dacht hij. Toen haalde hij zijn schouders op. Vermoeidheid omhulde hem als een waas en alles aan hem was bitter koud. Dankbaar ging hij achter de ruiter zitten en hield zich aan diens zadel vast.

De paarden volgden een bochtig pad van het strand langs de witte duinen naar een brede stroom, met akkers aan de overzijde.

'Hier is de Winde rivier,' zei Gillach, terwijl de paarden door het snelle water waadden. 'Ons dorp ligt voorbij de bocht.'

Muus kreeg tranen in zijn ogen. Het was een thuiskomst. Hij wist hoe het dorp eruit zou zien; de ronde hutten onder rieten daken, met kippen, varkens en spelende kinderen. Zijn ogen zochten een man in een rode mantel en een kleine vrouw met zwart haar als dat van hem. Ze waren er niet natuurlijk; ze kwamen uit zijn dromen. Hij zag Hraab naar hem kijken, maar hij zei niets.

Bij de ingang van het dorp werden ze opgewacht door een potige man die een gelijkenis met Gillach vertoonde. Hij keek onbewogen hoe ze aankwamen en toen ze dichtbij waren, hief hij zijn hand ter begroeting.

'Breng je ons bezoekers of slaven, mijn zoon?' zei hij, zonder een spier te vertrekken.

Muus verstijfde, maar Gillach grinnikte terwijl hij zijn paard inhield. 'Bezoekers, vader. We zochten naar wrakhout op het strand. In plaats van kostbaarheden vonden we deze drie. De storm heeft hen van hun schip op de rotsen geplukt en hier gebracht.'

Muus klauterde stijf van het paard. 'Bedankt voor je hulp, Gillach,' zei hij. Hij wendde zich tot de potige man en toonde zijn open handen. 'Gegroet, ik ben Terrel, ooit uit het dorp Owwich, nu een ontsnapte slaaf van de Nords. Mijn vrienden zijn Hraab, en Ottil uit Gallië.'

De man hief een hand op. 'Ik ben Cardoc, hoofdman van Windiss. De Un–a–Dach zijn altijd welkom in ons dorp.' Hij wendde zich tot zijn zoon. 'Onze gasten lijken me hongerig en koud. Breng ze naar je moeder.'

Gillach steeg af en stuurde zijn maten weg met de paarden. Hij glimlachte breed. 'Dat zal ze leuk vinden.'

'Daarvoor leven wij,' zei zijn vader. 'Ik zie jullie later, vrienden.'

Terwijl ze door het dorp liepen, langs paden modderig van de nachtelijke storm, werden ze aangesproken door een lange man in een groene mantel.

'Ik droomde vannacht dat er een buitenstaander in ons dorp kwam. Daar ben je dan en de wereld is weer in balans. Maar...' Hij staarde naar Muus met een vreemde uitdrukking op zijn gezicht. 'Waarvoor kom je hier?'

Gillach zuchtte. 'Druïde Ewynn, met alle respect, onze gasten overleefden een schipbreuk. Zij hebben eten, drinken en rust nodig.'

'Een sterke geest kan de zwakte van het lichaam overwinnen,' zei de man afwijzend.

'We zouden graag met u spreken, meester druïde,' piepte Hraab. 'Maar onze hersenen zijn dom door slaapgebrek en het gebrul van de zee in onze oren. We zouden uw wijsheid geen recht doen.'

De druïde trok een zuur gezicht. 'Je hebt gelijk, kind. Ik ben overhaastig. Jullie zullen mijn vraag later beantwoorden, wanneer jullie magen gevuld zijn en jullie geesten uitgerust.'

Toen liep hij weg, met de zoom van zijn groene mantel wapperend rond zijn blote benen.

Gillach grijnsde. 'Hij is heel wijs, alleen niet helemaal van deze wereld.'

Hraab en Ottil keken elkaar aan, maar geen van beiden zei iets.

Het huis van de hoofdman, naast de medehal, was opgetrokken uit ruwe balken. Toen ze de schemerige woonruimte binnenstapten, keek een corpulente vrouw op van haar koken. Ze opende haar stevige armen wijd.

'Oh, mijn arme jongens, jullie ziet er verschrikkelijk uit. Schipbreukelingen, zeiden de kinderen. Wat een lelijk ding, zo'n scheepsramp. Ga bij het vuur zitten en maak het je gemakkelijk. Ik zou zeggen dat je wel wat van mijn stoofpot lust, met vers brood?'

'Ja!' zei Ottil gretig. 'Alsjeblieft,' voegde hij eraan toe, en de vrouw lachte.

'Het was een nare storm,' vervolgde ze, terwijl ze drie kommen vulde. 'Je mag de goden bedanken dat je 't overleefd hebt. Het waaide zo hard dat veel huizen beschadigd raakten.'

Muus vond haar gebabbel rustgevend en hoewel hij niet alles wat ze zei kon begrijpen, kalmeerden haar woorden zijn geest. Hij veegde de resterende stoof op met een korst brood en stopte het in zijn mond. Voor het eerst sinds lange tijd was hij tevreden. Een luid *burp* ontsnapte hem en de vrouw glimlachte.

'Moge de goden je zegenen.'

Muus leunde met zijn hoofd tegen de muur en sloot zijn ogen.

Hij werd gewekt door het gedrang van kleine lichamen. Toen hij zijn ogen opende, stond er een halve cirkel van kinderen om hem heen. Ze staarden naar hem met ontzag op hun vuile gezichten. Snel deed hij zijn ogen weer dicht en tuurde door zijn wimpers naar Hraab.

'Waarlijk!' De jongen stond naast hem met zijn handen opgeheven, bezig een sterk verhaal te vertellen. 'Bliksemflitsen sprongen uit zijn vingers naar de toppen van de bergen. Hun machtige donder brulde als de adem van een draak tussen de rotsen. De dodelijke machines die ons vanaf de toppen beschoten, werden verbrijzeld en het regende brokstukken en lichamen voor de wachtende fjordenhaaien. De bliksems sprongen naar beneden, naar de schepen die dachten ons te doden. Gulzige vuren verspreidden zich en het gejammer van de stervenden weerkaatste tegen de wanden van de fjord, toen de vijandelijke drakkar boten smeulend in de bodemloze diepten wegzonken. De haaien aten goed die nacht.' Hraabs stem bezat een onverwachte vertelkracht en zelfs de vrouw van de hoofdman had haar babbelen gestaakt om te luisteren.

'Dat is hem,' zei de jongen dramatisch en hij wees naar Muus. 'Zie Terrel van Owwich, heer van de bliksem. Hij spreekt zacht, maar zijn woede is verschrikkelijk. Runenmeester Terrel is een groot magiër. Windiss toont wijsheid door hem te helpen en in ruil zullen de goden Windiss zegenen.' Toen bracht hij zijn handen tegen elkaar en viel stil.

Hun gastvrouw zuchtte en schudde zich. 'Wat is dit?' zei ze, terwijl ze haar handen op haar heupen plaatste. 'Naar buiten, kinderen! Ga anderen pesten, maar laat de runenmeester in vrede.'

Met een laatste ontzagvolle blik op de machtige bezoeker in hun midden, haastten de kinderen zich naar het zonlicht.

'Wat heb je ze wijsgemaakt?' vroeg Muus in een opgewonden fluister. 'Wat stond je voor onzinnige verhalen te vertellen die niemand zal geloven?'

'Hij gaf hen de waarheid,' zei Ottil en hij plofte naast Muus neer. 'Hij overdreef niet eens zo veel. Barden zullen je daden van die nacht bezingen.' Toen deed de prins zijn ogen dicht en viel prompt in slaap.

'Maar waarom vertel je het hier?' Muus keek rond, knipperend tegen het zonlicht.

Hraab fronste naar hem. 'Het is beter voor jou en voor ons allemaal als iedereen weet dat je een krachtige runenmeester bent. En de kinderen zullen het zelfs nog sneller rondvertellen dan onze gastvrouw.'

'Een mooie runenmeester! Ik kan niet eens de macht die ik heb gebruiken zonder mezelf te verbranden.'

'Er komt hulp,' zei Hraab en hij leunde achterover.

Muus keek om toen een lange schaduw over hem heen viel. Hij herkende de slungelige gestalte van de dorpsdruïde.

'Goedendag,' zei Ewynn afwezig. 'Ik kom kijken hoe je het maakt.'

'Hij maakt het prima.' De vrouw van de hoofdman zwaaide haar pollepel naar de nieuwkomer. 'Als ze hem allemaal eens alleen zouden laten. Eerst komen die vervelende kinderen zijn slaap verstoren en nu jij. De arme stakker moet rusten.' De druïde negeerde haar protest en ging tegenover Muus zitten. 'De kinderen babbelden allerlei onzin over jou als een runenmeester. Daar ben je natuurlijk veel te jong voor.' Hij keek Muus achterdochtig aan. 'Wie ben je eigenlijk?'

'Mijn geheugen is nog steeds mistig,' zei Muus. 'Ik weet dat ik Terrel uit Owwich ben, zoon van Slade. Een viking rover genaamd Largassen heeft mij uit mijn dorp gestolen. Brokjes geheugen zweven rond in mijn hoofd. Ik herinner me stukken van de reis over zee en van de plaats waar ze me verkochten. Daarna was ik Muus, lijfslaaf van de theynling.'

'Owwich.' De druïde maakte een teken, tegelijk een zegen en een afweren van het kwaad. 'Ik weet wat er tien jaar geleden gebeurde. Ik kende Slade; we hebben samen gestudeerd. Hij trouwde Aeylla, een meisje van de Un–a–Dach, de runenmensen van Alben. Ze hadden een zoon genaamd Terrel; dat is de waarheid. Hun dorp werd geplunderd en in brand gestoken. Niemand overleefde het en Owwich hield op te bestaan.' Zijn bleke ogen inspecteerden Muus. 'Je zegt dat jij die Terrel bent? Je hebt veel van de Un–a–Dach in je, jongeman. Niet zo veel als je vriend hier, maar nog steeds een heleboel. Geef me je hand; toon me dat je de waarheid spreekt.'

Zonder aarzeling stak Muus zijn hand uit en de ander greep hem. Net als bij de völva Asgisla voelde hij een vage tinteling. Het gezicht van de druïde verstrakte en plotseling stond er zweet op zijn voorhoofd. Ten slotte zuchtte hij. 'Nee.' Hij liet Muus' hand los en staarde naar zijn eigen vingers. 'Ik kan je niet lezen. Het taboe, de *geis* die je geheugen blokkeert, is te sterk. Het zal nog jaren duren voordat hij volledig opgelost is.'

'Die jaren heb ik niet,' zei Muus. Hij rechtte zijn schouders. 'Maar ik spreek de waarheid.'

De druïde staarde hem aan. 'Un–a–Dachs liegen niet, dus ik moet je woord accepteren.' Hij raakte Muus' voorhoofd met zijn vingertoppen aan. 'Je bent jong; laat de geis rusten.'

'Dat kan ik niet.'

'Waarom niet?' vroeg de druïde zachtjes.

Muus keek om zich heen. 'Ik kan het u hier niet vertellen.'

Ewynns wenkbrauwen schoten omhoog. 'Kom dan mee.' Hij ontvouwde zijn lange benen en ging met Muus en Hraab naar buiten, terwijl ze Ottil snurkend op de bank achterlieten. Op hun weg door het dorp werden ze gevolgd door grootogige kinderen, als een rij jonge eendjes.

Het huis van de druïde was klein, bijna leeg en heel schoon. Ewynn sloot de deur voor de neus van de dorpsjeugd.

'Neem plaats,' zei hij, wijzend naar een laag bankje. Hij ging zelf op de rand van zijn bed zitten. 'Vertel het me nu.'

In plaats van te spreken, haalde Muus de hemelscherf tevoorschijn. Zijn blauwe licht vulde elke hoek van de hut.

Ewynn trok wit weg. 'De Shard?' Hij staarde Muus aan. 'Bent u hem?'

Hraab keek naar de druïde, zijn donkere ogen onleesbaar. 'Muus is de Shardheld. Hij moet voorbereid worden.'

Druïde Ewynn slikte. 'Niet door mij.'

Hraab lachte zachtjes. 'Maakt u zich geen zorgen, meester Ewynn, uw hulp is niet nodig. Wie van de Druïden Cirkel is genoeg gevorderd om van dienst te zijn?'

'Dat moet Fardoragh zijn,' zei de druïde zonder aarzeling. 'Hij is een aartsdruïde en zo oud als de wereld. Als hij u niet kan helpen, kan niemand het.' Hij zuchtte, spijtig of opgelucht, toen Muus de Shard wegborg en de duisternis dubbel zo sterk terugkeerde.

'Waar vinden we deze Fardoragh?' vroeg Hraab.

'Hij leeft in het westen, voorbij de moerassen. Ik ben er niet zeker van dat hij ermee zal instemmen om u te zien. Fardoragh is een kluizenaar.' Ewynn dacht even na. 'U moet een gids hebben. Ik weet wie u kan helpen: Moirra. Zij is een meisje van uw moeders volk, Shardheld. Ze studeerde onder Fardoragh en ze is zo'n beetje de enige die toegang tot hem heeft. Ze woont alleen in de Bloedvenen, niet ver van hier. Het zal wat tijd kosten haar te vragen of ze u wil ontvangen. Ik zal een boodschapper sturen. Ik stel voor dat u intussen, eh, rust, slaapt en eet.'

Het duurde een zevendag en drie voor Moirra's antwoord kwam. Het klonk niet bemoedigend. Ze stemde erin toe om de vreemdelingen te ontvangen en hun probleem aan te horen, maar ze beloofde niets voordat ze hen gesproken had. De boodschap, geschreven in runenletters op een schrijfleitje, klonk een beetje kribbig, net als het gezicht van Ewynns bediende, die bijna twee volle dagen op Moirra had moeten wachten voordat ze hem wilde zien.

'Ze is niet gemakkelijk,' zei de druïde verontschuldigend. 'Ze leeft in afzondering, op zoek naar haar innerlijke zelf. Dat is geen eenvoudige opgave.' Met een blik op het gesloten gezicht van zijn knecht voegde hij eraan toe: 'De hoofdman zal u een gids naar haar huis meegeven.'

Twee dagen later namen ze afscheid van het gastvrije Windiss en vertrokken, achterop bij Gillach en zijn twee vrienden. De Windiss ruiters waren blij met hun taak. De zon scheen en goedgehumeurd reden ze weg door de velden.

'Dat is een machtige boom,' zei Ottil plotseling, wijzend op een enorme esdoorn in het midden van een weiland.

'Onze heilige es,' zei Gillach trots. 'Het is de grootste in de wereld. We houden onze feesten en ceremonies altijd tussen zijn voeten.'

In een opwelling trok Muus hem aan de mouw. 'Stop even, wil je.'

Toen Gillach zijn paard stilhield, sprong Muus naar beneden en liep naar de boom. Het was de grootste boom die hij ooit had gezien. Zijn knoestige wortels waren zo dik als een menselijk lichaam en in de zomer zou de kring van zijn schaduw de lokale bevolking met gemak kunnen herbergen.

Muus tikte zijn hart aan. Rituele woorden sprongen op in zijn geest. 'Ik vraag u om een gift, grote es.' Hij bukte zich en groef zorgvuldig een kleine zaailing uit de aarde tussen de voeten van de boom. 'Dank voor uw zaad, essenboom. Moge u eeuwig groeien.' Hij borg de zaailing in het zakje met de hemelscherf en klom weer achterop Gillachs paard. Niemand zei iets, alleen Hraab glimlachte vaag.

Muus vond dat hij het moest uitleggen. 'Het kwam zomaar in me op. De es helpt me de dingen beter te begrijpen en houdt me tegelijkertijd aan de grond verankerd. Ik denk dat ik een dergelijke begeleiding kan gebruiken.' Toen keek hij naar Hraab. 'Waar heb ik dit idee vandaan? Ik heb nooit eerder aan de wijsheid van de bomen gedacht.'

'Je begrip groeit al,' grijnsde de jongen. 'Houd dat kleintje maar een tijdje bij je.'

'Was uw vader geen druïde, runenmeester?' vroeg Gillach voorzichtig. 'Misschien herinnert u zich zijn lessen, nu u op heilige grond terug bent.'

'Je zou wel eens gelijk kunnen hebben,' zei Muus. 'Maar het is verdomd verwarrend als herinneringen uit het niets op je nek springen.'

'Ik zou zeggen dat het beter is dan wanneer je alles in één keer terugkrijgt.' Hraab schoof op de brede paardenrug heen en weer. 'Als je klaar bent, kunnen we dan verdergaan? Dit is niet de meest comfortabele houding voor iemand van mijn lengte; mijn kruis voelt een beetje opgerekt, weet je.'

De anderen lachten en ze reden weg.

HOOFDSTUK 2 – KJELLE

'Kijk!' Op Birthes vreugdekreet draaide Kjelle zich snel om, weg van de lege uitgestrektheid van de zee. 'Ze hebben het overleefd!'

Verder weg op het strand zwaaide Ajkell naar hen. Naast hem stond de paladijn, maar geen Muus. Kjelle kreunde zacht van teleurstelling. Automatisch ging zijn blik terug naar het water.

'Kom op,' zei Birthe dringend en Kjelle knikte. Hij pakte haar hand en dwong zijn ijskoude lichaam tot een onhandig soppende draf.

'Je bent veilig!' Ajkell greep Kjelles arm beet in een ongewone uiting van emotie die de theynling beschaamd maakte. Toen omhelsde hij Birthe en de baby op haar rug.

'De kleine man heeft het goed doorstaan? Hij is een stoere vent, die zoon van jou.'

Birthe glimlachte. 'Hij maakt het prima, sliep het grootste deel van de tijd.'

'Heb je de prins gezien?' Paladijn Valiantrude zag er woest en vreemd anders uit zonder haar harnas. Haar degelijke vlechten waren losgeraakt en haar druipnatte haren reikten haast tot aan haar billen. 'Dan moet hij dood zijn; hij kon niet zwemmen. Vervloekt, driemaal vervloekt; ik ben hem kwijt. Wat moet ik aan de koningin vertellen?' Een moment lang schoten haar ogen vol tranen. 'Hij irriteerde me vaak, maar hij was een goede jongen en een beste vechter, zo jong als hij was. Hij zal dapper zijn gestorven.' Ze schudde haar hoofd en liep een paar stappen weg, starend naar de zee.

'Ze neemt Ottils verlies zwaar op,' zei de beerkrijger. 'Ik heb nog nooit iemand zo boos gezien als toen ze zich realiseerde dat haar pupil weg was.'

Kjelle zuchtte. 'Hoe zijn jullie hier gekomen?'

Ajkell wees naar de sloep die half op het strand lag. 'Toen de *Madgund* op de rotsen liep, knapten de lijnen die haar boot op het dek hielden. Een golf tilde hem op en gooide hem in de zee. Een van de matrozen sprong erin en ik volgde. We konden de lijn van de sloep aan de reling van het schip vastmaken en toen ging ik de anderen zoeken. De *Madgund* lag ingeklemd tussen de rotsen en bewoog maar weinig zonder haar mast. Met de paladijn, de kapitein, de laatste vijf van zijn mannen en ik erin was de boot overvol, maar de zee droeg ons rechtstreeks naar het strand, alsof ze van ons af wilde zijn. Eenmaal aan land stonden onze redders al te wachten.' Hij gebaarde naar de rotsen en pas toen zag Kjelle de vreemdelingen en kapitein Gunthram staan.

'Wie zijn die mensen?'

Ajkell glimlachte. 'Dat is de koopman Theodgard van Harflot met zijn venters. Kom mee en zeg ze goedendag.' Ze liepen over het natte zand naar de wachtende mannen.

Kjelle pakte Gunthrams arm, maar de kapitein keek niet naar hem. Zijn ogen staarden uit over de zee.

'De goede kapitein heeft een schok gehad,' zei een van de kooplieden. 'Wij zorgen voorlopig voor hem. Het verlies van zijn schip raakt hem hard.' De spreker was een oudere man, met een zorgvuldig onderhouden snor en grijze stoppels op zijn kin.

'Meester Theodgard,' zei Ajkell. 'Dit is de theynling Kjelle van Eidungruve. Het meisje bij hem is de völva Birthe met haar baby zoon Búi.'

Theodgards hand had een harde grip. 'Goed dat u drieën het gered hebben,' zei hij in bijna vloeiend Nords. 'Ik heb al veel stormen op zee meegemaakt, maar dit was een boze. Ik ben blij dat we een plek vonden om voor Njördr Zeegods toorn te schuilen.'

Kjelle staarde naar het koopvaardijschip dat voor anker lag in de inham. 'Waar zijn we, meester Theodgard?'

'Dit is de kust van Brytanna; aan de andere kant van de Smalle Zee ligt Frysia. Dit is geen veilige plek voor iemand van de Norden, theynling. Uw viking landgenoten hebben een enorme hoeveelheid kwade wil tegen de Nords gekweekt.'

'Beermuil Largassen weer, die vervloekte hond,' zei Kjelle.
'Ik heb van hem gehoord.' Theodgard streek over zijn ongeschoren kin. 'Hij heeft een kwalijke reputatie.'
Kjelle gromde. 'Hij is een moorddadige schurk.'
'Ja. Wel, ik sta op het punt om naar Harflot te vertrekken. Ik kan u voor een bescheiden bedrag meenemen.'
'Ik moet het met de völva bespreken; zij houdt het geld bij.'
'Dat zijn vrouwenzaken,' zei de handelaar ernstig. 'Een echte Nord zal zich daar niet mee niet vernederen.'
Kjelle keek hem achterdochtig aan. 'Nou, het is haar geld, uiteindelijk.' Hij leidde Birthe een eindje weg. 'Wat denk jij?'
Birthe trok haar wenkbrauwen op. 'Je vraagt mijn mening?'
De theynling balde zijn vuisten. 'Ja! Ik wil het liefst Muus gaan zoeken,' zei hij. 'Maar ik realiseer me dat ik dat niet kan. Dit is vijandig land. Ik spreek hun babbel niet, dus ik zou niet erg ver komen. Dat kan ik niet riskeren; ik moet aan mijn eed van wraak denken. Ik heb geen andere keus; ik moet naar Rhemes, naar jarl Dettrich, als hij daar inderdaad is.' Hij slikte zonder zijn wanhoop te verbergen.
Birthe staarde hem aan. 'Muus en Hraab redden het wel. De magische krachten rond die twee zijn erg sterk. Wat de prins betreft weet ik het niet, maar ik denk dat Hraab op hem zal letten.' Ze sloot even haar ogen. 'Alles om Muus heen is mistig, gebroken en onduidelijk. Het bezorgt me hoofdpijn. Laten we naar Gallië gaan.'
'Je hebt het geld?'
'Doe niet zo dom, natuurlijk heb ik dat. Het zit goed ingepakt bij Búi. Laat het onderhandelen met deze meester koopman maar aan mij over. Ik weet zeker dat ik niet met zijn prijs zal instemmen.'

'Je bent hard, meisje,' zei meester Theodgard toen ze de overeenkomst hadden beklonken. 'Je onderhandelt als een oude rot.'

Birthe haalde haar schouders op. 'Dat heb ik van mijn vader geleerd. Hij was jarenlang Beermuils medeplichtige, de dwaas.'

De oude man keek haar scherp aan. 'Wie was je vader?'

'Gude.' Ze spuugde de naam bijna uit. 'Gude de Viking, van Helmshaven.'

'Je moet hem meer respect tonen. Gude was Skid Largassens geweten. Beermuils wandaden begonnen pas het jaar dat je vader thuis bleef. Waarom deed hij dat?'

Birthes gezicht vertrok. 'Mijn moeder was ernstig ziek en hij wilde bij haar zijn.'

'Dus dat was het. Spijtig; zonder je vaders aanwezigheid ging het fout met Largassen. Hij was een schurk, maar Gude niet. Je moet zijn naam hooghouden.'

'Dat kan ik niet!' zei ze. 'Hij heeft me in de steek gelaten.' Met een woest gebaar draaide ze zich om en liep weg.

'Uw pardon,' zei Kjelle tegen meester Theodgard en hij ging haar achterna. Hij haalde haar op het natte zand in. 'Hé,' zei hij, terwijl hij haar schouders beetpakte. 'Het is al goed.'

'Nee!' Ze schudde haar hoofd. 'Het wordt nooit meer goed. Mijn vader verliet me, Bjarn verliet me, ik ben helemaal alleen.'

'Dat ben je niet. Ik ben hier en...'

Ze rukte zich los. 'Jij!' snauwde ze. 'Jij bent een lafaard, een slappeling.' Toen liep ze terug en liet Kjelle op het strand staan.

Het Gallische koopvaardijschip voer met het tij uit. Kjelle leunde tegen de reling en keek over zee naar de verdwijnende kust van Brytanna. Duisternis hing over zijn ziel, een gevoel van verraad dat hij Muus achterliet en zijn belofte brak om met hem mee te gaan naar Falrom.

'Kjelle?' Langzaam drong de stem achter hem door zijn somberte heen. 'Ben je nog boos op me?'

Hij draaide zich om en keek naar Birthe. 'Nee.' Iets van zijn duisternis trok op.

Birthe pakte zijn arm. 'Het was stom om dat te zeggen. Je hebt mijn leven gered door me op dat luik te trekken en me tegen je aan te klemmen. Je was erg dapper en ik... Het spijt me.'

Kjelle glimlachte een beetje. 'Het is goed, echt waar. Ik ben al mijn hele leven een lafaard. Muus maakte me dat heel duidelijk. Ik wilde het nooit bekennen, zelfs niet aan mezelf. Nu geef ik het toe en wat denk je? Ik loop weer weg. Ik weet dat ik hem in de steek laat.'

'Dat doe je niet.' Birthe veegde haar tranen weg. 'Muus is niet in gevaar. Hij moest naar Brytanna. Asgisla zei het hem; daar is zijn magie.' Even was ze stil. 'Ik denk dat het voorbestemd was.'

Kjelle staarde haar aan. 'De hele storm?'

'Als het om de Shardheld gaat, zijn er machtige krachten aan het werk.'

'Bedoel je dat Muus die storm heeft veroorzaakt?'

Birthes gezicht was ernstig. 'Niet hij. De Shard had het kunnen doen, of de goden, of zelfs de Kalmanir. Muus is in orde; maak je geen zorgen.'

Het weer bleef kalm en na drie dagen voeren ze de monding van de Zenne rivier binnen, richting de haven van Harflot. Zon had de meeste wolken verdreven. Haar stralen streelden de huizen, de kades en de vele schepen, waardoor de oude stad bijna vrolijk leek. Ze namen afscheid van meester Theodgard en stapten van het schip op Gallische bodem.

'Nou, eindelijk zijn we er,' zei Kjelle, terwijl hij in de drukke haven rondkeek. 'Het is groter dan Helmshaven.'

Ajkell lachte. 'Vergeleken met Harflot is Helmshaven een gat.'

'Maar we komen zonder de prins.' Dame Valiantrudes gezicht was streng, met rimpels die er eerder niet waren.

'Je kon er niets aan doen,' zei Kjelle. 'De koningin kan jou de schuld niet geven voor een door de goden gemaakte storm.'

De paladijn drukte haar lippen op elkaar. 'Ik ken Leocastre al twintig jaar. Geloof me, dat kan ze wel degelijk.'

Kjelle dacht aan jarl Dettrich en vroeg zich af hoe zijn eigen ontvangst zou zijn. Het verlies van Eidungruve was net zo erg als het verliezen van prins Ottil. Hij wreef over zijn voorhoofd alsof hij zijn zorgen kon wegvegen. 'Wat gaan we nu doen?'

Valiantrude zuchtte. 'We hebben een rivierboot nodig.' Ze leidde hen door de menigte van havenarbeiders, zeelui, kooplieden en passagiers naar een aparte kade. Ze wees naar een lange, lage schuit met midscheeps een overdekt gedeelte. 'Met die boot heb ik al eens gereisd. De schipper is een redelijk man en niet al te hebzuchtig.'

Birthe knikte vastberaden. 'Prima, dan gaan we als eerste met hem praten.'

De kapitein van het goede schip *Belamie* was een dikbuikige Galliër uit Armorica. Na wat afdingen boekte Birthe vervoer naar de kleine eilandgemeenschap van de Parisi.

'Hoe lang duurt het tot we er zijn?' vroeg Kjelle.

De kapitein trok aan zijn hangsnor, staarde naar de hemel en zei langzaam: 'Als het weer goed blijft vijf dagen, heer.'

De vijf dagen duurden voor Kjelle eindeloos lang. Hij had niets te doen behalve eten, slapen en naar de natuur kijken. Het eten aan boord was elke dag hetzelfde: soep, brood, vis, wat zure kaas en dunne wijn. Nauwelijks een adequate maaltijd voor een persoon van zijn grootte. Daarbij was hij moe. Slapen ging slecht aan boord van de *Belamie*. Ze deelden de krappe rivierboot nooit met minder dan twintig andere passagiers. Op de tweede dag probeerde hij zich een weg rond het dek te banen, om op zijn minst een beetje beweging te krijgen, maar de andere passagiers weerstonden hem krachtig en alleen de aanwezigheid van de beerkrijger Ajkell aan zijn zijde voorkwam problemen.

Op de vijfde dag maakten de beboste rivieroevers plaats voor moerasgebieden en hoog riet met hier en daar een eenzame boom. De winter was mild geweest dit jaar en een vroege dooi zorgde voor een overvloed aan waterwild. Reigers als eenbenige schildwachten bewaakten eenden en zwanen, en droombeelden van gevulde gans kwelden Kjelles hongerige geest.

'We zijn er bijna, heer,' zei de kapitein, terwijl hij zich bukte om onder het lage afdak door naar zijn passagiers te kijken. 'Nog een uur en we zijn bij de Parisi eilanden.'

'Goed.' Kjelle strekte zich uit op het smalle, met gordijnen afgezette stukje van het dek dat van hen was. 'Ik word stijf.' Hij liep naar de reling en staarde naar de naderende stad. Daar, in het midden van de rivier, lagen de twee eilanden die samen het land van de Parisi vormden. Beide waren rotsachtig, en tot de waterkanten volgebouwd met houten huizen. Er was een eenzame rode molen, de wieken langzaam draaiend, en boven alles uit steeg het grote stenen kasteel, somber tegen de achtergrond van grijze wolken. Aan de voet was een steiger waar de *Belamie* afmeerde.

'Wacht,' zei Birthe, terwijl ze Kjelle tegenhield. 'Laat de anderen eerst gaan; ik heb geen zin om onder de voet gelopen te worden.'

'Oef,' zei Kjelle toen ze eenmaal op de kade stonden. 'Ik was bezig in steen te veranderen.'

'Och, zo erg was het niet,' zei Ajkell terwijl hij een geeuw onderdrukte.

Kjelle grijnsde. 'Nee, ik denk dat jij de hele weg geslapen hebt.'

'Wat moest ik dan doen? Bidden, zoals onze dame Valiantrude?'

'Ik bad niet,' zei de paladijn stijfjes. 'Ik communiceerde met Odin.'

'Communiceerde met Odin?' zei Kjelle, terwijl hij het beeld onderdrukte van de eenogige oude god die Muus en hij hadden ontmoet. 'Dat klinkt nogal, eh, intiem.'

Dame Valiantrude gaf hem een vernietigende blik. 'Doe niet zo vulgair.'

'Nu zijn we in Parisia,' zei Birthe, zonder op hun grappen te letten. 'Hoe komen we in Rhemes?'

'We moeten paarden hebben.' De paladijn opende haar rugzak en haalde een ijzeren halsketen van ineengestrengelde eikenbladeren tevoorschijn. 'Mijn uniform ligt op de bodem van de zee, maar ik heb in ieder geval mijn paladijnse orde nog.' Trots hing ze de ketting om haar nek. 'Het bewijst dat ik een paladijn van het koninklijk hof ben. Kom, laten we de garnizoenscommandant opzoeken.'

Bij de ingang van het kasteel sprongen de wachters voor Valiantrude in de houding.

'De kapitein? U vindt hem in de grote zaal, dame.'

De paladijn knikte kort en leidde de anderen binnen de muren. Aan de overkant van de binnenplaats was de donjon, gebouwd van grove steenblokken. In een kleine kamer naast de ingang vonden ze de commandant die een kaart bestudeerde. Toen ze binnenkwamen, keek hij op, geërgerd dat hij werd gestoord. Maar bij de aanblik van zijn bezoekers klaarde zijn gezicht op.

'Paladijn,' zei hij, terwijl hij salueerde. 'Ik ben kapitein Vectitos. Hoe kan ik u van dienst zijn?'

'Paladijn De Vergy, in dienst van koningin Leocastre,' zei Valiantrude. 'Ik ben net uit de Norden aangekomen met dringend nieuws voor Hare Genade. Kunt u mij en mijn metgezellen aan paarden helpen?'

Kapitein Vectitos tuitte zijn lippen. 'Wie zijn uw metgezellen?'

'De theynling Kjelle van Eidungruve, beerkrijger Ajkell Gudrofsen en de völva Birthe van Belisheim.'

'Een völva?' Kapitein Vectitos bekeek het meisje twijfelend. 'Bent u in staat om uzelf te verdedigen, dame?'

Birthe fronste. 'Ik heb mijn gezangen, kapitein,' zei ze koeltjes. 'Trouwens, ik ben een boogschutter. Verwacht u problemen?'

Kapitein Vectitos keek haar ernstig aan. 'Excuseer de vraag, dame. Er zwerven vogelvrijverklaarden door het woud. Mijn mannen zijn naar hen op zoek, dus ik heb niemand om u te hulp te komen.'

'Maakt u zich geen zorgen,' zei Birthe. 'We zullen het wel redden.' Op dat moment begon Búi begon te huilen. Kapitein Vectitos trok een wenkbrauw op terwijl Birthe het kind suste. 'Het is al goed, kapitein,' zei Kjelle haastig. 'Met alleen paarden helpt u ons voldoende.'

Kapitein Vectitos brulde een bevel en terwijl ze wachtten, spraken ze over de twee eilanden midden in de bomenzee.

'In de dagen van Oud Rom moet dit een belangrijke stad zijn geweest,' zei de kapitein weemoedig. 'Soms vinden we in het bos restanten van grote ruïnes. Maar zijn glorietijd was lang geleden en op de een of andere manier raakten de Parisi achterop.' Hij grimaste. 'Ze zijn een primitief, achterdochtig zooitje, dat kan ermee te maken hebben. Ach ja, nog twee jaar en ik krijg mijn pensioen. Dan ga ik naar huis. Terug naar het zuiden, na zo veel tijd. Ik kom uit Aquitanië, het land van wijn, vrouwen en poëzie.' Hij zuchtte. 'Er is een gebrek aan alle drie in deze bossen.'

De komst van een staljongen met hun paarden spaarde ze de noodzaak om te antwoorden. Kapitein Vectitos stond op. 'Geef ze maar af bij de koninklijke stallen; dan zal ik ze misschien wel eens terugkrijgen.'

Ze staken de houten brug over en gingen het bos in ten noorden van de Parisi eilanden. Het begon te regenen, een ijle, ongelukkige motregen die je langzaam doorweekte in plaats van meteen. De dennenbossen aan beide zijden van de heerweg waren vervuld van het geluid van druipende takken en hun somberheid was aanstekelijk.

Kjelle reed vooraan; zijn gedachten waren bij Eidungruve en de rijen gruwelijke hoofden langs de ingang, en aan zijn verlangen naar wraak. Zou de jarl hem helpen? Zou hij hem wel geloven? Wat moest hij doen als de jarl hem wegstuurde? Zijn handen klemden de teugels vast.

'Jarl Dettrich zal blij zijn je te zien,' zei Birthe. 'Je hebt bewezen dat je een goede vechter bent en hij zal elke man nodig hebben die hij kan krijgen.'

'Hij gelooft me niet.' Kjelle keek in de regen, bang voor Birthes heldere blik. 'Ik krijg Eidungruve nooit meer terug.'

'Natuurlijk wel. Vrouwe Radgundis accepteerde dat je de theynling was en ik weet het ook.'

Nu keek hij haar aan. 'Zullen ze jou geloven?'

Ze verstijfde. 'Omdat ik een meisje ben?'

'Nee, omdat je jong bent.'

'Idioot,' zei ze ijzig. 'Ik ben een völva. Natuurlijk zullen ze me geloven. Maar als je liever hebt dat ik m'n mond houd...'

'Nee, alsjeblieft niet.' Hij veegde met zijn hand over zijn gezicht. 'Het spijt me. Ik maak me ongerust. En...'

'Je mist Muus.'

Stom knikte hij.

Birthe snoof. 'Je zult moeten wennen aan het idee dat hij er niet meer is om op te leunen. Sta op je eigen benen.'

'Dat weet ik. Het is gewoon...' Een beweging verderop langs de heerweg trok zijn aandacht en hij hief zijn hand op. 'Wacht.'

Zonder een woord te zeggen, steeg Ajkell af en gaf hij zijn teugels aan de paladijn. Hij liep behoedzaam door de rand van het bos en opeens verdween hij uit het zicht.

Niet veel later was hij terug. 'Vogelvrijverklaarden. Ze zijn in gevecht met een eenzame reiziger. Tien mannen, zeven zijn er nog over.' Hij sprong in het zadel en galoppeerde de weg af. Kjelle ging achter hem aan, met de paladijn op zijn hielen. Birthe volgde langzamer, haar paard sturend met haar knieën terwijl ze haar korte boog spande.

Zes haveloze bandieten, gewapend met niets meer dan knuppels en messen, cirkelden voorzichtig rond een jongeman die hen met een stevige stok op afstand hield. De vier bebloede lichamen op de grond bewezen dat het slachtoffer minder hulpeloos was dan de schurken hadden gedacht. Maar hij was zichtbaar vermoeid en zijn tegenstanders kwamen steeds dichterbij.

'Voor Eidungruve!' Kjelles strijdkreet deed de bandieten schrikken en ze staarden in verwarring naar de nieuwkomers. Ajkell joeg zijn paard naar de dichtstbijzijnde vogelvrijverklaarde en haalde uit met zijn bijl. De man stortte neer, terwijl het bloed uit de plotselinge spleet in zijn hoofd spatte. Dame Valiantrude reed naar het midden van de groep en zwaaide haar zwaard van links naar rechts.

Een potige vogelvrijverklaarde in vuile huiden, zijn armen getekend door slecht geheelde messteken, sloeg de jongeman tegen de grond om vervolgens Kjelles bijl in zijn gezicht te krijgen. Zijn hoofd bloeide open en hij tuimelde achterover in de modder. De laatste bandiet probeerde wanhopig te ontsnappen, maar Kjelle reed hem ondersteboven. 's Mans schreeuw brak abrupt af toen de paardenhoeven hem in de grond trapten. Kjelle voelde het braaksel opkomen bij de aanblik van de bloedige pulp op het pad. Hij draaide zijn paard om en reed langzaam terug.

Zonder een woord overhandigde Valiantrude hem haar wijnzak en hij nam een diepe teug.

'Dank je,' zei hij. 'Op de een of andere manier pakte die laatste me.'

De paladijn haalde haar schouders op. 'Dood is dood. Je went er wel aan.'

Ajkell hurkte naast het gevallen slachtoffer. 'Het is nog maar een jongen,' zei hij verbaasd. 'Hij is helemaal kaal en dat maakt hem ouder. En hij heeft 'n ijzeren hand. Vreemd, hij vocht niet als een eenhandige.'

'Hij lijkt op Muus,' zei Birthe. 'Alleen zonder die wilde haarbos.' Ze ging tegenover Ajkell op de grond zitten en legde een hand op de borst van de jongeman. 'Zijn hart klopt sterk.'

'Hij doet maar alsof,' zei Ajkell. 'Zie hoe zijn oogleden trillen.' Hij porde zijn duim in de schouder van de jongen. 'Open je ogen, je bent veilig.'

'Is dat zo?' zei de jongeman. 'Wie zijn jullie dan wel?' Zijn ogen, groot en heldergeel als die van een uil, bestudeerden hen een voor een.

'Wij zijn degenen die je leven hebben gered,' zei Ajkell. 'Dienaren van de Nordse koningin, op weg naar Rhemes. Ik ben Ajkell Gudrofsen; wat is jouw naam?'

De jongens staarde naar Birthes gezicht. 'Jij bent een meisje,' zei hij verbaasd. 'Je bent geen vogelvrije.'

Birthe glimlachte. 'Nee, dat ben ik niet. Ik ben een völva. Je bent onder vrienden, Niflunger.'

Daarop sperden de gele uilsogen zich wijd open. 'Dat weet je?'

'Alleen jullie volk heeft ogen als de jouwe en haarloze hoofden. Je bent ver van huis, vriend. Hoe heet je?'

Het gezicht van de kale jongeman ontspande zich. 'Ik ben Elbrich van de Zilverberg, zoon van Bruuhl, kleinzoon van Aayse.'

'Blij je te ontmoeten, Elbrich van de Zilverberg,' zei Ajkell. 'De völva heet Birthe. Hij op het paard is de theynling Kjelle van Eidungruve en de tweede dame is de paladijn Valiantrude. We zijn op weg naar Rhemes met berichten voor Hare Genade.'

'Ook ik ben onderweg naar Rhemes. Ik...' Een trek van paniek vloog over het haarloze gezicht. 'Ik moet zien of ze er nog zijn.'

Met een zwaai zette Ajkell de jongen terug op zijn voeten. Elbrich floot scherp en een klein zwart paard kwam tussen de bomen vandaan.

'Brave meid,' zei Elbrich, terwijl hij haastig een zadeltas openmaakte. Zorgvuldig haalde hij iets tevoorschijn dat in blauw doek verpakt zat. 'De goden zij dank,' zei hij met een diepe zucht, 'ze zijn er nog steeds.' Hij keek naar de anderen. 'Kan ik jullie vertrouwen?'

Birthe glimlachte. 'Zou het helpen als we ja zeiden?'

'Ik ben een paladijn van het hof,' zei Valiantrude stijfjes. 'Mijn eer is mijn leven.'

De jonge man keek ernstig. 'Jullie hebben me gered; in ruil daarvoor zal ik jullie vertrouwen. Kom hier.' Ze verzamelden zich rond hem terwijl hij een paar gouden bovenarmbanden uitpakte. Op het gladde oppervlak dansten sierlijke herten door een bos, onder een zonnige hemel.

'Oh,' zei Birthe, met een vreemd verlangen in haar stem. 'Ze zijn prachtig.'

De jonge man glom van genoegen. 'Je vindt ze mooi?'

'Ze zijn perfect! Heb jij ze gemaakt?'

Schuchter knikte Elbrich. 'Dit zijn mijn meesterwerken. Ik ben een smidsgezel, weet je. Ze zijn een geschenk van koning Leodowric aan zijn zuster Leocastre. Zal de koningin ze willen hebben?'

'Ja.' Dame Valiantrude glimlachte. 'Ik ben er heel zeker van dat zij ze wil hebben. Je hebt gouden vingers, jongeman.'

Behoedzaam pakte hij de armbanden opnieuw in. 'Als de koningin ze accepteert, mag ik me meestersmid noemen.'

De beerkrijger knikte. 'Je hebt het verdiend. Wat is er mis met je hand?'

Elbrich tilde zijn ijzeren vuist op. 'Dit? Elke metaalwerker of steenhouwer krijgt er een zodra we onze gezelsproeven hebben afgelegd. Het lijkt op een handschoen, maar ik kan hem niet zelf afdoen. Het is een mystiek hulpmiddel, alleen nu zijn de machtsrunen ver uitgeput.' Hij glimlachte treurig. 'Tien vijanden waren te veel. Na de vierde raakten mijn energieën op. Als jullie me niet te hulp gekomen waren, zou ik geen vijfde meer gedood hebben. Bedankt allemaal, ik sta bij jullie in de schuld.'

'Geen probleem,' zei Birthe. 'Ben je fit genoeg om te rijden?'

'Tuurlijk.' De jonge smid klom in het zadel. Hij zwaaide een beetje. 'Oeps, ik zwabber alsof ik met mijn broers aan het herfstbier heb gezeten. Sta toch stil, dwaas paard.' Hij hief zijn ijzeren hand naar zijn hoofd en even scheen er een zwak licht om hem heen. Zijn schouders rechtten zich en zijn vreemde ogen straalden. 'Dit houdt me wel een tijdje op de been.'

Birthe reed haar paard naast hem. 'Wat heb je gedaan?'

'Mijn handschoen heeft de macht om me nieuwe energie te geven. Dat is erg praktisch als ik aan een groot project werk. Ik maakte mijn meesterproef in drie dagen en drie nachten, zonder eten of slapen. Daarna was ik vier dagen uitgeteld, maar het werk was gedaan.'

'Ah, dat is handig, maar ook gevaarlijk. Hoelang kan je het volhouden?'

'Acht dagen,' zei Elbrich.

Ze werden onderbroken door kleine Búi, die luid zijn honger kenbaar maakte. Routinematig plukte Birthe haar zoon van haar rug en opende haar tuniek. Bij het zien van haar borsten maakte de kleine smid een vreemd geluid en haastte zich naar voren, waar Kjelle en Ajkell reden.

'Doet ze... doet ze dat altijd?' zei hij op een geschokte fluistertoon.

Kjelle keek om. 'Ja, meerdere keren per dag. Waarom?'

Elbrich schudde heftig zijn hoofd. 'Zulke dingen zijn privé; je kunt 't niet doen waar iedereen bij staat. Het is net als... als copuleren in het openbaar.'

Kjelle keek naar Ajkell en dacht aan de krappe omstandigheden in een langhuis. Borstvoeding, seks, bevallen, sterven, alles gebeurde terwijl veel mensen toekeken.

'Er staat je nog een schok te wachten,' zei Ajkell kalm.

Het was donker toen ze het eerste militaire gasthuis langs de route naar Rhemes bereikten. Een soldaat met een toorts in de hand bekeek hen zorgvuldig. Toen het licht op Elbrich viel, liet hij de toorts bijna vallen.

'Wat is dit?' vroeg hij scherp.

'Een burger,' zei dame Valiantrude terwijl ze naar voren reed, zodat de fakkel haar halsketting verlichtte.

De soldaat verbleekte. 'Natuurlijk, paladijn,' zei hij, stijf in de houding. 'Ik was alleen verbaasd. Ik zag nooit eerder iemand als deze... persoon.'

'Hij is een onderdaan van de koning, soldaat, net als jij en ik.'

'Ja, paladijn. U kunt binnenkomen.'

Het was rustig die nacht en ze hadden de hele slaapzaal voor zich alleen. Twee rijen houten bedden, elk met een strozak en een po, was al het comfort dat werd aangeboden.

'Veel beter dan in de regen slapen,' zei Ajkell, terwijl hij in zijn handen wreef.

Elbrich wierp een twijfelachtige blik op de gedeukte pot onder zijn bed en knikte.

HOOFDSTUK 3 – HECHT NERGENS AAN

Eidungruve was een obsceniteit. De rijen rottende hoofden op staken langs de weg dienden als voer voor de raven, maar zelfs voor een vlucht hongerige vogels waren het er te veel. 'Goden help me,' zei Tuuri zachtjes. Hij keek even naar de heldere hemel, klemde zijn lippen op elkaar en beende naar binnen. Hier was het nog erger. Hij wendde snel zijn hoofd af van een stapel lichamen, voornamelijk vrouwen en meisjes. Sommigen van hen waren al geruime tijd dood. Binnen in het langhuis waren de Fynni strijders dronken en in diverse staten van ongereedheid. Alleen hun aanvoerder, tarkynn Vulf, zat in de hoge stoel en oogde fris als altijd.

'Jij weer?' zei hij, met een sardonische grijns naar Tuuri's zieke gezicht.

'Orders.' Tuuri overhandigde hem de papieren en deed een stap terug.

'Last van je maag, Fynnikin? Je zult nooit een man worden, vrees ik.'

Tuuri gaf geen antwoord en Vulf grinnikte. Zijn ogen gleden langs het document. 'Naar het zuiden!' Hij staarde naar Tuuri, een wolfachtige blik op zijn gezicht. 'En jij gaat met me mee? Waarom? Je bent Rannars schoothondje.'

Tuuri haalde zijn schouders op. 'Mijn heer vond het niet nodig het uit te leggen.'

'Dus nu ben ik opgezadeld met een onnozel kind? Vertel me, waarom zou ik je niet meteen doden?'

Tuuri verstijfde. 'Omdat we dezelfde meester dienen?'

'Doen we dat, Fynnikin? Doen we dat echt?' Vulf lachte geluidloos. 'Arme Fynnikin. Je bent zo naïef. Ik denk dat ik je meeneem. Het is misschien grappig.' Toen stond hij op en schopte tegen het dichtstbijzijnde snurkende lijf. 'Opstaan! We gaan weg, jullie beesten. Wek de anderen, we gaan naar het zuiden.'

Tuuri had niet gedacht dat de Fynni in een conditie waren om te reizen, maar een uur later stond de hele krijgsbende marsklaar.

Vulf keek weer naar het langhuis. 'Steek alles in brand. We vertrekken met de rook in onze rug.'

Eidungruve brandde gretig en zond dikke wolken naar de hemel. Vulf keek ernaar en draaide zich om naar Tuuri. 'Wij zijn klaar, maar jij nog niet.'

Tuuri had zijn paard teruggehaald van de open plek in het bos waar hij haar had achtergelaten en klopte haar liefdevol op de hals. 'Natuurlijk ben ik er klaar voor.'

Een zweem van een glimlach raakte Vulfs lippen. 'Als ik je meeneem, zal ik je op zijn minst onze manieren leren.' Hij stak zijn hand uit en iets zwarts spuwde uit zijn vingers. Het paardje ving de zwartheid op, rilde eens en viel dood neer.

'Nee!' schreeuwde Tuuri, en het verlies verscheurde zijn hart. Hij hurkte, klaar om de tarkynn te bespringen, maar Vulf lachte. 'Les één, je moet je nergens aan hechten. Neem zo veel bagage mee als je kunt dragen en doe het snel.'

Tien minuten later vertrokken ze; Tuuri als laatste, zijn gezicht stijf en zijn hart moordlustig. Achter hem verteerden de vlammen het bezoedelde landgoed en de gapende hoofden.

HOOFDSTUK 4 – MOIRRA

De tweede dag na hun vertrek uit Windiss bereikten ze de Bloedvenen, een eindeloze wereld van drassig land, bedekt met paarse en bloedrode mossen. Kleine, kronkelende meren weerspiegelden de drijvende wolken. Hier en daar groeiden knokige beukenbosjes en pollen oranje grassen. 'Vanaf hier gaan we lopen,' zei Gillach. 'Het is niet nodig dat paard en ruiter allebei in de modder verdrinken als een van de twee een misstap maakt.'

Zijn vrienden moesten erom lachen en prins Ottil snoof. 'Heel grappig.'

Het spoor dat hun gidsen volgden was alleen herkenbaar voor degenen die de weg wisten.

'Je zou hier gemakkelijk verdwalen,' zei Gillach, zonder zijn blik van de grond te wenden.

Ottil staarde naar de macabere mossen. 'Het is griezelig.'

'Na het vallen van de avond, als de zielen van de doden over de meest verraderlijke plekken zweven en de dargadul zijn weg tussen de bomen klapwiekt op zoek naar jouw bloed, dan is het griezelig.' Gillach trok een gespeeld angstig gezicht en zijn vrienden lachten.

'Je houdt me voor de gek,' zei Ottil uit de hoogte. 'Maar je maakt me niet bang.'

'Wacht maar,' zei Gillach. 'Het is al bijna donker.'

'Waar stoppen we voor de nacht? Of was je van plan om door te gaan?' vroeg Muus.

De jonge ruiter schudde zijn hoofd. 'Nee, dat zou te gevaarlijk zijn. We willen niet van het pad afdwalen. Verderop is de Grimtoren Heuvel. Daar kunnen we overnachten.'

'Hoe weet je waar je moet lopen?' vroeg Ottil. 'Alles ziet er voor mij hetzelfde uit.'

Gillach keek wat ongemakkelijk. 'Dat kan ik je niet vertellen. Het is Moirra's geheim. Ik wil geen problemen met dat meisje, ze heeft een scherpe tong.'

Muus glimlachte. Hij had de opgestapelde stenen gezien die de richting aangaven. Het was een Un–a–Dach truc. Hij herinnerde zich de speurtochten die hij en zijn vrienden maakten in Owwich. Zo lang geleden.

De heuvel was stevig en droog. Op de top zagen ze overwoekerde resten die verraadden dat hier ooit een gebouw had gestaan.

'Grimtoren,' zei Gillach. 'Het was een verzamelplaats van de Grim Doubh, dat bijna een eeuw geleden door de mannen van Yarroin werd verwoest.'

'Grim Doubh?' zei Ottil. 'Meer van je griezelverhalen?'

Maar de zoon van de hoofdman keek ernstig. 'De Grim Doubh zijn heel echt. Het is een onheilspellend volk, dat naakt en opgeschilderd rondloopt. Ze willen de Ouden terughalen, de goden die hier voor ons woonden. Sommigen waren ooit druïden, zeggen ze.' Hij huiverde. 'Ze offeren mensen.'

'Je kunt er beter niet over praten,' zei een van de andere ruiters benepen. 'Niet hier.'

Gillach keek snel rond. 'Je hebt gelijk. Hoe is 't met dat vuur?'

'Bijna klaar,' zei de derde. 'Al het hout is nat en groen.'

'Net als jij dus,' zei de tweede en alle drie de ruiters lachten nerveus.

Muus' gedachten dwaalden weer af. Hij had vrienden als deze gehad; jongens met wie hij had gevist en eindeloze spelletjes verstoppertje had gespeeld. Geen enkele andere jongen was gevangen genomen, alleen hij en een paar meisjes. Waar waren ze? Dood? Of waren ze erin geslaagd het dorp te ontvluchten voordat Beermuil alles in brand stak? *Largassen! Jij moordenaar van onschuldige mensen.* Hij wist dat hij de wereld van die rothond moest bevrijden. Een visioen van een brandend land vulde zijn geest. *Ja, ik weet het,* dacht hij, geïrriteerd door de opdringerige beelden van de hemelscherf. *Maar eerst moet ik iets aan Beermuil doen.* De vlammen in het visioen werden heter totdat hij naar adem hapte. Toen verdwenen ze en lieten hem badend in het zweet achter.

Die nacht werd Ottil met een ruk wakker. Het was pikdonker en diverse stenige bulten prikten in zijn rug. Een stem riep zijn naam en bracht hem uit zijn droom terug naar de werkelijkheid.
'Ottil, kom hier. Kom, je moeder wacht op je. Kom.'
Hij ging rechtop zitten en zag een witgeklede verschijning aan de voet van de heuvel rondlopen, alsof deze op zoek was. Moeder? Op zoek naar hem? Geruisloos stond hij op en liep omlaag naar de moerassen.
'Moeder?' fluisterde hij.
De witte vorm hoorde hem niet en liep weg. 'Ottil? Ik ben hier, zoon. Kom naar mij, Ottil.'
Zonder verder na te denken volgde hij de witte figuur. 'Ik kom eraan, moeder. Wacht op mij. Wacht!'
Hij liep door de lage mist, zich niet bewust van het soppende, grijpende oppervlak van de moerassen, zijn ogen gericht op de witte schaduw en zijn geest leeg.

'Help!' De verre schreeuw haalde Muus uit een onrustige droom. Hij richtte zich op een elleboog op en keek om zich heen naar zijn metgezellen. Hraab was er en de drie ruiters, maar geen Ottil. Muus sprong overeind. Traag daglicht verspreidde zich over de wilde gronden en liet de mistflarden glanzen.
'Help!' Het geluid kwam van ergens in de moerassen.
Hij zette zijn handen aan zijn mond en schreeuwde. 'Ottil?' Zijn kreet wekte de anderen uit hun slaap.
'Hier!'
Het geluid kwam uit het noordoosten.
'Hij is niet ver weg, anders zou de wind zijn kreet hebben weggeblazen,' zei Gillach, klaarwakker. 'We zullen 'm terughalen.' Hij wendde zich tot zijn vrienden. 'Snijd me drie staken, maatjes.'

'Ottil?' riep Muus. 'Waar ben je?'

'Hier!'

'Blijf waar je bent, we komen eraan.'

Elk gewapend met een lange staak gingen de drie Windiss jongens voorop.

'Blijf recht achter me,' zei Gillach. 'We testen de grond op zwakke plekken, dus dwaal niet af. Het moeras kan op plaatsen diep zijn.' Prikkend en porrend met hun stokken, zochten de drie hun weg door de met mos bedekte venen. Nu en dan stopten ze bij een groepje bomen of een grote rots om even op adem te komen. Muus schreeuwde Ottils naam en zijn 'Hier' klonk dichter- en dichterbij. Toen zagen ze hem, een kleine figuur in het midden van een dodelijke leegte. Hij zwaaide en Muus zwaaide terug.

Toen ze dichterbij kwamen, stapte Ottil naar voren.

'Blijf waar je bent,' schreeuwde Gillach, maar hij was te laat. De verraderlijke bodem scheurde open en de jongen zonk tot aan zijn knieën weg in de modder.

De drie uit Windiss versnelden hun pas, tot ze op het stukje vaste grond kwamen waar Ottil had gestaan. Inmiddels had het slijk de prins tot aan zijn middel opgeslokt.

'Wees stil,' zei Gillach waarschuwend. 'Niet bewegen en niet in paniek raken.'

'Ik raak niet in paniek.' Ottils stem klonk schor maar kalm.

'Goed dan, leun achterover.'

Gehoorzaam leunde Ottil zo ver terug als hij kon. Gillach en de tweede ruiter reikten naar voren en grepen hem onder de oksels. Samen trokken ze en met een zuigend geluid kwam de jongen vrij van de modder.

'Bedankt,' zei Ottil en hij stak zijn hand uit. 'Ik sta bij jullie in de schuld.'

Gillach glimlachte. 'Het maakt niet uit, ik ben blij dat je veilig bent.'

Muus voelde zijn woede opkomen en hij greep de jongen bij de schouders. 'Wat doe je hier? Waarom ging je in het donker door de moerassen wandelen?'

De prins keek verrast. 'Iemand riep mijn naam. Het maakte me wakker en ik ging kijken wie het was. Maar elke keer als ik naderde, liep 'ie weg en ik volgde.'

'Veendromen,' zei Gillach. 'Ik had jullie moeten waarschuwen. Soms, in de nacht, krijgen de Bloedvenen vat op je. Vooral als je wakker wordt. Dan gebeuren er dingen. Vreemde dingen. Zoals je al zei, schimmen die je naam roepen en je wenken.'

'Het leek zo echt,' zei Ottil beschaamd. 'Ik dacht dat het...' Hij slikte, 'mijn moeder was. Maar er was niets? Het was allemaal mijn verbeelding?'

'Oh, er was wel iets,' zei Gillach serieus. 'Die lichten zijn echt. Het zijn kabouters met lantaarns en die hebben een enorm onaangenaam gevoel voor humor. Je hebt geluk dat je nog leeft, jongen.'

'Ik weet het. En ik ben jullie allemaal erg dankbaar.' Ottil boog zijn hoofd. 'Ik voel me nu heel dom.'

Hraab kraaide. 'Goed! Onthoudt dat gevoel voor als je verwaand en trots bent.'

'Dat ben ik niet!' zei Ottil verontwaardigd.

'Nog niet.' Hraab grijnsde. 'Ik houd je voor de gek, knul.'

Terug bij de heuvel en de paarden, ging Ottil zitten en probeerde de aangekoekte modder van zijn lichaam te schrapen. Het ging niet erg goed en Hraab glimlachte.

'Wacht maar tot de volgende rivier. Je zult heel veel water nodig hebben.'

Ottil gaf hem een vuile blik maar hield wijselijk zijn mond.

Ze aten wat brood dat de vrouw van de hoofdman voor hen had gebakken en deelden een fles van haar zure dunbier. Daarna maakten ze de paarden los en hervatten hun reis.

Toen ze dicht bij het midden van de Bloedvenen kwamen, verduisterde de hemel en veranderde de grijze motregen in natte sneeuw.

Muus huiverde. 'Dit was ik ook vergeten. Zware sneeuwval en vrieskou zijn beter dan deze modderige nattigheid.'

'Was het erg koud in de Norden?' vroeg één van de Windiss ruiters.

'Ja. De sneeuw reikte tot boven je knieën en het vroor zo hard dat je adem een masker van ijs op je gezicht vormde.'

'En jij vond dat leuk?'

Muus glimlachte. 'Er was niet veel om leuk te vinden in de Norden.'

'Waren de mensen erg wreed? Je hoort verschrikkelijke verhalen over de viking die onze kustplaatsen plundert.'

'Largassen? Hij is een beest. Hij was degene die mij en andere kinderen tien jaar geleden ontvoerde. Niet alle Norden zijn zo. De meesten zijn net zulke eerlijke en hardwerkende mensen als jullie.'

'Jazeker,' zei de ruiter spottend. 'En natuurlijk was je meester vriendelijk en hij sloeg je niet.'

Muus dacht aan Kjelle. 'De zoon van de heer, wiens eigendom ik was, sloeg me in het begin, maar later begonnen we elkaar te begrijpen. Hij verdronk bij de schipbreuk en dat spijt me.'

'Ik kan me niet voorstellen dat een Bryt een Nord aardig vindt,' zei Gillach langzaam. 'Het is heel vreemd.'

'Tien jaar in hun midden is een lange tijd.' Muus keek naar de zoon van de hoofdman. 'Ik dacht altijd dat ik ze haatte, maar toen ze dood waren merkte ik dat het niet zo was.' Hij balde zijn vuisten. 'Largassen is iemand om te haten. Vergelijk de rest van de Norden niet met hem; hij is verrot.'

Later die dag bereikten ze een beboste heuvel, een eiland in een zee van rood mos. Bij een ruwhouten bord aan een boom, stopte Gillach.

'Hier begint Moirra's land,' zei hij. 'Wij kunnen niet verdergaan; ze heeft jullie uitgenodigd, niet ons. Je zult de laatste mijl alleen moeten afleggen, runenmeester.'

Muus schudde hun handen. 'Ik ben dankbaar voor je hulp; we zouden het nooit hebben gered zonder jullie. Moge de goden je terugweg bespoedigen.'

'Mogen zij u ook zegenen, runenmeester. En jullie, jongens. Ik weet niet welke wegen je zult gaan, maar laat het eindigen in glorie.'

'Ja!' riep Ottil gretig en ze lachten allemaal.

Met een laatste groet reden de drie ruiters terug naar Windiss.

'Laten we gaan,' zei Muus. Achter elkaar volgden ze een pad heuvelopwaarts door het bos, totdat ze bij een hut kwamen naast een meertje.

Toen ze dichtbij waren, klonk er een kreet uit het huisje. Een meisje in een korte jurk rende naar buiten, schreeuwend en zwaaiend met een tenen bezem.

'Die jongen! Hij is een Nord. Stuur 'm weg, voordat ik hem doodmaak.' Ze haalde met haar bezem uit naar Ottils hoofd en de jongen dook haastig opzij.

'Ik ben maar een halve Nord,' protesteerde hij. 'Mijn moeder komt uit Gallië.'

'Ik haat je nog steeds. Ga weg. Nu! Laat me alleen.'

Hraab zei iets dat Muus niet kon volgen, maar zijn hoge stem bracht het meisje abrupt tot zwijgen.

Ze draaide zich naar hem toe. 'Wie ben jij om mij bevelen te geven?'

'Ik ben een van hen die dat recht heeft,' zei Hraab.

Het meisje fronste en gooide de bezem opzij. 'Je hebt nog gelijk ook.' Ze zuchtte.

'Til er niet te zwaar aan, meisje,' zei Hraab met een grijns. 'De jongen is een fee; hij kan een paar van je wensen vervullen.'

Het meisje staarde naar Ottil, de walging duidelijk op haar gezicht. 'Die grote bonk is een fee?' zei ze. 'Wie is hij dan?'

Ottil knipperde met zijn ogen, niet gewend een grote bonk genoemd te worden. 'Ik ben Ottil Vidmersen, prins van de Norden. Wat wil je van me?'

Het meisje keek hem aan en een vreemde gretigheid verdreef haar woede. 'Jij bent degene die koning zal zijn?

Luister dan, prins. Om vrede te sluiten, eis ik twee dingen van je. Eén: geen nieuwe vikingtochten naar onze kusten.'
'Ik weet niet of ik dat kan beloven,' zei Ottil ongerust.
'Natuurlijk kun je dat. De tijd van de viking is voorbij. Vertel je mensen dat je vrede hebt gesloten met Brytanna en stuur al die rusteloze zielen naar de nieuwe landen aan de overkant van de grote zee.'
Het gezicht van de jonge prins verhelderde. 'Dat is een goed idee. Wat is je tweede vraag?'
'Ik wil dat mijn mensen vrij kunnen terugkeren naar onze voorouderlijke bergen, de streek die jullie Alfheim noemen. Zonder dat ze worden vermoord.'
'Toegestaan,' zei Ottil. 'We zullen de mijnbouwrechten later bespreken.'
'Verdorie, die vergat ik. Je bent slim, prins. Voor een Nord.'
Muus keek naar het meisje. Ze was van zijn leeftijd en klein genoeg om in de holte van zijn arm te passen. Haar haren waren even zwart als die van hem en vormden net zo'n warrige bos waar geen schaar ooit aan te pas kwam. Wat hij van haar huid kon zien was gaaf en ze had de prachtigste ogen.
'Wel?' zei ze vinnig. 'Bevalt het je wat je ziet?'
Muus glimlachte. 'Heel erg.'
'Huh? Idioot. Nou, kom binnen.' Ze dook even snel terug in de hut als ze eruit gekomen was.
Binnen was het opmerkelijk schoon. Olielampjes verspreidden een uitnodigende gloed en een kleine haard brandde vrolijk.
'Ga zitten,' zei ze, met een gebaar naar de eenvoudige stoelen bij het vuur. 'Jij, Nord, op de vloer. Je bent te vies voor een stoel.'
Ottil plukte aan zijn modderige kleren en zuchtte. 'Hoe wist je dat ik een Nord was?'

'Denk je dat ik wat aan m'n ogen mankeer? Je hele aura schreeuwt Nord. Je Gallische helft is vreselijk onderontwikkeld. Ben je er ooit geweest?'

Ottil schudde zijn hoofd. 'Als prins mocht ik de Norden niet uit. Wat ik van Gallië weet, heb ik van mijn lerares geleerd.'

'En dat houdt niet over. Nou, ik zal proberen me niet te veel te storen aan je Nordse aura.' Toen keek ze opzij naar Hraab. 'Ik ken... hem. Ik heb vaak genoeg van hem gedroomd.' Haastig wendde ze zich tot Muus. 'En jij. De geheimzinnige. De onleesbare rune. Wie ben jij?'

Muus zei dat wat het meest in zijn gedachten was. 'Ik ben de Shardheld.'

'Bij de Drie!' Moirra's stem sloeg over. 'Maak niet zulke grappen, jongen.'

Muus nam de Shard en de kleine essen zaailing uit zijn buidel. Blauw licht vulde de hut en het meisje keek naar de hemelscherf in zijn hand.

'Het is waar,' fluisterde ze. 'En ik voelde het niet eens toen je aankwam. Oh, Mawgan...' Ze keek opzij naar Hraab, die naar haar knipoogde. Toen gingen haar ogen naar Muus' gezicht en de wanhoop was diep in haar stem. 'Waarom kom je naar mij? Je moet weten dat ik je niet kan helpen. Ik ben nog steeds op zoek naar een nieuw evenwicht.'

'Ik hoorde het,' zei Muus zachtjes. 'Toch is er een ding dat je voor me kunt doen, weet je. Breng me naar Fardoragh.' Hij stak zijn hand uit. 'Hier, ik heb iets voor je. Het is van de heilige es bij Windiss.'

'Ohh,' zei ze. Met grote ogen keek ze naar de kleine zaailing. 'En je bewaarde het bij de Shard? Besef je niet wat je hebt gedaan?'

Muus keek verbaasd. 'Wat ik heb gedaan?'

'De hemelscherf gaf de zaailing iets van zijn kracht. En jij geeft het aan mij? Dat is een... kostbaar geschenk.'

Hraab keek van het meisje naar Muus en schaterde. 'Nu heb je het voor elkaar, mijn vriend. En nog wel zo onschuldig. Bij de Un–a–Dach is een geschenk zo machtig als dit een bruidsgift.'

Muus voelde zich rood worden. 'Dat wist ik niet. Neem me niet kwalijk. Ik wilde je niet beledigen.'

'Ik ben niet beledigd, alleen mag ik het niet houden; je gaf het in onwetendheid. Hier, neem het terug.'

Muus schudde zijn hoofd. 'Nee. Een eenmaal gegeven geschenk kan je niet terugnemen.'

'Ik moet... erover nadenken,' zei Moirra. 'Intussen heeft deze kleine zaailing zorg nodig.' Met het groene sprietje zorgvuldig beschut in haar handen, haastte ze zich naar buiten.

'Jij weet hoe je de dingen in stijl moet doen,' zei Hraab. 'Die zaailing zal uitgroeien tot een machtige boom, een magische boom, door zowel de invloed van de hemelscherf als de onschuld van het gebaar, Shardheld.'

'Ik weet niet waar je het over hebt.' Muus staarde naar zijn handen. 'Ik voel dat ik mezelf belachelijk heb gemaakt.'

'Dat heb je niet,' zei Moirra terwijl ze binnenkwam. 'Het is een heel kostbaar geschenk voor een meisje.' Ze had de zaailing in een kleine kom met aarde geplant en plaatste die op een plek naast de haard. 'Er is een lek in het dak recht hierboven. Elke keer als het regent, zal deze mooie es haar water krijgen.' Ze schoof een kruk naar de haard en plofte neer. 'Nu, wat moet Fardoragh voor je doen?'

Muus vertelde haar van de geis in zijn hoofd, die zijn geheugen verhinderde terug te keren, van zijn onvermogen om de macht van de runen te beheersen en zijn angst voor de invloed van de hemelscherf. 'De kootjes en die vervloekte scherf worden steeds sterker,' zei hij. 'Ze proberen me te sturen. Ik moet manieren vinden om de runen de baas te worden, voordat zij mij overnemen.'

Het meisje knikte. 'De oude Fardoragh moet ongeveer de enige zijn die je kan helpen. Hij is een dwaas, maar heel wijs en runen zijn gladakkerige dingen om onder de knie te krijgen.' Ze aarzelde en stak toen haar hand uit. 'Hier, de ene gift wordt zo in balans gehouden door de andere.' Op haar handpalm lag een vingerkootje zoals die Muus al had. 'Dit is de *U'th* rune, dat betekent Verdieping. Hij verruimt je geest, alleen ben ik niet echt goed in runenmagie. Neem jij hem; misschien zal hij je helpen.'

'Een groot geschenk, dank je wel,' zei Muus ernstig. Voorzichtig deed hij het kleine kootje bij de andere om zijn nek.

'Het is een behoorlijk eind naar Fardoraghs verblijfplaats,' zei Moirra. 'We hebben paarden nodig. Daarvoor moeten we naar het koninklijk garnizoen van Ad–Cadol. Hebben jullie geld?'

Muus schudde zijn hoofd. 'Het lot bracht ons naar huis als wrakhout in een storm. Al onze bezittingen liggen op de bodem van de zee.'

'Maakt niet uit.' Het meisje ging naar de plek waar Ottil zat. 'Schuif es op, half–Nord.'

Gehoorzaam ging Ottil opzij.

Moirra bukte zich en wrikte een vloerplank los. 'Hoeveel hebben we nodig?'

Muus hoorde Ottil naar adem snakken. 'Dat is een drakenschat,' zei de jongen.

Moirra keek naar hem op. 'We worden toch niet persoonlijk, hè?'

Ottil schudde zijn hoofd.

'Dan is het goed. Wees aardig en breng me die doek van de tafel.'

Haastig deed de prins wat ze vroeg.

'Vouw 'm open.' Ze pakte twee volle handen gouden en zilveren munten uit het gat en dumpte ze op de doek. 'Alsjeblieft, Muus. Nu heb je geld.'

Muus pakte de munten aan. 'Is dit allemaal van jou?'

'Niet alleen van mij,' zei Moirra. 'Het hoort bij het huis. Generaties druïden hebben eraan bijgedragen. Sommige van die munten zijn meer dan zeshonderd jaar oud. Maak je geen zorgen; niemand gebruikt deze hut tegenwoordig en er is nog genoeg over. Een drakenschat, ja. Maar ik ben geen draak!' voegde ze eraan toe, terwijl ze met haar wijsvinger in Ottils borst porde.

'Doe dat niet,' zei de prins stijfjes. 'Dat is een vrijpostigheid.'

Het meisje lachte. 'Maak je geen zorgen, ik maakte maar een grapje. Je bent in ieder geval niet bang.'

'Ik ben nooit bang.' Ottil keek naar de anderen. 'Nou ja, bijna nooit.'

HOOFDSTUK 5 – HERENIGING

Rhemes, koningsstad en hoofdstad van Gallië, was een grote plaats aan de Vesel rivier, in de schaduw van een enorm kasteel op een heuvel in het centrum. 'Kapitein Gunthram had gelijk,' zei Kjelle. 'Het lijkt op de burg van Nidros, alleen groter.' Valiantrudes blik was koel, bijna neerbuigend. 'Nidros is een slechte imitatie. Vidmers kasteel werd gebouwd door een leerling van de meester die dit ontworpen heeft. Het kasteel van Rhemes is de sterkste burcht ter wereld.' Ze herschikte haar paladijnse halsketting en leidde hen zonder een woord over de Veselbrug naar de stad. Afwezig beantwoordde ze de groet van de poortwachters. Haar gezicht stond strak nu de gevreesde confrontatie met haar koningin naderde, maar ze reed kaarsrecht en trots.

Kjelle keek naar haar vierkante schouders en trachtte zijn onrust te bedwingen. De angst had zijn hart beroerd en het lag koud in zijn borst. Een zijdelingse blik vertelde hem dat de kleine smid ook nerveus was. Alleen Birthe en Ajkell leken onverstoorbaar.

Ze reden door een brede straat geplaveid met stenen zo rond als kanonskogels. Die voerde hen rechtstreeks van de brug naar het kasteel, langs bakstenen huizen die stuk voor stuk even groot waren als dat van de viking in Helmshaven, met kunstig beschilderde deuren en luiken.

'Rijke mensen hier,' zei Ajkell nonchalant. Hij keek naar dame Valiantrude. 'Je moet al die jaren in Nidros het gevoel hebben gehad dat je in een wildernis woonde.'

De paladijn kreeg een kleur. 'In het begin wel,' zei ze stijfjes. 'Maar je went eraan. Het hof vindt vast dat ik veranderd ben.'

Bij de kasteelpoort salueerden de erewachten voor haar. Ze reden over een drukke binnenplaats naar de maarschalkerij, waar jonge stalknechten aansnelden om hun paarden over te nemen. Valiantrude bekeek de anderen, herschikte de kraag van Kjelles tuniek, trok Ajkells mantel recht en sloot even haar ogen. Met een zucht van berusting ging ze hen voor het hoofdgebouw in. Ze liepen door een vertrek vol smekelingen die allemaal wachtten op een kans de koning te spreken en gingen de grote zaal binnen, nagekeken door jaloerse, duistere blikken.

De tronen waren leeg en dame Valiantrude wenkte een hoveling.

'De Koning en Hare Genade van de Norden zijn in de salon,' zei de man. 'Wilt u dat ik u aandien?'

De paladijn gaf een kort knikje.

Achter het baldakijn met de tronen was een kamer, van de grote zaal afgeschermd door een zwaar doek.

'Paladijn de Vergy en gezelschap,' zei de man, terwijl hij de gordijnen opzijschoof.

'Valiantrude!' Een lange vrouw met donker haar sprong op. De gelijkenis met Ottil was opvallend; de ogen, de kin, dezelfde rechte houding. 'Waar is mijn zoon?'

De paladijn boog haar hoofd. 'Ik breng slecht nieuws, uwe genade.'

Koningin Leocastre verbleekte. 'Hij is dood? Vertel me niet dat hij dood is! Hoe? Werd hij ook vermoord? Waarom heb je hem niet beschermd? Oh, Ottil mijn zoon...' Ze wiegde zachtjes heen en weer, haar gezicht gekweld.

'Laat de paladijn verslag uitbrengen, lieve,' zei de man die bij haar was. Hij zat op zijn gemak, terwijl zijn scherpe ogen de bezoekers een voor een bezagen. Bij de kleine smid pauzeerde hij even, voordat zijn blik naar dame Valiantrude terugkeerde. Dit moest Leodowric zijn, koning van Gallië en broeder van de koningin.

Valiantrude keek recht voor zich uit. 'Hij is niet vermoord, uwe genade, hoewel hij er een of twee keer dichtbij kwam. Na de dood van de koning trachtte landsregent Brundal de prins in zijn kamers opgesloten te houden, in afwachting van jarl Rannars komst. Met hulp van heer Logmar en andere getrouwen slaagden de prins en ik erin aan onze wachters te ontsnappen. Dankzij onze vrienden hier ontvluchtten we Nidros per schip. We zetten koers naar Agdir, in de hoop uwe genade nog daar te vinden, maar u was al naar Rhemes vertrokken. Wij zijn u achterna gegaan, de prins en ik, theynling Kjelle, de völva Birthe met haar kleintje, de beerkrijger Ajkell en diverse andere dappere zielen die bij de redding van uw zoon betrokken waren. Toen keerde het Lot ons haar andere gezicht toe en een hevige storm overviel ons bij het oversteken van de Smalle Zee naar Harflot. De wind blies ons op een rots en alleen zij die u hier ziet, werden op het strand geworpen. Er was geen spoor te vinden van prins Ottil of onze andere metgezellen.'

Een jammerkreet verscheurde de stilte. De koningin trok aan haar haren en huilde. 'Mijn zoon is dood!'

'Ik denk niet dat de prins verdronk, uwe genade,' zei Birthe ernstig. 'Ik zou het gevoeld hebben als we iemand van ons gezelschap verloren hadden. Zij moeten verder naar het zuiden aangeland zijn en het binnenland in zijn getrokken. We konden hen niet gaan zoeken; de plaatselijke bevolking ziet ons als vijanden. Om de paladijn alleen te laten gaan, zonder geld of wapens, zou ondenkbaar zijn geweest. Welk doel had het gediend als zij uiteindelijk gedood of tot slaaf gemaakt zou worden?'

'Dan had ze haar plicht gedaan,' snauwde de koningin. Haar stem steeg. 'Je hebt gefaald, paladijn De Vergy. Ga uit mijn ogen; ik heb je diensten niet langer nodig.'

Dame Valiantrude boog, haar gezicht bleek maar beheerst.

'Kom mee,' zei de koning. 'We zullen mijn zuster alleen laten met haar verdriet.' Terug in de grote zaal, ging hij op zijn troon zitten en wuifde zijn hovelingen weg. 'Straks, mijne heren; laat ons nu in vertrouwen spreken.'

'Het speet me zo'n boodschap aan Hare Genade te moeten brengen,' zei Birthe.

'Wie ben je precies, meisje?' vroeg koning Leodowric, terwijl hij met zijn vingers door zijn zwarte baard woelde.

Birthe hief haar kin op. 'Ik ben de völva Birthe Gudesdotter,' zei ze trots. 'Ik was de pupil van de völva Asgisla, die op brute wijze werd omgebracht door de Fynni moordenaar Swinne.'

De koning ging rechtop zitten, duidelijk geschokt door haar woorden. 'Asgisla is dood? Dat is heel slecht nieuws. En u bent een echte völva?'

Birthe toonde haar toverstaf, de korte ijzeren staaf die het bewijs van haar roeping was. 'Mijn dame heeft mij zelf geschikt bevonden.'

'Ik hoop dat uw kracht voldoende zal zijn,' zei de koning. 'De toekomst is vol strijd.'

'Strijd en verraad,' zei Kjelle. 'Met uw permissie, Hoogheid, ik zoek mijn heer, jarl Dettrich.'

'U bent een van zijn mensen? U vindt Dalland twintig mijl ten oosten van hier, aan deze kant van de Ajne rivier. Hij werkt aan zijn terugkeer naar de Norden om die verrader Rannar van Westhal te verdrijven. Voordat u verder reist, zou ik graag het hele verhaal horen. Niet alleen waarover u tegen mijn zuster sprak, maar alles.'

Kjelle boog en vertelde hem het geheel van wat er was gebeurd. Toen hij bij de Shardheld aankwam, keek hij naar Birthe.

Ze knikte. 'Het is beter dat Zijne Hoogheid ook dat weet.'

De koning luisterde bewegingloos. 'Dus de Shardheld is teruggekeerd,' zei hij zachtjes toen Kjelle klaar was. 'Zou mijn neef in zijn gezelschap zijn?'

Birthe dacht even na. 'Dat zou heel goed kunnen, Hoogheid. De Shardheld wordt beschermd; noch de goden, noch de hemelscherf zelf zullen hem werkelijk in gevaar brengen. Als prins Ottil bij hem is zal hij veilig zijn. Hoewel de ogen van zijn moeder het misschien anders zien, is de prins een capabele jongeman. En dit kan een deel van de schuld wegnemen die Hare Genade op dame Valiantrudes schouders legde: hij verklaarde zich een man in het bijzijn van getuigen, en vrij van haar toezicht. Hij moest de dood van zijn vader wreken, zei hij, en zijn troon heroveren.'

De koning glimlachte. 'De schurk. Ik hoor het hem zo zeggen. Hij had gelijk; toen de getuigen zijn verklaring aanvaardden, was dit bindend zowel voor de Nordse wet als voor de onze. Ik zal het zijn moeder vertellen. Later, als ze een beetje gekalmeerd is.' Hij keek naar Valiantrude. 'U kent mijn zuster, paladijn. Ze is overstuur door haar vlucht uit de Norden en niet minder door haar veranderde status als koningsweduwe. Blijf uit haar buurt en ze zal wel weer bijdraaien.'

De paladijn boog. 'Ik dank u, Hoogheid. Met uw welnemen wil ik de theynling naar jarl Dettrich vergezellen. Mijn hart hunkert naar actie; ik was al te lang een hoveling.'

'Ga met mijn goede wil, paladijn. Dettrich is een nobel heer die een rechtvaardige strijd voert. Hebt u nog iets nodig voordat u doorreist?'

Kjelle schudde zijn hoofd. 'Niets, alleen enkele paarden, Hoogheid. Aan al onze andere behoeften is voldaan. We kwamen hier met rijdieren van het Parisi garnizoen.'

'Houd ze voorlopig,' zei de koning. 'Ik zal het garnizoen een paar vervangers sturen. Niets anders? Dan wens ik u allen een veilige reis.'

Kjelle boog. Toen hij zich omdraaide, viel zijn blik op de kleine smid. Elbrich stond daar, met zijn gift in zijn handen en tranen in zijn ogen. De theynling keerde zich terug. 'Hoogheid, ik vergat bijna onze nieuwe vriend hier. Hij kwam een lange weg met een geweldig cadeau voor Hare Genade uw Zuster.' Hij duwde de jongen naar voren. 'Kom, nu niet je tong verliezen, smid. Je geschenk is groots genoeg.'

'Bent u van de Niflunger?' vroeg de koning vriendelijk.

De jonge smid keek op. 'Ja, Hoogheid. Elbrich is mijn naam, van de Zilverberg. Ik breng een geschenk dat Uwe Hoogheid enige tijd geleden bij ons heeft besteld.' Hij bood koning Leodowric het in doeken gewikkelde pakje aan en stapte achteruit.

De koning trok het doek weg en staarde naar de twee gouden armbanden. 'Fantastisch,' zei hij na een tijdje. 'Is dit uw werk, smid Elbrich?'

'Ja, Hoogheid. Het is mijn meesterwerk, mocht u genegen zijn het te accepteren.'

'Te accepteren? Natuurlijk doe ik dat. Mijn zuster zal er heel gelukkig mee zijn. Ik wacht een paar dagen voordat ik het aan haar geef. Het zal haar smart verlichten. Vertel uw mensen dat uw meesterschap de goedkeuring van de koning heeft, meestersmid. Wat is uw prijs?'

'Geen prijs, Uwe Hoogheid. Het is een geschenk voor Hare Genade.'

De koning stond op. 'Dat is heel genereus van u, Meester Elbrich. Het zal uw reputatie goed doen. Ik weet zeker dat de dames van het hof u zullen overstromen met bestellingen. Gaat u terug naar huis?'

'Ik twijfel, Hoogheid.' Elbrich hief zijn ogen op naar het gezicht van de koning. 'Dit is de eerste keer dat ik mijn berg verliet. De wereld is veel groter dan ik had gedacht en ik zou er graag een beetje meer van zien voordat ik terugga.'

Kjelle staarde naar de kleine smid. 'Maak je ook wapens?'

'Natuurlijk. Dat doen we allemaal. Wapens, rustingen, schilden.' Elbrich glimlachte. 'Ik kan ook ploegscharen smeden, als het moet. Of paarden beslaan.'

Kjelle voelde zijn hart sneller kloppen. 'Wil je niet met ons meegaan? Een goede wapensmid zou van onschatbare waarde zijn.'

De smid staarde in de verte. 'Je vecht tegen Fynni?'

'Ja, tegen hen vooral.'

Elbrichs gezicht was nu grimmig. 'Zij zijn al eeuwenlang onze vijanden. In vroeger dagen trachtten ze ons te beroven en ons tot slaaf te maken omwille van onze vaardigheden. We vluchtten voor ze, streden tegen ze en hielden ons voor ze verborgen. Toen we naar het zuiden kwamen, zagen we ze niet meer, maar onze haat is nog steeds sterk. En nu komen ze ook deze kant uit? Ja, ik ga mee. Het is goed om terug te slaan.'

'Daar hebt u een fantastische overeenkomst gesloten, theynling,' zei de koning. 'Het bedroeft me dat ik er niet zelf aan heb gedacht.' Toen glimlachte hij. 'Maar als ik uw verwanten benader, meestersmid, zouden er meer zijn die denken zoals u?'

'Verschillende, Hoogheid,' zei Elbrich. 'Ik heb minstens drie neven die graag eens buiten de berg zouden dienen.'

'Uitstekend. Ik stuur meteen een gezant. Nu moet ik terug naar mijn zuster; ze zal me nodig hebben. Laat mij u allen een goede reis wensen.'

'Een nobele koning,' zei Ajkell toen ze buiten stonden. 'Ik zie veel van de jonge Ottil in hem.'

'Nou, meestersmid; dit vraagt om een drankje.' Kjelle sloeg Elbrich op de schouder. Ze liepen naar de taverne aan de overkant van het plein en riepen om de herbergier.

'Breng ons wijn, een kruik van uw beste,' zei Kjelle. En met een knipoog naar Birthe, 'ik bestel, zij betaalt.'

'Dat is een truc die mijn vrouw nooit heeft geleerd,' zei de herbergier met een grijns.

'Vrouw!' zei Birthe en haar ogen spuwden vuur naar Kjelle. 'Ik ben je vrouw niet.'

Kjelle hief zijn handen op. 'Ho, dat is wat hij zei. Ik bedoelde alleen dat je onze dappere völva bent, die zo goed op het geld past.'

Het meisje gaf hem een kille blik. 'Op mijn geld, bedoel je.'

Toen de man terugkwam met de wijn, bestelde ze een stuk zacht brood en een schotel warme melk.

'Warme melk?' zei de man verbaasd, maar hij bracht haar de bestelling zonder verdere omhaal.

'Het wordt tijd om hem te spenen,' zei het meisje terwijl ze Búi in haar armen wiegde. 'Als we in het veld zijn, kan ik hem niet de hele tijd borstvoeding geven.' Ze doopte een stuk brood in de melk en hield het onder Búi's neus. Gehoorzaam als een klein vogeltje opende hij zijn mond en zoog het brood naar binnen.

'Hij leert snel,' zei Kjelle.

Birthe gaf hem een donkere blik. 'Gretig, net als zijn vader was.'

'Eigenlijk ben ik net zo hongerig als je zoon,' zei Ajkell. 'Heb je genoeg geld voor een beetje soep en brood voor ons?'

Het meisje snoof en bestelde eten.

Toen ze klaar waren, legde Kjelle zijn handen plat op de tafel. 'Laten we verdergaan.'

Eenmaal buiten Rhemes begon het te regenen. Ajkell ging naast de paladijn rijden, die sinds hun vertrek uit het koninklijk kasteel niets meer had gezegd.

'Gaat het?'

'Ik overleef het wel,' zei dame Valiantrude. 'Weet je, ik vind het eigenlijk niet erg om van haar verlost te zijn. Ik ben een krijger, geen kindermeisje. Ik hoop dat jullie jarl mijn zwaard accepteert; ik zou graag weer terug in actie komen.'

Laat in de middag kwamen ze bij een nederzetting, een verzameling houten langhuizen en schuren binnen een stevige palissade, net als de vesting bij Helmshaven.

Een bebaarde wachter in de kleuren van Dalland versperde hen de weg. 'Identificeer jezelf.'

'Ik ben Kjelle Almansen, theynling van Eidungruve.'

Het gezicht van de soldaat verstrakte. 'Eidungruve? Ik hoopte dat we ze nu wel allemaal gezien hadden. Jij bent de theynling? Voor zover ik weet is hij dood. Volg me naar de jarl en maak geen rare bewegingen.'

Hij leidde hen naar een kleine hut naast het grootste langhuis. 'Heer Jarl, hier is iemand die zegt dat hij de theynling is van die sukkels uit Eidungruve.'

'Breng hem hierheen.'

De wachter gebaarde hen naar binnen te gaan.

Het was benauwd in de hut. Kjelle liep naar voren, waar achter een geïmproviseerde tafel een magere man zat, met peper–en–zoutkleurig haar en een bijna witte baard. Twee kleine aardewerken olielampjes gaven net genoeg licht om elkaars gezichten te zien.

'Kjelle Almansen, heer, theynling van Eidungruve.' Hij groette en keek strak voor zich uit onder jarl Dettrichs onderzoekende blik.

'Jij bent Almans zoon? Alle rapporten zeggen dat je bij een lawine bent omgekomen.'

'Nee, heer, hoewel het er een tijdje slecht uitzag.'

'Dan zal je me alles vertellen. Wie zijn je metgezellen?'

Kjelle presenteerde hen en de jarl begroette elk van hen ernstig.

'U ken ik, paladijn. Waar is prins Ottil?'

Valiantrude boog haar hoofd. 'Ik ben hem kwijtgeraakt, heer. Er was een schipbreuk. Hij is waarschijnlijk ergens in Brytanna. Het maakt deel uit van theynling Kjelles verslag.'

Dettrich wees naar een ruwe bank. 'Ga zitten, jullie allemaal.' Hij zette zijn ellebogen op tafel en vlocht zijn vingers ineen. 'Theynling, vertel me over Eidungruve. Hoe groot was de zilverproductie vorig jaar?'

Kjelle fronste, verbaasd over de vraag. Hij had hoeveelheden horen noemen, maar hij had nooit veel aandacht besteed aan de zakelijke kant van het landgoed. Toch wist hij blijkbaar genoeg, want de jarl ontspande zich iets.

'Vertel me meer,' zei Dettrich. 'Vertel me van je ouders en van de mijn.'

Kjelle sprak van zijn huis. Hij vertelde van de moeder die hij zich nauwelijks herinnerde en van zijn vaders verwonding. Dettrich keek hem scherp aan toen Kjelle zei hoe slecht Almans gezondheid was geweest, alsof dit deel nieuw voor hem was. Toen knikte hij langzaam.

'En hoe zit het met de lawine?'

Voor de tweede keer die dag sprak Kjelle over de vondst van de Shard en over Odin en Muus de Shardheld.

Dettrich ging rechtop zitten, met zijn handen plat op de tafel. 'Dus je eigen lijfslaaf is de Shardheld? Opmerkelijk. Heb je hem vrijgemaakt?'

'Ja, heer. De völva Birthe wees mij erop dat de drager van de Shard geen slaaf kon zijn. Daarbij waren we al bijna... vrienden.'

Jarl Dettrich trok een wenkbrauw op. 'Je verbaast me.'

Snel vertelde Kjelle van hun reis naar Belisheim en Swinnes aanval.

De jarl sloeg met zijn hand op tafel en vloekte. 'Hij vermoordde haar? Hij verdient het duizendvoudig te worden opgehangen.'

'Ja,' zei Birthe luid en de jarl keek naar haar.

'Jij was haar leerling? Ze was een wijze oude dame; haar dood is een verlies voor ons allemaal.'

Kjelle ging verder met Ajkells verhaal en jarl Dettrichs gezicht werd steeds donkerder. 'Wat voor barbaren zijn die mannen van Rannar?'

'Fynni ulvhednar, heer,' zei Ajkell.

De jarl keek ongelovig. 'Rannar heeft *Fynni* ingehuurd om zijn kroon te winnen?' Hij schudde zijn hoofd. 'Ga verder. Je verhaal wordt steeds grimmiger.'

Met zachte stem vertelde Kjelle van hun terugkeer naar Eidungruve. Jarl Dettrich staarde hem aan. 'Dus het waren toch geen mannen van Herigel. Je gevluchte clanleden dachten van wel.'

Kjelles hart miste een slag. 'Clanleden, heer?'

'Ja, een groep van hen arriveerde een zevendag geleden. Harald Enske leidt hen, met de wijsvrouw Siga. Meer over hen later; maak eerst je verhaal af.'

Kjelle gehoorzaamde. 'Van Eidungruve gingen we naar Harkoy, met de bedoeling u verslag uit te brengen, maar u was al naar de koning gegaan. We spraken met vrouwe Radgundis en ze stuurde ons achter u aan. Ik moest u deze speld geven als bewijs van mijn woorden, heer.' Hij nam het juweel van de vrouwe uit zijn buidel en gaf het aan Dettrich. De jarl keek ernaar en draaide het om en om in zijn handen. Toen zuchtte hij en borg zorgvuldig de speld weg. 'Dank je. Het is moeilijk voor me, met haar daar. Gelukkig is mijn kasteel sterk en ik liet haar genoeg mannen om het te verdedigen. Wat gebeurde er toen?'

'We zeilden naar Nidros, zoals de vrouwe ons zei. In onze onschuld vroegen we naar u, heer. Onze ontvangst was minder dan hartelijk.'

Dettrich lachte kort. 'Dat kan ik goed geloven. Mijn mannen en ik verlieten het kasteel net op tijd. Een uur later en je zou mijn hoofd op een staak boven het valhek hebben gezien. Ze hebben jou ook niet vermoord, blijkbaar?'

Kjelle grijnsde. 'Nee, ze dachten ons vast te houden tot Rannar kwam. Hij was onderweg en ze waren er zeker van dat hij ons wel aan de goden wilde offeren. Dus liet landsregent Brundal ons arresteren.'

De jarl maakte een grof geluid. 'Brundal. Hersenloos zwijn.'

'Hij had ons opgesloten, tot raadsheer Logmar en zijn mannen ons bevrijdden. De raadsheer begeleidde ons terug naar ons schip, op voorwaarde dat we de prins en paladijn Valiantrude meenamen. Brundals mannen trachtten ons tegen te houden en er ontstond een gevecht op de kade. We weten niet hoe het met Logmar is afgelopen. We zeilden uit Nidros weg met koningsschepen op onze hielen en de artillerie die op ons begon te schieten. Een schokkende ervaring.'

'Ik had gedacht dat het onmogelijk was om uit die fjord te ontsnappen. Hoe hebben jullie dat gedaan?'

'De Shardheld, heer. Muus is niet alleen dat. Hij is een Brytaanse runenmeester en zijn geheugen begon terug te keren. Hij had zo'n klein vingerkootje dat verschrikkelijke bliksems veroorzaakte. Daarmee bracht hij de schepen tot zinken, vernietigde de artillerie en doodde bijna zichzelf. Maar we waren ontsnapt.'

Dettrichs blik rustte op Birthe. 'Wat voor magie was dat, völva?'

'Mannelijke magie, jarl Dettrich. Heel krachtige die ik niet kan bedrijven, noch enige andere völva of wijsvrouw in de Norden. Niet sinds we de Un–a–Dach weggejaagd hebben.'

Elbrich hoestte.

'En jouw volk,' voegde Birthe eraan toe. 'We verloren veel door de stupide angst van onwetende boeren.'

Dettrich fronste zijn wenkbrauwen. 'Dat heb ik een völva nog nooit horen zeggen.'

'U hebt het haar waarschijnlijk nooit gevraagd.'

Haastig ging Kjelle verder met zijn verhaal. 'En zo, nadat we de koningin en koning Leodowric verslag uitgebracht hadden, kwamen we naar u, heer,' zei hij toen hij klaar was.

Dettrich keek hem streng aan. 'En wat wil je van mij, Kjelle Almansen?'

Kjelle staarde hem aan. 'Mijn vader was uw man, heer, net als ik. Ik heb wraak gezworen op de moordenaars van mijn verwanten, ik wil het land van mijn vaders terug en de vijanden van de Norden verslagen zien. Ik ben hier om te dienen en mijn eed te vervullen.'

'En je metgezellen?' zei Dettrich, terwijl hij hen nauwlettend opnam.

'Ik heb geen plaats om heen te gaan, geen doel meer nu Asgisla dood is,' zei Birthe. 'Dus ik vergezel Kjelle als adviseur, heer.'

'Ik heb mijn eigen eed.' Ajkell keek rustig naar de jarl. 'Ik faalde mijn meester en nu moet ik zijn vijanden doden om mijn eer terug te krijgen. Ik dien Kjelle, maar ik zal geen eed zweren zolang mijn oude niet is ingelost.'

Dame Valiantrude staarde recht voor zich uit. 'Mijn koningin walgt van mijn gezicht omdat ik haar zoon kwijtraakte. Aan het hof ben ik niet welkom, en daarbij wil ik weer vechten. Net zoals Ajkell dien ik Kjelle, maar als koninklijke paladijn kan ik geen andere eden zweren.'

'Ik ben geen grote strijder of wijsman,' zei Elbrich op zijn beurt. 'Ik wil een stukje van de wereld zien. Ik heb Kjelle beloofd hem te helpen als meestersmid.'

De jarl gaf een korte lach. 'Je brengt al je eigen staf mee.' Zijn gezicht versomberde. 'Ik moet eerlijk tegen je zijn, Kjelle. De Eidungruves hebben hier een slechte naam. Hun leider, Harald, is van goede wil, maar hij is een boer, geen soldaat, en hij is oud. Je mensen zijn een ongedisciplineerde bende, ongeschikt als gevechtseenheid. Ze bezorgen me meer moeite dan ik ze waard vind. Ik stond op het punt om ze als een stameenheid op te heffen en ze als gewone werkers in te zetten. Nu jij hier bent, geef ik je de kans om ze in een bruikbare vorm te krijgen. Ik weet niet of je het kunt. Je bent jong en je eigen reputatie is niet optimaal, maar je maakt een goede indruk. Ik houd je aan als theynling van Eidungruve. Je krijgt één kans. Gebruik hem goed.'

Kjelle salueerde. 'Dank u, heer. Ik zal uw vertrouwen niet beschamen.' Als in een droom liep hij naar buiten. *Wat is er aan de hand?* Hij stond voor de jarls hut in de stromende regen en keek naar de gezichten van zijn metgezellen.

'Dank je voor jullie vertrouwen. Valiantrude, het is ver beneden je rang en status, maar wil je mijn onderbevelhebber zijn?'

De paladijn glimlachte. 'Mijn rang en status zijn als modder aan het hof, nu de koningin boos op me is. Maar zelfs als het niet zo was – natuurlijk wil ik dat.'

'Dank je. Ajkell, je bent mijn lijfwacht, goed?'

De beerkrijger knikte.

'Birthe is mijn raadsvrouwe. En daar ben ik blij mee.'

Het meisje keek hem scherp aan. 'Wil je iets van me, of zo?'

'Natuurlijk wil ik dat. Ik wil veel van jullie allemaal en nog meer van mijzelf. Elbrich, ik heb geen idee hoe we er voor staan wat betreft smidswerk. Je moet natuurlijk gereedschappen hebben.'

De Niflunger glimlachte. 'Ik zal eerst eens rondlopen en zien wat er hier te vinden is. Een heleboel dingen kan ik zelf maken. Wees niet bezorgd; dit is niet half zo eng als het praten met koningen.'

Kjelle staarde hem na toen hij wegliep. Toen draaide hij zich om naar Ajkell. 'Vind Harald Enske voor me. Zeg hem dat de jarl hem wil spreken. Niemand mag weten dat ik hier ben; ik wil eerst horen wat er gaande is.'

'Verstandig,' zei Birthe. 'Doe dan je kap omhoog. Je weet nooit wie hier in de buurt rondwandelt. '

Haastig bedekte Kjelle zijn hoofd. 'Ik vraag me af wat er misging. Mijn vader had nooit problemen met discipline.'

'We zullen 't merken. Laten we eerst maar horen wat die Harald te zeggen heeft. Wat voor man is hij?'

'Hij was de voorman. Capabel, met veel gezag.'

'Maar hij was geen vechter?'

'Nee. Nooit geweest ook. Hij is een vrijgelatene die zichzelf heeft opgewerkt. Met mijn vader en de ervaren krijgers dood, is het logisch dat hij het overnam.' Kjelles gezicht betrok. 'Het kan niet gemakkelijk zijn geweest om de orde te handhaven onder die omstandigheden.'

Birthe keek hem recht in de ogen. 'Maak je geen zorgen, je kunt het.'

Het duurde niet lang voordat Ajkell terugkwam. Kjelle schrok toen hij Harald zag. Hij herinnerde zich de voorman als een grijzende man met een fors, rood gezicht; breedgeschouderd en sterk. Nu was zijn haar dun en wit, zijn gezicht grijs en zijn houding aarzelend.

'De jarl vroeg naar mij?' zei hij. Zijn stem had de zekerheid verloren die Kjelle zich zo goed herinnerde. Hij klonk als een man uitgeput door te veel ellende.

'Nee, Harald, dat was ik.' Hij trok de kap omlaag en wachtte op Haralds reactie. De voormans ogen werden groot en zijn mond viel open. Iets tussen hoop, angst en schaamte kwam over zijn gezicht.

'Theynling?' fluisterde hij. 'Ik dacht dat je dood was. Die lawine... hoe heb je kunnen ontsnappen?'

'Muus en ik gingen door Oude Garns tunnel.'

'Dus die loopt echt door de hele berg?'

'Dat deed 'ie.'

'En de anderen? Muus, Hagen en...'

'Muus en ik heb het overleefd. De twee soldaten moeten door de lawine zijn weggevaagd, we hebben ze niet meer gezien. Hagen was zwaargewond. Wij...' Even aarzelde hij. 'We gaven hem de wapendood.'

'Dat is goed. Hij was een echte Nord, die Hagen. Hij had hier moeten staan, in mijn plaats.' Hij keek op. 'Waar is Muus? Is hij bij jou?'

Kjelle schudde zijn hoofd. 'Hij is ergens in Brytanna. Hij is nu een krachtige runenmeester en op een queeste die het Lot ons niet liet delen. Ik zal je er later meer over vertellen. Eerst wil ik weten wie er nog meer hier zijn, en wat de stand van zaken is. De jarl bevestigde mij als theynling, maar hij was niet blij met de mannen van Eidungruve.'

Harald kromp ineen. 'Hij heeft gelijk. Het gaat niet goed, theynling.'

'Laten we een stukje lopen terwijl je me alles vertelt,' zei Kjelle en hij bedekte zijn hoofd weer. 'We gaan buiten de poort; ik wil niet dat onze mensen al weten dat ik er ben.'

'Dat is verstandig, heer,' zei Harald terwijl ze in de richting van de uitgang liepen. Hij staarde in de verte. 'Ik heb gefaald, heer. Gefaald tegenover jou en je vader, moge Odin hem gastvrij onthalen. Je weet dat hij dood is?'

'Ik ben in Eidungruve geweest, Harald. Ik heb de doden gezien. Ik heb gezworen hen te wreken.'

De oude man knikte. 'Hij stierf dapper, tegen te veel tegenstanders tegelijk, ziek als hij was. Toen alles verloren was, verzamelde ik de overlevenden en vluchtte. Siga bracht ons door het Ghastland.'

'Dus dat waren jullie,' zei Birthe. 'Wij gingen dezelfde weg en ik voelde het lied van jullie voorbijgaan in de lucht.'

'Het was een vreselijke gedachte dat onze eigen voorouders ons zo haten. Siga zong ons langs hen heen, maar op het laatst viel een ghast haar aan en dat sloopte haar krachten.' Hij keek naar Birthe. 'U bent een völva? Kunt u haar misschien helpen, dame?''

Birthe knikte. 'Natuurlijk. Ik ben meer een jager dan een genezer, maar ik zal zien wat ik kan doen.'

'Dank u. Veertig zielen ontsnapten, heer. We zijn de enige overlevenden.' Hij zweeg even. 'We wisten een vissersdorp aan de kust te bereiken en werkten onze weg naar het zuiden tot we hier kwamen. De hopeloosheid groeide met de dag. De mannen, zelfs de soldaten, ze zijn niet meer de trotse Nordse krijgers, heer. Het zijn vluchtelingen. Ze hangen rond de barak, drinken te veel, vechten te vaak en er is geen discipline. Ik... ik ben te oud. Ik kan ze niet leiden zoals ik zou moeten. Mijn hele leven heb ik geleerd hoe je een landgoed beheert, maar de weg van de krijger ken ik niet. En dat is wat ik het meest nodig had, met alle leiders gedood. Had Hagen nog geleefd...' Hij zuchtte. 'Zo is 't Lot.'

Kjelle knikte. 'Dat is wat ik uit jarl Dettrichs woorden opmaakte. Hij was van plan Eidungruve als eenheid te ontbinden en jullie als losse werklui in te zetten. Hij gaf me de vrije hand, maar slechts één kans. Dus laten we het hen vertellen. Harald, ga en breng ze hier. Zeg hen dat de jarl ze wil zien. Mannen en vrouwen, ziek, oud of dronken, ik wil ze hier hebben. Ga nu en laat ons de trots in onze mensen terugstoppen.'

De voorman rechtte zijn rug. 'Ja, heer. Ik zal ze bij u brengen.'

Het duurde een uur voordat Harald iedereen had verzameld en naar het veld naast het fort was teruggekeerd. Kjelle, boos en ongeduldig, kookte terwijl hij langs de rand van het bos heen en weer liep.

'Rustig maar,' Birthe zei na een tijdje. 'Ze kunnen niet zomaar alles uit hun handen laten vallen. Vooral de vrouwen niet. Je kunt geen brood in de oven achterlaten of een gebraad boven een vuur.'

Kjelle bleef staan. 'Daar dacht ik niet aan.' Er was meer, maar hij hoefde haar niet te vertellen van zijn eigen onzekerheid, zijn angst om te falen zoals oude Harald, om niet geaccepteerd te worden. Ze wist dat. Hij stond stil en keek uit over het veld; zijn gezicht verborgen in zijn kap.

Ten slotte verscheen de voorman, met zijn volk in een haveloze rij achter hem aan. Zelfs als Harald niet had verteld van hun moedeloosheid, was het heel duidelijk op te maken uit hun schuifelende voeten en afhangende schouders. Ze stopten in het midden van het veld en Harald kwam naar voren. 'Ze zijn allemaal hier, heer.'

'Dank je.' Kjelle liep naar zijn volk, met Ajkell aan zijn zijde en de twee jonge vrouwen links en rechts van hem. Een paar tellen stond hij daar en keek naar hen. Toen duwde hij zijn kap naar achteren.

Kreten van verbazing, wat vloeken en één of twee gemompelde zegeningen begroetten hem. Toen zag hij Siga, leunend op Haralds arm, bleek en verdord, alsof ze stervende was. Met snelle stappen was hij bij haar en sloeg zijn armen om haar heen. 'Wijsvrouw! Ik ben blij je te zien.' Hij glimlachte een beetje. 'Muus zei me dat ik je moest vertellen dat je droom waar was, die laatste dag. Hij en ik in de sneeuw, en de oude eenogige man, die Odin zelf bleek te zijn. En de raven boven Eidungruve... Die dingen waren zoals je voorspelde. Het werd daarna nog erger en we hebben veel verloren, maar vanaf nu zal het beter gaan.'

Siga's magere handen grepen zijn armen. 'Theynling! Ik heb niet meer gedroomd sinds die nacht. Ik heb ook niet veel meer geslapen. Elke dag was een nachtmerrie. Mijn krachten zijn op, heer. Maar uw terugkeer moet door de goden gegeven zijn.'

'We praten nog, Siga. Ik moet nu eerst de anderen toespreken.'

Kjelle stapte achteruit en bekeek zijn mensen. Hun gezichten waren een mengeling van tegenstrijdige emoties. Hoop, schaamte, wantrouwen. 'Mensen van Eidungruve,' zei hij. 'Ik heb ons huis gezien. Ik zag wat zij ons aangedaan hebben. Onze doden. Ik heb daar een eed gezworen, van wraak op de beesten die het deden, een eed dat we zullen terugkeren en alles opnieuw opbouwen. Ik geloofde dat niemand ontsnapt was en ik ben nog nooit zo gelukkig geweest in het ongelijk gesteld te worden. Jullie hebben moeilijke tijden doorgemaakt, maar samen gaan we het beter maken.'

'Jij!' riep een bebaarde jongeman vanuit de groep. 'Jij mooi pratende klootzak! Je bent een lafaard! Iedereen weet dat je bang bent voor je eigen schaduw. Je bent geen leider, lafaard. Je bent een grap. Een godenvervloekte, zieke grap.'

'Kom hier,' zei Kjelle kalm. Hij was furieus, maar zijn gezicht liet niets zien.

De man stapte uit de wachtende massa en er viel een diepe stilte.

Kjelle overhandigde zijn lange mantel en zijn wapenriem aan Ajkell en spande zijn spieren. De man was een halve hand groter dan hij, maar veel te zwaar en de lucht van verschaald bier op zijn adem vertelde hem waardoor.

'Ik ken jou, Jarrol,' zei Kjelle en zag de ogen van de man zich vernauwen bij het noemen van zijn naam.' Je praat alleen maar. Gebruik je vuisten en ik zal je laten zien hoe laf ik ben.'

Daarna sloeg de theynling de bebaarde strijder het hele veld over. Al zijn woede en frustratie lagen in zijn klappen en Jarrol had geen schijn van kans. Toen hij dacht dat de man genoeg had gehad, sloeg Kjelle hem voor de voeten van zijn mensen neer.

'Je bent een volvette dwaas, Jarrol,' zei hij. 'Je bent niet langer een strijder.'

Hij deed een stap terug en ineens kookte zijn woede over. 'Mooi pratende klootzak? Dan krijgen jullie het recht in je gezicht. Jullie zijn geen Nords! Jullie zijn niet de grote mannen en vrouwen waar mijn vader Alman zo trots op was. Jullie zijn schaduwen, haast even grauw als onze voorouderlijke ghasts. Maar dat is voorbij. Ik zwoer een heilige eed om wraak te nemen op jarl Rannars schoften, die Eidungruve kapotmaakten. Daarvoor heb ik krijgers nodig. Dappere mannen en vrouwen. Dus maak ik jullie weer de Nords die jullie waren.'

Hij zweeg en keek naar zijn volk. 'Luister goed! Ik ben de theynling. De jarl zelf bevestigde mij. Hier is paladijn Valiantrude de Vergy. Ze is mijn plaatsvervanger. Mijn persoonlijke lijfwacht Ajkell is een beerkrijger van de Gudrofsen clan. De völva Birthe is zowel mijn adviseur als de leider van de jacht. En voor wapens en rustingen heb ik een Niflunger meestersmid. Harald, u wordt bedankt voor uw diensten als leider. Bent u bereid weer als voorman te dienen?'

De oude man salueerde. 'Ja, heer, als u mij wilt hebben.'

'Juist, dan is dat geregeld.' Hij keek naar de menigte voor hem. 'Steek je hand op. Wie van jullie zijn slaven?'

Een zevental handen ging omhoog.

'Eidungruve houdt geen slaven meer. Muus leerde me dat het niet juist is. Jullie zijn allemaal vrijgelatenen, hoewel ik jullie niet kan betalen. Alle mannen en de strijders onder de vrouwen rapporteren aan de paladijn. Ik wil een lijst met namen, leeftijden, aanwezige wapens en wat jullie kunnen. Al die te oud, te zwak of te jong voor de strijd zijn, meld je bij de voorman. Ik heb ook van jou een lijst nodig, Harald. Wie ziek is of iets mankeert, gaat naar de völva. Maar wacht tot ze klaar is met wijsvrouw Siga. Vanavond zal ik de barakken en de soldaten inspecteren. We gaan samen werken en, wanneer nodig, samen vechten.' Hij hief zijn vuist. 'En jullie weten allemaal waarom. Voor Alman en Eidungruve!'

Zijn volk herhaalde zijn schreeuw, zelfs Jarrol, die zich wankelend weer bij de andere mannen voegde.

'Het werkte,' zei de paladijn, toen de Eidungruves weg waren. 'Je had de juiste toon en dat je die grote kerel neersloeg was meesterlijk.'

Kjelle balde zijn vuisten. 'Ik ben blij dat mijn vader ze niet kan zien. Hij zei het nooit zo, maar hij was altijd trots op zijn krijgers.'

'Hij zal weer trots zijn als je met hen klaar bent,' zei dame Valiantrude. 'Houd je handen omhoog, ik heb een zalf die de genezing zal versnellen.'

'We moeten wat oefeningen bedenken,' zei Kjelle, terwijl ze iets koels dat naar lang dood vlees stonk op zijn knokkels smeerde.

'Ik zal een lijst maken van dingen uit mijn trainingsdagen.' Valiantrude borg de zalf op en veegde haar handen af aan haar mantel. 'De mannen zullen ze niet leuk vinden, maar ze zullen snel resultaten zien.'

Een zevendag later kwam Kjelle met zijn staf bij elkaar in de plaatselijke herberg, zoals ze elke avond deden.

'We boeken vooruitgang,' zei Valiantrude. 'Onze mensen zijn harder en sneller dan ze waren.'

'Ze schieten ook beter,' voegde Birthe toe.

Kjelle knikte, hij luisterde maar half. 'Dit is niet de juiste plaats voor ons,' zei hij plotseling. 'Te krap, te veel buitenstaanders, en ik kan ze niet blijven verbieden naar de herberg te gaan. Harald, kun jij vanuit niets een kleine vesting bouwen?'

De oude man glimlachte. 'Als ik de juiste gereedschappen heb, ja. Ik heb genoeg reparaties aan Eidungruves muren geleid om te weten hoe alles in elkaar past. Waarom? Ben je van plan voor jezelf te beginnen?'

Kjelle knikte. 'Niets bijzonders; een langhuis, een schuur, een smederij. Ik zal het eerst met de jarl bespreken.'

'Je wilt je eigen fort hebben?' Dettrich glimlachte. 'Je bent niet ambitieus, is 't wel?' Toen werd hij ernstig. 'Kjelle, ik verzamel zo veel mensen als ik kan en probeer er een strijdmacht van te maken. Dan ga ik terug om al die stinkende Fynni, Rannar trawanten en anderen die hun hand opstaken tegen mijn koning op te hangen. Houd in gedachten dat alles wat we hier doen maar tijdelijk is.' Hij ontrolde een kaart en staarde er even naar, terwijl hij met zijn vingers op de tafel trommelde. 'Ga naar het noordoosten. Er loopt een rivier, de Ajne of zoiets, dicht bij de grens met het Teutoonse koninkrijk Lotharn. De kaart zegt dat daar een oud heuvelfort moet liggen. Neem dat maar.' Hij hief zijn hoofd. 'Weet je zeker dat je genoeg controle over je volk hebt?'

Kjelle keek zijn heer recht aan. 'Ja. Het zijn altijd goede mensen geweest en vanbinnen zijn ze niet veranderd. Alleen hun verliezen, het gebrek aan leiders en de schok vraten aan hun geest. Ik – wij gaven ze een nieuw doel.'

De jarl glimlachte. 'Daar hoor ik Alman spreken. Heb je nog iets nodig?'

'Als ik een timmerman kon lenen zou dat welkom zijn, heer.'

Jarl Dettrich dacht even na. 'Ik heb nog een barbaar; een man van de Rus', die op de een of andere manier niet goed bij de rest past. Hij is geweldig met alle dingen van hout. Je mag hem hebben; misschien dat een kleinere eenheid hem beter bevalt.'

'Dat zou geweldig zijn. Harald is handig met zijn handen, maar hij kan niet alles doen.'

'Wees de hele tijd paraat,' zei de jarl. 'Zodra ik klaar ben om naar het noorden te vertrekken, zal ik jou en je mannen oproepen.'

Kjelles gezicht werd grimmig. Hij dacht aan Eidungruve en ook hij wilde niets liever dan naar huis gaan. 'Dat is iets om naar uit te kijken, heer.'

En zo verliet een lange rij van Eidungruves mensen twee dagen later Dettrichs fort, met op hun rug het weinige dat ze bezaten. Siga reed in een oude kar die Birthe voor haar had geregeld. De oude wijsvrouw zag er iets beter uit na haar dagelijkse sessies met de jonge völva.

'Geheimen van het vak,' had Siga gezegd toen Kjelle haar met die sessies plaagde. 'Jouw Birthe is jong, maar ze is een echte völva. Ik voel me zo klein vergeleken bij haar kennis. Alleen moet je voorzichtig met haar zijn, theynling. Ze is sterk, maar kwetsbaarder dan je misschien denkt.' Voorzichtig verlegde ze kleine Búi op haar schoot. 'En ze heeft zo'n mooie zoon.'

HOOFDSTUK 6 – GRIM DOUBH

De volgende ochtend vroeg verlieten ze de hut in de moerassen. Moirra doofde het vuur in de haard en verzamelde wat ze aan voedsel beschikbaar had. Ze wierp een laatste blik op de essen zaailing die ze op een zonnige plek buiten in de aarde had gezet. Toen was ze klaar om te vertrekken.

'We gaan dwars door de moerassen,' zei ze. 'Ik ken iedere voet van dit land veel beter dan die jongens uit Windiss. Ik breng jullie naar Ad–Cadol zonder geheime tekens.'

'Ze waren niet zo heel geheim,' zei Muus met een glimlach. Moirra trok een lang gezicht. 'Spelbreker. Natuurlijk wist je het, elke Un–a–Dach kent ze. Alleen die grote bonk daar niet.'

'Waarom blijf je me zo noemen? Ik ben niet groot en geen bonk,' zei Ottil.

'Jij bent groter dan ik,' zei Moirra. 'Groter dan Muus en groter dan Hraab. En iedereen die geen Un–a–Dach is, is een bonk.'

'Ben ik echt groter?' zei de prins verrast. 'Zo voel ik me niet.'

'Maak je geen zorgen,' zei het meisje. 'Ik plaag je alleen maar. Je bent een stevige jongen, dat is alles. Mijn soort mensen is kleiner, omdat we binnen in de bergen van Alfheim leefden. Dat gaat makkelijker als je niet al te groot bent. Nords hebben massa nodig om warm te blijven in de sneeuw.'

'En om te vechten,' zei Ottil. Hij had een stevige stok gevonden en zwaaide die krijgshaftig rond.

'Ja, ook dat. Als je het op de eenvoudige, ongecompliceerde manier wilt doen.'

'Bedoel je, boem, pats, jij bent dood? Daar ben ik gek op.'

Moirra zuchtte. 'Barbaar.'

De kleine druïdes weefde een kronkelend pad door de gevaarlijke Bloedvenen en toonde hen eetbare planten, diersporen en de vlucht van vogels die kunnen worden gebruikt in de profetieën. Maar na een tijd verslapte de aandacht. Het doorsteken van de draslanden met hun poelen en verraderlijke plekken was vermoeiend en toen de schemering over de moerassen kroop had zelfs Ottil veel van zijn levenslust verloren.

'Waar slapen we? Is er een andere heuvel in de buurt?'

'Een grot,' zei Moirra zonder te kijken. 'Het is niet ver van hier.'

De jongen tuurde in de verte. 'Wat is dat licht? Niet nog een kabouter met een lantaarn?'

'Kabouters bestaan niet.'

'Niet? Verdomme,' mompelde Ottil. 'Dan hadden ze me toch te pakken.'

'Er is wel een licht,' zei het meisje na een tijdje. 'Je hebt scherpe ogen. Het is een kampvuur.'

'Fijn, dan kunnen we warm worden.'

'Te warm, misschien. De enige mensen die 's nachts de moerassen trotseren zijn jagers en Grim Doubh.'

Ottil staarde haar aan. 'Wat valt er hier te jagen? Ik heb zelfs nog geen konijn gezien.'

'Vooral herten. Maar je hebt gelijk; ik heb ook nog geen spoor van dieren gevonden. Geen verse, tenminste, en dat is een slecht teken.'

'Waarom?'

'Het betekent dat ze allemaal zijn gevlucht. Geen jager is onvoorzichtig genoeg om zijn prooi weg te jagen. Ik ben bang dat er Grim Doubh in de grot zitten.'

Ottil haalde zijn schouders op. 'Wat betekent dat?'

'Gedonder, jongen.' Deze keer keek Moirra naar de jonge prins. 'Ze zijn gek; afgodendienaars, die de terugkeer van de wrede Ouden willen bewerkstelligen, de verjaagde Goden van Toen.'

Ottil fronste zijn wenkbrauwen. 'Die ken ik niet. Wie waren dat?'

'De primitieve krachten van aarde, zee en lucht, die tot leven kwamen toen de wereld werd geschapen. Onthoudt dit: de Goden van Toen zijn gevaarlijk en wreed en ze haten ons nieuwe volken.'

'Luister.' Muus staarde naar het vuur in de verte. Toen hoorden ze vaag een eigenaardig zingen. 'Ik wil zien wat ze doen.'

'Wat het ook is, het is slecht,' zei Moirra. 'Grim Doubh kauwen paddenstoelen en kruiden die razernij brengen en krachten in je oproepen waar een zinnig mens niet aan wil toegeven. Ze zijn erg kwaadaardig. Kom, maar wees voorzichtig, dan zal ik het je laten zien.'

Ze volgden haar naar een verhoogde weg die dwars door de moerassen naar de grot liep. Toen ze in de buurt van het zingen kwamen, fluisterde het meisje: 'Houd je hoofd omlaag. Met een beetje geluk zijn ze al te ver heen om ons op te merken.'

Diep voorovergebogen slopen ze naar het kamp. Het vuur was hoog en kronkelde wild, net als de Grim Doubh. Ze sprongen rond alsof ze verdoofd waren, hun naakte lijven bedekt met rode tekens. Bij de ingang van de grot danste een grote, gespierde man. Zijn haar was lang genoeg om zich in te verbergen. Hij droeg een berenvacht van zijn schouders omlaag en een grommende berenkop op zijn hoofd. De staf in zijn hand was versierd met snoeren gedroogde zaden die rammelden op de maat van zijn capriolen. Hij zong met krachtige stem en afschuwelijke intensiteit.

Muus voelde zijn vingers jeuken. In zijn geest vormde zich een beeld van bliksem die uit de hemel neerdaalde, de extatische Grim Doubh doodde en hun priester in brand zette. *Nee!* Zijn ontkenning was ferm en het visioen vervaagde. Er bewoog iets achter de rug van de priester en Muus keek eens goed naar de grot. In het donker zag hij, dicht tegen elkaar, gebonden gedaanten. *Gevangenen,* dacht hij. *Wat gaan ze met hen doen?* Toen zag hij Moirra's gezicht en de walging in haar ogen vertelde het hem. Die mensen waren offers aan de Goden van Toen.

Muus had genoeg gezien en kroop weg van de dansende Grim Doubh. 'We moeten opschieten. Dat garnizoen van jou, ze moeten dit hol uitmesten en die arme mensen bevrijden.'

'Beesten zijn het.' Moirra spuugde in de richting van de dansers. 'Ze zijn niet menselijk meer.' Ze bevroor. 'Daar gaat een ruiter het kamp uit! Oh Mawgan, hij zal ons zeker zien!'

De ruiter volgde de hoge weg sneller dan een verstandig mens zou doen en zijn hele houding verraadde een maniakale haast.

'Uit de weg, uitschot!' schreeuwde hij toen hij naderbij kwam. 'Ik ben de boodschapper van de hogepriester.'

Ottil lachte, een hoog, jongensachtig geluid, en spreidde zijn armen wijd terwijl hij naar de kop van het paard rende. 'Uitschoooot!' Het arme beest steigerde, bang voor de schreeuwende figuur met zijn wapperende mantel. De grimmige rijder worstelde om in het zadel te blijven. Hraab greep de man bij zijn been en trok hem naar beneden.

'Houdt dat paard vast,' zei Ottil, terwijl hij met zijn stevige stok het hoofd van de man openbrak. De boodschapper tuimelde van de dijk naar beneden, terwijl Muus en Moirra naar de teugels van het paard doken. De druïdes zong een paar noten die het dier kalmeerden.

'Ik heb 'm!' schreeuwde Ottil.

'Hij is dood,' zei Muus misprijzend, terwijl hij zich over het lichaam boog. 'Je hebt zijn schedel gespleten.'

Ottil vertrok geen spier. 'Prima. Het zijn idiote moordenaars, toch?'

'Dat kan wel zijn, maar dode mensen geven geen informatie.'

Hraab zonk naast het lichaam neer en doorzocht de kleren.

'Weer aan het jatten?' vroeg Muus.

Hraab schonk hem een gelukzalige glimlach. Toen hield hij een vierkant stuk gebakken klei omhoog. 'Je wilde informatie?'

Het was een tablet, volgekrabbeld met eigenaardige runentekens. Ze leken een bericht te vormen, maar geen van de runen kwam Muus bekend voor. 'Ik kan het niet lezen,' zei hij teleurgesteld.

'Laat 's zien.' Moirra griste de kleitablet bijna uit zijn handen. 'Het is een oude druïdecode. Het vertelt iemand over een grootse ceremonie met menselijke offers, als Maan volledig opgegeten is.' Ze staarde naar de steen. 'De maanloze nacht is over twee dagen.'

'Wat doen we met hem?' vroeg Ottil en hij knikte naar de dode man.

Moirra keek om zich heen. 'Daarginds,' zei ze, wijzend op een puntige steen die uit de met mos bedekte bodem stak. 'Leg hem neer alsof 'ie zijn hoofd tegen die rots gekraakt heeft. Hij viel van zijn paard, het dier sloeg op hol en hij stierf.'

'Zo goed?' zei Ottil, terwijl hij de dode man tegen de rots drapeerde. 'Ziet er erg, eh, per ongeluk uit.'

De druïdes lachte. 'Uitstekend. Laten we nu maken dat we wegkomen.'

Met het paard bij de teugel lieten ze het kamp achter zich. Een gevoel van haast beheerste hen en de afstand leek onder hun voeten weg te vliegen. De dageraad zag hen vanuit de moerassen een bebost gebied van berken en lijsterbessen in gaan.

'Dit is het land van de Caradann,' zei Moirra. 'Maar we zullen het dorp niet zien; dat ligt meer naar het oosten.'

Een uur of meer later stopte ze. 'Daar is het garnizoen van Ad–Cadol.' Voor hen uit lag een brede heuvel, gekroond met een houten fort.

Muus voelde een knauw; de hoge palissade herinnerde hem aan Eidungruve. De poort werd bewaakt door een grijze soldaat. Toen ze naderbij kwamen, plooide het gezicht van de man zich in een glimlach.

'Druïdes Moirra! Het is te lang geleden dat we u voor het laatst zagen.'

'Moge de goden met je zijn, mijn vriend. Is de krijgsleider binnen?'

'Dat is 'ie, chagrijnig als immer. Hij verlangt naar een gevecht.'

'Doet hij dat niet altijd? Nou, we brengen hem goed nieuws.'

De soldaat wreef in zijn handen. 'Ga snel naar binnen, druïdes, we kunnen wel iets gebruiken om de verveling te verdrijven.'

Muus vond de vesting haast een kopie van het heuvelfort bij Helmshaven. Alleen waren hier de gebouwen rond, in plaats van de vertrouwde langhuizen. Moirra bracht hen naar een hut in het centrum. Binnen zat een grote man met ontbloot bovenlijf en koperen banden om beide bovenarmen. Hij was zijn zwaard aan het poetsen en keek daarbij alsof hij elk moment in dolle woede kon uitbarsten. Toen hij hen zag binnenkomen sprong hij op. 'Moirra! Gezegend zijn de goden dat ze je hierheen gelokt hebben.'

'Ik werd gestuurd, krijgsleider Orlach. Mawgan vertelde me dat ik je verveling moest genezen.'

'Dan is ze dubbel gezegend. Wie zijn je vrienden? Zijn ze niet wat jong om door de wijde wereld te zwerven?'

'Terrel hier is een volwassen Un–a–Dach, krijgsleider. Hij is een runenmeester en bezig zijn krachten te ontwikkelen. De kleine is Hraab, zijn sluwheid is veel groter dan zijn gestalte. De derde is Ottil, een jonge krijger uit Gallië. Hij is van adel; niet erg vertrouwd met onze taal, dus soms praten we Nords. Ze zijn uit Nordse slavernij ontsnapt en hun verhaal is heroïsch.'

'Wees dan welkom, al is er weinig ruimte voor heldendaden op deze buitenpost.'

Ottil stootte Moirra aan. 'Heb je hem verteld over de Grim Doubh?'

De krijgsleider keek naar de jonge prins. 'Wat zei hij? Grim Doubh?'

Moirra knikte. 'We vonden een kamp van hen bij de grot in de venen. We doodden hun boodschapper; hij had een bericht bij zich. Ze wachten op Gegeten Maan om hun offers te brengen.'

Orlach wreef vergenoegd in zijn handen. 'Dat is morgenavond. Tijd genoeg om die smerige beesten te verrassen. Ik zal boden langs de dorpen in de buurt sturen. Als het een vol nest is, zullen we veel soldaten nodig hebben.' De krijgsleider gaf een schreeuw en een jong meisje kwam binnen. 'Breng eten en drinken voor onze gasten, dochter. Ze brengen goed nieuws.'

'Je kijkt tevreden. Iedereen die jou van je chagrijnige humeur afhelpt is mijn held,' zei het meisje. 'Ze zullen het beste krijgen wat we kunnen bieden.'

En dat kregen ze. Brood en bier, honingwijn, kaas, wild en kleine, zure appels verschenen, en Ottils gezicht werd gulzig. 'Ik heb honger,' zei hij, waarna hij zijn mond vol vlees propte. Hraab volgde zijn voorbeeld. Alleen Muus at spaarzaam.

'Je eet niet veel, jonge runenmeester,' zei krijgsleider Orlach.

Muus zuchtte. 'Ik zou wel willen, maar deze vreselijke hoofdpijn houdt me tegen.'

'Het is zijn groeiende runenkracht,' zei Moirra. 'Ik ken het gevoel. Pijn vult zowel je hoofd als je buik. We zijn op weg naar Fardoragh. De aartsdruïde zal hem helpen zijn evenwicht te vinden.'

Muus zei niets. Hij wist dat het de hemelscherf was die zijn wilskracht ondermijnde. Hij begroef zijn neus in zijn hoorn en dronk diep, in de hoop dat de mede de Shard tot zwijgen zou brengen.

Die avond hield Orlach krijgsraad. Muus herhaalde hun verslag van de dansende, naakte mensen.

'Mannen en vrouwen, in een staat van razernij, die iets als "Urus komt" riepen.'

Een golf van onbehagen ging door de aanwezige krijgers.

'Zeg dat niet,' schreeuwde een baardige man, terwijl hij boos naar Muus keek. 'Het brengt ongeluk.'

'Het spijt me,' zei Muus. 'Ik vertel je wat ik gehoord heb; ik weet niet wat het betekent.'

Moirra raakte even zijn hand aan. 'Urus is de Oude God van Aarde. Hij schiep de bomen en planten van vervlogen tijden.'

'Hij wordt ook wel de Vernietiger genoemd,' piepte Hraab. 'Hij maakt en onmaakt het leven.'

'Genoeg!' De boze krijger sloeg met zijn bijl op de tafel en sprong overeind.

'Er is niets om bang voor te zijn,' zei Hraab zacht en de man stopte.

'Ik ben... niet bang.' De baardige krijger ging weer zitten en keek met een verbaasde blik naar de kleine jongen.

'Je bent een dappere man,' zei Moirra en haar glimlach voor de krijger brak bijna Muus' hart. 'Je was alleen maar even in de war.'

Orlach kuchte. 'Dan zijn we het allemaal eens. We rijden bij het aanbreken van de dag uit. Bedenk dat we de gevangenen moeten bevrijden, en ik wil geen Grim Doubh overlevenden mee terug moeten nemen.'

De verwarde krijger riep zijn instemming het hardst van allemaal.

De ochtend begon zonnig en helder. Jonge jongens brachten de paarden en stonden klaar om bij de krijgers achterop te gaan. Zij zouden de rijdieren bewaken tijdens het gevecht. Een paar van de oudere jongens keken met jaloerse blikken naar Ottil en Hraab, die de onderscheiding van volwassenheid droegen en zouden meevechten.

Hraab scheen hun afgunst niet op te merken, maar Ottils onverschillige blik op hun nijdige gezichten was genoeg om hun zielen in brand te steken. De grootste van hen probeerde de prins een pootje te lichten, maar het mocht niet baten. Ottil haalde simpelweg uit met zijn vuist en vloerde de ander. Met zijn hand aan zijn bloedende neus ging de jongen weer aan het werk.

Muus onderdrukte een glimlach. De jonge prins had te lang moeten vechten om aan de top te blijven in de harde wereld van edeljongens aan het Nordse koninklijke hof om onder de indruk te zijn van dorpsjongens.

Kort daarna verliet de hele krijgsbende het fort. Muus had geen paard meer gereden sinds zijn aankomst in Eidungruve, tien jaar geleden, maar zijn lichaam herinnerde zich de ponyritjes uit zijn jeugd en zijn natuurlijke behendigheid hielp hem in het zadel te blijven. Zijn rijdier volgde de andere en Muus keek met enige jaloezie naar Hraab, die reed alsof hij te paard geboren was, en naar de prinselijke zit van Ottil. Maar ze kwamen bij de plek waar ze de boodschapper hadden gedood zonder dat hij viel en dat stemde hem tevreden.

'Daar is het lichaam,' zei Ottil. 'Precies zoals ik hem achterliet.'

'Die knapen hebben het te druk met orgiën.' Hraab sprong in een redelijke imitatie van de dansende Grim Doubh en iedereen lachte.

'Let op de paarden,' zei de krijgsleider streng tegen de jongens van het garnizoen. 'Geen gelummel, dit is een serieus gevecht. Begrepen?'

De jongen met de bloedneus knikte. 'Ik let erop dat niemand gaat spelen.'

'Je zorgt er maar voor. En veeg je gezicht af, zoon. Je ziet eruit alsof je de strijd al hebt verloren.'

Zijn gelijken lachten terwijl de jongen woest zijn neus aan zijn mouw afveegde.

'Zoon?' zei Ottil onschuldig.

De krijgsleider gaf Ottil een harde blik. 'Die nietsnut is mijn zoon, ja. De enige die ik heb.' Toen ontspande zijn gezicht. 'Je gaf hem een goeie dreun. Hij verdiende het ook. Het was geen manier om een gast te behandelen en ik schaamde me voor hem. Maar je hebt het goed afgehandeld, dus alles is in orde. Ik sta bij je in de schuld.'

Zijn zoon liet het hoofd hangen en bloosde.

Ottil opende zijn mond om te antwoorden, maar op dat moment hoorden ze een vreselijke schreeuw uit de richting van het kamp komen.

'Verdomme, hebben ze ons gezien? Erheen, snel!' De krijgsleider rende naar het kamp, met de hele bende op zijn hielen.

'Ohé!' riep de prins, zijn gezicht rood van opwinding over het naderende gevecht.

Voordat Muus kon reageren, waren Ottil en Hraab al weg. Muus keek naar Moirra, die een vergiftigd pijltje in haar blaaspijp deed.

'Een echte Nord, die prins,' zei de druïdes zuur. 'Ze hebben stuk voor stuk spieren in hun hoofd in plaats van hersenen.' Samen haastten zij en Muus zich naar het kamp.

Ze waren niet gezien. Het was Muus duidelijk dat de dansende Grim Doubh volledig verrast werden door de komst van de krijgsbende. Toch vochten ze als beesten, bijtend en krabbend. Een beschilderd meisje met een mooi gezicht en stevige borsten danste langs hem heen, haar ogen waanzinnig en haar mond druipend van het bloed. In een flits sprong ze op Muus af, grommend als een dier.

Zwijgend zette Moirra de blaaspijp aan haar lippen. Een rode vlek verscheen tussen de borsten van het wilde meisje. Ze schreeuwde en klapte dubbel van de pijn. Een krijger hakte haar neer met zijn bijl, zijn ogen kil en genadeloos. 'Sterf, oud wijf!' spuwde hij, voordat hij wegrende.

Tot Muus' ontzetting veranderde het mooie meisje in de dood in een gerimpelde oude vrouw.

'Verrast?' vroeg Moirra. 'Ze zijn betoverd. Sommige van deze imbecielen zijn meer dan een eeuw oud.'

Een kreet trok hun aandacht. De grote hogepriester had zijn staf naar de hemel gericht en de wolken pakten zich boven zijn hoofd samen; zwart, met purperen randen.

Moirra staarde naar de hemel. 'Die daar moet een gevallen druïde zijn,' zei ze.

Muus was verbaasd over de afschuw op haar gezicht.

'Hij roept een orkaan op.' Ze hief haar blaaspijp, maar haar volgende pijltje kaatste af op de brede borst van de priester. De man reageerde niet.

'Ik was er al bang voor.' Moirra huiverde. 'Hij heeft zich ongevoelig gemaakt voor lichamelijk letsel. Hij moet door magie worden gedood.' Ze wees naar de priester en begon te zingen. Een zachte gloed verspreidde zich over de gespierde torso en nu reageerde de priester wel. Hij maakte een korte beweging met zijn hand en Moirra zakte op de grond ineen. Heet vuur ontplofte in Muus. De hemelscherf bewoog de spieren in zijn rechterarm.

Muus beet op zijn tanden. 'Nee!' Hij rukte de controle over zijn lichaam terug. Hij nam de runen van zijn nek en hief ze naar de hemel. 'F'lach!' schreeuwde hij en de donkere wolken scheurden open. Een bliksemschicht kwam naar beneden en explodeerde rondom de hogepriester. Veelkleurig licht overspoelde de Grim Doubh en Muus zag zijn ogen wijd opengaan. Zijn mond probeerde te schreeuwen, maar er kwam geen geluid. Langzaam stortte zijn prachtige lichaam in, verdorde tot een wankelend omhulsel en viel op de grond. Muus voelde zich uiteengereten, alsof machtige krachten in hem streden. Hij schreeuwde het uit en stortte omlaag, omlaag…

HOOFDSTUK 7 – AARTSDRUÏDE

Ottil streelde de kleine knots aan zijn riem en hij was content. Hij keek naar Hraab die naast hem reed en glimlachte. 'Mooie knuppel,' zei zijn vriend. 'Waar heb je hem vandaan?' 'Die rare zoon van de krijgsleider gaf 'm net voordat we vertrokken. Het was zijn eigen wapen, zei hij en hij heeft de heilige symbolen zelf uitgesneden.' Hraab keek naar de prins, zijn ogen onleesbaar. 'En hij gaf hem aan jou? Zomaar? Waarom?' Ottil haalde zijn schouders op. 'Misschien had hij spijt dat hij me wilde laten struikelen. Maar ik had zijn neus al dichtgeslagen, dus er was geen schuld meer.' Het kon hem niet echt schelen, ook. Hij zag het geschenk als een eerbetoon aan zijn superieure kracht en dat stemde hem tevreden. Hij richtte zich op in het zadel en keek om zich heen. Voor het eerst sinds hun vlucht uit Nidros voelde hij zich weer als een prins, gezeten op een groot paard, gevolgd door de zes mannen die de krijgsleider hen had uitgeleend. Hij probeerde te denken dat ze hem begeleidden, in plaats van de wagen waarmee ze de bewusteloze runenmeester naar de grot van de aartsdruïde brachten.

'Je voelt je echt de man, hè?' zei Hraab met een grijns. 'Helemaal de koninklijke prins.'

Ottil zuchtte. 'Nu heb je het verpest.' Toen lachte hij. 'Weet je, ik ben in geen jaren zo gelukkig geweest. Eindelijk ben ik vrij van die dwaze paladijn met haar regeltjes, en van al die slijmerige verraders aan het hof die bogen en vleiden, terwijl hun vingers naar het mes kropen waarmee ze me wilden vermoorden. Hel mag ze hebben, de klootzakken. Nee, ik ben blij dat ik hier ben.'

'Ze hebben wel je vader vermoord.'

Ottil voelde een golf van hete woede opkomen. 'Kijk, mijn vader en ik lagen elkaar niet. Hij was geen goede koning. Het merendeel van de edelen vond hem onwetend en opgeblazen.

Ze hadden gelijk. Hij haatte mijn moeder, omdat ze veel slimmer was dan hij. En hij haatte mij omdat... nou ja, omdat ik net als mijn moeder ben. Ik vind het niet erg dat hij dood is. Als jarl Dettrich hem had vermoord, zou ik het hem hebben vergeven. En als jarl Rannar het deed, zal ik hem met een gouden ketting aan een boom ophangen om mijn dank te tonen. Ik kan zelfs niet doen alsof ik verdrietig ben.' Boos spuwde hij in de kant van de weg en haalde diep adem. 'Hoe is het met Muus?'

Hraab wierp een blik op de kar. 'Nog steeds hetzelfde, uitgeteld als een gedoofde kaars.'

'Het was zo vreemd allemaal,' zei Ottil. 'Ik had nooit eerder tegen naakte mensen gevochten. Ze waren niet moeilijk te doden, maar het was... anders. Niet echt leuk, weet je. Alleen wat Muus deed was wel mooi. Hij verbrandde die griezelige hogepriester op een goede manier. Jammer dat die runen hem zo te pakken nemen.'

Hij keek naar Moirra, die naast de kar reed. 'Ze ziet er moe uit. Die gekke priester moet haar vast hard geslagen hebben.'

'De druïdes kreeg haar eigen zang in haar gezicht teruggeworpen. Mensen kunnen daaraan doodgaan.'

'Ze is heel sterk.'

'Ze is Un–a–Dach,' zei Hraab. 'En eentje van hoge rang.'

Ottil aarzelde. 'Wat is een druïdes? Ik veronderstelde dat ze wijsvrouwen waren, maar Moirra lijkt me meer dan dat.'

'Druïdessen en druïden zijn net als een völva – priesters, genezers en rechters,' zei Hraab. 'Ze zijn overal welkom en hun woord is wet. Dat is de reden waarom een gevallen druïde als die Grim Doubh priester zo'n gruwel is. Ze zijn verraders van de ergste soort, verraders van een heilig vertrouwen.'

'Je bent serieus,' zei Ottil, verrast.

'Als het om Grim Doubh gaat ben ik bloedserieus. Alle volgelingen van de Goden van Toen zijn beesten, alleen maar goed om genadeloos te worden gedood. Grim Doubh, Fynni, hoe ze zichzelf ook noemen, zijn vijanden van de hele wereld.' Toen ontspande Hraabs gezicht zich. 'Moirra is een hoogadellijke dame, jongen. Ik ben er niet zeker van dat ze jou niet in rang overtreft.' Hij gaf Ottil een por. 'Gaap me niet zo aan; wij Un–a–Dachs hebben ook rangen en standen. En die zijn al duizenden winters oud.'

'Wat is jouw rang?' vroeg Ottil impulsief.

Hraab grijnsde breed. 'Is dat belangrijk?'

'Niet echt.'

'Vraag het me nog een keer als dit allemaal voorbij is,' zei Hraab. 'Misschien geef ik antwoord.'

Rond het middaguur van de vierde dag reden ze door een donker woud van grote bomen, meest eiken; bizarre vormen met kronkelende takken die zwaaiden zonder de wind. Tussen hen in stonden grote bossen varens, bruin en dood, te wachtten op de lentezon. Muus was nog steeds bewusteloos, maar zijn vrienden vertrouwden Moirra's verzekering dat de aartsdruïde hem zou kunnen helpen, zodat ze zich niet te veel zorgen maakten.

'Door de bocht is een pad naar rechts,' zei Moirra. 'Het moet breed genoeg zijn voor de kar. Probeer als je kunt de bomen zo weinig mogelijk pijn doen.'

De leider van de krijgers knikte. 'Begrepen, druïdes.'

'Nerveus?'

De man lachte een beetje schaapachtig. 'Ze zeggen dat de aartsdruïde een vreemde man is, en onvoorspelbaar.'

Moirra lachte. 'Dat is hij ook. Maar hij zal je niets doen, maak je geen zorgen. Zolang je heel voorzichtig bent met zijn bomen.'

'We zullen onze uiterste best doen, druïdes.'

Na een tijdje kwamen ze bij een open plek met een grote witte boom.

'Wacht hier,' zei Moirra tegen de anderen. Snel als een hert verdween ze tussen de eiken.

Ottil keek naar Hraab en zuchtte. 'We wachten. Ik haat wachten.'

'Dat komt omdat je geen goed gebruik van je tijd maakt. Wachttijd is denktijd. Gebruik het om problemen uit te werken.'

De prins plukte aan zijn gezicht. 'Dat is wel het laatste wat ik wil. Dan denk ik aan mijn moeder en word vanbinnen ongelukkig. Of ik denk hoe Rannar met zijn luizige reet op mijn troon zit en dat word ik zo boos dat ik wil schreeuwen. Ik weet niet wat ik moet doen.'

'Wil je naar je moeder?'

'Ja en nee.' Hij lachte, maar er was geen vrolijkheid in zijn gezicht. 'Hier ben ik een man. Zou ik naar Rhemes gaan, dan word ik weer een jongen. Mijn moeder zou me bij zich houden en Valiantrude zou twee keer zo streng op me letten. Ik kan ook niet naar huis gaan en Rannar zelf aanpakken, om dezelfde domme reden. Geen edelman van de Norden zou mij aanvaarden als commandant. Ze zouden zeggen dat ik te jong was.'

'En ze zouden gelijk hebben.'

Ottils ogen boorden zich in Hraabs gezicht. 'Dat weet ik. Ik ben hier beter af, en doe ervaring op.'

'Je bent niet dom,' zei Hraab.

'Nee. Ik zei toch dat mijn vader me daarom haatte. Ik ben niet dom en dat was hij wel.' Hij greep de teugels van zijn paard en vloekte.

'Zie je hoe gemakkelijk dat was?' zei Hraab. 'Denk na en je probleem is weg.'

Ottil lachte en ontspande zich. 'Jij gluiperig ventje.'

Toen kwam Moirra terug, vergezeld van een kromgebogen man in een geruite broek en een groenige mantel. Hij had een staf van hetzelfde gedraaide eikenhout dat rondom groeide, en hij leek net zo oud. Hij liep naar de wagen en bestudeerde eerst Hraab en toen Ottil. *Wat een vreemde ogen heeft hij,* dacht de prins. *Net poelen van gesmolten ijs met het licht van de zon erin. Lachogen.* Hij glimlachte en de oude man glimlachte terug.

'Welkom,' zei hij in bijna foutloos Nords. 'Krijgsman–prins.'

'De zegen van de goden en de niet–goden voor u,' zei Ottil, een traditionele groet die hij tijdens hun verblijf in Windiss had opgepikt.

Aartsdruïde Fardoragh grinnikte. 'Nog beleefd ook.' Toen draaide hij zich om naar Hraab. 'Een welkom aan u, kind van kattenkwaad.'

'Ik?' De onschuldige blik die Hraab de aartsdruïde gaf zou de meest achterdochtige toeschouwer hebben misleid, maar Ottil kende hem nu. Niets wat zijn vriend deed kon hem nog verrassen. Noch, blijkbaar, de aartsdruïde, want hij lachte zachtjes. Toen wendde hij zich tot de leider van hun escorte. 'U wordt bedankt voor uw waakzaamheid, soldaat van de hoogkoning. U kunt de wagen meenemen, maar laat ze hun paarden.'

'De paarden?' zei de man. 'Maar die zijn van het garnizoen. Ik word verondersteld ze terug te brengen.'

'De runenmeester en zijn metgezellen hebben ze nodig. Bedank de krijgsleider voor zijn hulp.' Hij wendde zich tot de jongens. 'Breng de runenmeester naar mijn grot, wil je?' Met een knik naar de krijger leidde de aartsdruïde de jongens via een klein pad naar een donkere entree in de berg.

Binnenin was de grot groot en verrassend goed ingericht. 'Leg hem op het bed,' zei Fardoragh.

Ottil wist dat zijn gezicht rood en bezweet was. 'Bij Thor, hij is zwaarder dan hij eruitziet.' Met een zwaai lieten ze de bewusteloze runenmeester op de bedovertrek zakken. Daarna veegde hij zijn voorhoofd met zijn mouw af. 'Kunt u hem beter maken?'

De aartsdruïde keek hem aan. 'Kan ik dat? Als je bedoelt van wat hem geveld heeft, ja. Als je bedoelt, beter met zijn kracht, nee. Hij moet zijn eigen weg gaan, net zoals Moirra. Ik kan hem een aantal trucs leren die hem daarbij kunnen helpen. Maar eerst moet ik hem wakker maken.' Hij wees naar een grote ketel. 'Haal me wat water uit de waterval buiten.'

Zuchtend pakte Ottil de koperen ketel en stapte de grot uit. Terwijl hij rondkeek, hoorde hij het ruisen. Toen zag hij een kleine waterval, verscholen achter een gordijn van gouden bloemen. Pas toen hij de ketel gevuld had en halverwege terug was naar de grot, drong het tot hem door dat alle planten op dit kleine plateau in bloei stonden, en dat de bomen een hoofd vol bladeren hadden, alsof het volop zomer was.

Eenmaal binnen, hing hij de ketel boven het vuur. Onmiddellijk gingen de vlammen hoger branden. Ottil gaf hen een koude blik. Toen keek hij naar de aartsdruïde. 'Bent u klaar met het bespreken van geheimen, of is er meer voor mij te doen dat uw krachten sneller zouden kunnen?'

De oude man grinnikte. 'Hij is inderdaad slim. Je hebt gelijk, jonge vriend; vergeef me de smoes. Hoe heb je het ontdekt?'

'Uw voorhof bloeit in de winter, uw vuur regelt zijn eigen warmte en ik weet zeker dat uw ketel zijn eigen water kan halen.'

'Meestal doet hij dat ook. Wij drieën hadden wat vertrouwelijke informatie uit te wisselen die alleen de Druïdencirkel aanging. Wij zijn een nogal geheimzinnig stel, ben ik bang.'

Ottil keek nadrukkelijk naar Hraab. 'Jij bent toch geen druïde?'

Hraab slaagde erin om een beetje beschaamd te kijken. 'Mijn vader was er een.'

'Je vader? Een druïde in de Norden? Jullie waren spionnen!'

Het rood in Hraabs gezicht werd feller. 'Geen spionnen. Vertegenwoordigers van de Un–a–Dach. Jullie goden wisten dat we er waren, net als de völva Asgisla. Je vader niet, natuurlijk. We keken toe en wachtten op een kans om een terugkeer naar de bergen van Alfheim te regelen. Je vader wilde er niet van horen, noch je grootvader voor hem. Ze waren bange koningen. Ik ben blij dat jij dat niet bent, prins van de Norden. Mijn mensen moeten dringend terugkeren.' Hij bestudeerde Ottils gezicht. 'Ben je nu boos op me?' Ottil snoof. 'Natuurlijk niet. Weet je zeker dat je zelf geen druïde bent?'

'Ik kan eerlijk zweren dat ik geen druïde ben,' zei Hraab plechtig. 'Moge de raaf van mijn naam mijn tong stelen als ik lieg.'

Ottil gaf hem een achterdochtige blik. 'Jaah,' zei hij. 'Goed dan, wat gaan we doen?'

De aartsdruïde hief zijn hoofd op. 'Kookt het water al?'

De prins keek naar de ketel. 'Ja. Dat is een verdraaid snelkokend vuur, meester aartsdruïde.'

Fardoragh knipoogde naar hem, alvorens terug te keren naar waar ze mee bezig waren. 'Moirra, m'n lieve, laat me zien hoe ver je bent gekomen.'

Het meisje snoof. 'Ik? Dan wordt het in ieder geval drinkbaar. Ik herinner me dat de meeste van uw drankjes verschrikkelijk smaakten. Laten we eens kijken wat u op voorraad hebt.' Ze zocht in de kisten en de laden van de kast en snoof weer. 'Wat een puinhoop. Kunt u het niet eens in de zoveel tijd opruimen?'

'Ik mis jouw handige handen, lieve. Mijn dingen hebben nooit echt geleerd zichzelf op te brengen.'

Met een diepe zucht begon Moirra een drankje te brouwen. Ottil verloor al snel zijn belangstelling en ging naar buiten. Hraab liep hem achterna.

'Wat is er gaande?' vroeg Ottil botweg. 'Er gebeuren allerlei dingen en ik begrijp er niets van.'

'Dan zal ik je een geheim vertellen: wij ook niet.'

'Wij?'

'Moirra en ik, en ik vermoed dat de oude Fardoragh het ook niet snapt. Breek er je hoofd niet over. Er is maar één ding belangrijk: de Shardheld moet de Kalmanir bereiken. Als wij degenen zijn die hem daarbij moeten helpen, dan zullen we dat doen.'

'Je hebt me nooit verteld wat er zo belangrijk is aan die menhir en de hemelscherf.'

'Muus praat er niet graag over. De Kalmanir beheert alle magie in de wereld. Hij is bijna leeg en de Shardheld is degene die hem moet bijvullen.'

'Dat is alles? Ga erheen, vul 'm bij en ga naar huis? Waar is die Kalmanir?'

'In Falrom.'

'Oh.' Ottil zweeg. Falrom kende hij. Een heel land, het machtigste rijk in de wereld, weggevaagd door vulkanen, lavastromen en verschrikkelijke aardbevingen. 'Moeten we daarnaartoe?'

'Ja.'

Hij zuchtte. 'Dan zullen we dat doen. We gaan dood, natuurlijk, maar het zal een machtig lied worden.'

'Niet zo somber, jonge prins.' De aartsdruïde stapte uit de grot en glimlachte naar de twee vrienden. Zijn vreemde ogen waren warm en Ottil voelde de duisternis in zijn hart oplossen. 'Het is niet nodig dat er iemand doodgaat. Falrom is gevaarlijk, maar de taak is niet onmogelijk, alleen moeilijk. De Shardheld slaapt nu, en morgen zal hij fit genoeg zijn om met zijn training te beginnen. Voor jullie twee en Moirra heb ik een andere taak.'

'Meer water halen,' zei Ottil ongelukkig.

'Mijn ketel werkt niet goed zonder toezicht, dus ja, ik heb jullie handen nodig om te jagen, hout en water te halen, en dat soort klussen.'

'Daar gaan we tenminste niet aan dood,' zei Hraab.

Ottil trok een gezicht. 'We sterven waarschijnlijk van verveling.'

Muus werd wakker op een bed in een vreemde ruimte. Een schaduw viel over hem heen en hij keek in twee ogen van een blauw zo licht dat ze op zuiver ijs zouden lijken als er niet die gouden vlekjes in zaten. Lachrimpels haalden de kou van hen af, net als de rode wangen en het ronde, oude gezicht. *Wie?*

'Ah, de Shardheld is wakker. Welkom in mijn huis, Terrel van Owwich. Of hebt u liever Muus van de Norden?'

'Muus. En wie bent u?'

'Ik ben Fardoragh. Men noemt mij aartsdruïde, maar die titel is niet mijn keuze. Ik bestudeer slechts de wonderen van Moeder Aarde en zij heeft mij wat dingen geleerd. Niet te vergelijken met de onmetelijke kracht van de hemelscherf die u draagt of van de steen die u zoekt. Die zijn machtig genoeg om de sterren te doen beven.'

'Fardoragh. U bent degene die ik zocht.' Muus herinnerde zich dat hij Moirra had zien vallen door de spreuk van de Grim Doubh priester. 'Hoe is het met haar?'

'Moirra is een rots in de branding. Ze zal ver gaan, die jongedame.' De ogen van de oude man lachten naar Muus. 'Jij bent een sluwe, om haar een zaailing te geven met een fluistering van de hemelscherf. Geen zekerder manier om een Un–a–Dach druïdes aan je te binden, mijn vriend. Zij houden van bomen.'

'Dat wist ik niet,' zei Muus.

'Misschien heb je alleen maar gedacht dat je het niet wist. Het maakt niet uit, het is nu gedaan. Zij zal met je naar het einde van de wereld en verder gaan, als je het haar vraagt.' Hij hield zijn hoofd schuin. 'Hoe voel je je?'

Muus dacht na. 'Goed, denk ik. Verward, maar dat ben ik al sinds ik dat stukje van de hemel opraapte.'

'Je bent niet de enige. Ik verzeker je dat het grote ontsteltenis veroorzaakte in de Binnenste Cirkel van de druïden. Mijn geleerde broeders en zusters trokken zich de haren uit het hoofd.'

'Waarom?'

Fardoragh lachte en toonde zijn sterke witte tanden. 'De hemelscherf landde niet waar hij werd verwacht. Druïden van de Cirkel kunnen de komst van de Shard voorspellen. Dat geeft ze de tijd om iemand voor de taak van Shardheld voor te bereiden. Ze doen het al eeuwen zo, elk half millennium.'

Muus kende het woord niet. 'Hoe lang is dat?'

'Vijfhonderd jaar. De Shardheld Sage is duizenden jaren oud. Alleen deze keer hadden mijn broeders en zusters in de Cirkel het mis. De hemelscherf landde waar hij niet werd verwacht en werd opgepikt door iemand die onvoorbereid was.'

'Ik?'

'Jij. Een onwetende slaaf, die leefde in de meest achterlijke streek denkbaar. '

'Dank u.'

De aartsdruïde grinnikte. 'Jongen, de Norden zijn niet het centrum van de beschaving. Dalland is een besneeuwde woestenij en met alle respect, jouw kennis van de mystieke wereld kan verdrinken in een klodder speeksel. Maar dat alles is niet meer van belang. Je bent de Shardheld en we moeten je er zo goed als we kunnen op voorbereiden. Toevallig – of misschien niet, met de Shard weet je dat niet zeker – heb je een curieuze achtergrond. Je bent voor de helft een ongetrainde druïde en voor de andere helft een Un–a– Dach. Een ongewone combinatie, mijn vriend. De Un–a– Dach laten zich niet snel in met mensen die niet van hun soort zijn. Je vader was een aartsdruïde en je moeder leek wel wat op Moirra – enthousiast, bekwaam en eigenzinnig. Het is haar geis die we ongedaan moeten maken.'

'Kunt u dat doen?'

'Niet in één keer; dat zou je geest opblazen. We zullen voorzichtig zijn en het over een paar zevendagen uitspreiden.'

'Die verdomde runen!' zei Muus, met een blik naar de vage littekens op de rug van zijn hand. 'Hoe kan ik ze gebruiken zonder mezelf in brand te steken? Ik heb daar tamelijk genoeg van.'

'Dat is het makkelijkste van allemaal. Je hebt nu drie van hen. F'lach de Bliksem, U'th de Verdieper en A'yin de Beschermer.'

'Die laatste is de rune die mijn moeder me gaf. Hij deed nooit iets.'

'Het is je waarschijnlijk nooit opgevallen wat hij deed. A'yins taak is om jou te beschermen tegen mystiek kwaad.'

'Maar F'lach brandde me toch.'

De aartsdruïde zuchtte. 'Muus, de Bliksemrune gehoorzaamde je bevelen omdat je ze gaf met behulp van de hemelscherf. Hij werd gedwongen en dat vond hij niet leuk. Dus pakte hij je terug en je raakte gewond. Had je A'yin niet gedragen, dan zou de bliksem je hebben geroosterd toen je hem de eerste keer gebruikte. Je moet een grote rune nooit rechtstreeks opdrachten geven. In plaats daarvan moet je A'yin vragen het voor je doen.'

Muus staarde hem aan. 'Dat is alles?'

'Dat, mijn vriend, is alles.' Fardoragh stond op. 'Ga naar buiten en oefen.' Toen keek hij naar Muus. 'Er zijn veertien van die kleine vingerkootjes. Fjinges Knoken worden ze genoemd en ze zijn heel oud. Fjinge was een dienaar van Kalman zelf, aan het begin van de tijd. Zijn Knoken zijn vrijwel onverwoestbaar, dus wees niet bang dat je er misschien eentje beschadigt. Ga nu, ik moet mediteren.'

De hele daaropvolgende maand werkte Muus. Meestal begon een sessie terwijl hij en de aartsdruïde elkaars handen vasthielden, terwijl Fardoragh beetje bij beetje de barrière in Muus' geest weg bikte. Elke keer voelde Muus een stuk wijken en kwamen er beelden naar boven. Herinneringen, namen, lessen – dingen die een plaats in zijn hoofd moesten krijgen; die moesten worden herkend, gecategoriseerd en begrepen. Sommige herinneringen deden pijn, zoals de beelden van zijn ouders' dood en de moord op Owwichs dorpelingen. Die maakten hem aan het huilen en de sessies werden twee dagen onderbroken.

'Ik heb nooit hun gezichten kunnen zien,' zei Muus, terwijl hij en Moirra het pad naar het bos af liepen. 'Maar ik kon ze ook niet vergeten. Ze bleven komen; vreemde gedaanten in mijn dromen, gezichtsloos, naamloos. Ze gaven me nachtmerries, die gedaanten. Ik wist dat ze me wilden vertellen dat er iets vreselijks was gebeurd, maar ik wist niet wat.'

'Misschien heeft je moeder nooit helemaal begrepen wat de Beschermingsrune deed,' zei Moirra. 'Hij kon haar geis niet ongedaan maken, maar hij verzwakt hem wel. En dus bleven flarden van je herinneringen in je hoofd ronddwarrelen.'

Muus stopte zo plotseling dat Moirra bijna struikelde. 'Mijn moeder kreeg A'yin van een god. Dat vertelde ze me, niet lang voordat het allemaal gebeurde. Iowynh, God van de Magie, verscheen kort na mijn geboorte en gaf hem haar. Zodra ik kon lopen en de hut kon verlaten, hing moeder de rune om mijn nek.'

Moirra gaf hem een zijdelingse blik. 'Iowynh? *De Listige God* gaf je die rune?' Om de een of andere reden moest ze lachen, maar ze weigerde te zeggen waarom.

Muus accepteerde haar stilte. 'Het was vreselijk om de rook uit de huizen en schuren te zien komen. Toen zeilden we weg, recht in een storm. Dagen en nachten ging het door, in razende woede. Ik stond de hele tijd bij de mast. Ik was niet bang, kon niet huilen of schreeuwen. Ik had helemaal geen emoties; het was leeg in mij, zelfs de storm kon het niet vullen. Leefde ik, deze dagen? Ik at nauwelijks, sliep nauwelijks. Pas toen ik bij Eidungruve aankwam, hoog voor op Hagens paard, begon ik opnieuw te leven – als een slaaf.'

Na die dag ging zijn herstel sneller. Nu zijn muren waren doorbroken, nam het heden bezit van de resterende herinneringen, totdat Fardoragh kwam en zijn handen in zijn zakken hield.

'We zijn klaar. Je bent weer jezelf, voor zover ik je kan helpen. De laatste restjes zullen in de loop van de tijd loskomen. Nu zul je plannen moeten maken.'

'Wat voor plannen?' vroeg Muus, terwijl hij zijn brein bij zijn herinneringen vandaan sleepte.

'Je moet de andere runen vinden. Zoveel als je kunt. Ik heb erover gemediteerd en ik heb een paar suggesties. Allereerst ga je een bezoek brengen aan Cucharann in 's–Konings Lud. Ah, je lege blik verraadt alles. Je hebt nog nooit gehoord van Cucharann. Velen van ons wilden dat ze dat ook niet hadden. Hij is de hoogkoning, en nutteloos. Degene die je in 's–Konings Lud moet opzoeken is de koninklijke druïde, Tyllas. Hij is ook niet erg belangrijk, meer een hoveling dan een druïde. Maar er bestaat een verhaal over een wijsman ergens in de buurt van de hoofdstad. Hij bezat een amulet die klinkt alsof het een Knook zou kunnen zijn. Tyllas moet er alles van weten.

'Daarna ga je naar de Grote Tempel en spreek je met Arraw, de hoogdruïde. Hij is het hoofd van de Cirkel. Ik weet dat Arraw een van de vingerkootjes heeft. En hij moet weten waar je een aantal andere zou kunnen vinden. Mocht je ergens de Eiken Bard, Vyvain, tegen het lijf lopen, praat ook met hem. Hij is de meesterzanger van de Cirkel en hij ziet en hoort alles. Kom je nog meer Grim Doubh tegen, doodt dan hun priester. Ik ben er bijna zeker van dat een van hen een Knook heeft.'

Muus knikte.

Fardoraghs glimlach groeide. 'Sommige Knoken verdwenen naar het vasteland. Die zullen moeilijker te traceren zijn, maar één ding werkt in je voordeel. Hoe meer Knoken je hebt, hoe makkelijker het zal zijn om de andere te vinden. Ze roepen elkaar, weet je. Ze willen herenigd worden.'

'Ga met de Shardheld de we-e-ereld rond,' zong Hraab op de achtergrond.

Muus kon er niet om lachen. 'Moet ik dat echt allemaal doen? Kan ik niet gewoon rechtstreeks naar Falrom gaan?'

'Nee,' zei Fardoragh. 'Alle legendes noemen dezelfde voorwaarde voor succes: Je moet een bepaald niveau van bekwaamheid hebben om de grotten onder Falrom te kunnen betreden. Je hebt dat niveau nog niet bereikt.'

De volgende ochtend zadelden ze hun paarden, klaar om te vertrekken.

Moirra stond naar hen te kijken, haar armen over elkaar en een onleesbare uitdrukking op haar gezicht.

'Wat is er?' vroeg Muus. 'Heb je niets in te pakken?'

'Waarom?'

Muus voelde de kleur uit zijn gezicht wegtrekken. 'We gaan weg.'

'Jij gaat weg, ja.'

'Maar... maar... ga je niet met ons mee?'

'Wilde je dat dan?'

'Natuurlijk, ik...' Opeens herinnerde hij zich wat Fardoragh over Moirra en de zaailing had gezegd: " Zij zal met je naar het einde van de wereld en verder gaan, *als je het haar vraagt.*" Hij liet de tas uit zijn handen op de grond vallen en haastte zich naar haar toe. 'Ik nam het als vanzelfsprekend aan. Alsjeblieft, Moirra, ik ga weg. Het zal een lange, harde en gevaarlijke reis zijn. Ga je met me mee?'

'Lang, hard en gevaarlijk? Vreemde argumenten gebruik je om een meisje uit te nodigen.' Toen glimlachte ze en de klomp ijs in Muus' maag smolt. 'Natuurlijk ga ik met je mee.'

Ze keek naar zijn paard. 'Ben je nog niet aan het inpakken? We vertrekken vandaag, jongen, niet over een zevendag. Waarom ga je niet opzadelen?'

Muus gaapte haar aan en ze lachte. Ze floot en haar paard kwam aandraven, alles ingepakt en klaar. 'Ik ben altijd voorbereid.'

Een half uur later namen ze afscheid van aartsdruïde Fardoragh.

'Hier,' zei de oude man. 'Ik schreef je een introductie voor de koninklijke druïde. Misschien is mijn naam nog iets waard aan het hof, na al die jaren in afzondering.'

Muus bedankte hem en borg de verpakte tablet in zijn zadeltas. Ze schudden handen op de wonderlijke gereserveerde manier van druïden en reden tussen de bomen door het pad af.

HOOFDSTUK 8 – ALMANSVOORDE

Kjelles verkenners vonden de rivier gemakkelijk genoeg: een snelle stroom, enkele manslengten breed en te gevaarlijk om over te steken. Het hele gebied was zwaar bebost, maar er liep een oude weg naar het oosten, min of meer parallel aan het water. Na enige tijd bereikten ze een lage, met gras begroeide heuvel.

'Dit moet het zijn,' zei Kjelle, terwijl hij met ontzetting naar de verlaten en vervallen ringborg op de top staarde. 'Het ziet er heel oud uit.'

Harald wreef in zijn handen. 'Geen zorgen, heer. Het lijkt vaak erger dan het is. Laten we eens kijken.' Hij wenkte de knokige Rus' timmerman en samen gingen ze de palissaden inspecteren.

Kjelle stapte binnen de muren. Hij keek om zich heen en zuchtte. 'Wat een ruïne.'

'Het was een solide vesting,' zei dame Valiantrude. Ze stak haar mes in een van de deurposten van het hoofdgebouw. 'Dit hout lijkt nog heel stevig.'

'Er zit geen dak op.'

'We kunnen een ander maken.' Ze gingen naar binnen in wat de gemeenschappelijke ruimte was geweest. 'Het is groot genoeg. Er zijn ook meerdere vuurplaatsen.' Er kraakte iets onheilspellend en Kjelle sprong achteruit.

De paladijn grijnsde.

Harald kwam nog altijd handenwrijvend terug. 'Het lijkt niet erg veelbelovend, maar geef me een tiendag en dan is het zo goed als nieuw. Het grootste deel van de muren is prima in orde en er is in het bos materiaal genoeg om wat verrot is te vervangen.'

Kjelle zuchtte diep. 'Goed. Zet de mensen aan het werk, voorman.'

De oude man salueerde. Hij wendde zich tot de Eidungruves buiten. 'We hebben een nieuw tijdelijk onderkomen te herstellen, dus luister goed naar wat je taak is.' Hij riep namen. Een ploeg om de plaats op te ruimen, een andere om nieuwe palen te maken, een derde om de rotte delen van de palissade te verwijderen.

Iedere man en vrouw die opgenoemd werd, zette de persoonlijke bezittingen aan de kant en toog aan het werk.

Kjelle zag Jarrol een gat graven voor een nieuwe paal. 'Het is goed om iets te doen, heer,' zei de man. 'Die lege dagen sloopten me.'

'Ik beloof je: geen lege dagen meer, vriend,' zei Kjelle.

Siga hield toezicht op het uitmesten van de kookplaats.

'Als je Birthe zoekt, ze is op jacht. Er zijn herten in de buurt; ik heb wel zin in een mooi stukje hertenvlees.' Haar lach was schel. Kjelle keek naar haar doffe ogen en bedacht hoe ze vóór de lawine was geweest. Met een ruk draaide hij zich om naar Ajkell. 'Laten we de omgeving verkennen.'

Het pad kruiste de rivier bij de voorde, een doorwaadbare plaats waar het water maar tot halverwege de knieën kwam, en hier reden ze naar de andere kant.

Het was stil tussen de bomen. Er stond nauwelijks wind en slechts af en toe klonk er de roep van een vogel. Het pad was smal en moeilijk begaanbaar door de vele bramenranken en laaghangende takken, een teken dat er lang geen mensen waren geweest. Het wemelde er van de konijnen en Kjelle nam zich voor dat aan Birthe te vertellen.

Na een half uur kwamen ze bij een omgevallen boom die verdergaan onmogelijk maakte.

'Einde van de weg,' zei Kjelle. 'Hier krijgen we de paarden niet voorbij. We kunnen beter teruggaan.'

'Wacht,' zei Ajkell. 'Ik zie gras. Er moet daar een open plek zijn. Laten we nog even gaan kijken.'

Ze bonden de paarden aan een boom en klommen over de overwoekerde stam. Kjelle droeg een broek die hem tegen de dooreengegroeide braamstruiken beschermde, maar Ajkells benen waren bloot, op de oude berserker wijze. Er verschenen rode patronen op zijn huid en bloed druppelde omlaag in zijn laarzen. De beerkrijger lette niet op de krassen. Iets had zijn aandacht gevangen en hij leek Kjelle vergeten te zijn toen hij langs de bosrand naar voren sloop. De theynling haastte zich achter hem aan, nieuwsgierig naar wat de beerkrijger had gealarmeerd. Toen sprong Ajkell boven op hem en duwde hem omlaag in de stekelige ranken. Een harde hand smoorde Kjelles kreet. De beerkrijger wees met zijn hoofd en Kjelles adem bevroor in zijn keel.

In het midden van de open plek was een lage heuvel met een kopie van hun eigen ringborg, alleen beter onderhouden. Maar het meest alarmerend waren de mannen die op roepafstand hun boogschieten oefenden. Fynni! Hete woede laaide op in zijn hart. Ze droegen dezelfde leren uniformen als de mannen die ze in Eidungruve hadden gedood, ze hadden dezelfde wrede merktekens op hun gezichten en ze spraken in dezelfde harde, vreemde taal. Wat deden die beesten hier, zo ver van de Norden vandaan?

Langzaam maakte de blinde furie plaats voor een koude haat. Hij draaide zijn hoofd naar Ajkell en zag hoe de beerkrijger hem schattend opnam.

'Later,' zeiden zijn lippen.

Kjelle knikte. Hij kroop dieper weg tussen de braamstruiken en bestudeerde de Fynni, hun gedrag en de kwaliteit van hun schieten.

Het duurde een uur - een pijnlijk, koud uur - voordat de boogschutters klaar waren met hun oefeningen en de twee konden ontsnappen. Terwijl ze zich naar de paarden terug haastten, zorgden ze ervoor geen sporen achter te laten. Nadat ze over de omgevallen boom geklommen waren, herschikte Ajkell de braamstruiken voordat ze vertrokken.

'Dat was goed gedaan,' zei hij zacht. 'Het is nooit gemakkelijk voor een krijger om je furie onder controle te krijgen.'

Kjelle knikte, blij verrast met het compliment.

Weer aan hun eigen kant, riep Kjelle zijn staf bij zich. Birthe was net terug met haar jachtploeg.

'Je bent aan deze kant van de rivier gebleven?' vroeg Kjelle vanuit de schaduw. Het meisje knikte en veegde haar bebloede handen af aan een oude doek. 'Waarom?'

'Problemen,' zei hij, terwijl hij van haar naar de anderen keek. 'Ajkell en ik zijn zojuist de overkant van de rivier gaan verkennen. Het pad gaat er naar het noordwesten. Op een half uur gaans van de oversteek is een wegversperring, een omgevallen boom. Daar voorbij is een groot open veld met een ringborg net als de onze.' Hij haalde diep adem en zijn handen trilden in woede. 'Fynni!' Zijn stem was een snauw en in een reflex greep Birthe zijn arm beet.

'Hebben ze je gezien?' vroeg het meisje ongerust, maar Ajkell schudde zijn hoofd.

'We waren erg voorzichtig. De sporen van onze paarden eindigden bij de barricade en keerden daar om.'

Kjelle hief zijn vuisten naar zijn schouders. 'Ze vinden ons, zoveel is zeker. Maar wij zijn Nords, en geen Nord zal een gevecht uit de weg gaan. Maar we zijn slecht voorbereid, getraind en bewapend. We moeten opschieten met de palissade. We moeten wapens hebben, knuppels voor wie zelf geen wapen heeft, bogen als er goed hout beschikbaar is, en speren.'

'Ik kan vast beginnen met de bogen,' zei Birthe.

'Als je me een moment wilt excuseren,' zei dame Valiantrude. 'Ik ga even een wachtpost naar de overkant van de rivier sturen.'

Kjelle keek haar aan. 'Verstandig idee.' Hij keek om zich heen. 'Nog één ding, vertellen wij het de mensen?'

'Ja,' zei Harald. 'Ze moeten het weten. We hebben samen een slechte tijd gehad, maar we krabbelen weer overeind. Vertel het ze.'

'Mee eens,' zei de paladijn over haar schouder voordat ze de deur uit liep, en de anderen knikten.

'Goed, ik zal het ze na de avondmaaltijd zeggen.' Hij stond op en stapte in het licht.

Birthe staarde hem aan. 'Wat heb je met je gezicht gedaan? Het zit vol krassen.'

'Bramen,' zei Kjelle. 'We moesten ons snel verstoppen.'

'Jeuken ze niet?'

'Jawel.'

'Waarom heb je dat dan niet gezegd?' Ze trok hem mee naar de kookruimte. Uit haar tas nam ze een kleine pot zalf en wreef het spul in de krassen.

Kjelle siste. 'Het prikt!'

'Tuurlijk prikt het.' Toen stapte ze achteruit. 'Klaar, heer; alles schoon en glimmend.'

'Je hebt mijn dank, meid,' zei Kjelle met een stalen gezicht.

Birthe liep rood aan. 'Ik ben je meid niet, man.'

Kjelle glimlachte. 'Ik weet het. Je bent Búi's meisje.'

Ze ontspande zich. 'Ja. Het is tijd voor zijn eten. Ik maak die melk niet voor niets.'

De palissade groeide snel. Met de dreiging van een vijandelijke aanval in het vooruitzicht werkten de Eidungruves nog harder dan voorheen. Op de derde dag was het grootste deel van de palissade klaar, op de poort na. De grote deur leunde tegen zijn post, maar Zon was vertrokken en Harald vond het te donker om de deur nog te plaatsen.

'Dat doen we morgen als eerste,' zei hij. 'Voor die klus hebben we daglicht nodig.'

'Goed,' zei Kjelle. 'Maar wel zo vroeg als je kunt.'

De volgende ochtend werd Kjelle gewekt door het schreeuwen van de wachter bij de voorde. Hij zag hoe de man door het opspattende water rende en toen neerviel met een pijl in zijn rug.

'Te wapen!' riep Kjelle, terwijl hij zijn mensen wakker schopte. 'Te wapen!' Het hielp dat ze nog in de open lucht sliepen, want ze waren allemaal aangekleed, en Kjelles urgentie verdreef ieder spoor van slaapdronkenheid.

'Verdomme,' zei Birthe, terwijl ze haar boog spande. 'We hadden een tweede man bij de ingang moeten hebben.'

Kjelle gaf geen antwoord, maar hij wist dat ze gelijk had. Hij haastte zich naar de poortopening en zag de vijand aankomen. Tot zijn verbazing telde hij er maar twintig. Maar het leken stuk voor stuk grote kerels, gehard en gevaarlijk, onder leiding van een vent met net zo'n wolfskop muts als Rannars man Swinne bij Belisheim had gedragen. In een opwelling zei hij: 'Geef het door, boogschutters doden die vent in de wolfshuid eerst.'

'Ga opzij,' zei Birthe. Ze had haar boog gereed en keek zowel boos als geconcentreerd. Gehoorzaam deed Kjelle een paar passen naar links.

De wolfskop stopte en riep iets. Toen hief hij zijn rechterarm en schreeuwde, wijzend op de vesting. Op hetzelfde ogenblik liet Birthe haar pijl vliegen en doorboorde zijn keel. Drie andere pijlen, vrijwel op hetzelfde moment als de hare afgeschoten, plantten zich in zijn borst. Zijn schreeuw stierf weg toen hij achterwaarts tegen de grond sloeg. Een hartslag lang gaapten de Fynni naar hun dode leider, toen velde Birthe de man die het dichtst bij hem stond.

Een aantal Fynni schoot terug, maar hun pijlen misten elk doel en Birthe lachte spottend.

'Erop af!' Kjelle schreeuwde en leidde zijn volk naar buiten. Alleen de schutters bleven achter.

Net zoals de jagers bij Eidungruve, verloren de Fynni hun zelfvertrouwen. Ieder van hen vocht, maar het vuur had hen verlaten en één voor één stierven ze. De laatsten probeerden weg te rennen.

'Nu, boogschutters!' schreeuwde Birthe vanaf de palissade. 'Laat ze niet ontsnappen.'

Even later waren alle Fynni dood.

'Goed gedaan! Oh, goed gedaan!' riep Kjelle en hij omarmde de dichtstbijzijnde van zijn krijgers. Hij rende terug naar het fort en keek om zich heen. 'Birthe! Je boogschutters waren geweldig.' Toen zag hij haar, naast het kookvuur buiten het onvoltooide langhuis. Ze zat op haar knieën bij Siga, huilde en wiegde kleine Búi. Hij zonk naast haar neer. 'Wat is er gebeurd?' Birthes gezicht was een masker van betraande pijn. 'Ze schoten op mij en doodden hem. Oh goden, ze hebben mijn zoon vermoord.'

'Siga knuffelde de baby zoals ze vaak deed,' zei een van de vrouwen. 'Toen kwam de pijl. Het gebeurde zo snel.'

'Oude Siga was niet gewond, maar ze stierf toch,' voegde een andere vrouw toe. 'Haar hart moet gestopt zijn.'

Kjelle knielde naast het meisje neer en hield haar en het dode kind dicht tegen zich aan. 'Het spijt me,' zei hij onhandig. 'Het spijt me zo vreselijk.'

Birthe draaide haar hoofd naar hem toe, haar ogen wild. 'Ik hoef geen spijt. Wraak! Ga en doodt ze allemaal. Allemaal, voor mijn Búi.'

'Dat zullen we, ik beloof het. Maar we moeten eerst een plan hebben.'

Het meisje snauwde. 'Wees nu geen lafaard, Kjelle Almansen. Ga en maak ze dood.'

Hij schudde zijn hoofd koppig. 'Die vesting van hen is sterk. We moeten een manier vinden om hun verdediging te doorbreken. Hoe komen we binnen?'

'Vuur?' zei de beerkrijger van achter hem. 'Hun huis heeft een rieten dak en het is al een zevendag droog geweest.'

'Kunnen we brandpijlen maken?'

Birthe knikte, haar ogen groot en wreed. 'Met gemak.'

Kjelle dacht na. 'Hoe steken we ze aan?'

'We moeten tondels hebben.'

'Dat gaat te langzaam. Hoe kunnen we gloeiende kolen meenemen?' Kjelles blik viel op de drinkhoorn aan Ajkells riem. Hij greep ernaar. 'Hierin. Een koeienhoorn zal niet branden. We kunnen er kooltjes in doen om de pijlen mee aan te steken. Vanavond vallen we aan, in het donker.

Waarschuw iedereen; verzamel een aantal hoorns en zet mensen aan het maken van pijlen.'

'Hoe zit het met de doden?' vroeg dame Valiantrude.

'Hoeveel zijn het er?

De paladijn beet op haar lip. 'Drie mannen. Dat is inclusief de wachtpost bij de rivier.'

Vijf doden uit hun kleine stam. Hij knerste zijn tanden. 'We zullen onze eigen doden verbranden wanneer we klaar zijn. De Fynni begraven we.'

'Laat ze wegrotten!' zei Birthe met opeengeklemde kaken. 'We willen geen wolven aantrekken.'

Het meisje gromde. Ze werkte zich los uit Kjelles armen en stond op. 'Laat me alleen.' Ze ging aan de achterkant van de nederzetting tegen de muur zitten en wiegde de dode baby in haar armen.

De rest van de dag ging voorbij in een storm van actie. Er werden nieuwe wachtposten geplaatst, verkenners uitgezonden, bossen nieuwe pijlen gemaakt, drinkhoorns getest met gloeiende kolen en de poort werd in zijn omlijsting gehangen. Toen eindelijk de duisternis viel, verzamelden alle weerbare Eidungruves zich bij de doorwaadbare plaats.

'Ze zullen geen nachtaanval verwachten,' zei Kjelle. 'Zeker niet direct na hun poging. Boogschutters, op jullie is onze hoop gevestigd. Richt op het strodak en laat iedere vlammende pijl tellen. We gaan in stilte, mijn broeders en zusters, en doden die verraderlijke beesten. Voor Alman en Eidungruve!' Hij zag Birthe, boog in de hand, haar gezicht bleek en vastberaden. Zijn ogen gingen naar Búi's rugzak en ze staarde ijzig terug.

'Je neemt hem mee?'

Ze liet haar tanden zien. 'Ik wil hem tonen hoe we zijn moordenaars verbranden. Ik wil dat hij weet dat we hem gewroken hebben.'

Kjelle knikte. 'Goed.' Toen liep hij het koude water in en waadde naar de andere kant.

Bij de omgevallen boom ontmoetten ze hun verkenners. 'Ze hadden twee uitkijkposten,' fluisterde de oudste. 'Nu niet meer.'

'Prima werk,' zei Kjelle.

'Dan blijft alleen de man op de wachttoren over,' zei de jongere. 'Geen van ons tweeën schiet goed genoeg om hem naar beneden te halen.'

'Dat doe ik wel.' Birthe greep haar boog.

'Je handen trillen niet?' vroeg Kjelle.

'Mijn handen trillen nooit.'

Kjelle raakte haar wang aan en ze vertrok geen spier. 'Doe het dan, jagermeester.'

Ze glipte weg in de duisternis en even later hoorde hij haar boogpees zingen, binnen twee hartslagen gevolgd door de zachte plof van een lichaam dat de grond raakt. Iemand opende de deur in de vijandelijke barak en het licht van de vele lampen scheen het donker in. Kjelle vloekte zachtjes en bedekte zijn ogen. Maar blijkbaar was degene die naar buiten keek gerustgesteld, want het licht verdween weer. De theynling zuchtte onhoorbaar. 'Boogschutters, ontsteek je pijlen. Pijlendragers, maak de volgende pijl gereed. Alle anderen, kijk een andere kant uit, opdat je je nachtzicht niet kwijtraakt.'

De meeste kolen gloeiden nog en tweemaal tien pijlen vlamden op. Twintig gloeiende sporen snelden door de nacht en beten in het riet. De pijlendragers gaven hun schachten door en staken de volgende aan. Vlammen speelden over het dak zoals de lichtalven dansen in een open veld. Meer en meer sprongen op, totdat ineens met een brul de vlammen door het hout sloegen. Het regende vurig stro en in gedachten zag Kjelle de paniek binnen. Brandende kleding, muren en meubels, en daar doorheen de kreten van pijn en schok. Hij schudde zijn hoofd om de beelden kwijt te raken, maar het gegil was echt. De houten wanden brandden snel en veranderden de veilige vesting in een val. Toen barstte de deur open en mannen struikelden naar buiten.

'Schiet ze neer!' De boogschutters gingen over op gewone pijlen en losten ze naar de vijand. Kjelle rende naar voren, gevolgd door zijn volk. De strijd was snel over en algauw klonk alleen nog het geknetter van het vuur.

'Je bent gewroken, mijn zoon,' zei Birthe, terwijl de tranen over haar gezicht stroomden. Ze staarde naar de vlammen. Kjelle stond aan haar zijde en voelde de hitte van de brandende vesting op zijn huid. Hij raakte Birthes schouder aan en ze klampte zich vast aan zijn arm zonder haar hoofd om te draaien. 'Nu ben ik ze allemaal kwijt. Alleen ik ben nog over. Waarom, goden?'

Kjelle had geen antwoord en wist dat ze toch niet zou luisteren. Hij hield haar vast terwijl ze huilde.

'We zijn hier klaar,' zei dame Valiantrude in zijn oor. 'We kunnen bij daglicht wel zien wat ervan overbleef.' Ze keek naar Birthe en zei zachtjes: 'Het was een grote overwinning. We hebben geen nieuwe verliezen geleden. Je verraste ze volledig.'

Kjelle grimaste. 'Ze onderschatten ons. Ze dachten dat we gedemoraliseerd waren. Alle goden, dat zijn we niet!' Terwijl hij Birthe dicht tegen zich aan drukte, schreeuwde hij: 'Wij zijn Nords en we zullen vechten.'

Zijn volk juichte toen hij Birthe terugleidde naar de weg en hun fort aan de overkant van de rivier.

De volgende dag bouwden ze een enorme brandstapel voor de drie mannen die gedood waren in de eerste aanval, voor Siga en voor Búi met de Blauwe Ogen. Kjelle prees de krijgers, reciteerde zo veel van hun voorouders als hij wist en vertelde de goden van hun glorieuze dood. Van Siga noemde hij haar wijsheid, de manier waarop ze het dagelijkse leven in Eidungruve had geregeld en hoe ze de overlevenden langs de ghasts had gezongen. En als laatste, de kleine bundel bontvellen boven op de stapel. 'Dit is Búi,' zei hij. 'De dapperste van alle baby's. Hij schreeuwde nooit op het verkeerde moment. Hij overleefde sneeuwstormen, kolkende zeeën en maanden van reizen, om hier door een boze pijl de dood te vinden. Als kinderen een plaats hadden in Walhalla, dan zou Odin zelf hem komen halen. Moge hij voor altijd gelukkig zijn in Hels huis.'

Birthe hief een klaagzang aan die hun haren ten berge deed rijzen toen Kjelle de brandende fakkel diep in de stapel stak. Vlammen beten in de laag aanmaakhout en al snel brulde hun honger naar meer. Het meisje zong tot alles verteerd was en toen de laatste vurige tongen stierven, viel ze uitgeput in slaap.

Na nog een zevendag was de herbouw van hun vesting klaar. Kjelle noemde het Almansvoorde, als eerbetoon aan zijn vader. Diezelfde dag bracht een boodschapper van jarl Dettrich een antwoord op zijn verslag van hun overwinning op de Fynni. Tot ieders tevredenheid bevestigde de jarl Kjelle als theyn van Eidungruve. Hij had ook een waarschuwing toegevoegd: Vulf kwam naar het zuiden. Men had hem in de Ardennen gezien terwijl hij in min of meer zuidwestelijke richting trok. *Het idee dat Vulf op weg zou zijn naar Rhemes is te buitensporig om geloofwaardig te zijn, maar wees je hoede,* schreef Dettrich.

'Hij komt hierheen,' zei Birthe. Haar gezicht was bleek, haar hele lichaam gespannen als haar eigen boogpees. Vanonder ongekamd haar keken haar ogen boos en hopeloos. Kjelle wilde haar in zijn armen nemen, haar vasthouden en beschermen, een gevoel dat hij nog nooit voor een meisje had gehad. Hij deed het niet; beducht voor haar nauwelijks beheerste woede.

'Waarom hier?' vroeg Valiantrude.

Birthe haalde haar schouders op. 'Ik weet het gewoon,' zei ze ruw.

'Misschien komt hij voor de mannen die we gedood hebben?' Elbrich duwde zijn helm naar achteren om naar hen op te kijken. Het was een vreemd ding, die helm. Hij leek op een omgekeerd bord. Hij had hem zelf gemaakt en droeg hem sinds de eerste aanval.

Kjelle knipperde met zijn ogen. 'Je zou wel eens gelijk kunnen hebben,' zei hij. 'Als hij bezig is troepen voor iets te verzamelen...'

'Hij zal niet blij zijn om zijn mannen dood te vinden.' De kleine smid huiverde. 'Ik heb meer ijzer nodig om wapens te maken en pijlpunten.'

'Waar halen we dat vandaan?'

'Doorzoek de uitgebrande Fynni veste. Ik kan het grootste deel van het ijzer omsmelten.'

'Morgen,' zei Kjelle.

HOOFDSTUK 9 – THEYN

Tuuri keek naar de brandende boerderij. 'Was het 't waard?' Tarkynn Vulf keerde zich naar hem toe, zijn magere gezicht bleek van woede. 'Natuurlijk! We hebben voedsel, de mannen hebben kunnen plunderen en...'

'Je verloor nog eens drie krijgers.'

'Nou en?' Vulf spuwde in het vuur. 'Ik heb er nog vijfendertig over. Dat is genoeg om één man te vangen, ook al is hij de Shardheld.' Hij keek naar zijn mannen. 'Het kan ze niet verdommen wie er doodgaat. Ze zijn dieren, niet gewend om te denken. Wanneer deze taak is volbracht en Rev ons toestaat om naar huis te gaan, moet ik ze hoe dan ook doden. Ze zijn verpest; ik kan ze niet mee terugnemen, ze zouden waanzinnig worden.'

'En dat is de Fynni manier?'

Vulf gaf een blaffende lach. 'Je begint het te leren.'

Bij Ullr, dacht Tuuri. *Ik begin het te leren. Hoe gestoord jullie allemaal zijn. Je bent ongedierte. Net als zieke ratten, bederven jullie alles wat je aanraakt.* 'Vertel me over Rev.'

Het was vijf zevendagen na hun vertrek uit Eidungruve. Vijf zevendagen van geforceerde marsen, honger, terreur en de onverzadigbare bloeddorst van de Fynni. Achter hen lagen een spoor van moorden, geplunderde dorpen en afgebrande boerderijen zoals deze laatste. Dagen waarin Vulf hem vertelde van de glorie een Fynni te zijn, van hun beschaving, van de vier goden die zij aanbaden. Nu voor het eerst had de tarkynn een naam genoemd – een naam die Tuuri kende als jarl Rannars voornaamste adviseur.

'Rev? Hij is de machtigste van ons allen. De Sa'amaniman, de spreker namens de goden. Je kent hem als Rannars raadgever.' Onverwachts lachte Vulf, alsof hij iets komisch aan zijn woorden vond. 'Je arme meester weet niet wat hij zich op de hals heeft gehaald. Rev dient niet, jongen. Hij leidt, in het geheim, listig. Dat is zijn grootste kracht,

Fynnikin.' Hij draaide zich om naar zijn mannen. 'Op, op, luie varkens. We gaan verder.'

De volgende dag verruilden ze de vruchtbare landbouwgronden voor de gevaarlijke route door de Ardennen, de beboste bergen die toegang gaven tot Gallië. Dit was ander land dan Tuuri gewend was. De bergen van de Norden waren hoog en voor het grootste deel ontoegankelijk. Deze waren veel lager, maar steil, en de paden verraderlijk smal.

'Waar gaan we nu heen?' vroeg hij, terwijl hij Vulf volgde door een snelle beek. Achter hen sjokten de vijfendertig mannen, zonder ooit te klagen, als een lange rij koeien.

Een moment lang bleef Vulf stil. 'Ildr's vesting,' zei hij ten slotte. Hij stopte en keek naar Tuuri. 'Zie je, ik nam je advies ter harte. Ik heb meer mannen nodig. Ildr is een kleine hoofdman en zijn eenheid is groter dan hij nodig heeft. Hij werd naar Gallië gestuurd om Rhemes te bespioneren en om op te treden als een veilig huis voor agenten die naar het zuiden reizen. Hij kan dat met de helft van zijn huidige sterkte ook doen. Dat moet ons nog eens twintig stuks strijdvee opleveren. Tevreden, Fynnikin?'

Tuuri gromde. Hij gaf geen barst om de mannen of deze hele idiote expeditie. Hij wou dat hij thuis was, in Westhal, of overal elders dan hier. Vulf moet zijn reactie hebben begrepen, want hij lachte zachtjes. 'Dappere Fynnikin,' zei hij spottend.

'We hebben nog meer ijzer nodig,' zei Elbrich. Hij keek naar Kjelle. 'Ik weet waar we wapens kunnen krijgen. Heel goede wapens. Maar het gaat je wat kosten.'

'Ik heb niet veel geld,' zei Kjelle.

Elbrich glimlachte. 'Goud is niet van belang voor een Niflunger. We weten waar we het kunnen vinden als we meer willen hebben.'

'Wat kost het dan wel?'

'Mijn volk wil naar huis gaan. Regel dat we terug kunnen naar de Norden en ik kan wapens voor je krijgen.'

Kjelle dacht. 'Ik weet zeker dat prins Ottil het ermee eens zal zijn,' zei hij. 'En zo niet, dan ben ik nog altijd theyn van Eidungruve. Wij hebben een zilvermijn. Ik kan jullie gastvrijheid bieden, als jouw mensen de mijn beheren.'

'Klinkt redelijk,' zei Elbrich. 'Laten we eens kijken wat Arkenhapt erover zegt. Ze is de meester van de Wedererberg. Zeg maar het clanhoofd.

'Een vrouw als clanhoofd?' vroeg Ajkell.

De jonge smid glimlachte. 'Je zult het vreemd vinden, maar wij Niflunger zien geen verschil tussen vrouwen en mannen – niet als werknemers.'

'Hoe komen we in contact met deze meester Arkenhapt?' vroeg Kjelle.

'Je gebruikt alleen haar naam,' zei Elbrich. 'Meester is een baan, geen titel. Er is maar één manier – je moet erheen. Ze zal je willen zien, uit je eigen mond horen wat je te bieden hebt en zelf kunnen beoordelen hoe betrouwbaar je bent.'

'Ik kan niet lang wegblijven,' zei Kjelle. 'Ik moet hier zijn als Vulf komt.'

'Het is ongeveer zes dagen met paard en kar. Twee zevendagen heen en terug.'

Kjelle keek naar zijn medewerkers.

'We hebben wapens nodig,' zei dame Valiantrude. 'Het duurt nog zeker een maand voordat Vulf hier is. Als je opschiet ben je ruim op tijd terug om hem verrot te slaan.'

Kjelle grinnikte om haar taalgebruik. Nu ze terug was in een militaire positie verloor ze snel haar paladijnse zedigheid.

'Natuurlijk gaan we,' zei Birthe dreigend. 'Jij, ik, Elbrich en tien mannen. Göll Haldisdottr kan mijn plaats als jagermeester overnemen. Ze is toe aan promotie. Regel het, we vertrekken morgen.'

Niemand lachte om haar woorden. Haar stemmingen waren broos, met afwisselend vlagen van woede en wanhoop. Kjelle zag de pijn achter haar uitbarstingen en knikte. 'Je hebt gelijk. Tien mannen en de kar, we vertrekken bij zonsopgang.' Hij keek naar Ajkell. 'Help jij Valiantrude?' De beerkrijger aarzelde. Het was duidelijk dat hij met Kjelle mee wilde, maar toen keek hij naar de paladijn. 'Natuurlijk. Wij zorgen wel dat je nog een fort hebt om naar terug te keren.'
'Dat zou ik op prijs stellen,' zei Kjelle.

De eerste nacht onderweg, in de kleine tent die hij met Birthe deelde, werd hij gewekt door haar huilen. Hij strekte zijn arm uit en voelde haar beven.
'Ik ben bang,' zei ze door haar tranen heen. 'Ze zijn allemaal weg. Zelfs Búi. Ik ben nu alleen, helemaal alleen. Wat moet ik doen?'
'Je bent niet alleen,' zei Kjelle, terwijl hij haar schouder beetpakte. 'Je hebt Almansvoorde, ons allemaal. Je hebt mij.'
Met een grauw rolde ze boven op hem. 'Je staat aan mijn kant? Bewijs het me.' Ze sloeg haar armen om Kjelle heen en draaide zodat hij boven op haar lag. 'Neem me,' zei ze hees. 'Bewijs me dat je hier bij me bent. Neem me, snel.'
'Maar...' Kjelle, die zichzelf ooit als een groot minnaar had beschouwd, aarzelde. Birthe was niet zomaar een meisje; ze was een vertrouwde vriend. Toen ontblootte ze haar borsten, nog steeds groot met melk, terwijl haar verlangende mond de zijne vond, en gaf hij zich over. Ze ontving hem kreunend en huilend, met een urgentie die geen van zijn vroegere veroveringen had getoond. Later lag ze uitgeput in zijn armen en sliep. Terwijl hij haar vasthield en zachtjes door het haar streelde, staarde hij naar de sterren die langs de tentflappen naar binnen gluurden, en probeerde na te denken. Hij begreep niet wat er net gebeurd was. Birthe had hem nodig gehad. Dat had nog nooit iemand.

De volgende ochtend werd Kjelle wakker in een lege tent. Snel trok hij zijn laarzen aan en ging naar buiten. Het was nog vroeg en er hing een lage mist over het land. Hij knikte naar de vrouw die de laatste wacht had.

'Het was een rustige nacht,' meldde ze.

'Des te beter,' zei Kjelle. 'Je kunt nog een uurtje platgaan; ik blijf hier.' Hij voelde aan de as van het vuur van gisteravond. Het was koud en hij begon hout te verzamelen om het weer aan te steken. Een half uur later brandde het en hij warmde zijn stijve vingers. Het geluid van brekende takken waarschuwde hem en zijn hand ging naar zijn mes, maar het was Birthe, met een half dozijn patrijzen. Ze keek of sprak niet, maar hing de dode vogels met de kop omlaag aan haar zadel.

'Je was al vroeg op,' zei Kjelle.

Ze knikte alleen.

'Dat zijn mooie patrijzen. Waar heb je ze gevonden?'

Het meisje verstijfde. 'Ik... ik...' Ze draaide zich met een vuurrood gezicht om. 'Het spijt me van gisteravond. Het voelt alsof ik je verkracht heb. 'k Weet niet wat er gebeurde. Ik voelde me zo verdomd eenzaam en... en....'

Kjelle greep haar arm en trok haar naast zich op de grond. 'Luister, neem jezelf niets kwalijk. Er is niets gebeurd dat ik niet aankon. Je moet weten dat je niet alleen bent. En weet je wat? Ik vond het fijn gisteravond. Je was verdomd goed.' Toen kuste hij haar. Even probeerde ze hem weg te duwen, maar toen ontspande ze zich.

'Verdomme,' zei ze. 'Ik huil weer.' Ze glipte uit zijn greep en stond op. 'We hebben voedsel nodig.' En met een blik op de hemel: 'Het is al over vijven.'

Kjelle grinnikte. 'Tijd in overvloed, meid.'

'Meid!' Ze verstijfde en draaide zich naar hem om. Toen grinnikte ze. 'Die had ik kunnen verwachten.'

Overdag reden ze; 's nachts bedreven ze de liefde tot zelfs de meest simpele krijgers wisten wat er gaande was tussen hun theyn en de völva. Afgezien van een enkele besmuikte glimlach waren ze discreet en hielden hun mond.

De dagen gingen voorbij, de bergen in de verte kwamen dichter en het land werd hoger. Op de zesde dag kwamen ze door een brede, met gras begroeide vallei. Elbrich kwam naast Kjelle rijden. 'Zie je dat pad de berg op gaan? Het begint pal naast dat grote rotsblok.'

Kjelle tuurde naar de berghelling. 'Ja, ik zie iets dat lijkt op een spoor.'

De jonge smid knikte. 'Het leidt rechtstreeks naar de hoofdpoort.' Hij keek naar Kjelle en zei nadrukkelijk: 'Denk eraan, als we eenmaal binnen zijn moet je je inhouden. Geen strelen en kussen; dat zou je kansen verpesten.'

Wederers poorten waren groot en zwaar, gemaakt van een donkere metaalsoort die Elbrich weigerde te benoemen. 'Het is bijna onverwoestbaar,' zei hij. 'Zodra de deuren gesloten zijn, krijgt geen mens ze meer open.'

Toen ze naderbij kwamen stapte een gewapende wachter naar voren, en ze hielden halt.

'Waar komt u voor?'

Elbrich boog uit het zadel. 'Ik ben meestersmid Elbrich van de Zilverberg. Bij mij zijn theyn Kjelle van Eidungruve en de völva Birthe. Wij hebben een voorstel voor meester Arkenhapt.'

De wachter twijfelde. 'Arkenhapt is niet erg geïnteresseerd in wat dan ook op dit moment. Enkele van onze strijders werden gisteren in een hinderlaag gelokt en gedood door Fynni. Een van hen was haar dochter.'

'Fynni?' zei Kjelle scherp. 'Hier in de buurt?'

'Een kleine groep van hen verschanst zich aan de andere kant van de brug naar de volgende berg. We denken dat het verspieders zijn. De wachtmeester is bezig een tegenaanval te organiseren. De vijand heeft zich verscholen voorbij een smalle brug, dus zoekt hij boogschutters. Het probleem is, dat onze mensen korte bogen gebruiken; hun pijlen komen niet over de kloof heen. Dat maakt de brug een dodelijke val.'

Kjelle keek Birthe. 'Ik...'

'Natuurlijk,' zei Birthe. 'We hebben zes langboogschutters beschikbaar, en ikzelf.'

'U wilt met ons mee vechten?' De wachter staarde naar hen.

'Nou, dat is ongewoon vriendelijk. Volgt u mij.'

Ze stegen af en gaven de kar en hun paarden over aan een andere krijger.

De wachtmeester was een breedgebouwde man met een krijgshaftig voorkomen.

'U biedt uw diensten aan?' vroeg hij fronsend. 'We hebben niet veel te maken met andere volkeren, dus waarom zou u ons helpen?'

'Wij haten Fynni,' zei Kjelle. 'Ze lopen het noorden onder de voet; ze hebben mijn mensen vermoord en het zoontje van mijn völva gedood. Dat is lang niet alles, maar het is genoeg om mee te beginnen. Ik heb zes schutters en de völva is een jagermeester.'

De wachtmeester wendde zich tot Elbrich. 'Jij bent een van ons. Sta je in voor deze Nords?'

'Ja,' zei de jonge meestersmid. 'Ze hebben mijn leven en mijn eer gered. Ik werk en leef onder hen en zij zijn het vertrouwen waard.'

'Nou, ik heb langboogschutters nodig, dus dit aanbod is te mooi om af te slaan. Op voorspraak van de meestersmid bent u van harte welkom.' De wachtmeester stak zijn hand uit. 'Ik ben Welddich, verantwoordelijk voor de verdediging van Wederer. Raar idee om door een stel Nords geholpen te worden.' Hij draaide zich om en riep naar de andere krijger: 'Het gaat gebeuren; laat de aanvallers verzamelen bij de hoge overgang.' En tegen Kjelle: 'Volg mij. Het is een beetje een klim.'

De doorgang bracht hen naar een smalle trap die hoger en hoger leidde, alsof ze naar de top van de berg gingen. De Eidungruves waren in goede conditie, maar het klimmen was zwaar en ademhalen moeilijker. Alleen kleine Elbrich liep alsof het een wandeling in het park was.

Ten slotte bereikten ze een tweede, kleinere poort, die opende naar een panorama van besneeuwde bergen en diepe kloven. Hier werden ze opgewacht door Welddichs groep van een twintigtal krijgers, mannen en vrouwen eender gekleed in zwaar ogende pantsers, met helmen net als die van Elbrich op hun haarloze hoofden, en bewapend met een verscheidenheid aan wapens.

'Wie zijn dat?' vroeg een massief gebouwde krijger.

'Nords? Ben je gek, wachtmeester?'

'Ze hebben het lange bereik dat wij missen, Kremmendor. Houd verder allemaal je kop dicht en laten we gaan.' Hij draaide zich naar Kjelle. 'Let niet op die kerel, hij is altijd al een chagrijnige klootzak geweest. Hij is Arkenhapts neef en dat is 'm naar z'n hoofd gestegen. Hij is goed in een gevecht, dat wel.'

Ze volgden het pad dat hen naar een smalle brug over een diepe kloof voerde. Hier toonden achtergebleven wapens en met bloed bevlekte rotsen waar krijgers waren gesneuveld.

Welddich wees naar de andere kant. 'Achter die paarsachtige rotspunt is hun kamp.'

De woorden waren zijn mond nog niet uit of Birthes pijl stak de kloof over en een donkere figuur viel schreeuwend in de diepte.

'Je zult geen baby's meer doden!' riep ze. 'Boogschutters, je zag wat ik deed. Zorg dat ieder schot telt.'

De Niflunger krijgers renden over de smalle brug. Een Fynni pijl raakte één van hen en sloeg hem over de rand. Twee, drie bogen zongen en de vijandelijke boogschutter volgde de Niflunger tot zijn dood op de rotsen.

Kjelle zag een boog over de afgrond heen naar hen wijzen. 'Pas op!' riep hij en instinctief duwde hij Birthe opzij. De wereld ontplofte in zijn hoofd en hij voelde zich in het niets storten.

'Hij heeft erg veel geluk gehad,' zei de heelmeester. 'De Nornen moeten hem echt aardig vinden.'

'En je hebt schitterende reflexen, jagermeester,' zei Welddich. 'Als je hem niet achteruit had getrokken, zou hij nu op de bodem van de kloof liggen.'

'Wanneer is hij in staat om te reizen?' Birthes zenuwen waren gespannen terwijl ze naar Kjelles bewusteloze lichaam keek. Ze probeerde de kalmerende woorden die Asgisla haar had geleerd en ze hielpen een beetje. 'We verwachten een Fynni aanval op onze vesting en hij moet dan terug zijn.'

De heelmeester legde zijn vingers op Kjelles slapen en leek te luisteren. 'De schade van die pijl is te verwaarlozen. Toen die van de rotswand terugkaatste, had hij al veel kracht verloren. De wond boven zijn oor zal een mooi litteken geven, maar daar blijf het bij. Zijn probleem is de hersenschudding. Hij sloeg met de achterkant van zijn hoofd tegen de rots voordat hij voorover viel. Praktiseert u meevoelend herstel, völva?'

Birthe dwong zichzelf naar hem te kijken. 'Ik ben niet zo'n genezer,' gaf ze toe. 'Ik hield van profetieën en magische zang, maar ik was te ongeduldig om heelkunde te studeren.'

De Niflunger glimlachte. 'Ik zal een van mijn assistenten met u meesturen. Ze is een krijgsgenezer, net klaar met haar opleiding, en het zou goed zijn voor haar om een tijdje ergens anders te werken.'

'We zouden u dankbaar zijn,' zei Birthe. 'Zij en ik kunnen onze kennis uitwisselen en zo allebei beter worden.'

'Zou u dat doen?' De genezer keek haar recht aan. 'Dat is ongebruikelijk; ik heb nog nooit gehoord van een völva die de geheimen van haar vak vrijelijk wilde delen.'

Er kwam een wachter binnen. 'Excuseer, maar Arkenhapt wil u graag zien, völva. Meestersmid Elbrich is al bij haar.'

Birthe wendde zich tot de genezer. 'Ik moet gaan. Denkt u dat we morgenochtend kunnen vertrekken?'

'Ja. Ik zal Annlith vertellen zich gereed te maken. Zij zal zorgen voor vervoer. Ga nu, de meester is niet in de stemming voor oponthoud.'

Birthe volgde de wachter door een wirwar van grote, met metalen platen beklede hallen, aan elkaar verbonden door brede gangen, goed verlicht en eender saai met hun gele kleuren en grijsachtige kristalpatronen.

'Hoe weet u welke tunnel waarheen gaat? Ze lijken me allemaal hetzelfde.'

De wachter gaf haar een scherpe blik. 'Geloof me, dame, dat zijn ze niet.' Toen glimlachte ze. 'Onze ogen zien veel meer kleuren dan de uwe. Ik mis de woorden om ze te beschrijven, maar elke gang is anders en de kristallen knipperen in de mooiste tinten. Andere volken vinden ons saai, maar zij zijn de blinden.'

De meester ontving haar in een kleine kamer met een bureau, een paar stoelen en een landkaart die bijna de hele muur bedekte. Arkenhapt was een dunne vrouw van onbestemde leeftijd, haar huid strak rond de botten in haar gezicht en zonder het licht in haar ogen dat haar volk kenmerkte. Elbrich was bij haar en toonde vreemd anders onder zijn eigen mensen.

'Welkom in de Wedererberg,' zei de meester. 'U hebt mijn persoonlijke dank voor het helpen doden van degenen die mijn dochter en haar wapenmaten vermoordden.'

'Wij doden Fynni waar we ze vinden. We zijn al te veel geliefden aan hun bloeddorst kwijtgeraakt. Mijn zoontje...'
Even dreigde de smart haar te overmannen en ze kon niet spreken.

'Het spijt me,' zei de meester ten slotte. 'We hebben dus allebei geleden. Ga zitten, völva. U moet hier met een doel gekomen zijn. Vertel me wat ik voor u kan doen.'

'Ik spreek namens onze theyn, Kjelle van Eidungruve, daar hij nog niet bij bewustzijn is. We kwamen hier met een aanbieding, meester. Aangezien we een wederzijdse vijand hebben in de Fynni, zouden we met u willen onderhandelen. Een Fynni leger is op weg naar ons bolwerk, ongeveer zes dagen naar het oosten. We hebben wapens en erts nodig en meestersmid Elbrich adviseerde ons om u een aanbod voor beide te doen.'

Arkenhapt ging rechtop in haar stoel zitten. 'U bent van de Norden,' zei ze zachtjes. 'Normaal gesproken zou ik geen zaken met u willen doen. Omdat u ons hielp en we een gemeenschappelijke vijand hebben, ben ik bereid te luisteren. Wat hebt u te bieden?'

'Bent u bekend met de problemen die we hebben in de Norden? Een rebelse jarl heeft koning Vidmer gedood, terwijl de koningin naar Rhemes is gevlucht. Deze valse jarl is degene die de Fynni inhuurt en ze op de wereld loslaat.'

Het gezicht van de meester verstrakte. 'Ik had gehoord van de opstand, maar niet van de verbinding met onze aartsvijanden. Het maakt de Nords nog minder geliefd.'

'We willen met deze jarl afrekenen en een definitief einde maken aan het Fynni probleem. Tijdens onze ontsnapping uit het noorden, redden we het leven van prins Ottil, de koninklijke erfgenaam. Hij is nu met vrienden van ons in Brytanna, maar hij zal terugkeren om zijn troon op te eisen. Ons aanbod is dit: wij regelen met de prins het herstel van uw oude rechten op de bergen die u eens bezat. We denken dat prins Ottil hiermee zal instemmen. Hij lijkt op geen enkele manier op zijn vader en hij staat open voor eerlijke oplossingen.'

Birthe zweeg even. 'Zelfs als de prins niet meteen ja zegt, belooft onze theyn uw mensen een veilige plek in zijn eigen domein van Eidungruve, een zilvermijngoed. Al zijn eigen mijnwerkers werden vermoord en hij biedt u de exploitatie van zijn berg aan.'

'Hij steekt zijn nek uit voor ons?' vroeg de meester met een echo van verrassing in haar stem. 'Dat is machtig edelmoedig van hem.' Ze pakte een grote bel en een sober geklede Niflunger kwam binnen met pen en papier.

'Dit aanbod is te mooi om te laten lopen,' zei Arkenhapt. 'Ik laat een contract opmaken. Blijft u luisteren.' Ze dicteerde een afspraak op basis van Kjelles beloften. 'Wapens en erts, wat ruw goud en een zakje edelstenen, de diensten van een krijgsgenezer. Ten slotte,' voegde ze eraan toe, 'een eenheid van tien soldaten, volledig bewapend en gepantserd, in te zetten zoals de theyn bepaalt.' Ze knikte naar Birthe. 'We moeten aan uw veiligheid denken. Als u allemaal dood bent, is dit contract geen splintertje erts waard.'

'We zullen de bepalingen bespreken met onze eigen jarl, Dettrich van Dalland. Hij is een eervol man en hij zal zorgen dat deze overeenkomst wordt uitgevoerd, zelfs als wij allemaal naar Walhalla of Helheim vertrokken zijn.'

'Ik kan niet meer verlangen,' zei meester Arkenhapt. 'U en uw theyn hebben iets van mijn vertrouwen in uw volk hersteld, völva. Ik dank u daarvoor.'

De volgende ochtend vroeg waren ze klaar om terug te keren naar Almansvoorde. De gulle Niflunger hadden een paard en wagen van henzelf aan de ruil toegevoegd, zowel voor de wapens als voor Kjelle, die nog steeds bewusteloos was. Genezer Annlith zat bij hem, ongemakkelijk op een berg erts.

'Let niet op mij,' zei ze vrolijk. 'Dit is allemaal erg spannend!'

De tien krijgers, slank, jong en fit, waren duidelijk van dezelfde mening. Ze marcheerden achter de laatste wagen, vrolijk en grappend, en zagen er geen probleem in dagen te lopen.

'We zijn niet gewend aan paarden,' zei hun leider Bemm. 'Natuurlijk is het anders voor een verheven persoon als de meestersmid. Hij heeft een positie te handhaven.'

'Zo is het.' Elbrich grinnikte om de goedmoedige grap. 'Ik ben nu een belangrijk man.'

De eerste avond van hun terugreis lag Birthe op haar rug in de tent te luisteren naar Kjelles zware ademhaling. Hij lag naast haar en toch zo ver weg in zijn bewusteloosheid. Ze wilde, moest hem aanraken, hem vasthouden. Ze was al zo lang eenzaam. Haar vader was altijd op rooftocht geweest, terwijl haar moeder het huishouden had en haar vele sociale taken. Toen haar moeder ziek werd, bleef haar vader thuis, maar zijn gedachten waren voor zijn vrouw en er was niets over voor zijn dochter. Na de dood van haar moeder was hij zijn geld kwijtgeraakt en leefden ze in het bos, waar ze huiden verzamelden voor de lokale handelaars.

Haar vader was geen aangenaam gezelschap geweest; zijn stemmingen waren broos en soms dronk hij te veel. Daardoor had de beer hem kunnen verrassen. Birthe staarde naar een klein gat in het dak van de tent. Ze had dit nog nooit aan iemand verteld. Het was al erg genoeg dat hij gedood was bij het schijten, maar dat hij daarbij stomdronken was geweest... Ze gromde zachtjes in het donker. Klootzak! Ze was tien en helemaal alleen, totdat haar vlucht haar naar Belisheim bracht.

Daar had ze Asgisla gediend en haar vak geoefend. Maar de verlangende leegte in haar was gebleven. Tot Barn kwam, hij met de blauwe ogen. Knappe, sterke Barn, die in de leegte en haar bed sprong alsof hij ervoor geboren was. Ze trouwden in het geheim, omdat zijn familie er zeker niet mee zou instemmen. Ze was gelukkig toen, zielsgelukkig. Oh, Barn was nog een jongen, zeventien, met de denkwereld van een overenthousiaste tienjarige. Ze besefte dat pas na zijn dood. Zijn domme, nutteloze dood, op een beer jagen terwijl hij nauwelijks een boog wist vast te houden. Om haar te imponeren. Goden! Ze huilde zachtjes, terwijl ze dacht aan zijn sterke armen, zijn blauwe ogen, zijn blonde krullen rond haar vinger; het grote domme kind. Ze miste de omhelzing, bemind te worden. Zelfs kleine Búi had haar verlangen niet gestild.

Kjelles snurken stopte en haar hart ook. Maar toen snoof hij en begon weer te ademen.

Ze rolde naar zijn kant en raakte zijn voorhoofd aan. Het voelde koel en gezond. Met haar vingertoppen aan zijn borst controleerde ze het kloppen van zijn hart. Het ritme was sterk en regelmatig. Ze drukte haar lippen op zijn huid, trok haar vingers over de spieren op zijn borst en trilde van verlangen. Zachtjes kuste ze hem opnieuw en opnieuw. 'Oh Kjelle,' zei ze. Plotseling bewoog zijn arm en zijn hand tastte naar haar gezicht.

'Waar...?'

'Je bent wakker?' vroeg ze, bijna ademloos. 'Oh goden, praat tegen me.'

'Birthe? Waar zijn we?'

'Op de terugweg. Alles is in orde. Hoe voel je je?'

Zijn hand greep haar schouder. 'De terugweg? Hebben we...?'

'Ja. We hebben wapens en erts. De meester gaf ons goud en edelstenen, een genezer en tien krijgers. Alles wat je wilde, m'n lief.'

De hand op haar schouder verstijfde. 'Lief?'

'Pardon,' zei ze, 'ik moet niet...'

'Lief.' Hij trok haar tegen zich aan. 'Mijn hoofd doet pijn. Wat is er gebeurd?'

'Je miste de dood bij een vingerbreedte,' zei ze. 'Die pijl waartegen je mij beschermde raakte de rotswand en toen je hoofd. Je houdt er een mooi litteken boven je oor aan over. Verder heb je een hersenschudding doordat je tegen de berg klapte.'

Zijn hand raakte haar gezicht aan. 'Je huilt?'

'Ik ben blij dat je wakker bent,' loog ze.

'Waarom huil je?'

Ze opende haar mond, maar er kwamen geen woorden.

'Ik weet het,' zei Kjelle. 'Kom.' Zijn lippen vonden de hare en hij kuste haar, hard.

'Genoeg,' zei ze, terwijl een warme gloed van geluk door haar lichaam vloeide. 'Je moet eerst herstellen.' Ze zuchtte en kroop tegen hem aan. 'Slaap, m'n lief.' Met een arm over zijn borst gehoorzaamde ze aan haar eigen opdracht.

HOOFDSTUK 10 – BEERMUIL

Muus voelde zich voor het eerst sinds lange tijd tevreden. Hij had goed geslapen, gegeten en hij had een paard, zodat hij niet hoefde te lopen. Hij keek naar Moirra die naast hem reed. Ze droeg een witte tuniek welke bijna haar knieën bedekte, met een dunne gele band langs de zoom. Een bosje eikenbladeren om haar hals was haar enige versiering.

'Je ziet er heel officieel uit,' zei Muus. 'Hoe ben je een druïdes geworden? Daar moet je toch lang voor studeren?'

Moirra bloosde licht. 'Ja. Maar ik ben een Un–a–Dach, net zoals je moeder was. Er zijn niet veel van ons die voor het Pad van de Cirkel kiezen, de meesten gaan liever hun eigen weg. Maar sommigen van ons hebben geen keus. Wij zijn Druïdgeboren, druïden vanaf het moment dat we beginnen te dromen. Mijn training begon lang voor mijn geboorte en stopte… kort geleden.' Ze glimlachte. 'Nu moet ik de wereld in en handelen. Alleen door te gebruiken wat ik heb geleerd kan ik mezelf verder ontwikkelen. Ik zou hoe dan ook met je meegegaan zijn. Jij bent de Shardheld en de gelegenheid om zo iemand te bestuderen is een kans van eens in de vijfhonderd jaar. Dat ik wilde dat je het mij vroeg is... Nou ja, dat is persoonlijk. Tussen ons. Begrijp je?'

Muus knikte. 'Ik wilde ook dat je meeging.'

'Ja!' Haar ogen boorden zich in de zijne. 'Je kunt op mij leunen, Muus; denk daaraan. Op de moeilijke momenten kun je op mij leunen. Ik ben niet zo teer als ik lijk.'

Achter hen begon Hraab te lachen. 'Teer? Jij bent het taaiste dier op aarde, druïdes. Je zou met één hand achter je rug gebonden met een beer kunnen worstelen en dan win je het nog.'

Nu bloosde Moirra diep. 'Doe niet zo raar.'

'Raar?' De jongen keek haar gekwetst aan. 'Ik?'

'Hoe zit het met jou, jong?' vroeg Muus. 'Je was op jacht naar Vulf. Vind je het niet jammer dat je nu hier bent?'

'Natuurlijk niet. Dit is een groot avontuur. En Vulf... die krijgen we wel. Dat is zo zeker als de dageraad.'

Muus draaide zich om in het zadel en staarde hem aan. 'Vulf is in de Norden en wij reizen naar het zuiden.'

'Vulf gaat dezelfde kant uit.'

'Weet je het zeker?' Muus zuchtte. 'Natuurlijk, je bent ook een Un–a–Dach. Ben je echt geen druïde?'

Moirra moest daar om lachen. 'Hij, een druïde? Nee, dat is hij niet. Heb je het Tweede Gezicht, Hraab?'

'Ik kan niet in de toekomst kijken,' zei Hraab serieus. 'Maar toen Muus Vulfs naam noemde, zag ik hem door beboste bergen rijden. Het was geen Nords land; minder somber. De bomen waren anders. En er lag geen sneeuw.'

'Een van de Teutoonse landen misschien? Of het noorden van Gallië? Daar ligt nu geen sneeuw meer.'

Hraab haalde zijn schouders op. 'Zou kunnen. Het is niet Brytanna. Hij en zijn ulvhednar zouden het hier geen zevendag uithouden; de plaatselijke bevolking zou ze afslachten.'

'Je vertelde me over Vulf, maar wie is hij eigenlijk?' vroeg Moirra.

'Vulf is een Fynni tarkynn,' zei Hraab.

Moirra siste en haar ogen spuwden vuur. 'Fynni! Waarom heb je hem niet gedood?'

'Dat kon ik niet.'

'Wat is een tarkynn?' vroeg Ottil. 'Ik geloof graag dat Vulfs mannen hondsdolle wolven zijn, maar niemand heeft me verteld dat ze Fynni zijn.'

Hraab schudde zijn hoofd. 'Vulf volgt de Goden van Toen. Dat doen alle Fynni, net als de Grim Doubh. Hun tarkynni zijn krijgshoofden met mystieke krachten. Ze hebben het absolute gezag over hun volk en ze zijn moordenaars.'

'Dat laatste was duidelijk,' zei Muus. 'Maar dat Vulf meer was dan zomaar een opperhoofd is voor mij ook nieuw. Trouwens, ze waren niet bloot.'

Hraab lachte vreugdeloos. 'Natuurlijk niet. Grim Doubh rennen ook niet de hele tijd rond als poedelnaakte ratten. Dat is alleen wanneer ze dansen. Meestal zien ze eruit als gewone mensen.'

Als gewone mensen, dacht Muus. *Dus iedereen kan een vijand zijn, niet alleen in de Norden, maar ook in Brytanna.*

De vierde dag kwamen ze bij het heuvelfort van Denar Byn, aan de kust. Het was het evenbeeld van dat eerdere garnizoen nabij Windiss. Zelfs de krijger bij de poort zag er hetzelfde uit. Pas toen ze dichterbij kwamen, zagen ze dat deze wachter veel jonger was en uiterst nerveus.

Bij het zien van Moirra werden zijn ogen groot. 'Druïdes,' zei hij. 'Uw komst is een geschenk van de goden. Ga snel naar het krijgshoofd, hij heeft u dringend nodig.' In zijn zenuwen leek hij te vergeten dat de ingang was afgesloten.

Moirra hulde zich in een waas van autoriteit. 'Open de poort, opdat ik naar binnen kan,' zei ze zacht. 'Breng me dan bij hem.'

De jonge man maakte een sprongetje en gooide de houten poort open. 'Ik... ik kan mijn post niet verlaten, druïdes. De vijand is vlakbij. Maar u vindt krijgshoofd Uthar in de grote zaal.'

Muus fronste zijn wenkbrauwen terwijl hij om zich heen keek. 'Wat voor vijanden zijn dat?'

Een spier in het gezicht van de wachter trilde hevig. 'Ga naar het krijgshoofd. Hij zal alles uitleggen.'

In de grote zaal vonden ze Uthar te midden van een groep jonge, gewonde soldaten. Bij hun binnenkomst keerde hij zich om en zijn gezicht lichtte op.

'Een druïdes,' zei hij. 'Bij de goden, eindelijk een beetje geluk. Alstublieft, Wijsheid, zorg voor mijn mensen. Ik zal ze snel weer nodig hebben.'

Het merendeel van de jonge krijgers lekte bloed uit diverse snijwonden. Ze leken versuft en geschokt. Van één man was het been wreed verdraaid. Hij was bewusteloos en ongewoon bleek, maar hij ademde. Moirra aarzelde niet. Ze wees drie mannen aan. 'Jullie twee drukken zijn schouders omlaag; jij daar houdt het goede been vast. Het andere moet eraf.' Ze haalde een dunne ijzeren zaag uit haar tas. 'Luister, mannen, je vriend lijkt buiten westen, maar als ik begin wordt hij wakker. Je moet hem plat houden zodat ik hem kan redden. Begrepen?' De mannen knikten. Ze hief haar armen op. 'Help mij, Annawn van het Genezende Licht.' Daarop begon ze te zingen, terwijl ze de zaag zette in het verwoeste deel van het been.

Zoals ze had gezegd, reageerde hij heftig. Zijn geschreeuw vulde de hal en de drie krijgers hadden al hun kracht nodig om hem vast te houden. Muus zag het gezicht van de man, paars en nat van het zweet. *A'yin,* dacht hij, met zijn hand op de knokkels rond zijn nek. *Is er een manier om hem te laten slapen tot Moirra klaar is?* Hij voelde de kracht door zijn lichaam vloeien. Niet de felle stroom van de bliksem, maar iets zachts. Een wit licht sprong uit zijn vingers naar de worstelende krijger en onmiddellijk ontspande de man zich. 'Is hij dood?' vroeg een van zijn vrienden geschrokken.

Zijn maat schudde zijn hoofd. 'Nee, ik zie zijn borst bewegen.'

'Hij slaapt,' zei Muus. 'Als de druïdes klaar is, zal hij weer wakker worden.' Hij wendde zich naar het krijgshoofd. Het angstige respect in diens ogen irriteerde hem. 'Tegen wie hebben jullie gevochten?'

Uthar wreef over zijn neus. 'Viking zeerovers,' zei hij. 'Ze belegeren Luddagh, het dorp hier vlakbij. We trachtten ze te verjagen, maar...' Hij zuchtte. 'Dit is een nieuwe eenheid soldaten, Wijsheid. Ze zijn jong en ongetraind. We trokken ons terug, maar ik ben er zeker van dat die vreselijke beer ons achterna komt. Ik heb te weinig mensen over om de palissaden te bemannen.'

'Een beer?' herhaalde Muus scherp. 'Een zeil met een staande rode beer in aanvalshouding?'

'Ja, oh heilige.' Uthar keek naar Muus. 'Hebt u hem eerder gezien?'

Muus staarde voor zich uit. 'Hoeveel mensen heeft hij?'

'Zeker honderd,' zei Uthar. 'Er lagen twee boten op het strand. Ze zagen er gehavend uit, alsof ze in een storm waren geweest. Toch zijn ze nog vijf keer zo sterk als mijn troep.'

'Heeft de hoogkoning geen schepen en soldaten om hem aan te pakken?'

'Cucharann?' Het krijgshoofd spuwde in de biezen op de grond. 'De hoogkoning is een luie nietsnut. Het kan hem allemaal niet verdommen, zolang hij maar veilig in zijn hal bij 's–Konings Lud zit. Hij heeft een hele vloot voor zijn deur, maar de zot is te bang om haar te gebruiken.'

'Ik moet Beermuil Largassens gezicht zien,' zei Muus.

'Dan gaan we toch even kijken,' zei Hraab achter hem.

Muus knikte. 'Ik haal mijn paard.'

'Ottil en ik gaan mee. We zijn langzamerhand gewend aan al dat spioneren.'

De drie verlieten het fort.

'Hij kan niet ver weg zijn.' Muus' handen omklemden de teugels. Zijn adem leek te veel voor zijn borstkas en hij voelde de spanning opbouwen. Als vanzelf ging zijn paard over in een galop.

De zon scheen en het weer was mild. Boven hun hoofden zong een vogel. Haar kwinkeleren volgde Muus naar de top van de volgende heuvel. Daar stopten ze. In de verte was de zee, een blauwgrijze uitgestrektheid die naar een met wolken bedekte horizon reikte. Dichterbij op het strand rustten twee langschepen. Het krijgshoofd had gelijk gehad; ze zagen er behoorlijk beschadigd uit. Muus bezag de reparaties aan de mast van de tweede boot en de lap in Beermuils zeil. Een haastige lap, die de angstaanjagende beer zowat in tweeën sneed. Muus lachte grimmig. *Een slecht voorteken, Largassen.*

Aan de rechterkant was het dorp Luddagh, een houten palissade rond een groep huizen, niet veel groter dan

Windiss. Het vikingleger had vuren aangestoken op de grote weide tussen het dorp en het strand, terwijl van achter de palissaden de stedelingen toekeken hoe de vijand hun vee slachtte.

'Dus dat is de beroemde viking,' zei Ottil. 'Ik heb altijd gedacht dat zo'n vikingreis een glorieus avontuur was. Maar dat is het helemaal niet. Ik geloof niet dat ik moordenaars als Beermuil Largassen kan gebruiken.'

Hraabs lach was grimmig. 'Ik heb het nooit zo leuk gevonden. Maar het zijn dan ook mijn landgenoten die ze vermoorden.'

'Ze gaan eten,' zei Muus.

Ottil trok een gezicht. 'Verdomme, als ik al dat vlees zie roosteren, krijg ik ook honger.'

'Let op die boogschutters,' zei Hraab.

Diverse rovers zetten brandende pijlen in hun bogen en schoten ze het dorp in. Hier en daar stegen rookwolkjes op uit rieten daken en de wind voerde het geschreeuw van mensen aan.

'Ze willen zich wat vermaken terwijl ze eten.' Ottil klonk verontwaardigd.

Muus voelde zijn woede ontploffen. 'Ik zal ze leren.'

De twee jongens keken naar hem.

'Je kunt ze niet bevechten,' zei Ottil. 'We zijn maar met z'n drieën.'

Hraab kneep zijn ogen samen terwijl hij naar Muus staarde. 'Ben je er zeker van? Echt, echt zeker?'

Muus knikte en reed naar het strand.

Een schreeuw vanuit het vikingleger vertelde hem dat ze waren gezien. Een aantal pijlen snelde hun kant uit, maar met een enkele handbeweging brandde Muus ze uit de lucht. Hij bewoog zijn vingers en zond een regen van vonken naar de zeerovers, die in paniek wegrenden. Beermuil bleef staan en nu zag Muus hem voor het eerst echt. De viking was groot, zelfs voor een Nord. Hij had blond haar, dicht bij zijn schedel afgeknipt, en een ruige stoppelbaard. Zijn brede borst was bloot en toonde spierbundels die een echte beer jaloers zouden maken. Zijn handen hielden een zware strijdhamer vast, die voor de meeste mannen onhanteerbaar zou zijn. Daar stond hij, de benen iets uit elkaar, en staarde naar de jongeman op het paard.

'Largassen!' schreeuwde Muus, terwijl hij naar voren reed. Er ging een schok door de grote man bij het horen van zijn naam. Hij staarde naar de jonge ruiter en toen verscheen er een blik van herkenning op zijn gezicht.

'Jij bent het!' zei hij. 'De gekke jongen die niet huilde.'

Muus balde zijn vuisten. 'Ik was die jongen. Ik, Terrel van Owwich. Herinner je je Owwich, Largassen? De dag waar je bang voor was is eindelijk aangebroken, Largassen. Ik ben hun wraak.'

'Je bent een idioot, jongen,' zei de Viking. 'Ik heb honderd mannen bij me. Onderwerp je en ik laat je leven. Ik kan je altijd nog een tweede keer verkopen.'

'Je honderd mannen zijn niets, Largassen. Je maakte een fatale fout door mij te stelen. Ik ben een runenmeester.'

Op dat moment wierp de viking zijn grote hamer naar Muus, maar het wapen stopte midden in de lucht, tegengehouden door een regen van vonken. Beermuils ogen puilden uit toen hij het zag en hij trok zijn mes.

Met een zwaai van zijn arm trok Muus een cirkel van vlammen rond de viking. 'Jij doodde mijn ouders, Largassen.'

Beermuil begon te zweten. 'Ik betaal! Ik betaal je een vergoeding! Ik zweer het!'

Met een minachtend gebaar wierp Muus een kleine bliksemflits voor Beermuils voeten.

De viking schreeuwde en sprong op. 'Niet doen! Ik betaal wat je wilt, maar doe dit niet.'

'Deze is voor Slade, mijn vader,' zei Muus. Bliksem verbrandde Largassens linkerhand en weer schreeuwde hij, het geluid vreemd hoog voor zo'n grote man.

'En deze is voor mijn moeder, Aeylla.' Nu begon Beermuils rechterhand te roken. Wild babbelend viel de man op zijn knieën. Hij hief zijn geruïneerde handen op, als in een smeekbede, maar Muus voelde geen genade. 'Je moordde en verkrachtte, verbrandde dorpen en stal de kinderen. Je bedroog Birthe Gudesdotters vader, dus dit is ook namens haar. Je zult geen van de kinderen die je vrouw voor je kocht nog misbruiken, Largassen.' Een regen van vonken overspoelde de viking. Largassen boog zich ver achterover, schreeuwend en stuiptrekkend. Terwijl hij daar lag keek Muus opzij naar de zeerovers, die in roerloze afschuw toekeken. Hij verzamelde nieuwe energie en slingerde een verschroeiende vuurbal in hun midden. De een na de ander verbrandde en viel rokend in het gras. Weer hief Muus zijn handen op, maar door de mist in zijn geest voelde hij iemand aan zijn mouw trekken. Het was Moirra. De goden mochten weten waar ze vandaan kwam, maar ze stond naast hem. Toen sloeg ze hem vol in het gezicht en zijn magie haperde. 'Stop hiermee!' schreeuwde Moirra en ze sloeg hem een tweede keer, hard. 'Stop met je krachten te misbruiken, idioot.'

Haar stem verdreef de mist in zijn hoofd.

'Aaah, verdomme, Beermuil!' schreeuwde hij. Een enorme flits kwam uit de hemel en verbrandde de schokkende viking tot sintels. Toen draaide Muus zich half om naar Moirra. Terwijl hij bittere tranen huilde, begroef hij zijn hoofd in haar schouder.

'Hoe kwam je hier zo snel?' vroeg Ottil, toen alles een beetje gekalmeerd was.

Moirra klemde Muus in haar armen. 'Ik voelde hoe hij zijn kracht verzamelde. Het was zo sterk; elke druïde in de omgeving moet het hebben gemerkt. Ik wist dat hij iets verschrikkelijks ging doen, dus ik beval Uthar en zijn mannen me te volgen. Mijn paard zal wel boos op me zijn, omdat ik haar dwong sneller te lopen dan ze kan, maar ik was op tijd.'

'Wat is er mis met hem? Hij viel deze keer niet flauw, maar waarom huilt hij? Het was een grote overwinning.'

'Muus is geen Nordse krijger, prins. Het spijt hem heel erg wat hij deed.' Ze staarde in de verte. 'Wees blij dat het hem steeds berouwt. Met de hemelscherf om hem te helpen is hij machtig. Als hij nooit last wroeging had, zou hij heel erg gevaarlijk zijn.'

'Daarom ben jij hier,' zei Hraab. 'Je bent zijn geweten.'

Moirra knikte. 'Ik weet het.'

HOOFDSTUK 11 – GEIR

Het krijgshoofd voegde zich bij hen. 'Ik heb al die Nordse schoften verzameld, druïdes. Wilt u ze zien voordat ze worden terechtgesteld?'

Muus ging rechtop zitten. 'Maak ze maar dood,' zei hij bitter. 'Ze zijn onze aandacht niet waard.'

Uthar knikte. 'Ik zal mijn mannen de executie laten uitvoeren. De meesten van hen zijn jong en ze nog niet gewend aan dit soort dingen. Maar het is een deel van de oorlog en ze moeten het weten.' Zonder omhaal zette hij zijn mannen aan het graven van een groot gat op het kruispunt tussen het dorp en de vesting.

Toen het klaar was, werden de zeerovers er naakt en rillend heen gebracht. Ze wisten wat hen te wachten stond. Ze hadden op Largassen vertrouwd om ze tegen dit lot te beschermen en hij had ze in de steek gelaten. Het besef was zichtbaar in hun gezichten, in hun houding. Plotseling begon een van hen, een jonge kerel, te schreeuwen. Een van zijn maten, een potige man met oude littekens half verborgen onder de haren op zijn borst, sloeg hem in het gezicht. 'Stil, hond. Sterf als een vent.'

'Neem hem eerst,' zei Uthar. 'Voordat hij de rest van die bastaards in paniek brengt.'

De beul, van ongeveer dezelfde leeftijd als de jonge zeerover, greep zijn bijl met beide handen beet. Zijn ogen ontmoetten die van zijn slachtoffer en hij slikte. Twee soldaten duwden de rover op zijn knieën, met zijn nek op het houten blok. Daarop deden ze een stap terug en de beul zwaaide zijn bijl. Zijn nerveuze slag miste kracht en de naakte jonge man viel opzij, stuiptrekkend als een op de oever gegooide vis. Zowel de krijgers als hun gevangenen mompelden geschokt. De twee soldaten sleurden de halfdode rover terug op zijn plaats.

'Wees stil daar! En jij, soldaat, verman je,' zei Uthar hard.

Zweetdruppels verschenen op het voorhoofd van de beul. Zijn tweede slag had zo veel kracht dat het hoofd van de jonge rover over het gras naar de wachtende gevangenen rolde. De potige Nord met de littekens vouwde zijn armen over zijn borst. Hij keek naar het hoofd en toen naar de zwetende soldaat. 'Schiet een beetje op, snotterende boterbloem,' gromde hij.

De soldaat werd rood. 'Jij bent de volgende,' zei hij en hij hief zijn bijl.

Rustig knielde de rover bij het blok neer en even later lag zijn hoofd bij dat van zijn maat.

Het doden ging door tot het gras rood en glibberig werd. Hoewel de beulen er langzaam beter in werden, slaagden ze er zelden in om een leven in één klap te beëindigen.

Ottil keek naar zijn landgenoten. Hun angst hechtte zich aan hem vast als de geur van een stinkdier. Ze zagen er zo gewoon uit, helemaal niet als verkrachters en moordenaars van kinderen. Bebaard en onverzorgd, velen met slecht geheelde littekens, maar niet anders dan de boeren en vissers die hij kende uit Nidros. Een van hen was een jongen, zag hij. Een magere jongen van zijn eigen leeftijd, te jong voor dit alles. Hij was doodsbang; zijn ogen waren groot in zijn gezicht en zijn neus liep. Hij had schouderlang, krullend rood haar. Het was schoon, dus hij moest er trots op zijn. Tussen twee potige rovers in leek hij zo klein. Ottil wendde zich tot Muus.

'Die jongen,' zei hij. 'Ze kunnen hem niet doden. Hij is nog maar een kind.'

Muus was ver weg met zijn gedachten. 'Wat?' Toen zag hij de jongen. Met een vloek stond hij op en liep naar de wachtende zeerovers toe. Ze gingen zwijgend voor hem opzij en hun blikken volgden hem, totdat hij en de roodharige jongen het middelpunt van een cirkel vormden.

'Hoe heet je?' vroeg hij, maar de jongen staarde hem alleen maar aan met een verdwaasde blik in zijn ogen.

'Hij heeft geen naam, heer,' zei de grote rover naast hem. 'We plukten hem en zijn broer uit een schipbreuk bij de laatste storm. Zijn broer was al halfdood en overleed kort daarna. De jongen heeft al die tijd geen woord gesproken; hij moet stom zijn, denk ik. Beer was van plan hem te verkopen.'

Muus staarde naar de rover tot deze zijn ogen afwendde. 'Ik was een van Largassens slachtoffers toen ik jonger was dan dit kind. Hij verkocht ook mij. Nu ben ik teruggekomen om jullie te laten zien hoe ik dat vond. Onthoud dat voor als straks je hoofd rolt, viking,' zei hij. 'Kom mee, jongen.' Muus nam de knaap bij de arm en trok hem uit de cirkel.

'Hier heb je hem,' zei Muus toen ze terug waren. 'Hij heeft nog niet gesproken. Ottil, jij spaarde zijn leven; ik maak hem jouw verantwoordelijkheid. Hij is je bondsman, geen slaaf. Ik ben er zelf te lang een geweest om het een ander aan te doen.'

'Mijn bondsman?' Ottil keek naar de jongen, naakt als de dag dat hij geboren werd. 'Hij heeft kleren nodig.'

Muus knikte. Hij wenkte een van de toekijkende stedelingen, een gezette dame die gretig elke terdoodbrenging volgde. 'Goede vrouw, wilt u wat kleren voor deze jongen regelen?'

De vrouw keek alsof hij haar een oneerbaar voorstel had gedaan. 'Hij is een van hen. Hij zou worden gedood. Laat hem sterven van de kou.'

'Het was geen verzoek,' zei Muus onheilspellend.

Zijn woede moet haar hebben bereikt, want de vrouw verbleekte. 'Natuurlijk, runenmeester.'

Moirra glimlachte naar haar. 'U zult ervoor betaald worden. De runenmeester wil nieuwe kleren voor zichzelf en zijn metgezellen. Als er een paar naaisters zijn die dit voor ons kunnen doen, zullen ze ruimschoots worden beloond.'

Er kwam een begerige blik in de ogen van de vrouw. 'Zeker, druïdes. Het zou een eer zijn.'

'Ik zal het straks met u afspreken. Eerst wat kleren voor de jongen, alstublieft.'

De dikke vrouw haastte zich weg, ongetwijfeld al bezig met wie van haar vriendinnen ze zou vragen om haar met deze onverwachte meevaller te helpen.

De executies gingen door. Sommige rovers verzetten zich met hun blote handen, anderen werden schreeuwend of gelaten naar het blok gesleurd, maar allen werden gedood. De jongen had een wilde blik op zijn gezicht. Plotseling draaide hij zich om en snelde naar het nabijgelegen bos. Boogschutters richtten hun pijlen, maar Muus riep: 'Niet schieten!'

Ottil en Hraab renden achter de jongen aan, snel als honden, en Ottil kreeg zijn blootsvoetse prooi halverwege de heuvel te pakken. De jongen vocht in stilte, bijtend en krabbend, maar het mocht niet baten. Ten slotte moest hij zich gewonnen geven en hij begon te huilen. Ottil hielp hem naar een zittende positie. Toen hij zag hoe de jongen rilde, blauw van de kou, hing hij zijn eigen mantel om de schokkende schouders. 'Ben je klaar met raar doen? Weglopen is dwaas. Je hebt geen kleren of wapens; zelfs de konijnen kunnen je doden en opeten.' Hij gaf de jongen een strenge blik. 'Je bent beter af bij ons. Wat was je naam ook alweer?'

Even was het stil. 'Geir Gormsen,' zei de jongen toen.

'Dus je kunt spreken,' zei Ottil tevreden. 'Waar kom je vandaan?'

De jongen veegde zijn neus af. 'Walfell.'

'Walfell. Dat is in het zuiden. Wiens man ben jij? Van Rannar of van de koning?'

'M'n vader is Rannars gezworen man. Olf gaf om geen van beiden veel.'

'En jij?'

De jongen haalde zijn schouders op. 'Rannar vindt me zeker te jong; ik ben niet groot genoeg voor een zeeman en ze zeggen dat de koning een sukkel is. Ik weet het niet. Kan

291

me ook niet schelen. Ik wilde alleen maar bij m'n broer zijn, maar toen kwam de storm en nu is Olf dood.'

'Wij waren ook in die storm,' zei Ottil. 'Hij vernielde ons schip en liet ons hier landen in plaats van in Harflot. Het spijt me van je broer, maar nu ben je hier en ik wil weten wat je gaat doen. Als je wilt weglopen, zal ik een andere kant op kijken en je laten gaan. Zo niet, dan word je een koningsman en zweer je mij te dienen. Kies nu.'

De jongen leek heen en weer geslingerd te worden tussen angst en de wil om te ontsnappen. 'Je hebt me jouw naam niet verteld. Wie ben jij?'

Ottils gezicht was woest. 'Dat vertel ik pas als je gezworen hebt.'

De jongen liet zijn schouders zakken. 'Kiezen tussen de dood en het dienen van de vijand. Wat voor keus is dat?'

'Ben je mijn vijand?'

'Je zegt dat je een koningsman bent. Vidmer is geen vriend van de jarl.'

'Maar jij bent de jarl niet. Komaan, ik krijg hier genoeg van. Kies.'

De jongen keek naar het donkere bos en huiverde. 'Ik zal zweren.'

'Geweldig. Ik heb geen zwaard, dus mijn knots zal moeten volstaan.' Ottil ging rechtop zitten, zijn benen gekruist, met het wapen op zijn knieën. 'Kniel.'

De prins wist de eed van trouw uit zijn hoofd; zijn lerares had daar wel voor gezorgd. Geir niet, maar die herhaalde gehoorzaam wat hem gezegd werd en dat was voldoende.

'Bij je eer ben je nu een koningsman, Geir Gormsen.' Ottil glimlachte grimmig. 'Ik zal je mijn geheim vertellen. Koning Vidmer is dood. Een van Rannars mannen heeft hem twee maanden geleden vermoord.'

De jongen keek op. 'De koning is dood?'

'Mijn vader is even dood als Largassen. Hij was een dwaas en niemand zal hem missen, maar ik wou dat ze hadden gewacht tot ik wat ouder was. Nu weet je het. Ik ben jouw prins, ik ben Ottil Vidmersen.'

Geirs mond viel open. 'Hoe kan dat nou? De prins is toch niet hier! Hij woont op zijn kasteel in Nidros, niet op een strand in dit barbarenland.'

'Maar in Nidros zou ik zijn gedood. Daar had Rannar wel voor gezorgd. Ik ben aan hun klauwen ontsnapt dankzij de runenmeester. We waren op weg naar Rhemes, waar mijn moeder naartoe is gevlucht, toen die storm alles verpestte. Nu ben ik op een queeste met de runenmeester en druïdes Moirra. Als dat klaar is, zal ik oud genoeg zijn en ga ik naar huis om mijn koninkrijk te heroveren.' Zijn stem klonk zo ernstig dat Geir hem in stilte aanstaarde.

'Doe je mond dicht,' zei Hraab, 'voordat een vogel je tong steelt.' Hij lachte en klapte uitbundig in zijn handen. 'Kom; laten we teruggaan. Je moet kleren hebben.'

Inderdaad was de vrouw erin geslaagd om iets voor de jongen bijeen te rapen, al was het niet meer dan een oude tuniek en een vaak opgelapte broek. Er waren geen schoenen bij, maar dat kon Geir niet schelen. Hij leek vooral verbaasd dat ze hem dingen gaven.

De jongens liepen over het strand naar de langschepen. Een gewapende dorpeling had daar post gevat om nieuwsgierige mensen weg te houden. 'Deze schepen zijn eigendom van het dorp. Niemand mag aan boord.'

Ottil keek de man in de ogen. 'Wat bedoel je met eigendom van het dorp? Heeft het dorp die zeerovers gedood? Toen we aankwamen, zagen we de mensen van Luddagh bang achter hun dunne muren verscholen zitten. Onze runenmeester doodde de viking en nam zijn mannen gevangen. Deze schepen en alles wat er in zit zijn van hem. Of was je van plan hem te vertellen dat jullie dorp inpikt wat hij rechtmatig heeft gewonnen? Daar staat hij. Zijn stemming is niet al te best, maar hij is aanspreekbaar. Ga het hem vertellen.'

De man slikte. 'Nee, dat is in orde. Je argumenten hebben me overtuigd. Verder is het aan de dorpsoudste om met de runenmeester te spreken. Je, eh, je vindt het niet erg dat ik op mijn post blijf? Ik krijg liever geen problemen.'

'Post naar hartenlust. Laat niemand toe, zelfs niet de dorpsoudste, als die geen toestemming heeft van de runenmeester.'

Ze klommen in Largassens boot, die met de beer op het zeil.

'Het is een grote,' zei Ottil, terwijl hij rondkeek. 'Dertig banken en ruimte voor minstens zeventig mannen. Dit moet ze veel goud gekost hebben.'

Ze liepen naar de rood-wit gestreepte luifel midscheeps.

'Daar is het,' zei Hraab.

'Daar is wat?'

'De buit.' Met een dromerige blik in zijn ogen liep de jongen naar voren. 'Balen en kisten,' zei hij. 'Laten we eens kijken wat erin zit.'

'Raak niets aan!'

Ottil keek naar Geirs verschrikte gezicht. 'Waarom niet?'

'Hij heeft zijn schat vervloekt, zodat alleen hij het kan pakken. Het is de dood voor alle anderen.'

Hraab lachte. 'De smerige oude schurk. Er is hier geen vloek in de buurt.' Hij boog zich over een grote kist en probeerde hem te openen. Met een luide knal kwam een pijl uit het niets en sloeg in zijn rechterschouder.

'Verdomme,' zei Hraab. 'Die zag ik niet.' Toen draaiden zijn ogen weg en hij viel.

'Snel! Haal de druïdes,' zei Ottil. Zonder een woord rende Geir weg.

Het duurde niet lang voor hij met Moirra en Muus terugkwam.

'Wat is dat over een pijl?' begon Moirra terwijl ze onder de luifel stapte. '*Hraab* is geraakt?' Ze knielde naast het roerloze lichaam neer en beroerde de pijl met haar vingers.

Ottil staarde naar de houten schacht en het kleine straaltje bloed dat Hraabs tuniek rood kleurde. 'We wilden de buit bekijken. Geir waarschuwde ons voor een vloek en Hraab lachte. Toen raakte hij de kist aan... en kwam die pijl uit het niets.'

'Niet uit het niets,' zei Muus. 'Het is een val, een vuile, wrede Largassen–val.' Hij wees naar een ding van hout en touwen, verscholen tussen de kisten.

'De pijl ging dwars door de spier,' zei Moirra, terwijl ze de hals van de vuile tuniek openscheurde. Ze nam haar kleine zaag uit haar zak en begon de pijlpunt af te zagen. Vervolgens trok ze zacht aan de houten schacht. 'Jullie jongens, druk zijn lichaam tegen het dek aan, terwijl ik de pijl eruit trek. Zijn jullie klaar? Eén, twee...' Bij drie gleed de slanke schacht soepel uit de wond. Moirra haalde twee proppen tevoorschijn die ze in haar linkermouw verborgen had en drukte ze op zowel de in– als de uitgang van de wond. 'Ottil, Geir, draai je alsjeblieft om. Jij ook, Muus. Ah, dat zijn de geheimen van mijn vak.' Gehoorzaam deden de anderen wat ze vroeg. Moirra tilde Hraabs tuniek omhoog. Terwijl de proppen op wonderbaarlijke wijze op hun plaats bleven, wond ze een lange strook linnen rond de schouder en over Hraabs borst en trok toen de tuniek weer naar beneden. 'Daar, dat zal hem een paar dagen koest houden.' Ze boog zich over de liggende jongen heen. 'Je kunt je ogen opendoen, aansteller.'

Hraab gaf haar een bittere blik. 'Ik ben gevaarlijk gewond.'

'Je bent een idioot.'

'Ik weet het.' Hraab beet op zijn tanden terwijl hij rechtop ging zitten. 'Ik voelde die val niet. Het was zo'n stompzinnig mensending. Ik verwachtte het niet.'

'Hoe voel je je?' vroeg Ottil ongerust.

'Ik voel me prima.' Hraab fronste zijn wenkbrauwen. 'Verdomd geïrriteerd, maar verder prima. Die schram is met een paar dagen genezen; de schade aan mijn trots zal veel langer nodig hebben.' Hij stak zijn linkerhand uit. 'Het spijt me dat ik om je lachte, Geir. Je had gelijk; het was een vloek. Alleen van een ander type dan ik had verwacht.' Hij betastte het verband voorzichtig. 'Het jeukt nu al.' Toen zochten zijn ogen Moirra's gezicht. 'Ik sta bij je in de schuld. Twee keer.' Het meisje gaf hem een knipoog. 'Schrijf het maar ergens op. Voor het geval ik er iets voor terug wil hebben.' 'Dus dit is Beermuils buit.' Muus keek met een blik van afkeer naar de kisten. 'Hij is druk bezig geweest.' 'Het is allemaal van jou.' Ottil grijnsde. 'Volgens de wachter buiten beweerde de dorpsoudste dat alles van het dorp was, maar ik heb hem duidelijk gemaakt dat jij de strijd eigenhandig gewonnen hebt en dus de buit ook van jou is.' Muus haalde zijn schouders op. 'Ik ben niet geïnteresseerd.' 'Ik wel,' zei Hraab snel. Ottil staarde naar Muus. 'Niet geïnteresseerd? Dit is rijkdom. Ik zou er een leger mee kunnen betalen om Rannar te verslaan en mijn troon terug te pakken.' 'Breek er je hoofd niet over, Muus,' zei Moirra met een blik op zijn gespannen gezicht. 'Ik zal het met de dorpsoudste en het krijgshoofd regelen. Ze hebben allebei verliezen geleden die vergoed moeten worden. Die balen stof gebruiken we voor de nieuwe kleren die de dorpsvrouwen gaan maken. De rest verdelen we tussen het dorp, het garnizoen en onszelf.' 'Ik heb wapens en uitrusting nodig,' zei Ottil. 'Geir ook.' Hij zag het verbaasde gezicht van de jongen. 'Ik kan mijn eigen laarzen poetsen, maat. Ik wil dat je naast me staat in de strijd.' 'Ik ben geen krijger,' zei de jongen. Ottil sloeg hem op de schouder. 'Dan maak ik je er een. We hebben tijd voordat Hraab voldoende hersteld is om te reizen. Ik denk dat het garnizoen alles van Largassens mannen heeft meegenomen. Ik zal het er met het krijgshoofd over hebben.' 'Zo doe je dat,' zei Hraab met een van zijn brede grijnzen. 'Volg de man, Geir; je gaat het maken in de wereld.' Geir keek verward. 'Ik ben maar een boerenjongen.'

'Sommige van onze grootste helden waren boerenjongens,' zei Hraab. 'Nou, waar was ik gebleven?' Met zijn linkerhand opende hij de grote kist die de pijl had geactiveerd en rommelde door in leer verpakte kostbaarheden. Plotseling floot hij. In zijn hand hield hij een mooi gouden kistje, ingelegd met edelstenen. Met zijn duim opende hij het deksel en daar, op een kussen van paars fluweel, lag een kleine knook. Hij glimlachte lichtjes en sloot het deksel. 'Muus, kijk hier eens naar. Het is heel waardevol.'

'Heel, heel,' zei Ottil. 'Mijn moeder had ook zo'n doos, een geschenk van mijn koninklijke oom. Het was een leger waard, zei ze altijd.'

'Misschien mag je het kistje houden van Muus. Koop er geen Fynni mee. Ze spelen vals.'

'Het is mooi,' zei Moirra. 'Wat zit erin?'

'Een cadeau voor de runenmeester,' zei Hraab.

Snel klapte Muus het deksel open en keek naar het bot. 'Het is er een,' fluisterde hij. 'Ik voel de anderen schudden, alsof ze blij zijn.' Hij pakte het botje en voegde het bij de drie die hij al droeg. 'Het is echt een van hen. Een van de grote runen.' Hij hoorde een vaag gefluister in zijn hoofd. *L'aj.* 'De Rune van Tongen.' Hij had geen idee wat die rune deed. 'Tongen? Misschien likt het zijn vijanden dood of zo.'

Daar moest Moirra om lachen. 'Nee, domoor. Het gaat om vreemde tongen spreken. Andere talen. We zullen het nodig hebben zodra we naar het vasteland gaan.'

Muus' hoofd schoot omhoog. 'Het vasteland. Waarom hebben de goden mij voor deze taak uitgekozen?'

'Je wilt het antwoord niet weten,' zei Hraab. 'Wees blij dat je niet bij Owwich werd gedood.'

'Soms vraag ik me dat af,' zei Muus, terwijl hij naar hem staarde. 'Vreemd, je bent niet meer die kleine jongen naast Ajkell, al die maanden geleden.'

'Ajkell,' zei Hraab. 'Ik denk vaak aan hem. Hij was zo stabiel, zo onverstoorbaar. En Kjelle. Denk jij nooit aan Kjelle?'

Muus was verbaasd over de vraag. Hij had al lang niet meer aan Kjelle gedacht. 'Eigenlijk niet, er gebeurt zo veel. Maar nu je het vraagt, soms mis ik hem. We hebben tien jaar van ons leven gedeeld; dat is een lange tijd. Ik vraag me af hoe het met hem is, met Birthe en kleine Búi. Zal ik ze ooit weer zien?'

Moirra fronste haar wenkbrauwen. 'Je wilt geen meisje met een baby.'

Muus nam haar hand. 'Wat zeg je nou? Ik wil Birthe ook niet zonder baby. Ze is een Nord, veel te groot en capabel. Ik heb ze liever klein. En capabel. Birthe was een vriend; ze accepteerde mijn krachten hoewel ze de mannen haatte die ze hadden, maar zou ik haar willen hebben? Nee.'

Moirra glimlachte lief. 'Het is al goed, ik ben niet jaloers.'

'Er is niets om jaloers op te zijn,' zei Muus met vaste stem.

De volgende ochtend begonnen de vrouwen van het dorp aan geschikte kleding voor Muus en de jongens. Largassens buit bevatte veel fijne stoffen, waaruit ze een lange, donkerrode robe maakten voor de runenmeester, met een zware reismantel. De jongens kregen tunieken en geruite broeken. De lokale schoenmaker voorzag hen van nieuwe laarzen, want hun schoenen waren geruïneerd door het zeewater. Ottil keek goedkeurend naar zijn mooie kleren. Het maliënhemd dat hij uit de buit van het garnizoen had opgevist, paste goed over de tuniek. Met een zwaard aan zijn riem en een ijzeren helm op zijn hoofd voelde hij zich volledig de krijger. Geir aanvaardde alles wat ze hem gaven met verbazing, alsof hij zich nog steeds niet kon voorstellen waarom ze dat deden. Alleen Hraab bekeek zijn fijne tuniek met afkeer. 'Hij is veel te schoon,' zei hij. 'Ik haat het gevoel respectabel te zijn.'

'Zie je er liever uit als mijn dienstknechtje?' vroeg Ottil hooghartig.

Hraab wierp hem een vuile blik toe.

'En nu je toch bezig bent,' zei de prins, 'vraag Moirra om je haar te wassen, voordat de een of andere koekoek denkt dat je een nest bent.' Hij was beleefd genoeg om te wachten tot zijn vriend buiten gehoorsafstand was, voordat hij begon te kraaien: 'Ik heb hem! Dit keer heb ik hem!'

Toen Hraab terugkeerde gaf hij bijna licht. Zijn haar was netjes gekamd, zijn huid sprankelend wit en in zijn nieuwe kleren zag hij eruit alsof hij de jonge prins was. Juwelen schitterden aan zijn vingers en rond zijn nek. Een elegante degen hing aan een koperen riem om zijn middel en zijn voeten staken in fijne leren laarzen.

'Verdomme,' mompelde Ottil. 'Waar heb je al die blinkertjes vandaan?'

'Oh,' zei Hraab nonchalant, 'die heb ik gevonden. Niet hier,' zei hij ernstig, met een blik naar Muus. 'De meeste komen uit Nidros. Mensen zijn zo slordig met hun waardevolle spullen.' Hij grijnsde naar Ottil. 'Ben ik nu goed genoeg voor jouw verheven gezelschap, prins?'

Ottil zuchtte. 'Waarom win je het altijd?'

'Ben je boos op me?'

De prins snoof. 'Natuurlijk niet.' Toen lachte hij. 'Kijk maar uit voor gauwdieven, glitterkat.'

Twee dagen later vertrokken ze. Hraabs schouder was zo snel genezen, dat de jonge Geir hem ongelovig aanstaarde toen het verband eraf ging en alleen twee witte littekens lieten zien waar de pijl in en uit was gegaan. Meerdere malen zag Ottil hoe Geir naar Hraab keek en dan zijn hoofd schudde, maar hij zei nooit iets. De jongen was toch al niet erg spraakzaam. Of hij nog om zijn broer treurde of stil van zichzelf was, kon Ottil niet zeggen. Uiteindelijk besloot de prins dat zijn nieuwe hirdman een zwijgzame, sombere boer was. De jongen was wel handig met een bijl en al snel leerde Hraab hem allerlei trucs die handig zijn voor wie niet groot en gespierd is.

Op een avond, toen ze gestopt waren voor de nacht, zat Muus naar hun training te kijken. 'Je had Kjelles lessen niet echt nodig, die tijd aan boord van de *Madgund,* of wel?' zei hij na een tijdje.

Hraab glimlachte. 'Nee.'

'Waarom deed je dan alsof?'

'Omdat Kjelle iets nodig had om zich goed over te voelen.'

'Dat was aardig van je.'

Hraab haalde zijn schouders op. 'Het was noodzakelijk. Kjelle heeft dingen te doen. Trouwens, ik had medelijden met hem. Hij had veel harder hulp nodig dan jij op dat moment.'

'Je bent wijs voor je leeftijd.'

Hraabs glimlach groeide. 'Nogal, hè?' Toen schreeuwde hij tegen Geir. 'Niet op die manier, lamvingerige lummel! Of heb je nog reserve lichaamsdelen bij je?'

Er trok een vluchtige glimlach over het gezicht van de boerenjongen. Hij veegde zijn rode krullen uit zijn ogen en probeerde de bovenhandse worp opnieuw. Toen zijn bijl trillend in de boom stond, gaf Hraab hem een klap op zijn schouder. 'Beter. Veel beter.'

Ottil knikte. Zijn hirdman zou een krijger worden, of 'ie 't wilde of niet.

HOOFDSTUK 12 – EEN WRAAKZUCHTIG DORP

Bijna een zevendag later zagen ze vanaf een heuveltop in de verte een rivier die traag westwaarts stroomde.

'De Temysis,' zei Moirra. 'We moeten stroomopwaarts om 's–Konings Lud te bereiken.'

'Kunnen we niet dichterbij komen?' vroeg Ottil.

Het meisje schudde haar hoofd. 'Tussen hier en daar is het één groot waterland, vol rietmoerassen en modderbanken. We zouden te veel tijd verliezen.'

'Ik ruik de zee,' zei Geir plotseling.

Moirra glimlachte naar hem. 'De moerassen en de rivier zijn hier erg zout. Ik heb horen zeggen het tij tot voorbij 's–Konings Lud reikt.'

'Ik heb liever de fjorden,' zei de jongen zachtjes. 'Ze zijn schoner.'

Ottil staarde hem aan. 'Je hebt toch geen heimwee, of wel?'

'Al sinds we de boerderij verlieten,' zei Geir simpelweg. 'Met Olf in de buurt ging het nog, maar nu...' Hij veegde zijn neus af. 'Ik wil naar huis.'

'Nou, dat kan niet,' zei de prins botweg.

Geir wreef in zijn ogen. 'Ik weet het.'

Ze reden door, langs afgelegen boerderijen en kleine nederzettingen, totdat ze op de rivier schepen zagen. Rijen en rijen schepen, van hetzelfde type als de boten die Beermuil had gebruikt, maar vele van hen waren groter. Een zee van masten, met vluchten meeuwen die om hen heen doken en dansten.

'Wat is dat?' vroeg Ottil met verbazing in zijn stem. 'Een oorlogsvloot?'

Muus staarde naar de schepen. Geen zeil in de mast, geen bemanning aan boord. 'Het moet die koninklijke vloot zijn waar de krijgsleider van Denar Byn het over had.'

'Er liggen daar wel honderd schepen,' zei Ottil. 'Zelfs tien ervan zouden die viking met gemak hebben uitgeschakeld.

Wat voor koning is die Cucharann?' Hij krabde aan zijn neus. 'Ik zie ook nergens wachters.'

Hraab wees. 'Alleen in die twee torens.'

De prins zuchtte. 'Stompzinnig. Met vijftig man kan ik die hele vloot in brand steken.'

Hij was meer onder de indruk van de eerste aanblik van 's– Konings Lud zelf. 'Stenen muren,' zei hij. 'Waar zijn ze bang voor?'

'Voor jou en je vijftig man misschien?' zei Moirra.

Ottils ogen schitterden. 'Er moet een manier zijn om in de stad te komen. Waar een wil is...'

Geir kuchte zachtjes. 'Hoogheid, waar is dat gat in de muur voor, daar half onder water?'

'Mogelijk een rivieruitlaat,' zei Muus.

Geirs rode lokken dansten toen de jongen zijn hoofd schudde. 'Het lijkt wel een open deur.'

'Briljant,' zei Ottil. 'Een open deur. We zouden zo naar binnen kunnen zwemmen.'

'Je vindt het vast niet erg als wij minder krijgshaftig volk gewoon over die brug gaan,' zei Moirra.

Ottil snoof. 'Als je dat liever hebt. Ik vind ons plan veel grootser.'

'Heb je al leren zwemmen?' vroeg Hraab en hij keek met een schuin hoofd naar de prins.

'Stil, val me niet lastig met de details.'

De hoefslag van hun paarden weerklonk luid over de planken van de brug. Halverwege was een open poort, met een wachter die tegen de muur leunde alsof hij de koning van de verveling was. Hij opende één oog naar ze en wuifde ze verder.

'Met wachters als die daar kunnen we in roeiboten aankomen, met wapperende vlaggen en schallende trompetten, en dan kon het 'm nog niets schelen,' zei Ottil zuur.

Eenmaal in de stad keek hij om zich heen. 'Ik denk niet dat ik de moeite neem. De muren zijn prima, maar dit is net als elke andere suffige plaats.'

Muus kon het alleen maar met hem eens zijn. Brytanna's hoofdstad was een teleurstelling. De straten in 's–Konings Lud waren modderig, de houten huizen klein en donker en er waren meer varkens op de weg dan mensen.

Het grootste gebouw in de stad was de hal van de koning, dus daar gingen ze heen. Ze werden begroet door een kennel vol blaffende waakhonden en lieten de paarden achter bij de grote drinkbak buiten. Bij de ingang werden ze tegengehouden door een gewapende wachter.

'De hoogkoning ontvangt niemand,' zei hij. 'U kunt maar beter op een ander moment terugkomen, druïdes.'

Moirra glimlachte op de manier die iedere keer weer Muus' hart wrong. 'Ik kom niet voor de hoogkoning,' zei ze. 'Ik wil de koninklijke druïde Tyllas spreken.'

'Natuurlijk.' De wachter keek opgelucht. 'Tyllas. Dat is geen probleem, druïdes.' Hij stak zijn hoofd om de hoek van de deur en schreeuwde iets. Tegen de bediende die op zijn roep aankwam, zei hij: 'Breng de druïdes en haar metgezellen naar meester Tyllas. En een beetje vlug.' Toen draaide hij zich om naar Moirra. 'Volg de slaaf, druïdes. Hij zal u bij de wijsheid brengen.'

Voor zijn hulp kreeg hij een tweede glimlach, waardoor hij bijna zijn speer liet vallen.

'Niet doen!' fluisterde Muus. 'Je breekt mijn hart.'

Moirra lachte alleen maar; een geluid zo mooi dat vele hoofden in hun richting keerden. Alleen de slaaf leek er ongevoelig voor. Met een uitdrukkingsloos gezicht leidde hij hen door de drukke hal naar een alkoof in de schaduw. 'Bezoekers voor u, meester Tyllas.' Met een korte buiging ging hij weg.

De koninklijke druïde was een kleine, magere man met een neus als de snavel van de raaf op zijn schouder.

'Druïdes Moirra? Oh, Fardoraghs student. Ja, ja, nu herinner ik het me. Wat kan ik voor u doen, melieve?'

'Uwe Wijsheid, ik begeleid runenmeester Terrel hier. We zijn op een uiterst urgente zoektocht. U zou ons een grote dienst bewijzen met wat informatie.'

Tyllas keek bedenkelijk. 'Wat voor informatie?'

'Er gaan verhalen rond over een wijsman die gedachten kon lezen. Hij stierf zo'n veertig winters geleden. Kunt u ons vertellen waar dit heeft plaatsgevonden?'

Tyllas' gezicht werd langer. 'Ik kan dat niet aan een buitenstaander vertellen. Uw runenmeester, wie hij ook mag zijn, is geen druïde, geen lid van de Cirkel. Hij is gewoon een niemand.'

Muus haalde diep adem en dwong zijn woede terug. Uiterlijk ontspannen stapte hij naar voren. 'Wijsheid, ik ben runenmeester Terrel uit Owwich, niet een niemand. Ik ben op een zeer belangrijke reis en ik behoef alle hulp die u mij kunt geven.'

Meester Tyllas rechtte zich. 'Runenmeester, ik kan het u niet vertellen.'

'Oh, zeur niet zo, Tyllas,' kraste de raaf op de schouder van de druïde. 'Geef hem de informatie, zijn onderneming is van vitaal belang.'

Tyllas verbleekte en hij staarde met afschuw op zijn gezicht naar de raaf. 'Je... je kunt praten?'

'Natuurlijk kan ik praten, dwaas. Wanneer het nodig is. Schiet nou maar op, wil je?'

Muus keek naar Hraab, wiens gezicht een en al onschuld uitstraalde. Toen keek hij opzij en ontmoette Moirra's ogen, glimmend van ingehouden pret.

'Ik zou niet treuzelen wanneer Mawgans Gezant spreekt,' zei ze, haar stem bijna spottend.

'Kom mee,' zei de koninklijke druïde haastig.

Hij leidde hen naar een kleine kamer aan de achterkant van de hal. Een bed, een stoel en een schrijftafel waren de enige meubelstukken.

In ieder geval leeft Tyllas sober, dacht Muus. De druïde liep naar een kist bij zijn bed en kwam terug met een in leer gebonden boekje.

'Yarras,' zei hij. 'Het is een dorp ten noorden van hier. Het moet aan of in de buurt van de rivier liggen. De ondervraagden spraken van een wijsman die in de hoofden van mensen kon kijken en las wat ze dachten. Zijn macht leek te rusten in de een of andere amulet die hij om zijn nek droeg. Het moet met hem zijn begraven, want na zijn dood werd er niets vreemds meer gemeld.'

Met een late poging tot behulpzaamheid overhandigde de koninklijke druïde het boekje aan Moirra. 'Neem het maar mee. Kun je mij vertellen wat er belangrijk aan is?'

'Ik ben bang van niet, Wijsheid,' zei Muus zo formeel als hij kon. 'Het is een aangelegenheid van de goden en ik ben niet vrij erover te spreken.'

Tyllas knikte. 'Jammer, maar ik begrijp het. Mag ik u een veilige reis wensen?'

Op de terugweg door de hal stopten ze toen een luide stem ze riep. 'Jij, jongen! Kom hier.' De bevelende woorden kwamen van een dikke man op een vergulde stoel aan het eind van de hal.

'De hoogkoning,' fluisterde Moirra. 'Wees voorzichtig.'

Muus liep naar de koninklijke zetel en boog lichtjes, op de Brytaanse manier. 'U wilt mij spreken, Hoogheid?'

'Dat kind, die dunne roodharige. Hij is een Nord!' Het gezicht van de hoogkoning was opgezwollen en zijn ogen waren bloeddoorlopen. Zijn enorme lichaam puilde over de zitting heen en zijn adem klonk ongezond hijgend.

'Hij is maar een dienaar, Hoogheid.'

'Hij is een Nord. Ik wil geen Nords aan mijn hof.' De stem van de koning klonk klagerig. 'Geef hem hier, dan laat ik hem doodmaken.'

Achter zijn rug hoorde Muus hoe iemand naar adem hapte. 'Dat kan ik niet doen, Hoogheid,' zei hij ferm. 'Hij is nog maar een kind. Er is geen noodzaak voor zijn dood.'

'Je kunt me niet weigeren,' zei de koning schel. 'Of ik laat jullie allemaal ophangen.'

Muus richtte zich op. 'Ik ben een runenmeester, Hoogheid. Het zou een onverstandig idee zijn om mij te bedreigen.'

'Wachters!' schreeuwde de koning. 'Kom hier!'

Moirra stapte naar voren en het kaarslicht liet haar witte gewaad schitteren. 'Hoogheid, ik ben van de Un–a–Dach, net als de runenmeester. Als u één van ons kwaad doet, zal de Un–a–Dach hun bescherming van u af trekken.'

De dikke hoogkoning aarzelde.

'Ik zal de persoon van de hoogkoning niet bedreigen, Hoogheid,' zei Muus nadrukkelijk. 'Maar ik kan deze zaal rond Uwe Hoogheids oren afbreken. Ik kan uw soldaten verbranden zoals ik het deed met de viking Largassen. Hij is dood, trouwens, net als zijn mannen.'

'Wat?' Het gezicht van de hoogkoning was bleek geworden, maar er kwam een beetje kleur terug toen hij de strohalm zag die zijn gezicht kon redden, en hij greep hem beet. 'Dat monster is dood? Hoe is het gebeurd? Wanneer? Waar?'

'Laat mij het verhaal vertellen,' zei Moirra. Met een heldere stem begon ze bij hun aankomst in het garnizoen van Denar Byn. Ze benadrukte de moed en loyaliteit van zijn soldaten en de hoogkoning glimlachte.

'Dat vind ik fijn,' zei hij. 'Ik houd van dappere mannen om mij en mijn grenzen te bewaken.'

Toen vertelde ze van de schepen op het strand en de zeerovers die het dorp Luddagh in brand wilden steken. Ze beschreef tot in detail hoe de runenmeester met Largassen afrekende en de manier waarop hij de zeerovers tot overgave dwong. De hoogkoning lachte erom en klapte in zijn handen. 'Ze zijn allemaal dood?' vroeg hij gretig. 'Dood en begraven?'

'Allemaal, Hoogheid.'

'Goed gedaan. En waar heb je die akelige roversjongen vandaan?'

'Hij is geen rover, Hoogheid. Hij was een gevangene van de zeerovers. We namen hem aan als dienaar, omdat hij te jong is om iets verkeerd te hebben gedaan.'

De borst van de hoogkoning zwol op. 'Ze zijn nooit te jong! Die verdomde Nords zijn goddeloos geboren. Neem hem mee! De volgende keer dat je mij komt vertellen over je overwinningen uit mijn naam, laat je hem in de kennel buiten.'

'Uwe Hoogheid is te genadig,' zei Muus en opnieuw boog hij. Daarop verlieten ze de zaal, terwijl de hoogkoning schreeuwde om meer wijn.

'Laten we maken dat we wegkomen,' zei Moirra, 'voordat hij van gedachten verandert.'

Ze haastten zich naar hun paarden en binnen enkele minuten reden ze door de stad naar de westelijke poort.

'Wat een grap,' zei Ottil. 'Ik dacht dat mijn vader een dwaas was, maar deze vent slaat alles.'

'Zijn onderkoningen houden hem hier, goed voorzien van geld, eten en drinken,' zei Moirra. 'Hij verlaat zijn paleis nooit.'

'Het zou hem doden,' zei Muus. 'Hij heeft niet veel jaren meer te leven.'

Moirra keek hem aan. 'Je hebt waarschijnlijk gelijk.'

Een gedempt geluid deed ze over hun schouder kijken.

'Waarom huil je?' vroeg Ottil.

'Ik was bang,' zei Geir door zijn tranen heen. 'Z–zou je echt voor mij hebben gevochten?'

Muus glimlachte naar hem. 'Natuurlijk zou ik dat. Je bent nu een van ons en ik zal niet toestaan dat zo'n vette dwaas een vinger naar je uitsteekt.'

'Ik ook niet,' zei Ottil. 'Verdomme, ik zou 'm de oorlog verklaren.'

Muus knipoogde naar Moirra, hij wist beter dan te lachen om de boude belofte van de prins.

'Hoe dan ook, we hebben waar we voor kwamen,' zei het meisje. 'Dankzij die raaf.'

'Ik wist niet dat ze konden praten,' zei Ottil.

Hraab trok zijn wenkbrauwen op en de prins kreeg een kleur.

'Verdomme, natuurlijk kunnen ze dat niet. Jij was het, met die bijdehante geintjes van je.'

'Raven praten niet, domme jongen,' zei Ottils paard. 'Alleen wij edele Brytaanse rijdieren zijn daar slim genoeg voor.'

Op hetzelfde moment reden ze door de westelijke poort en de wachter keek met open mond naar de bruine merrie.

'Gaap me niet aan, jongeman,' zei het paard in het voorbijgaan. 'Dat is onbeleefd.' De soldaat maakte een sprongetje en vluchtte.

Wild lachend haastten ze zich weg van 's–Konings Lud.

Door een dicht bos trokken ze noordwaarts, tot ze op de vierde dag bij een kleine rivier kwamen.

Muus hield zijn paard in. 'Dit zal de Tyllas zijn, een zijrivier van de Temysis. Volgens het boek moet het dorp hier in de buurt liggen.'

Ze volgden een pad langs het water tot aan een kleine nederzetting. Bij het eerste huis zag een zuur kijkende man hen aankomen. Toen ze naderbij kwamen, keerde hij zijn rug naar hen toe.

'Goedendag,' zei Muus. 'Is dit het dorp Yarras?'

'Dat zou kunnen,' zei de man over zijn schouder. 'Afhankelijk van wat u komt doen.'

'Dat zijn druïde aangelegenheden,' zei Moirra scherp. 'Kunt u ons het huis van de hoofdman wijzen?'

De man draaide zich om. 'Volg het pad langs de rivier. Het huis bij de molen.'

'Dank u,' zei Muus en ze reden het dorp in.

Yarras zag er armetierig uit. De huizen waren vervallen, met overwoekerde tuinen en gebroken ramen. Gemelijke mensen hingen rond zonder iets te doen en bekeken hen met argwaan.

Bij het stille molenhuis vonden ze de molenaar, een norse oude man die toegaf het dorpshoofd te zijn.

'Welkom in mijn huis,' zei hij ongemeend. 'Gaat u zitten. Hoe kan ik u edelen van dienst zijn?'

'Dit is het dorp Yarras?' vroeg Muus.

De oude man knikte. 'Dat is 't.'

'Dan wil ik het hebben over iets dat vijftig jaar geleden gebeurd is.'

Het gezicht van het dorpshoofd verstarde.

'Ik weet niet waar u 't over heeft,' zei hij toen Muus uitgesproken was. 'We zijn een eenvoudig dorp; hier zijn geen wijsmannen begraven.'

'Het staat hierin,' zei Muus en hij hield het boek omhoog dat druïde Tyllas hen zo ongaarne had gegeven. 'Opgeschreven door een druïde in de heilige taal. De wijsman woonde in een nabijgelegen hut en de verhalen vertellen ons dat hij gedachten van mensen kon lezen. Na enkele jaren stierf hij, zeiden de getuigen. Volgens het boek had hij misschien een amulet die wij nodig hebben, dus willen we zijn lichaam vinden.'

'Hij is hier niet begraven,' zei de oude man weer.

Moirra hield haar hoofd schuin. 'Niet begraven,' herhaalde ze. 'Maar zijn lichaam is hier ergens?'

'Nee,' zei de oude man na een tijdje en Moirra fronste haar wenkbrauwen.

'Let op wat u zegt; het is onverstandig om tegen een druïdes te liegen.'

De oude man verbleekte. 'Ik...'

'Waar is hij?' zei Muus.

'We lieten hem in zijn hut achter en blokkeerden de deur,' zei het dorpshoofd eindelijk. En fel voegde hij eraan toe: 'Hij was een vreselijke man. Hij las onze gedachten en dan kletste hij erover in het dorp. Niemand was veilig voor zijn kwaadaardige tong. Hij moest dood, maar in zijn sterven vervloekte hij het dorp!'

'Je hebt hem vermoord?' vroeg Moirra nuchter.

Het gezicht van het dorpshoofd vertrok. 'We hebben hem gedood, ja. Het was onwettig, maar we waren wanhopig. Hij vervloekte ons toen we hem tot de dood veroordeelden, dus sneden we zijn tong af voordat we hem aan een boom ophingen. Toen hij dood was, haalden we hem naar beneden, legden hem in zijn hut en deden de deur op slot. Maar zijn vloek leefde voort en knaagt nog altijd aan ons, maakt ons angstig en wantrouwend tegenover buitenstaanders. Voordien handelden we in huiden met de kooplieden in 's–Konings Lud, maar we durven het niet langer. Zijn vloek weerhoudt ons.'

Moirra stond op en haar witte gewaad glinsterde in de schemerige kamer. 'Wilt u ons de hut laten zien?'

De hoofdman knikte. 'Het is niet ver van hier.'

De hut lag op een helling net buiten het dorp. Ooit was er een pad geweest, maar vijftig jaar onbruik had het vrijwel uitgewist. De oude man wist feilloos de weg. Na een tijdje kwamen ze bij een verlaten bouwsel, omgeven door zachte winden en gefluister.

Muus huiverde. 'Wat een vreselijke plek. Die stemmen...'

'Je hoort ze ook?' vroeg Moirra verrast. 'Dat moet je Un–a–Dach bloed zijn.'

'Mijn Knoken trillen,' zei Muus. 'Ik denk dat we er nog een gevonden hebben. Hoe komen we binnen? '

'We gooiden de sleutel weg,' zei de oude hoofdman. 'Hij is in de rivier verdwenen.'

Ottil legde een hand op de houten deur en duwde. 'De planken zijn nog steeds stevig. We kunnen het openbreken of zou je liever...?' Hij bewoog zijn vingers.

Muus schudde zijn hoofd. 'Dat kost me te veel energie voor een deur.'

Ottil keek naar Geir. 'Jij doet het; jij hebt een bijl.'
Zonder een woord haalde zijn hirdman het wapen van zijn
riem. Hij bekeek de deur even en begon te hakken. Algauw
viel het slot eruit en de deur zwaaide open.
'Dank je,' zei Muus en Geir knikte.
Binnen was het muf en droog. Muus stapte naar voren en
voelde de runen aan zijn nek trekken. Op het gevoel af liep
hij door tot hij bij een houten brits kwam. Hier lag het
gerimpelde omhulsel van een uitgedroogde man. Zijn
lichaam was gekleed in een vuile, lange tuniek en het touw
waaraan ze hem opgehangen hadden, zat nog steeds om zijn
nek. Met een huivering van afkeer tastte Muus naar de
Knook die hij zocht.
'Hebbes!' zei hij opgelucht. Het kootje sprong als vanzelf
in zijn hand. *G'hez.* 'De Rune van Scherpe Oren. De man
was geen gedachtelezer.'
'Dat was hij niet?' Het dorpshoofd stapte geschokt terug.
'Maar hij wist al onze geheimen.'
'Hij was gewoon een nare oude man,' zei Hraab. 'Helemaal
geen wijsman. Ik zie hem zo rondsluipen door het dorp en
luisteren. Een nieuwsgierige, akelige, oude roddelaar, meer
was hij niet.'
'Maak je er niet ongerust over,' zei Moirra tegen de
hoofdman. 'Het gebeurde lang geleden. Je kunt hem nu
begraven. Hij had geen magie.'
'De vloek!' Er lag een diepe pijn op het gezicht van het
dorpshoofd. 'De angst waarmee hij ons strafte?'
'Dat deden jullie jezelf aan.' Moirra's gezicht was
uitdrukkingsloos. 'Het was schuldgevoel dat jullie bang
maakte. Nu is het weg. Er is geen reden meer voor schuld of
angst. Ga en vertel uw mensen dat de kooplieden in 's–
Konings Lud nog steeds huiden nodig hebben.'

'Hij moet magie hebben gehad,' zei Muus later, toen zij van
Yarras wegreden. 'De Knook zou niet hebben gereageerd als
hij het niet had.'

Moirra keek hem even aan. 'Natuurlijk. Maar de krachten die hij had zijn al lang geleden verdwenen en de vloek met hen. De angst van de dorpelingen was een zelfopgelegde gewoonte geworden die ik moest doorbreken.'

'Zal het werken?' vroeg Ottil.

Moirra haalde haar schouders op. 'Dat hangt er van af hoe diep ingebakken hun moedeloosheid zit. Misschien wel.' Ze zuchtte. 'Ik zal het aan de Cirkel melden; de hoogdruïde zal wel iemand sturen om hen te helpen.'

HOOFDSTUK 13 – SLAG BIJ DE VOORDE

Tuuri liep naast Vulf aan het hoofd van de tweeëndertig ulvhednar. Het was twee maanden geleden dat ze Eidungruve hadden verlaten en zijn haat voor de wrede Fynni leider was in die tijd alleen maar groter geworden. Toch wilde Tuuri alles over zijn vaders volk te weten komen. Wat hen dreef, waarom ze de Oude Goden vereerden. Hij bleef maar vragen stellen en Vulf, met die sluwe glimlach van hem, bleef ze beantwoorden.

'Lucht is de Beukende Wind,' zei de tarkynn, terwijl ze door de eindeloze bossen van Noord–Gallië liepen. 'Hij schiep de wolken en de storm, de onverwachtse dood door de klauwen en de getande snavels van de vogels. Machtig is Lucht en een onstuimige god.'

Tuuri keek met een scheef oog naar de Fynni, wiens gezicht bleek en extatisch was, en knikte zonder iets te zeggen. Zijn neus ving een rokerige lucht op, zoals de geur van al die boerderijen die Vulf achter zich had afgebrand. Heimelijk controleerde Tuuri zijn wapens.

Het pad liep door een woud van immense beuken, waarvan de takken over het pad heen vergroeid waren met de bomen aan de andere kant. Toen ze uit de tunnel van bladeren kwamen, bevonden ze zich aan de rand van een open plek. De stank kwam van de zwartgeblakerde resten van een houten bolwerk in het midden van het veld.

Vulf maakte een vreemd geluid achter in zijn keel. Tuuri zag hem naar de ruïne staren, zag het rood van zijn woede in de tarkynns magere wangen opstijgen en hield zich heel stil.

'Verdomme, Ildr!' schreeuwde de tarkynn. 'Vervloekt en verdoemd ben je.' Een moment lang vervaagde Vulfs menselijke vorm en huilde een grote wolf zijn woede naar de hemel.

Dus dat is de reden waarom hij mijn beervorm doorzag, die dag in Eidungruve, dacht Tuuri met een schok. *Ik had het kunnen weten. Ulvhednar zijn wolf berserkers. Natuurlijk is hun leider een gedaantewisselaar.*

Een krom wezen kwam uit de schaduwen van het bos en rende op handen en voeten over het gras naar hen toe. Het was hun verspieder, een weerzinwekkend, krabachtig *ding*; een jonge vrouw, vanaf haar geboorte misvormd tot haar huidige vorm van snelle steelsheid.

'Er zijn vijanden recht vooruit,' zei ze met hoge stem. 'Een eindje verderop is een doorwaadbare rivier. Aan de andere kant een veld als dit en een bouwvallige vesting, nauwelijks bewoonbaar. Ik zag gespuis; mannen en vrouwen, slecht bewapend. Twintig, vijfentwintig, niet meer.'

De tarkynn keerde terug in zijn menselijke gedaante. Hij maakte een blaffend geluid en Tuuri bevroor. Het was Vulfs jachtroep en zijn mannen antwoordden met een woest janken dat Tuuri iedere keer weer kippenvel bezorgde. *Dat voorspelt niet veel goeds voor die arme mensen aan de overkant van de rivier,* dacht hij.

Vulf begon te rennen, gevolgd door zijn Fynni in de soepele gang van een roedel wolven die een prooi ruikt. Tuuri wist dat hij hen nooit zou kunnen bijhouden. Hij sprong over een boomstam die het pad naar de rivier blokkeerde en volgde ze in zijn eigen tempo.

Bij de waterrand verscholen de Fynni zich in de bosrand, terwijl Vulf naar de vesting op een lage heuvel staarde. Tuuri glipte langs de wachtende mannen en hurkte naast hem neer. 'Is dit verstandig?' vroeg hij. 'Hun muren lijken stevig en je troep is niet al te groot.'

Vulf draaide zijn gezicht naar hem toe. 'Je bent en blijft een lafaard, nietwaar? Een walgelijke bastaard Fynnikin. Ik spuug op je, klootzak. En nu vooruit, we vallen aan en ik wil je zien vechten of ik bijt je de strot af.'

Een van de krijgers zei iets en wees naar de vesting. Langzaam ging een vlag omhoog in de mast.

'Ha!' Vulf draaide zich om naar zijn mannen. 'Ze dagen me uit. Ten aanval!'

'Vulf is er,' zei Kjelle tegen zijn mensen. De verwachting deed zijn hart sneller kloppen. *Vulf! We zullen je krijgen, moordenaar.* Zijn blik kruiste die van Ajkell en hij zag zijn opwinding weerspiegeld.

'Birthe en Göll zijn in positie met hun boogschutters,' zei Valiantrude. 'Net als Bemms krijgers. De vechters zijn gewapend en Annlith heeft een deel van het langhuis gereed gemaakt voor eventuele gewonden. Laat die schoften maar komen, we zullen nooit méér gereed zijn dan dit.'

En gereed waren ze. In de tijd sinds hun terugkeer van de Wedererberg hadden ze naar dit moment toegewerkt. De mensen getraind met hun nieuwe wapens, de muren en het huis versterkt zonder die bouwvallige aanblik kwijt te raken, het krijgsplan geoefend totdat alle mannen en vrouwen met hun ogen dicht hun plaats en hun taak wisten.

'Theyn, de vijand is bij de voorde.' De jonge boodschapper grinnikte vergenoegd.

'Goed,' zei Kjelle, terwijl hij uit zijn stoel opstond. Hij voelde geen spoor van zijn oude angsten. Hij was ervan overtuigd dat het plan zou werken. 'Laat onze standaard hijsen.'

De jongen salueerde en haastte zich terug naar de poort.

Kjelle luisterde, maar het was overal doodstil. Dat was onderdeel van het plan, doen alsof ze bang waren. Hij wreef in zijn handen. 'Laten we gaan, ik wil het gezicht van de bastaard zien.'

De Fynni kwamen door de rivier aanrennen, schreeuwend als demente beesten. Ze vormden een angstaanjagende aanblik met hun beschilderde gezichten en hun gespierde lichamen. Achter hen liep hun leider, een jonge man met een scherp gezicht, vertrokken in een grauw.

Dus dat is Vulf, dacht Kjelle. *Een hondsdolle wolf.* Naast hem holde een zwartharige jongen. Hij hield in en had zijn zwaard nog niet getrokken. Was hij bang?

Verscholen in de bosrand schoten Birthes veertien boogschutters hun eerste salvo af. Zes van de voorste Fynni sneuvelden en hun val deed hun broeders aarzelen. In de verwarring volgde een tweede salvo. Toen ging de poort open en Bemms tien krijgers stormden naar buiten, terwijl ze verwensingen riepen en met hun wapens naar hun oude vijand zwaaiden.

Kjelle draaide zich naar zijn mannen om. 'Kom op, voor Alman en Eidungruve!' Ze volgden de Niflunger de heuvel af en hij proefde al de zoete smaak van wraak in zijn mond.

Ajkell rende langs hem heen, in een rechte lijn naar Vulf. Hij brulde en er was iets van een beer aan hem. Kjelle stopte om te kijken. De beerkrijger sloeg zich een weg door de vechtende mannen heen, totdat hij de Fynni leider bereikte. Toen de twee slaags raakten, vielen alle gevechten stil.

De Fynni jankte en zijn zwaard schitterde in zijn hand. Een bliksemsnelle stoot naar Ajkells hoofd deed Kjelle naar adem snakken, maar de beerkrijger pareerde de klap en sloeg terug. Vulf sprong achteruit en Ajkell volgde hem onder een regen van slagen die een voor een werden afgeweerd. Het ging snel, in een tempo waarvan Kjelle wist dat hij het nooit zou kunnen evenaren. Ajkell hakte op Vulf in. De Fynni buitelde weg, draaide zich op de grond om en probeerde Ajkells benen onder hem uit te schoppen. De beerkrijger ontweek de poging en dook boven op Vulf, met zijn handen aan diens keel. Hij begon het hoofd van de ander tegen de grond te slaan en bloed droop over het gezicht van de Fynni. Vulf jankte weer en veranderde. Bont groeide over zijn lijf en zijn gezicht werd de kop van een wolf. Ajkells greep verzwakte. De wolf draaide zich om en miste het gezicht van de beerkrijger op een snorhaar na.

Ajkell sloeg zijn armen om het beest heen en klemde.

De wolf worstelde en probeerde in Ajkells gezicht te bijten, maar de beerkrijger versterkte zijn greep. Het huilen van het beest klonk paniekerig. Vulf vocht niet meer om te winnen, maar alleen om te ontsnappen. De nagels op zijn achterpoten trokken diepe krassen in Ajkells blote benen. De beerkrijger gaf nog een laatste omhelzing en Kjelle zag de wolf verslappen. Ajkell liet los en stond hijgend op. De dode wolf vervaagde en werd weer Vulf; een bebloede, dode Vulf. Om hen heen hervatten de gevechten zich, maar niet voor lang. De leiderloze Fynni vochten slecht en stierven een voor een, totdat er geen meer over waren. Kjelle liep naar waar Ajkell stond. 'Je hebt 'm,' zei hij. 'Bij Thor, je hebt 'm.' Ajkell hief zijn hoofd op. 'Ik heb Meili en zijn vrouwe gewroken. Mijn eer is hersteld.' Toen pakte hij Vulfs zwaard van de rotsen en hakte het hoofd van de Fynni af. Terwijl hij de druipende trofee omhoog hield, schreeuwde hij, 'Hraab, zie je het? Ik heb hem gedood, kleintje. Ik doodde Vulf!' Toen keek hij om zich heen. 'Ik moet een staak hebben.'

Tuuri had Vulf zien sterven, doodgeknepen door een massieve krijger. Hulpeloos begon hij te grinniken en toen hij eenmaal begon te lachen, kon hij niet meer stoppen. Snikkend en grinnikend vluchtte hij terug langs de weg die ze gekomen waren. 'Vulf, stom beest,' riep hij luid. 'Ik heb je gewaarschuwd. Maar je noemde me een lafaard, nietwaar? En nu ben je dood, met je mannen. Had ik geen gelijk, Vulf? Had ik geen gelijk?' Hij liep tot hij geen adem meer had en zijn longen dreigden te barsten. Toen stopte hij. Daar was Ildrs geruïneerde vesting. Hier kon hij een tijdje blijven; hij moest slapen. Ze zouden niet naar hem zoeken, ze zouden niet weten dat hij hier was. Waar moest hij heen? Hij dacht aan jarl Rannar en aan zijn plicht. 'Ik ga naar het zuiden. Naar die plaats waar de Shardheld heen gaat. Ik weet niet wat ik kan doen, maar ik ben geen Fynni. Ik zal mijn meester niet in de steek laten.' Hij sloot zijn ogen en sliep.

HOOFDSTUK 14 – ERKENNING

Kjelle stuurde een boodschapper naar jarl Dettrich met het verslag van zijn overwinning. De volgende dag waren ze bezig de doden af te leggen en hout te hakken voor een grote brandstapel, toen de uitkijk aan de weg naar Rhemes kwam aanrennen.

'De jarl komt eraan!' zei hij buiten adem.

Kjelle, die zij aan zij met zijn mannen de balken aan het stapelen was, pauzeerde en veegde zijn voorhoofd af. 'Jarl Dettrich? Verdomme, wat een ongelukkig moment. Waarschuw de keuken voordat je teruggaat naar je post.'

De jarl kwam het bos uit rijden, vergezeld door de andere stamleiders en hun volgelingen, een twintigtal mannen in totaal. Toen ze bij de vesting kwamen, stopten ze en staarden naar de rijen dode Fynni en de zeven mensen die Kjelle had verloren.

Langzaam reed Dettrich verder, terwijl Kjelle hem tegemoet kwam.

'Welkom, heer,' zei hij.

'Je rapport was niet al te lang, dus we komen je overwinning met eigen ogen bezien. Hoeveel heb je er gedood?'

'Vijfendertig, inclusief hun stamhoofd Vulf. Zijn dood heeft diverse eden afgelost, heer.'

Jarl Dettrich keek hem aan. 'Waren zij het?'

'Dit waren de beesten die mijn vader en mijn volk in Eidungruve vermoordden. Het was Ajkell Gudrofsen die Vulf in een tweegevecht overwon om de dood van zijn meester en vrouwe te wreken.'

Dettrich keek naar een lange man met blonde vlechten. 'Zo heeft hij zijn schuld vereffend.'

'Ik ben blij dat te horen, heer,' zei de man. 'Ik zal het hem zelf zeggen.' Hij wendde zich tot Kjelle. 'Goed je te ontmoeten. Ik ben Barulf, theyn van Leidwald sinds de dood van de oude Brandr. Zijn geest zal vanavond in het Walhalla feestvieren. Waar vind ik de jonge Ajkell?'

'Hij kapt bomen voor de brandstapel,' zei Kjelle. 'Vulf was een gedaantewisselaar en veranderde in een gigantische wolf. Maar Ajkell verpletterde hem tegen zijn borst en het monster stierf in angst.'

'Een prettige gedachte,' zei Barulf grimmig. 'Dan zal ik wachten tot hij terugkomt.'

'Zijn dat Niflunger?' vroeg jarl Dettrich, knikkend naar Bemms mannen. 'Niet alleen smeden ze voor je, maar ze vechten aan je zijde?'

'Ze komen van de Wedererberg. Het is een heel verhaal, heer. Zullen we naar binnen gaan? Het is primitief, maar goed genoeg voor onze eigen behoeften.'

In het langhuis zaten ze rond het vuur en Kjelle begon zijn verhaal van hun daden vanaf het moment dat ze van Dettrichs vesting vertrokken.

'Goed gedaan,' zei Dettrich, toen Kjelle met de strijd van gisteren eindigde. 'Alman was een groot leider en hij moet je meer van zijn sluwheid hebben nagelaten dan we dachten. Je hebt mijn vertrouwen ruimschoots gerechtvaardigd, heer Kjelle.'

Bedienden brachten bier en wijn, met kaas en worst. 'Ingekocht in Rhemes,' zei Kjelle trots.

Jarl Dettrich glimlachte. 'Je mensen eten er goed van.'

'We hebben onze vrienden van Wederer enkele diensten bewezen,' zei Kjelle. 'Ze betaalden ons genoeg om eten te kopen.'

'Het verbaast me. Ik dacht altijd dat Niflunger lelijke wezens waren, maar deze zien eruit als goede krijgers.'

'Dat zijn ze zeker,' zei Kjelle. 'Klein, maar je wilt ze in de strijd niet tegenover je vinden.' Hij keek Dettrich recht aan. 'Ze willen terug naar de Norden. Ik heb beloofd er met prins Ottil over te spreken. Zou u hetzelfde willen doen, heer? Ze zouden als vrienden van groot nut zijn.'

'Dat weet ik nog niet. Ze lijken capabel en ik weet dat koning Leodowric afgezanten naar de Zilverberg heeft gestuurd,' zei de jarl langzaam. 'Om meestersmeden te ronselen die ons gediend zouden kunnen hebben,' zei Birthe. Ze was net binnengekomen en ging naast Kjelle zitten. 'Als we ze met achterdocht blijven behandelen, dan hebben al onze buren straks betere wapens dan wij. Is dat wat we willen?'

'Het zijn dvergar,' zei een magere krijger snel. 'We schopten ze eruit omdat ze ons betoverden.'

'Onze Elbrich is geen tovenaar,' snauwde Birthe. 'Al zijn kracht gaat naar de beste wapens en rustingen in de wereld.'

'Straks wil je de zwartalven ook nog terug, vrouw,' zei de magere krijger boos.

'Rustig aan, Asger,' zei Jarl Dettrich. 'De dame is een völva.'

Birthe wachtte niet op een antwoord van de magere man. 'Zwartalven bestaan niet, heer Asger, noch dvergar. De Niflunger zijn mensen, net als jij en ik. Niet zo groot als Nords, maar dat ben je zelf ook niet. '

'Genoeg!' schreeuwde de theyn, doodsbleek. 'Ik ben hier niet gekomen om te worden beledigd. Je zult je woorden berouwen, vrouw.'

Birthe opende haar mond en zong een paar regels. Asger zonk hard terug op de bank en staarde met glazige ogen naar het meisje tegenover hem.

'Ik ben een völva,' zei Birthe met een dodelijke stem. 'Ik laat me door niemand bedreigen. Vergeet dat niet, *heer* Asger.'

Kjelle greep haar schouders beet en draaide haar zodat ze hem aankeek. 'Nee, liefste,' zei hij zacht. 'Niet op die manier. Ik zal je eer verdedigen met mijn zwaard, maar gebruik je kracht niet tegen vrienden.'

'Een vriend?' zei Birthe, terwijl ze zijn greep afschudde. 'Ik heb andere ideeën van mijn vrienden, theyn.' Toen liep ze het langhuis uit.

'Excuus, heer Asger,' zei Kjelle zwaar. 'De völva speelde een grote rol in de strijd van gisteren. Ze is ook mijn jagermeester, ziet u. Haar schoten zijn fataal en ze heeft veel vijanden gedood. Maar ze voelt de spanning.'

'Is ze echt zo goed?' vroeg Barulf van Leidwald, terwijl hij zich voorover boog.

Kjelle glimlachte. 'Ik heb haar nog niet zien missen. Ze doodde een beer toen ze veertien was.'

Barulf gaf de magere theyn een minachtende blik. 'Het lijkt erop dat je deze maal met de verkeerde persoon ruzie zocht, Asger.'

'Het wordt tijd om terug te gaan,' zei Dettrich. 'Mijn complimenten voor je overwinning en geef mijn excuses aan dame Birthe.'

Barulf was de laatste die het langhuis verliet. 'Stoor je niet aan Asger. Hij is een dwaas en de meesten van ons hebben een bloedhekel aan 'm.' Toen hij naar buiten stapte, botste hij bijna tegen Ajkell op.

De jonge beerkrijger verstijfde. 'Barulf.'

'Ajkell.' Heel even was het stil. 'Oude Brandr stierf, weet je. De dood van zijn zoon was te veel voor zijn hart.'

Ajkell ontspande zich niet. 'En jij nam het over?'

'We hielden een volksvergadering om de opvolging te bespreken. Er gingen verschillende namen rond; de mijne het meest. Dus werd ik gekozen. Toen kwamen de Fynni en we moesten... terugtrekken. Onze troepenmacht was niet al te groot en ze kwamen in de nacht, terwijl iedereen sliep. Wij krijgers slaagden erin om ze lang genoeg bezig te houden, terwijl de anderen door de achterpoort ontsnapten. Toen lieten we de vijand binnen, staken de gebouwen in brand en gingen de anderen achterna. We lieten bitter weinig te plunderen achter voor die schoften. We trokken naar het zuiden en voegden ons bij Dettrich.' Hij gaf Ajkell een harde blik. 'Je hebt Meili gewroken?'

Ajkell gebaarde naar Vulfs hoofd op een staak bij de poort. 'Dat is de hond.' Hij haalde zijn schouders op. 'Als vechter stelde hij niet zoveel voor, al was hij een gedaantewisselaar.' Barulf greep Ajkells hand. 'Welkom terug, broertje.' Toen glimlachte hij. 'Maar je gaat niet meer mee naar Leidwald?' Ajkell schudde zijn hoofd. 'Nee, ik dien Kjelle nu.' Barulf keek naar de jonge theyn. 'Je bent een gelukkig man, mijn vriend. Ajkell is de meest loyale vent in de wereld.' Kjelle staarde naar de twee mannen. 'Ik wist niet dat jullie familie waren.' Barulf lachte. 'Onze gezichten zijn verschillend. Hij is de jongste en ik de op één na oudste.' Hij keek trots naar Ajkell. 'Hij mag dan mijn kleine broertje zijn, maar ik zou hem niet als tegenstander willen hebben. Hij is net als onze vader, en de oude Gudrof is het sterkste schepsel aan deze kant van de Godenschemer. Nou, de jarl wordt ongeduldig. De zegen van de goden voor jullie beiden.' Met die woorden haastte hij zich zijn heer achterna.

Ajkells gezicht toonde de grootste glimlach die Kjelle ooit bij hem had gezien. 'Mijn broer, een theyn. Pa moet trots zijn.'

'Op jullie beiden,' zei Kjelle en hij klapte zijn lijfwacht op de schouder. 'Waar is Birthe?'

'Ze ging stroomopwaarts naar de bocht in de rivier,' zei Ajkell. 'Ze keek niet al te blij.'

'Ik ga achter haar aan.' Kjelle haastte zich naar de rivier.

Het water was hier slechts kniediep, en koud. Terwijl hij naar de bocht in de rivier waadde, hoorde hij een schreeuw.

'Birthe!' riep hij, terwijl hij probeerde sneller te gaan. Maar de stroming was sterk en hij kwam tergend traag vooruit. Voorbij de bocht zag hij Birthe op een rotsblok in het water staan, in gevecht met een afzichtelijk schepsel.

'Houd vol! Ik kom!'

Het wezen wipte op handen en voeten van rots naar rots en klauwde naar Birthe, terwijl het met hoge stem 'Doodt! Maak dood!' riep. Birthe weerde de aanvallen af met haar lange jachtmes, onder een eindeloze reeks verwensingen.

Toen Kjelle bijna bij hen was, sprong het schepsel naar voren.

'Nee, dat doe je niet!' schreeuwde Birthe en haar mes beet diep in de nek van het monster. Bloed spoot rond en het schepsel zakte op de rotsen ineen. Terwijl het viel haalde het met een laatste slag Birthes arm open. Het meisje hurkte neer, haar mes in de hand, grommend als een wild dier.

Kjelle, die zijn armen om haar heen had willen slaan, stopte bij de blik in haar ogen. 'Goed gedaan,' zei hij, terwijl hij zijn stem dwong beheerst te klinken.

Daarop liep alle spanning uit haar weg en ze zakte op haar knieën. 'Ik... Wat was dat voor iets? Ik zat hier en dacht na, toen het plotseling tussen de bomen vandaan kwam en me aanviel. Het... Is het een mens?'

Kjelle bestudeerde het dode schepsel. Het had spichtige ledematen, een dun lijf en een onmiskenbaar menselijk hoofd. Het was naakt en overdekt met veelkleurige symbolen.

'Het is een Fynni; een aantal van die tekens zijn dezelfde als die Vulf droeg. En het is vrouwelijk.'

Birthe wreef in haar ogen, alsof ze moeite had om zich te concentreren.

'Je hebt gelijk,' zei ze. 'Ik had 't moeten zien. Goden, ik ben zo duizelig.'

Kjelle wierp haar een snelle blik toe. 'Je arm. Die krassen moeten schoongemaakt worden.'

Birthe ging op haar knieën zitten en doopte haar arm in het snelle, heldere water. 'Ik ben nog steeds duizelig,' zei ze na een tijdje. Toen draaiden haar ogen weg en viel ze voorover.

Kjelle ving haar op en nam haar in zijn armen. 'Annlith moet ernaar kijken.'

Birthe gaf geen antwoord. Haar zware ademhaling maakte hem bang en met de stroom mee droeg hij haar terug naar Almansvoorde.

'Ze viel niet flauw om die krassen,' zei Annlith nadat ze Birthe had onderzocht. 'Ik heb ze schoongemaakt en ze helen vanzelf. Het probleem is, haar levensenergieën zijn bijna uitgeput; ze heeft veel slaap nodig.'

'Ik begrijp het niet,' zei Kjelle. 'Ze is altijd zo energiek.'

'Dat is het 'm nou net.' De krijgsgenezer keek naar hem op en haar grote gele ogen leken licht te geven. 'Ze doet te veel. Ze worstelt met haar emoties en maakt zich zorgen; ze leidt de boogschutters en dan al haar zangen en spreuken. Ze verbruikt veel te veel energie voor haar toestand.'

Kjelles hart sloeg. 'Wat is er mis met haar?'

Annlith lachte zachtjes. 'Ze is in verwachting.'

Kjelle staarde haar. 'In verwachting?' Toen drong het tot hem door wat de genezer bedoelde. 'Ze krijgt een kind?' Hij wankelde en zocht steun bij de muur. Birthe krijgt een kind? Zijn kind?

'Gaat het?' Annliths gezicht stond bezorgd. 'Ja, ze is minstens zes zevendagen zwanger.'

Hij telde snel. Dat was de zevendag waarin ze naar de Wedererberg waren gegaan. De vertrouwde, verlammende angst greep naar hem, maar hij beet op zijn tanden en dwong het gevoel terug. *Kalm blijven,* dacht hij, *het is maar een baby; dat kun je aan.* Hij staarde naar Birthes gezicht, bleek en roerloos op de houten brits. Haar ademhaling was rustiger, zag hij, maar ze leek zo anders dan normaal.

Annlith ging naar een kist en kwam terug met een kruik en een stenen beker. Een donkere vloeistof gorgelde en een bedwelmende geur vulde haar kleine kamer.

'Drink dit,' zei ze.

Kjelle nam een diepe teug en hapte naar adem. De tranen sprongen in zijn ogen toen de drank door zijn slokdarm gleed en in zijn maag explodeerde. 'Thor!' zei hij hees. 'Wat is dat?'

De krijgsgenezer grinnikte. 'Het is brannevin,' zei ze. 'Een oud Gallisch recept.' Ze bestudeerde zijn gezicht. 'Voel je je nu beter?'

Kjelle knikte. 'Goden, het was een schok. Weet ze het zelf?'

'Birthe? Ik denk van wel. Het is niet haar eerste, dus ze moet de signalen herkennen. Trouwens, als völva kent ze haar lichaam vanbinnen en vanbuiten.'

'Dit verandert een heleboel,' zei Kjelle. 'Ik moet erover nadenken.' Hij leegde de beker en veegde de tranen uit zijn ogen. 'Dank je.'

Hij liep naar buiten, zijn geest in een roes, en belandde op de rivieroever. Daar ging hij zitten en staarde naar het water.

'Hoe is het met haar?' Een stem achter hem deed hem opzien. Het was dame Valiantrude, niet meer de stijve paladijn die ze vroeger was. Met haar haren los en onverzorgd over een mannentuniek en de pijpen van haar geruite broek in haar laarzen gestoken, zag ze er meer uit als een Gallische krijger dan een edele paladijn van het hof.

'Ze is oververmoeid,' zei Kjelle zorgvuldig. 'Ze heeft veel slaap nodig.'

Dame Valiantrude fronste haar wenkbrauwen. 'Heeft Annlith je verteld over haar toestand?'

'Hoe wist je dat?'

'Ik ben niet blind, Kjelle. Ze sprak niet over de voortekens, de ochtendmisselijkheid, de pijn en de andere symptomen, maar ik kom uit een groot gezin en ik herkende ze. Wat ga je eraan doen?'

Kjelle knipperde met zijn ogen. 'Wat bedoel je?'

'Wil je haar als je vrouw, of niet?'

Hij bevroor, zover had hij nog niet nagedacht. Maar hij wist het antwoord. 'Ja,' zei hij.

De paladijn ontspande zich. 'Goed. Ze zal tegensputteren, dus moet je haar overtuigen.' Ze stond op en keerde zich om weg te lopen. Over haar schouder vroeg ze: 'Wie doodde dat rare beestje bij de stroomversnellingen, jij of zij?'

'Dat deed ze zelf.' Kjelle glimlachte plotseling. 'Ze heeft mij niet nodig om iets te vermoorden.'

Valiantrude grijnsde. 'Dat is de goddelijke waarheid.' Toen werd ze weer serieus. 'Ze heeft een doel nodig, Kjelle. Ze is een vechter; geef haar iets om voor te vechten.'

Kjelle keek naar haar op. 'Ze wil geen andere man meer; ze zei het vaak genoeg. Ze wil vrij zijn.'

'Je moet haar vrij laten. Accepteer haar als een gelijke. Is dat moeilijk voor je?'

Kjelle schudde zijn hoofd. 'Nee.' Hij wist dat hij het meende.

'Goed. Zoek maar een manier om haar het idee te verkopen, theyn.'

Hij glimlachte en kwam overeind. 'Dank je, dame paladijn.'

Ze snoof. 'Niet veel dame meer over.' Toen beende ze weg om de wachters te inspecteren.

Tuuri had Vulfs verkenner langs zien komen. Ze kende hem; hij voerde het bevel niet en dus was hij onbelangrijk. Hij glimlachte grimmig. Prima – hij wilde niet opgezadeld worden met een monster als dat. Maar hij was benieuwd waar ze heen ging, dus volgde hij haar over de met gras begroeide heuvel naar de bosrand. Ze verdween tussen de bomen en hij ging achter haar aan. Hij was er niet in getraind, dus zijn voorbijgaan was duidelijk hoorbaar.

'Domme Fynnikin lopen rustiger,' kwam de hoge stem van de verkenner. 'Geen Fynni; blundert rond als blind varken.'

Zwijgend kookte Tuuri van woede. Dat misvormde ding noemde zich een Fynni? Hij probeerde op te letten waar hij zijn voeten neerzette, totdat ze de rivier bereikten.

Hij zag een reeks van stroomversnellingen, enorme rotsblokken over de hele breedte van de rivier. Op een van hen zat een meisje. Met open mond staarde hij naar haar. Ze was een van degenen die hij aan Brundals hof in Nidros had gezien. Degenen die prins Ottil hadden gestolen. Dat veranderde de zaken. Hij moest meer informatie verzamelen.

Was de prins hier ook? En degene die ze de Shardheld noemden?

De verkenner kroop naar voren. *Blijf hier,* dacht Tuuri, maar het wezen sprong op handen en voeten boven op de eerste rots, als een afschuwelijke kever. Het meisje was diep in gedachten en had de verkenner niet gezien. Met een doordringende kreet viel het schepsel aan. Het meisje sprong op en trok een lang jachtmes.

Ademloos keek Tuuri naar het duel. Toen het Fynni schepsel stierf zonder het meisje te doden, zuchtte hij opgelucht. Daarop ging hij terug door het bos naar de geblakerde ruïne.

Birthe was wakker toen Kjelle opnieuw haar kamer binnenkwam. De blik waarmee ze hem begroette was een mengeling van verdriet en opstandigheid.

'Voel je je beter?' Hij ging op de rand van haar bed zitten. 'Waarom heb je het geheim houden?'

'Dus je weet het,' zei ze en haar ogen vernauwden zich.

Kjelle knikte. 'Annlith vertelde het me. Zes zevendagen.' Toen ontspande hij. 'Ons kind.'

Ze fronste haar wenkbrauwen naar hem. 'Ons?'

Hij moest nu lachen. 'Dacht je dat ik het niet zou erkennen? Al sinds we van Wederer terug zijn, zocht ik naar een manier om je te overtuigen met me trouwen en hier is het. Liefste, wil je met me trouwen?'

Birthe was bleek geworden. 'Dat kun je niet vragen! Ik ben een völva. Ik heb gezworen niet opnieuw te trouwen.'

'Zou je minder een völva zijn als we getrouwd waren? Je denkt toch niet dat ik zou proberen een tamme huisvrouw van je te maken? Dat is niet wat ik wil van het meisje waar ik van houd.'

'Wat?'

'Ja, ik weet dat het onfatsoenlijk is; wij Nords trouwen niet voor de liefde. Toch is het zo en ik wil met je trouwen. We kunnen gelijken zijn. Als de vrouw van een theyn voegt dat toe aan je reputatie als völva en als man van een völva geeft het mij een aura van wijsheid.'

Een beetje kleur kroop terug in Birthes gezicht. 'Ik kan nu niet beslissen. Geef me de tijd om na te denken, Kjelle.'

Hij kuste haar zachtjes. 'Alle tijd die je nodig hebt, liefste.' Hij stond op. 'Rust nu, je moet op krachten komen zei Annlith.'

'Ga me niet vertroetelen,' gromde ze.

'Ik vertroetel je niet. Mijn jagermeester moet fit zijn en niet bij de eerste de beste dode flauwvallen. Slaap, mijn liefste; het kleintje en ik vertrouwen op je kracht.'

'Eruit, jij met je gladde praatjes... Nee, niet weggaan! Oh goden, Kjelle, kom hier!'

Toen hij zich over haar heen boog, trok ze zijn hoofd naar beneden en kuste hem hard, net als die nacht in de tent toen hij zo zwak was als een pasgeboren sneeuwkonijn. 'Ik zal met je trouwen. Je verraadt me niet, Kjelle Almansen.' De heftigheid van haar verlangen was bijna pijnlijk.

'Dat zal ik niet,' zei hij hees. 'Ik zweer het bij de eer van mijn clan.'

Ze ontspande en sloot haar ogen. 'Dan ga ik nu slapen, ik moet gezond zijn om mijn theyn te kunnen helpen.'

Kjelle veegde het zweet van zijn voorhoofd en wankelde toen hij overeind kwam. *Ze zei ja,* dacht hij. *Ik ga trouwen en word vader.* Een vleugje paniek stak de kop op, maar hij veegde het weg en liep naar buiten, op zoek naar Valiantrude.

Hij vond de paladijn aan de achterkant van de schuur, met Annlith de krijgsgenezer, die het karkas onderzocht van het vreemde wezen dat Birthe had gedood.

'Nou?' vroeg dame Valiantrude en ze veegde haar handen aan een oude lap af.

'Ze zei ja.' Kjelle haalde diep adem.

De paladijn greep zijn hand. 'Goed gedaan! Wat nu?'

'Zou je haar voorspreker willen zijn, Valiantrude?'

'Natuurlijk, ze heeft geen verwanten die voor haar spreken en jij bent het hoofd van je clan. We moeten het eens zijn over een bruidsprijs. Wat kan je haar bieden?'

Kjelle dacht aan al zijn wereldse bezittingen en trok een grimas. 'Een pond zilver, een paard en wagen en haar eigen ontvangstruimte, zodra we Eidungruve terug hebben. Ze is een völva en ze krijgt alle attributen die nodig zijn in haar positie.'

'Maak dat twee kilo zilver, ze is opgeleid door de beste, dame Asgisla.'

'Afgesproken,' zei Kjelle. Toen glimlachte hij. 'Birthe heeft geen bruidsschat, dus in plaats daarvan zal ik een jaarlijks bedrag aan zilver uit de mijn voor haar gebruik reserveren.'

Dame Valiantrude staarde hem strak aan. 'Dat is meer dan redelijk. Ik zal je voorstel aan haar overbrengen en zien wat ze denkt. Ik zal haar weinig gelegenheid geven om nee te zeggen.'

'Het is leuk om een rijke man te trouwen,' zei Annlith met een zucht.

Tuuri ging zitten en leunde tegen een deel van de palissade. Hij liet de bleke zon over zijn gezicht spelen. 'Ullr, geef me kracht,' zuchtte hij en hij voelde de vermoeidheid over zich komen. Die geforceerde marsen met Vulfs mannen hadden meer van hem gevergd dan hij had willen toegeven. Hij sloot zijn ogen voor een moment.

Voor de tweede keer werd hij gewekt door een schop in de zij. Hij zat in de maanverlichte duisternis, starend naar de dreigende wapens van twee zeer boze mannen.

'We hebben een levende te pakken!' zei de ene; een kleine, ongeschoren kerel. 'Een echte, levende Fynni. De theyn zal blij zijn.'

'Ik ben geen Fynni,' protesteerde Tuuri. 'Ik ben...' Een klap van de grote, tweede man deed hem met zijn hoofd tegen de palissade klappen en hij voelde een tand loskomen.

'Zwijg, liegend beest,' zei de grote man woest. 'Ik herken een Fynni als ik er een zie.' Opnieuw haalde zijn vuist uit en Tuuri schreeuwde. Hij wilde Sha'akaii roepen, maar de vuisten van de grote man verstoorden de oude binding en zijn totembeer hoorde hem niet. Hij voelde het bloed uit zijn neus spuiten.

'De theyn wil hem levend, Jarrol,' zei de kleine man. 'Sla hem niet te hard.'

'Maak je geen zorgen, Art, hij zal in leven zijn. Alleen een beetje beschadigd.' Hij sleurde Tuuri overeind. 'Je bent moorddadig uitschot, Fynni. Niet menselijk.' Een volgende klap deed meer bloed uit Tuuri's neus lopen en hij bracht zijn handen omhoog om het te stoppen.

'Je wilde vechten?' zei Jarrol met een grijns en hij sloeg Tuuri herhaaldelijk in het gezicht.

'Genoeg,' zei Art. 'Je kent de theyn; hij zal niet blij zijn als de gevangene beschadigd is. Laten we hem terugbrengen.'

Tussen hen in sleepten ze Tuuri de hele weg over de rivier naar het bolwerk aan de andere kant.

Bij de poort werden ze tegengehouden door een grote, harde vrouw. 'Wat heb je daar?'

'We hebben een spion gevangen, dame paladijn,' zei Art gretig. 'Hij sloop rond het verbrande fort.'

Tuuri staarde met zijn ene goede oog; de andere was gezwollen. De vrouw bekeek hem van onder tot boven, met een uitdrukking van walging op haar gezicht. 'Jullie hebben hem geslagen?'

'Hij verzette zich, dame. We moesten hem enigszins kalmeren, hij was vreselijk berserk, ziet u.'

'Nee, dat zie ik niet,' zei de vrouw botweg. 'Geen van jullie beiden heeft ook maar een schrammetje. Een Fynni mishandelen is één ding, tegen mij liegen is een doodzonde, Jarrol. Geef hem andere kleren en breng mij wat hij nu draagt. Bindt hem dan vast en gooi hem in de schuur. Heer Kjelle zal dit beest morgen willen zien; vanavond is hij bij de völva.'

'Vrouwe,' begon Tuuri door gezwollen lippen.

'Houd je mond. Spaar je woorden voor de theyn, beest. Als het aan mij lag, zou ik je karkas aan onze muur spijkeren. Neem hem mee.'

De twee mannen liepen met Tuuri door de poort en ieder die zij tegenkwamen, spuugde naar hem. Er lag zo veel haat in hun gezichten dat Tuuri bang was dat ze hem uit de handen van de twee mannen zouden rukken om hem aan flarden te scheuren. Hij was blij toen ze hem in een klein gebouwtje duwden, waar hij veilig zou zijn.

'Kleed je uit,' zei Jarrol. 'En opschieten, ik krijg het koud.'

Zonder een woord trok Tuuri zijn kleren uit.

De grote man nam een oude deken van een spijker in de muur. 'Hier, neem dit, we zouden niet willen dat je ziek werd.' Hij grijnsde. 'Niet voordat we je ophangen.' Hij haalde een aantal lederen repen tevoorschijn en bond Tuuri's armen en enkels bij elkaar. Toen schopte hij diens benen onder hem uit en vertrok.

Daar lag hij in het donker; bloedend en gehavend, beroofd van alles. Hij mompelde de woorden van zijn bindingslied, maar hij kon ze niet goed uitspreken en Sha'akaii zweeg. Tuuri probeerde zijn tranen te stoppen, maar hij was bang, koud en vol pijn. 'Ullr, help me!' Alleen in het duister snikte hij zachtjes.

HOOFDSTUK 15 – DROMEN

De volgende ochtend ontwaakte Kjelle op de kist naast Birthes brits. Hij herinnerde zich dat hij naar haar slapende gezicht had zitten kijken, zo kalm en onbezorgd in rust. Hij grinnikte; ze sliep nog steeds. Voorzichtig kwam hij overeind en strekte zijn stijve rug. Buiten begroette hem het grijs van de dageraad terwijl hij naar het pleehuis liep. De vrouwen in de bakkerij waren al aan het werk en hun joviaal 'Goedemorgen' ontlokte hem een glimlach.

'Hebt u 'm gezien, heer?' vroeg de jongste van de twee, terwijl ze opkeek van het deeg dat ze aan het kneden was.

'Hij zag er akelig gemeen uit.'

Kjelle knipperde met zijn ogen. 'Heb ik wie gezien?'

'Die vreselijke Fynni die ze gisteravond gevangen hebben. Ik ben blij dat 'ie veilig opgesloten zit.'

'Een Fynni? Waar hebben ze hem gelaten?'

'In de schuur, heer,' zei de vrouw. 'Wees voorzichtig; hij is erg gevaarlijk.'

Zonder een woord beende Kjelle naar de schuur, zijn stijfheid en volle blaas vergeten. Er zat een wachter bij de deur.

'Wat is dit over een gevangen Fynni?' vroeg Kjelle, plotseling woedend dat niemand de moeite had genomen het hem te vertellen.

De wachter, een bejaarde man die niet meer tot veel werk in staat was, stond op en gaf een onhandig saluut. 'Ja, heer. Hij zit hierbinnen. Ik heb hem niet gezien, maar ik hoorde hem de hele nacht jammeren, dus hij zal wel niet zo gevaarlijk zijn als Jarrol zei.'

Ongeduldig schoof Kjelle de grendel opzij en stapte naar binnen. Het vroege ochtendlicht was zwak en zijn ogen moesten wennen aan de schemering. Hij staarde naar de gevangene, die hem met een roodomrand oog aankeek. Het andere was gezwollen en paars alsof hij gevochten had. Het was dezelfde jongeman die Kjelle naast Vulf had gezien, degene die tijdens de Fynni aanval niet mee had gestreden.

'Wie ben jij?' vroeg Kjelle. De afschuw maakte dat zijn stem scherp klonk.

De jongeman kromp ineen. 'Ik ben Tuuri Klein Mes, uit de Ostmark,' zei hij moeizaam.

'Je bent een Fynni.'

'Nee! Bij Ullr, dat ben ik niet.'

De heftigheid waarmee de jongen dat zei verraste Kjelle. 'Dat is een Fynni teken op je wang.'

Tuuri worstelde zich in een zittende houding; waarschijnlijk stijf van de kou. 'Mijn vader heeft het mij gegeven. Hij was een Fynni; mijn moeder kwam uit de Ostmark. Ik... ik haat die beestachtige moordenaars. Maar dit rottige teken zal me voor altijd verraden.'

Kjelle zag hem huiveren. 'Waar zijn je kleren?'

'De mannen die mij gevangen genomen hebben namen ze mee op bevel van een vrouw.'

Kjelle stak zijn hoofd om de deur en wenkte de wachter. 'Haal dame Valiantrude, zo snel als je kunt.' Hij keerde terug naar de gevangene. 'Dus je vader is een Fynni.'

'Ik heb hem lang niet gezien, heer,' zei Tuuri snel. 'Hij verliet ons tien jaar geleden en ik weet niet of hij nog leeft. Mijn moeder sprak nooit over hem.'

Dame Valiantrude kwam binnen, volledig in uniform. Ze glimlachte naar Kjelle. 'Jij bent vroeg op. Ik stond op het punt om de ochtendronde te doen.'

Kjelle was niet in de stemming voor grapjes. 'Wie heeft hem gevangen genomen?'

De paladijn verstijfde bij de toon in zijn stem. 'Jarrol en Art de Boogschutter. Gisteravond vonden ze hem bij het verbrande fort; rondscharrelend.'

'Ik scharrelde niet,' zei Tuuri met enige moeite. 'Ik sliep.'

Dame Valiantrude negeerde hem. 'De mannen zeiden dat hij zich verzette toen ze hem hier wilden brengen. Hij werd berserk en daarom vochten ze met hem.'

'Berserk? Kijk naar hem,' zei Kjelle grimmig. 'Lijkt hij een vechter?'

Valiantrude staarde strak naar de rillende jongen.

'Niet echt,' zei ze ten slotte. 'Hij ziet er meer uit als een weggelopen jochie.'

'Ik ben geen jochie,' snauwde Tuuri. 'En die grote vent wilde me alleen maar in elkaar slaan. Hij zei ook dat ik een Fynni was.' Hij lachte bitter. 'Goden, de ironie. De Fynni haten me omdat ik niet een van hen ben en de andere mensen haten me omdat ik op een Fynni lijk.'

'Het maakt niet uit of je een Fynni bent of niet,' zei Kjelle. 'Je moet Rannars man zijn.'

'Ik kan niets zeggen,' zei Tuuri. 'Hang me als u wilt, maar ik zal mijn eed niet verraden.'

'Je hebt je eed al verraden,' zei dame Valiantrude kortaf. 'Heeft niemand je ooit verteld geen schriftelijke opdrachten bij je te dragen?'

De jonge man zakte terug op de grond. 'Oh goden,' zei hij. 'Daar heb ik niet aan gedacht.'

'Welke schriftelijke opdrachten?' vroeg Kjelle en zijn woede klonk door in zijn stem.

'Het spijt me,' zei de paladijn, terwijl ze een opgerold document uit haar tuniek haalde. 'Ik zou het je na het ontbijt gemeld hebben. Gisteravond was je bij Birthe en ik wilde je niet storen. Hij is Rannars boodschapper, met orders om zich bij Vulf te voegen en naar het zuiden te trekken.'

'Dus hij heult met Rannar.' Kjelles beschuldigende vinger wees naar Tuuri. 'Je mag dan wel geen Fynni zijn, maar je bent een verdomde verrader.'

'Dat ben ik niet,' zei Tuuri, terwijl hij opnieuw worstelde om met zijn gebonden handen te gaan zitten. 'Ik ben trouw aan mijn heer, jarl Rannar van Westhal. Ik zwoer hem een eed, niet aan koning Vidmer of iemand anders. Ik ben geen verrader.'

Kjelle liet zijn arm langs zijn zijde vallen. 'Misschien geen verrader, maar je bent een vijand. Ik zal je naar jarl Dettrich sturen om veroordeeld te worden.' Hij wendde zich tot dame Valiantrude. 'Geef hem zijn kleren terug en voedt hem. Vraag Annlith naar zijn oog en zijn blauwe plekken te kijken.' Hij staarde naar zijn onderbevelhebber. 'Er wordt niet meer geslagen. Wij zijn eerbare mensen.' De paladijn schokte en knikte stijfjes.

Nadat hij was wezen plassen en zich had opgefrist, ging Kjelle terug naar Birthe. Ze was wakker en zat aan haar ochtendmaal.

'Kom erbij,' zei ze met haar mond vol. 'Er is genoeg.'

Kjelle ging op de rand van het bed zitten en brak een korst van het nog warme brood af. 'We hebben een gevangene,' zei hij terloops.

Birthe pauzeerde met een stukje kaas halverwege haar mond en staarde hem aan. 'We hebben wat?'

'Die brallende idioot Jarrol en een van je boogschutters deden de ronde voorbij de rivier, gisteravond. Ze vingen een jonge kerel die bij het verbrande fort lag te slapen De knaap draagt een Fynni teken op zijn wang, dus natuurlijk moest Jarrol hem afranselen.'

Birthe siste. 'Fynni! Waarom heb je hem niet laten doden?'

'Omdat Dettrich hem zal willen zien. Hij droeg documenten bij zich die hem identificeerden als Rannars boodschapper en hij werd er met Vulf opuitgestuurd om iemand gevangen te nemen. Ik denk dat hij de waarheid spreekt, maar ik weet het niet zeker.'

'Ik kan je daarbij helpen,' zei Birthe en ze maakte aanstalten om op te staan.

'Nee, liefste, jij moet eerst op krachten komen. De jongen blijft waar hij is, er is geen haast bij.'

'Ik ben fit genoeg,' zei Birthe en haar ogen schoten vuur.

'Dat ben je niet. Over een paar dagen, als Annlith akkoord gaat, kun je het proberen.'

Met een vloek zonk ze neer op het bed. 'Ik haat dat stilliggen en nietsdoen.'

Kjelle bukte en kuste haar. 'Ik weet het, liefste.' Plotseling dacht hij aan iets. Hij bracht de opgerolde orders. 'Hier zijn Rannars orders. Zie wat je ervan kunt maken.'

Birthe nam de papieren aan en hapte naar adem. 'Rannar heeft deze zelf in handen gehad?' zei ze, met een vreemde blik op haar gezicht.

'Ik denk het wel. Waarom?'

'Blaas die kaars uit.'

Gehoorzaam doofde Kjelle de vlam met zijn vingers en schemer vulde de kleine kamer. Zachtjes begon Birthe te zingen. Kjelle opende zijn mond om te protesteren, maar zijn instinct vertelde hem dat het al te laat was.

'Rannar,' fluisterde ze. En, verrast: 'Ottil had gelijk, zijn haar is echt wit! Hij is in de hut van een schip, met een andere man. Een Fynni met een vreselijk getekend gezicht, vol wreedheid en macht. Ze praten. Oh nee, niet Muus! Op de achtergrond is er nog iets. Een schaduw van slechtheid. Het is niet door Rannar opgeroepen, noch helemaal door de Fynni. Het is...' Toen schreeuwde ze. 'Nee!'

Kjelle tastte naar haar in het donker. 'Birthe!'

'Het is al goed,' zei ze hees. 'Ik schrok alleen maar. Maak wat licht, wil je?'

Onhandig schutterend met zijn tondeldoos in het donker slaagde Kjelle erin om de kaars weer aan te steken. Toen hij zich naar Birthe terugdraaide, gaf ze hem een trillende glimlach. 'Wees niet boos, het was maar een waarzegging. Dat is helemaal niet vermoeiend.'

'Waarom schreeuwde je dan?' vroeg hij woedend.

Ze stak haar hand op. 'Ik was geschokt. We moeten handelen, Kjelle. Kun je Valiantrude en Ajkell roepen? Er zijn dingen die we moeten bespreken.'

Kjelle gaf haar een harde blik en knikte. 'Valiantrude, Ajkell... en Annlith om een oogje te houden op je gezondheid.'

Toen hij naar buiten stapte, liep hij bijna Annlith ondersteboven.

'Pardon,' zei hij. 'Ga naar binnen en let op haar, wil je? Ze was weer met haar trucjes bezig.' Toen haastte hij zich om de anderen te zoeken.

Kort daarna persten de drie zich in de kleine ruimte rond het bed. Kjelle keek naar Annlith en de krijgsgenezer glimlachte. 'Het heeft haar geen kwaad gedaan, ze maakt het prima.'

'Dat zei ik hem al,' snauwde Birthe. 'Mannen!'

'Ik ben voorzichtig met je gezondheid, liefste,' zei Kjelle kalm. 'Nou, we zijn hier.'

Birthe hield de papieren omhoog. 'Kjelle gaf me deze documenten die de man Tuuri bij zich had.' Ze zweeg even om een beetje wijn te nippen. 'Op het moment dat ik die documenten aanraakte, voelde ik het verschrikkelijke plan dat erachter stak, dus probeerde ik een waarzegging. Ik zag Rannar, aan boord van een schip, met een afschuwelijk boosaardige Fynni. Een machtige, gemene soort van tovenaar. Maar wat nog erger is, ik zag de schaduw van iets wat ik nooit verwachtte te zien in mijn leven.' Ze zweeg, haar gezicht gespannen. 'De Goden van Toen.'

Dame Valiantrude sprong op, waarbij ze zowel Ajkell als Kjelle schopte. 'Onmogelijk!'

'Hun schaduwen waren er echt, alle vier van hen, als een zwarte sluier rond het lichaam van die Fynni. Hij kan een krachtige sa'aman zijn, maar ze bespeelden hem zoals de wind doet met een gevallen blad.'

Kjelle schudde zijn hoofd in verbazing. 'Rannar heult met de Goden van Toen? Zijn mensen zouden hem aan stukken scheuren als dat uitkwam.'

'Misschien weet hij het zelf niet?' zei Ajkell. 'Stel dat hij denkt dat hij de Fynni heeft ingehuurd om zijn bevelen uit te voeren en hij nu hun onwetende werktuig is?'

'Driemaal verdomde idioot!' gromde dame Valiantrude.

'Dat is nog niet alles,' zei Birthe. 'Ik weet waar Vulf naartoe ging. Ze zitten achter de Shardheld aan, Kjelle. Ze jagen op Muus.'

De theyn verstijfde en wendde zich tot Birthe. 'Hoe durven ze...'

'De Fynni vertelde Rannar hoe machtig hij zou zijn met de hemelscherf in zijn handen.'

'Het zijn de Goden van Toen,' zei dame Valiantrude. 'Zij willen de Shard. Met die wijsheid aan hun eigen kracht toegevoegd, zouden ze oppermachtig zijn. Ze zouden terugkeren, de goden verjagen en ons tot slaven maken van hun zwartalven.'

'Dit verandert alles,' zei Kjelle. 'Ik moet naar het zuiden gaan; Muus waarschuwen.'

'We gaan allemaal,' zei Valiantrude.

'Nee, ik kan niet een heel leger door de lengte van Gallië voeren. Dat zou veel te lang duren. Trouwens, jarl Dettrich rekent op onze mannen om hem te helpen Rannar in het noorden te verslaan. Het spijt me, Valiantrude, ik moet je hier achterlaten. Birthe, Ajkell en ik gaan naar het zuiden.'

De paladijn keek hem strak aan. 'Ik ben geen Nord, Kjelle. Ik stemde toe om jou te dienen, niet Dettrich. Laat Göll Haldisdottr de mannen leiden, ze heeft meer ballen dan de meeste van hen.'

Kjelle keek naar Birthe, die knikte. 'Ze kan het.'

Hij zuchtte. 'Goed dan.'

'Ik moet deze Tuuri spreken,' zei Birthe. 'Hij kan meer weten.'

'We kunnen het uit hem slaan,' zei de paladijn grimmig.

'Dat zou ons niet veel beter maken dan de Fynni,' zei Ajkell zachtjes.

Valiantrude gromde iets en kleurde.

'Mijn weg is veel zekerder,' zei Birthe. 'Ik kan hem lezen zoals Asgisla deed met Muus, en al zijn geheimen zullen een open boek zijn.'

'Morgen,' zei Annlith vastberaden. 'Voor vandaag heb je genoeg gedaan. Als je denkt naar het zuiden te gaan, moet je eerst rusten. Of wil je dat Kjelle je de hele weg draagt?'

Birthe zuchtte. 'Nee, je hebt gelijk. Ik zal die halfbloed morgen zien en daarna zal ik braaf zijn en een paar dagen slapen.' Ze gaf Kjelle een harde blik. 'Dagen, zei ik. Niet zevendagen.'

'Ik moet eerst jarl Dettrich spreken,' zei Kjelle. 'Ik kan niet zomaar inpakken en weglopen. Maar we zullen uiterlijk aan het einde van deze zevendag vertrekken.'

De volgende ochtend stond Birthe rustig op. Ze nam een blauwe onderjurk uit haar kist en het donkerrode völva gewaad dat ze nooit eerder had gedragen. Van de stenen kruik mede die Kjelle haar had gebracht, vulde ze een flesje, voegde een voorbereid poeder toe en schudde het geheel krachtig.

Het is te koud om effectief te zijn, dacht ze en ze liet het flesje samen met twee vingerhoedjes tussen haar borsten glijden om op te warmen. Ten slotte bond ze een witte doek over het haar en pakte haar toverstok. Strijdgereed verliet de völva haar kleine kamer.

Toen ze de gemeenschappelijke hal binnenstapte, viel iedereen stil en keek naar haar. De kleur steeg naar haar wangen toen ze naar voren stapte. Kjelle stond op en glimlachte breed. 'Mijn liefste, wil je nu met me trouwen?'

'Praat met mijn voorspreker,' zei ze hooghartig. Daarna ontspande ze zich. 'Asgisla heeft de jurk voor mij gemaakt nadat ik voor mijn test was geslaagd, maar ik heb nooit eerder een gelegenheid gehad om hem te dragen.'

'En nu trek je hem aan om indruk te maken op een andere man,' zei Kjelle spijtig. 'Een vijand.'

'Dat zijn de manieren van de völva. Nou, waar is mijn ongelukkige slachtoffer?'

'Kom met me mee, we zullen hem samen bekijken.' Kjelle wenkte een bediende. 'Breng een stoel voor de völva, wil je.'

Toen ze in de schuur kwamen, zat de jonge boodschapper mismoedig op de grond. Hij sprong op en keek met open mond naar Birthe.

'Ik ben de völva Birthe van Belisheim,' zei het meisje ijzig. 'Ik moet je spreken. Met mij is de theyn Kjelle Almansen, van Eidungruve Mijngoed.'

Alle kleur trok uit het gezicht van de jonge man weg. 'Eidungruve...' Hij wankelde en zakte op de harde vloer ineen.

'Haal de genezer,' zei Kjelle tegen de wachter bij de deur.

'Zijn hart klopt,' zei Birthe. 'Ik denk dat hij gewoon is flauwgevallen.'

Tuuri's ogen openden vol van een angst die Birthe schokte. 'Wat is er?' vroeg ze.

De jongen begroef zijn gezicht in zijn handen. 'Ik kan het niet, ik kan het gewoon niet.'

Annlith snelde naar binnen met haar grote tas geneesmiddelen. 'Wat is er gebeurd?'

'Hij was flauwgevallen,' zei Kjelle met neutrale stem.

De genezer legde haar vingertoppen op Tuuri's tempels. 'Hij is in orde,' zei ze na een tijdje. Ze nam een fles uit haar tas en de rijke geur van brannevin vulde de ruimte toen de medica twee vingers in een glas schonk.

'Drink dit,' zei ze en ze gaf de brannevin aan Tuuri.

Met zijn ogen dicht leegde de jongen het glas in één teug. Daarop hijgde hij en de tranen sprongen in zijn ogen.

'Wow,' zei hij.

Birthe ging op de stoel zitten die de bediende had gebracht. 'Waarom viel je flauw?'

Tuuri's gezicht was strak, alsof hij verwachtte dat zijn woorden hem de dood zouden brengen. 'Eidungruve. Ik was daar. Het is weg.'

Kjelle schrok op. 'Eidungruve weg? Wat is er gebeurd?'

De stem van de boodschapper trilde van de spanning. 'Ik had opdracht me bij de tarkynn Vulf te voegen op een plaats genaamd Eidungruve, heer. Toen ik daar aankwam, was de plek een puinhoop. Ullr! Dode vrouwen neergesmeten als...' Geschrokken hield hij zijn hand voor de mond. 'Pardon, dame. Rijen afgehakte hoofden, overal bloed, Vulfs mannen beestachtig dronken als altijd. Geen normaal mens leeft als zij, dat kan ik u vertellen! Ik gaf Vulf zijn bevelen en hij lachte me uit. Hij dreigde me te vermoorden, maar uiteindelijk leek hij het grappig te vinden om me mee te nemen. In plaats van mij vermoordde hij mijn paard.'

Birthe dacht aan het gezicht van de jongen te zien dat de dood van zijn paard hem nog het meest gekwetst had.

Tuuri keek Kjelle recht aan. 'Toen, voordat we vertrokken, beval hij zijn mannen Eidungruve in brand te steken. Het... ging snel, heer.'

Birthe zag de pijn in Kjelle en sloeg haar arm om hem heen. 'We zullen het weer opbouwen zoals het was. Je zult het zien.'

Kjelle knikte, zijn gezicht als van hout. Hij rechtte zijn schouders. 'Vertel mij je hele verhaal, boodschapper Tuuri. Je leven hangt af van de eerlijkheid van je woorden.'

Zonder aarzeling sprak Tuuri over alles wat er was gebeurd sinds hij voor het eerst voet aan wal zette in Helmshaven.

Birthe leunde achterover in haar stoel en luisterde met haar ogen dicht. Ze kon geen leugen horen. Tuuri's verhaal klonk waar en zijn emoties oprecht. Toch was er de schaduw die ze in Rannars bevel had gezien. Ze keek naar Kjelle. 'Hij klinkt eerlijk,' zei ze aarzelend. 'Maar...'

'Als je niet zeker bent, liefste, moet ik Dettrich vragen hem te doden.'

Birthe hoorde Tuuri's snik. 'Er is maar één manier om er zeker van te zijn.' Ze nam het flesje uit haar lijfje en vulde de twee vingerhoeden. 'Hier,' zei ze, terwijl ze er een overhandigde aan Tuuri. 'Drink dit.'

De jonge man keek achterdochtig naar de wijn. 'Het ruikt... vreemd.'

'Ik ben niet bezig je te vergiftigen, jongen,' zei Birthe korzelig. 'Drink het. Je leven hangt ervan af.'

'Wat ben je aan het doen?' vroeg Annlith, maar te laat. Birthe had de bereide wijn al doorgeslikt en de woorden van de genezer waren een zwak gefluister.

Rond de völva was duisternis, eindeloos en zonder vorm, waarvan zij het middelpunt was. De kracht in haar groeide uit tot een majestueus Licht, waarin ze troonde op een rots in het midden van een woedende oceaan. Voor haar hurkten drie oude wijven. Een met spinrokken die de glinsterende draden spon welke een tweede wijf weefde tot de schuimende wateren, terwijl de derde blind in de verte staarde, zoals de zeer ouden doen. Soms giechelde ze, alsof ze iets zag dat haar vermaakte, maar meestal zat ze gewoon, terwijl ze met haar schaar in het niets knipte, rond de glimmende levensdraden. Geen van de oude vrouwen besteedde aandacht aan de völva, maar zij kende hen. Ze waren de schikgodinnen, de drie Nornen die al het leven beheersten.

Aan de voeten van de völva gooiden de witte schuimkoppen een klein flikkerend leven heen en weer, gebonden door de dunne draden van de spinnende wijven.

'Help me,' smeekte de levensvonk met een hoog stemmetje, worstelend met de golven van het Toeval. 'Red me.'

'Toon me wie je bent,' zei de völva, gewikkeld in haar Licht van Wijsheid. 'Toon mij alles.' Op haar bevel stroomden rij na rij beelden uit de vonk. Tuuri's geboorte, zijn eerste stappen, zijn jeugd. Het brandmerk dat zijn schimmige vaderfiguur op zijn wang zette. De trotse, witharige man die Rannar was. Tot slot zijn aankomst in Helmshaven en alles wat hij al had verteld. Ze zag Vulf – levend en arrogant – die een vreselijke duisternis uitstraalde. En achter Vulf de man met het wreedste gezicht van allemaal. De man Rev, die Rannars adviseur was. Rev keek haar aan en glimlachte. De golven verdwenen en namen de vonk mee. De Nornen veranderden in zwanen en vluchtten weg. Alleen Revs lachende gezicht bleef in de lucht hangen, als Volle Maan. Hij wendde zijn blik af van de völva en keek naar rechts, naar een eenzame toren in het centrum van een stad. Rondom waren met sneeuw bedekte bergen, tegen een achtergrond van brandende luchten. Op de top van de toren zag ze Muus.

Hij staarde naar de bergen en zei iets tegen een jonge vrouw naast hem. Daarna was hij weg en de dag veranderde in een sterrennacht. Nu leunde een andere man op de balustrade van de toren. Rannar keek ook naar de bergen. Aan de voet van de toren wachtten soldaten – een Fynni horde, wreed en hongerig. Met vuur dooraderde wolken bedekten de sterren, terwijl de donkere wind van buiten het weefsel der Nornen naar binnen waaide en de völva wegveegde in het niets.

Toen ze haar ogen weer opende, lag ze op haar bed in haar kamer. Het was duister en er brandde geen kaars. Ze zag Annliths gele ogen op haar gericht.

'Wakker?' vroeg de kleine genezer. 'Hoe voel je je?'

Birthes tong weigerde dienst en ze wees naar het glas op het kastje naast haar bed.

Annlith schonk wat wijn in en hield het glas aan Birthes mond. Ze dronk gretig en haar tong raakte los. 'Hoe lang?'

De krijgsgenezer begreep haar vraag. 'Je bent twee dagen weggeweest. Kjelle is erg bezorgd, maar ik wist dat je het goed maakte. Ik weet niet of ik hetzelfde kan zeggen van je kind. Het was een heel dom ding om te doen; de goden mogen weten wat je dromen met de kleine deed.'

'Ik moest wel,' zei Birthe. 'Ik moest het doen.' Een gevoel van urgentie vulde haar en ze probeerde op te staan. Maar alles was wazig om haar heen en de ruimte draaide rond.

'Blijf in bed,' zei de genezer streng. 'Je staat niet op vandaag.'

Birthe knikte. 'Roep Kjelle voor me, alsjeblieft.'

Annlith gaf haar een harde blik. 'Je blijft in bed, hè?'

'Ik ben te duizelig om zelfs aan opstaan te denken,' zei Birthe vermoeid.

'Dan zal ik de theyn voor je halen. Ik ben zo terug.'

Alleen in het duister sloot Birthe haar ogen. Het had niets van een gewone Droom gehad. Natuurlijk, ze had het maar één keer eerder gedaan, samen met Asgisla, maar niets wat haar oude patrones had verteld wees op Dromen die een völva niet kon beheersen. En inderdaad, haar Droom had zich ontwikkeld zoals het zou moeten. Tot Rev kwam. Wie of wat was Rev dat het hem de kracht gaf om in een völva's Droom te verschijnen?

Kjelle was met Elbrich in de smidse toen Annlith hem vond. Zonder een woord draaide hij zich om en rende naar Birthes kamer. Hij stormde hijgend binnen.

'Hoe gaat het met je? Wat is er gebeurd? Ik...' Hij haalde diep adem en bracht zichzelf onder controle. 'Ik moet kalm blijven.' Hij grimaste. 'Je hebt me ongerust gemaakt.'

'Het spijt me.' Ze klopte op de rand van haar bed. 'Kom naast me zitten. Probeer die kalmte vast te houden terwijl ik het je vertel.'

'Is het zo erg? Heeft die verdomde half–Fynni gelogen? Ik zal de ellendige lafaard doodslaan!'

'Tuuri's verhaal was de waarheid.' Ze nam Kjelles hand en vertelde hem van haar Droom. Al die tijd zweeg Kjelle, maar ze voelde de spieren van zijn hand samentrekken in haar greep. Toen ze klaar was, zat hij zonder te spreken en staarde naar haar hand, zijn gedachten ver weg.

'Dus je zag Muus, op een toren in de buurt van bergen, tegen een vlammende hemel. Vervolgens Rannar, op dezelfde plaats, maar later. Is hij van plan Muus zelf te vangen? En die Rev, hij klinkt gevaarlijk. We moeten meer over hem te weten komen.' Hij keek Birthe in de ogen. 'Ik begrijp de noodzaak van wat je hebt gedaan, maar praat er de volgende keer eerst over. Vergeet niet dat je een kind verwacht, liefste.'

'Het kind zal eraan moeten wennen. Het is al eerder gebeurd.'

Kjelle wist wat ze bedoelde; ze had de kleine Búi tijdens haar opleiding gedragen en het kind had er niets aan overgehouden. Hij zuchtte; ze had gelijk. Als völva had ze haar verantwoordelijkheden.

'Hoe is het met Tuuri?' vroeg Birthe.

Kjelle vloekte. 'De sukkel sliep en werd de volgende ochtend wakker zonder zich iets te herinneren.'

'Dus dat deel werkte goed. Bij Freya's Liefde, die Rev. Wie weet er iets over Fynni sa'amen?'

Elbrich kuchte vanuit de deuropening. 'Buiten de Ostmark niet veel mensen. Ik weet er één. Als hij nog leeft, moet hij heel oud zijn. Dryskell heet hij; Dryskell de Lithan. Hij weet alles wat een mens kan weten over de Goden van Toen.'

'Wie is hij?' vroeg Kjelle. 'Waar kan ik hem vinden?'

'Hij is de Lithan, hij die leidt door te lijden, de oudste van onze neven die nog in de wereld is. Hij herinnert zich de verbanning van onze twee volkeren uit de Norden en door dit herinneren lijdt hij. Hij is de zoon van Dach, de broer van Rhan.'

Kjelle haalde diep adem. 'Het spijt me,' zei hij. 'Wij Nords hebben een kort geheugen en zijn die namen vergeten. Wie waren deze mensen?'

Elbrichs blik was onleesbaar. 'Dach was de Vader van de Un–a–Dach, de magiewerkers. Zijn broer Rhan was de Vader van de Un–a–Rhan, de smeden. Dat zijn wij. Wij luisteren naar de naam Niflunger, Mensen van de Mistige Bergen, maar zo heten we niet echt. Wij zijn de Un–a–Rhan. Noem ons geen dvergar, dat is een ergere belediging dan jullie ooit zullen begrijpen. Wij zijn net zo min dvergar als jullie draugar zijn.'

'Dvergar bestaan niet,' zei Kjelle. 'Evenmin als zwartalven.'

'Ze bestaan niet meer,' zei Elbrich, zijn gele ogen rond en ernstig. 'Ze hebben bestaan; schepsels van de Goden van Toen. Zij waren onze voorouders, maar zo heel anders dan wij.'

'Asgisla moet het hebben geweten,' zei Birthe met pijn in haar stem. 'Ze zou het me vertellen, maar ze zei steeds dat de tijd er niet rijp voor was.' Toen sloeg ze haar handen voor haar mond. 'Ze wist dat ze ging sterven. Dat betekent dat ze het me met opzet niet gezegd heeft. Waarom?'

'Misschien wilde ze niet dat je iets over de Goden van Toen zou leren?' zei Kjelle. 'Ze moet haar redenen gehad hebben. Misschien wilde ze dat je het zelf uit zou vinden.'

'Verdomme,' zei Birthe. 'Ik haat al dat mystieke gedoe.'

'We moeten dus een bezoek aan de Lithan brengen,' zei Kjelle. Hij wilde haar een klopje op de hand geven, maar hij deed het niet, bang om neerbuigend te lijken. In plaats daarvan keek hij naar de smid. 'Weet jij waar we hem kunnen vinden?'

Elbrich knikte. 'In het zuiden. Ik moet dan wel met je meegaan; ik weet niet of hij anders zou toestemmen om je te zien.'

'Goed dan,' zei Kjelle. 'Je gaat mee, met Birthe, Ajkell en mij. En Annlith,' voegde hij eraan toe.

Birthe keek hem strak aan, maar ze zei niets.

Kjelle stond op. 'Ik rijd nu naar de jarl. We vertrekken aan het einde van deze zevendag.'

Tuuri lag op een berg stro en staarde in de duisternis. Zijn hele lijf deed pijn en zijn hoofd bonkte van zijn ontmoeting met die völva. Ullrs Machtige Boog, wat was er gebeurd? Hij herinnerde zich niets meer na die vingerhoed wijn die ze hem gaf. Het was vroeg in de ochtend geweest en nu was het midden in de nacht. *Ze hebben me tenminste mijn kleren teruggegeven,* dacht hij. *En ze hebben de gouden munten in de zoom van mijn mantel niet ontdekt.* Hij vloekte zachtjes. *Dat is ongeveer alles wat ze niet hebben gevonden. Ik moet hier weg.*

Hij stond op en liep stijf naar de achterkant van de schuur. Ze hadden hem ongebonden gelaten, vertrouwend op de sterkte van de houten wanden die hem opgesloten hielden. Op de tast zocht hij de planken af naar een zwakke plek, een losse spijker, een kier, om het even wat. Niets. Het gebouw was nieuw en goed gebouwd. Hij sleepte een kleine boomstam opzij en toen vond hij wat hij zocht. Gezegend zijn de klungels die de stam daar neergegooid hebben, dacht hij. Ze waren te ruw te werk gegaan en nu zaten er twee planken los. Zonder aarzelen ging hij door de knieën en duwde.

De planken bewogen en hij mat met zijn handen de grootte van het gat. Hij deed zijn mantel af, ging plat op zijn buik liggen en stak zijn hoofd naar buiten. Niemand te zien. Deze keer was hij blij met zijn slanke lichaam. Hij wurmde zich door het gat tot hij in de kleine ruimte tussen de schuur en de palissade stond. Hij hulde zich in zijn mantel en trok de kap ver over zijn hoofd.

Hij raapte al zijn resterende moed bij elkaar en beende naar de poort.

'Je gaat naar buiten?' vroeg de wachter.

Tuuri maakte zijn stem zo ruw mogelijk. 'Orders,' gromde hij.

'Pas op voor konijnenholen,' zei de man. 'Het is aardedonker daarginds.'

Tuuri hief een hand en liep naar buiten. Het was inderdaad donker, maar zijn nachtzicht was een stuk beter dan dat van de Nords, een van de weinige goede dingen die hij van zijn vader had geërfd. Hij haastte zich naar de voorde en de vrijheid van het bos aan de andere kant.

Toen hij uit het water het pad op stapte, hield een stem uit de struiken hem tegen. 'Waar ga je heen?' Een kleine kaars scheen op zijn gezicht. 'Jij!'

Het was Jarrol die bij de oversteek postte. Voordat Tuuri kon reageren, grepen twee handen zijn keel. 'Dit keer zal ik het leven uit je knijpen, verdoemde Fynni.'

Tuuri schopte en wierp zich achterover, waardoor de zware Nord boven op hem viel. Jarrols grip was sterk en Tuuri kon zowat niet ademhalen. De pijn van de harde vingers op zijn keel was ondraaglijk. Het werd rood in zijn hoofd en Tuuri voelde hoe paniek dreigde hem te overweldigen. Hij kronkelde en worstelde, zwaaiend met zijn armen.

'Ik zal je afmaken, moordzuchtig beest,' mompelde Jarrol, zwaar hijgend.

Nee! Tuuri dwong zich te concentreren, om de pijn op afstand te houden. Even probeerde hij de Nord weg te duwen, maar de ander was te zwaar. Toen raakten zijn vingers het handvat van Jarrols mes. Terwijl hij naar adem snakte en het bloed bulderde in zijn ogen, trok hij het mes uit de schede en stak het diep in Jarrols zij. De ander gromde en zijn greep verslapte. Nogmaals stak Tuuri, nu onder Jarrols sleutelbeen, naar de keel. Slagaderlijk bloed spoot rond terwijl de Nord zich ophief en weer naar beneden plofte.

Tuuri worstelde zich van onder het slappe lichaam vandaan. Happend naar lucht stond hij op en met zijn arm tegen de mond om het verraderlijke hoesten te onderdrukken. Toen maakte hij de messchede los van Jarrols riem, stak het wapen erin en rende zo snel hij kon het pad af.

Toen de zon opkwam was hij ver van de Nordse nederzetting en van het pad.

'Ze zullen me niet vinden,' zei hij hardop. 'Zelfs honden vinden mijn spoor niet door het hele bos heen.' Hij stopte bij een majestueuze eik, klom hoog tussen de takken en viel in slaap.

'Jarrol is dood?' Kjelle ging rechtop in bed zitten.

'Ja,' zei dame Valiantrude kortaf. 'En die verdomde gevangene is ontsnapt.'

'Hoe laat is het?'

'Nog zo'n twee uur voor Zon opkomt.'

'Het heeft geen zin om in het donker te gaan zoeken.' Hij trok zijn laarzen aan. 'Hoe wist hij te ontsnappen?'

'Er waren twee planken los in de achterwand,' zei de paladijn met enige schaamte. 'Het gat zat verborgen achter enkele boomstammen, daarom hebben we het niet gezien. Het is maar een kleine opening, maar groot genoeg voor hem, de rat.'

'En de poort?' Kjelle pakte zijn zwaard en stapte naar buiten, met Valiantrude achter zich aan.

'De wachter herkende hem niet in het donker. Hij liep zo door.'

Kjelle vloekte. Het had geen zin de wachter iets kwalijk te nemen. Zijn bevelen waren om vijanden buiten te houden, niet andersom. De wachter was bleek en zweette toen Kjelle aan de poort kwam.

'Was jij het die de gevangene liet doorlopen?'

'Ja, heer,' zei de man, stokstijf in de houding. 'Hij had zijn kap omhoog en ik kon zijn gezicht niet zien. Ik zei iets over laat uitgaan en hij zei: 'Orders'. Ik dacht niet dat er iets mis was. Het spijt me, heer.'

Kjelle staarde hem aan tot de man zijn ogen neersloeg. 'Nee, je dacht niet. Nu is het te laat. Ben je nog niet afgelost?'

De wachter knikte naar een tweede krijger. 'Zij komt het overnemen, heer.'

'Als Zon op is, kun je helpen zoeken.'

De man salueerde opgelucht en haastte zich weg.

'Ezel,' mompelde Kjelle, terwijl hij zich naar de doorwaadbare plaats haastte. 'Hij hoort te weten wie er in en uit gaat.'

De paladijn verstijfde. 'Je hebt gelijk, dat is mijn schuld. Ik zal het aan de staande orders toevoegen.'

Aan de overkant van de rivier, waar Jarrol was gedood, brandde een lamp. Naast het lichaam wachtte een krijger, zwaard in de hand.

'Heb jij hem gevonden?' vroeg Kjelle.

'Jawel, heer. Ik stak de rivier over om Jarrol af te lossen, maar ik zag hem niet. Dus riep ik zachtjes en toen struikelde ik over hem.'

Ze leek nerveus, maar niet bijzonder geschokt. Jarrol was niet populair, bedacht Kjelle. Een bluffer, meer wind dan werk. En hij had een hekel aan die Fynnikin. 'Hij is neergestoken,' zei Kjelle hardop, terwijl hij de sporen onderzocht. 'Heb jij hier rond lopen stampen?'

'Nee, heer,' zei de krijger. 'Ik knielde om te controleren of hij nog leefde en toen ging ik de man bij de poort waarschuwen.'

'Er is gevochten. Jarrol was veel sterker dan die Fynnikin; de jongen kan hem nooit hebben verslagen. En hij had de jongen al eerder mishandeld.' Hij keek scherp naar dame Valiantrude, die knikte.

'Jarrol had gezworen dat hij die geschilderde klootzak zou doden,' zei de krijger. 'Hij haatte die gast echt.'

Kjelle staarde naar het lichaam. Er was iets mis. 'Ging hij vaker ongewapend op wacht?'

Zowel de krijger als dame Valiantrude keek verbaasd. 'Nee,' zei de paladijn. 'Elke wachter wordt verondersteld een wapen te dragen.'

De krijger knikte. 'Hij had een groot jachtmes waar hij trots op was, heer. Hij ging nooit ergens heen zonder.'

'Dat mes is nu verdwenen.' Kjelle zuchtte. 'Tuuri ontsnapt uit de schuur, bluft zich voorbij de poortwachter, steekt de rivier over en loopt recht in de armen van de enige man die niet zal aarzelen om hem te doden. Een man die veel sterker is dan die ondermaatse halfbloed. Er is een vechtpartij, waarin de Fynnikin Jarrols mes bemachtigt en hem twee keer steekt. Met het mes in zijn handen rent hij weg.'

Dame Valiantrude stond stil. 'Ik zie geen andere mogelijkheid. Die rat zou Jarrol uit zichzelf nooit hebben aangevallen.'

'Heel goed mogelijk dat hij niet wist dat er een wachter bij de voorde stond.' Kjelle wendde zich tot de krijger. 'Ik zal iemand sturen om het lichaam op te halen. De voortvluchtige zal nu wel verdwenen zijn, maar houd je ogen open. Hij weet dat ik hem ophang als we hem een tweede keer te pakken krijgen. Zelfs als het zelfverdediging was, heb ik geen keus.'

'Je wilt hem niet ophangen?' vroeg Valiantrude toen ze terug naar de vesting liepen.

'Nee. De jongen is trouw aan zijn eed. Dat zijn meester een schoft is, verwijt ik hem niet. Ik respecteer hem meer wanneer hij zich aan zijn eed voor Rannar houdt, dan wanneer hij hem zou verlaten. Jarrol kreeg waar hij om vroeg.'

'De mensen zullen het niet accepteren.'

'Ik ben niet van plan om de mensen te vertellen wat ik denk. Zodra het licht is, zullen we een zoektocht houden. Dat sluit dit gebeuren af en dan gaan we naar het zuiden zoals gepland.'

'Juist.' Valiantrude keek Kjelle zijdelings aan. 'Je wordt al behoorlijk listig. Dat is goed.'

Kjelle glimlachte. 'Ik ben per slot van rekening Almans zoon. Er is niemand slinkser dan hij was.'

HOOFDSTUK 16 – GEZANT

Twee dagreizen voorbij Yarras en te midden van de dennenbossen keek Muus op uit zijn gepeins. 'Onraad,' zei hij. Ze hoorden het onmiskenbare gekletter van wapens en het geschreeuw van strijdende krijgers.

'Ik ga wel even kijken,' zei Ottil, terwijl hij van zijn paard stapte. 'Geir, kom mee.'

Hraab had zijn mond al open, maar hij bedacht zich. 'Gaan jullie maar, jongens, en houd je hoofd naar beneden. Goed naar beneden.'

Ottil zwaaide naar hem.

De twee volgden de rand van het pad, totdat ze bij het strijdtoneel kwamen. Met een ruk trok de prins zijn hirdman in de schaduw van het bos. 'Wat zie je?' fluisterde hij.

Geir was even stil en keek langs de struiken naar het slagveld. 'Soldaten vechten met beschilderde mannen. Een handelskaravaan? De beschilderde mannen gaan winnen.'

'Heel goed,' zei Ottil. 'Ren terug naar de anderen. Zeg dat ze hun strijdlust afstoffen en hierheen komen. Zeg dit erbij: Grim Doubh.'

De jongen glimlachte lichtjes en haastte zich weg.

Ottil knikte goedkeurend en richtte zijn aandacht weer op de gevechten. Minstens dertig afgodendienaars, naakt op de bizarre huidschildering na, dansten rond een kleine groep soldaten die een wagen en een goedgeklede man bewaakten. De dansers zwaaiden met lange speren en akelige messen en de soldaten leken uitgeput.

Even later klonk het geluid van paardenhoeven. Toen ze de nieuwkomers gewaar werden, hieven de Grim Doubh een jammerende kreet aan.

Muus hield halt en de anderen volgden zijn voorbeeld. Moirra had haar blaaspijp gereed. Ze zette het aan haar lippen en blies. Bijna onmiddellijk schreeuwde een afgodendienaar en hij klauwde naar zijn borst.

'Wacht,' zei Muus kortaf. Hij hief zijn handen op en een serie bliksemschichten velde de geschilderde dansers één voor één.

Ottil zag een van de Grim Doubh wegrennen. De prins sprong tussen de bomen vandaan om hem tegen te houden. De man zwaaide met zijn jachtmes, maar Ottil dook onder zijn handen door en doorstak hem met het nieuwe zwaard dat hij droeg.

'Eerste bloed!' riep hij, terwijl de man neerstortte en hij hief grijnzend zijn wapen. Toen zag hij Geir, die roerloos tussen de bomen stond als een beer op forellenjacht. Toen hij zijn kans schoon zag, dook hij naar een afgodendienaar. Met zijn linkerhand trok hij het hoofd van de vrouw achterover en met zijn mes sneed hij haar keel door. Toen sprong hij terug en keek met zichtbaar afgrijzen hoe ze in een oud wijf veranderde.

'Ze zijn betoverd,' schreeuwde Ottil en hij ontweek een lange man met een speer.

Geir knikte en sloeg de speerdrager neer met zijn bijl.

In de tussentijd waren ook de soldaten weer in actie gekomen en al snel was het allemaal voorbij. De laatste Grim Doubh nam de benen.

'Niks daarvan!' Ottil rende achter de vluchtende man aan, met Geir op zijn hielen. De Grim Doubh moest uitwijken voor een omgevallen boom en verloor snelheid. Ottil brulde een strijdkreet en dook naar de benen van de man. Ze stortten beiden neer tussen de bladerloze takken. Geir hief zijn bijl op. Hij miste het hoofd en de Grim Doubh schreeuwde toen de bijl in zijn sleutelbeen beet. Opnieuw sloeg Geir toe en deze keer opende hij de schedel van de man, terwijl op hetzelfde ogenblik Ottil zijn mes in de Grim Doubhs lende plantte. De man spartelde even en toen liep de magie uit hem weg.

Kokhalzend van afschuw kroop Ottil van onder het gerimpelde karkas vandaan en staarde hijgend naar Geir.

'Zie je nu dat je een krijger bent?'

Geir zei niets. Zijn gezicht was vertrokken als in pijn en zijn handen trilden.

Ottil sloeg zijn arm om de schouder van de andere jongen en samen liepen ze terug naar de weg.

De goedgeklede man kwam naar voren, met de handen uitgestrekt. 'Dank u,' zei hij in een licht geaccentueerd Brytaans. 'Zonder uw hulp zouden we het niet hebben overleefd.'

'Het was een genoegen, segnor Euthon,' zei Ottil.

De man keek hem verrast aan. 'U weet mijn naam?'

De prins nam zijn helm af en glimlachte naar de man. 'We hebben elkaar vorig jaar ontmoet aan het hof van mijn vader.'

Euthon hief verrast zijn handen op. 'Prins Ottil! Freya's Genade, ik ben blij u te zien.'

Ottils ogen dansten. 'Muus, dit is segnor Euthon, gezant van koning Leodowric, mijn oom. Segnor, dit is de runenmeester Terrel.'

De gezant boog voor Muus. 'Het licht van uw macht verblindt nog steeds mijn ogen, meester Terrel.'

Nadat Ottil de anderen had voorgesteld, gingen ze in de wegberm zitten, terwijl de soldaten de omgeving opruimden door de dode Grim Doubh achter een grote struik te werpen.

Euthon staarde in verwondering naar de prins. 'Uw moeder denkt dat u dood bent. Maar hier bent u, en zo strijdvaardig.'

'Het is een lang verhaal, segnor. Mijn moeder is in Rhemes?'

'Ja. Ze arriveerde vijf zevendagen geleden, met haar hele gevolg, haar paarden, juwelen en zelfs haar kat. Ze was erop voorbereid, zei ze. Hare genade wist dat het slechts een kwestie van tijd was voordat iemand die dwaas zou ombrengen.' Hij zweeg geschokt. 'Uw pardon, zo mag ik niet over uw vader spreken.'

'Waarom niet?' zei Ottil nonchalant. 'Hij was een dwaas. Zijn er meer van mijn mensen in Rhemes?'

'Jarl Dettrich kwam kort na de koningin aan. Hij had een flinke strijdmacht bij zich, maar hij maakt zich zorgen, want zijn vrouw is nog steeds in Harkoy. Behalve hij kwamen er nog meer vluchtelingen naar Rhemes, voornamelijk uit Dalland.'

Ottil wierp Muus een snelle blik toe. 'Was de theynling van Eidungruve onder hen?'

'Een stevige jonge kerel, Kjelle? Hij kwam naar het hof met een völva en haar baby, samen met een andere krijger en een van de paladijnen van de koningin.'

'Ze zijn veilig!' zei Ottil. 'Zelfs Valiantrude.'

Muus knikte en een zeldzame, grote glimlach maakte dat hij er jonger uitzag. 'Dank de goden!'

'U moet wonderlijke verhalen te vertellen hebben,' zei de gezant. 'Zou u iets ervan willen delen?'

Onder weglating van alles over de hemelscherf en de Shardheld, vertelde Muus van hun avonturen in de Norden, de schipbreuk die hen van Kjelle scheidde, de zoektocht naar de runenstenen en hun reizen in Brytanna. Bij zijn beschrijving van de hoogkoning, knikte Euthon.

'Ik ben het met u eens, meester Terrel. Ik heb vaak met Zijne Hoogheid gesproken en het vroeg telkens het uiterste van zowel mijn tact als mijn geduld.'

Een van de soldaten kwam naar voren en groette. 'Ik ben blij te kunnen melden dat we klaar zijn om verder te gaan, segnor. We hebben de arme Dagi achterin de wagen gelegd en zijn spullen ingepakt om naar zijn weduwe op te sturen.'

Euthon stond op. 'Heel goed. Ik zal haar een brief sturen. En er moet compensatie voor haar worden geregeld.' Hij wendde zich tot Ottil. 'Prins, ik ben desolaat u te moeten verlaten, maar ik word aan het hof verwacht. Ik zal uw moeder op de hoogte brengen van onze ontmoeting. Ze zal blij zijn.'

'Zeg haar dat ik mij niet bij haar kan voegen, want mijn verplichtingen roepen me naar elders. Ze moet zich geen zorgen maken; ik ben nu een man, segnor.'

De gezant boog op de Frankische wijze. 'Ik begrijp het, prins Ottil. De plicht roept ons allemaal. Ik zal de koningin uw boodschap overbrengen. Moge de goden uw weg zegenen en dat van uw metgezellen.' Hij wendde zich tot Muus. 'Ik zag die verdomde Grim Doubh uit een verlaten heuvelfort komen een aantal mijlen verderop, voor het geval u er zeker van wilt zijn ze allemaal te pakken te hebben.' Hij keek Muus recht aan. 'U hebt mijn konings dank dat u het leven van zijn gezant gered heeft, runenmeester. Leodowric is niet iemand die zoiets vergeet. U zult altijd een welkom vinden aan zijn hof.' Toen besteeg hij zijn paard en galoppeerde weg, met zijn wachters om zich heen.

'Ik ben blij dat mijn moeder het goed maakt,' zei Ottil stralend. 'Wat een geluk dat we Euthon hier aantroffen. Hij is altijd al een goede vriend geweest. Een groot heer, hoewel je dat niet zou zeggen als je hem zo zag rijden, met alleen een paar soldaten.'

'En al je vrienden zijn veilig,' zei Moirra, met haar hand op Muus' schouder. 'Zelfs je meisje met de baby.'

'Ze is niet mijn meisje,' begon Muus en Moirra lachte.

'Het is een opluchting,' vervolgde hij onverstoorbaar. 'Ik zou die prachtige blauwe ogen hebben gemist.'

Moirra's gezicht betrok. 'Zijn haar ogen echt mooi?'

'Niet de hare,' zei Muus en hij grinnikte. 'Die van de baby. Hij kreeg ze van zijn vader. Ongelooflijk mooi blauw.'

'Jij beest.' De druïdes greep hem beet. 'Ik wilde altijd al blauwe ogen hebben.'

'Ze zouden je niet staan.' Muus tilde haar kin op. 'Je ogen zijn zwart als een stormachtige nacht; onstuimige ogen.'

Ottil kruiste zijn armen over zijn borst. 'Ga je haar kussen of zullen we verder rijden? We hebben nog een bolwerk te doorzoeken.'

Haastig stapten de twee uit elkaar. 'Geen zoenen waar nieuwsgierige kinderen bij zijn,' zei Muus. 'We gaan.'

Hraab kraaide van het lachen en Moirra bloosde diep rood.

Niet veel verder kwamen ze bij een begroeide heuvel, met op de top de muren van een fort.

'Het moet oud zijn,' zei Ottil, terwijl hij naar de lijsterbessen staarde die door de palissaden heen groeiden.

'Twee eeuwen,' zei Hraab nonchalant. 'Al die kleine koninkrijken vochten om de heerschappij, in de dagen voordat de overgrootvader van Cucharann tot de eerste hoogkoning wed uitgeroepen.'

'Hoe weet je dat?' vroeg Ottil. 'Of bedenk je het zomaar?'

Hraab snoof. 'Ben ik een verhalenverteller? Binnen in het fort is een gedenkteken met de naam van koning Adwalla, die de vader van de eerste hoogkoning was. Het is in twee talen, runen en Oud Roms.'

Ottil keek naar Muus. 'Gaan we binnen kijken? Misschien zijn er meer Grim Doubh.'

Muus zuchtte. 'Beter van wel.'

Ze bonden de paarden vast en gingen de heuvel op. Er was een klein pad, waaruit bleek dat het fort nog regelmatig werd bezocht.

Bij de ingang stopten ze.

'Het is rustig,' zei Muus zachtjes. 'Maar laten we voorzichtig zijn.'

Ze stapten naar binnen in een rotsig, spaarzaam begroeid veld. Het merendeel van de gebouwen was vervallen, maar in het centrum stond de oorspronkelijke hal nog steeds overeind.

'Iemand heeft een aantal reparaties verricht,' zei Muus. 'Maar er beweegt niets.'

De woorden waren nog niet uit zijn mond of de deur naar de hal zwaaide open. Een lange vrouw confronteerde hen, mooi als een gebeeldhouwde godin, haar naakte lichaam bedekt met gloeiende symbolen. Ze schudde haar hoofd en een weelde aan blonde haren zwaaide rond haar als een mantel. 'Smekelingen,' zei ze. Haar stem was heerlijk diep en meeslepend. 'Geef je over aan de genade van de Ouden. Je zult worden gezegend, mijn kinderen.'

'Holle woorden, Grim Doubh,' zei Muus, zijn stem hard. 'Je goden zijn machteloze schimmen. Ze zijn voorbij, net als jij. Verdwijn, onwaarachtige.'

Hij hief zijn armen en dacht *A 'yin...*

Maar een straal van paars licht schoot uit de hand van de vrouw en spatte over zijn hele lichaam uiteen. Pijn te groot om uit te schreeuwen deed hem verstijven.

Om hem heen grepen de anderen naar hun wapens, maar de vrouw in de deur had geen oog voor hen.

'Jammer, mijn zoon. Je zou een sterke hogepriester zijn geweest.' Weer richtte ze haar hand, maar nu was Muus in een blauw licht gehuld.

'Genoeg,' zei een stem die niet de zijne was. 'Ik laat me niet hinderen door een nietige priesteres.' Het blauwe licht schoot naar de vrouw toe en in een ondraaglijke bliksemflits verschrompelde ze. Het blauw rond Muus ging uit en hij schreeuwde en schreeuwde.

'Wat is er mis met hem?' vroeg Ottil. 'Waarom zegt hij niets?'

Moirra had Muus' handen in de hare genomen en staarde in zijn ogen. 'Het moet de Shard zijn. Die beschermde hem tegen de magie van die priesteres, maar nu wil hij niet meer weggaan.'

'We moeten hem naar de hoogdruïde brengen,' zei Hraab. 'Hij zal een manier vinden om de kracht van de Shard terug te duwen.'

Ottil staarde naar Muus, die stijf en afwezig stond. 'Kan hij rijden?'

'Ik denk het wel.'

'Nou, waar wachten we op? Laten we gaan.'

Visioenen van stromen vloeibaar gesteente en rook uit scheuren in de grond. Bergen exploderen, rotsen regenen uit de lucht. As valt, als gebouwen van drie verdiepingen zo diep. Giftige gassen drijven rond in gelige wolken en doden mensen en dieren met evenveel minachting. De grond schudt en doet eeuwenoude monumenten, herenhuizen en paleizen instorten. Falrom.

Een verwoest kasteel op een brandende berg – een tunnel leidt naar beneden. Schudden, schudden. Verstikkende lucht. Een grot, bloedheet, met lava druipend als water langs de muren. Een zwarte monoliet, een stem. 'Kom.'

'Nog niet,' dacht hij. 'Ik kom, maar nog niet. Je moet me niet opjagen. JAAG ME NIET OP! Ik – ben – nog – niet – klaar.'

Twee gelijke krachten proberen elkaar te bewegen.
Stasis.

HOOFDSTUK 17 – DE GROTE TEMPEL

Van een afstand was de Grote Tempel ontzagwekkend; een immense cirkel van staande stenen, door liggers met elkaar verbonden.

'Thors Baard,' zei Ottil. 'Die blokken zijn enorm.'

Bij de ingang van de heilige cirkel werden ze tegengehouden door een jonge druïde in de groene mantel van een ovaat, een senior student. 'Welkom,' zei hij met zachte stem. 'Moge de goden je zegenen en je begeleiden op je pad. Kom je hier, op zoek naar wijsheid?'

Moirra stapte naar voren. 'Ben ik al zo lang weg dat je me vergeten bent? Ik kom voor de hoogdruïde; het is uiterst urgent.'

De ovaat bestudeerde haar van top tot teen en plotseling verhelderde zijn gelaatsuitdrukking. 'Druïdgeboren! Natuurlijk,' zei hij.

Ongehaast leidde hij hen over het gras in de cirkel. 'U bent op de meest heilige grond,' zei hij tegen de anderen. 'Duizenden winters lang hebben mensen hier gebeden en hun geloof is tot diep in de bodem doorgedrongen.'

'Wat zijn die vijf... deuren?' vroeg Ottil met een knik naar de stenen constructies in het midden van de cirkel.

'Dat zegt u juist, jongeman. Deuren naar de elementaire werelden van Vuur, Aarde, Zee, Lucht en Dood.'

De prins keek hem aan. 'De dood is een element?'

'Dood en leven zijn evenzeer elementen als vuur en lucht.'

'Wat zou er gebeuren als ik door zo'n deur stapte?'

De ovaat lachte zachtjes. 'Je bent niet van de Cirkel; er zou niets gebeuren. Misschien...' Hij keek naar Moirra.

'Ik ben er geweest,' zei het meisje. 'Door alle portalen. Ik wil er niet over spreken.'

De ovaat boog. 'U bent vijf keer geheiligd, Druïdgeboren. Ik heb respect voor uw terughoudendheid en vraag niet verder.'

Bij een klein gebouw stopte hij. Binnen was een trap naar beneden, de aarde in. 'Verder mag ik niet gaan. U zult de hoogdruïde in zijn kamers vinden. Moge uw dagen worden gevuld met juistheid.'

Zonder nog een woord liet de jonge man hen alleen. Moirra nam Muus' arm stevig beet en leidde hem de trap af, de anderen in een rij achter hen aan. Ze kwamen in een grote, ronde kamer, met fakkels verlicht. Hoge rekken met rijen schriftrollen stonden langs de wanden. Diverse mensen stonden of zaten te lezen. Een van hen, een magere man met een grijzende baard, keek op. Zijn gezicht verhelderde tot een glimlach.

'Moirra,' zei hij. 'Je bent teruggekomen.'

'Ik moest wel, Wijsheid. Ik heb uw hulp en uw inzicht nodig.'

Hoogdruïde Arraw bestudeerde Moirra's gezicht. 'Kom mee naar mijn kamer.'

Voorbij de ronde ruimte was een tweede vertrek, ingericht met een grote tafel en een aantal stoelen. 'Ga zitten. Welke problemen heb je die je tegen je zin hierheen brengen?'

'Het is niet om mij, Wijsheid. Het is om hem.' Ze legde haar hand op Muus' arm.

'Een Un–a–Dach,' zei de hoogdruïde, terwijl hij naar Muus keek. 'Wie is hij?'

'Terrel van Owwich, zoon van Slade en Aeylla. Hij werd als slaaf verkocht en wist te ontsnappen.'

'Oh goden,' zuchtte de hoogdruïde. 'Is hij die jongen? Zijn ouders hadden zulke hoge verwachtingen van hem. Jammer, vreselijk jammer. De jongen zal nooit een druïde worden.'

'Hij werd iets anders, Wijsheid. Maar nu kan hij niet functioneren. We moeten hem helpen.'

Arraw stond op en legde zijn handen op Muus' tempels. Hij tut–tutte. 'Iets vanbinnen blokkeert hem. Is dat je probleem? Waarom is hij belangrijk voor je?'

'Wijsheid, hij is de Shardheld.'

Langzaam wendde de hoogdruïde zijn ogen van Muus naar Moirra. 'Welk bewijs heb je?'

Moirra trok Muus' gewaad open. Op zijn borst hing het lederen etui naast de runen.

'Hij is een runenmeester?' vroeg de hoogdruïde verrast.

'Ze moeten hem tegen de hemelscherf beschermen,' zei Moirra. 'Alleen heeft hij er nog te weinig.' Heel voorzichtig, zonder de Shard aan te raken, opende ze het zakje. Blauw licht scheen naar buiten en veranderde Muus' gezicht in het masker van een waterspuwer.

Arraw haalde diep adem. 'Ik zie het. Dus dit is degene die...' Hij brak zijn zin abrupt af. 'Hoe is hij zo geworden?'

Moirra vertelde over de Grim Doubh priesteres in het oude fort op de heuvel en de manier waarop de Shard Muus had overgenomen om hem te beschermen. Toen ze klaar was, zweeg Arraw even. Toen nam hij Muus' handen. Alles werd stil. Het geluid van stemmen uit de leeskamer, het zoemen van een vlieg, het sissen van de fakkels aan de muren, alles stierf weg. Het leek een eindeloos moment voordat de wereld weer tot leven kwam.

'Hij vecht tegen de Shard,' zei de hoogdruïde. 'Zijn hele wezen verzet zich ertegen om overgenomen te worden. Hij is sterk; dat moet ik toegeven. Menig ander had het al lang opgegeven. De Shard kan niet nog meer druk op hem uitoefenen zonder hem te doden. Daardoor zijn ze in evenwicht. Met zijn runen zou hij zich kunnen bevrijden. Maar de Shard blokkeert die weg. Ik moet proberen de runen te versterken, zodat zij hem kunnen bereiken.' Hij leunde achterover en wreef over de gewrichten van zijn linkerhand terwijl hij nadacht. 'Ik moet kruiden hebben; klaverblad, mandracus, kruiskruid, nagelkruid, salverum oleum...' Zijn stem stierf weg. 'We moeten kijken wat we kunnen doen, Moirra. Jij en ik en je metgezellen...'

'Dit is prins Ottil van de Norden,' zei Moirra. 'Hij is een zeer ruimdenkende jongeman, dus u zult hem niet van streek brengen met onbekende rituelen.'

De hoogdruïde glimlachte lichtjes. 'Welkom, prins. U bent in een plaats waar geen Nord ooit is geweest, in het hart van de druïdische Binnenste Cirkel. Het heiligdom heeft u geaccepteerd, zodat u een kracht ten goede moet zijn. Toch vraag ik u om een eed van geheimhouding. En jij, jongeling met het haar van Brann?'

'Hij is Geir,' zei Ottil dapper. 'Hij is van mijn hird.'

'Dezelfde gelofte geldt voor u, hirdman Geir. Bij uw heilige eer.'

Geir had een stap teruggezet en probeerde zich achter Ottils rug te verbergen. Maar hij knikte benepen.

De hoogdruïde en Hraab wisselden een blik van verstandhouding. Toen knikte Arraw. 'Ik heet u van harte welkom, zoon van Kainnos.'

Hraab was volkomen serieus. 'Ik kan u hier niet bij helpen, Arraw.' Toen keerde zijn ondeugende glimlach terug. 'Maar ik zal u een plezier doen. We zullen u met Moirra en de Shardheld alleen laten, opdat onze nieuwsgierigheid uw inspanningen niet hindert.'

'U bent te goed,' zei de hoogdruïde met een stalen gezicht.

'Wie was Brann?' fluisterde Geir, zodra ze met z'n drieën buiten stonden. 'Had hij ook rood haar?'

'Dat heeft hij nog steeds,' zei Hraab. 'Massa's. Brann is de God van Kracht en Dapperheid, Meester van het Slagveld.'

Een trage glimlach gleed over Geirs gezicht. 'Wij delen dan alleen het rode haar. Ik zal nooit een groot krijger worden.'

'Doe jezelf niet tekort,' zei Hraab. 'Op een slagveld zijn een helder verstand en een scherp oog even belangrijk als spierkracht.'

'Dat is waar,' zei de prins. 'Was Kainnos je vader?'

Hraab keek hem aan. 'Kainnos is de Meester van de Wijsheid, de Hemelvader van wie de goden afstammen. Hoe kan hij mijn vader zijn?' Hij gaf ze niet de tijd om te antwoorden. 'Kom, laten we een beetje rondkijken. Ik moet zien of alles is zoals ik het me herinner.'

'Ben je hier eerder geweest?' vroeg Ottil verrast.

'Lang geleden.' Hraab hield zijn hoofd schuin. 'Met mijn ouders.'

'Waarom zijn die stenen hier?' vroeg Geir. 'Er is zo'n steen in de buurt van onze boerderij, waar allemaal dingen op geschreven staan. Deze zijn veel groter, maar ze zijn leeg.'

'Dat komt omdat dit geen herinneringsstenen zijn,' zei Hraab. 'Die van jullie vertelt waarschijnlijk van iemands dappere daden of een ander belangrijk feit. Deze tempel was oorspronkelijk een begraafplaats.'

Ottils mond viel open. 'Voor wie? Wie was machtig genoeg voor een plek als deze?'

'Het was niet voor één mens, maar voor een heel volk. Duizenden en duizenden liggen hier begraven.'

'Wat voor mensen waren dat? Ze moeten wel een ras van reuzen zijn geweest.'

'Nee, velen van hen waren eigenlijk heel klein. Zij waren onze voorouders, onze Un–a–Dach voorvaderen; de oorspronkelijke mensen die hier woonden voordat de Bryts kwamen.'

De prins fronste zijn wenkbrauwen. 'Er leefden Un–a–Dach in Brytanna? Ik dacht dat ze van de Norden kwamen?'

'De Nordse Un–a–Dachs zijn de laatsten,' zei Hraab en zijn gezicht stond strak. 'De anderen zijn allemaal al lang geleden verdwenen. Ik wil daar niet over spreken.'

Ottil knikte. 'Hoe oud is deze tempel?'

'Muus is de achtste Shardheld die hier op bezoek komt.'

De prins was even stil. 'Ik heb gehoord dat er maar één Shardheld is in de vijfhonderd jaar,' zei hij, bijna schuchter.

Hraab glimlachte. 'Dat klopt. We hebben het over vierduizend jaar.'

'Waarom hebben ze die stenen opgericht? Het moet een bijna onmogelijke taak zijn geweest.'

'Vraag het de hoogdruïde,' zei Hraab. 'Het doel van de grote stenen is zijn geheim, niet het mijne.'

Zwijgend liepen ze verder, maar het kijken naar biddende druïden was niet zo spannend, zodat ze de tempel uitliepen. In de buurt lokte een dorp hen en dat was waar ze belandden. 'Allemaal stenen huizen,' zei Ottil. 'Ze moeten hier wel rijk zijn.'

'De meesten van hen dienen de Cirkel,' zei Hraab. 'De druïden zijn gul van betalen.'

In het centrum van het dorp stond de medehal, van waaruit het geluid van zingende stemmen kwam.

'Een skald?' vroeg Ottil gretig. 'Laten we naar binnen gaan.'

'Het is een zangles.' Hraab keek de hal rond, naar de rijen jonge musici op de grond die aandachtig luisterden naar een reus van een man in een groene tuniek en broek. Hun monden openden en sloten zich in hetzelfde tempo en het resultaat was zo komisch, dat Ottil niet kon helpen te giechelen.

De lange man brak af in het midden van een vers. 'Wij worden gestoord, mijn kinderen. Ga en bestudeer wat ik je voordeed, terwijl ik deze indringers tuchtig. Een harige hand wees naar Hraab. 'Geen zangles, drievoudige overlast, een meesterklas. Weet dat je de stem van Vyvain tot zwijgen bracht met je respectloos gegiechel.'

'Uw oren zijn scherp, goede Vyvain,' zei Hraab.

'Natuurlijk zijn mijn oren goed. Ik ben de Eiken Bard, de Meester–zanger van de Binnenste Cirkel.' Hij ontspande zich en glimlachte. 'Het maakt niet uit, ik was die gapende kikkermonden moe. Vertel me wie je bent, vreemd samengesteld trio.'

'Noem mij Hraab, goede meesterbard. Dat volstaat. Aartsdruïde Fardoragh zei ons uw wijsheid te zoeken, dus ik zal u alles vertellen. Mijn metgezel is de rechtmatige prins van de Norden, Ottil Vidmersen; de eerste bekwame tak aan een nutteloze boom. Hij met het vurige hoofd is Geir Gormsen, die al een boer, een zeeman en een viking was en nu een koninklijke hirdman is.'

De meester–zanger boog. 'Welaan, Hraab, vogel van de strijd; een formidabel drietal. Laat ons gaan zitten en een glas wijn genieten terwijl je mij van je glorieuze avonturen vertelt.' Hij wenkte een dienstertje die hem goed moest kennen, want zij bracht hoorns met wijn voor elk van hen. De bard had een gigantische oeros hoorn, drie keer groter dan die van de anderen.

Vyvain ging in de enige stoel zitten, dicht bij het vuur, en hief zijn hoorn. 'Moge je levensverhalen lang zijn,' zei hij en hij stak zijn neus in zijn wijn.

De jongens volgden, voorzichtig nippend, want de wijn was warm, kruidig en koppig.

'Welnu,' zei de bard en hij veegde rode druppels van zijn snor. 'Vertel me alles; laat niets ongezegd.'

Hraab plofte op de grond, vouwde zijn benen onder zich en ontspande. Hij begon zijn verhaal op het moment dat Vulf met zijn mannen hun huis binnendrong. Zijn stem kreeg een bijna magische klank, zo fascinerend dat zelfs Ottil, die het verhaal eerder gehoord had, betoverd toehoorde. Hij sprak over alles behalve de Shardheld. Het was muisstil rondom hen, alsof de hele hal de adem inhield. Vyvain luisterde, zijn ogen ver weg.

Tot slot vertelde Hraab van hun aankomst bij de Grote Tempel en hij tilde zijn drinkhoorn op. 'Dus dat is hoe het allemaal gebeurde,' zei hij en hij nam een teug.

Langzaam keerde de Eiken Bard terug naar het hier en nu. 'Jij!' zei hij en zijn gezicht stond geschokt. 'Wie ben jij? Niemand kan zo verhalen vertellen.'

Hraab haalde zijn schouders op. 'Het is gewoon een gave.'

Vyvain schudde zijn hoofd. 'Ik ben vernederd. Hier zit ik, die zich een meester noemt. Maar jij overtroeft ons allemaal.' Hij slaakte een diepe zucht.

'U bent een bereisd man, meester Vyvain,' zei Ottil behoedzaam. 'Hebt u gehoord van Fjinges Knoken?'

De Eiken Bard glimlachte. 'Ik heb gereisd, ja. Fjinge, Kalmans dvergar? Ik ken hem en zijn vingers.'

'Hij was een dvergar?' Ottil staarde naar de bard. 'Ik wist niet dat ze echt waren.'

'Ze zijn uitgestorven.' De bard schreeuwde naar het meisje om zijn hoorn te vullen. 'Het waren er niet zo veel om mee te beginnen. Neven van de Un–a–Dach, lang geleden. Ze waren een volk van wapenmakers en smeden en woonden in enorme metalen hallen in de bergen. Hun magie was vooral met ijzer en vuur, steen en goud. Een van hen, Fjinge, werd assistent van de grote Kalman, die de magie in de wereld regels gaf. Zijn linkerhand was gemaakt van ijzer, zijn rechterhand beheerste de magie. Toen hij stierf maakte Kalman van de botjes uit die rechterhand een krachtige runenketting die hoorde bij een menhir waaraan hij werkte.

'De Kalmanir,' zei Ottil.

Vyvain tuurde naar de prins. 'Ja, maar hoe wist je dat?' Toen richtte hij zich abrupt op en morste wijn over zijn groene tuniek. 'Dus dat is het!' zei hij met machtige stem. 'De...' Zijn ogen ontmoetten Hraabs blik en onmiddellijk liet hij zijn stem dalen tot een hees gefluister. 'Hij die er niet had moeten zijn is hier. De Shardheld.' Hij schudde met een vinger naar de jongens. 'Ik zei je me alles te vertellen. Maar dat deed je niet. Dat is geen manier om de Eiken Bard te behandelen.'

Hraab spreidde zijn handen. 'Het was niet aan mij om dat deel van het verhaal te verklappen.' Hij keek naar Ottil, die ongerust zijn wenkbrauwen fronste. 'Maak je geen zorgen, jouw vraag was onschuldig genoeg. Dat meester Vyvain de rest raadde is niet jouw schuld.'

'Wie is de druïdes bij de Shardheld?' vroeg de bard streng.

Hraab glimlachte. 'Moirra van de Un–a–Dach.'

Het was een tijdje stil, maar toen begon de Eiken Bard te lachen. Zijn vrolijkheid vulde de hal tot de top van de spanten en schudde de spinnen uit hun holen. 'Moirra! Dat is de beste grap die ik in lange tijd heb gehoord.'

Ottil stoof op. 'Ze is een goede vriend en een krachtige druïdes.'

Vyvain bedaarde. 'Dat is het juist,' zei hij. 'Ze is sterk en nog veel meer.'

'Prins Ottils oorspronkelijke vraag is nog steeds onbeantwoord,' zei Hraab.

Ottil keek even verward.

'Stel 'm nog eens.'

'Runenmeester Terrel probeert alle Knoken te verzamelen. Hebt u op uw reizen ontdekt, waar we er nog meer kunnen vinden?'

'De Hand van Fjinge compleet maken? Ja, ik kan me de noodzaak voorstellen. Laat me even denken.' De bard leunde achterover in zijn stoel en sloot zijn ogen. 'De Keizerlijke Stad, Kartakos. Drie eeuwen geleden doodde een astroloog, Kalech van de Bergen, een stelletje fanatieke ongelovigen door met een aardbeving hun tempel aan de haven te doen instorten. Kalech werd door een van de vallende rotsen gedood terwijl hij jubelde over zijn overwinning. Het magische botje werd naar Kartakos teruggebracht door ene Euchanistos, van de Keizerlijke Garde. Het bot verdween met hem.'

Vyvain herzonk in stilte. 'Baian, Gallië. De Legende van Sarrias de dief, die onzichtbaar was voor zijn vijanden. Nadat hij dankzij een list werd betrapt, hebben ze hem ingemetseld in de enige kamer waaruit hij niet kon ontsnappen. Er waren geruchten over een magisch voorwerp dat hij gebruikte. Als dat waar is, moet het met hem zijn opgesloten.'

Hij opende zijn ogen en nam een grote teug wijn. 'Dat zijn twee mogelijkheden. Als derde was er een druïde die op een missie werd gestuurd naar een heilige plaats ergens in het zuiden van het vasteland. Hij zou een magisch botje bezitten. Het is nog niet zo lang geleden, dus misschien weet Arraw, of anders een van de schriftgeleerden, meer te vertellen.' Vyvain leegde zijn hoorn en boerde. 'Nu moet je me verontschuldigen; het is tijd voor mijn dutje.' Hij sloot zijn ogen en begon te snurken.

De jongens keken elkaar aan en slaagden erin om de zaal te verlaten voordat ze in lachen uitbarstten.

'Dus Euchanistos van de Keizerlijke Garde en een dief in Baian,' zei Ottil. 'En een onbekende druïde in Zuid–Gallië.'

'Gallië is niet ver,' zei Geir onverwacht. 'Waar is Kartakos?'

Ottil keek op. 'Dat is de hoofdstad van de Baljaren,' zei hij. 'Een keizerrijk langs de zuidelijke kust van de Zee van Rom. Dat is nog een heel eind hiervandaan.' Hij keek naar Geir en glimlachte. 'Maak je geen zorgen, we komen er wel. Ik heb familie in die stad. '

'Heb je dat?' vroeg Hraab. 'Hoe komt dat zo?'

'Neven van mijn vaders moederszijde dienen al generaties bij de Varanten, dat is diezelfde Keizerlijke Garde. Op dit moment is het mijn achterneef Hernald Arnsen van Swalen. Misschien weet hij wat van deze Euchanistos.'

'Van iets wat drie eeuwen geleden gebeurd is? Hij zou een machtig goed geheugen moeten hebben.' Hraab krabde aan zijn hoofd en glimlachte. 'Maar het is handig om iemand te hebben die de stad kent.'

Langzaam liepen de jongens terug naar de Grote Tempel. In de buurt van de stenen werden ze opgewacht door een jong meisje in de groene robe van een ovaat. 'Uw aanwezigheid is vereist,' zei ze, zwaar fronsend. 'Vraag me niet wat de hoogdruïde wil met een aantal jongens.'

'Ik zou het niet durven vragen,' zei Hraab. 'Maar ik stel voor dat je wat extra lessen volgt in neutrale nederigheid. Je onwetendheid schijnt door.'

Het meisje kleurde diep. 'Wat! Jij...' Toen zuchtte ze diep. 'U hebt gelijk. Dank u voor uw correctie.' Ze boog stijfjes en liep weg.

Ottil kon het niet nalaten te grinniken.

'Niet doen,' zei Hraab. 'Voor haar is dit niet om te lachen. Moirra de Druïdgeboren kan het zich veroorloven haar tong de vrije loop te laten, maar voor een ovaat is het een doodzonde.'

'Ik denk niet dat ik graag een druïde zou willen zijn,' zei Ottil.

Hraab grijnsde. 'Maak je geen zorgen, ze willen jou ook niet. Je bent veel te onhandelbaar.'

Ze haastten zich de trap af naar de kamer van de hoogdruïde.

'Waar waren jullie?' snauwde Moirra. 'Het was niet de bedoeling dat je de hele dag weg zou blijven.'

'Dat bedoelde ik nou,' zei Hraab tegen Ottil. 'Moirra's status is hoog genoeg om die toon te gebruiken.'

Moirra keek naar hen. 'Waar heb je het over?'

'Niets,' zei Ottil met een lach. 'Hraab vertelde ons zojuist over, wat was het? Neutrale nederigheid?'

Het meisje snoof. 'Daar heb ik geen tijd voor, ik maak me zorgen.'

Hoogdruïde Arraw keek op uit zijn gedachten. 'Daar zijn jullie,' zei hij. 'Onze voorbereidingen zijn klaar, maar ze zijn niet sterk genoeg. Wij geloven dat er een ingrediënt ontbreekt, iets wat ik zou graag de 'roep van de vriendschap' zou willen noemen. Moirra alleen kan dit niet; haar roep wordt door andere emoties bezoedeld, als je mij de uitdrukking vergeeft.'

'Ja,' zei Ottil met een wetend gezicht. 'Door dat gezoen en zo.'

Moirra bloosde, maar ze zei niets.

De hoogdruïde knikte. 'Je zult die roep ook leren, jonge prins. Maar nu is vriendschap wat we nodig hebben. Geef elkaar een hand en maak een cirkel rond de Shardheld. Ik zal hem het drankje geven, terwijl jullie allemaal vriendelijke dingen naar hem denken. Niet schreeuwen, alsjeblieft, het denken is voldoende. Het moet heel snel werken.' Hij hield het glas, met een dikke, groenachtige vloeistof erin, tegen het licht.

Ottil keek naar Muus, die hem uit Nidros had gered, die zijn achtervolgers had uitgeschakeld en zo veel andere dappere dingen had gedaan. Hij was een vriend en vrienden waren zeldzaam voor een prins. Muus...

Muus klapte plotseling naar voren en alleen de arm van de hoogdruïdes voorkwam dat hij met zijn hoofd tegen de tafel sloeg.

'N-n–neeeee!' riep Muus, zijn handen klauwend naar het niets. 'Je zult me niet... bezitten!'

Hij ging rechtop zitten. 'Het is weg?'

Moirra sloeg haar armen om hem heen. 'We hielpen de A'yin rune om de hemelscherf terug in zijn steen te krijgen. Hoe voel je je?'

Muus dacht na. 'Verward,' zei hij ten slotte. 'Hoe lang is het geleden?'

'Zes dagen sinds die vreselijke priesteres je bijna vermoordde.' Moirra klampte zich zo hard aan Muus vast dat hij schrok.

'Ik herinner me niet veel,' zei hij. 'Alleen dat ze sneller was dan ik. Had ze een vingerkootje?'

Moirra verbleekte. 'Ik heb er niet aan gedacht te gaan kijken.'

'Ik wel,' zei Hraab. 'Ze had niets. De kracht was van haarzelf, een bewerkte groeispreuk.'

'Oh, lieve goden,' zuchtte de hoogdruïde. 'Ze moet een van ons zijn geweest. Hoe vreselijk. Dan moet ik haar hebben gekend.'

'Ze was heel oud, Wijsheid,' zei Hraab.

'Ik ook, jongen, ik ook.' Arraw schudde zijn hoofd. 'Als we maar wisten waarom zij en die anderen overliepen. Iets moet ze hebben misleid.'

'Het meisje dat u ons achterna zond,' zei Hraab langzaam. 'Ze snauwde ons af. Haar controle was echt te weinig.'

Arraws gezicht werd grijs. 'Is dat zo? Ze is een ovaat. Ik zou gezworen hebben dat ze er klaar voor was. Had ik het mis?'

'Waarom verklapte je dat? Nu zal ze in de problemen komen,' zei Ottil verontwaardigd.

'Omdat ik moet, prins.' Hraabs gezicht was ongewoon strak. 'Een ovaat mag niet toestaan dat emoties haar oordeel beïnvloeden. Net zo min als koningen dat kunnen. Vergeet je vader niet.'

Langzaam knikte Ottil. 'Maar het was zo'n klein dingetje.'

'Dat was het niet. Ze draagt groen; ze moet een gerechtshof kunnen voorzitten, over leven en dood oordelen. Ze moet neutraal blijven, zich altijd beheersen. Daar is ze de laatste tien jaar voor opgeleid. Maar ze was het niet.'

'En wij hebben het niet gezien,' zei de hoogdruïde. 'Zijn we zelfgenoegzaam geworden?' Hij keek verontrust. 'Ik moet hierover nadenken.'

Onwillig liet Moirra Muus los. 'Voel je je echt goed?'

'Ik voel me prima. De Shard wist dat hij me in leven moest houden, dus hij zorgde goed voor mij. Wat gaan we doen?'

'We ontmoetten de Eiken Bard,' zei Ottil en hij vertelde alles over hun ontmoeting.

Muus wreef over zijn gezicht toen de prins uitgesproken was. 'Nog verder te gaan. Baljaren... Een kleurrijke naam.'

'Stinkend naar rijkdom, corruptie en verval,' zei Moirra. 'Zij aanbidden Sol Invictus en hij is een jaloerse god.'

'De meesterbard sprak van een druïde met een vingerkootje die naar een plaats in het zuiden van Gallië werd gestuurd. Hij wist zijn naam niet. Misschien dat Uwe Wijsheid...' Ottils stem stierf weg; de hoogdruïde was duidelijk ergens anders met zijn gedachten.

'Uwe Wijsheid?'

'Ah?' De oude man kuchte. 'Uw pardon, ik zat te denken.'

Ottil herhaalde zijn vraag en Arraw knikte langzaam. 'Ik herinner me een druïde die een originele Knook bezat, dat was Dallyw. Mijn voorganger stuurde hem naar Fois, nabij de grens met Espayne, maar Dallyw is nooit teruggekomen.' Hij spreidde zijn handen. 'Dat is alles wat ik weet.'

Muus wreef over zijn slapen. 'Wat is het gefluister dat ik hoor? Het is overal om me heen, een ver geluid van ontelbare stemmen.'

De hoogdruïde glimlachte. 'Ik had je moeten waarschuwen. Alleen hier kun je die stemmen horen. Het is het geluid van de magie.'

'Maakt magie geluid?'

'Niet van zichzelf. Je hoort de magie-gebruikers. Eén of twee of misschien wel tien personen die hun kunst op hetzelfde moment uitoefenen maken geen hoorbaar geluid. Maar hier hoor je duizenden druïden, priesters, wijsmannen en –vrouwen op hetzelfde moment aan het werk.' Arraw legde zijn handen op de tafel. 'Deze tempel is meer dan een plaats van studie. Het is het centrum van de mystieke macht in de wereld. Dit is de plek waar elke hemelscherf is geland, om opgehaald te worden door onze voorbereide kandidaat. Dit jaar waren we klaar, maar de Shard kwam niet. Onze kandidaat wachtte, maar vertrok toen de Shardval niet plaatsvond. We waren daar niet blij mee en er was een verschil van mening... Maar geen druïde kan ergens toe worden gedwongen en op het einde moesten we het accepteren. We beseften toen nog niet hoe diep het Lot ons bespotte. Niet alleen kwam de hemelscherf ergens anders neer, hij koos ook zijn eigen Shardheld in plaats van de onze. Voor het eerst werd de Shard opgepikt door iemand die niet getraind was voor zijn rol.'

'Door mij,' zei Muus. Hij wist inmiddels dat hij tweede keus was.

'U.' De hoogdruïde glimlachte. 'Wees niet beledigd, maar toen we hoorden dat de Shard in handen gekomen was van een onbekende slaaf in de poolgebieden van de Norden, waren we vertwijfeld. Maar gaandeweg leerden we dat deze naamloze slaaf een curieus persoon was. Een Bryt, geboren uit de gemeenschap van een hooggeplaatste Un–a–Dach vrouw en een aartsdruïde van de Binnenste Cirkel, die als kind door vikingen was weggeroofd. We wisten dat je met de

Shard was verdwenen en onze agent in het noorden was naar je op zoek.'

Muus' ogen gingen naar Hraab, die met een uitdrukkingsloos gezicht zat te luisteren.

'Mijn vader,' zei de jongen. 'Ik had niets te maken met zijn werk voor de Cirkel.'

'Inderdaad, Hraab heeft nooit voor ons gewerkt,' zei Arraw. 'Toen ging alles mis. Onze agent stierf en met hem onze ogen en oren. We wisten niet wat er gaande was, totdat u hier binnenstapte. Ik kan niet beschrijven wat een opluchting dat was.'

'Alleen ben ik niet uw gewillige marionet,' zei Muus zacht en hij balde zijn vuisten op de tafel. 'Ook ben ik geen druïde, noch wil ik er een zijn.'

'Dat hoeft ook niet. En we zijn niet van plan u te vertellen wat te doen. Dat is tegen onze principes.'

Moirra gromde zachtjes en de hoogdruïde zwaaide met zijn handen. 'Dat was in onze paniek. Je weet dat ik me achteraf heb verontschuldigd. Hoe dan ook, Muus is van moederszijde een runenmeester. Dat kan net zo goed werken. Vooral als u alle of de meeste van de vingerkootjes weet te verzamelen.' Hij stond op en liep naar een kist. 'Ik heb er een. Het is een onvervangbaar bezit en we zullen het hard missen, maar uw behoefte is groter.' Hij keerde terug met een kleine, bruine doos en klapte het deksel open. 'Zie, de Rune van de Waarheid. Neem hem mee; hij zal u waarschuwen als iemand een leugen spreekt.'

'Waarheid,' zei Muus langzaam. 'Voor iemand die zo verward is als ik, van vitaal belang.'

'Er zijn verschillende soorten onwaarheid, Shardheld, en de kwaadaardige leugen is de zeldzaamste. De meeste mensen spreken onwaarheden zonder het te beseffen, om vele redenen: uit onwetendheid, omdat hun geheugen een fout heeft begaan of omdat ze de waarheid niet willen erkennen. U moet leren het verschil te herkennen.'

Muus begreep het. Hij was alleen vreselijk moe. Zijn vingers tastten naar de Knook. Toen, alsof hij ongeduldig werd, voegde de rune zich vanzelf bij de anderen. *D'Vyn.*

Moirra keek bezorgd naar zijn onhandigheid. 'Je bent doodop. Je moet slapen.'

'Breng hem naar het gastenhuis,' zei de hoogdruïde. 'Er is niemand anders vanbuiten de Cirkel, dus je zult er ongestoord zijn. Slaap wel, Shardheld.'

HOOFDSTUK 18 – VALSE DRUÏDES

Drie dagen later verlieten ze de Grote Tempel even onopvallend als ze gekomen waren. Afgezien van de hoogdruïde en Vyvain de Eiken Bard, wist niemand dat de Shardheld hier was geweest.

Muus zat stijfjes in het zadel; zijn hele lichaam deed pijn. Hij was zich bewust van Moirra aan zijn zijde. Iets zat haar dwars, maar hij had geen idee wat. Zijn ogen ontmoetten de hare en ze keek snel weg.

'Wat is er?' vroeg hij zacht.

Ze schudde haar hoofd. 'Niets. Laat me, alsjeblieft.' Ze klonk gespannen, niet zoals het levendige meisje dat hij kende.

Muus strekte zijn hand uit en raakte die van haar aan. 'Je kunt het me vertellen als je wilt.'

Ze keek hem recht aan. 'Nee, dat kan ik niet. Dit is nou net wat ik je niet kan vertellen. Laat het gaan, Muus.'

Hij zuchtte. 'Zoals je wilt.'

Ze reden langs een aantal lage heuvels, opmerkelijk rond en begroeid met gras.

'Grappig heuvels,' zei Ottil.

'Dat zijn dolmen,' zei Hraab. En met een holle stem: 'Graven.'

Geir lachte. 'Wie ligt daar begraven?'

'Mensen die zichzelf belangrijk genoeg vonden om in de Grote Tempel te worden begraven, maar het niet waren.' Hraab haalde zijn neus op. 'Dus kozen ze de dichtstbijzijnde plek. Ze leefden lang geleden en kwamen van een ander volk. Er was geen druppel Un–a–Dach bloed in ze.'

'Dat is toch geen schande?' zei Ottil. 'Ik heb jullie bloed ook niet.'

'Nee, maar jij doet niet alsof je het hebt.'

'Waarom zou ik? Ik ben een trotse Nord, geen...' Haastig zweeg hij.

Hraab gaf hem een spottende blik. 'Zwartalf?'

'Dat bedoelde ik niet.'

'Nee, het zijn je Nordse vooroordelen. Als prins moet je daar niet aan toegeven.' Toen lachte Hraab. 'Maak je geen zorgen; bedenk alleen dat de Un–a–Dach ook jouw onderdanen zijn.'

'Dat doe ik,' zei Ottil ernstig. 'Ik heb het Moirra beloofd.'

Eenmaal voorbij de grafheuvels kwamen ze bij een bos. Immense woudreuzen gaven een indruk van hoge ouderdom. Na een tijdje kwamen ze bij een machtige eikenboom. Het pad liep er aan beide zijden langs.

'Wacht!' zei Muus. 'Er is iets mis.'

Uit de schaduw stapte een groengeklede verschijning. 'Ha, nu ontmoeten we elkaar, bedrieger.'

'Ik ken die stem,' zei Ottil verrast.

'O ja? Dat maakt niet uit, ongelovige. Jouw inbreuk in onze geheimen eindigt hier.' De groene figuur hief haar handen op en begon te zingen.

'Doe dat niet, dom meisje,' zei Moirra scherp. 'Het is gevaarlijk.'

Een rookwolk verscheen tussen de bomen. Hij verdikte en veranderde in een enorme witte hond met rode oren en gloeiende ogen.

'Oogster!' riep het meisje triomfantelijk. 'Zie wat werd gezaaid.'

'Verdomme!' riep Hraab. 'Moge de Mawgan je meenemen!'

De hond kwam tussen de bomen vandaan, zijn tong uit de bek. Het beest gloeide vaag en blafte. Langzaam draaide hij de kop naar het meisje en opende zijn muil in een vreselijke grijns. Hij zette een stap in de richting van degene die hem had opgeroepen.

'Nee,' hijgde het meisje, terwijl haar handen de zijkanten van haar mantel vastgrepen. 'Je bent een illusie.'

'Dit is geen illusie, stomme trut!' schreeuwde Hraab. Zijn vrienden hadden hem nog nooit zo boos gezien. Zijn kleine gezicht was rood, hij sperde zijn ogen wijd open en zijn lippen waren teruggetrokken, zodat hij eruitzag als een karikatuur van de monsterhond.

'Jij onwetende dwaas! Je hebt de echte Oogster opgeroepen! Nu moet ik iets doen wat verboden is.' Hij hief zijn vuisten. 'Ik zou hem je moeten laten verscheuren, maar dat is niet toegestaan.' Hij keek naar de Shardheld. 'Nee, Muus; je kunt niets doen. Het is de hond van een god.' Hij schreeuwde: 'Arawan! Kom dat stomme beest van je halen!'

Een stem, jeugdig en levendig, kwam uit het niets. 'Wie roept mijn naam?'

'Geen spelletjes vandaag, Arawan; ik ben niet in de stemming voor grapjes.'

Een jonge man met een wit laken over zijn lichaam gedrapeerd verscheen onder de boom. 'Jij? Jij bent niet in de stemming voor een grap? Het einde van de wereld is gekomen.'

'Het einde komt snel, als je dat rotbeest niet bij je houdt. Als het de Shardheld doodt...'

'Dat zou geen goed idee zijn. Oogster; hier, jongen.'

De hond blafte en ging naar de jonge man, klaar om te worden aangehaald.

'Maar waarom heb je mijn lieveling geroepen? Je houdt niet eens van honden.'

'Ik zou hem niet roepen als mijn leven ervan afhing. Die stomme meid deed het. Wacht maar tot ik met haar klaar ben.'

'Nou, ik wil haar nog niet hebben, dus houd je in. Leuk je even gezien te hebben!' De jonge man zwaaide en verdween met de hond.

'Wie was dat?' vroeg Ottil lijkbleek.

'Arawan, de God van de Dood,' zei Hraab kortaf. 'Nu jij!' Hij wees naar het doodsbange meisje. 'Waarom?'

'Ik wilde je alleen maar laten schrikken.'

'Mij? Omdat ik zei dat je Neutrale Nederigheid mankeerde?'

'J–ja. Ik dacht dat de spreuk een illusie was. Ze zei dat het een illusie was.'

'Wie zei dat?'

'Mijn instructeur. Ze weet veel van zulk soort dingen.'

Hraab keek naar Muus. 'We moeten met deze instructeur spreken.'

Muus knikte, verbaasd. 'Wat is dit allemaal?'

'Later. We gaan nu weer terug. Moirra, wees lief en neem dat meisje voorop. Ik vertrouw mezelf niet genoeg om haar aan te raken zonder haar de nek om te draaien. Muus, verder regel jij het.' Hraab klemde zijn lippen op elkaar en reed met zijn gedachten duidelijk ergens anders.

Terug bij de Grote Tempel zei Muus tegen het meisje: 'Waar is je instructeur?'

'Daar, bij de Poort van Lucht,' zei het meisje. 'Ze is die lange vrouw in het blauwe gewaad.'

'Kom met me mee.' Muus sprong van zijn paard en liep naar de instructeur. Ze was inderdaad lang, meer Nords dan Brytaans, met blonde haren in een vlecht als een kroon rond haar hoofd gewikkeld.

'Jij daar,' zei Muus, terwijl hij strak naar de jonge vrouw opkeek. 'Wie ben jij?'

De instructeur keek op hem neer. 'Ik ben Mabain. Maar waarom...'

De rune rond Muus' nek mompelde. *Onwaar.*

'Waarom heb je dit meisje geleerd hoe je Arawans hond oproept?'

'Ik... dat heb ik niet!'

'Je bent niet Mabain en je hebt het haar geleerd. Je liegt,' zei Muus. 'Volg mij naar de hoogdruïde.'

'Miserabele worm!' schreeuwde de vrouw, terwijl ze haar handen uitstrekte. 'Je weet niet wie ik ben.'

Nu begreep Muus het. 'Je bent een Grim Doubh.'

Met een krijs van woede wierp de instructeur een massa zwartheid naar Muus, maar deze keer waren zijn runen er klaar voor en de zwarte energie verdween knetterend in de grond.

'Dat zal geen tweede keer lukken,' zei Muus. Zijn geest zocht contact met de runen om zijn nek. *Schakel haar uit.* Een kleine bliksemflits schokte de vrouw en ze zakte ineen. Muus wees naar twee druïden, die met open mond stonden te kijken. 'Breng haar naar de hoogdruïde. Hij en ik willen met haar praten.' Hij wendde zich tot Hraab, zijn gezicht stijf en boos. 'En met jou ook.'

De jongen knikte.

In zijn werkkamer keek de hoogdruïde verrast op toen ze binnenkwamen. 'Weer terug? En wat...' Hij viel stil toen de twee druïden de bewusteloze instructeur op de grond lieten vallen en haastig vertrokken.

Het meisje in het groene gewaad rende naar voren, haar gezicht verwrongen en nat van de tranen.

'Het is mijn schuld,' riep ze, terwijl ze haar robe openscheurde. 'Ik heb mijn eed gebroken. Onwaardig! Ik kan dit niet dragen. Ik...'

'Wees stil,' zei Moirra streng en ze duwde het meisje op een kruk.

'Dit,' zei Muus, terwijl hij de bewusteloze vrouw met zijn voet in de zij porde, 'is de – of op zijn minst een bron van de corruptie in uw tempel, hoogdruïde. Deze vrouw, wier naam niet Mabain is, corrumpeerde uw jonge ovaat hier. Ze leerde haar een spreuk die Arawans hond in de wereld brengt en misleidde het meisje door te zeggen dat het een illusie was. Uw ovaat dacht ons met de spreuk aan het schrikken te maken. Toen wij Mabain erover aanspraken, probeerde zij me te vermoorden met dezelfde spreuk als de eerdere Grim Doubh priesteres gebruikte. We hebben haar in leven gelaten, voor het geval u haar wilt ondervragen.'

De hoogdruïde keek naar het meisje in het groen. 'Is dit wat er is gebeurd, dochter?'

'Ja, ja,' snikte het meisje. 'Ik zie nu hoe dom ik was, maar ik geloofde haar. Alles wat ze me over de goden en de Ouden leerde was vals. Waarom geloofde ik haar? Waarom dwaalde ik? Ik was altijd zo zeker van mijn zuiverheid.'

'Niemand van ons is zuiver,' zei Moirra zachtjes. 'De goden weten dat ik het niet ben.'

Het meisje boog haar hoofd. 'Ik was ijdel, ik voelde me zo superieur en al die tijd was ik niet... ik was het niet.'

'Je spreekt tenminste de waarheid,' zei Muus. 'Ik laat je over aan de wijsheid van de Cirkel.'

Het meisje strekte een hand uit naar Hraab. 'Ik was boos op je, om je eerdere harde woorden. Ik vertelde het aan Mabain en ze kwam met dit plan om je bang te maken. Het spijt me.'

'Kleed je om in de bruine robe van penitentie, trek je terug in een van de cellen en wacht tot je geroepen wordt,' zei de hoogdruïde. 'Bezin je intussen op wat je denkt te weten en wat ervan waar is. We zullen later spreken.'

Het meisje rechtte haar schouders en verliet de ruimte.

'Over een paar maanden zal ik haar bij me roepen en zien hoe ver ze gevorderd is,' zei de oude man. 'U hebt ons een grote dienst bewezen, Shardheld. Nu moet ik ons allemaal onderzoeken om te zien of er meer van de weg afgedwaald zijn.'

Hij staarde naar de vrouw op de grond. 'Wat zal ik doen met Mabain? Hoe diep is ze gezonken?'

'Vraag het haar,' zei Muus. 'Ze is wakker.'

De vrouw opende haar ogen. 'Blinde dwazen,' zei ze. 'Zo gemakkelijk worden jullie schapen voor de gek gehouden. Zo zwak ben je. Het was niet dat goedgelovige lam dat afgedwaald was, maar jij, druïde.' Ze spuugde het laatste woord bijna uit. 'Je bent afgedwaald van het pad der echte goden, zij die eerder zijn vertrokken. Je vergat, werd als een kind. Niet voor lang echter. Ze zullen terugkeren, ik roep hen op om terug te keren. Darh, help Uw dienaar. Orwang, kom en sta me bij. Uuuu...' Een donkere schaduw vormde zich boven haar.

'Stop haar!' riep de hoogdruïde en er was paniek in zijn stem. 'Ze roept hen!'

Zonder het te willen, gaf Muus de vrouw een schop. Woorden kwamen ongevraagd van zijn lippen. 'Je zult ons niet voor de gek houden met je vergeten goden, vrouw. Ik heb enkele vragen en je zult ze beantwoorden.'

De vrouw staarde naar hem op, terwijl het bloed uit haar neus over haar van woede verwrongen gezicht liep.

'Ik zeg niets, worm. Je kunt me niet dwingen; de Vier beschermen mij.'

'Zeg me wie de Grim Doubh leidt.'

De vrouw lachte schamper. 'De Aanroeper van Aarde is te machtig voor jou, stumper. Hij loopt de Grote Tempel in en uit en niemand kan hem tegenhouden. Je zult hem niet vinden; hij vindt jou en beëindigt je nutteloze bestaan.'

'Geef antwoord op mijn vraag.'

In plaats daarvan spuugde de vrouw een klodder bloederig speeksel over zijn voeten.

Muus' gezicht vertrok van de pijn toen de kracht van de runen aan hem trok. *A'yin, maak haar aan het praten.* Hij voelde hoe een golf van besef de vrouw schokte, de kern van haar wezen openbrak, haar goed verborgen wanen openbaarde en duizendvoudig vermenigvuldigde.

'Nee!' schreeuwde ze. 'Haal het weg! Alsjeblieft...' Haar woorden veranderden in brabbelen en de naakte afschuw op haar gezicht trok aan Muus' hart.

'Antwoordt op mijn vraag.'

'De Aanroeper leidt ons. Hij is de machtige, het kind van de Vier! Meer kan ik niet... Aaahh, haal het weg! Hij... hij is in Granwen, Aardpoort!' Haar ogen draaiden weg en haar stem werd krankzinnig. Muus keek naar de hoogdruïde, die zijn hoofd schudde.

'Ze is niet te genezen,' zei hij. 'Beter haar te doden, voordat haar krankzinnigheid ons allemaal vergiftigt.'

Muus snauwde. De vrouw op de vloer zag er nauwelijks nog als een mens uit en de donkere schaduw boven haar kronkelde en pulseerde op het ritme van haar krijsen.

Een lichtflits uit zijn hand bracht de Grim Doubh tot zwijgen. De duisternis boven haar verwrong en Muus hief zijn handen. 'Ga weg!'

Onmiddellijk loste het zwart op. Alleen de dode valse priesteres, niet langer Mabain maar een dikke oude vrouw met een zwartgeblakerd gezicht, bleef op de vloer achter.

Moirra staarde naar Muus, haar mond half open. 'Hoe deed je dat?'

'Wat?' vroeg Muus, mateloos woedend om al die dwazen die hem van zijn doel afhielden.

Moirra schudde haar hoofd. 'Het maakt niet uit,' mompelde ze.

Met een grom wendde Muus zich tot Hraab. 'Nu jij, meester Kleine–Jongen–Hraab. Wie ben jij?'

HOOFDSTUK 19 – HRAAB

Ernstig keek de jongen Muus aan. 'Ik kan het uitleggen.'
De lucht naast hem trilde en een man verscheen. Hij was groter dan een Un–a–Dach, maar kleiner dan zelfs Ottil. Zijn gezicht was mager, zijn neus puntig en zijn mond breed. Het was een schelmengezicht, beweeglijk en gemaakt voor grappen, en de ernst van de situatie paste hem niet.

'Ik was niet van plan mezelf te tonen,' zei hij met een komische glimlach. 'Sterker nog, het is mij uitdrukkelijk verboden. Maar nu moet ik wel en de anderen waren het met me eens. Shardheld, ik ben Iowynh.'

De naam viel in een kosmische leegte en er trok een ironische glimlach over zijn lippen.

'Grillig is de roem,' zei hij. 'Ik vergat even dat u al zo lang uit uw geboorteland weg bent. Ik ben een god, vriend. Magie is mijn specialisme en sommigen zeggen deceptie.'

Muus' ogen stonden hard. 'En Hraab? Zijn jullie apart van elkaar?'

De jongen lachte. 'Ik ben mezelf en hij is, nou ja, zichzelf.'
Hij klonk nu anders, meer als de Hraab uit het begin.

De god stapte naar voren. 'Ziet u? We zijn apart. Ik kan u verzekeren dat vriend Hraab – wat een verschrikkelijke naam koos je, kleintje – echt een jonge Un–a–Dach is. Zijn hele verhaal klopt, er is geen woord van gelogen, en slechts een detail weggelaten. Een stukje van mij zit in hem en soms praat ik door zijn mond. Niet dat ik de hele tijd bij hem ben, dat zou… onhandig zijn, maar ik ben me altijd bewust van wat er gebeurt. Dit alles heeft een doel natuurlijk. Goden hebben altijd een doel, anders zouden we zinloos zijn.' Hij glimlachte naar Muus, maar de Shardheld reageerde niet. Enigszins teleurgesteld ging de god verder.

'U moet het belang van uw taak begrijpen, Shardheld. Niet alleen de druïden, wijsmannen, völur en andere priesters zullen lijden als de Kalmanir droogvalt, maar wij ook.'

Muus hoorde de hoogdruïde zuchten, maar hij keek alleen naar de god.

'Uw taak moet slagen, Shardheld,' zei Iowynh. 'De wereld zoals wij die kennen zal ophouden te bestaan als u faalt. Gezien uw, eh, gebrek aan ervaring, besloten de collectieve pantheons een waarnemer met u mee te sturen. En waar u een Un–a–Dach bent en mijn school van magie het dichtst bij de uwe ligt, viel deze taak aan mij. Wees blij, want anders zou u Odin bij u hebben, en ik kan u verzekeren dat hij na een tijdje erg vermoeiend wordt.'

'Alle goden besloten dit?' zei Muus, voor het eerst minder grimmig.

'Allemaal, behalve Sol Invictus. Die oude dwaas heeft een te hoge dunk van zichzelf en hij weigerde om met ons mee te werken. Dus wees voorzichtig als u in de Baljaren bent, mijn vriend.'

'En jij bent een waarnemer? Je kunt ons niet helpen?'

'Dat is absoluut verboden. Niet alle goden waren gelukkig dat ik u hielp met die dwaze hond Oogster, maar ik kan overtuigend praten en uiteindelijk waren ze allemaal over de streep. Ik kan die kaart niet nog eens trekken. U bent op uzelf aangewezen. Zelfs mijn aanwezigheid hier is lastig.'

'Ik accepteer wat je zegt, Iowynh. Ik moet wel, neem ik aan.' Muus keek naar Hraab. 'Je bent nog steeds welkom.' Hij lachte zachtjes. 'Ik ben bang dat je anders achter ons aan komt zoals bij Vulf.'

Hraab kraaide. 'Vulf, Vulf, Vulf! Moge zijn hiernamaals zijn zoals ik droomde.'

'Wie zijn de Goden van Toen?' Muus keek naar de Schelmengod. 'Zijn ze echt?'

'Oh ja, ze zijn alle vier echt. Ze waren hier voor ons. Scheppers van de bergen en de kiezels op het strand, de wolken en de rivieren, het vurige aardbloed. Ze maakten vreemde bomen en stekelgras, dieren die alleen doden en verwrongen wezens om door aanbeden te worden. Toen kwamen wij en overwonnen hen. Ze werden verbannen uit de hele wereld, naar de sferen voorbij de hemel, waar ze ronddwalen en altijd proberen om weer terug te komen. We moeten ze niet toelaten, Shardheld. Er zou een bloedvergieten komen zoals niemand ooit zag. Met hen zouden hun volgelingen terugkeren en die zijn nogal anders dan wij. Dus doodt die Grim Doubh, Fynni en wat ze ook worden genoemd, waar je kunt.'

'Muus beval de Vier om weg te gaan,' zei Hraab en de god fronste zijn wenkbrauwen.

'Deed hij dat? Open je geest, kind, en laat het me zien. Bij de Grote Vader; je hebt gelijk.' De god gaf Muus een harde blik. 'Hoe heb je dat gedaan?'

Muus haalde zijn schouders op. 'Ze irriteerden me, dus ik vertelde hen weg te gaan. Dat is alles.'

'Wees daar voorzichtig mee,' zei Iowynh. 'Het kan toeval zijn, dus reken er niet op. Ik moet hierover nadenken. Leuk u gesproken te hebben, Shardheld. U bent niet zo hopeloos als ik vreesde. Moirra, je bent even mooi als altijd. Prins, wees een man en je zult overwinnen. Dat geldt ook voor jou, jonge hirdman Geir. Uw dienaar, hoogdruïde.' Daarop verdween de God van de Magie.

'Hij sprak tegen mij,' fluisterde Geir. 'Hij kende mijn naam. Terwijl ik... ik weet niet eens of ik in hem geloof.'

'Geloof maar in alle goden ter wereld, jongen,' zei de hoogdruïde droogjes. 'Ze bestaan allemaal. Je hoeft ze natuurlijk niet allemaal te aanbidden.'

Muus ging aan de tafel zitten en begroef zijn gezicht in zijn handen. Moirra legde haar handen op zijn schouders. Haar gezicht was triest.

'Ik haat het,' zei Muus, zijn stem gedempt. 'Ik verafschuw de macht van de Shardheld en alles wat ermee te maken heeft. Ik wou dat ik er vanaf kon raken. Ik haatte het om Kjelles slaaf te zijn, maar dit is nog erger. Ze vechten om mij, de runen en de Shard. Allebei willen ze mij bezitten. Hoe kan ik ontsnappen?'

'Dat kan je niet,' zei Hraab, volledig serieus. 'Je moet ze zelf de baas worden. Ik kan het niet voor je doen en de goden ook niet.'

'Ik zal je zo goed als ik kan helpen,' zei Moirra fel. 'Ik wou dat ik het allemaal van je over kon nemen, maar ik kan het ook niet.'

De hoogdruïde keek haar aan en zijn stem was vol medelijden. 'Nee lieve, je zult nooit in staat zijn om zijn plaats in te nemen.'

Muus tilde zijn hoofd op. 'Niet huilen, meisje,' zei hij. 'We zullen wel een manier vinden.'

Hij sloeg met zijn vuisten op de tafel. 'Verdomme, die Grim Doubh. Wat of waar is Granwen en wat is een Aardpoort?'

De hoogdruïde keek bezorgd. 'De Aardpoort is buiten. Het is de meest linkse van de vijf poorten die de tempel met de Elementale Rijken verbinden.'

'Granwen is de ondergrondse wereld voorbij de Aardpoort.' Moirra's stem klonk bijna wanhopig. 'We kunnen daar niet heen!'

Muus greep haar handen. 'Waarom niet?'

'Het is... verschrikkelijk. Vol met wezens die ooit op de wereld leefden, maar die met de verdrijving van de Oude Goden verdwenen. Granwen is niet op Aarde, maar ergens anders. Ik ben er een keer geweest, aan het einde van mijn opleiding. Ik wil er niet nog eens naartoe.'

'Geen zorgen,' zei Muus. 'Ik doe het alleen.'

'Nee!' Moirra schreeuwde bijna. 'Als jij gaat, dan ga ik met je mee.'

'En ik,' Ottil zei vastberaden.

Geir verbleekte, maar hij knikte.

'Je weet dat je niet zo gemakkelijk van me afkomt,' zei Hraab. 'Hoewel Iowynh niet blij zal zijn van me afgesneden te worden.' Hij haalde zijn schouders op. 'De goden hadden die plaatsen al eeuwen geleden leeg moeten halen.'

'Dat kunnen ze niet,' zei de hoogdruïde. 'De Goden van Toen hebben te veel volgelingen om te worden verslagen.'

'Volgelingen?' vroeg Muus. 'Zijn er zo veel Grim Doubh?'

'Zijt gezegend, nee! Ik heb het over de rotsen en stenen, de lucht, het water. Ze volgen allemaal de Goden van Toen, die ze geschapen hebben. Zolang de wereld bestaat, zullen de Ouden ergens op de loer liggen. En dat is niet erg, zolang dat ergens niet hier is.'

De vijf portalen waren veel kleiner dan de omliggende stenen, maar nu schenen ze Muus als de poorten naar Hels dodemrijk.

'Jullie weten het zeker?' Muus keek naar de anderen. 'Je kunt nu nog terug.'

'Gewoon opschieten, wil je,' zei Ottil korzelig.

Moirra stapte naar voren, bleek en bezorgd. Ze hief haar handen en begon te zingen. Toen de lucht in de Aardpoort ondoorzichtig werd, stopte ze. 'Klaar.'

Muus nam haar hand in de zijne en voelde haar trillen. Hij glimlachte naar haar en samen liepen ze door het portaal, een sombere tunnel in.

'Dit is het?'

Moirra knikte. 'Tunnels langer dan heel Brytanna lopen in alle richtingen, zoals de wortels van een oude boom.'

'Hoe zullen we de weg terug vinden?'

Er trok een schaduw over haar gezicht. Ze hield een groot stuk witte steen omhoog.

'Krijt,' zei ze. 'Druïden maken markeringen op de muren om te laten zien waar we heen gaan.'

'Slim.'

Ze haalde haar schouders op. 'Het is gewoon druïdetraining.'

Ze begon te lopen. Ottil had zijn zwaard in zijn hand, met achter hem Geir en Hraab, elk met een kleine bijl.

'Terug naar de basis,' zei de laatste blij. 'Mijn havik verveelde zich.'

Muus keek hem strak aan. De jongen keek en klonk jonger, meer als toen ze hem voor het eerst ontmoetten.

'Ik ben nu mezelf,' zei Hraab. 'Het is vreemd zonder Iowynh, na zo veel maanden bij elkaar.'

'Moet grappig zijn, met iemand anders in je hoofd,' zei Ottil.

'Hij was niet echt in mij. Het is meer alsof je in een donkere kamer bent met iemand anders. Je kunt hem niet zien, maar je weet dat hij er is.' Hij zweeg even. 'Iowynh heeft mijn leven gered, weet je.'

'Oh?'

'Ik lag dood te gaan, die dag. Vulfs Fynni had mijn schedel gebroken en ik voelde het leven langzaam wegdruppelen. Iowynh stopte het gat in mijn hoofd en bracht het leven terug in mij. Dat is waarom ik hem dien, niet altijd even graag, maar omdat het zijn recht is.'

'Luister,' zei Geir. Hij sprak zo zelden dat iedereen zweeg. Uit een zijgang kwam het geluid van vele voeten en stemmen die een droefgeestig lied zongen, begeleid door het gerammel van kettingen.

'Het komt onze kant uit.' Ottil klonk kalm.

'Hierin,' zei Muus en snel verscholen ze zich in een diepe nis.

Verborgen door de sombere schaduwen, zagen ze een stoet kleine mannen en vrouwen aankomen, bij de enkels aan elkaar geketend als slaven. Ze waren extreem bleek, met grote bossen zwart haar en geknepen gezichten vol kwaadaardigheid. Ze droegen een houweel over de schouder en terwijl ze voort sjokten, zongen ze hun eindeloze klaaglied.

Dit moesten zwartalven zijn. Muus voelde Moirra's hand in de zijne knijpen en toen hij zich naar haar omdraaide, zag hij de afschuw in haar ogen.

Toen de lange rij voorbij was, haastten ze zich verder.

'Waren dat zwartalven?' vroeg Muus zachtjes. 'Ze zagen er hetzelfde uit als wij.'

'Op een verwrongen manier,' zei Moirra met een mengeling van medelijden en walging. 'Ze waren onze voorouders. Maar deze zijn helemaal gek, niet meer menselijk.'

Een luid vleugelklapperen waarschuwde hen net op tijd. Krijsend scheerde een grote schaduw vanuit het duister laag over hun hoofden.

'Pas op!' riep Moirra, terwijl ze Muus opzij duwde. Het monster, een kruising tussen een hagedis en een vogel, nam een scherpe bocht en schreeuwde nogmaals.

Kun je het doden? dacht Muus.

De runen leken te aarzelen. Het vliegende reptiel begon te roken en zijn bewegingen werden trager. *Nee, niet hier.*

Ottil haalde uit met zijn zwaard, zijn gezicht grimmig. Onder andere omstandigheden zou het een komisch gezicht geweest zijn, want hij moest hoog de lucht in springen, elke keer als hij naar het overvliegende monster sloeg. Maar de meeste van zijn uithalen waren raak en het dier begon te bloeden. Ineens keerde het eerder dan verwacht en dook naar Ottil, die zich prompt liet vallen en wegrolde. Geir zwaaide zijn bijl naar de kop van het beest. Met een hese kreet stortte het neer en werd door de drie jongens doodgeslagen.

'Je hebt hem,' zei Ottil trots en hij sloeg Geir op de schouder.

De jongen keek verward. 'Ik?'

'Jij gaf de fatale klap,' zei Hraab. 'Het was jouw overwinning, maat.'

'Het is een groot beest,' zei Ottil, terwijl hij het vreemde dier bestudeerde. 'Kijk, van tip tot vleugeltip is ie groter dan ik.'

'Het is een pteroob; die vlogen in de wereld rond voordat de Nieuwe Goden kwamen,' zei Moirra. 'Goed gedaan, jongens!'

Ze liepen verder de tunnel in. Na een tijdje veranderden de muren. Eerst waren ze van steen, maar nu leken ze wel ingewanden, alsof ze binnenin een enorm wezen wandelden.

Rode aderen liepen er kriskras doorheen, pulserend als levende wezens.

In de verte hoorde Muus zingen. Geen klaagzang deze keer, maar iets als de demente liederen van de Grim Doubh in hun moeraskamp. Ze kwamen bij een fel verlichte ruimte, met een gigantisch vuur in het midden, waaromheen een deinende massa Grim Doubh danste.

Muus richtte zijn gedachten tot zowel de runen om zijn nek als de hemelscherf. *Jullie runen, ik beveel jullie samen te werken met de Shard. Hemelscherf, ik weet waar je wilt dat ik heen ga. Maak je geen zorgen, ik zal het doen. Maar nog niet. Als je me helpt, komen we er sneller dan wanneer je steeds probeert me tegen te werken.*

De runenstenen zuchtten, maar de hemelscherf was niet echt blij met het idee. Vurige vlammen laaiden op in Muus' hoofd en de hitte was tastbaar. Toen verdween het gevoel en de Shard gaf grommend toe.

Dank je, zei Muus. 'Ga allemaal aan de kant. Blijf achter me.' Toen hief hij zijn armen en voelde een enorme vloed aan energie door zijn lichaam stromen. Bliksems weerkaatsten van de vloeren en de muren, sprongen van de ene naar de andere schreeuwende Grim Doubh, en doodden hen in drommen. Het duurde slechts enkele minuten en toen was de ruime leeg, op één man na. Hij was een reus, twee keer zo groot als een gewoon mens, met spieren als stenen platen. Zijn haar was blond, gevlochten in strengen die bijna zijn billen raakten. Ook hij was naakt, met slechts een bekend vingerkootje aan een koord om zijn nek.

'Wie ben jij?' Muus herinnerde de priesteres die hem bijna had gedood en zijn zenuwen waren strak gespannen.

'Ik ben de Aanroeper van Aarde,' zei de man en zijn stem weergalmde van de muren. 'Ik ben de dienaar van de God van Aarde. Maar jij! Wie ben jij om mijn kinderen te doden?'

'Ik ben Terrel van Owwich,' zei Muus. 'Runenmeester en Shardheld.'

Pure waanzin laaide op in het gezicht van de man. 'Jij bent degene die onze goden weerhoudt terug te keren. Je moet sterven.' Hij stuurde een golf van glinsterend vuur in Muus' richting, maar de gecombineerde kracht van runen en Shard antwoordde met een sterke wind bezwangerd van vocht, en doofde het vuur. De wereld schokte en daverde. Rotsen regenden uit het plafond en scheuren verschenen in de vloer. Vaag hoorde Muus de anderen achter hem roepen, terwijl ze als een hand dobbelstenen werden neergegooid, maar hij bleef overeind en zijn wil die de runen en Shard beheerste, wankelde niet.

De Aanroeper schreeuwde een woord en een golf van puur zwart sprong uit zijn handen.

Nu! dacht Muus. Het zwart stopte een paar meter van hem vandaan. Het leek te aarzelen, vloeide ineen tot een schaduw van zijn meester en beende terug naar de Aanroeper.

De reusachtige priester stapte achteruit, gapend in shock. 'Onmogelijk!' In wanhoop begon de Aanroeper dezelfde oproeping die zijn volgelinge in de Grote Tempel had geprobeerd.

'Darh, kom Uw dienaar helpen. Orwang...' Maar hij was te traag. De figuur van zwart tilde hem van de grond en sloeg het hoofd van de priester met een misselijkmakend gekraak tegen de muur. Het gespierde lichaam schrompelde ineen van een gigant naar een uitgemergeld schepsel, nauwelijks herkenbaar als een zwartalf.

De schaduw keek naar Muus en flikkerde uit.

Mooi gedaan, vrienden, dacht Muus. *Nu kunnen we weer terug en verdergaan met de reis.* De wereld om hem heen verschoof en in een stormwind kwamen ze terug in de Grote Tempel. *Niet zo haastig! Waar is dat verdomde vingerkootje?*

Iets in zijn geest kuchte en toen hij de runen bekeek, was er een nieuwe bij gekomen.

T'oyt, de Rune van Illusie.

'Je bent gewond!' Moirra haastte zich naar Ottil, die een grote beurse plek boven zijn linkeroog had.

'Ik kreeg een steen in mijn gezicht,' zei de jongen tussen opeengeklemde kaken.

Moirra legde haar vingertoppen op zijn slapen. 'Heb je hoofdpijn? Duizelig?'

'Nee.'

Ze knikte. 'Gelukkig heb je een hard hoofd.'

Hraab keek naar de prins en tuitte zijn lippen. 'Solide rots, die kop van hem.'

Ze haastten zich naar de kamer van de hoogdruïde.

'Dus de hoofdpriester is dood,' zei Arraw, nadat Muus had verteld van hun daden achter de Aardpoort. 'Dan is de kracht van de Grim Doubh gebroken. Hij was de bron waar hun priesters hun magie van kregen. Je hebt Brytanna een grote dienst bewezen, Shardheld.'

'De Aanroeper was een zwartalf,' zei Moirra, haar gezicht gespannen.

'Ze waren een oud volk,' zei de hoogdruïde. 'Geschapen aan het begin van de tijd. Toen de Nieuwe Goden kwamen en Rom werd gesticht, veranderden hun nakomelingen in de Un–a–Dach. Het is niet vreemd dat er nog zwartalven wonen in de sferen van de Oude Goden en hen dienen.'

HOOFDSTUK 20 – ZUIDWAARDS

'Daar is een dorp,' zei Kjelle.

Birthe keek niet op. De eerste tekenen van beschaving in twee dagen konden haar sombere stemming niet verlichten. Ze reed achteraan, alleen, net bewust genoeg om de anderen te volgen, maar te ver weg in haar innerlijke zelf om te zien wat er om haar heen gebeurde. Rev vulde haar geest; de sa'aman die ze moest doden.

Langs het dorp liep een kleine rivier met een doorwaadbare plaats naar het koninkrijk Lotharn aan de overkant. Hier zaten een oude man en een jongen van een jaar of negen te vissen, zo serieus alsof het dagmaal van hun inspanningen afhing.

'Goeiemorgen,' zei Kjelle. 'Willen ze bijten?'

De oude man keek op. 'Redelijk. Me maat vangt ze beter vandaag.'

Naast hem lachte de jongen. 'Het is me gelukshaakje die 't 'm doet.'

'Dat is een oude haak van mij,' zei de man met een glimlach. 'Ik heb er nooit niks mee gevangen.' Hij spuugde in het water. 'U bent op doorreis?'

'Zuidwaarts, ja,' zei Kjelle.

'U koos een slecht moment.' De oude man hief zijn hengel en inspecteerde zijn aas voordat hij hem opnieuw uitwierp.

'Wat is er slecht aan?' vroeg Birthe plotseling, uit haar gedachten weggerukt door de bezorgde uitdrukking op het gezicht van de oude man.

'Er zijn problemen in Lotharn.' De visser wierp een snelle blik op de jongen naast hem en liet zijn stem dalen. 'Er zwerven bandieten rond, die dorpen en boerderijen overvallen. De koning van Lotharn schijnt het niet te kunnen schelen. Hij heeft althans nog niets gedaan om zijn volk te beschermen. Alleen al vorige zevendag namen de bandieten Malbeck Stad in, dat is nog geen twee dagreizen van hier. Familie van de vrouw van mijn zoon woont in die streek. Ze stuurden de vrouwen en kinderen voor alle zekerheid hierheen. De bandieten zijn gewapend als soldaten en er wordt gezegd dat ze verboden krachten gebruiken. Ik hoop dat ze aan hun kant van de rivier blijven, het komt allemaal erg dichtbij.'

Birthe keek scherp naar de oude man. 'Wat voor soort krachten?'

Weer keek de oude man bezorgd naar de jongen naast hem, maar zijn kleinzoon luisterde niet.

'De zuster van mijn zoons vrouw was niet erg duidelijk. Ze zei dat de bandieten niet door zwaard of pijl konden worden geraakt. Ze was nogal boos over dit alles, hysterisch eigenlijk. Maar zo staat het ervoor; onze vissen moeten veel monden voeden vandaag.'

Birthe knikte. 'We zullen je niet langer ophouden.' Ze hief haar toverstok en zong een zegening. 'Moge de goden jullie beschermen.'

De oude man maakte een teken boven zijn hart. 'Dank u, Wijsheid. We kunnen hun hulp zeker gebruiken.'

Die avond hoorden ze in de verte het gerommel van onweer.

'Thor is boos,' zei Ajkell. 'We krijgen regen, zou ik zeggen.'

Het duurde niet lang voor hij gelijk kreeg. De donkere wolken boven hun hoofden openden zich en een stortbui doorweekte hen. Blauwwitte bliksemflitsen zetten het bos in een spookachtige gloed.

'Daar,' schreeuwde Elbrich over het geluid van de donder. 'Ik zag het licht van een vuur of zoiets; misschien is er een plek waar we kunnen schuilen.'

Kjelle keek hem aan. 'Waar? Ik heb niets gezien.'

'Mijn nachtzicht is een stuk beter dan de jouwe,' zei de smid, met een snel handgebaar naar zijn grote gele ogen. 'Kom, volg mij.'

Door de regen gingen ze langs een smal pad, dat eindigde bij een beek. Nu zagen ze wat de gloed was.

'Oh, goden,' zei Birthe. Aan de andere kant van de beek lag een kleine nederzetting van zo'n vijf of zes huizen, die ondanks de regen fel brandden. 'Dit kan niet door Thors bliksem zijn gebeurd.'

'Nee,' zei Ajkell kortaf. Hij wees en nu zagen ze de bomen, elk met een naakt, onthoofd lichaam aan de stam vastgebonden.

Uit het duister kwam een schreeuw en zes soldaten in roodgeschilderde leerpantsers versperden hun weg. Een zevende man, in een lang gewaad afgezet met rood bont, liep tussen hen door naar voren en stopte een paar stappen van hen vandaan. Doorweekt, zijn haar in natte strengen tegen zijn holle gezicht geplakt, leek hij meer een wandelende Draug dan een levend mens. Hij spreidde zijn armen en zijn ogen schitterden in vreselijke extase.

'Zie, de wraak van de Blodward tegen degenen die gezondigd hebben en hen die de zondaars hielpen. Wat zoek je hier?'

'Was jij het die de dorpelingen vermoordde?' vroeg Kjelle, terwijl hij met moeite zijn woede bedwong.

Birthe zag zijn gezicht en maakte haar zojuist gespannen boog los van de plooien van haar mantel. 'Kjelle...'

De man liet zijn armen zakken. 'Ik bevrijdde hen van hun zonden, vreemdeling. Dat is mijn plicht als Stem van de Vier.' De ogen van de man begonnen te gloeien. 'En jullie? Volgen jullie de Vier, vreemden?'

Birthe legde haar hand op Kjelles mouw, maar hij schudde hem af.

'Ik spuug op je vier afgoden,' zei hij, de weerzin duidelijk in zijn gezicht. 'Begraaf ze in de diepste diepten van de sferen en pis op hen.'

De man siste woedend. 'Saaaaah! Dit zal je einde betekenen, godslasteraar.' Er verscheen een glinstering om hem heen. Hij hief zijn handen naar de hemel en zong. Een koude wind kwam tussen de bomen aanwaaien en joeg de regen weg. Vier schaduwen verschenen achter hem, broedend en stil. Wachtend.

Birthe klemde haar kaken opeen en perste haar ogen tot spleetjes. Haar pijl trof de man vol in de borst, maar ketste af op zijn magische schild. Ze slaakte een kreet van frustratie. Ajkell liep langs haar heen en zwaaide zijn bijl naar de afgodspriester. Zijn wapen kon de man evenmin raken, maar de kracht van zijn slag deed hem wankelen en verstoorde zijn spreuk.

Een soldaat kwam op Birthe af en in een reflex schoot ze hem van dichtbij dwars door de keel.

'Kijk nou!' zei ze verrast.

Kjelle viel een andere vijand aan. De soldaat, zijn lege gezicht onder zijn helm onbewogen, ontweek de aanval. Hij sloeg Kjelle hard met zijn leergeschoeide hand in het gezicht en hief zijn wapen op. Opnieuw zong Birthes boog. Een pijl verscheen in het voorhoofd van de soldaat en hij struikelde. Kjelle spuwde bloed uit een gespleten lip en doorboorde de soldaat met zijn zwaard.

Een heldere vuurstraal trof een van de soldaten vol tussen de ogen. De man liet zijn wapen vallen en zijn schreeuwende mond was ineens een gat in een geblakerd gezicht. Elbrich stak zijn ijzeren smidshand omhoog en blies de rook van zijn wijsvinger. Hij schoof zijn helm naar achteren en zei iets onverstaanbaars. De aanblik van zijn nonchalante pose was ongelofelijk grappig en Kjelle lachte maniakaal terwijl hij zijn zwaard diep in het middenrif van de volgende soldaat stak. De ogen van de man werden glazig terwijl hij van het zwaard op de grond gleed.

Een paar meter verderop danste Annlith rond een soldaat die met een zwaard in de hand probeerde haar bewegingen te volgen. Tevergeefs, want ze was snel en behendig, en het meedraaien maakte hem duizelig. Ineens sprong ze en het bloed spoot uit de halsslagader van haar tegenstander. Elbrich klapte wild en terwijl de man ineen zeeg, boog ze sierlijk.

Op het pad hakte Ajkell nog altijd in op de priester; zonder hem te raken dwong hij de man steeds verder terug. De schaduwen bewogen rond de magere gestalte, boosaardig maar onmachtig. Toen bleef de lange mantel haken achter een tak. Met een schreeuw viel de man achterover en er klonk een hoorbaar gekraak toen zijn hoofd tegen de boom achter hem klapte. Heel even verdween de glinstering en met een snelle slag spleet Ajkell de schedel van zijn tegenstander. Een donderslag klonk als in goddelijke triomf. De zwevende schaduwen verdwenen in stilte.

De laatste soldaat vluchtte, met Kjelle op zijn hielen. Na een paar momenten vertelde een schreeuw uit het duister dat de voortvluchtige niet ver was gekomen.

Kjelle kwam tevreden terug. 'Ik had hem. Mooi gedaan, allemaal.'.

De regen viel om hen heen naar beneden en spoelde het bloed van hun wapenrustingen.

Tuuri hoorde de eerste donderslag en hij vloekte. Het laatste waar hij behoefte aan had was een manifestatie van Thors toorn. Onmiddellijk daarna barstte de hemel open en een machtige klap recht boven zijn hoofd deed hem schrikken. Toen kwam de regen. Bliksem doodde zijn nachtzicht, maar niet voordat hij de resten van een stenen gebouw naast het pad had gezien. Hij rende naar de gapende deuropening en kwam in een kleine kamer. Het leek op een tempel. De muren waren bedekt met vervaagde en beschadigde muurschilderingen die een grote stad verbeeldden. Hier en daar waren stukjes tekst toegevoegd, geschreven in Oud Roms, een taal die hij herkende, maar niet kon lezen. Voor hem uit opende een deur naar een betegelde gang. *Vreemd om een ruïne als dit in het midden van een bos te vinden,* dacht hij, turend in de donkere opening. Hij stond te luisteren, al zijn Fynni zintuigen alert. Er was iets daarbinnen. Aarzelend stapte hij over de drempel en luisterde opnieuw. Het klonk als snikken. Hij had gehoord van monsters die hun prooi op die manier lokten, maar hij voelde geen kwade uitstralingen. Langzaam liep hij door de gang. De duisternis zou voor gewone mensen ondoordringbaar zijn geweest, maar voor zijn Fynnikin ogen was het net schemerig genoeg om te zien waar hij zijn voeten neerzette. Het gebouw was opvallend solide, hoewel de muren van gehouwen stenen blokken een indruk gaven van hoge leeftijd. Alleen hier en daar had een tak zijn weg door een scheur gevonden en raakte die de top van Tuuri's hoofd als hij er onderdoor liep. Hij passeerde enkele zijkamers, allemaal ontdaan van alles behalve stof. Rechtdoor hoorde hij huilen.

Voorzichtig liep hij verder, met een hand aan het lemmet van zijn dolk. Zijn voet schopte een steen weg die met een luide knal de muur raakte.

'Wie is d–daar?' zei een stem. Ze klonk jong en angstig. 'K–kom niet dichterbij, of ik zal je d–doden!'

Voorzichtig liep Tuuri de hoek om en kwam in een cirkelvormige ruimte die duidelijk een tempel heiligdom was geweest. Tegen de achterwand stond een stenen beeld van een bebaarde, strenge man, zijn gepantserde handen rustend op een groot zwaard, met de punt voor hem op de grond. Aan zijn voeten knielde een jong meisje met een betraand gezicht. Ze hield een mes tegen haar borst gedrukt. Op haar wang droeg ze een merkteken zoals het zijne, het symbool van de God van Hemel. Hij kon een zucht van verbazing niet onderdrukken.

'Ullrs Vrede zij met je,' zei hij in zijn eigen Ostmarkse dialect.

Aarzelend antwoordde ze: 'Moge hij je voeten leiden.' Een moment lang staarden ze elkaar aan.

Ze was niet veel meer dan een kind, dacht hij, hooguit dertien of veertien jaar. 'Wat is je naam?'

'Waarom wil je mijn naam weten? Voor de macht die het je over mij geeft?'

'Ik heb geen behoefte aan macht, meisje. Maar ik kan niet de hele tijd "hé jij" roepen.'

Het meisje giechelde door haar tranen heen. 'Mijn naam klinkt net als dat. Ik ben Hilja.' Toen sloeg ze haar handen voor haar mond. 'Oh!'

'Maak je geen zorgen,' zei Tuuri. 'Je naam is bij mij veilig.' Hij ging tegenover haar op de grond zitten, terwijl hij zorgvuldig afstand bewaarde. 'Zit je hier verstopt?'

Het meisje aarzelde even, maar toen knikte ze.

'Voor wie of wat ben je bang?'

Hilja's hand omklemde het mes. 'Vanmiddag was ik in het bos, om kruiden te verzamelen voor mijn moeder. Dat doe ik vaak; het is mooi en rustig tussen de bomen. Maar deze keer hoorde ik geschreeuw vanuit het dorp. Ze waren heel vreemd, die boze stemmen, dus verborg ik me onder de grote taxus aan het einde van het dorp, waar ik kon kijken zonder gezien te worden. Er waren soldaten, zes mannen in rode uniformen, met grote zwaarden, en een priester. Hun spraak was hard en moeilijk te begrijpen en hun gezichten waren bedekt met tekens als dat van mij. Het leek of mijn vader ze kende, want hij was bang.' Ze keek weg. 'Ik had hem nog nooit bang gezien. De soldaten bevalen iedereen voor hun huizen te gaan staan.' Ze stopte even, haar ogen groot van afschuw. 'Ze doodden mijn vader, vanwege het merkteken op zijn wang. Verrader, noemden ze hem.' De tranen liepen over haar gezicht. 'Mijn moeder schreeuwde en een van de soldaten sloeg haar in het gezicht met zijn bijl. Ze hadden fakkels en staken ons huis in brand. Daarna gooiden ze mijn ouders in de vlammen. Mijn moeder was nog niet dood; ik hoorde haar gillen. De priester zei iets tegen Barat, de dorpsoudste. Ik weet niet wat het was, maar het antwoord beviel hem niet. Hij schreeuwde naar de soldaten en toen doodden ze de andere mensen ook. Ze lachten!' Hilja huiverde. 'Ik kroop weg en vluchtte naar hier om me in de oude keizerstempel te verbergen. Karos beschermt ons, zei mijn vader altijd. En dat deed hij. Hij stuurde jou hierheen.'

'Fynni?' vroeg Tuuri, geschokt door haar verhaal. 'Ook hier?'

Het meisje gaf geen antwoord en een moment was het stil.

'Hebt u iets te eten?' vroeg ze. 'Ik heb sinds vanochtend niets meer gegeten.'

Tuuri schudde zijn hoofd. Hij had zelf ook niet veel te eten gehad sinds zijn ontsnapping twee dagen geleden. 'Nee,' zei hij. 'Net als jij ben ik een voortvluchtige.' Opeens voelde hij de behoefte om zijn gemoed te luchten. Daar, bij het licht van een kleine vonk, vertelde hij haar van Rannar en zijn gooi naar de troon van de Norden, van zijn eigen avonturen en hoe hij had weten te ontsnappen uit theyn Kjelles greep.

Toen hij klaar was, staarde het meisje zwijgend naar hem en Tuuri vroeg zich af hoeveel ze ervan had begrepen.

'Fynnikin,' zei ze eindelijk. 'Ben ik dat ook? En die Fynni klinken als de mannen die mijn ouders doodden.' Toen zuchtte ze diep en ging over tot meer praktische dingen. 'We kunnen naar mijn dorp gaan. Misschien is niet alles verbrand.'

'Wijs me de weg.' Tuuri stond op. 'Opeens voel ik me uitgehongerd.'

Buiten was de donder nog niet geluwd, maar de gedachte aan eten maakte het trotseren van het weer makkelijker. Ze renden, zo veel mogelijk onder de minimale beschutting van de bomen, totdat Tuuri de penetrante geur van verbrand hout rook. De regen had alles behalve de ergste branden gedoofd; in het donker van de nacht gloeiden de verwoeste huizen alleen nog maar.

'Ziet je iets?' vroeg hij en hij trok het meisje terug.

'Niet veel,' zei ze. 'Het is zo ontzettend donker. Waarom?'

Tuuri probeerde niet naar de bomen met de verminkte lijken te kijken. 'Die soldaten deden dingen met de mensen die je maar beter niet kunt zien,' zei hij.

Hij voelde haar verstijven. 'Wat hebben ze gedaan?'

'Ze hebben de mensen onthoofd en sommige zijn opengesneden.' *Uitgehaald*, dacht hij, *zoals wijting in de kraam van een visventer.* 'Laten we ons concentreren op voedsel.'

'Deze kant uit,' zei het meisje. Toen riep ze uit: 'Een dode soldaat!'

Tuuri haastte zich. Hij zag niet één, maar vijf dode soldaten. En een eindje verderop een man in een donker gewaad, met zijn schedel gespleten. Alle soldaten droegen roodgelakte wapenrustingen. 'Waren zij de vijand?'

'Jaaa!' De stem van het meisje klonk vreemd uitgelaten. 'Het zijn ze. Iemand heeft ze doodgemaakt!' Hikkend lachte ze, zonder te kunnen stoppen, totdat Tuuri haar door elkaar schudde.

'Genoeg!' zei hij scherp.

Met een laatste oprisping viel ze in zijn armen, weg van de wereld. Daar stond hij, onhandig met een bewusteloos meisje tegen zijn borst. Hij staarde naar de dichtstbijzijnde dode soldaat en vroeg zich af wie die moorddadige klootzakken had gedood. Zijn oren vingen het geluid op van stemmen aan de andere kant van het dorp. Tuuri nam Hilja in zijn armen en verdween tussen de bomen. Van achter wat struiken keek hij naar de weg. Vier mensen telde hij en...

Zijn adem stokte. *Dat zijn ze! Grote Ullr, het is die Kjelle met zijn tamme völva. Hoe zijn ze hier gekomen? Ze moeten me onderweg ingehaald hebben.* Hij voelde Hilja bewegen in zijn armen en legde een hand over haar mond. 'Vijanden!' fluisterde hij en hij voelde haar bevriezen.

Ze knikte een keer en zorgvuldig haalde hij zijn hand weg. Zijn bloed liep als een snelle bergbeek door zijn aderen en liet zijn hart sneller slaan. Bang om te bewegen stond hij daar, met een bevend meisje tegen zijn borst geklemd. Ten slotte keerden de vier uit Eidungruve zich af, hun woorden onhoorbaar in de ruisende regen. Ze vertrokken en enige tijd later hoorde Tuuri het knerpen van paardenhoeven op het steenachtige pad. Toen hij zeker wist dat ze weg waren, slaakte hij een diepe zucht en liet het meisje los.

'Het was hem,' zei hij, 'Heer Kjelle. Hij moet die moordenaars hebben gedood.'

Hilja streek de natte haarslierten uit haar gezicht. 'Deed hij dat? Dan kan hij niet helemaal slecht zijn.'

Tuuri gaf een scheve grijns. 'Dat is het punt, hij is niet slecht. Hij is een goede, eerbare man.'

'Waarom vlucht je dan voor hem?'

'Als hij me te pakken krijgt, zal hij me ophangen. Hij en zijn heer zijn de vijanden van mijn jarl. Dat maakt ons ook vijanden.'

Het meisje schudde haar hoofd. 'Ik begrijp het niet.' Ze veegde haar neus aan haar mouw af en keek naar hem op, haar gezicht druipend van de regen en zwart van het roet. 'Wat ga je nu doen?'

'Ik ga naar het zuiden. Zo luidden mijn bevelen, naar het zuiden te gaan en een andere vijand te vangen.'

'In het zuiden? Weet je waar?'

Tuuri knikte. 'Dat is het enige wat ik Kjelle en zijn völva niet heb verteld. Het stond in Vulfs orders. Er is een bergpas over de Barrière Alpen in Falrom, in de buurt van een dorp genaamd Briv, in Zuid–Gallië. Daar moet ik naartoe. Wat ga jij doen?'

Ze haalde haar schouders op. 'Ik weet het niet. De enige mensen die ik kende zijn dood.'

Even was het stil.

'Je kunt met mij mee,' zei Tuuri. Hij verstijfde van zijn eigen woorden. Wat zei hij nou? Haar meenemen? Ze zou alleen maar een last zijn.

'Bedankt, maar dat wil je niet echt,' zei Hilja. 'Ik blijf hier. Ik ken de omgeving; ik red me wel, echt waar.'

'Nee,' zei hij, 'Je kunt hier niet helemaal alleen blijven. Kom mee, je zit me niet in de weg.'

'Weet je het zeker?'

'Natuurlijk weet ik het zeker,' antwoordde Tuuri over zijn eigen bezwaren heen. 'Trouwens, wij Fynnikin moeten elkaar helpen.'

Hij boog voorover en pakte een gevallen zwaard van de grond. Vlug maakte hij de schede van een dode soldaat los en hing hem aan zijn eigen riem.

'Dat is beter. Nu het voedsel. Waar moeten we zoeken?'

'Kom,' zei ze. 'Ik zal het je laten zien.'

De schuur was met geweld geopend, maar de inhoud, alles wat over was van de wintervoorraad, leek intact.

'Heer Kjelle heeft die klootzakken net op tijd gedood,' zei Tuuri, met zijn mond vol gezouten ham. 'Ze hebben geen tijd gehad om iets te stelen of te vernielen.' Hij spuugde een stuk bot uit en boerde. 'Nu hebben we alleen nog een paard nodig. Ik ben bang dat ik er ergens eentje zal moeten stelen, want te voet komen we nooit op tijd bij de Barrière Alpen.'

Hij groef in een ton nog half gevuld met gerimpelde appels en zocht een van de meest verse uit. Toen hij zich omdraaide, was Hilja verdwenen. Hij fronste en stapte naar buiten. 'Hilja?' riep hij. Hij werd geantwoord door het gehinnik van een paard.

Even later was het meisje terug met een oude, gevlekte, grijze merrie. 'Hier ben ik,' zei ze. 'Met Barats paard. Ze was in haar kleine wei, zo kalm als je wilt. We hebben alleen geen zadel en hoofdstel, de dorpsoudste nam ze altijd mee naar huis.

'Ik kan zonder zadel rijden,' zei Tuuri. 'Het is een wonder dat ze het overleefd heeft. Dank je wel, het is een geweldig cadeau.'

Met oude zakken en eindjes touw improviseerde hij twee zadeltassen en vulde ze met levensmiddelen.

'Zullen we gaan?' vroeg hij.

Hilja keek om zich heen en nu kwamen haar tranen terug. Ze knikte heftig. 'Ja graag. Ik wil hier weg.'

Bij de uitgebrande resten van een klein huis stopte ze en zei iets, te zacht om te verstaan. Toen draaide ze zich om en rende het pad af.

Tuuri greep het paard bij de manen en haastte zich achter haar aan. Bij de weg wachtte ze op hem. Hij zag haar gezicht en vond het beter om geen vragen te stellen. 'We moeten samen rijden,' zei hij. 'Gelukkig zijn we geen van beiden erg zwaar.'

Ze knipperde tegen haar tranen. 'Ik weet niet hoe. Ze is erg groot, of niet?'

'Ik zal eerst opstijgen, dan kun je achter me zitten.' Hij legde zijn handen op de rug van het paard en sprong. 'Nu jij, langs de zijkant. Nooit van achteren; zelfs een oud beest als dit kan schoppen.'

Onhandig klom Hilja achter hem en sloeg haar armen om zijn middel.

'Klaar?' Tuuri drukte zijn knieën in de flanken en langzaam kwam het paard in beweging.

HOOFDSTUK 21 – NAAR GALLIË

Opnieuw namen ze afscheid van de hoogdruïde. Maar deze keer kon Muus niet ongemerkt vertrekken. Nu iedereen wist wie hij was, kwamen alle druïden, leerlingen en bedienden hem succes wensen. Hij verborg zijn ongeduld achter een glimlach en schudde handen tot zijn pols begon te steken. Toen ze buiten gehoorsafstand waren, vloekte hij eens hartgrondig. 'Ik word al net zo ongedurig als de Shard,' zei hij met een spijtige glimlach.

De dag verliep voorspoedig en laat die avond kwamen ze aan in Bythern, een bruisende havenstad in het zuiden van Brytanna. Ze brachten de nacht door in de lokale medehal en de volgende ochtend gingen ze op zoek naar een boot naar het vasteland. Ze vonden een gewillige kapitein die dit eerder had gedaan. Zijn schip was niet groot genoeg om ook de paarden mee te nemen, zodat ze die voor een mooi bedrag aan de lokale paardenkoper verkochten. Toen voeren ze uit. Het weer was redelijk en de zee op zijn best, en de derde dag kwamen ze eindelijk in Harflot aan, twee maanden later dan ze gedacht hadden.

De kapitein zette ze dicht bij de vissershaven aan land. 'Ik ga niet verder naar het zuiden,' zei hij. 'U kunt het beste een kustvisser vragen om u een deel van de weg mee te nemen. Van haven naar haven reizen klinkt misschien traag, maar ik zou zeggen dat het een stuk sneller gaat dan lopen. Het is een machtig lang eind naar Baian en maar weinigen gaan erheen, vanwege de Baai.'

'Wat is er mis met de Baai?' vroeg Muus.

De schipper keek hem aan. 'Nooit gehoord van de Baai der Stormen? Het is een dodelijk gevaarlijke plek, reiziger. Verschrikkelijke winden, tegenstromingen, onweer in de winter, zware mist voor de rest van het jaar. Groot risico om op een van die reuzenvissen te botsen. Ik zeil er niet heen; nog niet voor alle rijkdom in Espayne.'

Daarmee nam hij afscheid, om het tij terug naar huis te halen.

'Reuzenvissen?' fluisterde Geir.

'Walvissen,' zei Moirra. 'Ze schijnen erg groot te zijn.'

'Ik heb van ze gehoord.' Ottil gaf Geir een zak te dragen. 'Doe niet zo bang, het zijn gewoon vissen.'

Geir zuchtte. 'Ik ben niet bang; er zijn alleen zo veel verschrikkelijke dingen in de wereld.'

'Het is al goed,' zei Ottil sussend. 'Je bent bij mij; ik zal het wel regelen.'

Het duurde de hele middag, maar ze slaagden erin om een schip naar het zuiden te vinden die hen naar Lannuon kon brengen, in Armorica. Het was een klein schip, gebouwd voor snelheid, en het leek op een Nordse drakkar. Ze moesten hun eigen voorzieningen meenemen, de bemanning was te klein om voor de passagiers te zorgen. Maar de wind was gunstig en ze maakten een goede snelheid. Ze zeilden bij dag en brachten de nachten door in kleine baaien langs de kust. De derde dag bereikten ze de volgende haven.

De haven van Lannuon lag een beetje landinwaarts, aan een brede rivier te midden van donkere bossen.

'Hier moet je iemand vinden die roekeloos genoeg is om je naar de overkant van de Baai der Stormen te brengen,' zei de schipper. 'Moge de goden met u zijn, reizigers.'

Ondanks de sombere waarschuwingen van de man, wees de eerste matroos die ze aanklampten onmiddellijk naar de donkere kogge aan het eind van de kade. 'Dat is de man die u moet vragen, vreemdeling,' zei de matroos. 'Kapt'n Kireg vaart u naar het einde van de wereld voor een beetje goud.'

Kireg was een lange man, die moest bukken om onder zijn eigen tuigage door te lopen. Ongeschoren, langharig en gekleed in vuil leer, maakte hij geen heel goede indruk. Maar zijn schip was schoon en goed verzorgd.

Nu begreep Muus wat de Rune van Tongen deed, want het hielp hem het vreselijke dialect te begrijpen waarin de kapitein hen aansprak. Het was een plaatselijk patois dat zelfs Moirra niet kon volgen.

'Breng u naar Baian, geen problemen. Goden van Baai rustig, geen storm, geen boos weer. Goed, goed. Varen als Zon het hoogst is, worden aan boord verwacht.'

Hij was zo goed als zijn woord, want diezelfde middag verliet het zwarte schip de haven. Twee uur later rondden ze de Armoricaanse landtong en de kapitein wees in de verte.

'De Baai van Stormen,' zei hij met een tandeloze glimlach. 'Schepen daar begraven, duizenden schepen. Alle verdronken.' Zijn toon was treurig en bezorgde hen kippenvel.

'Frey help me,' mompelde Geir, nadat Ottil het had vertaald.

Die dag brachten de twee jongens het grootste deel van hun tijd door aan de reling, starend over de zee.

'Wat zij aan het doen?' vroeg de kapitein. 'Op zoek naar een storm?'

Muus glimlachte. 'Ze hopen een walvis te zien.'

Kiregs gezicht werd lang. 'Walvissen zijn groot, breng ongeluk. Zij zullen ze zien, hoop het niet te dichtbij. Grote honger, de walvissen hebben.'

De volgende ochtend kregen de jongens wat ze wilden.

'Kijk!' riep Geir. Een fontein van water rees op uit de zee, niet ver van het schip. Hij schreeuwde toen een donkere gedaante naast hen opdook. Het beest was anderhalf keer zo lang als het schip en bijna net zo hoog als de reling. Op het achterdek vloekte de kapitein terwijl de kogge deinde op de golfslag die de walvis had veroorzaakt.

Een oog, rustig en diep blauw, staarde naar de jongens. Toen, even sereen als zij was gekomen, verdween de walvis onder de golven.

'Verdomme walvissen!' schreeuwde de kapitein. 'Monster bijna zonk ons.'

'Ze wilde de jongens zien,' zei Muus sussend. 'Ze was gewoon nieuwsgierig.'

'Je weet het niet. Walvissen zijn honger, eet heel schepen. ' Muus' gezicht was vol verwondering. 'Ze had geen honger. Ik hoorde haar, de stem was te dun voor onze oren, maar ik hoorde haar. Ze spreken met de geest, weet je, en op de een of andere manier had ze het verlangen van de jongens gehoord om haar te zien, dus kwam ze. Nu is ze weer weg, terug naar beneden.'

'Hoe weet je dat?' vroeg Kireg achterdochtig.

Muus liet een paar vlammen op zijn hand verschijnen. 'Ik ben een runenmeester.'

De kapitein trok wit weg en deinsde achteruit. 'Sorcerie,' hijgde hij en hij trok zich terug op het achterdek.

Het was duidelijk dat hun relatie met de bemanning was verslechterd. Waar ze ook gingen, ze ontmoetten alleen donkere blikken en nors gemompel van de zeelieden.

Toen ze die nacht Roian bereikten, een grote haven op tweederde van de route, wachtte kapitein Kireg Muus op, zijn armen gekruist over zijn borst.

'Je verlaat het schip,' zei hij. 'Geen toverijen aan boord. Je gaat, neem walvisjongens mee.'

Muus keek de man strak aan en voelde zijn woede groeien. 'We betaalden u om ons naar Baian te brengen. Daarmee ging u akkoord en nam ons geld.' Bliksem lekte van zijn hand terwijl hij naar de kapitein wees. 'Je brengt ons naar Baian, is dat duidelijk?'

De kapitein knikte. 'We varen nu,' zei hij. 'U in Baian morgen, dan weg.' Hij draaide zich om en schreeuwde bevelen, over de protesten van zijn bemanning heen. Met alle zeilen gehesen ging het schip terug de Baai in.

Die nacht en de hele ochtend liep de kogge zoals ze nog nooit had gelopen. Ze scheerde over de golven als een haastige albatros. Rond de middag kwamen ze bij de monding van de Ador. Met een hese schreeuw zond de kapitein twee mannen aan de boeg. 'Waarschuw me voor de zandbanken.' Toen, met een lang, scheurend geluid, liep de kogge aan de grond. Bemanning en passagiers tuimelden rond het dek.

Met een lijkbleek gezicht wees de kapitein naar Muus. 'Vloekt, uw schuld!'

'Je ging te snel,' zei Muus. 'Dat is niet mijn schuld. Laat uw scheepsboot zakken en breng ons naar de haven. U kunt wachten tot hoog tij om los te komen.'

'Mijn bodem!' riep de kapitein. 'Mijn planken springen open, mijn naden lekken en we zullen zinken.'

'Laat die boot zakken, kapitein,' zei Muus vermoeid, 'en we zullen vertrekken.'

'Ja, ja, laat!' Kireg schreeuwde zijn orders en zijn mannen gehoorzaamden met tegenzin. De blikken waarmee ze hun kapitein beschouwden voorspelden niet veel goeds.

'Stop met huilen,' zei een van de mannen. 'Als we zinken, zit je in de problemen, kapitein. Laat ons aandeel niet verloren gaan of betaal het nu uit.'

'Verdomme! Breng die tovenaars naar de wal en kom helpen het schip naar het strand te trekken. We moeten de schade bekijken. Maar eerst die vervloekte tovenaars weg.'

De matrozen scholden en lieten de boot in het water zakken. Haastig roeiden ze Muus en de zijnen naar het strand.

'Je zult naar Baian moeten lopen, runenmeester.' De matroos spuwde in zijn handen. 'Het is zes mijl naar de stad. U kunt hier in het dorp vervoer huren, dat is sneller dan dat wij u erheen roeien. We moeten die klootzak in de gaten houden, die zichzelf kapitein noemt. We kochten een aandeel in de schuit, zie je.'

Muus liet zich in het ijskoude water zakken. Het kwam tot halverwege zijn borst. 'Ik wens jullie veel succes met het herstellen van het schip.'

Terwijl hij naar het strand waadde, hoorde hij achter zich een verwensing en een heleboel gespetter. Het was Ottil, die zijn evenwicht verloren had en met moeite het strand bereikte.

'Nu kan ik zwemmen,' verklaarde hij, terwijl hij klotsend over de keien in de richting van het gras liep.

'Net als een verzopen kat,' zei Hraab. 'Kijk naar Geir, die weet hoe het moet.'

'Ik ben aan een rivier geboren,' zei Geir defensief. 'Onze boerderij ligt op een helling die eindigt in het water. Toen ik klein was, rolde ik zo vaak naar beneden dat Olf me heeft leren zwemmen.'

Ottil snoof. 'Ik ben aan de kust geboren. Maar mijn moeder vond het te gevaarlijk en veel te koud.'

Bij de ingang van het dorp stapte Moirra op drie mannen af die leunend op een houten hek de verrichtingen van de kogge volgden.

'Goedendag. Zou iemand ons naar de stad kunnen brengen?'

Traag keken de mannen elkaar aan. De eerste twee richtten hun ogen terug naar de zee, maar de derde wees.

'Dat kleine huis met de wagen.'

Het was een sober woninkje met maar een enkel vertrek, maar de haard brandde en nat als ze waren was de warmte welkom. Moirra herhaalde haar vraag aan de vrouw des huizes, die knikte.

'Me man. Droog jezelf eerst, jullie druipen over de hele vloer.'

Muus deed zijn mond open, maar de vrouw luisterde niet en liep naar de deur. Ze schreeuwde naar iemand en ging terug naar haar koken. Zo'n vijf minuten later kwam er een man binnen en Muus hoorde Ottil grinniken achter zijn rug. Het was dezelfde vent die hen naar het huisje had gestuurd.

'Jullie zijn van dat dwaze schip,' zei hij bij wijze van groet. 'Zag 'r vastlopen, ze kwam zo snel binnen. Toen werden jullie naar het strand geroeid, dus ik verwachtte jullie al zo'n beetje. Ik ben de enige met een kar hier in de buurt. Voor één goudstuk zal ik jullie naar de stad brengen, als dat is wat je wilt.'

'Ja graag,' zei Muus en de man knikte wijs.

'Dat dacht ik al. Op het moment dat ik je door de zee zag waden dacht ik, die jongens willen naar de stad. Je moet daar zaken te doen hebben.'

'Je bent een slimme man,' zei Moirra.

De vrouw had zwijgend in haar pot staan roeren, maar nu maakte ze een klein geluid. Ze zei niets.

'Is er een druïde in de stad?' vroeg Moirra.

'In Baian? Er zijn er drie, een oude vrouw en twee jonge mannen. Hun tempel is op het marktplein. Ik kan u rechtstreeks voor hun deur brengen als u dat wenst.'

Enkele uren later zette de praatzieke man ze af in het centrum van de stad.

'Mooie plaats,' zei Ottil, terwijl hij om zich heen keek naar de stenen huizen met hun leien daken en stevige deuren. 'Zo moet Nidros ook worden. Niet die armzalige verzameling krotten die mijn ongerespecteerde vader ervan maakte.'

Geir fluisterde iets.

'Ja, maar jij hebt mijn vader nooit gekend,' zei de prins korzelig. 'Hij was een dwaas.'

Moirra stapte naar de deur met een grote boom erop geschilderd. 'Dit moet de tempel zijn.' Ze duwde de deur open en leidde hen naar een hal. Links en rechts was een gang en rechtdoor een ommuurde tuin met een grote esdoorn. 'Een moment,' zei ze vaag en ze ging bij de boom staan. Enkele minuten verstreken, terwijl de anderen geduldig wachtten. Eindelijk zuchtte ze en stapte achteruit.

'Welkom, zuster,' zei een stem en een oude druïdes stapte uit de schaduw van de gang. 'Ik ben Athona, van de Cirkel van Baian.'

'Moirra van de Un–a–Dach. Ik ben met runenmeester Terrel op zijn zoektocht. De anderen zijn Hraab, Ottil en Geir.'

'Een runenmeester van de Un–a–Dach! U moet een machtig man zijn, vriend Terrel.'

Muus spreidde zijn handen. 'Niet machtig genoeg voor wat ik moet doen, druïdes. Dat is waarom ik naar Baian ben gekomen.'

'U kunt me er straks van vertellen, maar eerst de belangrijke dingen. Hebt u gegeten? Gerust?' Athona keek elk van hen aan. 'Dat heeft u niet. Ik voel uw vermoeidheid. Kom, daar zullen we iets aan doen.'

De gang leidde rond de tuin en bracht hen naar een grote kamer, waarin een jongere man naar de vlammen in een haard staarde.

'Dit is Fynch,' zei de oude druïdes. 'Hij zal wat eten voor u regelen.'

De lange, broodmagere druïde stond op en boog op Gallische wijze, de handen uitgestrekt omlaag. 'Welkom in onze Cirkel. Gaat u zitten en rust wat, terwijl ik iets haal om uw buik te vullen.'

'Heel graag,' zei Ottil. 'Het geknor dat u hoort is geen big, maar mijn maag.'

'Je zit in grote nood dan,' zei Fynch. 'Ik zal me haasten, vriend.'

'Waarvoor bent u naar onze stad gekomen, runenmeester?' vroeg Athona toen ze allemaal zaten.

'Om de taak te vervullen die de goden mij oplegden, moet ik een serie meester–runen verzamelen. Fjinges Knoken worden ze genoemd en het schijnt dat een van hen in deze stad moet zijn.'

'Ik heb van Fjinges botten gehoord, hoewel het runenmeesterschap ver van mijn vakgebied af ligt. Maar dat zo'n rune hier is?'

'Het zou gaan om een legende van enkele eeuwen geleden. De Eiken Bard vertelde ons van een zekere Sarrias de Dief, die in staat was onzichtbaar te worden. Desondanks werd hij op de een of andere manier gevangen en opgesloten ergens hier in Baian. Het kan zijn dat hij zijn kunst bedreef met behulp van één van de Knoken.'

'We zullen het Fynch vragen; hij is van hier. Ik kom uit het noorden en onze tweede broeder is een Espaynaard. Waar komt u vandaan? '

'We waren het laatst bij de Grote Tempel,' zei Moirra.

'Ja, we versloegen de leider van de Grim Doubh aanbidders,' zei Ottil trots.

Moirra zuchtte. 'Van alle mensen moet jij toch weten hoe je discreet moet zijn, Ottil. Dit is geen onderwerp voor beleefde conversatie. '

Druïdes Athona gaf haar een scherpe blik. 'Grim Doubh, zei de jongen?'

'Er was een priester die zich de Aanroeper van Aarde noemde. Zijn volgelingen streefden naar de terugkeer van de Ouden. Hij had zijn hol gemaakt achter de Poort van Aarde, dus we volgden hem en de runenmeester heeft hem gedood.'

'Dat was een goede daad. We hebben hier ook zulke mensen. Niet in Baian, maar verder naar het oosten, en ook zij trachten het onzegbare te doen. Ze worden Kastiganten genoemd.'

Druïde Fynch kwam binnen met eten en drinken.

'Hier is genoeg om jezelf mee te versterken,' zei hij. 'Moge het u zegenen met zijn heilzame werking.'

'Bedankt voor uw inspanningen en goede wensen,' zei Muus.

Het was een dikke soep, rijk met goed vlees en bruine erwten die hij geen naam kon geven. Het brood was knapperig en kwam met een dikke plak gezouten ham, alles begeleid door een onstuimige rode wijn. Ze aten in stilte en Muus was blij met de rust.

Ten slotte had hij genoeg gegeten. Met zijn wijnbeker in zijn hand bedankte hij zijn gastvrouw voor de maaltijd.

'Bedank mij niet, runenmeester,' zei de druïdes met een glimlach. 'Wij moeten u bedanken dat u ons bevrijdt van onze vijanden. Nu, laat ik u een kamer wijzen. We praten verder als u uitgerust bent.'

HOOFDSTUK 22 – HANDELSAGENTSCHAP

De volgende middag sprak Muus met druïde Fynch.

'De druïdes zei me dat jij de lokale man bent?' zei Muus. 'Ken je het verhaal van Sarrias de Dief, die enkele eeuwen geleden leefde?'

Fynch keek hem verbaasd aan. 'Natuurlijk, het is hier gebeurd. Maar wat interesseert dat een Runenmeester uit het verre Brytanna?'

'Het geheim van zijn steelsheid,' zei Muus met een glimlach. 'Men zegt dat hij zichzelf onzichtbaar kon maken?'

Fynch trok aan zijn neus. 'Zo wordt ons verteld. Maar of het waar is kan ik je niet zeggen.'

'Ik zoek een zekere rune die deze macht heeft.'

Fynch trok zijn wenkbrauwen op. 'Een rune van onzichtbaarheid? Dat kan van pas komen. Maar Sarrias is al lange tijd dood.'

'Hij werd ingemetseld, geloof ik? Weet je ook waar?'

'Ja, maar die kennis zal je niet veel helpen. De toren die vroeger in gebruik was als stadsgevangenis, is nu het Baljaren Handelsagentschap, recht tegenover onze tempel. Maar je zult er niet binnenkomen. Het is een achterdochtig stelletje, die druïden haten, en ze vertrouwen niemand die geen Baljaren is.'

'Waarom zijn ze hier dan?' vroeg Ottil. 'Als ze jullie niet leuk vinden?'

Fynch lachte. 'Ze willen ons goud. Hun agent hier handelt met Aquitanië en met Espayne. Het moeten grote zaken zijn. Men zegt dat de voormalige gevangeniscellen uitpuilen van de handelsgoederen. Niemand weet het zeker natuurlijk. Ik ben bang dat ze het je nooit zullen laten zien.'

'Hraab snoof. 'Daar zou ik niet om wedden. Enig idee van de ligging van deze cellen?'

De druïde staarde hem aan. 'Je lijkt zeker van jezelf, jongeling. Ben je een soort inbreker?'

'Wie, ik?' vroeg Hraab onschuldig. 'Neuh... Hoe vind ik die dichtgemetselde ruimte?'

Fynch grinnikte. 'De trap af, naar links, aan het einde van de gang. Ze hebben een paar meter van de gang dichtgemetseld, met de dief erin. De metselaars lieten wel een raam van ongeveer een voet open om hem te zien doodgaan.

'Dom stelletje,' mompelde Hraab. 'Waarom hebben ze hem niet gewoon opgehangen?'

'Dat zit in ons karakter, ben ik bang,' zei Fynch met een lichte glimlach. 'We zijn wraakzuchtige mensen.'

'Het is een zwakte. Nou, het heeft geen zin om te wachten. Ik ga een beetje rondkijken.' Hij keek naar Ottil. 'Nee, ik moet dit alleen doen. Het zou niet werken je mee te slepen. Geir, heb je nog steeds dat touw waarmee jullie die knopen oefenen?'

De jongen bloosde en knikte. Hij tilde zijn tuniek op en toonde een aanzienlijke lengte geteerd scheepstouw rond zijn middel gewikkeld.

'Waar heb je dat vandaan?' vroeg Muus verrast.

Geirs blos verhevigde.

'Hij sneed het gewoon ergens vanaf,' verdedigde Ottil zijn hirdman. 'Maak je geen zorgen; het was niet iets dat de zeilen omhoog hield. Trouwens, we vonden kapitein Kireg geen aardige man.'

'Ik ook niet,' zei Hraab. 'Mag ik het een tijdje lenen?'

Geir overhandigde hem het touw.

'Ik ben zo terug.' Met die woorden glipte Hraab de kamer uit.

De toren was gemakkelijk te vinden; een solide ogend, vierkant gebouw op een plein aan het einde van een donkere zijstraat. Zelfs zijn huidige doel als hoofdkantoor van een handelaar was er niet helemaal in geslaagd de oude sfeer van wanhoop uit te wissen die zo typisch was voor gevangenissen.

Naast de ingang was een nogal verwaarloosde tuin waar struiken en onkruid om voorrang streden. Hraab, slechts een schaduw in de schemering, verstopte zich achter de haag. Tussen de takken door kon hij de voorkant van de toren zien, en hij wachtte.

De schaduwen werden langer toen plotseling iemand de toren verliet, een grote jongen van een jaar of vijftien, met krullend haar en een rijke donkerblauwe tuniek. Hij zei iets tegen iemand binnen en wandelde weg, in de richting waar Hraab wachtte. Toen hij langs de ingang van de tuin kwam, fluisterde Hraab. 'Hé!'

De jongen keek opzij en toonde een mollig gezicht met achterdochtige ogen. 'Wat?' Toen opende hij zijn mond om te schreeuwen, maar Hraab was al opgesprongen. Hij legde een hand over de mond van de jongen en sleepte hem naar de tuin. Zijn mes schitterde in Zons ondergaande licht en de jongen begon te zweten. 'Je...' begon hij, maar Hraab prikte hem met de punt van zijn mes.

'Stil!'

'Je maakt een fout,' fluisterde de jongen. 'Als je een dief bent, ik heb geen geld bij me. En je zit in de problemen. Ik ben de zoon van de agent. Hij zal deze stad aan de bedelstaf brengen als er iets met mij gebeurt.'

'Kan mij niet schelen.' Hraab sprak met een holle stem waar hij erg trots op was. 'Ik woon hier niet. En zonen van agenten sterven net zo snel als alle anderen. Ik wil je geld niet, dikzak. Trek je kleren uit.'

'Wat? Waarom?'

Hraab trok het hoofd van de jongen naar achteren en legde het mes langs zijn keel. 'Niets vragen. Gewoon doen wat ik zeg.'

'Maar... Maar...' Met trillende vingers maakte de jongen zijn tuniek los.

Behendig bracht Hraab zijn mes over naar de lies van de jongen. 'Trek het uit, zonder plotselinge bewegingen. Je wilt niet dat ik je ontman.'

De jongen hijgde. 'Nee!' Een paar hartslagen later stond hij naakt in de tuin.

'Je moet echt meer bewegen,' zei Hraab kritisch. 'Je bent veel te zwaar.' Hij drukte zijn voet hard in de binnenkant van de knie van zijn slachtoffer en de jongen ging plat, met Hraab boven op hem. 'Nu vertel je me iets. De weg naar de gevangeniscellen.'

De jongen huiverde, languit en naakt op de rotsachtige grond. 'Je gaat me vermoorden.'

'Misschien dood ik je als je mijn vragen niet beantwoordt of als je tegen me liegt. Nu praat je. De weg naar de gevangeniscellen.'

'Dat is gemakkelijk.' De tanden van de jongen klapperden van angst of kou. 'De trap naar beneden is direct tegenover de deur naar de cellen.'

'Zijn er wachters voor wie ik moet uitkijken?'

De jongen kneep zijn ogen tot spleetjes. 'Nee.'

Hraab glimlachte en met de punt van zijn mes maakte hij een kleine kras in de huid van de jongen, recht boven zijn hart. Een paar druppeltjes bloed welden op en de ogen van de jongen werden wild. 'Niet doen!'

'Je loog tegen me. Probeer het opnieuw. Wachters?'

'Eentje, naast de deur,' piepte de jongen.

'Dat is alles?'

'Dat is alles, ik zweer het.'

Hraab knikte en bond zijn gevangene vast. De jongen kreunde de hele tijd, terwijl de tranen langs zijn wangen liepen. Ten slotte knoopte Hraab de fijne zijden sjerp van de jongen over zijn mond om hem tot zwijgen te brengen.

Hij stond op en trok de mooie tuniek aan over zijn eigen kleren. Even stond hij stil en concentreerde zich. Langzaam werden zijn trekken een echo van het mollige gezicht van de jongen. Zijn slachtoffer lag nog steeds op de grond en zijn ogen puilden bijna uit zijn hoofd. Hraab keek hem aan en knikte. 'Ik ben een machtige tovenaar,' zei hij met een grafstem. 'Gedraag je en je kunt het overleven.' Walging vulde zijn gezicht toen hij zag dat de jongen op de grond zijn blaas leeg liet lopen. 'Laf varken.' Toen bukte hij en met de greep van zijn mes sloeg hij de jongen bewusteloos.

Bedaard wandelde hij naar de toren en ging naar binnen. In een kleine kamer naast de deur zat een wachter, die opkeek toen hij binnenkwam. 'Al terug, meester Belsarios?' riep hij op verveelde toon.

Hraab zwaaide naar hem en liep de gang in. Direct tegenover de ingang was een deuropening. Aan de andere kant was een stenen trap die naar beneden leidde.

Een wachter zat op een krukje en bestudeerde het houten beeld van een mooi jong meisje dat hij aan het snijden was. Toen Hraab trap af kwam, keek de man op.

'Hé,' zei hij. 'Jij bent niet...' Hij liet het snijwerk vallen en greep zijn zwaard. Hraab sprong naar voren en zijn dunne mes opende de halsader van de wachter. Bloed spatte over de blauwe tuniek toen Hraab de dode man in zijn armen opving en hem zachtjes op de grond legde.

'Het spijt me, vriend,' zei hij. 'Je zou hier niet zijn.' Toen ging hij de gang in. Naar links en rechts waren cellen, afgesloten met roestige traliedeuren. Alleen in de eerste twee stonden enkele kratten en balen, de overige waren leeg. Geen ladingen kostbare goederen, geen schatten. Hraab zuchtte verdrietig.

Aan het einde was een stenen muur met een klein venster. De opening was te hoog voor Hraab, dus hij haastte zich terug en haalde de stoel van de dode wachter. Daarop staande kon hij in de smalle ruimte kijken. Hij zag de botten van een ongelukkige gevangene in een onsamenhangende hoop tegen de muur liggen. De schedel was weggerold en staarde leeg naar het plafond. Rond de bovenste wervels van de ruggengraat was een leren koord met een kootje gebonden, als bewijs dat dit inderdaad Sarrias de Dief was geweest. Nu kwam het moeilijkste deel. *Iowynh?*

Het goddelijke stukje in hem bewoog iets. *Nee.*

Iowynh, er is niemand die het kan zien. We moeten dat bot hebben, lieve god.

Het kan niet.

Iowynh, alstublieft?

De god vloekte. *Wamotje?*

Ik moet door dat gat en terug naar buiten komen.

Je bent een verdomd vervelend kind.

Ik weet het, dat was niet mijn idee.

Nee. Grrr. Je hebt tien minuten.

Hraab voelde zich krimpen. Hij verloor zijn gewicht, het gevoel van zijn lichaam, de schaduw van zijn hand op de muur. Als een rookpluim gleed hij door het gat de cel in. Snel nam hij het kootje van de ruggengraat van de dief, blij dat hij als schaduw het ding op de een of andere manier kon vastpakken. *Dank u, Sarrias,* dacht hij en toen viel zijn oog op de letters die op de muur geschreven stonden. In het schemerige licht leken ze roodbruin, alsof ze in bloed geschreven waren. "Krijg de kolere." Hraab lachte zachtjes terwijl hij terugging door het gat. Die dief moest een opmerkelijke kerel zijn geweest.

Toen sloop hij de trap op en de toren uit.

Terug in de tuin, was de jonge Baljaren bij bewustzijn gekomen en hij probeerde verwoed los te raken. Hij stopte met worstelen toen Hraab als een vage schaduw op hem neerkeek. Er was angst in het gezicht van de jongen, maar ook iets anders; woede, walging.

Langzaam voelde Hraab zich stollen en na enkele ogenblikken was de betovering voorbij. Snel trok hij de blauwe tuniek uit.

'Hier is je hemd, er zit wat bloed op.' Hij knielde naast de jongen en verwijderde de knevel. 'Je loog. Er was een tweede wachter, beneden. Ik was niet van plan hem te doden, maar hij viel mij aan. Jammer, hij was een goede houtsnijder.'

'Annios!' De jongen spuugde. 'Hij probeerde altijd zijn werk af te schuiven voor zijn idiote houtsnijwerk. Hij zal niet gemist worden.'

Hraab dacht terug aan het delicate beeldje. Jammer dat de man de verkeerde baan had gekozen. En dan bij zo'n harteloze klootzak als deze verwende lummel. 'Jij bent Belsarios.' Het was een verklaring in plaats van een vraag. De jongen knikte snel. 'Hoe weet je dat?' Hraabs grijns werd spottend. 'Ik weet alles. Nu zal ik je hier achterlaten. Als je geluk hebt vinden ze je snel, voordat je sterft van de kou.' Opnieuw snoerde hij de jongen de mond. Toen verliet hij de tuin en haastte zich door het donker terug naar het huis van de Cirkel.

Muus slaakte een zucht van verlichting toen Hraab binnenkwam. 'Daar ben je,' zei hij. 'Ik maakte me zorgen.'
'Ik heb je knokkel, hier is hij. We moeten onmiddellijk vertrekken. Er was een wachter die er niet had moeten zijn en ik heb hem gedood. Ik weet zeker dat ze ons komen zoeken.'
Muus fronste zijn wenkbrauwen. 'Moest je hem doden?'
'Hij viel me aan,' zei Hraab. 'Het was zelfverdediging, maar ik haat het evengoed.'
Ottil keek hem scherp aan. 'Meen je dat?'
Hraab drukte zijn lippen op elkaar. 'Ja,' zei hij. 'Die man deed gewoon zijn werk.'
'Was deze inbraak noodzakelijk?' Druïdes Athona keek fronsend neer op Hraab. 'Wij van de Cirkel zijn niet gediend van het nemen van levens.'
'Ik ook niet,' zei de jongen bitter. 'Zeker niet op die vervlogen dag toen de Fynni de levens van mijn familie namen. Maar de runenmeester behoeft die knook voor het welzijn van de Cirkel en dat maakt het allemaal nodig.'
Athona knikte. 'Ik accepteer uw redenering. Nou, ze zullen hier niet durven komen. Niet in het druïdenhuis.'
'Daar ben ik niet zo zeker van,' zei Hraab. 'Ik eh… moest de zoon van de agent een beetje hardhandig aanpakken.'
'Je hebt hem toch geen kwaad gedaan?' vroeg Moirra, geschokt.
'Nee, maar het kind zal heel boos op me zijn.'

'Dat vet stuk arrogantie,' zei Fynch met een zekere voldoening. 'Niemand zal het je kwalijk nemen als je hem in elkaar hebt geslagen.'

'Behalve zijn vader,' zei Muus. 'Waar kunnen we paarden krijgen?'

'Twee mijl buiten de stad, aan de zuidelijke weg, woont een man genaamd Hanoris. Hij fokt paarden, zowel voor ruiters van de koning als voor de boeren in heel Aquitanië. Ik loop wel met jullie mee.' Fynch stond op en trok zijn capuchon over zijn hoofd.

Muus bedankte de oude druïdes en met haar zegen volgden zij Fynch in de nacht. Het was stil op het marktplein. De huizen hadden hun luiken dicht tegen de kou en het was gaan regenen. Achter hen hoorden ze plotseling voetstappen. Muus keek over zijn schouder en zag gewapende mannen lopen in de richting van het druïdenhuis.

'Soldaten,' zei Hraab zachtjes.

Fynch keek naar de mannen en fronste zijn wenkbrauwen. 'Stadswachters. Ze zijn sneller dan ik had gedacht.'

'Misschien helpt het geld van Baljaren hen zich te haasten,' zei Hraab.

Fynch gaf een korte lach. 'Zou goed kunnen.'

Snel verlieten ze de stad.

Het was donker bij de paardenstoeterij. De druïde liep naar de deur en bonsde op het hout. Na een aantal hartslagen kwam er antwoord. 'Wie is daar?' gromde een stem.

'Ik ben het, Fynch, van de tempel. Heb een klant voor u, Hanoris.'

De deur ging open en een achterdochtig gezicht verscheen. 'Op dit uur van de nacht? Kom morgen terug.'

'Het spijt me,' zei Muus. 'We hebben ze nu nodig. Vijf paarden.'

'Vijf, hè...' De man stapte uit het huis en tuurde naar elk van hen. 'Jongelingen, 's avonds laat. Met veel geld.'

'En goed in staat ons te verdedigen,' zei Hraab.

'Dat is best,' zei de handelaar. 'Er is veel gespuis op de been, dezer nachten. Kom mee.' Hij leidde hen naar een groot veld met een twintigtal paarden in alle soorten en maten. 'Daar zijn ze. Kies maar en ik zal je vertellen wat ze kosten.'

'Breng me de vijf beste,' zei Muus. 'En let wel, ik weet wanneer je me belazert. Ik heb die macht.'

Hanoris keek hem aan en gromde wat onhoorbaars. Daarna liep hij het veld in en bracht vijf van de dieren naar voren. 'Dat zijn me beste.'

'Laten we ze een voor een bekijken,' zei Muus met een glimlach. Hij wees naar een groot, donker paard. 'Is dit een goede, gezonde en een van uw beste?'

'Ja,' zei de man.

De tweede was kleiner, van een grijsachtige kleur die lichtgroen leek in Maans licht. 'En deze?'

'Ja.'

Het derde paard leek een beetje zenuwachtig. 'Deze?'

De man spoog in het gras. 'Ja.'

Onwaar, zei een stem in Muus' hoofd.

'Je houdt me voor de gek,' zei Muus streng. 'Deze mankeert iets, vriend.'

Mompelend ruilde Hanoris het nerveuze dier om voor een ouder bruin beest. Die en de resterende twee kregen de goedkeuring van de runen en na wat gesteggel over de prijs, inclusief eenvoudige zadels en leidsels, wisselde wat goud van handen.

'Een goede handel,' zei Muus beleefd.

'Zeker,' zei de handelaar. 'Verknal ze niet met allerlei rare fratsen, jongen.' Toen haastte hij zich weer naar binnen, uit de gestage motregen.

Muus stak zijn hand uit. 'Bedankt voor uw hulp,' zei hij tegen Fynch.

'Moge de goden met u zijn, runenmeester,' zei de druïde. 'En met u, zuster, en de jongens.' Hij draaide zich om en liep weg in de duisternis.

'Goed dan,' zei Hraab, nog steeds ongewoon grimmig. 'Laten we maken dat we wegkomen.'

'Je lijkt bang,' zei Ottil.

'Ik ben boos.' Hraab keek over zijn schouder. 'Ik wilde die wachter niet doden. De dwaas had alleen maar een rustig plekje gezocht om wat moois te maken. Ik had een paar uur moeten wachten, totdat iedereen sliep.' Hij zuchtte. 'Ik was te haastig.'

'Leuk om te weten dat je ook fouten kunt maken,' zei Ottil, in een poging om zijn vriend op te vrolijken.

Hraab snoof. 'Doe niet zo gek.' Hij draaide zich om en ging zijn nieuwe paard controleren.

'We gaan naar het westen,' zei Muus. 'We moeten in het zicht van die bergen in de verte blijven.'

'Waarom?' vroeg Ottil.

'Dat zijn de bergen waarvan de hoogdruïde zei dat we ze moeten volgen. Fois moet ergens voor ons uit liggen.'

Ze reden weg door de regen, de met sneeuw bedekte bergtoppen rechts en de Ardor rivier links. Dit was een ander landschap dan Muus gewend was van de Norden of in Brytanna. Het was open, met overal dorpen en kleine steden. De heuvels droegen wijngaarden en weiden vol voorjaarsbloemen. Het weer was mild. De mensen die ze ontmoetten waren in het begin vriendelijk, maar hoe dichter ze bij Fois kwamen, hoe stiller en somberder de dorpelingen werden. Op het laatst was het alsof er over de heuvels een naamloze angst lag die iedereen in zijn greep had.

HOOFDSTUK 23 – DE GROTTEN VAN ENNOVICCE

Na een zevendag kwamen Muus en de zijnen bij een dorp aan – een verzameling boerderijen zoals vele andere die ze waren gepasseerd. Hier werden ze tegengehouden door een groep dorpelingen die met hooivorken en roestige wapens langs de weg post hadden gevat.

'Halt,' zei een van hen, een gedrongen, grijzende boer. 'Ga terug naar waar je vandaan kwam. Wij willen hier geen vreemden hebben.'

Moirra stak haar hand op in begroeting en duwde Muus opzij. 'Een goede dag voor u, vrienden. Ik ben de druïdes Moirra.'

'Een druïdes!' zei de boer. 'Al de druïden die hier kwamen zijn gestorven. Zelfs die van ons, die hier al zijn hele leven woonde, is verdwenen. Je kunt beter maken dat je wegkomst, voordat het ongeluk u ook treft.'

'Je zei "alle druïden". Hoeveel zijn dat er geweest?' vroeg Muus.

'Veel, vreemdeling. Ze kwamen voorbij onze huizen en keerden nooit meer terug. Toen ging onze druïde kijken waar ze gebleven waren. Dat was de laatste keer dat we hem hebben gezien.'

'Was er iets vreemds aan de druïden?'

Moirra gaf Muus een scherpe blik, maar de boer knikte. 'Ze waren beschilderd, met blauwe markeringen over hun gezichten en handen. Ik heb nooit eerder een druïde gezien met dergelijke symbolen.'

Ottil gromde. 'Grim Doubh?'

'Zijn er geheime plekken in de buurt?' vroeg Muus. 'Plaatsen waar mensen zich kunnen verbergen?'

'Er zijn de grotten,' zei een van de mannen aarzelend. 'Die waar de ouden woonden. Hele legers kunnen zich daarin verscholen houden.'

'Dat klinkt veelbelovend. Waar kunnen we die grotten vinden?'

'Er zijn er verschillende tussen hier en de stad van de graaf,' zei de boer. 'De dichtstbijzijnde is voorbij het dorp, over de kleine brug en linksaf bij de oude eik. Die grotten leiden tot het volgende dorp, Ennovicce. Er is een oud pad dat nooit overwoekert; het eindigt recht tegenover de grotingang.'

'Juist,' zei Muus. 'We gaan eens kijken.'

De dorpelingen stapten opzij om hen te laten passeren. 'Ik hoop dat je weet wat je doet, vreemdeling. Er zijn rare dingen gaande in die oude grotten.'

Ze reden langs het dorp en al direct zagen ze de oude eik. De enige boom aan de voet van een grazige heuvel.

'Daar is het pad,' zei Hraab. 'Er zijn hier de laatste tijd veel mensen langsgekomen.'

Ottil staarde naar de talloze voetstappen in de modder. 'Je wijsheid verbluft me.'

Pad en voetstappen verdwenen in een door onkruid overwoekerde diepte met aan het eind een opening in de heuvel.

Ze bonden de paarden aan een boom en volgden de voetstappen de heuvel in. Binnen was het muf en donker.

'Muus, kan je niet een licht maken of zoiets?' fluisterde Ottil.

Kun je licht maken, A'yin? dacht Muus. Onmiddellijk was de gang gevuld met het schijnsel van duizenden fakkels. *Niet zo helder! Alleen een lichtje om te zien waar we lopen.* Het licht dimde tot een enkele kaars. *Prima.*

De tunnel leidde naar beneden, naar een bocht. Behoedzaam gingen ze verder en ze stopten regelmatig om te luisteren. Het was stil; slechts af en toe hoorden ze het zachte geritsel van een klein dier.

Een verscheurende schreeuw joeg ze de stuipen op het lijf; een kreet van angst, gevolgd door het gejammer van kinderen.

Via een kleine doorgang liepen ze een met fakkels verlichte grot binnen. De muren waren bedekt met schilderingen van wilde dieren. Een deel van de grot werd afgescheiden van de rest door een roestig traliewerk, waarachter kinderen schreeuwden. In de grot zelf waren twee gedaanten in lange mantels bezig een ander kind, een jongen, vast te binden, die jammerde als een bang dier.

'Erop af!' Ottil rende naar voren, met Geir blindelings achter hem aan en na een kleine aarzeling, Hraab. De twee mannen werden volledig verrast en stierven voordat ze beseften wat er gebeurde.

Muus hield zich in toen hij zag dat de jongens alles onder controle hadden.

'Stop met schreeuwen,' zei Ottil korzelig tegen het kronkelende kind. 'Je bent gered.'

De jongen sloot zijn mond met een klap en staarde naar de prins, die zijn mes zette in de touwen waarmee hij vastgebonden was. Hij stamelde iets dat Ottil duidelijk niet begreep.

'Spreek Gallisch, ik ken jouw barbaarse dialect niet.'

'Wie bent u?' herhaalde de jongen gehoorzaam. 'Bent u met... hen?'

'Doe niet zo gek. Zouden we ze doden als we bij hen waren?' Ottil overhandigde het touw aan Geir. 'Hier, bewaar het voor me.'

In de tussentijd had Hraab de gesneuvelde vijanden onderzocht.

'Ze zijn zeker Grim Doubh,' zei hij tegen Muus en hij wees op de naakte, beschilderde lichamen onder de mantels. Toen pakte hij iets van de vloer. 'Een sleutel.' Hij wendde zich tot de kinderen in de kooi. 'Willen jullie eruit?'

'Alsjeblieft,' zei een van hen, een blond meisje. 'Natuurlijk willen we eruit. We willen naar huis.'

Hraab boog. 'Zoals u beveelt, vrouwe.' Hij ontgrendelde de deur van de kooi en zwaaide hem open. 'Zo dan.'

Het meisje keek hem aan. 'Je bent een rare. Maar wel aardig. Dank je wel.'

Muus stond met zijn handen op zijn heupen toe te kijken.
'Waar kom je vandaan?' vroeg hij nu.
'Van Ennovicce,' zei het meisje. Ze wees naar het donker.
'De grot opent niet ver van ons dorp.' Ze begon te huilen.
'We waren allemaal aan het werk in de gemeenschappelijke
tuin toen ze kwamen. Ze zagen eruit als druïden, maar ze
waren het niet. Het waren valse, geschilderde mannen, net als
de twee die jullie hebben gedood. Er waren veel van hen en
ze namen ons allemaal gevangen. We schreeuwden, maar
niemand hoorde ons.'
'Zijn jullie vaders nu naar je aan het zoeken?' vroeg Muus.
Het meisje schudde haar hoofd. 'Dat durven ze niet. De
valse druïden kwamen naar ons dorp en verboden iedereen in
de buurt van de grotten te komen. Ze doodden sommige
mensen om te laten zien dat ze het meenden. Mijn arme oom
Jehan en de oude Margui, ze verbrandden hen gewoon met
hun magie. Nu kan niemand het dorp uit, want alle wegen
gaan door de grotten. We... we dachten dat de tuin veilig zou
zijn, maar dat was hij niet.'
'Wie van jullie kan mij de weg wijzen naar de andere
grotten?' vroeg Muus.
'Ik doe dat wel,' zei het meisje zonder aarzeling. 'Maar er
zijn daar veel van die slechte mensen.'
'Maak je geen zorgen,' zei Hraab met een van zijn brede
grijnzen. 'We hebben dit eerder gedaan.'
'Het is beter dat de andere kinderen zolang hier blijven,' zei
Muus. 'Geef ze de sleutel van de celdeur. We komen terug
als we met die moordende beesten hebben afgerekend. Laat
je niet buiten zien, niemand hoeft al te weten dat je vrij bent.'
'Ja, heer,' zei de jongen. 'We zullen zo stil zijn als muizen.
Maar kom alstublieft snel terug; dit is een vreselijk slechte
plek.'
'We zullen ons best doen,' zei Muus. En tegen het meisje:
'Hoe heet je?'
'Ciadra, heer. Mijn vader is de dorpssmid.'
'Juist, Ciadra, toon ons de weg naar buiten.'

Snel leidde het meisje hen de grot uit, naar de andere kant van de heuvel. Voor hen uit lag een brede vallei met weilanden en velden. Er was niemand in zicht.

'Ze zullen allemaal thuis zijn,' zei het meisje. 'Binnen blijven en praten. Ze praten altijd.' Ze zei het als een gegeven, zonder enig oordeel. Plattelanders leefden hun hele leven met dood en gevaar en het zou Muus niet verbazen als hun ouders de ontvoerde kinderen al hadden opgegeven.

Ze liepen langs een snelstromende rivier en passeerden een veld vol kromme appelbomen. Een kreet deed hen halt houden.

'Het is een van hen,' zei Ciadra beverig.

'Wat doe je hier?' brulde de valse druïde. 'We zeiden iedereen binnen te blijven. Nu gaan jullie dood, dwazen.'

'Laat mij maar,' mompelde Hraab en voor de eerste keer liet hij zien hoe goed hij zijn kleine havik kon werpen. Een snelle beweging van zijn pols zond de bijl wentelend door de lucht en voordat de man zijn spreuk kon afmaken, gutste het bloed over zijn gezicht. Hij tuimelde achterover en bleef stuiptrekkend in het gras liggen.

'Ja!' Het meisje schreeuwde en stompte tegen Hraabs schouder. 'Je hebt hem!'

Hraab glimlachte en haastte zich om zijn wapen terug te halen.

Verderop eindigde het pad bij de tweede grotopening, kleiner dan de eerste. Halfnaakte, beschilderde mannen sleepten met vers geslachte schapen, nog druipend van het bloed.

'Ze stelen onze dieren,' fluisterde het meisje, rood van woede. 'Hoe komen we nu de komende winter door? We zullen verhongeren!'

Ottil trok zijn zwaard, maar Muus schudde zijn hoofd. 'Te veel.'

Hij hief zijn handen. *Dood ze.* Bliksems flitsten en de schapendieven rookten en brandden als haardhout.

Ciadra keek naar Muus, haar ogen rond en haar handen voor haar mond. 'Wat voor magie is dat?'

'De kracht van de runen,' zei Hraab kortaf. 'Magische letters die hij om zijn nek draagt. Muus is een runenmeester en hij is heel sterk.'

Sterk was niet hoe Muus zich voelde. Elke keer als hij de runen gebruikte, liet het hem doodmoe achter. 'Naar binnen,' zei hij en hij stapte over de karkassen in de grot. Het was er koel en het geluid van druppelend water deed hem denken aan de tocht door Garns Tunnel bij Eidungruve. Net als in de eerste grot, waren de muren bedekt met afbeeldingen van dieren. Wollige wisenten zoals die in de Norden, maar die zouden stikken van de warmte hier in het zuiden van Gallië. Herten met grote geweien, opgejaagd door kleine mannen met speren. Hij schudde zijn hoofd. Het was niet het werk van de zwartalven; de afbeeldingen voelden menselijk aan, maar ze waren heel oud.

De grot was verlaten en ze haastten zich naar de derde, halverwege de vallei. Hier was de ingang groot genoeg om vier wagens tegelijk binnen te laten. Een enorme stapel hout herinnerde Muus aan de grote vuren die hij bij de Grim Doubh kampen had gezien.

Moirra moet hetzelfde gedacht hebben. 'Laten we voorzichtig zijn,' zei ze gespannen.

Hij knikte. Dit moest de belangrijkste grot zijn, waar de ceremonies werden gehouden. Het zag er allemaal bekend uit. Of de aanbidders zichzelf Grim Doubh noemden of Kastiganten, ze waren één en dezelfde cultus. Hij moest ze stoppen, moest hun Oude Goden toegang tot de wereld ontzeggen, want het was beter om de Kalmanir niet op te laden dan die primitieven te laten terugkeren om de mensheid te terroriseren. Meteen verscheen het brandende land in zijn geest en een vreselijke pijn greep hem beet.

'Muus!'

Hij voelde Moirra's armen om hem heen. *Stop ermee!* dacht hij tegen de hemelscherf. *De goden hebben je gestuurd, niet de Ouden. Wil je dat onze goden worden verjaagd, verbannen, vernietigd? Is dat waar je voor gekomen bent? Ben je een verrader, Shard?* Een explosie van licht deed hem schreeuwen en toen was alles weer goed. *Fijn. Kunnen we dan verdergaan?*

'Maak je geen zorgen,' zei hij en hij pakte Moirra's hand. 'Onze vriend begreep niet wat we aan het doen waren. Ik vertelde hem dat ik niet naar Falrom kon gaan zolang deze Grim Doubh proberen hun eigen goden terug te halen. Hij vond het niet leuk, maar nu snapt hij de noodzaak. Die Shard is krachtig, maar niet erg... slim.'

'Als hij slim was, zouden ze jou niet nodig hebben,' zei Hraab.

'Moet ik daar blij om zijn?' Muus zag Ciadra's gezicht en knipoogde naar hun jonge gids. 'Geen zorgen, meisje. Er gebeuren allerlei dingen, maar ze hebben geen betrekking op jou. Laat ons deze valse druïden uitroeien, dan zijn jullie allemaal weer veilig.'

Ciadra schudde haar blonde haar. 'Ik hoef die dingen niet te weten; ze maken me bang. Ik wil me veilig voelen, dat is alles.'

'Slimme meid. Laten we gaan.'

Van binnen was de grot enorm groot. Het plafond ging verloren in de duisternis en massieve druipende stenen reikten naar boven en beneden, alsof ze in de mond van een gigantisch monster stonden. Langzaam liepen ze door, tot een schreeuw de stilte openscheurde. 'Indringers!'

Een horde naakte, beschilderde mannen en vrouwen rende langs de stenen tanden, zwaaiend met lange stokken, messen en stenen bijlen.

Ottil schreeuwde en liet zijn zwaard vallen toen hij onder de voet werd gelopen door de menigte afgodendienaars. Geir gilde en rende naar hem toe. Hij wrong zich langs de stampende benen en beschermde het lichaam van de prins met zijn eigen lijf. Muus zag het gebeuren en een felle haat vlamde in hem op.

Gillend vielen de naakte lichamen waar ze liepen, tuimelden over elkaar, opgestapeld door de kracht van zijn woede. Muus klom over hen heen naar het midden van de grot. Daar, bij een gouden stoel, stond een mooie vrouw. Ze had niet de prachtige bouw van de priesteres bij het verlaten heuvelfort, noch was ze een reus als de Aanroeper van Aarde. Deze was klein, met zilveren haren die omlaag vielen naar welgevormde billen. Ze had grote, stevige borsten en een sierlijke houding.

'Waarom heb je mijn mensen gedood?' vroeg ze treurig. 'Waar kom je voor? Is het... voor mij?'

Haar stem sneed Muus' adem af en hij ontspande zich. Ze was zo mooi, zo onschuldig...

'Ik vind je leuk, knappe Un–a–Dach,' mompelde ze. 'Kom naar mij, laat me de pijn genezen die in je zit.'

Pijn... Muus deed een stap naar voren. *Genees mijn pijn.*

Toen was Moirra bij hem, de handen opgeheven.

'Idioot!' riep ze. 'Ze is net zo vals als de anderen! Ze is Grim Doubh.' Met de platte hand gaf ze Muus een stekende klap in het gezicht. De tranen sprongen in zijn ogen en hij voelde het bloed uit zijn neus lopen. *Ze heeft gelijk,* zei een stem in hem. *Waar zijn al je grote woorden nu? Dood haar, idioot.*

Hij keek naar het zilverharige meisje, zag de scherpe hoeken onder haar mooie jukbeenderen, de gerimpelde huid gecamoufleerd door magie, het trillen dat haar betovering verborgen hield en hij huiverde.

'Genoeg,' zei hij. 'Wie ben jij?'

'Ik ben de Aanroeper van Hemel, mooie jongen.' Haar verleidelijke glimlach bracht hem bijna aan het kotsen.

'Jij bent de tweede Aanroeper die ik zal doden,' zei Muus simpelweg. 'Aarde was de eerste.'

Het mooi gevormde gezicht vertrok tot iets verschrikkelijks. 'Dat zul je niet,' krijste ze.

Laat haar sterven, snauwde Muus.

Een hel licht brandde de zilveren haren weg, de lichte huid smolt als warme boter, botten kraakten en blakerden. Zonder een woord of kreet stierf de Aanroeper.

Muus draaide zich om naar Moirra, liet zijn handen langs zijn zijden vallen en boog zijn hoofd. 'Het spijt me.' Moirra trok zijn gezicht naar haar toe. 'Ik weet het, dat was haar sterkste betovering. Het maakt niet uit, Muus. Het maakt echt niet uit.' Ze kuste hem zachtjes op de lippen.

'Moirra!' riep Hraab. 'Ik heb je hulp nodig.'

De urgentie in zijn stem herinnerde hen aan Ottil en Geir, en ze haastten zich erheen.

Moirra zakte op haar knieën naast de jongens neer en legde een hand op elk voorhoofd. 'Ze leven nog. Ottils hart klopt stevig genoeg, maar dat van Geir fladdert als een gevangen vogel. Ik heb je kracht nodig, Muus.'

'Wat er nog van over is, is voor jou.' Muus legde zijn handen op de schouders Moirra. *Help haar.*

De runen schokschouderden. *Waarom?*

Muus zuchtte. 'Doe niet steeds zo stompzinnig,' zei hij hardop. 'Omdat ik het je vraag.'

Ze zijn gewoon jongens. Ze zijn niet belangrijk voor ons.

'Ze zijn belangrijk voor mij. Nu opschieten.'

Nukkig zwegen de Knoken. Muus voelde de kracht via zijn handen in Moirra stromen. 'Ga je gang.'

Zachtjes begon de druïdes te zingen, woorden die Muus niet kende. Haar lied genas kneuzingen en wanhoop en ging rond en rond de twee jongens onder haar handen. Na een paar maten deed Ottil zijn ogen open en bleef liggen, roerloos maar bij bewustzijn. Geir verroerde zich niet. Zonder naar de prins te kijken, trok Moirra haar linkerhand van hem af en legde het op haar rechterhand op Geirs hoofd. Diens oogleden knipperden, alsof ze probeerden zich te herinneren hoe ze open gingen. Toen zuchtte Geir en zijn hoofd viel opzij.

Moirra maakte zich los van Muus' handen en de Shardheld ging abrupt zitten. Hij had zich nog nooit zo leeg gevoeld als nu.

'De jongen slaapt en dat is goed,' zei Moirra zachtjes. 'En jij, Ottil?'

'Ik ben in orde,' zei de prins. 'Een bult op mijn hoofd, dat is alles. Verdomde stenen bijlen. Wat is er mis met Geir?'

'Hij beschermde je met zijn lichaam,' zei Moirra. 'Het was heel dapper van hem en ze hebben hem vertrapt. Hij zal genezen, ik weet alleen niet in welke mate.'

'Deed Geir dat?' De stem van de prins was vol verwondering. 'Maar hij is zo klein. Verdomme, ze konden hem vermoord hebben.' Hij probeerde te gaan zitten. 'Dan moet ik hem vrijlaten. Door mijn leven te redden loste hij al zijn verplichtingen in. Ik zal hem vertellen dat hij vrij is om te gaan.'

'Het is geen beloning iemand te geven wat hij niet wil hebben.'

Ottil keek verbaasd. 'Wat bedoel je?'

Moirra glimlachte. 'Geir is er trots op je te dienen. Het betekent iets voor hem. Als je dat wegneemt, is hij verloren.'

Ottil staarde naar zijn handen. 'Daar heb ik nooit aan gedacht. Goed, ik zal het hem niet vertellen. Hij kan zijn vrijheid krijgen wanneer hij het wil.'

Hraab was over de dode lichamen weggelopen en doorzocht de grot. 'Hallo,' zei hij vanuit het donker. 'Wat is dit? Twee kisten vol goud? Die naakte klootzakken waren rijk.'

Ottil hees zichzelf rechtop en kreunde. 'Sta stil, wereld,' zei hij. 'Verdomde hoofdpijn.' Hij liep naar Hraab en floot. 'Krijgsbuit!'

Muus voegde zich bij hen, langzaam als een oude man. Hij wreef in zijn ogen en geeuwde. Hij was zo moe dat geen goud hem kon verblijden. 'We zullen een kist houden.' Hij draaide zich om. 'Ciadra, zou een kist van dit goud je dorp helpen de schade te herstellen?'

Het meisje haastte zich naar hen toe en staarde naar het goud, dat warm schitterde in Muus' kleine licht. 'Oh, het is zo veel. Wat kun je daarmee kopen?' Toen keek ze naar Muus. 'Zou je... zou je ons dat geven? Gewoon zomaar?'

Muus glimlachte. 'We kunnen niet alles meenemen. Dus ja, ik geef jullie een van de kisten als vergoeding voor de schade.'

Ciadra greep zijn hand en staarde hem aan. 'Dank je,' zei ze. 'Je moet een god zijn, gekomen om ons te helpen.'

Hraab barstte in lachen uit. 'Ha! Muus, ze doorziet je vermomming.' Op de een of andere manier leek het idee hem plezier te doen.

'Ik ben geen god, maar waarom zou ik je niet helpen? Ik haat die afgodendienaars, ze zijn nog erger dan je denkt en we willen ze niet in onze wereld. En goud is het minste van mijn zorgen.' Opnieuw gaapte hij. 'Er is nog een grot. Is die ver van hier?'

'Een half uur gaans,' zei het meisje en ze bekeek hem bezorgd. 'Je ziet er vreselijk moe uit.'

Muus knikte. 'Dat ben ik ook. Die spreuken vragen een heleboel energie. Ben je fit om terug te gaan en de kinderen te zeggen naar huis te gaan? Hraab gaat met je mee. Vraag een aantal van hen onze paarden te brengen.'

Ciadra keek naar Hraab en kleurde licht. 'Ik ben fit genoeg.'

De ogen van de jongen schitterden. 'Laten we gaan dan.'

Muus liep terug naar Moirra.

'Het meisje had gelijk, je ziet er slecht uit,' zei de druïdes. 'Ga een tijdje liggen; Ottil en ik waken wel.'

Muus ging zitten. 'Het spijt me, ik ben doodop.' Hij strekte zich uit op de stenen vloer en sliep.

HOOFDSTUK 24 – ONTSNAPPING

Twee zevendagen nadat ze het verbrande dorp hadden verlaten, kwamen Tuuri en Hilja bij een stenen hoofdweg. Het meisje was hongerig en doodmoe, maar ze klaagde niet. Tuuri zag haar gezicht met de holle ogen en de magere wangen, hij wist van haar ijldromen die haar nacht aan nacht wakker hielden. Het paard, gezegend was haar sterke rug, sjokte voort langs de twee muren van het woud.

Voorbij een scherpe bocht openden de bossen naar een klein omheind stadje, gebouwd rond een houten kasteel aan de oever van een rivier. Een paar afgelegen boerderijen waren het toneel van veel activiteit.

'Ze verwachten problemen,' zei Tuuri. Boeren die op het land hadden moeten werken, duwden karren, geladen met schamele bezittingen voort. Jonge jongens brachten magere koeien en schapen of sjouwden manden doodsbange kippen, terwijl meisjes met baby's en zelfs peuters in hun armen liepen. Allemaal hadden ze één doel, het kleine kasteel op de lage heuvel.

'Welke stad is dit, vriend?' vroeg Tuuri een wachter bij de poort.

De man keek hem achterdochtig aan. 'Dit is graaf Dagiberhs stad Divion. Wie ben jij dat je dit niet weet?'

Tuuri fronste om de toon van de man. 'Ik ben Tuuri Klein Mes van Westhal,' zei hij streng. 'Een edelman van de Norden. Ik ben onderweg naar het zuiden om de Barrière Alpen te zien.'

'Uw vergeving, heer,' zei de wachter, met een vage groet. 'Op dit moment zijn vreemden niet erg welkom, ziet u. We verwachten elk moment een vijandige aanval.'

Tuuri keek naar de zware poort en de stevige houten palissade. 'Wie zou een kasteel van deze sterkte aanvallen?'

Een zweem van angst bekroop het gezicht van de soldaat. 'Dat weten we niet, heer. Ze dragen rode wapenrustingen en ze worden aangevoerd door...' Hij liet zijn stem zakken, 'tovenaars, heer. Een week geleden verwoestten ze de stad Tulla, in het westen.'

Tuuri voelde Hilja bewegen. 'Wie heeft hier de leiding?' vroeg hij.

'De maarschalk, heer; de graaf is nog minderjarig. Indien u hem wenst te spreken, vindt u hem op de palissade.'

'We moeten meer weten,' zei Tuuri over zijn schouder. 'Wat denk jij?'

Hilja keek onzeker. 'Je vraagt het mij? Ik wil hard weglopen, maar ik ben te moe. Ik kan zo niet doorgaan; Ik kan het gewoon niet.'

'Dan zullen we hier overnachten.' Kjelle zuchtte. 'De maarschalk is op de palissade, zei je?'

De wachter knikte. 'Ja, heer. U zult hem gemakkelijk herkennen aan zijn witte haren.'

Ze vonden de maarschalk starend over de velden. Hij was een lange man, breedgeschouderd, met lang, golvend, wit haar. Hij leek minstens tachtig jaar oud. De jongen aan zijn zijde was een jaar of negen, gekleed in een miniatuur leerpantser en gewapend met een lang jachtmes. Hij draaide zich naar hen om.

'Ik ken u niet,' zei hij. 'Bent u een vijand?'

Tuuri glimlachte. 'Nee, ik ben een bondgenoot van uw volk.'

'Dat is goed, dan hoef ik je niet te doden,' zei de jongen serieus. 'Ik ben een beroemd krijger, zie je.'

'Natuurlijk ben je dat,' zei Hilja en ze verborg een lachje. 'Ben jij Dagiberh?'

'Graaf Dagiberh, meisje. Ik bestuur deze stad.' De jongen stak zijn borst vooruit. 'Ik ben een edelman.'

'Denk aan je manieren, jongen,' zei de maarschalk. 'Wees altijd beleefd tegen vreemden.' Zijn helderblauwe ogen bestudeerden zijn onverwachte gasten. 'Onder betere omstandigheden zou ik u van harte welkom heten, maar nu niet. Als u blijft, kan ik niet garanderen dat u weer wegkomt.'

'Uw man aan de poort zei hetzelfde, maarschalk. U verwacht een aanval?'

'Ik ben er zeker van, hoewel ik niet weet wie de vijand is. Al weken terroriseert een leger in rode rustingen de provincie. Onze buurstad Tulla is al gevallen en ik ben bang dat wij de volgende zijn.'

'We zagen soldaten zoals u beschrijft in de buurt Malbeck in het noorden,' zei Kjelle. 'De Blodward, noemden zij zich en ze waren volgelingen van de Goden van Toen.'

De maarschalk keek hem nieuwsgierig aan. 'Hoe bent u ontsnapt?'

'We ontweken hen. Ze plunderden een dorp, zodat ze ons niet opmerkten.' Hij boog even. 'Ik ben Tuuri, een edelman van Westhal, in de Norden, en mijn zus is Hilja. We ontsnapten deze schurken alleen om te worden aangevallen door wolven. Mijn zusters paard werd gedood, evenals mijn knecht, maar ik heb zaken te doen in het zuiden, dus heb ik besloten onze reis voort te zetten. We hebben een goede nacht rust nodig en morgenvroeg vertrekken we weer.'

'We hebben geen bed meer over, heer Tuuri,' zei de maarschalk weifelend. 'Met alle boeren en dorpelingen binnen onze muren zijn we overvol. De oude graanzolder op de zuidelijke muur, dat is de enige plek die ik u kan bieden. Het is recht tegenover de poort.'

'Dat is uitstekend,' zei Tuuri. 'Zolang het er droog is, zullen we niet klagen. Dank u voor uw gastvrijheid.'

De graanzolder was in een oude toren boven de kasteelmuur. De inwoners gebruikten een grote deur aan beide zijden van het hok om het graan van buitenaf de toren in te hijsen. Het was een tochtige plek, waarschijnlijk vol muizen, maar het was privé en inderdaad droog.

'Ben je echt een heer?' vroeg Hilja toen ze binnen waren.

Tuuri haalde zijn schouders op. 'Mijn moeder was een edelvrouw, mijn vader een Fynni priester. Ik dien Jarl Rannar en dat maakt me edelman genoeg.'

'Je bent een goede verhalenverteller.' Het meisje lachte een beetje. 'Ben ik nu je zuster?'

'Wat anders? Je bent te jong om mijn vrouw te zijn en alle andere dingen zijn... onfatsoenlijk.'

'Ik ben niet te jong om te trouwen; ik word vijftien deze zomer.'

'Dan ben je nog steeds vijf jaar jonger dan ik. Dit is de beste oplossing.'

Het meisje grinnikte. 'Als jij het zegt, mijn broeder.' Ze ging zitten en rolde zich in haar mantel. 'Laten we hopen dat de vijand ons vanavond met rust laat.' Zonder een woord sliep ze.

Een momentlang keek Tuuri naar haar. Toen legde hij zich naast haar neer.

Het was nacht en aardedonker toen het geluid van een explosie ze wakker maakte. De graanzolder schudde en eeuwenoud stof regende op hen neer.

'Snel, pak je spullen!' Tuuri opende de deur naar de binnenplaats van het kasteel ver genoeg om naar buiten te kijken. 'Verdomme! Ze zijn al binnen.' Zijn ogen werden groot. 'Er zijn Fynni bij!'

Een schreeuwende kinderstem kwam de ladder op naar hun hok.

'Ze zijn hier, ze zijn hier!' Het was de jonge Dagiberh, zijn ogen stonden wild en hij droeg nog steeds zijn leren wapenrusting. Hij klampte zich aan Tuuri vast. 'De vijand is binnen! Ze maakten de poort kapot met magie. De maarschalk zei me u te waarschuwen. Hij is dood en... en... Ze vermoorden iedereen!'

'Rustig,' zei Tuuri. 'Ze moeten ons niet horen!'

Hij duwde de jongen in Hilja's armen en haastte zich naar de andere kant, waar hij de deur naar de velden opende.

'Niemand, dat is ons geluk.' Hij keek naar de oude houten takel. Er zat nog een touw aan vast, maar dat hing over een dakbalk, buiten bereik. 'Dagi, kom eens hier,' zei hij. 'En stop met snotteren; wij edelen huilen nooit.'

De jongen veegde zijn neus af. 'Ze maken de mensen dood.'

'Ik weet het,' zei Tuuri. 'Klim op mijn schouders; kijk of je dat touw naar beneden kunt trekken. Begrijp je?'

De jongen knikte. Tuuri pakte de kleine graaf onder zijn oksels en slingerde hem omhoog. Met enige moeite slaagde de jongen erin om te blijven staan, terwijl Tuuri hem bij zijn heupen vasthield.

'Ik kan er niet bij,' jammerde de jongen. 'Het is...' Toen sprong hij, pakte het touw en viel, waardoor Tuuri ook zijn evenwicht verloor. Ze kwamen op een hoop op de houten vloer terecht.

'Goed gedaan!' zei Tuuri, terwijl hij de plaats betastte waar de ijzergeschoeide laars van de jongen zijn wang had geraakt. 'Je deed het geweldig.' Hij opende de deur ver genoeg om er langs te kunnen glijden. 'Ik ga eerst naar beneden,' zei hij tegen Hilja. 'Dan moet je de bagage naar beneden gooien. Dagi gaat als tweede en jij als laatste. Wees niet bang; mocht je vallen, dan vang ik je op.'

Hij pakte het touw en trok. Het was oud en versleten en de balk waaraan het vastzat kraakte, maar het hield. Snel gooide hij het over de rand; het eindigde een manslengte boven de grond. Vlug klom hij naar beneden en aan het eind gekomen liet hij zich vallen. Daarna volgden hun verpakkingen. Nauwelijks had hij ze uit de weg gehaald, toen de kleine gedaante van Dagiberh verscheen, die behendig naar beneden klom. Hilja volgde en dat was te veel voor het oude touw. Halverwege haar afdaling brak het en met een gesmoorde kreet stortte ze omlaag. Tuuri strekte zijn armen omhoog, maar het meisje was zwaarder dan de kleine graaf en voor de tweede keer ging hij tegen de grond. Een scheurende pijn schoot door zijn been. 'Verdomme! Mijn enkel.' Hij hoorde stemmen boven zijn hoofd en de angst maakte dat hij de pijn negeerde. 'We moeten wegwezen.' Zo snel als hij kon, strompelde hij naar de rand van het bos, met Hilja en Dagi die de bagage droegen. Toen zij de duisternis tussen de bomen bereikten, stopte hij. 'We hebben het gedaan,' zei hij tegen de anderen.

'En dat heb je,' zei een bekende stem.

Tuuri draaide zich om. Uit de schaduw stapte de massieve, witharige figuur van Rannar, Westhals jarl. Achter zijn rug staarden de lege ogen van twee Fynni wachters naar de jonge Fynnikin.

Tuuri gaapte zijn meester aan. 'Heer,' zei hij ten slotte. 'Ik doe uw wil. Hoe komt u hier?'

'Ik vraag van u hetzelfde, boodschapper,' zei jarl Rannar koeltjes. 'Waarom leef jij, terwijl Vulf en zijn mannen dood zijn? Heb je me verraden? Was Dettrich een betere meester dan ik?'

Tuuri verbleekte. 'Nee, heer. Ik ken Dettrich niet. Ik zou u niet verraden, heer. Ik ben altijd trouw geweest.'

'Uw daden maken dat niet aannemelijk, boodschapper. Ik ben niet meer zeker van je.' Rannar wenkte zijn wachters. 'Bind hem en het meisje. Ik zal hen morgen ondervragen, wanneer Rev terug is.'

'Heer...' Tuuri zweeg toen Rannar hen zijn rug toekeerde. Ruwe handen namen zijn wapens en bonden zijn handen op zijn rug. Naast hem schreeuwde Hilja. De Fynni wachters lachten en maakten korte metten met haar strijd. Ze duwden hun gevangenen naar een klein kamp, waar ze hen aan een boom bonden net buiten de cirkel van tenten.

'Wees stil,' zei een wachter. 'Of we komen je pijn doen.' Toen vertrokken ze.

'Sha'akaii,' fluisterde Tuuri. 'Kom en help ons.' Maar zijn totembeer gaf geen antwoord. Vermoeid liet hij zijn kin op zijn borst zakken, terwijl naast hem Hilja zachtjes snikte.

Uren verstreken en de nacht viel over het kamp. Uit de verte kwam het feestgedruis, terwijl de Blodward de stad plunderde. In het kamp was alles stil. Tuuri had jarl Rannar niet meer gezien, noch zijn mannen. Rannar hier, met een

Fynni leger die een onschuldige stad plunderden. Beelden flitsten door zijn hoofd van zijn jeugd aan het hof van de jarl; aan de manier waarop zijn heer er altijd was geweest om hem te helpen. Hij herinnerde zich de jaren dat hij Rannar had gediend als page; hoe trots hij was geweest om te worden uitgeroepen tot de jarls Bode. Toen dacht hij aan de moord op Koning Vidmer, aan verraad en opstand. Belisheim en Eidungruve. De Fynni wreedheid. Rannars Fynni... Langzaam verkruimelde zijn loyaliteit en viel aan stukken om hem heen. Heer Kjelle had gelijk gehad; zijn meester was een eerloze schurk. Hij kon zo iemand niet langer dienen. Hij... hij zou liever sterven. Zoals hij waarschijnlijk zou doen. Hij rilde.

Er bewoog iets in het struikgewas. Iets donkers... een wolf? Hilja had het ook gezien en haar gezicht was vreemd gespannen. De kleine schaduw kroop naar hem toe en toen herkende hij Dagiberh. Goden! Hij was het ventje helemaal vergeten. De ogen van de jongen waren groot van angst, maar zijn gezicht was vastberaden evenals het mes in zijn hand. Snel sneed hij Tuuri's touwen door en haastte zich naar Hilja.

Tuuri bewoog zijn armen en kon nog maar net een kreun onderdrukken toen hij zijn verkrampte spieren bewoog. De jongen gebaarde dat ze hem moesten volgen en over de grond kropen ze weg. Pijlen van pijn schoten door Tuuri's enkel, maar hij klemde zijn tanden opeen en volgde Dagi naar de rand van het bos. Daar graasden twee paarden, gezadeld en beteugeld. Tuuri staarde hen aan. 'Waar...' fluisterde hij, maar de jongen schudde zijn hoofd.

Gevonden! spelden zijn lippen. *Laten we weggaan.*

Snel klom de jongen in het zadel. Dagi's voeten konden niet bij de stijgbeugels, maar dat deerde hem niet. Tuuri besteeg het andere paard, de scheurende pijn in zijn enkel deed hem naar adem snakken.

'Gaat het?' vroeg Hilja zachtjes. Toen hij knikte, klauterde ze snel bij hem achterop. Dagiberh stuurde zijn paard tussen de bomen vandaan en spoorde hem aan, weg van zijn brandende stad. Tuuri volgde, nog steeds stijf en verward, maar met een vreemde opgetogenheid in zijn hart. Ineens voelde hij zich vrij. Niet alleen uit zijn gevangenschap, maar ook van alles wat zijn leven had gebonden. Zijn trouw aan jarl Rannar, zijn banden met de Fynni, ze waren weg. Hij was Tuuri, een vrij man van de Norden. Plannen borrelden in hem op als water uit een put. Hij zou naar het zuiden gaan, proberen die vent te vinden waarnaar iedereen op zoek was en hem waarschuwen voor Rannars plannen. Dan zou hij vrede sluiten met heer Kjelle en dan... Nou, dan zou hij wel zien. Eerst moesten ze een veilige plek vinden om te schuilen tot zijn enkel beter was. Hij voelde Hilja's armen om zijn middel en wilde zingen.

HOOFDSTUK 25 – DE LITHAN

'Daar woont de Lithan,' zei Elbrich, wijzend op de hoogste top in het besneeuwde berglandschap voor hen uit. 'De Pilaar van Herinnering.'

'Die passen zien er tamelijk steil uit,' zei Ajkell.

De jonge Niflunger glimlachte. 'Die stellen niets voor. Wacht maar tot je aan het pad naar de top bent.'

'Naar de top?' Kjelle staarde. 'Je bedoelt de top van die berg?'

'Er dicht bij.' Elbrich spreidde zijn handen. 'Ik ben er nog nooit geweest, maar dat is wat onze wijsmannen zeggen. Het pad slingert naar boven om waar de sneeuw begint te eindigen bij het domein van de Lithan.'

Kjelle zag de sneeuwgrens en kreunde. 'Net als die trap in de Wedererberg.'

De meestersmid kuchte. 'Dit pad is aan de buitenkant.'

'Het zal koud zijn...'

'Goden, Kjelle, laten we gaan! Praten brengt ons niet boven.' Met een boze ruk van haar hoofd, reed Birthe naar het pad dat hen tot de laagste bergpas zou brengen.

Zonder een woord of blik volgden de andere drie haar.

Een zevendag later kwamen ze aan de voet van de berg. Van dichterbij zag de klim er nog ontmoedigender uit, maar een blik op Birthes gezicht vertelde Kjelle dat hij beter kon zwijgen. Al sinds hun vertrek uit Almansvoorde waren haar stemmingen als de eb en vloed in de fjorden van de Norden, maar na hun strijd bij dat naamloze brandende dorp was haar humeur verder verslechterd. Iets spoorde haar aan tot meer haast en ze raakte geïrriteerd bij iedere vertraging.

'Het is een zware klim,' zei Ajkell. 'En we hebben niet veel eten meer.'

Birthe wierp hem een vuile blik toe, maar de beerkrijger beantwoordde hem kalm en ze keek weg.

'Ik weet het,' zei ze. 'Er was niet veel prooi voor mijn boog de laatste tijd.'

'We zullen het gewoon moeten doen.' Kjelle haalde diep adem. Het pad was niet meer dan een kleine richel dat zich vastklampte aan de rotswand. Het leek nauwelijks breed genoeg voor een berggeit, dus zouden ze de paarden beneden achter moeten laten.

'Ik zal met ze praten,' zei Birthe. 'De paarden blijven in de buurt totdat we terug zijn.'

Kjelle staarde naar de top van de berg. *Thor, geef ons een heldere dag,* bad hij. Resoluut wendde hij zich tot de anderen. 'We hebben veiligheidslijnen nodig die ons aan elkaar verbinden.'

Ajkell knikte en nam een lang touw van zijn zadel.

Lopen was niet gemakkelijk. De klim was steil en steenslag op het pad maakte het verraderlijk. Uur na uur gingen ze omhoog, regelmatig pauzerend om hun adem te herwinnen.

'Verdomme,' zei Kjelle. 'Ademhalen is nog nooit zo moeilijk geweest.'

'Het is de ijle lucht.' Elbrich rekte zich uit en inhaleerde diep. 'Die is puur en natuurlijk, zoals hij zou moeten zijn. De lucht op de grond is zwaar en geestdodend. Hier kan een mens ademen.'

Kjelles gezicht betrok. 'Voelen we ons superieur, kleine man?'

Elbrich keek hem aan. 'Jullie steken altijd hoog boven mij uit in jullie grote lichamen. Voel jij je dan niet superieur, met je grote kracht en groot bereik?'

Kjelle raakte de arm van de Niflunger aan. 'Je hebt gelijk. Excuses, het was dom gezegd.'

Een glimlach verlichtte Elbrichs smalle gezicht. 'Maak je geen zorgen. Het is het gebrek aan lucht dat spreekt.'

De wind nam toe, huilde om hen heen, trok aan mantels en lichamen en maakte neus en oren pijnlijk om aan te raken. Ze gingen nog steeds vooruit, maar langzaam, door een wereld waarin de enige stem die van de wind was.

Iets deed Ajkell, die achteraan liep, struikelen. Zijn voet gleed uit en langzaam, als in een slechte droom, ging hij over de rand.

Birthe, de volgende in de rij, schreeuwde en Kjelle draaide net op tijd om te zien wat er gebeurde. Hij zette zich schrap, voelde zijn hart kloppen als een oorlogstrommel. *Snijd de lijn door,* wilde hij schreeuwen. *Snijd het door, voordat we allemaal naar beneden gaan!* Maar hij zei niets. In stilte keek hij toe terwijl Birthe de schok van Ajkells volle gewicht opving. Ze leunde achterover, de rug hard tegen de bergwand gedrukt, en greep de gespannen lijn in beide handen.

Kjelle gaapte naar haar. Zijn lief was een Nord en een welgebouwd meisje, maar ze had nooit eerder de kracht laten zien die ze nu toonde. Ze haalde de veiligheidslijn in zoals een fjordenvisser een gevangen haai boven water brengt. De aderen op haar voorhoofd zwollen op terwijl ze vocht met het touw en Ajkells gewicht, al die tijd iets neuriënd dat Kjelle niet kon verstaan. Ajkell slaagde erin om eerst zijn linkerhand op de richel te krijgen en daarna zijn rechter. Zijn hoofd, paars van de inspanning, steeg boven de rand uit en met een hoorbare grom en hij plaatste zijn armen op het pad. Hij duwde zich op en zette een knie tussen zijn handen. Met een laatste ruk sleepte Birthe hem weg van de rand en hij zat daar, hijgend. Ajkell kwam moeizaam overeind en omhelsde haar terwijl ze zich snikkend aan hem vastklampte.

'Dank je,' zei hij, zijn stem ruw. En met een blik op de rafelige rotsen in de diepte: 'Het is een lange weg naar beneden.' Toen trok hij wit weg en ging zitten, met zijn hoofd tussen zijn knieën.

Kjelle, rood van schuldgevoel, raakte Ajkells schouder aan. 'Goed gedaan, maat!' Toen draaide hij zich om naar Birthe. 'Je maakt me beschaamd,' zei hij zacht. 'Maar ik ben zo verdomd trots op je.'

Het meisje keek hem aan. 'Ik kon hem niet laten gaan. Hij is een vriend.'

Het was een onschuldige opmerking, maar Kjelle voelde zijn wangen gloeien. Haastig knikte hij. 'Ik weet het.' Toen draaide hij weg en keek uit over de grimmige bergen.

Twee uur later, emotioneel en fysiek uitgeput, bereikten ze de verblijfplaats van de Lithan. De ingang toonde een grote grot, verlicht door gloeiende bollen op de muren. Binnen werden ze opgewacht door een gezette Un-a-Dach vrouw in een sobere grijze jurk. Ze was klein en streng, haar gezicht leek niet te kunnen glimlachen en haar ogen waren vijandig. 'U worden verwacht,' zei ze ten slotte in een wonderlijk gebroken accent.

Birthe zag hoe de vrouw hen van top tot teen inspecteerde, te beginnen met Kjelle, en ze lachte grimmig om het ongelukkige gezicht van haar lief. *Laat hem maar even sudderen*, dacht ze. Ze begreep zijn reactie toen Ajkell viel; het was een deel van hem dat hij nooit zou kwijtraken. Maar het was nog te vroeg om het weer goed te maken.

De vrouw leek haar gedachten te lezen, want zij verwierp Kjelle als een persoon van geen belang, terwijl Ajkell een vage glimlach kreeg. 'De Nornen goed voor je waren, krijger. Maar nu je hebt slaap nodig. Ik zal je een kamer zien laten, als je wachten wil een minuut.'

Birthe ontmoette haar ogen en nu glimlachte de vrouw. 'Völva, u verwacht. De Lithan u wenst te zien. En u, meestersmid. De rest moet wachten. Gelieve te volgen, allemaal.'

Ze leidde hen een grote, ronde hal in, met meer verlichting op de muren.

'Mooi,' zuchtte Elbrich.

'Vijftig jaar de meesters nodig hadden om het te maken zo,' zei de vrouw, terwijl ze hen naar een kamer leidde. 'De inspanningen van vier generaties.'

Tegen Birthe zei ze: 'Ach, je nooit zal zien hoe prachtig het is. Ik zo medelijden met half blind mens.'

Een zwakke stem klonk vanuit de kamer. De vrouw boog en keek beschaamd. 'Ik sta gecorrigeerd, Lithan. Uw pardon, völva. Ik laat mijn vooroordeel tonen; dat is een persoonlijke tekortkoming van mij waar u niet onder hoef te lijden.'

Ze leek overstuur en Birthe glimlachte sussend. 'We begrijpen het. Mijn landgenoten hebben jullie volk grote schade toegebracht. Het is een doel van ons allen om de fouten uit het verleden te verbeteren.' Ze aarzelde, maar nam een beslissing. 'Heer Kjelle hier heeft de Un–a–Rhan van Wedererberg uitgenodigd naar zijn eigen mijngoed in de Norden te komen.'

'Deed hij dat?' De vrouw gaf Kjelle een rechte blik. 'Ik onderschatte u, heer. Dat is een nobel ding om te doen.' Het gebroken accent was met haar excuses verdwenen.

'Ik was vereerd dat de meester van Wederer het aanvaardde,' zei Kjelle. 'Als de ambachtslieden van haar clan onze zilvermijn exploiteren is dat voor ons allemaal profijtelijk.'

'Zoals het zou moeten zijn, natuurlijk. Maar we laten de Lithan wachten. Stap binnen, als u wilt.' Kriegelig voegde ze eraan toe: 'Jullie allemaal. Ik was verward. Niemand blijft achter.'

De Lithan was hoogbejaard. *Zo zou Muus eruit zien als hij enkele honderden winters oud was,* dacht Kjelle. Zijn huid was doorschijnend als helder ijs, terwijl zijn haar nog steeds een volle mop was, maar lichtblauw in plaats van zwart. Hij zat in een hoge stoel in een vage mist die hem volledig omhulde.

'Welkom.' Zijn stem was als een zachte fluit, duidelijk hoorbaar maar etherisch. Hij hief zijn rechterhand ten groet, zonder de pols en de arm te bewegen. 'Ik zag uw komst in een droom. Ik heb altijd veel over het leed van mijn volkeren gedroomd. Ik herinner me hoe het vroeger was, in de landen die u Alfheim noemt. Hoe we vreedzaam naast elkaar leefden, Dachi en Rhani, terwijl we magie maakten en kostbare voorwerpen, alleen bezig met onze eigen zaken, onze levens. Tot jullie Nords kwamen, met je bijgeloof en je angst. We moesten vertrekken, allemaal, en onze harten stierven met ons gaan. Om mijn volk te redden, draag ik het grootste deel van deze pijn, zodat ze in vreemde landen kunnen leven. '

'En daarvoor heeft u onze eeuwige dankbaarheid, mijn vader,' zei Elbrich zachtjes.

Annlith naast hem zei niets, maar ze knikte, haar ogen vol tranen.

'Er is geen noodzaak,' zei de Lithan. 'Ik ben de Zoon van Dach, die de eerste van ons allemaal was. Het is mijn plicht zowel als mijn wens om deze last te dragen.' Met een hoofdschudden stilde hij Elbrichs protest. 'Als je oprecht bent in je woorden, theyn van Eidungruve, als je echt wilt dat wij terugkeren naar het noorden, zal dat de redding van ons allemaal zijn. Want je moet weten dat mijn tijd bijna om is. En na mijn heengaan, zullen de Dachi en Rhani hun eigen last moeten dragen. Dat zal voor velen te zwaar blijken. De wetenschap dat een terugkeer naar huis mogelijk is, zou voor de meesten genoeg zijn verder te leven. Die gedachte haalde mij over u te ontvangen.'

'Mijn woorden waren waarheid, Lithan,' zei Kjelle. 'We beloofden het de meester van Wedererberg, en de dame völva ondertekende een plechtig contract met haar in mijn naam. We zullen alle mogelijke moeite doen om de aanstaande koning, prins Ottil, te laten instemmen met de terugkeer van u allen naar de Norden. Daarvoor hebt u mijn eed.'

'Dan moeten we ervoor zorgen dat deze prins op de troon komt,' zei de Lithan met een lichte glimlach. 'Dit zal geen gemakkelijke taak zijn.' Hij zweeg en sloot zijn ogen en Kjelle vroeg zich af of hij sliep danwel in gedachten was.

'Dame völva, kom hier, alstublieft.' De Lithan sprak zonder zijn ogen te openen. 'Kom en betreedt de dromen van mijn volk. Gebruik hen voor uw dromen, vrouwe, sterker dan u het zelf ooit zou kunnen.'

Zonder aarzeling stapte Birthe naar voren en liet de ijle mist haar bedekken. Ze had nooit eerder geprobeerd te dromen zonder haar droomwijn en het verbaasde haar hoe gemakkelijk het was. Ze was een vogel, een scherpziende adelaar, die hoog over de wereld vloog. Die wereld was rond, net als haar vader haar eens had verteld, en ze vloog er moeiteloos omheen.

Toen zag ze hem – het verschrikkelijke gezicht vol littekens van Rev. Hij zat in een tent, in een bos. Hij was niet de enige. Jarl Rannar was er, en Swinne. Even haperden haar vleugels. Swinne... Asgisla's moordenaar. Om hen heen waren Fynni soldaten, hun zielen als leeggezogen eieren. Haar ogen waren gericht op Rev. Op de kleine gebedspop op zijn borst, met daarin de schaduwen die hem dreven. Vier schaduwen bevatte de pop, als een duimloze hand waaruit een lijn groeide.

Ze volgde de lijn met haar ogen en haar vleugels, vloog hoger en hoger, tot ze de blauwe kom van de hemel bereikte. Een klein stukje ontbrak – was dat de hemelscherf? Moeiteloos passeerde ze door het blauw en kwam tot een duisternis, leeg en koud. Op vloog ze, tot ze een grot bereikte. En daar waren zij, de Goden van Toen. Darh de Beukende Wind, die eruitzag als een ruiende kraai, met kale plekken zichtbaar door zijn mottige veren. Orwang de Verdrinker, een lijkkleurige schildpad, zijn schild bedekt met rottende zeepokken. Urus de Verwoester, als een rots met ogen die gesmolten tranen lekten. Klabang de Onthoofder, een misvormde reus, gekleed in roestige stukken harnas en gewapend met een houten knuppel. Ze waren verschrikkelijk in hun lelijkheid, hun honger en hun macht.

De lijn die Birthe had gevolgd ontsproot aan de vier goden. Het was hun macht, wist ze, het laatste beetje van hun goddelijke vermogens. Boven hen zag ze een glazen fles waarin iets kronkelde. Het was Revs ziel, die met een keten aan het dak van de grot hing. In plaats van zijn ziel, bestuurden de vier haveloze goden Rev, middels de pop die hij droeg. Zou de pop sterven, dan zouden de Goden van Toen hun kracht verliezen, want dit was hun laatste gok. Om de Ouden te verslaan, moest ze Rev doden.

De wereld trok haar terug naar beneden, door de duistere oneindigheid, door de blauwe kom die de aarde beschermde, door de lucht, niet meer als een vogel, maar als een gedachte, en als een gedachte keerde ze terug naar haar lichaam.

Kjelle was net op tijd om haar op te vangen toen ze achteruit struikelde. 'Gaat het?'

'Ik zag hem.' Birthe greep zijn arm. 'Rev. Hij is maar een instrument van de Goden van Toen. Ze houden zijn ziel gevangen en bevelen hem via een kleine gebedspop die hij draagt. We moeten die pop vernietigen om een eind te maken aan alle moordende Fynni. Alleen dan kunnen we de Norden bevrijden.'

De Lithan legde zijn handen op Birthes hoofd en ze voelde haar hartslag kalmeren.

'Zo leert u uw doel kennen, dame völva,' zei hij zachtjes. 'U moet Rev vernietigen en de verbinding tussen onze wereld en de Goden van Toen verbreken.'

'Wat!' riep Kjelle. 'Dan kan ze niet! Ik... Ze is... Ik houd van haar,' eindigde hij ongelukkig.

'Een passende bekentenis, heer Kjelle,' zei de Lithan. 'Uw liefde zal van vitaal belang zijn om haar kracht te geven. Maar de dame Birthe moet Rev vernietigen om het leven van Muus en het doel van de Shardheld te redden.'

'Muus?' riep Kjelle. 'Hij hoeft alleen maar die vervloekte steen naar Falrom te brengen.'

'Alleen maar is een ongepast woord voor de Shardheld, heer Kjelle,' zei de Lithan. 'Op Muus' schouders rust de veiligheid van de wereld. Hij moet de Kalmanir bereiken en wij moeten voorkomen dat hij Rev in handen valt. Mocht de hemelscherf worden samengevoegd met de Goden van Toen, dan houdt onze wereld op te bestaan. Op dit moment vecht de Shardheld zich een weg door de wereld, net als u. Hij doodt de volgelingen van de Goden van Toen en zo helpt hij hen te verzwakken.'

'Hoe is het met hem?' vroeg Birthe; ze voelde zich vredig en afstandelijk onder de hand van de Lithan.

'De Shardheld maakt het goed, hoewel de vermoeidheid aan hem trekt. En het is Moirra die met hem reist. Mijn kleindochter, die een rots is in tijden van nood.'

'Dus Muus vond er ook een,' zei Kjelle met een glimlach. De lichte ogen de Lithan zochten Kjelles gezicht. 'Jij, een Nord, kent je zwakte en je accepteert die? Hoe verrassend.'

'Muus leerde mij mijn ergste tekortkomingen kennen,' zei Kjelle. 'Ik zie ze, maar ik kan ze niet altijd overwinnen. Maar ik heb mijn rots in tijden van mijn eigen nood.'

De Lithan lachte, een geluid dat de vrouw die hen had ontvangen terug in de kamer bracht. 'Je geeft me hoop voor de toekomst,' zei hij. 'Maar nu moeten jullie op krachten komen. Er zijn plaatsen waar je kunt rusten en eten voordat je vertrekt. We spreken elkaar nog.'

'Ik heb hem zo heel lang niet horen lachen,' zei de vrouw toen zij de kamer uit waren. 'Je moet zeker goed nieuws hebben gebracht.' In vlotte vaart leidde ze hen naar een kleine gang. 'Hier is een slaapzaal,' zei ze. 'Meester Elbrich en u, krijgsgenezer Annlith, u wilt natuurlijk beiden een kamer alleen.'

De jonge smid schudde zijn hoofd. 'Ik blijf bij mijn vrienden,' zei hij. 'Ik ben inmiddels gewend om in gezelschap te slapen.'

'Ik ook,' zei Annlith. 'De eenzaamheid van een kamer alleen zou me benauwen.'

De vrouw schudde haar hoofd. 'Zoals u wenst.'

'Als we naar de Norden willen terugkeren,' zei Elbrich ernstig, 'dan moeten we leren ons onder andere volkeren te begeven. We kunnen het ons niet veroorloven afstand te houden, zoals we gewend waren in de oude dagen, opdat de geschiedenis zich niet herhaalt.'

'Dat is een verstandige gedachte,' zei Birthe toen de vrouw weg was. 'Hoe meer we van elkaar weten, hoe beter het is voor ons allemaal.'

'Ik heb een bekentenis te maken,' zei Elbrich. 'Toen je viel, Ajkell. Als Birthe er niet in geslaagd was om je terug te slepen, had ik het touw doorgebrand.'

Het gezicht van de beerkrijger was kalm. 'Ik zou hetzelfde gedaan hebben.'

Kjelle gaapte hem aan. 'Jij... Ik dacht het, maar die gedachte beschaamde mij.'

Ajkell haalde zijn schouders op. 'Het heeft geen nut iedereen naar beneden te laten storten. Toch was het een fantastische demonstratie van kracht, Birthe.'

'Het is een truc. Als jager sleepte ik dagelijks met kadavers. Je leert hoe je met dode gewichten moet omgaan. Als je in paniek was geraakt en had gesparteld, zou ik dat touw zelf hebben doorgesneden.'

De vrouw keerde terug met drie kinderen, klein en zwartharig zoals zij, allen beladen met manden eten en drinken. De kleintjes hadden blijkbaar niet eerder vreemden gezien, maar ze waren niet verlegen, alleen nieuwsgierig.

'Je bent geen Dachi,' zei de kleinste. 'En je bent niet kaal, dus ben je ook geen Rhani. Wat ben je?'

'Ik ben een Nord,' zei Ajkell.

'Nords zijn slechte mensen,' zei het kind, zwaar fronsend.

'Wij niet, kind. Wij zijn vrienden van jouw volk.'

'Nords vrienden?' Dat was te veel in een keer, want het kind zweeg en staarde alleen naar de beerkrijger.

Toen de vrouw en haar kleine helpers weg waren, gingen Kjelle en zijn metgezellen op hun bed zitten en aten.

'We moeten plannen maken,' zei Birthe, zwaaiend met een kippenpoot. 'We moeten Rev vinden en die pop van hem doden. Maar hoe?'

'Morgen,' zei Kjelle vastberaden. 'Ik weet hoe gedreven je bent, maar vandaag eten en slapen we.'

Birthe zette haar tanden in de kippenpoot en zweeg.

HOOFDSTUK 26 – DALLYW

Muus werd gewekt door het geluid van opgewonden kinderstemmen en van paardenhoeven op de stenen grond. Kreunend kwam hij overeind toen enkele van de oudere kinderen de centrale grot binnenkwamen. Ze gilden van pret en klapten in hun handen bij het zien van de dode afgodendienaars. De jongen die ze als eerste hadden gered rende naar voren en schopte de dode lichamen één voor één, terwijl de tranen over zijn gezicht stroomden.

In de tussentijd had Hraab met Ciadra's hulp enkele druïdemantels in vierkanten gescheurd en nu goot hij op elk doek een handvol goud. Nadat hij ze strak dichtgebonden had, wenkte hij Muus. 'Daar zijn ze. Een zak voor ieder van ons.'

'Stop ze in onze zadeltassen, wil je?' zei Muus. De verleiding van het goud liet hem volledig onberoerd. Hij stapte over de dode lichamen om de jongen op te tillen die was gestopt met schoppen en nu tussen de doden tranen met tuiten huilde.

'Het is al goed, knul. Je bent weer veilig. De slechte mensen zijn dood. Je kunt naar huis gaan en iedereen vertellen hoe vreselijk dapper je bent.'

De jongen knikte en veegde zijn gezicht af met de rug van zijn hand voordat hij naar zijn vrienden terugging.

Niet veel later arriveerden de ouders – de moeders als eersten, die harder huilden dan hun kroost en ze vastpakten alsof zij ze nooit meer zouden laten gaan.

Ciadra keek naar al de gelukkige herenigingen. 'Mijn moeder is dood. Ik ben al jaren mijn eigen moeder.'

'Ik weet hoe het voelt,' zei Moirra. 'Ik heb de mijne nooit gekend. Het is soms erg eenzaam om altijd volwassen te moeten zijn.'

'Ja,' zei het meisje. En weemoedig: 'Ik kan zeker niet met u meegaan?'

Moirra schudde haar hoofd. 'Het spijt me. Wat we moeten doen is zeer gevaarlijk. We volgen runenmeester Terrel. Ieder van ons is op de een of andere manier met zijn taak verbonden, dus we moeten het riskeren. We zouden niet willen dat je stierf voor iets waar je geen onderdeel van bent.' Ciadra zuchtte. 'U vindt het niet erg als ik af en toe iets aan de goden offer? Voor uw veiligheid?'

'Het zou een grote eer zijn als je dat deed.'

'Dan moet dat genoeg zijn. Dat is het niet, maar ik zal doen alsof.'

Moirra omhelsde het meisje en verder zwegen ze.

Ottil kwam naar Muus toe en trok hem mee, weg van de dankbare moeders. 'Ik vond een dode man.'

Muus knipperde met zijn ogen. 'Wat bedoel je?'

'Ik vond een dode man, niet een van die idioten.'

Het viel Muus op dat de prins er een beetje ziek uitzag. 'Hij was geen Grim Doubh?'

'Nee, en hij had geen hart.'

'Laat het me zien.'

Ze liepen langs de dode lichamen en de resten van de zilverharige priesteres naar een donkere hoek.

'Hier,' zei Ottil.

Muus begreep Ottils misselijkheid meteen. Het naakte lichaam was van een man van middelbare leeftijd, tenger gebouwd, met een grijzende baard. Zijn borst was geopend, niet door een scherp gereedschap, maar door iets dat een rafelige, gapende wond had gemaakt.

'Daar ligt een stenen mes,' zei de prins. 'Zo te zien was hij niet dood toen ze... toen ze hem opensneden.'

Muus was het met hem eens. De bevroren lijdensweg op het gezicht van de man was onbeschrijflijk en zijn vingers waren rood en bloederig van het klauwen aan iets hards, zoals een stenen altaar.

'Dit moet de vermiste druïde zijn.' De prins huiverde. 'Die uit het eerste dorp. Beter dat de kinderen dit niet zien. Het is wat die monsters met hen van plan waren.'
'Blijf hier en houd ze weg,' zei Muus. 'Allemaal. Ik vraag een van de ouders voor hem te zorgen.'
'Goed, maar doe het vlug, ik heb mijn maag al eens leeg gekotst.'

Enige tijd later kwamen de mannen, gewapend met hooivorken, schoppen en andere gereedschappen.
'Ciadra!' Een stevige man in een smidsschort opende zijn armen. Het meisje sprong op hem af en knuffelde hem.
'Je bent veilig, meisje!'
'Ze was een grote hulp,' zei Muus. 'Ze begeleidde ons naar drie grotten, even onverschrokken als een koninklijke paladijn. Je mag wel erg trots op haar zijn.'
'Dat ben ik ook,' zei de man simpelweg. 'Dat was ik altijd al. Sinds het overlijden van haar moeder, bestiert ze ons huishouden alsof ze ervoor geboren is. Nooit een klacht, hoewel ze het soms moet haten. En nu dit!' Zijn ogen zochten zijn dochter, zijn emotie rauw op zijn gezicht. 'Ik dacht dat ik haar ook kwijt was.'
'De runenmeester heeft ons gered,' zei Ciadra. 'Hij doodde al die valseriken met bliksem. Het was geweldig. Beter dan het vuurwerk van de druïden op het kasteel van Fois. Hij redde ons allemaal, hij en de druïdes Moirra en... Hraab. En de twee jongens, natuurlijk. Een van hen is gewond, vader. We moeten hem in huis nemen totdat hij beter is. Deze koude grot is niet goed voor hem.'
'Natuurlijk, mijn dochter. Dat is het minste wat we kunnen doen.'
'Een woord met u alleen, smid,' zei Muus. 'Ciadra, zou je even bij Geir willen blijven?'
Buiten gehoorsafstand zei hij: 'We vonden een dode man die de druïde van het naburige dorp zou kunnen zijn. Hij

werd vermist. Die afgodendienaars hebben hem aan hun goden geofferd en, nou ja, het is geen prettig gezicht.'

De smid slikte een paar keer bij de aanblik van de dode man. 'Ja, het is hem. Ik kende hem goed genoeg. Dat deden we allemaal. Wij hebben geen eigen druïde, dus hij hield regelmatig een ceremonie hier. Hij was een goede man. Wat waren die schoften? Waarom deden ze dit?'

'Ze zijn volgelingen van de Goden van Toen,' zei Muus. 'Ze willen ze terugbrengen in de wereld.'

De smid huiverde. 'Dat zou slecht zijn.'

'Maar we hebben ook goed nieuws voor u.' Muus leidde de smid naar de nis met het goud.

'We vonden hun schat. We hebben ons aandeel al opgenomen en wat er overblijft, is voor de dorpelingen. Misschien zal het helpen uw verliezen te compenseren.'

'Meent u dat?' Ciadra's vader keek Muus in opperste verbazing aan. 'Er is daar meer goud dan we in honderd jaar zouden zien. En u geeft het gewoon aan ons?'

Muus glimlachte. 'We kunnen het niet met ons meenemen, ik heb geen tijd me erom te bekommeren en jullie hebben het harder nodig dan wij. Dus gebruik het voor die dappere kinderen van jullie.'

'We kunnen dit nooit terugbetalen,' zei de smid bezorgd. 'U laat ons met een zware schuld achter, runenmeester.'

Moirra gleed uit de duisternis en ging naast Muus staan. 'Deze grotten zijn enorm,' zei ze. 'Stuur iemand naar de Grote Tempel in Brytanna en vraag hen hier een centrum te bouwen voor studie en rust. Ze kennen de gevaren van de Grim Doubh. Hun aanwezigheid zal jullie beschermen, hun kennis kan jullie helpen, het zal jullie schuld aflossen en het geeft je dochter iets anders te doen dan in de voetsporen van haar moeder te leven.'

De smid gaapte haar aan. 'Ciadra? Mijn dochter een druïdes?'

Moirra glimlachte. 'Ze bezit iets van de macht. Hoeveel kan ik niet nagaan, maar het zal beter zijn voor haar om het te kanaliseren. Ongetrainde macht heeft de neiging om mensen erg ongelukkig maken.'

'Een Druïden Cirkel. Het zou Ennovicce beroemd maken, net zoals Lorda.'

'Vertel de hoogdruïde dat u werd gestuurd door Moirra van de Un–a–Dach. Hij kent me goed.'

De smid boog. 'Dat zal ik doen. Dank u, Wijsheid, en u, runenmeester, voor uw hulp en raad.' Hij wreef in zijn handen. 'Het zal goed zijn om Ciadra vooruit te helpen. Ze is zo'n slimme meid en ik zou het vreselijk vinden om haar te zien wegkwijnen op een boerderij.'

'Als je naar Brytanna gaat,' zei Muus, 'waarom neem je haar dan niet mee? De hoogdruïde zou haar graag beproeven en de reis zou haar andere dingen geven om aan te denken. Je hebt nu genoeg goud om enkele wachters te huren en in veiligheid te reizen.'

'Ja, ja, dat zou ze geweldig vinden. Ik zal het haar vertellen, ze zal er blij mee zijn.' Hij haastte zich weg.

Moirra wendde zich tot Muus. 'Gelukkig heeft hij niet gevraagd wat voor dingen je bedoelde. Dus je hebt het ook gezien?'

'Dat ze een oogje heeft op Hraab? Ja. En dat is niet geschikt, gezien de omstandigheden.'

'Heel ongeschikt,' zei Moirra lachend.

De dorpelingen brachten een kar om het lichaam van de vermoorde druïde en de kisten met goud naar het dorp te dragen. Zij kleedden de dode man in een van de afgedankte gewaden in de grot en stuurden een boodschapper met het slechte nieuws naar het naburige dorp. Het goud werd opgesloten in het huis van de smid, om verdeeld te worden zodra de dorpsoudsten ieders verliezen hadden vastgesteld. De jonge Geir werd op een draagbaar weggebracht en op een berg stro in de kamer van de smid neergelegd. De jongen sliep en werd niet een keer wakker tijdens het transport.

Ottil ging naast hem zitten. 'Hij ziet er zo mager uit,' zei hij met een bezorgd gezicht.

Moirra glimlachte naar hem. 'Dat komt omdat hij moe is. De genezing die ik gebruikte vroeg niet alleen veel van Muus' energie, maar ook van Geir zelf. Hij moet uitslapen voordat we kunnen zien hoe fit hij is.'

De prins knikte. 'Ik blijf een tijdje hier, als je het niet erg vindt.'

Toen Muus later die middag naar de zieke kwam kijken, vond hij Ottil vast in slaap naast Geir, terwijl hij de hand van zijn hirdman vasthield. Hij controleerde Geirs rustige ademhaling en sloop weer de kamer uit.

'Ze slapen allebei,' zei hij met een glimlach.

'Ottil is net zo goed uitgeput,' zei Moirra. 'Hoewel hij het nooit zou toegeven. Onze prins is taai, maar hij is tenslotte ook nog maar een jongen.'

'Prins?' vroeg Ciadra en ze keek op van het deeg dat ze kneedde.

Moirra gaf haar een strenge blik. 'Het is een geheim,' zei ze. 'Ottil is een prins. Er zijn problemen in zijn land en voor het moment is het veiliger voor hem om weg te zijn. Maar als hij terugkomt, zal hij een koning zijn.'

Een moment lang verstilde het meisje. Dan herinnerde ze zich wat ze aan het doen was en haastig ging ze verder met haar werk.

'Ik begrijp niet wat er gaande is,' zei ze. 'Die beschilderde beesten, toen u en de druïdes, zo verschillend van de druïden die ik heb ontmoet en nu een echte prins in ons huis?'

Ze glimlachte opeens, een heldere, gelukkige glimlach. 'En vader vertelde me dat we naar Brytanna gaan, hij en ik. Helemaal naar Brytanna! Ik kan het niet geloven. Ik verveelde me zo vreselijk.'

Terwijl ze wachtten op Geirs herstel doorzochten ze de vier grotten van onder naar boven, maar nergens was enig teken te vinden van de druïde Dallyw. Ten slotte kon Muus alleen maar vaststellen dat ze niet op de juiste plek waren.

Ottil zat naast het geïmproviseerde bed en keek naar Geir. De jongen was onrustig, draaide zijn hoofd heen en weer terwijl zijn handen wapperden over zijn borst. Impulsief boog de prins zich over hem heen. 'Geir?'

Bijna onmiddellijk werd de jongen rustig.

'Hier, Hoogheid,' fluisterde hij. Hij opende zijn ogen en probeerde ze op de prins te focussen. Ottil greep zijn handen.

'Hoe voel je je?'

'Fijn,' zei de jongen. 'Nu voel ik me prima.'

'Dat was een idioot ding dat je deed, om me te willen beschermen. Die beesten liepen allemaal over je heen.'

'U bent mijn prins, ik moet u beschermen.'

'Maar ze hadden je bijna doodgemaakt.'

'Ze hebben u niet gedood,' zei Geir koppig. 'Dat is mijn plicht als hirdman.'

'Ik wil niet dat je dood gaat, rare.' Ottil kon niets meer zeggen. Geir had gelijk. Hij had de jongen zijn hirdman, zijn persoonlijke wachter gemaakt.

'Ik leef om u te beschermen.' De jongen deed zijn ogen dicht. 'Mijn vader kon me niet voeden, mijn broer stierf, u nam me op. U bent mijn prins, mijn plicht. Welk ander doel dien ik?'

'Je zou... je kon mijn vriend zijn,' zei Ottil onhandig.

'U bent de prins, ik ben een boerenzoon. Het zou niet werken.'

'Verdomme, we zijn allebei Nords. Wij zijn niet zo formeel.'

'Vanaf uw kant gezien niet.' Geir probeerde te glimlachen. 'Dat was niet leuk gezegd, het spijt me. Laat me zijn wat ik ben, Hoogheid. Alstublieft?'

'Goed,' zei Ottil stijfjes. 'Als dat is wat je wenst.' Hij stond op. 'Ik zal Moirra roepen. Ze zal je willen nakijken.'

'Hoogheid?' De jongen keek naar hem op. 'Bent u boos op me?'

'Verdomme, nu klink je als Hraab,' zei Ottil en hij lachte. 'Nee, natuurlijk ben ik niet boos. Probeer alleen niet dood te gaan, wil je?' Toen haastte hij zich de kamer uit en riep om Moirra.

Hierna ging Geirs herstel vlug. Door Moirra's genezende krachten en zijn eigen wil, begon hij weer te lopen en na nog een zevendag vond ze hem fit genoeg om hun reis voort te zetten.

'Morgen gaan we weg,' zei Hraab.

'Ik hoorde het,' zei Ciadra, terwijl ze de was ophing. 'Volgende zevendag gaan vader en ik ook weg. Ik zal je missen.'

'Het zou niet gewerkt hebben,' zei Hraab zachtjes.

Ciadra haalde haar schouders op. 'Ik weet het.' Toen boog ze over de berg schoon wasgoed in haar armen en kuste hem zachtjes. 'Dank je, hoe dan ook.'

'Voor wat?'

'Dat je me laat dromen.'

Voor een keer zat Hraab om woorden verlegen, terwijl het meisje de rest van de was ophing.

De dag van vertrek was aangekomen en het hele dorp was bijeen gekomen om hen te zien vertrekken.

'Heb een veilige reis,' zei de smid. 'Moge je pad duidelijk zijn en brengen wat je zoekt.'

'Ook jij op je tocht naar Brytanna,' zei Muus. Hij was ongeduldig om te vertrekken, maar hij beheerste zich.

Hij zag Hraab toen deze afscheid nam van Ciadra. De opluchting dat ze hem alleen de hand schudde was overduidelijk. Toen kwam ze naar hem toe en sloeg haar armen om hem heen.

'Ik kan u niet vaak genoeg bedanken, runenmeester. Ik zal elke dag van mijn leven voor uw veiligheid bidden. Zonder u zou deze dag grimmig zijn en gevuld met verdriet. Nu is er hoop.'

Muus verdroeg de omhelzing, maar hij was blij toen ze zich naar Moirra keerde.

'Ik ben zo blij je te kennen,' zei het meisje, met haar armen om Moirra's hals. 'Je bent zo wijs. Ik hoop dat ik zal opgroeien zoals jij.'

'Niet net als ik,' zei Moirra met een lach. 'Je zou niet op een Un–a–Dach willen lijken. Maar dank je, het was aardig gezegd.'

'En zeg Hraab dat ik zijn geheim voor altijd bewaar.'

Moirra hield haar op armlengte en bestudeerde haar gezicht. 'Nou, nou, je ogen zien diep genoeg. Je discretie wordt gewaardeerd. En ook dat je geen vragen stelt.'

'Ik zal jullie allemaal nooit vergeten,' zei het meisje.

Muus had geen idee wat ze bedoelde. 'Weet ze van Iowynh?' vroeg hij toen ze wegreden.

Moirra schudde haar hoofd en glimlachte. 'Nee, het was iets anders, iets persoonlijks.'

Ze reden door de vierde grot, tot het eind toe gevolgd door enkele van de dapperste kinderen. Pas toen ze aan de andere kant de grot verlieten, waren ze eindelijk alleen.

Het was een mooie voorjaarsdag. Het land koesterde zich in Zons licht, met alle bloemen geopend in haar glorie.

Na twee uur zagen ze in de verte het kasteel van Fois op zijn hoge rots. Streng en schier onneembaar waakte het over de omliggende landen. Aan de voet van de rots lag de stad, door een palissade omgeven stenen huizen met rode daken, en een stenen brug over de rivier.

'Laten we zien of er een Druïden Cirkel is,' zei Moirra. 'Als de grot die we zoeken hier in de buurt ligt, is de plaatselijke tempel de eerste plaats om ernaar te vragen.'

'De druïden,' zei de wachter aan de poort. 'Maar natuurlijk. Volg de weg naar de voet van de rots. Daar, aan de weg naar het kasteel, vindt u het Cirkelhuis. Wijsheid Landronis is er de senior.'

Ze reden langs de enorme muur van de rots die het kasteel droeg, totdat ze bij een groot huis kwamen, half verborgen achter bomen.

Druïde Landronis bleek een tamelijk jonge man, nogal stijf, zowel in beweging als in karakter.

'Ah, druïdes Moirra; welkom. Terrel, u bent een runenmeester? En ook van de Oudere Volken, vermoed ik?' Moirra glimlachte, maar Hraab snoof hoorbaar. Geen Un– a–Dach wil graag Ouder Volk genoemd worden, alsof ze zwartalven waren of iets dergelijks.

'We zouden een maaltijd en een overnachting waarderen, Landronis. Onze reis is lang en een van ons is pas hersteld van een ongeval.'

'Natuurlijk,' zei hun gastheer zonder enthousiasme. 'U komt van de Grote Tempel? Ik werd opgeleid aan de tempel in Boyocasse. Het is niet iedereen gegeven aan de top te studeren.'

'Ik heb de hoogdruïde met respect over Boyocasse horen spreken,' zei Moirra op haar meest onschuldige toon.

Landronis ontspande zichtbaar. 'Is dat zo? Nou, eh, het is een degelijke tempel.'

'Daar ben ik van overtuigd,' zei Moirra hartelijk. 'En Fois is een belangrijke locatie; u moet veel bezoekers krijgen.'

'Ach, een paar. Maar u bent de eerste in een lange tijd vanuit het verre Brytanna.'

'Dat is eigenlijk de reden waarom we hier kwamen. Zo'n tachtig jaar geleden stuurde de toenmalige hoogdruïde een broeder genaamd Dallyw deze kant uit, op zoek naar een grot waar vreemde beesten waren gesignaleerd. Onze broeder is nooit meer teruggekeerd. Zijn er wellicht gegevens over zijn komst bewaard gebleven?'

Landronis fronste zijn wenkbrauwen. 'De naam zegt me niets, het is zo lang geleden. Misschien dat druïde Rochis het weet. Hij heeft hier altijd gewoond. Maar zijn geest dwaalt en ik ben niet zeker hoeveel hij zich kan herinneren.' Hij stond op. 'Ik zal u bij hem brengen.'

Ze volgden de druïde naar de tweede verdieping.

'Hij kan zijn kamer niet meer uit,' zei Landronis. 'Een van ons bezoekt hem twee keer per dag om hem te voeden en te verschonen.' Hij keek naar de jongens. 'Jullie drie kunnen beter in de gang wachten, hij wordt opgewonden van te veel mensen in de buurt.'

Druïde Rochis was inderdaad oud. Zijn haar was wit en heel dun, zijn huid een verzameling van lijnen en rimpels, en zijn tandeloze mond een gapend gat. Landronis boog zich over hem heen. 'Rochis, bezoekers voor u.'

Langzaam openden de oude ogen. 'Aneeta? Ben jij dat, Aneeta? En je bracht je man, die nietsnut. Jammer dat je hem trouwde, Aneeta. Maar je was altijd al een eigenwijs meisje.'

'Hoe gaat het?' vroeg Moirra en ze nam een van de dunne handen in de hare.

'Ik leef nog,' zei de druïde. 'Alleen de goden weten hoe... en waarom.' Hij lachte zachtjes. 'Zij en hun mysteries. Ze vertellen ons nooit echt iets.'

'Nee,' zei Moirra. 'Dat is me opgevallen.'

De oude ogen staarden naar haar gezicht. 'Jou wel. Je was altijd al een slimme meid, Aneeta. Waarom ben je gekomen?'

Moirra knipperde niet eens met de ogen om zijn abrupte vraag.

'Herinnert u zich Dallyw? De druïde van de Grote Tempel?'

'Dallyw. De grottenman.'

'Hij was op zoek naar een grot, ja.'

'Ik herinner me hem. Lange vent, zeer aanstellerig. Een dwaas was hij, met al zijn dure geleerdheid. Op zoek naar vreemde monsters. Hier, alsof we in Espayne of een dergelijke lage plaats waren. Idioot.'

'Het klinkt vreemd, ja,' zei Moirra en ze lachte naar de oude man. 'Vond hij zijn grot?'

'O ja, Hij was er vol van. Hij ging dat gat in de berg bij Eubona doorzoeken, ten zuiden van hier. Waarschijnlijk vond 'ie niets, want hij kwam nooit meer terug om erover op te scheppen. Domme vent.'

Muus wierp Landronis een snelle blik toe en de man knikte.

'Er zijn vast geen monsters hier,' zei Moirra. 'Met zo'n sterk kasteel.'

'Kasteel, bah! 't Is niet de graaf die de monsters verjaagt. Het is het land zelf. De goede bodem van Gallië, die hen op afstand houdt. De goden zegenen Gallië en Koning Helderic.'

'Je moet je niet opwinden, Rochis. Slaap, de dame moet gaan.'

Moirra raakte de wang van de oude man aan. 'De goden zullen Gallië altijd beschermen, wees gerust.'

'Dat zullen ze,' mompelde de oude man en hij sloot zijn ogen weer.

'Het spijt me,' zei Landronis toen ze eenmaal op de overloop stonden. 'Aneeta was zijn dochter. Voor zover ik weet stierf ze zestig jaar geleden.'

'Koning Helderic ook,' zei Moirra met een knipoog naar Ottil. 'Hij was de overgrootvader van koning Leodowric, geloof ik.'

'Dat klopt,' zei Ottil in verbazing. 'Hoezo?'

Moirra schudde haar hoofd. 'Druïde Rochis leeft in lang vervlogen tijden.'

'Is hij zo oud?' vroeg de prins vol ontzag.

'Ongeveer honderd en twintig jaar,' zei Landronis. 'Sommigen van ons zijn zo gezegend.'

'U kent de plek die hij noemde?' vroeg Muus.

'Eubona? Ja, het is naar het zuidoosten, een van die kleine dorpjes; erg eenzaam. Berenland, is mij verteld.'

'Beren!' zei Ottil ademloos. 'Ik heb nog nooit op een beer gejaagd.'

'En dat zal je nu ook niet, als ik het kan helpen,' zei Muus. 'We zijn niet op jacht, jongeman.'

'Spelbreker,' zei Ottil.

'Ja,' zei Hraab. 'Hij wil de jongste Nord ooit zijn om zijn mannelijkheidstest te doen.'

Ottil kleurde lichtrood. 'Ik moet het goede voorbeeld geven.'

Muus fronste zijn wenkbrauwen. 'Zou je echt je onderdanen aanmoedigen om op beren te jagen als ze twaalf jaar oud zijn?'

'Waarom niet?' zei de prins. Hij draaide zich om naar Geir. 'Zou jij een beer doden?'

'Als u dat wilt, Hoogheid,' zei de jongen.

'Je zou een beer aanvallen als Ottil dat zei?' Muus staarde naar de jongen. 'Waarom?'

Geir drukte zijn lippen op elkaar. 'Hij is mijn prins.'

'Dat is een hele grote verantwoordelijkheid, Ottil,' zei Muus.

Ottil keek hem verbaasd aan. 'Hoezo? Ik zou hem geen dingen opdragen die ik zelf niet doe.'

'Nords!' zei Muus vertwijfeld. 'Eigenwijze dwazen, stuk voor stuk.'

'Maar je kunt niet ontkennen dat ze dapper zijn,' zei Hraab met een brede grijns.

'Eigenwijs en roekeloos,' zei Muus vol walging.

Ze vertrokken de volgende ochtend vroeg, op weg naar het dorp Eubona, waar de grot die zij zochten zou zijn. Ze reden door de uitlopers van de Pyrenes, een steenachtig landschap, dun bedekt met bomen en kleine struiken. Om hen heen groeiden rotsachtige pieken, als de tanden van een wolf. Ver weg rees het met sneeuw bedekte bergmassief op.

Het was prettig om zo te rijden, dacht Muus. Geen zorgen, even geen haast. Een zwakke gloed van vurige lava probeerde in hem binnen te dringen, maar hij duwde het beeld weg. *Laat me met rust.* Eindelijk bereikten ze een groepje huizen gebouwd van lokale steen. Bij een van hen, een met wingerd overgroeide woning, zat een oude man in de zon.

'Goedendag,' riep Muus. 'Is dit Eubona?'

De man staarde hem aan, maar reageerde niet. Vanuit het huis kwam een stevig gebouwde vrouw, die haar handen aan haar verschoten rokken afveegde.

'Nutteloos om tegen hem te praten,' zei ze. 'Grootpa is zowel doof als de weg in z'n hoofd kwijt. U wilde wat vragen?'

'Alstublieft,' zei Muus. 'Dit is Eubona?'

'Dat is 't, segnor. Wat hebben we dat voor iemand als u van belang is?'

'Een grot,' zei Muus met een glimlach.

'Jazeker, een grot.' Het gezicht van de vrouw werd achterdochtig. 'Er is er een in de buurt, segnor. Wat wilt u ermee?'

'Dat is een zaak voor de druïden,' zei Moirra zachtjes.

De mond van de vrouw vormden een verbaasde O. 'Pardon, Wijsheid, ik had uw roeping niet gezien. De druïden, natuurlijk. De Cirkel is hier al eens eerder geweest. Grootpa vertelde vaak over de druïde die hij naar de grot bracht. 't Is lang geleden, toen hij nog maar een jongen was. Hij bracht hem erheen en op de een of andere manier is hij hem er kwijtgeraakt. Het was vreemd, zei Grootpa. Het ene moment was de druïde er. Hij zei iets over water en toen Grootpa zich omdraaide was de man verdwenen. Grootpa doorzocht de grot natuurlijk en later deden de mannen van het dorp dat ook nog een keer, maar ze vonden geen spoor van 'm. Een raar iets was dat.'

'Waar vinden we deze grot?' vroeg Muus.

'Het is dichtbij, segnor. U volgt de weg tot de volgende bocht. Dan is er een pad naar links dat u direct naar de ingang voert. Ik weet niet hoe de weg is; niemand komt daar ooit nog.'

Muus bedankte de vrouw en met haar aanwijzingen vonden ze het pad in de bocht gemakkelijk genoeg.

'Niet erg paardvriendelijk,' zei Muus.

Ze bonden de rijdieren aan een boom en gingen te voet verder. Het pad was een wirwar van doornstruiken en overhangende takken, maar uiteindelijk bereikten ze de grot.

Ze pauzeerden even om op adem te komen. De zon scheen door de jonge bladeren van de beuk bij de ingang en ergens boven hen zong een vogel. Toen stapten ze naar binnen, de bijna volledige duisternis in.

Geef me een lichtje. Meteen schoot een vlammetje de lucht in en konden ze zien waar ze stonden. De ruimte was groot, zeker zo groot als hoogkoning Cucharanns Hal in 's-Konings Lud. De grond lag bezaaid met botten, grote en kleine en sommige van hen menselijk. Het deed Muus denken aan de ontmoeting, lang geleden, met de sneeuwwolf wiens staart nog steeds zijn jas sierde. Terwijl ze langzaam dieper de grot in liepen, hield de aanblik van de botten hem extra alert.

'Beren,' zei Moirra. 'We mogen wel voorzichtig zijn.'

'Ik hoop dat de druïde niet een van deze was,' zei Ottil, met een blik op de menselijke botten.

'Er was geen beer toen hij verdween,' zei Hraab. 'Die vrouw zou het ons hebben verteld.'

'Nu ook niet,' zei Ottil en hij klonk teleurgesteld.

'Wees blij,' zei Muus zuur.

Ze liepen door, in de richting van het geluid van stromend water. Het licht boven Muus' hoofd werd helderder en de grot bleek een enorme zaal, met een smalle kloof in het midden, waardoor enkele manslengten lager een kleine rivier liep. Muus voelde de runen trekken. 'Er is iets in de buurt,' zei hij. 'De runen roepen me.'

'Nou, volg ze,' zei Hraab.

'Ze leiden me naar de rivier. Ik ben niet van plan om erin te springen, als je het niet erg vindt.'

Hraab kroop op handen en voeten naar de rand van de kloof. Hij tuurde omlaag. 'Er is daar iets. Ik zie een schedel en wat botten.'

'Hoe komen we beneden?'

'Geir heeft een touw,' zei Ottil. 'Ik zal naar beneden klimmen, als je dat wilt.'

'Er is geen plaats om het touw aan vast te maken,' zei Muus. 'We zullen de lichtste van ons met de hand moeten laten zakken.'

'Dat ben ik,' zei Hraab.

'Ik denk Geir.' Ottil keek kritisch naar zijn hirdman. 'Hij is echt dun.'

Hraab grijnsde. 'Laat hem gaan; ik ben er beter in hem niet halverwege te laten vallen.'

Geirs gezicht was rood. 'Ik doe het als u dat wilt, Hoogheid,' zei hij stijfjes.

'Dat is dan geregeld,' zei Ottil. 'Geef mij het touw.'

Haastig knoopte Geir het touw los van zijn middel en overhandigde het aan Ottil. Die legde er snel twee lussen in.

'Waar heb je dat geleerd?' vroeg Muus.

'Van de matrozen op de *Madgund*,' zei de prins. 'Terwijl jullie allemaal praatten en luierden, studeerde ik zeemanschap. Het is niet goed je handen te laten wennen aan nietsdoen, zei mijn moeder altijd.' Hij maakte een grote knoop in het uiteinde van het touw. 'Klaar,' zei hij ten slotte. 'Je steekt je handen door de lussen en zet je voeten op deze bal aan het einde. Je hoeft alleen maar te staan, wij doen al het werk.'

Geir staarde naar het touw. Toen slikte hij en knikte.

Muus inspecteerde de knopen, maar ze leken stevig genoeg. 'Klaar?'

'Eerst je handen in de lussen,' gebood Ottil. 'Nu stap je over de rand en zet je je voeten op de knoop.'

Geir haalde diep adem en sloot zijn ogen terwijl hij aan zijn armen hing. Even maaiden zijn benen door de lucht.

'Rustig aan,' zei Ottil.

Toen vond Geir de grote knoop en opende zijn ogen.

'Ben je zover?'

Geir knikte weer en knipperde een traan weg.

Voorzichtig lieten de anderen het touw zakken, totdat de jongen op de richel met het skelet stond.

'Ik ben er!' schreeuwde Geir. En even later: 'Het is een hoop botten in een druïdemantel. Hij heeft een kootje aan een zilveren koord, met een rune erop. Ik... Aaah! Verdomme.'

'Wat is er?' vroeg Ottil.

'Verdomme! Een kikker sprong uit de schedel,' Geirs stem klonk hees.

'Een kikker!' Ottil begon te lachen. 'Kostelijk! Nu, als je de rune hebt, klim dan op het touw en we halen je weer op.'

'Ja! Ja, alsjeblieft!'

Een paar minuten later stond de jongen weer op de vloer van de grot. Hij rilde onophoudelijk. Zijn handen met het vingerkootje trilden en zijn tanden klapperden.

'Je bent koud!' zei Moirra.

'Ik stond half in het w–water,' zei Geir. 'Verdomme.' Hij begon te huilen.

Moirra keek naar Muus. 'Het is de schrik,' zei ze zachtjes. 'Laten we hem naar buiten brengen, in de zon.'

Ottil sloeg zijn arm om de trillende jongen heen. 'Je was geweldig,' zei hij onhandig. 'Het spijt me dat ik lachte over die kikker, ik zou ook hebben geschreeuwd.'

'Het was zo s–stom,' zei Geir. 'Die stomme schedel lag daar, naast de rest van de botten, en grijnsde naar me. Ik pakte de rune en toen sprong die k-kikker uit een ooggat recht in m'n gezicht. Ik...' Hij boog dubbel en braakte. Na een tijdje stopte zijn kokhalzen. Hij veegde zijn mond aan zijn mouw af. 'Het had me even te p-pakken.'

'We gaan terug naar het Cirkelhuis in Fois en dan ga je naar bed,' zei Moirra. Toen Geir begon te protesteren, hief ze haar hand op. 'Je bent gewoon oververmoeid en je gaat het uitslapen.'

Die avond zat iedereen behalve Geir bij het vuur in de gemeenschappelijke ruimte van de druïden.

'We vonden hem inderdaad,' zei Muus, terwijl hij de beker wijn in zijn handen opwarmde. 'De overblijfselen liggen op een richel vlak boven een ondergrondse rivier. We spraken met een vrouw in het dorp wier grootvader, toen hij nog een jongen was, Dallyw naar de grot heeft begeleid. De druïde verdween terwijl hij en de jongen aan het praten waren. Hij moet de afstand tot de rand verkeerd hebben ingeschat en omlaag gestort zijn. Hij lag van bovenaf aan het zicht onttrokken. De zoekers zullen hem gemist hebben. Het is daar verschrikkelijk donker.'

'We moeten hem terugbrengen, denk ik,' zei druïde Landronis nogal stijfjes. Het was duidelijk dat hij er niet naar uitkeek.

'Een paar mensen met touwen en een laken kunnen het doen,' zei Muus.

'En heb je gevonden wat je zocht?'

Muus knikte. 'Het is slechts een klein ding, alleen maar een rune die ik nodig heb. Ik ben blij dat we hem vonden.'

'Dan is alles goed afgelopen, dankzij de goden.'

'Ik zal uw dank overbrengen,' zei Hraab.

Landronis fronste, alsof hij dacht in de maling genomen te worden, maar de jongen glimlachte alleen beleefd.

Drie dagen gingen voorbij, waarin Muus het op zich nam om de overblijfselen van de druïde Dallyw uit de grot te tillen. Een paar stevige boeren uit Eubona hielpen hem, geronseld door de vrouw wier grootpa bij Dallyw was toen hij uit het leven verdween.

'Dus hij is er de hele tijd geweest,' zei ze toen Muus haar vertelde van hun bevindingen. 'Arme man. Jammer dat Grootpa het niet meer zal begrijpen; het was altijd een groot mysterie voor hem.'

Ze begroeven Dallyw in het bos, aan de voet van een oude eik, het symbool van wijsheid en leven, met een volledige ceremonie geleid door Landronis en Moirra en in aanwezigheid van al het volk van Eubona.

De volgende ochtend vertrokken ze. Geir was nog niet volledig fit, maar hij maakte zich er zo druk over dat zijn zwakheid zijn prins ophield, dat Moirra het beter vond om hun reis voort te zetten.

En dus, na dagen naar het oosten reizen, bereikten ze een plateau begroeid met wilde bloemen. Hier liep de weg steil omlaag naar een klein havenstadje, wit tegen de glinsterende uitgestrektheid van de blauwe zee en de blauwe hemel.

'Levastra,' zei Muus. 'Nu moeten we een schip vinden dat ons naar Kartakos kan brengen.'

'Weer de zee,' zei Geir, half tegen zichzelf. Zijn toon was niet enthousiast.

Ottil sloeg hem op de schouder. 'Je hoeft deze keer niet te werken. Een paar dagen slapen en nietsdoen. Misschien lekker vissen over de reling. Het is perfect.'

Zijn hirdman knikte, maar hij leek niet overtuigd.

Muus luisterde niet. Hij staarde uit over de zee. Daar, ver weg aan de horizon, zag hij een vurige gloed. Daar was wat hij het meest van al vreesde – de brandende landen van Falrom, waar de Kalmanir wachtte.

BOEK 3: SHARDHELD

HOOFDSTUK 1 – DE GESEL VAN ROM

Het geluk was met hen, in de onwaarschijnlijke persoon van de buikige oude Avaristos, kapitein van het koopvaardijschip *Kassanda*. De kleine kogge lag afgemeerd aan de steiger, grijs, versleten en vastbesloten om nooit meer uit te varen. 'U zult alle comfort aan boord vinden,' zei de kapitein met een weids gebaar. 'Mijn mooie schip was een koninklijk transportschip en voerde belangrijke gezanten van de koning over de gehele Zee van Rom. U slaapt niet op het koude dek! U zult genieten van de zee en Gezegende Zons warmte, na een goede nachtrust in uw ruime cabine. En...' Hij liet zijn stem dalen, 'ik kan u een aanzienlijke korting aanbieden als u uw eigen proviand meebrengt.'

De hut was niet zo heel groot; gewoon een lege, houten doos met een hoop stro om op te slapen. Hij bood hen beschutting tegen de regen die het grijze water al de hele dag geselde. Hij bezat zelfs een raam aan de achterzijde, dat een mooi uitzicht over de zee zou hebben gegeven als het niet dichtgeschroefd was geweest.

'Regent het hier altijd?' vroeg Ottil later die dag, terwijl hij bij de bootsman en twee matrozen zat en leerde hoe je een zeil moest repareren. 'De kapitein beloofde ons Zons comfort.'

'Ha,' zei de bootsman. 'Dat zegt hij elke keer. Nee, jonge meester, Zon zult u niet zien boven deze zee, ze zal niet komen. Voor de Branding van Rom kwam ze hier graag, zo willen de oude verhalen ons doen geloven. Maar niet langer. De Vuurwal joeg haar weg.'

Ottil liet zijn naald rusten. 'Wat is die Vuurwal?'

De drie matrozen keken hem aan alsof hij zijn verstand was verloren en de bootsman schudde zijn hoofd in verbazing. 'Je weet het niet? Dan moet je van heel ver komen. Dat zijn vulkanen, jonge meester. Een lange rij van vuurspuwende bergen, die een verschrikkelijke muur vormen van de Barrière Alpen in het noorden langs de lengte van Falrom, over het Vlammende Eiland, door de zee naar de kust voorbij Baljaren. Dat is de Vuurwal, die de Zee van Rom in tweeën snijdt en ons weghoudt uit de rijke landen in het oosten. De rook van deze bergen verduistert de lucht en jaagt de zon weg naar andere landen. De wolken huilen om haar afwezigheid en dus regent het.'

'Was dat hoe Rom viel? Vulkanen?'

De bootsman knikte ernstig. 'Het moet de toorn van de goden zijn geweest. Mijn familie kwam van Sardinha en het verhaal verhuisde mee naar Levastra. Een grote berg, verborgen op de bodem van de zee, spuwde vuur en het water kookte van woede. Hoog rees het op en razend rolde de zee over Rom, over de hele breedte van het land, en verdronk alles. Toen verhieven de andere bergen hun stem. De Stronbule, Vesuvio, Etna, zelfs de oude Witte Bergen, allemaal openden zij hun monden en spogen hun aardbloed over het land. De bodem schudde, brak open en boerde giftige gassen. Samen vaagden deze rampen heel Rom weg. De Branding noemen ze het en De Dag Dat Iedereen Stierf.

Sardinha's kalme oude bergen spaarden mijn voorouders door de zee weg te houden van de westkust. Toch, toen het as regende, werd het eiland ongeschikt om op te leven en ze vluchtten naar Levastra. Het was het einde van de wereld, dat was het.' Hij knikte om zijn eigen woorden en bekeek het werk in zijn handen.

'Is iemand ooit naar Falrom teruggegaan?' vroeg Ottil.

De bootsman staarde hem aan. 'Terug? Je kunt niet eens in de buurt van de kust komen. De dampen zouden je ombrengen, als de hitte het niet al deed. Nee, jonge meester, Falrom is voorgoed voor ons verloren.'

Toen de prins het verhaal die avond aan de anderen vertelde, huiverde Muus.

'Ik herinner me de vulkanen uit mijn dromen. Als ik aan Falrom denk, zie ik alleen maar vuur, rook en kale rots. Toch moet het mogelijk zijn om erheen te gaan, anders zou de

Shard me niet sturen. We zullen moeten afwachten.' De herinnering aan de hitte uit zijn dromen, aan de knetterende vuren en de stank van de verbrande aarde maakten hem ziek. *Kartakos eerst. Ik ben nog niet klaar.* Vlammen loeiden in zijn oren en vermengden zich met het koken van de aardbloed meren en het sissende geluid van ontsnappende stoom uit de gemartelde bodem. *Stop daarmee!*

Op de vijfde dag na hun vertrek uit Levastra, werden ze vroeg gewekt door het geluid van brekend hout op het dek, een geraas dat het oude schip deed schokken, gevolgd door kreten en vloeken.

Muus en de jongens haastten zich naar buiten en zagen hoe de ra die het grootzeil omhoog hield uit de mast was neergestort en het dek in een grote ravage van zeildoek en lijnen had veranderd. Kapitein Avaristos stond erbij, zwaaiend met zijn mollige vuisten, zijn gezicht rood van nutteloze woede. Een stroom verwensingen rolde over zijn lippen, vele van hen onbegrijpelijk, terwijl de bootsman en zijn mannen op het hoofddek bezig waren de schade op te nemen. De armdikke ra lag in twee splinterige uiteinden, als de gebroken botten van een lang dood dier.

'Verdomde pech,' zei de kapitein tegen zijn passagiers. 'Dit kost ons de hele dag om te repareren. Ondertussen drijven we de goden weten waarnaartoe. We kunnen overal terechtkomen, hulpeloos als een prooi voor piraten.' Hij vloekte weer, zijn gezicht een mengeling van woede en wanhoop.

'Piraten?' Ottil keek op. Hoewel hij moordenaars zoals Largassen afkeurde, waren viking expedities al eeuwenlang een deel van zijn cultuur en het verlangen naar avontuur was er nog steeds.

De kapitein knikte; zijn gezicht angstig. 'Ze komen van Sardinha, een eiland ten noorden van hier. Ze zijn vreselijk brutaal; verschijnen vanuit het niets in hun galeien, om een nietsvermoedend schip te enteren. Dan vermoorden ze de

bemanning en eisen losgeld voor de passagiers. Er wordt gezegd dat ze een fort bezitten vol ijzeren kooien om hun gevangenen in op te sluiten.' Hij huiverde.
'Hoe gaat u dat repareren?' Ottil wees naar de gebroken ra. Zijn praktische ziel weigerde zich druk te maken over wat zou kunnen zijn.
'We zullen het lijmen, vastschroeven en met touw omwikkelen,' zei de kapitein. 'En dan zullen we bidden dat het houdt totdat we in Kartakos zijn.'
Muus fronste zijn wenkbrauwen. 'U heeft geen reserve aan boord?'
'Dat heb ik niet, die dingen kosten geld.'
'Maar als het schip zinkt, kost het u veel meer.'
'We zinken niet,' zei Kapitein Avaristos en hij werd weer vuurrood. 'We repareren die ra, varen naar Kartakos, kopen een andere tweedehandse en vervangen 'm. We hebben het al eerder zo gedaan.'
De matrozen werkten koortsachtig om de ra terug op zijn plaats te krijgen voordat ze ergens op de rotsachtige kust belandden.
Tegen de schemering kwam de bootsman melden dat de reparatie klaar was. Nu moest de ra een nacht liggen om de twee gelijmde helften te laten drogen.
'Het is geen goede reparatie,' zei de bootsman op Ottils vraag. 'Het is een waardeloze reparatie. We hadden die ra al lang moeten opstoken. Het hout is te droog, te bros. En te verdomd oud, zoals sommigen hier.' Hij wierp een steelse blik op zijn kapitein op het achterdek en spuwde over de reling. 'We houden wacht vanavond en morgen zien we wel of het goed zal gaan.'
'En als het niet goed gaat?'
'Dan zitten we diep in de problemen, jonge meester. Heel diep in de problemen.'

De volgende ochtend werd Ottil gewekt door het geluid van een gevecht op het dek. Hij gaf Muus een por. 'Er is iets mis.'

Hij liep naar de deur om het dek op te gaan, maar Muus riep hem terug. 'Blijf hier, ik ga wel.'

Mopperend stak Ottil zijn zwaard terug in de schede, terwijl Muus zijn laarzen aantrok.

'Wees voorzichtig,' zei Moirra toen de runenmeester naar buiten stapte.

Er was een veldslag gaande, zag Ottil vanuit de deuropening. Naast het schip lag een slanke, zwartgeschilderde galei, die er even dodelijk uitzag als een Nords drakenschip. Avaristos' angst voor piraten bleek gerechtvaardigd. Onder dekking van de grijze dageraad moesten ze, onopgemerkt door de slaperige wacht, naderbij zijn gekomen en aan boord zijn gegaan terwijl de overige bemanning van de *Kassanda* nog benedendeks was.

De oude kapitein lag op zijn gezicht halverwege de trap naar het achterdek, als een vers geslacht speenvarken. Om hem heen vochten zijn mannen met de wanhoop duidelijk op hun gezichten; drie-tegen-een in de minderheid bezig de strijd te verliezen.

'Kijk uit!' riep de prins.

Muus ontweek een dreigende speer en wilde weer naar binnen gaan toen een piraat van het achterdek sprong en de runenmeester op zijn hoofd sloeg. Meteen toen Muus viel schoot Ottil naar buiten, zijn zwaard in de hand, maar de piraat was al tussen de vechtenden verdwenen. Zonder aarzeling greep Ottil Muus' enkel en sleepte hem terug de hut in. Hij sloeg de deur dicht, terwijl Moirra bij het bewusteloze lichaam neerknielde. Strak en bleek onderzocht ze Muus op letsel. Ten slotte ging ze terug op haar hielen zitten.

'Hij leeft. De schedel is intact, maar hij heeft een grote bult. Ik weet niet hoe lang hij buiten bewustzijn zal zijn, maar hij kan een hersenschudding hebben. Hij...'

Verschrikkelijk gegil van buiten onderbrak haar en iedereen keek naar de deur. Een voor een braken de kreten af, totdat het stil was. Even later klapte de deur open. Een vogelverschrikker van een man stond in de opening. Hij was lang en graatmager, gekleed in bijeengeraapte kleding die betere dagen had gezien en met zijn haar in lange rattenstaarten. Het was het bebloede zwaard in zijn hand dat hun ogen aantrok.

'Passagiers,' zei de piraat met enige voldoening. 'Ik hoop dat u mijn inspanningen toch nog de moeite waard maakt. Vertel me, bent u aas of buit?'

'Aas?' zei Ottil. 'Leg dat uit, alstublieft.'

'Voedsel voor de vissen,' zei de piraat. 'Net als de bemanning. Of anders ben je belangrijk genoeg om losgeld te rechtvaardigen.'

'In dat geval zijn we buit,' zei Ottil. 'Ik ben de neef van de koning van Gallië.'

De piraat grijnsde. 'Goed geprobeerd, jongen. De koning van Gallië heeft maar een neef en hij is in de Norden. '

'Dat is hij niet. De Norden is vol van rebellie. Ik ben prins Ottil Vidmersen. '

De piraat greep Ottils kin en keek in zijn ogen. 'Je liegt niet, jongen?'

'Laat me los,' zei Ottil zo ijzig als hij kon.

Met een lach deed de piraat een stap terug. 'Je bent niet bang; dat mag ik wel. Je kocht een beetje van het leven met je bewering, jongen. Ik breng je naar Sardinha. We hebben een aantal Nords die de juiste vragen kunnen stellen. Wie zijn de anderen?'

'Mijn gevolg, natuurlijk,' zei Ottil hooghartig. 'Zelfs in ballingschap kun je niet verwachten dat ik alleen reis. Mijn oom zal voor ieder van hen goed betalen.'

'Allemaal? Zelfs die roodharige bonenstaak met het gezicht van een boer?'

Ottil gaf Geir een geruststellende glimlach. 'Kapitein, hij is geen boer. Zijn vader is een goede Nordse edelman.'

'Is dat zo? Nou, dan blijven jullie allemaal hier. Er is geen slot op de deur, maar de eerste die een voet aan dek zet splijten we open.' De kille blik in de ogen van hun ontvoerder vertelde hen dat hij geen grapje maakte. Ottil staarde naar hem. 'In dat geval mag iemand een emmer brengen. Je kunt niet verwachten dat ik in een hoek ga kakken.'

De piraat gooide zijn hoofd in de nek en bulderde van het lachen. 'Een emmer; goed, jongen.' Toen gaf hij de prins een scherpe blik. 'Wat is er met die ra?'

'Hij brak gisterochtend,' zei Ottil. 'De mannen zijn de hele dag aan het lijmen en builen geweest en ze waren van plan om hem vandaag weer op zijn plaats te brengen.'

'Dan zullen we zien of ze goed werk verricht hebben.' De piraat draaide zich om naar de deur.

'Ik vertelde u mijn naam, eh... kapitein,' zei Ottil. 'Mag ik nu die van u weten?'

De piraat staarde hem aan. 'Dat mag je, jongeling. Ik ben Austu Drievingers, kapitein van de *Rejusta*. De zeebodem ligt bezaaid met mijn slachtoffers.'

'Bent u echt piraten?'

Drievingers lachte. 'Werkelijk waar. De Gesel van Rom noemen ze ons. We voeden ons met opgeblazen kooplui, al zolang er schepen op zee zijn.'

'Dank u, kapitein Austu.'

Abrupt verliet de piraat de hut.

Ottil zuchtte en Moirra sloeg haar armen om hem heen. 'Je was geweldig.'

'Inderdaad.' Hraab klopte de schouder van de prins. 'Ik ben trots op je, mijn zoon.'

'Zoon!' Voordat Ottil meer kon zeggen, ging de deur weer open en een grote man met een gehavend gezicht gooide een emmer in hun midden. Hij zei iets wat ze niet konden verstaan, maar zijn gebaren en vette grijs waren duidelijk genoeg.

'Dat is het dan,' zei Ottil toen de man weg was. 'We zitten in een mooie puinhoop. Dit zou een goed moment zijn voor die goddelijke vriend in je hoofd om ons te hulp te komen.'

'Ik zei je dat Iowynh niet in mijn hoofd zit,' zei Hraab geïrriteerd. 'Hij is ergens anders, doet iets anders, en hij wil niet met me praten. Die god is weer verdraaid bijdehand. Ik haat het als hij zo is.'

Buiten vertelden geschreeuwde orders en een krakend geluid de prins dat de piraten de ra op zijn plaats hesen. De *Kassanda* huiverde en verzamelde snelheid.

'Laten we iets nuttigs doen,' zei Hraab na een tijdje. Hij bestudeerde de schroeven waarmee de planken voor het raam vastzaten. 'Om te beginnen maken we die los; dan kunnen we overboord springen.'

'We zijn een heel eind van het land verwijderd,' zei Ottil twijfelend. 'Zelfs jij kan zo ver niet zwemmen.'

'Nee, maar misschien komen we langs een eiland of wat dan ook.'

Ottil haalde zijn schouders op, maar hij pakte zijn mes en begon een schroef los te draaien.

'Haal ze er niet helemaal uit; de piraten hoeven niet te weten dat we een achterdeur hebben. Laat ze net genoeg op hun plaats om ze snel te kunnen verwijderen.'

De onderste schroeven waren gemakkelijk, maar de bovenste rijen zaten buiten hun bereik.

'Klim op mijn schouders,' zei Ottil tegen zijn hirdman en gehoorzaam klom Geir op zijn rug. Ten slotte kregen ze de planken zo ver los, dat een stevige ruk ze omlaag zou brengen.

'Meer kunnen we niet meer doen,' zei Hraab en hij zakte naast Moirra neer, die Muus' hoofd in haar schoot hield.

'Hoe gaat het met hem?'

'Nog steeds buiten bewustzijn,' zei Moirra. 'Normaal gesproken zou dat me ongerust maken, maar met Muus ben ik niet zeker. Het zou kunnen dat de Shard of de runen hem

483

in slaap houden. Vervloekt zijn ze allemaal; piraten, hemelscherf en die stomme kapitein met zijn rotte ra.'

'Hij heeft ervoor betaald,' zei Hraab.

'Als ik kon, zou ik hem terughalen en hem nog een tweede keer doodmaken,' snauwde de druïdes. 'De gierige dwaas.' Haar hand ging naar Muus' hoofd en ze streelde het teder.

De rest van de dag ging voorbij in verveling. Ottil sprak over de Norden en bediscussieerde de veranderingen die hij zou moeten doorvoeren als hij zijn troon terug had. Geir vertelde van de boerderij, zijn familie en de problemen van een kleine boer, dingen waar de prins weinig van wist.

'Mijn moeder had twaalf kinderen,' zei Geir. 'Zeven gingen er dood. Ik ben de jongste, de derde zoon. Er was geen land voor mij; alles gaat naar mijn oudste broer. Olf was de tweede zoon; hij had de keuze tussen Rannar of de zee. Hij was niet al te dol op de jarl, dus koos hij voor het laatste. Mijn oudste broer had inmiddels een zoon en ik werd een mond te veel. Dat is waarom ik met Olf meeging. Er zijn niet al te veel mogelijkheden voor jongens als Olf en ik.'

'Wat zou je willen doen?' vroeg Ottil nieuwsgierig. 'Had je de boerderij willen overnemen?'

Geir haalde zijn schouders op. 'Landbouw is hard werken en vreselijk saai. Het leven van een zeeman is niet veel beter en ik ben niet echt gebouwd als een vechter. Wat is er nog meer?'

'Je hebt geen krachten die ik kan voelen,' zei Moirra. 'Dus je kunt geen druïde of wijsman worden. Kan je zingen?'

Geir keek triest. 'Dat mag ik niet. Mijn vader heeft het me uitdrukkelijk verboden. Hij vond het ongepast voor de zoon van een arme boer.'

'Zing eens iets,' zei Ottil. 'Je bent nu in mijn dienst, niet van je vader. Als je kan zingen, wil ik het weten.'

Hraab keek naar Geir, zijn hoofd schuin. 'Je hebt een mooie spreekstem, die paar keren dat je je mond opendoet, en ik heb je een goed verhaal van onze avonturen horen vertellen.

Vergeet je vaders verboden; je loyaliteit is nu voor de prins. Zing, maat.'

Geir sloot zijn ogen en was even stil. Daarna zette hij een bekend drinklied in.

Ottil ging rechtop zitten van verbazing. Aan het hof van zijn vader had hij een aantal van de beste Nordse barden gehoord en Geirs stem kon met ieder van hen wedijveren. Hij klonk niet als een jongen, meer als een... Verdorie, hoe kon hij het beschrijven? Toen stopte hij met denken en luisterde.

'Dat is geweldig,' zei Moirra toen de jongen zweeg. 'Zo'n stem mag je niet verbergen.'

'Ze heeft gelijk.' Hraab wipte op en neer als een roodborstje. 'Je vader moet jaloers zijn geweest, of toondoof. Ik zei dat je een goede stem had, nietwaar? Nou, dat heb je!'

'Dat klopt,' zei Ottil met een wijds gebaar. 'Je zult mijn hofbard zijn. Je verslaat ze allemaal, maat. Ieder van hen. We zullen het ze laten zien. Ik als koning en jij als skald. We zullen ze laten zien hoe het moet.'

Geir zat stil onder alle lof, zijn hoofd gebogen en zijn oren rood. Niet voor de eerste keer vroeg Ottil zich af wat zijn hirdman dacht. Hij was zo'n rare kerel, je wist nooit of hij blij was of niet.

Maar Geir moest tevreden zijn geweest, want de rest van de dag brachten ze door met het uitwisselen van liederen, waar Moirra een grote collectie van had. Niet dat haar stem uitzonderlijk was, maar ze zong goed genoeg om Geir de noten te leren. De jongen zoog alles op als een spons. Hij kon niet lezen of schrijven, maar zijn geheugen voor muziek bleek uitzonderlijk.

Ze zongen en sliepen, aten spaarzaam en wachtten. De piraten leken hen te zijn vergeten; er kwam niemand. De emmer liep intussen over en de geur in de hut werd al snel ondraaglijk.

'Ze moeten te weinig mensen hebben,' zei Hraab. 'Misschien zijn er meer mannen nodig om deze tobbe te laten varen dan ze hadden berekend.'

'Ze hebben ons niet eens ontwapend.' Ottil klopte op zijn zwaard. 'Lijkt me vreselijk zorgeloos van ze.'

'Ze zullen geen problemen verwachten van een groep kinderen,' zei Hraab met een grote grijns.

'Ik ben geen kind,' zei de prins geërgerd.

HOOFDSTUK 2 – DE TEUTOONSE EDELE

Kjelle stopte aan de voet van het smalle bergpad dat van de Lithans grot naar beneden leidde.

'Oef,' zei hij. 'Ik ben een Nord en bergen gewend, maar dat pad is het ergste dat ik heb gezien.'

'Mee eens.' Ajkells gezicht was kalm. 'Het maakt je bolwerk een stuk veiliger,' voegde hij er met een van zijn langzame glimlachen aan toe. 'Ik kan dat pad bijna met één hand tegen een leger verdedigen.'

'Je zou Rev niet stoppen.' Birthe staarde naar de anderen met lege ogen. 'Hij is vreselijk. Rev zou zijn hele Fynni leger op je af sturen, ook al zou hij ze allemaal moeten doden.'

Kjelle keek naar zijn lief. *Rev...* Die Fynni klootzak was het enige waar ze aan dacht tegenwoordig. Het gereedschap van de Ouden, sa'aman Rev. *Vervloek de goden, waarom kozen jullie haar?* Elke keer als hij eraan dacht, veranderde zijn ziel in bevroren angst voor haar en het drie maanden oude kind dat ze droeg.

Birthe zag hem niet. Ze floot op haar vingers en vrijwel meteen klonk het gehinnik van een paard. Even later kwamen hun rijdieren aanrennen, duidelijk blij hen te zien. Nadat ze de dieren hadden gecontroleerd, stegen ze op.

Kjelle maakte zijn geest leeg van alles behalve de volgende etappe.

'Achter die heuvelrug begint Lotharn,' zei hij en hij knikte naar een donkere massa pijnbomen. 'Ik vraag me af of het zo achterlijk is als ze zeggen.'

'Misschien wel erger. Onze mensen gaan er niet heen.' Elbrich schoof heen en weer in het zadel en het maliën hemd dat hij voor zichzelf had gemaakt rinkelde zachtjes. 'We zijn niet welkom bij de Teutonen. Ze zijn nog erger dan de meeste Nords en hun afkeer van ons Un–a–Rhan kan gewelddadig zijn.' Hij trok een grimas. 'Maar ik ben niet van plan om weg te lopen. Als we door Lotharn moeten gaan, dan doen we dat.'

'Natuurlijk,' zei Annlith dapper.

Samen reden de vijf weg van de bergen en betraden het koninkrijk Lotharn.

De weg die ze volgden was smal, nauwelijks meer dan een pas, met aan weerszijden oude eiken, hun stammen begroeid met mos zoals de oneffen grond waaruit ze oprezen. Dit waren ravenbossen en het rauwe gekras versterkte de sombere sfeer. Wolvenbossen waren het ook, maar ze vonden alleen de sporen; de dieren zelf maakten zich uit de voeten voor de vijf ruiters.

Kjelle reed in stilte, vertrouwend op zijn instincten, terwijl zijn geest afdwaalde naar dat land van had-kunnen-zijn, naar Eidungruve, Muus en geluk – waar het te vaak heen ging als hij neerslachtig was. Hij miste Muus nog steeds, zijn slaaf en metgezel van zo vele jaren en de herinnering aan de manier waarop hij hem had behandeld was er een van constante spijt.

Voor hem schoof Ajkell onrustig over het zadel. 'Ik vertrouw het niet,' mompelde hij, met een blik op de hemel.

'Je vertrouwt wat niet?' Met enige moeite sleepte Kjelle zijn gedachten terug naar het hier en nu.

'Het weer. We krijgen een onweersbui.'

Kjelle knipperde naar de duisternis die hen had overvallen terwijl hij niet oplette. Het was stil geworden in het bos. De raven waren gevlucht en boven hun hoofden was de lucht donkerpaars geworden.

'Ik hoor gerommel.' Elbrich tastte in zijn zadeltas en produceerde zijn lange mantel. 'Zo,' zei hij, terwijl hij de kap over zijn kale hoofd trok. 'Laat het nu maar komen.'

'Stil,' zei Ajkell. 'Roep het niet aan.'

Een donderslag overstemde hem, doordringend als het trompetgeschal dat Ragnarok aankondigde. Toen opende de hemel zich en in een paar minuten waren ze allemaal tot op de huid doorweekt. Het zandpad onder de hoeven van hun paarden veranderde in een glibberige stroom en de takken van de bomen zonken omlaag, zwaar met water beladen, om als natte dweilen in hun onoplettende gezichten te slaan.

'Wat een vreselijk land, dit Lotharn,' zei Elbrich. 'Somber en nat. Ik verlang zo naar de besneeuwde bergen van de Norden.'

Ajkell lachte. 'Ben je er ooit geweest? Of is dat een voorouderlijke herinnering?'

'Het is hoop,' zei Elbrich. 'Ik houd van sneeuw.'

'Als dit allemaal voorbij is, krijg je je kans.' Ajkell bukte om een druipende tak te ontwijken. 'Eidungruve heeft massa's sneeuw en Kjelle kan een goede meestersmid voor zijn zilvermijn gebruiken.'

'Reken maar dat ik kom.' De kleine man huiverde in zijn druipende mantel toen een plotselinge donderslag vlakbij zijn paard verschikt deed dansen.

'Thor!' riep hij. 'Stop met het gooien van die hamer van je.'

Een nieuwe donderslag antwoordde de smid en een grote boom, van zijn wortels gerukt door een harde windvlaag, stortte neer op het pad recht achter hem. Zijn toch al nerveuze paard steigerde en pas toen Ajkells sterke hand haar teugel greep kalmeerde ze. Elbrich was erin geslaagd om in het zadel te blijven. Hij klampte zich met zijn ogen dicht vast aan de manen van zijn paard en vloekte in een eindeloze stroom.

'Zeg niet zulke dingen!' Annlith sloeg op zijn arm. 'Beledig de goden niet! Die boom had je kunnen doden.'

Elbrich knikte beschaamd en ze ploeterden verder zonder te spreken, worstelend tegen de wind en de stromende regen.

'Het wordt niet minder,' zei Kjelle een uur of meer later.

Ajkell staarde naar de kolkende wolken boven hun hoofden. 'Ik zie er tenminste niets van.'

'Daar is een licht.' Birthe, die tot nu toe in miserabele stilte had gereden, wees vooruit.

Kjelle tuurde door de regen. 'Waar?'

'Ik zie het,' zei Ajkell. 'Het is een lantaarn.'

Na een paar minuten kwamen ze bij een hoge, stenen muur. Naast de open poort brandde een gele stallantaarn, beschermd tegen de regen door een houten afdak.

'Een schuilplaats,' zei Elbrich, terwijl hij rechtop ging zitten.

'Als het vrienden zijn.' Annlith grijnsde. 'Stel je voor dat hier mensenetende reuzen wonen en wij hun prooi zijn.'

'Niet doen!' zei de smid klagend. 'Het is aardig, gastvrij volk, met een groot vuur en warm eten.'

'Waarom is het hek geopend?' vroeg Ajkell. 'Verwachten ze iemand?'

Voorzichtig reden ze naar binnen. Voor hen uit was het hoofdgebouw zichtbaar tegen de hemel; een donkere vorm van steen met een kleine, ronde toren.

Kjelle bonkte op de deur met zijn zwaardknop tot iemand opendeed. Door de kier scheen kaarslicht naar buiten, recht in zijn ogen, en verblindde hem even. Een stem zei iets in onverstaanbaar Teutoons.

'We zijn reizigers uit het noorden,' zei Kjelle. 'We zoeken onderdak.'

'Reizigers?' De stem stapte over op een Gallisch accent. Nu zag Kjelle hem, een nog jonge man met een stoppelbaard en een grof gezicht. 'Er komen hier nooit vreemden. Onderdak... ja, het weer is... vervelend.' De man blies zijn kaars uit en stapte de regen in. 'Ik zal u de schuur laten zien. Beter dan het huis; het dak van onze zaal lekt. Mijn naam? Folkart, zoon van de Edele Burkhart. U bent bij Lugenfall.'

De schuur bleek een solide gebouw, ruim en droog, met veel hooi en accommodatie voor hun paarden.

'Hier kunt u blijven,' zei Folkart. 'Slaap; we zien u morgen weer.'

Met een korte buiging vertrok hij en sloot de deur achter zich.

'Geen vuur, geen warm eten,' zei Elbrich beteuterd.

'In ieder geval ben je uit de regen,' zei Ajkell. Hij haalde een borstel uit zijn zadeltassen en begon de modder van de benen van zijn paard te vegen.

Die avond, na een maaltijd van oudbakken brood en gedroogd vlees, vielen ze in slaap in hun kille bedden van hooi en natte kleren. De regen op het dak noch de donder gaven een teken af te nemen.

Birthe lag op haar rug, niet in staat te slapen. Het kleintje in haar bewoog onrustig, alsof hij net zo koud en hongerig was als zijn moeder. Alles aan haar deed pijn. Het was niet zoals de eerste keer, dacht ze. Búi was veel actiever geweest dan de nieuwe baby; maar dat was thuis geweest, met Asgisla en de bedienden om haar te helpen. Asgisla... hoe miste ze de oude völva. Haar wijsheid was er altijd in geslaagd om haar te troosten. Ze voelde zich zo alleen zonder haar, overweldigd door Rev en de Oude Goden. Kjelle deed zijn best, maar hij kende de weg van de völva niet; hij *begreep* het niet. Hij kon haar niet helpen.

De deur kraakte. Was het de wind? Ze bevroor, al haar zintuigen alert. Een licht – een lantaarn, hoog gehouden door een gehandschoende hand. Een gezicht keek naar binnen. Het was Folkart. Waarom was hij buiten in dit weer? Opeens herinnerde ze zich dat hij bij hun eerste ontmoeting al druipnat was geweest. Het licht verdween en de deur ging dicht. Ze wachtte ademloos, nu klaarwakker. Toen stond ze snel op en sloeg haar mantel om. Met haar völva staf in de hand opende ze de deur op een kier. De donder overstemde het piepen van de scharnieren en onopgemerkt glipte ze naar buiten de regen in.

Ze zag voorbij de poort een licht bewegen en met de steelsheid van de jagermeester volgde ze het.

Folkart, ineengedoken tegen de striemende regen, stak de weg over en verdween in het bos. Terwijl ze zich een weg tussen de bomen weefde, slaagde Birthe erin de zoon van de edele in het zicht te houden. Folkart liep met de zekerheid van iemand die deze weg vele malen eerder was gegaan. Na een tijdje zag ze het licht van een kampvuur en de vage schaduw van een houten gebouw. Ondanks de hevige regen, brandde het vuur hoog en de vlammen verlichtten een grote groep in rode wapenrustingen gestoken strijders, die zwijgend in de regen zaten. Birthe herkende ze meteen. Blodward! Wat deden deze hersenloze soldaten van de Oude Goden hier?

Haar geest trilde van de schrik. *Ik moet de anderen waarschuwen. Nee, wacht.* Ze kalmeerde zichzelf en stuurde haar gedachten naar de sjamaan die de leiding had. De Lithan had haar deze truc getoond. Het was geen gedachtelezen, maar voldoende om de gesprekken van de man te volgen. Het werkte alleen bij de discipelen van de Oude Goden en het maakte haar misselijk. Het aanraken van zo'n geest was als het eten van stront; te walgelijk voor woorden.

'Jij weer?' zei de sjamaan en Birthe voelde zijn arrogantie en minachting. 'Je hebt je goud al. Er zal niets meer zijn.'

'We hebben bezoekers in het huis, Machtige.' Was dat Folkart, zo onderdanig, zo bang?

'Waarom vertel je me dat?' De sjamaan klonk ongeïnteresseerd. 'Ik neem aan dat je ze hebt gedood?'

'Ik ben geen moordenaar, Machtige. Ik mag mezelf niet verraden. Mijn vader mag niets weten van onze overeenkomst; hij zou me verloochenen. Trouwens, de bezoekers zijn te sterk voor mij. Ze zijn getrainde barbaren uit het noorden, met een smerige heks en een paar van het vervloekte dvergar volk.'

Een vlaag van woede verblindde Birthe. *Smerige heks! Dus dat is hoe hij ons ziet.*

De sjamaan draaide zich om en zijn gedachten toonden het zwetende gezicht van hun verraderlijke gastheer.

'Worm!' zei de Blodward en de walging in zijn stem was als een gepantserde vuist in Folkarts gezicht. 'Je hebt geen gif? Geen pijlen? Geen bijl om hun de slapende hersens mee in te slaan? Denk je mijn goden te dienen met zo weinig moed?'

Birthe voelde zich smerig, zowel door Folkarts gedachten als de geest van de sjamaan.

De zoon van de edele stamelde. 'Ik... ik...'

'Genoeg! Jij was het, Folkart van Lugenfall, die je dienstbaarheid aanbood. Je hunkerde naar het goud en de eeuwige glorie die mijn goden beloven. Maar nu je kunt dienen, aarzel je. Je hebt gebrek aan moed. Ga terug en ontdoe je van je bezoekers. Ik kom bij zonsopgang naar het huis en ik wil hun lichamen zien. Voordat ik naar het zuiden ga om me bij de grote Revs troepen te voegen, willen mijn goden hun offers. Als dat offer niet je gasten zijn, dan in ieder geval de jouwe en die aftandse dwaas die je vader noemt. Begrepen?'

Folkart knikte heftig. 'Ja, Machtige. Het zal gebeuren zoals u zegt.'

Zijn gezicht was lelijk als van een huilende baby toen hij achteruit strompelde. De sjamaan stak zijn hand op als om te slaan en Folkart vluchtte weg.

Toen ze opnieuw Lugenfalls poorten binnenging, hoorde Birthe stemmen; een norse, boos en autoritair, en als contrapunt Folkarts hogere tonen. *De man moet hebben gerend om nu al terug te zijn.* Birthe hulde zich in de schaduw en bewoog dichterbij. Ze zag Folkart, handenwringend, en een oudere man in een leren wambuis, leunend op een stok.

'Je hebt wat?' vroeg de oude man. De woede in zijn stem was duidelijk hoorbaar. 'Je hebt goud aangenomen van buitenlandse soldaten om hen te helpen in hun misdragingen? Wie zijn die soldaten en wat willen ze van jou?'

'Ze zijn gewoon... soldaten,' zei Folkart. 'Hun vijanden verschuilen zich in onze stal en ze willen hen dood hebben. De soldaten noemden die mensen rovers en moordenaars. Omdat ze op ons land zijn, moeten wij ze doden, zei hun commandant. Het is onze plicht. Je moet me helpen, vader! Ik...'

De oude man hief zijn hand en sloeg Folkart tweemaal hard in het gezicht. 'Dwaasheid! Wie zijn die soldaten en wie zijn die mensen in onze schuur?'

Birthe stapte uit de schaduw en liep naar hen toe. Folkart hijgde en de oude man fronste naar haar.

'Ik ben een van hen. Ik ben de völva Birthe,' zei ze, terwijl ze de staf van haar roeping toonde. 'Ik volgde uw zoon en hoorde al zijn gekonkel.'

'U bent een völva, vrouwe?' zei de oude man. 'Een echte völva?'

Birthe zong een enkel vers van Odins Lied en de magie van de woorden schokte de oude man.

Hij gaf een korte buiging. 'U bent van harte welkom, vrouwe. Ik ben Burkhart, edele van Lugenfall. Wat kunt u me vertellen over zijn doen en laten?'

Birthe vertelde alles vanaf hun aankomst en Burkharts gelijnde gezicht werd donker.

'Jij!' zei hij toen ze klaar was. 'Jij ongelooflijke schoft.' Met een snauw wendde hij zich tot Folkart en hief zijn stok. 'Omgang met de Blodward!' De giftige woede in zijn gezicht deed zelfs Birthe verbleken.

Folkart stapte achteruit, vol rauwe angst. 'Vader! Ze gaven ons goud! Ik deed het voor het huis! Dat zweer ik!'

'We hebben geen bloedgeld nodig!' Weer sloeg de oude man Folkart en zijn zoon schreeuwde toen het bloed uit zijn neus liep. 'Je was altijd al een snotterende dwaas met het lef van een wezel, maar deze ketterij is te veel. Je bent mijn zoon niet! Ik verloochen je. Ga je eigen lot zoeken; het is niet meer hier, verrader.' Hij draaide zich naar Birthe, hard hijgend. 'Uw vergeving, dame völva. Ga uw vrienden waarschuwen. Ik zal een aantal voorbereidingen treffen en dan zal ik met uw reisgenoten spreken.'

Birthe haastte zich terug naar de anderen.

'Verdomme, vrouw, je bent gek!' riep Kjelle woedend, toen zijn met slaap doordrenkte geest begreep wat ze zei. 'Om alleen het bos in te gaan en jullie beiden te riskeren. Je had me moeten waarschuwen.'

Birthe knarste met haar tanden. 'Ik ben een jager, ik heb jou niet nodig om me mijn vak te leren. En de baby maakt het prima. Het is een stoere jongen. Houd nou op met schreeuwen en luister eens een keer. We zijn in *gevaar*, Kjelle.' Snel vertelde ze van de Blodward, Folkart die zijn gasten verraadde en de edele Burkhart.

'Hoeveel Fynni zijn er?' Kjelles gezicht was nu kalm, dat van een commandant die de situatie wikte.

'Te veel.' Birthe zag opnieuw de massa gezichten. 'Twintig op zijn minst, nog afgezien van de sjamaan.'

'Dat betekent dat we niet kunnen vechten. We moeten maken dat we wegkomen.' Kjelle zocht naar zijn laarzen.

Toen ze bijna klaar waren, ging de staldeur open en een oude man stond op de drempel. Een eens krachtige man, witharig en leunend op een stevige stok. Zijn gezicht had de trekken van iemand die gewend was te worden gehoorzaamd, met een bittere mond en scherpe ogen onder een zware frons. Hij boog, druipnat in zijn leren wambuis. 'Heer Kjelle?' Zijn stem was hard. 'Ik ben Burkhart, edele van Lugenfall of wat er nog van over is. Ik moet u mijn verontschuldigingen aanbieden. Degene die mijn zoon was heeft nagelaten me te vertellen dat ik gasten heb. Had ik het geweten, dan zou ik u het comfort van de zaal en de haard aangeboden hebben, niet een ellendige stal.'

Kjelle zag het oude gezicht rood worden, van schaamte of onderdrukte woede.

'Hij verkocht onze eer voor een paar goudstukken,' zei Burkhart. 'Ik erken hem niet langer.'

'Maar vader...' Folkart drong naar voren, maar de oude man hief zijn stok.

'Stilte. Je hebt het recht om hier te spreken verloren. Je zult je kleren inpakken en vertrekken. Ga heen. Geef je oneervol verkregen goud ergens anders uit; je bent mijn zoon niet meer.'

Paniek verscheen op Folkarts gezicht. 'Gaan? Dit is mijn huis. Mijn moeder...'

De oude man sloeg hem. 'Noem haar niet. Vertrek, of bij Wodan, ik vermoord je.' Hij wendde zich tot Kjelle. 'Heer, Lugenfall is niet meer wat het was in het verleden. Zo zij het; we kunnen onze glorie niet herstellen door verraad. Als gasten had u het recht op Lugenfalls gastvrijheid en uw veiligheid was mijn plicht. Door zijn verraad vernietigde hij mijn eer, het enige onbezoedelde dat ik nog bezat.' Het gezicht van de oude man bewoog. 'Heer Kjelle, ik zie dat u op het punt van vertrekken staat. Voordat u gaat, volg me en laat mij u tonen hoe ik zal omgaan met die hersenloze schurken die hun goden, hun koning en mij verraden.'

Kjelle aarzelde niet. 'Natuurlijk, edele Burkhart.'

'Ga maar, Annlith en ik blijven bij de paarden,' zei Elbrich. 'Ik ben niet zeker van mijn welkom.'

Burkhart draaide zich naar hem om. 'Uw mensen hebben een onzekere reputatie in Lotharn, meester Niflunger. Maar u vroeg om onderdak. Daarom bent u evengoed mijn gasten als heer Kjelle en mijn huis is het uwe.'

De kleine meestersmid boog. 'Dank u, edele heer,' zei hij formeel. 'In dat geval kom ik ook.'

'Ga jij maar,' zei Annlith met een glimlach. 'Ik zal de paarden wel helemaal alleen bewaken.'

Elbrich knipperde met zijn ogen, plotseling verward.

'Ga,' zei de genezer. 'Het is goed. Ik plaag je alleen maar.'

Kjelle en de anderen volgden de nobele naar het huis. Ajkell ging als laatste en hield een oogje op Folkart, die hen volgde, zijn gezicht vertrokken van angst.

Ze betraden de hal, een grote, vierkante ruimte van donkere steen en zware balken, met een plavuizen vloer en kleurige banieren aan de muren. Aan een kant brandde een vuur in de grote open haard en het licht trok dansende schaduwen over de hele kamer. Een onverwachte stank van rotte eieren vulde Kjelles neus en hij niesde.

'Uw pardon, ik had u moeten waarschuwen. Ik zal u de reden voor de geur laten zien, heer Kjelle,' zei Burkhart. 'Volg me naar de kelder. Onze familie verdiende geld met de exploitatie van een zwavelmijn in de buurt. Al generaties lang voorzag de opbrengst van de mijn ons van voldoende inkomen. Onze grootste klant was het koninklijke leger en Lotharn won vele veldslagen door de kracht van onze zwavel. Tot onze nationale schande hadden de laatste drie koningen geen interesse in dergelijke zaken en verwaarloosden zij Lotharns militaire macht. Zo komt het dat die Blodward zwijnen ongehinderd kunnen rondlopen en moorden waar zij willen.' Hij opende een deur naar een smalle trap omlaag.

Hier was de stank bijna ondraaglijk en Birthe hijgde, met een hand voor haar mond en de andere aan haar buik.

'Waarom wacht je niet boven?' zei Kjelle, maar ze schudde haar hoofd.

'Let niet op mij,' zei ze van achter haar vingers. 'Het verstoort mijn maag, dat is alles.'

'Het spijt me dat het u ontrieft, vrouwe,' zei Burkhart. 'Ik zal het kort houden. Het is de zwavel, ziet u. We hebben nog steeds een grote voorraad. Ik ruik het zelf niet; ik ben ermee geboren. Maar het verklaart ons gebrek aan gasten... en bedienden.'

Aan de voet van de trap legde de edele zijn hand op een stevige deur. 'Geen open vuur alstublieft en houdt uw wapens uit de buurt van de muren. Een enkele vonk kan genoeg zijn.'

De goed geoliede deur opende zonder geluid.

Eenmaal binnen, staarde Kjelle naar de rijen stevige vaten, sommige gesloten, maar de meeste opengelaten.

'Daar heb je ons kapitaal,' zei Burkhart met sombere trots. 'Het werk van generaties. Als ze komen zal ik die sjamaan en zijn mannen ontvangen zoals het een Teutoonse edelman past. Ik zal ze naar beneden brengen, en eenmaal hier zal ik mijn lantaarn aansteken. Dat zal een machtig vuur zijn, heer Kjelle.'

Achter hem schreeuwde zijn zoon. 'Het huis in brand steken?' Hij greep zijn vaders arm. 'U bent gek! Ik zal niet toestaan dat u dit doet. Ik...'

Met een grauw draaide de oude man zich om en hief zijn stok op. 'Jij bracht me zover, miserabele mislukkeling!' Hij sloeg. Met slechts een lichte zucht zakte zijn zoon ineen en viel met zijn rug tegen een vat met zwavelpoeder.

Birthe knielde bij Folkart neer en liet haar vingertoppen zijn borst verkennen. 'Hij is dood.'

De oude man staarde haar uitdrukkingsloos aan. 'Voor mij stierf hij toen hij zijn zwarte daden bekende. Mijn huis, mijn geslacht zal in schaamte eindigen door zijn toedoen, vrouwe. Ik zou hem duizend keer hebben gedood om dat te voorkomen.'

Kjelle keek naar het lichaam, bedekt met een dun laagje goudkleurige stof uit het vat. Naast hem mompelde Elbrich dringend. 'We moeten hier weg. Snel! Al dat stof kan elk moment ontploffen.'

Kjelle keek naar de Niflunger en zag de spanning op zijn gezicht. 'Wij zullen u verder alleen laten, edele Burkhart.'

De oude man boog. 'Natuurlijk, heer Kjelle. U moet snel gaan. De tijd vliegt en het is bijna ochtend. Ik breng u naar de deur.' Voorzichtig sloot Burkhart de deur naar de kelder en ging hen voor de trap op naar de ingang.

'Ik heb wat proviand voor uw reis klaargemaakt,' zei de oude man, wijzend op een kleine zak. 'Dat is het minste wat ik kan doen om het goed te maken.'

'Ik dank u, edele Burkhart,' zei Kjelle. 'Ik zie geen eerverlies aan uw kant.'

'Maar ik wel, heer Kjelle,' zei de oude man, zijn ogen helder en hard.

Buiten was de regen gestopt en Zons onverwachte verschijning veranderde de bossen in een dampende andere wereld.

Bijna op een holletje haalden ze Annlith en hun paarden en stegen op. De oude edelman hief zijn hand ten afscheid.

'Goede reis, heer, vrouwe.' Zonder nog een blik ging hij weer naar binnen, grimmig en zwijgend.

Op een draf gingen ze het pad af, langs het bos waar de sjamaan met zijn Blodward kampeerden. Niets bewoog er, maar pas toen ze er een eind voorbij waren, toomde Kjelle zijn paard in.

'Doorrijden!' zei Elbrich. 'Het gevaar is nog niet verdwenen.'

'Wat *is* het gevaar?' Kjelle keek opzij naar hem. 'Het zou branden, zei de oude man.'

'Die gek!' Elbrich stuurde zijn paard langs een diep gat. 'Hij is guur, grimmig, stapelmesjogge, levend in zo'n kruithuis. Zwavelstof! Het kan al exploderen als je er boos naar kijkt.'

'Exploderen?' Kjelle staarde naar de smid. 'Ik weet dat het wordt gebruikt om zwartkruit te produceren, maar is het zo gevaarlijk?'

'Ja.' Elbrich keek snel naar de hemel. 'Wacht maar af. Het is bijna zonsopgang. Als die sjamaan zich aan zijn woord houdt, kan hij elk moment bij het huis zijn. Laten we nog wat sneller rijden.'

Aangespoord door Elbrichs angst galoppeerden ze met gevaar voor lijf en leden over de modderige weg vol kuilen en knoestige boomwortels. Toen, zonder waarschuwing, werd de lucht achter hen verlicht en een enorme explosie deed de aarde beven. Overal om hen heen schudden struiken en jonge bomen.

'Kijk daar,' zei Ajkell verbijsterd, toen een grote wolk opsteeg naar de hemel en takken, stenen en kapotte meubels meevoerde. Een paar tellen lang draaide alles rond in een waanzinnige mallemolen, en vervolgens viel het puin neer achter de bomen.

'Nu weet ik wat je bedoelde,' zei Kjelle tegen de meestersmid. 'Ik zal nooit meer op dezelfde manier naar zwavel kijken.'

Elbrich lachte zuur. 'We hebben veel geluk gehad. Dat stof had geen lantaarn nodig; het zou al uit zichzelf zijn ontploft.'

'Ik hoop dat je goden tevreden zijn, Rev!' zei Birthe venijnig. 'Ze hebben veel offers vandaag.' Ze verschoof in het zadel en beet op haar lip. Met haar handen in de zij strekte ze zich en kreunde zachtjes.

Kjelle legde zijn hand op haar rug, verborgen achter haar stijve leerpantser. 'Ik ben zo trots op je.'

Birthe gaf hem een achterdochtige blik. 'Ik ben een völva. Ik kan Asgisla niet teleurstellen. Of jou.' Ze klopte op zijn arm. 'Maak je geen zorgen; Ik zal die Rev doden, al is dat het laatste wat ik ooit zal doen.'

Kjelle liet zijn arm zakken. 'Zeg zoiets niet, lief!' riep hij geschokt uit.

Birthe liet haar paard langzamer lopen en gaf geen antwoord.

HOOFDSTUK 3 – BEDRUST

Sinds Tuuri en de kinderen uit Rannars plundering van Divion waren ontsnapt, hadden ze onafgebroken doorgereden, bang voor eventuele achtervolgers. Nu, bijna twee weken later, waren hun paarden doodop, en zij ook. Dagiberh, Divions kleine graaf, was al een keer van zijn paard getuimeld toen hij in het zadel in slaap viel. Het was geëindigd met niets erger dan schrik en tranen, maar de jongen kon niet veel verder gaan.

Tuuri's eigen gezicht zag grijs van de pijn en Hilja maakte zich ernstig ongerust.

'We moeten echt rusten,' zei het meisje uiteindelijk. 'Als je voet zo'n pijn doet, moeten we een heelmeester vinden. Misschien heb je hem gebroken.'

Tuuri beet op zijn tanden. Hij wist dat ze gelijk had; de enkel was gezwollen en paars, en hij kon zijn laars nauwelijks meer dichtgesnoerd krijgen. Zijn hoofd leek een smidse, vol warmte en luid hameren. Hij was duizelig en had overal pijn, maar tot nu toe had zijn angst voor Rannar en zijn Fynni hem voortgedreven.

'We zijn bijna bij Matisc,' zei de jonge Dagiberh. 'Er is een herberg. Alsjeblieft, kunnen we daar stoppen?' Zijn kindergezicht was opgezwollen van uitputting.

Tuuri knikte. 'Dat zullen we doen,' beloofde hij.

Eindelijk zagen ze hoge muren, met torens en trotse banieren. In Tuuri's vermoeide ogen leek het onwerkelijk, een oase van veiligheid. Hij vocht tegen zijn tranen toen ze de massieve poorten passeerden.

'Er is een herberg!' zei Hilja opgewonden. '*De Koppige Wijnkelder*. Het ziet er vreselijk leuk uit.'

Tuuri moest toegeven dat ze gelijk had. Het lage, uitgestrekte gebouw met zijn zorgvuldig onderhouden moestuin was gezellig en uitnodigend, en de stadsmuren met hun bewakers geruststellend. Matisc leek veel groter en sterker dan Divion was geweest. Bovendien hadden ze de grens een paar uur geleden overschreden en waren ze weer terug in Gallië. Lotharns koning was berucht om zijn laksheid, maar in Gallië zou Koning Leodowrics leger hen beschermen. Rannar zou hier zeker aan voorbijgaan op zijn weg naar het zuiden.

Bij de deur van de herberg hield Tuuri halt. Als in een roes klom hij van zijn paard en overhandigde de teugels aan een staljongen. Terwijl hij naar de deur strompelde, vloog deze open en een grote hond rende blaffend en kwispelend op hem af. Met een groot vertoon van gastvrijheid sprong het dier tegen Tuuri op.

'Af, stomme hond!' schreeuwde de staljongen.

Tuuri draaide zich half om en een hete pijn schoot door zijn enkel. Hij schreeuwde het uit, verloor zijn evenwicht en viel. Toen zijn hoofd de balustrade van de veranda raakte, werd de wereld zwart.

'... Buil... rust.' De twee woorden die hij hoorde zogen zich vast in Tuuri's hersenen toen hij bijkwam. Buil – rust – buil – ze vormden hun eigen ritme in de maalstroom van zijn gedachten. Hij opende zijn ogen en sloot ze meteen weer toen de wereld begon te draaien.

'Snel, de kom...'

Iemand hield een grote emaillen bassin onder zijn kin en kuchend gaf Tuuri de schamele inhoud van zijn maag op.

'Hier...'

Een kruidige geur vulde zijn neus en zijn hoofd verhelderde. Voorzichtig opende Tuuri zijn ogen weer en nu was alles stil.

'Wat is ...?' begon hij, slikkend tegen de bittere smaak van gal.

Een roestige stem antwoordde. 'U bent nog steeds bij ons, jonge heer? Goed.'

Tuuri zag het verschrompelde gezicht van een oude man over hem heen gebogen.

'Waar...?'

'Je bent veilig in de *Koppige Wijnkelder*. Je hebt koorts, eentje die ik nog niet eerder heb gezien.'

Tuuri voelde een steek van angst en zijn gezicht moest hem verraden hebben, want de oude man lachte kakelend.

'Maak je geen zorgen, jonge heer. Ik weet wat het is en wat je eraan kunt doen. U bent tenslotte in de handen van Wassimo van Matisc, die ooit de kwalen van koningen en hertogen behandelde. Mijn kruiden zullen de koorts verlagen en een spoedig herstel stimuleren. U zult beter worden; daarop hebt u Wassimo's woord.'

'Mijn voet... Is hij gebroken?'

De oude kruidendokter schudde zijn hoofd. 'De botten zijn jong en heel. Het is de spier die ze bij elkaar houdt die u verdraaide toen u viel. Maar u ontsnapte Divion levend en dan is een beetje pijn een kleine prijs, toch?'

Tuuri fronste, in een poging zich te concentreren. 'U weet van Divion?'

Weer grinnikte Wassimo. 'Uw zus vertelde alles. Van die vreselijke vijanden die de stad verwoestten, over uw sprong van de muur en hoe uw dappere kleine broertje uw paarden ging halen. Een fabelachtig verhaal, jonge heer. Maar nu moet u rusten.'

'Hoe lang?'

De oude man tuitte zijn lippen en bestudeerde Tuuri voor een moment. 'Weken; twee maanden,' zei hij toen.

Tuuri staarde ontzet naar het verschrompelde gezicht boven hem. 'Dat kan ik niet,' zei hij zwakjes.

'Dat moet,' zei Wassimo streng. 'Uw been heeft een lange tijd nodig om te genezen en dat geldt ook voor uw geest. U bent te zwak om ergens heen te gaan. En nu moet u rusten.' Zijn handen fladderden over Tuuri's gezicht. Een geur van verse munt en toen sliep de jonge man.

'Jullie waren net op tijd,' zei de oude heelmeester tegen Hilja. 'Als je niet besloten had hier te overnachten, zou je broeder zijn voet of zijn verstand hebben verloren. Of misschien allebei.'

'Zijn verstand?' Hilja keek geschokt bij het idee.

'Waarom?'

'Hij deelde een bondseed met iemand,' zei de oude man.

'Was hij een bondsman?'

Hilja dacht aan Rannar. 'Ja,' zei ze met enige moeite. 'Hij diende een hoge heer in de Norden.'

Wassimo knikte. 'Dat doet hij nu niet meer.'

Het meisje keek hem verbaasd aan. 'De heer wilde hem doden, dus toen zijn we gevlucht.'

'Dat verbrak de band. Wist je dat deze dienstbaarheid werd gesmeed door een bloedeed?' Wassimo strekte zijn vingers.

Hilja keek verrast. 'Een bloedeed? Hij zou het me verteld hebben als hij zo ver was gegaan.'

'Waarschijnlijk was het niet zijn eed, maar tussen zijn vader en zijn heer. Het teken op zijn gezicht is de bezegeling van die eed.'

'Een bloedeed?' Hilja's hand ging naar haar eigen wang.

'Niet die van jou,' zei de kruidendokter. 'Jij bent een meisje. In jouw geval is het waarschijnlijk een teken dat je eigendom bent van je vader of je stam. Of je broer. Hebben ze je dat nooit verteld?'

Hilja schudde haar hoofd.

Wassimo sloot zijn ogen. 'Je bent niet zijn zuster,' zei hij.

Hilja voelde een steek van angst. 'Ik...'

'Oh, het zijn mijn zaken niet,' zei de oude man korzelig. 'Je zult je redenen hebben en ik veronderstel dat het eervolle redenen zijn. Maar vanuit medisch oogpunt behoor ik het te weten.'

'Nee, ik ben niet zijn zuster,' zei het meisje zacht. Toen, met een diepe zucht, vertelde ze hoe Tuuri haar had weggehaald uit haar verwoeste dorp, van Divion en wat daarna gebeurde. Al die tijd luisterde Wassimo, nog steeds met zijn ogen dicht.

Toen ze klaar was, glimlachte hij naar haar. 'Een verhaal van moed. Je hebt niets om je voor te schamen.'

'Ik was niet beschaamd,' zei het meisje dapper.

'Terecht. Nou, heer Tuuri is ziek van de verbroken eed. Ik zal onze herbergier vertellen dat de koorts geen teken is van iets besmettelijks. Hij maakte zich ongerust, zie je.' Wassimo stond op. 'Hij is een goede man, onze gastheer, want hij stuurde jullie niet weg. Maar hij zou niet graag zijn bedrijf in quarantaine plaatsen.' Hij wreef in zijn handen. 'Je bent een dapper meisje. Verpleeg de heer goed en kom naar me toe als er iets is waar je je zorgen over maakt. Ik ben gemakkelijk te bereiken; ik woon hier.'

HOOFDSTUK 4 – GEVALLEN STAD

Sinds hun vlucht uit Lugenfall was het weer zonnig en fris gebleven. Kjelles kleine groep hield een goed tempo aan en drie weken later naderden ze de grens met Gallië. 'De volgende stop zal Divion zijn,' zei Kjelle. 'Het moet een kasteel hebben, dus dat betekent....'

'Bedden!' zei Birthe met een grom van verlangen.

'Een bierkelder.'

'Bedden en een bad,' zei Birthe beslist. 'Ik voel me zo vreselijk vies.'

Ajkell ging rechtop zitten in het zadel en snoof. 'Ik ruik een brandlucht,' zei hij en zonder een woord galoppeerde hij naar de volgende bocht in de weg. De anderen zagen hem intomen, omdraaien en hard terugrijden.

'Er was een stad,' zei de beerkrijger kortaf. 'Als dat Divion was, is er niet veel meer van over.'

Behoedzaam reden ze door tot de zwartgeblakerde resten van een ommuurde nederzetting in zicht kwamen.

'Verdomme,' zei Kjelle. 'Ik...' Een geluid deed hem naar Birthe omkijken.

De völva zat stijf op haar paard, de ogen gesloten, terwijl haar lippen bewogen alsof ze in stilte bad. Toen opende ze haar ogen weer en de woede erin was diep en gevaarlijk. 'Rannar,' spuugde ze. 'En *hij*, Rev, de Fynni slager.'

'Ze zijn hier?' vroeg Kjelle scherp, maar Birthe schudde haar hoofd.

'Weg. Maar ze zijn hier geweest en dit is hun werk. Ik voel Revs aanwezigheid nog steeds, als een zieke vlek op het land.'

Ze reden langzaam verder, op alles voorbereid, maar er was geen vijand in de buurt.

'Rev heeft dat gedaan,' zei Birthe, terwijl ze met samengeknepen ogen naar de versplinterde poort staarde. 'Of liever gezegd, de goden deden het via hem. Rev is niet meer dan een hulpstuk.'

Ze lieten de paarden in het veld en liepen door de opgeblazen poorten de stad in.

'De geur van de dood,' zei Kjelle hees. 'Het is net als Eidungruve, alleen groter.' Overal lagen rottende lichamen, hun afgehakte hoofden decoreerden gebroken ramen, bomen, marktstalletjes, in een gruwelijke vertoning van waanzin. 'Waarom?' Elbrich keek rond in wilde afschuw. Achter hem vloekte Annlith, zacht maar vloeiend.

'De Goden van Toen haten ons; ze haten onze goden, ze haten onze wereld.' Birthes gezicht was beheerst, alleen haar ogen gloeiden. 'De Lithan liet me beelden zien van de wereld zoals die eruitzag in hun tijd. Ik zag de geschubde monsters, de gevederde reptielen, de vliegende draken, allemaal jagend op elkaar. De zwartalven en jouw voorouders, de dvergar.' Ze zweeg even. 'En de onze; onvolgroeide, harige primitieven zonder een glimp van intelligentie. Dat was de wereld van Toen; die zij willen terughalen. Een wereld van slavendrijvers en slaven.'

Elbrich knikte. 'Onze vervloekte voorvaders, wiens gelijkenis we nog steeds dragen.' Zonder een woord draaide hij zich om en greep Annliths hand.

Straat na straat gingen ze door het stadje, maar er was niemand in leven te midden van de uitgebrande gebouwen. Alleen de raven hadden het goed.

'Ik heb genoeg gezien,' zei Kjelle ten slotte, bij het opgeblazen kasteel. 'Laten we gaan.' De herinneringen aan zijn thuis in Eidungruve waren overweldigend en hij wist dat hij weg moest gaan om niet gek te worden.

Birthe zag de uitdrukking op zijn gezicht en pakte zijn arm. 'Ik weet het, lief.'

Een snik ontsnapte Kjelle en hij begon te rennen. Birthe bleef dicht bij hem, even soepel als altijd, ondanks haar dertien weken zwangerschap. De anderen vroegen niets, maar haastten zich achter hen aan.

Eenmaal terug in het grote veld, haalden ze hun paarden en haastten zich weg van het dode Divion. De zon scheen en het weer was prima, maar hun harten waren zwaar en ze reden in stilte.

Die avond, in de tent die hij met Birthe deelde, kon Kjelle niet slapen. Zijn geest draaide rond Eidungruve, de moord op zijn volk, de staak met het hoofd van zijn vader, de rottende lichamen, de volgevreten kraaien... Hij wentelde zich en keerde, totdat Birthe hem boven op zich trok.

Hun liefdesspel bracht vrede in zijn geest en haar aanwezigheid verjoeg de verschrikkelijke beelden tot hij eindelijk in haar armen insliep.

Birthe voelde de warmte van zijn lichaam en zijn gewicht boven op haar troostte haar. Hij was degene die ze wilde. Sterk, maar altijd afhankelijk van haar om zijn zelfvertrouwen te versterken. Net zoals hij haar schild was tegen haar angst voor eenzaamheid, om verlaten te worden. Ze staarde naar het dak van de tent. Haar gedachten gingen naar Rev, de Fynni hoge sjamaan. Zijn dood zou de Goden van Toen hun macht doen verliezen en jarl Rannar zijn troepen. Ze wist dat ze Rev moest doden en die wetenschap maakte haar doodsbang. Maar het Lot had het tot haar taak gemaakt en de völva in haar wist dat ze er niet aan kon ontsnappen. Ze lag daar, met haar lief in de armen, en huilde geluidloos om hem niet wakker te maken. Het duurde lang voordat ze in slaap viel.

Een week later waren Kjelle en zijn vrienden terug in Gallië. De donkere dennenbossen van Lotharn hadden plaatsgemaakt voor eiken en berken. Het voorjaar was mild en zegende hen met Zons stralen, en Kjelles humeur was aanzienlijk opgeklaard.

'Daar is een stad met een herberg,' zuchtte hij, wijzend op een laag, houten gebouw, beschut door hoge muren. 'Ik zou met plezier iemand vermoorden voor een warme maaltijd.'

'Natuurlijk,' zei Ajkell met een grijns. 'Het was jouw beurt om te koken vanavond.'

'Zijn beurt schuift een dag door,' zei Birthe hooghartig. 'Aangezien ik degene ben die voor de kosten opdraait.'

De anderen lachten om Kjelles zure gezicht. Ze wisten dat hij koken verafschuwde.

'De *Koppige Wijnkelder*,' zei Elbrich. 'Koppige wijn? Dan houd ik het wel bij bier.'

In de lage gelagkamer kwam de herbergier op hen af, een en al gastvrijheid. 'Welkom, edele heren en dames. Kan ik u van dienst zijn met een avondmaal? Kamers?'

Kjelle keek naar Birthe, die zei: 'Allebei. Ik wil vanavond in een bed slapen. 'Ze fixeerde de man met haar blik. 'U hebt vast en zeker een badruimte.'

'Natuurlijk, vrouwe,' zei de man, handenwrijvend. 'Wilt u iets drinken terwijl het water opwarmt?'

'Ja,' zei Kjelle, kwijlend bij de gedachte aan een koud biertje.

Een half uur later ging Birthe naar haar bad. Kjelle bestelde nog een biertje en strekte zijn benen. 'Dit is het leven.'

De buitendeur ging open en een jong meisje kwam binnen, gevolgd door een jongen van een jaar of negen. Bij het zien van de bezoekers verstarde het meisje even. Terwijl ze naar hen keek, zag Kjelle een opvallend rond merkteken op haar wang. Hij ging rechtop zitten.

'Jij daar, meisje,' zei hij. 'Kom hier.'

Gehoorzaam kwam ze naar hun tafel. 'Heer?'

'Dat is een vreemd teken op je gezicht. Hoe kom je eraan?'

Het meisje kreeg een kleur. 'Dat kan ik me niet herinneren, heer. Ik heb het altijd gehad.'

'Is dat zo? Woon je hier in de buurt?'

'Ja, heer,' zei het meisje, terwijl ze Kjelle recht aankeek. 'Ik woon hier.'

De kleine jongen aan haar zijde hief zijn kin op. 'Ik woon hier ook... heer.'

'Er zullen meer Fynnikin in de wereld zijn,' zei Ajkell. 'Vluchtelingen uit het noorden.'

'Kom je uit het noorden, meisje?' vroeg Kjelle.

'Mijn grootouders, heer,' zei het meisje. 'Ze kwamen om aan slechte mannen te ontsnappen en vestigden zich hier.' Kjelle knikte. 'Ik begrijp het. Dank je.' Het meisje maakte een kniebuiging. 'Kom, Dagi,' zei ze tegen de jongen. Samen verdwenen de kinderen achter een van de vele deuren.

'Ze zag er heel Gallisch uit,' zei Elbrich. 'Helemaal niet als een Fynni.' Kjelle haalde zijn schouders op. 'Ze is gewoon een meisje.' Toen begroef hij zijn neus in zijn bier en vergat haar.

Tuuri hoorde het geluid van naderende paarden en verstijfde. Rannar? Hij vervloekte zijn zwakte. Als het de jarl was, zou hij niet in staat zijn om te ontsnappen. 'Zij zijn het!' Ademloos rende Hilja hun kamer binnen. 'Wie?' vroeg Tuuri, terwijl de kille handen van de angst zijn hart omklemden. 'Die theyn Kjelle en zijn mensen! Ze zijn hier.' Tuuri draaide zich naar haar toe, gapend in verbazing. 'Kjelle?' *Ze gaan natuurlijk ook naar het zuiden.* 'Hebben ze je gezien?' Hilja knikte. 'Hij riep me bij zich en stelde me allemaal vragen.' *Verdomme*! Tuuri ging rechtop zitten en de pijn schoot door zijn been. Hij trok een gezicht. 'Wat vroeg hij?' 'Hij wilde weten over dat vervloekte teken van me. Ik vertelde hem dat mijn grootouders uit het noorden kwamen. Daar kwamen ze ook vandaan, dus het was geen leugen,' zei ze triomfantelijk. 'Toen zei ik dat ik hier woonde, wat maar een beetje een leugen was, want dat doe ik nu. Toen zei Dagi dat hij hier ook woonde. Blijkbaar was de heer tevreden, want hij had geen vragen meer.' De rest van de dag bleef Hilja in hun kamer. Om de verveling te verdrijven. leerde Tuuri haar *hnefatafl* – koningstafel, een Nords bordspel met stukken die hij uit stukjes hout had gesneden. Dagiberh kon niet lang stilzitten;

hij had in het nabijgelegen bos een geschikte stok gevonden en oefende eindeloos zijn "zwaardvechten" op de nabijgelegen bomen. Alle ongelukkige berken waren Fynni of rode, gepantserde Blodward en in zijn gedachten stierven ze op de meest vreselijke manieren. Op de een of andere manier hielp het hem zijn herinneringen aan Divion te verwerken.

De volgende ochtend na het ontbijt was Dagi weer gaan vechten tegen zijn bomen. Tuuri en Hilja spraken over de Norden en het leven daar. Plotseling kwam de jongen terug, zwaaiend met zijn stok.

'Ze zijn weg! Ik joeg ze weg voor u en ze vluchtten. Ooh, ik ben een groot krijger!'

Tuuri keek op. 'Theyn Kjelle is vertrokken? Perfect! Welke kant gingen ze op?'

'De weg voorbij de stad.' De jongen sprong op een neer. 'Ik dreigde hen met mijn zwaard en ze vluchtten naar het zuiden. De weg naar Massalia.'

Tuuri fronste zijn wenkbrauwen. 'Massalia? Welke plaats is dat?'

Dagiberh keek alsof hij dit een domme vraag vond. 'Massalia is een grote stad. Het is de rijkste haven aan de zuidkust en het is zeer belangrijk.' Hij aarzelde even. 'Ik wil er niet heen.'

'Waarom niet?' vroeg Hilja. 'Wat is er mis met Massalia?'

'Een broer van mijn moeder is daar graaf. Hij is... geen aardige man. Hij zou me graag in handen krijgen.'

'Waarom?'

'Hij wil mijn land. Divion ligt op de handelsroute naar Rhemes. Hij denkt er rijk te kunnen worden. Rijker,' voegde hij eraan toe. De jongen stak zijn borst vooruit. 'Maar dat wil ik ook. En het is mijn stad.'

Hilja knikte. 'Dan moeten we niet naar Massalia.'

Tuuri glimlachte. 'Dat was ook niet het plan. We gaan naar het oosten, naar de Barrière Alpen.' Toen betrok zijn gezicht en vloekte, met een blik op zijn nog steeds gezwollen voet. *Maar dat zal nog wel een tijdje duren.*

HOOFDSTUK 5 – EEN HOUTEN MUUR

Op de derde dag van hun gevangenschap, keek Ottil plotseling om zich heen. 'Het schip gaat sneller.' De anderen keken hem verrast aan. 'Hoe weet je dat?' vroeg Hraab. Ottil keek verbaasd. 'Door het geluid van de zee langs de romp en de wind in het want.' Schreeuwen en het geluid van rennende voeten op het dek gaven een indruk van groeiende verwarring. 'Ik ga even kijken,' zei Hraab na een tijdje. 'De deur zit nog altijd niet op slot.' 'Zorg dat ze je niet zien,' zei Moirra. 'Dat zullen ze niet.' Hraab knipoogde naar haar. 'Ik ben zo terug.' Plotseling was het alsof er een schaduw langs de deur naar buiten glipte. 'Hoe doet hij dat toch?' zei Ottil. 'Het is griezelig.' 'Het is een truc.' Moirra keek op. Ze voedde Muus een mengsel van wijn en soppig brood, walgelijk, maar het beste wat ze kon doen. 'Hij is er goed in andere mensen te laten denken dat ze iets anders zien dan de werkelijkheid.' 'Hraab is een leugenaar,' zei Geir. 'Wat hij zegt is vaak verdraaid. Maar hij is een vriend.' Moirra glimlachte. 'Daar komt het zo'n beetje op neer.' Bijna onmiddellijk kwam Hraab terug, met een geheimzinnige blik op zijn gezicht. 'Verrassing, verrassing,' zei hij. 'Die piraten kregen een nare schok.' 'Vertel het ons,' zei Moirra koeltjes. Hraab mompelde iets over spelbreken. Toen grijnsde hij weer. 'Een oorlogsvloot. Het zijn minstens tien schepen. En groot! Dromonds met twee dekken roeiers en twee masten. Er is geen ontsnappen aan voor meester Drievingers. Hij moet zich overgeven of sterven.' 'Laten we hopen dat hij verstandig kiest,' zei Moirra zacht.

Ze hoorden een schreeuw over zee. De woorden waren onmogelijk te verstaan, maar de betekenis was duidelijk een vraag naar overgave.

'Nooit!' De stem van Kapitein Drievingers klonk uitdagend. 'Je kunt ons alleen tot zinken brengen, admiraal. En onze koninklijke gevangenen met ons mee. Dat zal een internationaal incident scheppen, admiraal. Uw basileus zal dat helemaal niet leuk vinden.'

'Basileus? Dat is de titel van de heerser van de Baljaren. Het betekent keizer,' zei Moirra.

Hraab haalde zijn schouders op. 'Ken 'm niet. Laten we die planken voor het raam weghalen. Het zou handig zijn om de achterdeur open te zetten.'

De stem van de vloot schreeuwde iets.

'Welke koninklijken? De Norden, mijn vriend. Die verduvelde kleine prins zelf. Doodt hem en Gallië zal ook niet blij met u zijn. U laat ons gaan, admiraal, en ik zal een eerlijk losgeld voor ze vragen. Als u ons aanvalt, heeft u een dode prins in handen.'

Een van de planken kwam met een klap omlaag en ze verstijfden, maar de piraten waren waarschijnlijk allemaal met hun aandacht bij de vijandelijke vloot, want er kwam niemand kijken.

Hraab tuurde naar buiten, de regen in, en floot. 'Dank je, goden, voor dit stukje bedachtzaamheid.'

'Wat is er?' vroeg Moirra.

'De scheepsboot vaart in onze kielzog, recht onder ons raam. De piraten moeten hem hebben laten zakken toen ze de vloot zagen. Hij is klaar voor de vlucht, zelfs de riemen zijn aan boord. Kom op, laten we hier weggaan.'

Haastig pakten ze hun spullen bij elkaar. Terwijl Hraab zich in de boot liet zakken om haar tegen de achtersteven van het schip te houden, tilden Moirra, Ottil en Geir de nog altijd bewusteloze Muus van de vloer. Met enige moeite worstelden ze gedrieën de runenmeester door het raam de boot in. Daarna haastten ze zich naar beneden en Geir sneed de lijnen door. Hraab en Ottil grepen de riemen en roeiden zo snel als ze konden weg van de *Kassanda*.

'Stuur naar het dichtstbijzijnde Baljaren schip,' zei Hraab en Geir knikte.

Een kreet vertelde hen dat de piraten hun ontsnapping hadden ontdekt. Geir schreeuwde toen een lange schacht zich in het gangboord naast zijn elleboog begroef. Op dat moment opende de vloot het vuur. Een regen van pijlen scheurde de *Kassanda*'s zeilen aan flarden en de pas herstelde ra stortte weer naar beneden, deze keer over stuurboord. Zeildoek en lijnen vielen half over de langszij varende *Rejusta* en drukten haar tegen de romp van het grotere schip. Beide schepen zwenkten weg en de *Kassanda* presenteerde haar achtersteven aan de Baljaren vloot. De eerste dromonds waren heel dicht genaderd, toen met een brul en veel rook, de voorste een vuurstraal naar de onfortuinlijke piraten spuwde.

'Goden! Kijk daar nou!' riep Ottil en zijn riem miste een slag. De vlammen beten in de hut waaruit ze net ontsnapt waren. 'Goden, o goden, kijk daar nou!'

Er kwamen meer vurige stralen voorbij. De *Kassanda*'s oude scheepsplanken rookten en scheurden open, en het water stortte zich in haar romp. Onwillig ging de *Rejusta* met haar mee, tegen haar zijde geklemd door de omhelzing van de gevallen ra. Het laatste wat ze zagen was de figuur van kapitein Austu Drievingers die met zijn vuisten zwaaide, naar hen of naar de dood-spuwende dromonds, of misschien wel naar allebei.

Zo snel ze konden roeiden de jongens in de richting van de vloot. Een slanke kleine galei schoot van achter de grote schepen vandaan en kwam recht op hen af. Een man in een mooi uniform boog over de reling en riep iets dat ze niet verstonden. Maar wat hij bedoelde was duidelijk genoeg, dus de jongens lieten hun roeispanen rusten en zwaaiden naar het naderende schip. Twee mannen in blauwe tunieken gooiden een touwladder naar beneden en klommen in de boot. *Naar boven*, gebaarde een van hen. Toen hij Muus zag, riep hij iets en twee anderen kwamen erbij om de bewusteloze runenmeester naar het dek van de galei te dragen. Toen ze allemaal aan boord waren, volgden de matrozen, die de kleine scheepsboot aan haar lot overlieten. Een officier op het achterdek schreeuwde een commando en het schip snelde terug naar de vloot.

Ottil keek het dek rond. Niemand had tot hen gesproken; noch de mannen, noch de officier die om hun overgave had geroepen, dus hij wachtte, zich er bewust van dat de boogschutters elke beweging van hen volgden.

Binnen enkele minuten waren ze langszij het centrale schip van de vloot, een torenhoge dromond met de hoofden van grommende dieren op de voor– en achtersteven. Matrozen lieten een houten ladder zakken en de officier van de galei gebaarde hen omhoog te klimmen. Twee matrozen brachten Muus aan boord van het grote schip.

Hier werden ze opgewacht door een groep rijk geklede officieren met donkere, hooghartige gezichten. Een man met het uiterlijk van een klerk stond aan de ene kant. Hij keek verbaasd naar ze en sprak toen in vloeiend Gallisch. 'Jullie zijn maar kinderen, geen piraten. Wie zijn jullie?'

Ottil stapte naar voren en rechtte zijn schouders. 'Ik ben Ottil Vidmersen, Prins van de Norden,' zei hij luid.

Een moment lang was het doodstil.

Vanuit de toekijkende officieren kwam een stem die duidelijk Nordisch sprak. 'Wat doe je hier, Ottil Vidmersen, helemaal alleen, zonder vader of moeder om je te begeleiden?'

Ottil keek verrast bij het horen van de Nordse woorden uit de mond van een Baljarense officier. 'Wie ben jij om mij dit te vragen, soldaat van de basileus?'

'Ha, de welp toont zijn tanden. Weet dat ik Sigard Halfardsen ben, luitenant in de Varantiaanse Garde. Ik diende aan Vidmers hof voordat ik besloot een echte heerser te volgen.'

'Is dat zo, Sigard Halfardsen? Wanneer je terugkeert, zul je mij dienen, krijger. Mijn vader Vidmer werd gedood; vermoord door de Slang van Westhal.'

'Vidmer dood? En het is Rannars daad? Dat is slecht nieuws.'

'Mijn moeder, koningin Leocastre, ontsnapte aan een schandelijk huwelijk met Rannars stroman. Ze is veilig aan het hof van mijn oom in Rhemes. Rannar wil die idioot Brundal in mijn plaats kronen. Bij gebrek aan soldaten, ben ik er tussenuit geknepen. Voor een korte tijd althans.'

'Maar hoe kom je hier, een kind tussen de piraten?'

'Geen kind, Sigard Halfardsen. Ik verklaarde mezelf een man. Dat moet ik zijn, om de dood van mijn vader te wreken en mijn troon te herwinnen. Op dit moment ben ik op zoektocht met de runenmeester Terrel, om ervaring en naam te verwerven voordat ik naar de Norden terugkeer. We waren onderweg naar Kartakos toen de piraten, die uw vloot zo behendig executeerde, ons schip aanvielen. Daarom mijn dank aan uw heer admiraal.' Hij boog licht naar de man om wie de andere officieren gegroepeerd stonden. Deze glimlachte en boog terug. *Dus hij begrijpt me,* dacht Ottil. *Dat is goed om te weten.*

De krijger salueerde op Nordse wijze, met een vuist op de schouder, de andere hand om de biceps.

'Goed gezegd, prins. Ik herkende je gezicht meteen, maar ik wilde je woorden eerst horen. Je doet de juiste dingen om de juiste redenen. Dat is zeldzaam. Ik ken Rannar. Hij is geen slechte man, maar misleid en hij heeft slechte vrienden. Toch is hij nu te ver gegaan. Ik wens u veel succes, prins. Moge het Lot met u zijn.' Bij die woorden stapte hij weer in de schaduw.

Nu boog de klerk. 'Ik ben de Stem van admiraal Marzinios van Zijne Keizerlijke Majesteits Marine. De admiraal heet u van harte welkom aan boord van zijn schip en hij is blij dat hij uw koninklijke persoon van dienst kon zijn.'

Ottil gaf een beleefde hoofdknik. Hij wist de admiraals status niet; Marzinios kon iedereen zijn, van een gewone burger tot de broer van de basileus. Blijkbaar was het genoeg, want de admiraal boog weer terug.

'Ik ben uiterst tevreden met de hulp van Zijne Excellentie in deze. Het verwarmde mijn hart om te zien hoe snel de machtige marine van de basileus met deze piraten afrekende.' Ottil genoot van de vlotte manier waarop de diplomatieke woorden van zijn tong rolden.

De admiraal zei iets in het Helleens en toen hij klaar was, vertaalde de Stem. 'Het was maar een kleinigheidje, twee nietige schepen tegen de houten muur van de Baljaren. Desalniettemin zullen de woorden van de Norden Zijne Keizerlijke Majesteit behagen.'

Weer sprak de admiraal en de Stem vertaalde. 'Zijne Excellentie zou Uwe Hoogheid willen presenteren aan Hare Keizerlijke Hoogheid Prinses Irenia Peristakola, de Ster van de Baljaren, die hij de eer heeft naar huis te begeleiden na een familiebezoek in Massalia.'

'Het zou een genoegen zijn,' zei Ottil, die in het geheel niet geïnteresseerd was in prinsessen. 'Eerst zou ik hulp willen vragen voor mijn metgezel, meester Terrel. Hij is een zeer krachtige wijsman, die gewond is geraakt door een piraat en hij heeft absolute rust nodig.'

'Een wijsman,' zei de Stem snel. 'Degenen die de wil volgen van het Nordse pantheon zijn altijd welkom. Dat geldt minder voor de druïdes. Hij Die Sol Is heeft weinig geduld met hun bemoeizuchtige manieren. Om misverstanden te voorkomen, zullen we de dame van andere kledij voorzien. Neutrale kledij.'

'Het is de plicht van de gast zich aan te passen aan de manieren van de gastheer,' zei Ottil, trots dat hij zich deze uitdrukking herinnerde.

'Zoals het de plicht is van de gastheer zijn gasten tegemoet te komen,' antwoordde de Stem.

Ottil knikte. 'De dame Moirra is van de Un–a–Dach. Zij zal zich niet bezighouden met activiteiten die de vriendschap tussen de Norden en Zijne Keizerlijke Majesteit zouden schaden.'

'U bent wijs ver voorbij uw jaren, prins Ottil,' zei de admiraal plotseling. 'Ik ben zeer onder de indruk van uw diplomatie.'

Ik ook, dacht Ottil. *Ik moet niet vergeten Valiantrude te bedanken voor haar lessen.*

De admiraal zei iets en een kleine scheepsjongen verscheen. 'Deze jongen zal u naar uw hut brengen, prins Ottil. Daar kunt u zich comfortabel wassen en omkleden.'

HOOFDSTUK 6 – IRENIA

We moeten een hoge officier hebben verdreven, dacht Ottil, want hun hut was ruim en goed ingericht. Zeelieden brachten emmers warm water en een bediende verscheen met een assortiment rijke zijden kleding. Eenmaal schoon en aangekleed, plofte hij neer op het bed. 'Dit is het leven,' zei hij, terwijl hij op en neer wipte op de zachte matras. 'Geen stro, zelfs geen kale-kippen-dons, dit is echt leuk.'

'Kale-kippen-dons?' vroeg Hraab.

'Mijn moeder gelooft niet in verwennerij. Alleen de meest ellendige veren werden gebruikt voor beddengoed.'

Een klop op de deur deed hem opspringen, maar Geir was sneller. Hij wisselde een paar woorden met iemand en kwam terug met een briefje. 'Van de admiraal,' zei hij, terwijl hij het aan de prins gaf.

Ottil las het en trok een gezicht. 'Baljarens enige prinses is aan boord en ze sterft van verlangen mij te ontmoeten. Nou, ik zit goed hier, dus ik zou haar graag laten sterven. Maar ik veronderstel dat ik dat niet kan maken.'

Moirra lachte. 'Nee, ik geloof het ook niet.'

De prins zuchtte. 'Laten we dan maar kijken of ik de weg naar het achterdek weet terug te vinden.'

'Ik weet het,' zei Geir zacht.

Ottil keek hem aan. 'Echt waar? Laten we gaan dan.'

Op de een of andere manier had Geir onthouden welke ladder waarheen leidde in de verbijsterende ingewanden van de dromond en kort daarna kwamen ze bij de hut van de admiraal.

Marzinios ontving hen met een hoofse glimlach, maar Ottil dacht opluchting te zien in zijn ogen. 'Hare Keizerlijke Hoogheid verlangt ernaar u te ontmoeten, prins. Het zou het beste zijn haar geduld niet op de proef te stellen.'

Oh, een zeurende vrouw? 'Ik kom mee, admiraal.'

Met Geir een stap achter hem, volgde hij de admiraal een kleine ladder af naar een bewaakte deur. Onzichtbare handen deden open en de admiraal gebaarde Ottil naar binnen te gaan. 'De prinses wil u alleen ontmoeten, Hoogheid.' Ottil knikte naar Geir. 'Wacht buiten; het zal me wel lukken, denk ik.' Hij rechtte zijn schouders en liep de hut binnen alsof hij er woonde. Hij keek om zich heen en knipperde met zijn ogen bij de aanblik van alle rijkdom. Weelderige tapijten verborgen het dek en de houten wanden, gouden kandelaars verspreidden een warm licht en...

'Wat sta je te gapen? Kom hier, jongen.' De arrogante stem kwam van een klein meisje die languit op de dikke kussens van een bank lag. Ottil voelde zijn gezicht gloeien en liep naar voren. Ze was van zijn leeftijd, zag hij; een klein, donker meisje met haar haren opgestapeld boven op haar hoofd en haar gezicht opgemaakt in goud en rood. Geen respectabele vrouw schilderde haar gezicht, dus wat was zij? Een... een concubine? Nee, daar was ze te jong voor.

'Sta je met je mond vol tanden, jongen? Wie ben je? Je ziet eruit alsof je je verstand buiten hebt gelaten, pummel.'

Ottils temperament vlamde op. 'Pummel? En wie ben jij dan, met je beschilderde gezicht? Geen fatsoenlijk meisje zou er zo uit willen zien.'

'Beschilderd!' Het meisje schoot overeind. 'ik ben de Keizerlijke Prinses Irenia, boer.'

'Dat is geen compliment voor je land, meisje.' Ottil was heel kalm nu. Het kind wilde spelen. Nou, dat spel kende hij ook. 'Je ziet eruit en je gedraagt je alsof je thuis op de markt staat. Als visventster.'

'Ai!' krijste het meisje. 'Ik ben beledigd. Arresteer hem! Onthoofd hem!'

'Doe niet zo gek,' zei Ottil met een minachtende blik. 'Je kunt me niet arresteren, ik ben de Norden.'

'Kan me niet schelen wie je bent! Je bent een beest. Ik...'

'Uwe Keizerlijke Hoogheid,' zei een vrouwenstem. 'Dat is geen manier om tegen de prins van de Norden te spreken. Kalmeer uzelf, ik smeek het u.'

Een majestueuze dame gehuld in paars en oranje kwam binnen en liep naar het bed. 'Laat me uw pols voelen. U windt zich te veel op. Ik zal de arts laten komen, opdat hij u wat bloed afneemt.'

'Nee, Adoxia, ik heb de dokter niet nodig. Ik ben volkomen kalm, echt. We maakten gewoon een grapje, de prins en ik.'

De vrouw keerde een gezicht zo hard als staal in Ottils richting. 'Een grapje?'

Ottil zag de smekende blik in de ogen van het meisje. 'Het was niets, mevrouw. Een woordenspel. Er is geen reden om boos te zijn.'

'De prinses is veel te snel opgewonden voor deze woordspelletjes, prins. Ik moet u vragen om altijd op een kalme en afgemeten toon met Hare Keizerlijke Hoogheid te spreken. '

Ottil hergreep zijn zelfbeheersing. *Verschrikkelijke vrouw! In vergelijking met haar was Valiantrude helemaal niet zo slecht.* 'Ik zal het proberen, mevrouw. Misschien is het beter dat ik nu afscheid neem.'

'Dat zou het verstandigste zijn, Hoogheid,' zei de dame.

Ottil boog. 'Ik moet gaan, Keizerlijke Hoogheid. Ik hoop dat wanneer we elkaar de volgende keer ontmoeten u minder... overstuur bent.' Toen de dame haar rug naar hem toekeerde, knipoogde hij uitbundig naar de kleine prinses. Met een kleine zwaai van zijn hand verliet hij de hut.

Geir stond buiten en staarde naar de deur. Ottil zag zijn magere gezicht oplichten toen hij verscheen. Hij wilde iets zeggen, maar zijn hirdman fronste waarschuwend.

'Hare Keizerlijke Hoogheid zal blij zijn met uw komst, prins.' De admiraal kwam vanuit de schaduw naast hem staan. 'Ze is een eenzame ziel. Het is een lange reis vanaf Massalia en ze verveelt zich. Tot nu toe had ze alleen de jonge Belsarios om mee te praten. Maar hij is de zoon van een handelaar en ik ben bang dat hij niet echt aangenaam gezelschap is.'

'Ze is een pittig meisje,' zei Ottil met een kleine glimlach.

'Wie is die vrouw bij haar?'

Het donkere gezicht van de admiraal was onleesbaar. 'Barones Ortoff? Ze is de *vestaria* van de prinses, haar hofdame. Ze is niet geliefd aan het hof, omdat zij geen Baljaren is. Ze komt oorspronkelijk uit Rus'. Een heerszuchtige vrouw.'

'Ik veronderstelde al zoiets. Nu, ik moet terug naar mijn gevolg.'

De admiraal boog. 'Mag ik hopen dat u vanavond met mij en mijn officieren wilt dineren?'

'Het zou een genoegen zijn, admiraal.'

Daarop bracht Geir hem weer naar hun hut, half zo breed als die van de prinses. Hij sloot de deur achter zich en keek naar Moirra.

'Mag ik even gillen?'

De druïdes, languit in haar volle, geringe lengte op het bed, opende één oog. 'Waarom?'

Ottil wreef hard met zijn handen over zijn gezicht. 'Ik ben de hele tijd braaf geweest; vreselijk beleefd en volwassen. En ik moet vanavond met de admiraal dineren.' Hij was even stil. 'Help me herinneren dat ik iets aardigs zeg tegen Valiantrude, de volgende keer dat we haar zien.'

Hraab trok een wenkbrauw op. 'Ik dacht dat je een hekel aan haar had?'

'Ze had veel erger kunnen zijn. Ik ontmoette de draak waar die kleine prinses mee te maken heeft. Wat een opgeblazen, neerbuigende, vreselijke trut. Ze ruikt zelfs raar, alsof ze al lang dood is.' Hij keek verbaasd. 'De geur deed me ergens aan denken, maar ik kan me niet herinneren wat het was.'

Hraab gaf hem een vragende blik. 'En de prinses zelf? Was ze erg mooi?'

Ottil haalde zijn schouders op. 'Meisjes zijn normaal al dwaas, maar deze was nog erger. Schreeuwen en de grote mevrouw uithangen. Maar net toen we in de stemming raakten, kwam die dikke koe alles verpesten met haar dreigement over aderlaten.' Hij keek om zich heen. 'Waar is Muus?'

Moirra zwaaide met een hand. 'Achter die deur. Het is een bedienderuimte; erg klein, maar ruimschoots groot genoeg voor hem. Het gaat iets beter met hem. De admiraal heeft een uitstekende arts, met een grotere voorraad kruiden dan ik in tijden heb gezien. Samen maakten we een slaapmiddel dat echt zal helpen. Morgen weten we meer.' Ze stond op van het bed en bekeek Ottils gezicht. 'Je ziet er een beetje moe uit. Waarom ga je niet even liggen? Het is nog lang geen tijd voor het diner.'

Ottil moest toegeven dat ze gelijk had. De spanning van hun ontsnapping, het ongewone roeien, het werd hem een beetje te veel. Met een zucht viel hij neer op het bed en sloot zijn ogen.

Toen hij ze weer opende, was het omdat Geir aan zijn schouder schudde. 'Tijd om op te staan, Hoogheid, het diner van de admiraal is over dertig minuten. U moet zich nog aankleden.'

Hij kreunde. 'Nu al?' Toen zwaaide hij zijn benen over de rand en ging rechtop zitten. 'Wat bedoel je, aankleden? Ik ben toch aangekleed?'

Geir toonde een lange, donkerrode tuniek met gouden vogels erop geborduurd. 'Niet zoals dit,' zei hij met een lichte glimlach.

De prins staarde ernaar. 'Nee!'

'De admiraal liet het afgeven. Het was een beetje te groot, natuurlijk, dus heb ik het voor u ingenomen.'

'Jij? Deed je dat zelf?'

Geir bloosde. 'Het is niet zo anders dan zeilen naaien.'

Ottil slikte de grappige opmerking op zijn tong weer in. 'Ik neem aan van niet.' Toen sprong hij van het bed. 'Kom op, laten we je handwerk proberen.' Hij glipte uit zijn oude tuniek en in de nieuwe. 'Het is niet te groot,' zei hij, terwijl hij de stof met zijn handen controleerde. 'En ik struikel er ook niet over. Goed gedaan, maat. Laten we gaan.'

'Wacht!' Geir gaf hem een ronde hoed met opgenaaide juwelen. 'De bediende van de admiraal verontschuldigde zich dat het geen echte kroon is.'

'Alle goden,' zei Ottil. 'Moet ik dat dragen?'

'Ja,' zei Geir.

De prins knipperde met zijn ogen. 'Ik haat het; dit is onmannelijk.'

'Je ziet er erg knap uit,' zei Moirra. 'Helemaal de prins.'

Op dat moment kwam Hraab uit de ruimte waar Muus sliep. Ottil keek hem aan en lachte. 'Jij ook al?'

De voormalige lijkenpikker–jongen was gekleed in een zijden tuniek en bijpassende broek, en rijglaarzen met open tenen. 'Nu ben ik een e-e-edelman,' zong hij, terwijl hij ronddraaide. 'Geir, heb je hem jouw mooie kleren al laten zien?'

Geir trok een gezicht. 'Het is te fijn voor mij. Ik ben een boer, niet de zoon van een theyn.'

'Je bent hirdman van de prins,' zei Ottil. 'Kom, trek het aan en laat het me zien.'

Rood van verlegenheid toonde de jongen een lange tuniek van helder groen, met een geel bovenhemd.

Ottil floot. 'We zullen het hof in Nidros verblinden wanneer we terugkeren. Een fijn stel pauwen zijn we.'

'Je zult een nieuwe modetrend beginnen,' zei Moirra. 'Het zal een verandering zijn na al die stinkende huiden en leren uitrustingen.'

'En hoe zit het met jouw kleding?'

'Ik ga niet; ik blijf bij Muus. Trouwens, ik ben niet echt welkom. De zonnegod is niet gediend van mijn goden.'

Hraab grijnsde. 'Ik weet het. Iowynh verliet me toen we aan boord stapten. Hij was niet op zoek naar ruzie, zei hij. Die domme Helios lijkt te denken dat hij de enige god in de wereld behoort te zijn.' Hij keek naar Ottil. 'De basileus ziet zichzelf als de zonnegod op aarde. Dus iedereen die bidt tot Helios bidt voor hem.'

'Dat is gestoord! Als ik ging rondbazuinen dat ik Odin ben, zou het hele hof me uitlachen.'

'Ruk een van je ogen eruit en laat een grijze baard staan; misschien zullen ze je dan geloven.'

De admiraal bewoonde de bovenste hut, direct onder het achterdek. Een grote tafel nam de meeste ruimte in beslag, met houten klapstoelen eromheen. Kaarsen verspreidden een gastvrij licht dat speelde over de bebaarde gezichten van de officieren in hun kleurrijke uniformen. Toen Ottil binnenkwam stond iedereen op en boog. De admiraal reikte hem ter verwelkoming de hand.

'Hij!' riep een stem. 'Moordenaar!'

'Oh, verdomme,' mompelde Hraab, bijna onhoorbaar.

De admiraal keek verward naar de andere kant van de tafel, waar een mollige jongen stond. Het gezicht van de jongen was rood aangelopen en zijn beschuldigende vinger wees naar Ottil.

'Bedoel je mij?' vroeg de prins, met alle kalmte die hij kon opbrengen.

'Jij niet, maar die witte rattenkop achter je. Arresteer hem! Hij is een bekende moordenaar.'

Iedereen keek naar Hraab, die zijn jongste, meest onschuldige gezicht droeg. 'Ik?' zei hij verrast. 'Maar... maar wie ben jij?'

'Je weet verdomd goed wie ik ben, valse tovenaar. Jij bent degene die me sloeg en vastbond en die onze wachter vermoordde. Nu is het gedaan met je, klootzak. Admiraal, ik eis dat u die persoon arresteert en ter dood brengt.'

'Eis, edele Belsarios?' De admiraal streek over zijn baard terwijl hij naar de trillende jongen staarde. 'Verklaar u nader.'

'Het was in Baian, waar mijn vader de handelsagent is. Ik ging een eindje wandelen, zoals ik elke avond deed, toen deze... deze moordenaar op me sprong en me naar een verlaten tuin sleepte. Daar bond hij me vast, na mijn kleren gestolen te hebben. Hij sloop naar het Agentschap voor zijn snode zaken. Hij doodde een bewaker; waarna hij terugkeerde om mij te martelen en te vernederen. Hij pleegde een moord en viel een keizerlijke burger aan. Ik wil hem dood hebben!'

'U bent erg vrij met uw 'willen' en 'eisen', Belsarios,' zei de admiraal streng. 'U beschuldigt een nobele volgeling van Hij Die Koning Wordt Van De Norden. Welk bewijs heeft u van zijn schuld?'

De jongen was doodsbleek geworden. 'Ik herken zijn lelijke gezicht, admiraal. Hij stond daar te lachen, voordat hij mij te grazen nam. Hij is een smerige tovenaar.'

'Hij nam u te grazen? Hoe opmerkelijk. Ik vind het vreemd, Belsarios. U bent een uit de kluiten gewassen jongeman, groter en ouder dan de jonge Hraab. En hij zou u hebben overwonnen en vastgebonden? Ik denk dat u overspannen bent. Of dronken. U kunt beter naar uw hut teruggaan.'

De jongen liet zijn schouders hangen. 'Maar...' Ineens leek hij te beseffen hoe iedereen hem aanstaarde. 'Uw pardon, admiraal,' stamelde hij. 'Ja, ik trek me terug, als u mij toestaat.'

'Doe dat. En één ding.' De admiraal gaf hem een harde blik. 'Ik wil geen onzin van jou, jongen. De prins en zijn gevolg zijn gasten van het keizerrijk. Je vader noch het Handelsagentschap zelf kunnen je beschermen als je onze gastvrijheid beschaamt. Je kunt nu gaan.'

De jongen boog stijfjes en met een laatste dodelijke blik op Hraab, strompelde hij de hut uit.

'Uw pardon, Hoogheid, en de uwe, edele Hraab,' zei de admiraal. 'De jonge Belsarios heeft een schok gehad. Een crimineel heeft inderdaad ingebroken in zijn vaders agentschap. De schurk heeft hem mishandeld en blijkbaar spookt dat nog steeds door zijn hoofd. Zijn vader stuurde hem naar huis, om in dienst te treden van het

Handelsagentschap, in de hoop dat het zijn ziel rust zal geven. Maar zijn problemen mogen ons diner niet bederven. Gaat u zitten, edele gasten. Breng drankjes, eten en muziek.'
Het werd een onverwacht gezellige avond. Voor het eerst was Ottil in het gezelschap van voorname vreemden die hem als prins en, nog belangrijker, als volwassene behandelden. Toen één van de aanwezigen vroeg wat voor liederen er werden gezongen aan het Nordse hof, draaide Ottil zich om naar Geir.
'Zing voor ons.'
Geir verstijfde. 'Ik?'
'Ik heb je niet gevraagd een beer aan te vallen, of wel? In plaats daarvan moet je voor ons zingen.'
Geir slikte, zich bewust van de ogen die op hem gericht waren. Toen opende hij zijn mond en zong. Eerst een feestelijk lied over wijn en vrouwen en vervolgens een van de strijd en overwinning. Sigard, de Varantiaanse luitenant aan het ondereind van de tafel opende zijn ogen wijd bij de eerste noot en sloeg daarna het ritme op de tafel. De andere aanwezigen waren minder bekend met Nordse muziek, maar liederen over drank en oorlog vielen altijd goed in een marine gezelschap en Geir was een groot succes.
'Dit is nieuw voor je?' vroeg de musicus van de admiraal zachtjes. Geir gaf een verlegen knikje.
'Dat dacht ik al. Je hebt een geweldige stem, jongen. Speel je een instrument? Nee? Zoek me morgen even op. Ik heb nog een benen fluit die ik kan missen; die is het gemakkelijkst om mee te beginnen.'
Enkele uren later liepen ze terug naar hun hut, volgegeten en -gedronken.
'Een aangename heer, deze admiraal,' zei Hraab. 'Serveert een goede maaltijd.' Hij boerde waarderend en wreef over zijn buik. 'Je hebt je voet op de ladder van de roem geplaatst, meester Geir. Fluitlessen van de eigen bard van de admiraal is niet niks, maat.'

Het was rustig op het dek. De meeste bemanningsleden sliepen benedendeks en alleen de wacht was wakker. De nacht was koud, maar voor een keer droog en Maan reed laag over de zee. Toen ze bij hun hut kwamen, sprong er een schaduw uit het donker.

'Sterf, moordenaar!' fluisterde een stem. Een mes stak toe en Hraab schreeuwde toen het bloed de zijden stof van zijn mouw doordrenkte.

Belsarios, zijn gezicht verwrongen in haat en vernedering, hief zijn arm om opnieuw toe te slaan. Ottil brulde van woede en ramde zijn rechtervuist in het gezicht van de jonge handelaar. Belsarios struikelde achteruit, zwaaiend met zijn armen en met een kreet van wanhoop ging hij over de reling, de zee in.

'Man overboord!' riep de prins.

Ze hoorden rennende voetstappen en een autoritaire stem. 'Wat is dit?' Het was een officier op zijn ronde, met een zeeman aan zijn zijde.

'Een sluipmoordenaar!' zei Ottil, razend van woede.

De officier verstijfde. 'Waar is hij?'

'Hij stak Hraab en ik sloeg hem. Toen ging hij overboord.' Ottil wendde zich tot Hraab. 'Hoe gaat het met je arm?'

'Ik overleef het wel,' zei Hraab beverig. 'Verdomme, hij mikte op mijn keel. Ik stak mijn arm in een reflex omhoog en toen stak hij me.'

'Heeft u zijn gezicht gezien, heer Hraab?' vroeg de officier. 'Of u misschien, Hoogheid?'

'Het was die idioot Belsarios,' zei Ottil. 'Hij leek volledig gestoord.'

'De jonge Belsarios probeerde u te vermoorden, heer Hraab? Wilt u even met me meelopen naar de admiraal, Hoogheid?'

Ottil knikte. 'Je gaat hem niet oppikken?'

'Onmogelijk. We kunnen niets doen in de nacht, in het midden van onze vloot. Ik stuur een signaal naar onze boodschapper, dezelfde galei die uw persoon uit de zee opviste. Maar ze zullen hem nooit vinden in het donker.'

De admiraal was nog aangekleed toen ze bij zijn hut kwamen. 'Belsarios?' Hij was zichtbaar geschokt door het idee. 'Zo'n respectabele familie. Hij moet buiten zinnen zijn geweest. Doorzoek zijn hut; kijk of je iets kunt vinden wat verklaart waarom hij zo ver is gegaan. '

De officier salueerde en haastte zich de hut uit.

'Ik kan u niet vertellen hoezeer dit me spijt, Hoogheid,' zei de admiraal. 'Dat dit gebeurt aan boord van mijn schip is onvergeeflijk.'

'Hij moet dronken geweest zijn,' zei Ottil kortaf. 'Hij zag er wel zo uit.'

Toen kwam de scheepsarts, een donkere man in een lang gewaad. Zonder oog voor de kostbare zijde knipte hij Hraabs mouw open en begon de wond schoon te maken. Al die tijd sprak hij in een taal die geen van hen kon begrijpen en dat irriteerde Ottils geplaagde zenuwen. Ten slotte was hij klaar met zijn behandelingen en zijn kruidenbandages.

Hraab leek op het punt flauw te vallen en Ottil fronste. 'We kunnen je beter naar onze hut brengen; je moet echt een tijdje gaan liggen.'

'Dat zou het verstandigste zijn,' zei de admiraal. 'Ik zal het u laten weten, mochten we iets vinden.'

Ottil knikte en half–droeg Hraab buiten. Toen de deur van de hut achter hen sloot, ging Hraab rechtop staan.

'Ik ben in orde,' zei hij op gedempte toon. 'Die arm zal snel genoeg genezen. Ik voel me alleen vreselijk over Belsarios.'

'Ik begrijp dat je hem vernederde, daar in Baian,' zei Ottil, opeens boos. 'Houd je de volgende keer in. Die dingen lopen gemakkelijk uit de hand.'

Hraab staarde hem aan. 'Het spijt me,' zei hij ten slotte. 'Je hebt gelijk. Maar hij was zo'n arrogante ezel.'

'Dan had je hem moeten doodmaken. Nu vernederde je hem zo dat hij zich moest wreken. Zulke vijanden wil je niet achter je aan hebben.'

Hraab kreeg een kleur. 'Je bent harder dan ik dacht. Voel je geen spijt over zijn dood?'

'Ik ben niet hard, ik ben een Nord. En nee, ik voel er geen spijt over. Die knul was een dwaas en een laffe gluiperd. Daar is niets aan verloren.'

Hraab knikte. 'Boodschap ontvangen.' Hij glimlachte. 'Ben je boos op me?'

'Stop daarmee,' zei Ottil met een giechel. 'Natuurlijk niet.'

Terug in de hut vonden ze Moirra in tranen.

'Wat is er?' vroeg Ottil geschokt. 'Muus?'

'Hij is wakker.' De druïdes glimlachte door haar tranen heen. 'Hij is eindelijk wakker.'

Ottil omhelsde haar. 'Ik ben zo blij. Dit is echt een geweldige avond. Kan ik hem zien?'

'Als je stil bent.'

De prins liep op zijn tenen naar de kleine hut en keek naar binnen. 'Hé.'

Muus glimlachte naar hem. 'Hoi.'

'Hoe voel je je?'

'Beter. Gehavend.'

'Nou, dat was je ook.'

'Ja. Je hebt veel avonturen beleefd?'

'Nogal! Ik zal je er alles over vertellen.'

'Maar niet nu,' zei Moirra achter hem. 'Morgen. Nu moet hij slapen.' En haar glimlach was als de komst van de zon na een sombere dag.

HOOFDSTUK 7 – KARTAKOS

In de stilte van zijn kleine hut herstelde Muus snel. Hij wandelde over het dek met Moirra en de zeelucht versterkte hem. De tweede dag ging hij de admiraal opzoeken. 'Ik ben blij dat u weer op de been bent, meester Terrel.' Marzinios streek over zijn baard, terwijl hij Muus bedachtzaam aankeek. 'Ik heb gehoord dat u een runenmeester bent. Volgt u de goden van de Nords of van Brytanna?'

'Ik heb zowel Alvader Odin gesproken, als Iowynh van het Brytaanse pantheon. Ik volg geen van beiden. Het Lot heeft een taak op mijn schouders gelegd voor het welzijn van allen die afhankelijk zijn van magie, of zij god zijn of mens.'

'Dat is een vreemde opdracht, meester Terrel. Ik vraag me af wat Machtige Sol daarvan vindt.'

'Hij weet van mijn taak, admiraal. Hij weet ook dat ik hem niet zal tegenwerken, noch dat ik andere goden boven hem verkies. Mijn doel gaat verder dan dat.'

De admiraal knikte langzaam. 'Het is een vreemde gedachte, meester Terrel. Een man die voor alle goden werkt. Nou, ik ben geen priester, ik hoef hier niet in te oordelen. Ik wil u adviseren voorzichtig te zijn, runenmeester. Niet allen die Sol Helios dienen zouden blij zijn met uw woorden.'

'Ik zal proberen zo min mogelijk te spreken, admiraal. Mijn bezoek aan Kartakos is strikt persoonlijk, niet religieus.'

Muus ging met Moirra terug naar hun hut. Die was leeg; de jongens zwierven rond over het schip, zoals ze gewoonlijk deden.

'Zijn deze mensen allemaal zo achterdochtig als de admiraal?' vroeg Muus toen ze eenmaal binnen waren.

'Veel erger. Onze admiraal is een gematigd mens,' zei Moirra. 'Helios is een jaloerse god en datzelfde geldt voor zijn volgelingen. Laten we niet lang in Kartakos blijven.'

'Ik wil nergens lang blijven.' Muus pakte haar hand. 'Ik wil dit achter de rug hebben. Dan kunnen we naar je huisje gaan en zal ik de rest van mijn leven daar met jou doorbrengen.' Ze verstijfde. 'Meen je dat? Meen je dat echt?' Muus trok haar naar zich toe. 'Natuurlijk meen ik dat. Ik wilde het vanaf het moment dat ik je zag.' Toen kuste hij haar.

De volgende avond zagen ze voor het eerst een gloeiende rode lijn aan de horizon.

'Dat is de Vuurwal, Hoogheid,' zei een matroos. 'Die geeft aan hoe ver we kunnen gaan zonder te worden gekookt, verbrand en verteerd.'

'Hij is zo klein,' zei Geir half tot zichzelf.

De matroos glimlachte. 'Je zult hem dag na dag zien groeien, jonge bard. Over een paar dagen zie je dat de wal eigenlijk een hele rij vulkanen is.' Hij staarde over de zee naar de boze horizon. 'We moeten blij zijn dat de wind steeds uit het westen waait, naar de Vuurwal toe. Vraag me niet waarom dat zo is, misschien dat Sol Invictus het zo gemaakt heeft. Ware het anders, dan zouden de rook en de schadelijke gassen ons verstikken en de hitte zou blaren op onze huid branden. De wind maakt ons land bewoonbaar; gezegend zij Helios voor zijn genade.'

De man had gelijk en elke nieuwe avond steeg de rode gloed hoger, totdat het duidelijk bergen waren, die vlammen en gloeiend stof de lucht in spuwden.

Muus stond dagelijks uren aan de reling. Hij staarde naar de vlammen, luisterde naar hun roep en worstelde met de Shard om zijn nek.

'Kom naar binnen,' zei Moirra op een gegeven moment. 'Dit zal je geen goed doen.'

Muus schudde zijn hoofd. 'Ik moet het begrijpen,' zei hij. 'Ik moet de vlammen horen. Laat me hier staan.'

Eindelijk rondde de vloot de kaap en de haven van Kartakos kwam in zicht. Het admiraalsschip voerde een nieuwe banier, een goud–met–paarse zwaluwstaart, en toen de vloot langsvoer verschenen er vlaggen op de stadstorens, in saluut voor de prinses aan boord.

Een kleine page in keizerlijk livrei kwam op Ottil af terwijl hij naar de stad stond te kijken.

'Uw pardon, Hoogheid,' sprak de jongen zijn enige Nordse woorden, en hij overhandigde een schrijflei. De boodschap was kort, geschreven in grote kinderlijke letters. *Kom nu. Moet je zien voordat we aankomen. Irenia.*

Hij wendde zich tot Geir. 'Die kleine griet wil me zien.'

'Ah–tsjoe,' zei zijn hirdman, met dikke ogen.

'Veeg je neus af,' zei de prins. 'En houd die verkoudheid bij je!' Hij knikte naar de page. 'Leidt de weg, generaal.'

De jongen glimlachte zonder iets te begrijpen en Ottil beeldde uit wat hij had gezegd. Daarop boog de page opnieuw en keerde terug naar de grote hut.

De prinses wachtte hen op, gekleed in iets onwaarschijnlijks voor een jong meisje, terwijl haar handen nerveus met haar koord van kostbare kralen speelden. 'Je kwam! Goed. Luister, er is niet veel tijd. Ze is mijn kleren aan het inpakken, dus we kunnen spreken. Er is iets mis, heel erg mis. Adoxia is zichzelf niet. Ze was nooit een leuke vrouw, maar nu... Ze maakt me bang. Ze is anders. Ze spreekt vreemd, ruikt vreemd; ze is verschrikkelijk. Ze jaagt me angst aan. Wil je alsjeblieft naar het paleis komen? Ik moet met je praten. Je stond aan mijn kant de laatste keer; ik vertrouw je. Alsjeblieft? Niemand anders zal me geloven. Ze zullen allemaal zeggen dat ik hysterisch ben. Maar dat ben ik niet! Echt niet. Oh, Sol, ik wou dat ik een wapen had. Beloof dat je zult komen!'

'Tuurlijk,' zei Ottil. 'Rustig aan. Hier, neem mijn mes. Ik heb er nog een. Ik kom je opzoeken. Ik zal toch een keer je vader gedag moeten komen zeggen. Wees kalm en onthoud alles wat je vreemd aan haar vindt.'

'Helios, een mes! Dank je. Nu voel ik me een stuk beter. Ga nu, voordat ze terugkomt. Ik geef je het mes terug wanneer je me komt opzoeken. Je bent geweldig.' Met die woorden duwde ze Ottil bijna de hut uit.

De prins keek naar Geir. 'Dus nu ben ik geweldig? Meiden!'

De cabinedeur ging weer open en de massieve vorm van barones Ortoff verscheen.

'Prins?' zei ze scherp. 'Wat doet u hier?'

'Ah, ik wilde afscheid van de prinses nemen,' zei Ottil snel.

'Hare Keizerlijke Hoogheid zal niemand zien.' Met een kort knikje sloot ze de deur.

'Ze ruikt inderdaad vreemd,' zei Ottil. 'Ik wou dat ik me kon herinneren waar ik dat eerder geroken heb.'

'Ik 'ook diets v'eemds,' zei Geir en hij veegde zijn neus aan zijn groene zijden mouw af.

De prins draaide zich naar hem om. 'Je zou het niet ruiken als je kniediep in de stront stond.'

'Ah–tsjoe,' zei Geir.

Het admiraalsschip meerde aan bij een grote, rijkversierde kade. Twee rijen soldaten stonden opgesteld aan beide zijden van een paarse loper, waar aan het eind een gouden draagstoel wachtte. Admiraal Marzinios stond aan het gangboord en salueerde toen de prinses met barones Ortoff en de kleine page het schip verlieten. In het voorbijgaan draaide Irenia haar hoofd naar Ottil. Haar gezicht was een houten masker en haar ogen staarden wezenloos door hem heen, alsof hij er niet was. Als één man bonkten de soldaten met hun lans op de grond en salueerden toen de prinses tussen hun rijen door liep en in de draagstoel plaatsnam. Het ding was duidelijk zwaar, maar de vier reusachtige dragers tilden het met gemak van de grond. De soldaten sloten zich achter de draagstoel aan, trompetten schalden en een zware trommel deed de harten van alle toeschouwers trillen. In een lange stoet marcheerden ze de stad in, terwijl boven hun hoofden de meeuwen krijsten.

'Nou,' zei Ottil. 'Ik ben blij dat ik niet zo'n circus hoef te trotseren als ik thuis kom.'

'Met alle respect,' zei de admiraal. 'U bent niet de dochter van Hij–Die–Helios–Is, Hoogheid.'

'Nee.' Ottil glimlachte. 'Hoewel ik natuurlijk wel een zoon van Odin ben.'

Marzinios verstijfde. 'Bent u dat? Ik heb me dat nooit gerealiseerd. Natuurlijk hebben andere vorsten hun eigen goddelijke relaties.' Hij fronste zijn wenkbrauwen. 'Waar gaat u nu heen? Kartakos is geen gemakkelijke stad voor vreemden.'

'Ik weet het niet,' zei Ottil met een blik op Muus. 'Waar kan men hier een goede herberg vinden?'

'Die zijn er niet, afgezien van de lage tavernes in de havenbuurt,' zei de admiraal. 'Hooggeplaatste bezoekers genieten de gastvrijheid van hun Baljarense relaties.' Hij dacht even na. 'Ik zal u een introductie voor mijn broeder geven. Hij is een keizerlijke minister en zal zeker blij wezen u van dienst te zijn.'

'Dat is erg vriendelijk van u,' zei Ottil. 'Waar kunnen we hem vinden?'

De admiraal glimlachte lichtjes. 'Dat kunt u niet. Kartakos is geen stad waar men iemand gemakkelijk vindt. Ik geef u een gids mee.' Hij gaf een bevel en na enkele ogenblikken kwam de kleine scheepsjongen aanrennen die ze al eerder ontmoet hadden. 'Hier is mijn boodschapper,' zei de admiraal. 'Hij kent elke plek in de stad. Hij spreekt alleen Helleens, maar hij is snel van begrip. Als u hem wat geld geeft, zal hij vervoer voor u regelen. Het zou niet passend zijn om te voet bij mijn broeder aan te komen.'

'Geir zal met hem spreken,' zei Ottil. 'Ze lijken elkaar te begrijpen.'

'Is dat zo?' Muus keek maar Geir, die knikte.

'Een beetje,' zei hij, nog steeds gehinderd door zijn verkoudheid. 'Wij kunnen allebei met onze handen praten.' Hij wendde zich tot de scheepsjongen. 'We hebben vervoer nodig.' Hij schetste paarden in de lucht en karren en huizen en de jongen knikte.

'Goud?' antwoordden zijn vingers.

'Hij heeft geld nodig,' zei Geir. 'Ah–Tsjoe.' Muus pakte zijn buidel. 'Vraag hem hoeveel.' De scheepsjongen keek naar het vreemde geld. Hij pakte een gouden munt en beet erin. Toen knikte hij en glimlachte. Snel stak hij vijf goudstukken en een gelijke hoeveelheid koperen halve stuivers weg. Daarop rende hij snel als de wind van de loopplank de kade op.

'Waar heeft hij de halve stuivers voor nodig?' vroeg Muus verrast.

'Ze zijn voor hem,' zei Geir zacht. 'Commissie.'

Hraab kraaide. 'Hij is een goeie. Niets voor niets.'

'Dat is de ziel van de Baljaren, edele Hraab,' zei de admiraal. 'In ons hart zijn we allemaal handelaren. Ik help u en ik verwacht dat mijn meester me daarvoor beloont. Zijne Keizerlijke Majesteit, mocht hij aardig tegen u zijn, prins, verwacht dat u zich dit herinnert als zijn diplomaten aan uw deur kloppen. Mijn broeder... hij verwacht waarschijnlijk informatie. Dat is zijn handel, als minister van politie. Niets is gratis in de Baljaren.'

Korte tijd later stopte er een draagstoel bij het schip en vier mannen in rode livreien voerden paarden mee. De scheepsjongen rende de loopplank op en groette Muus.

De runenmeester staarde met verbazing naar de stoel. 'Wie moet in dat ding gaan zitten?'

Geir wisselde vingerfluisteringen uit met de scheepsjongen. 'Het is voor de druïdes,' zei hij ten slotte. 'Dames worden niet verondersteld te rijden in Kartakos.'

'Ik? In dat domme ding? Nooit!' zei Moirra verontwaardigd.

De scheepsjongen bewoog zijn heupen en met pruilende lippen maakte hij een obsceen gebaar.

'Hij zegt dat het onfatsoenlijk is voor een adellijke dame om te rijden. Alleen publieke vrouwen doen dat.'

'Ik ben geen adellijke dame!'

'Hij zegt dat als je door de hertog geaccepteerd wilt worden, je de regels moet volgen. Dit is niet Massalia of een andere vreemde plek; dit is Kartakos, het centrum van de wereld.'

Moirra opende haar mond, maar Muus grijnsde. 'De jongen heeft gelijk. Je rijdt in de draagstoel en zwaait naar de starende bevolking als een koningin.'

'Mijn moeder zou het niet doen,' zei Ottil vastberaden.

'Stil, prinsje. Je moeder zou het wel degelijk doen als ze hier was. Ze weet wat het woord 'diplomatiek' betekent.'

De admiraal en zijn officieren wachtten in het gangpad om ze van boord te begeleiden.

'Dank u voor al uw hulp, admiraal,' zei Ottil. 'De Norden waarderen het zeer en ik zal dit Zijne Keizerlijke Majesteit vertellen.'

'Ik ben dankbaar dat Machtige Sol me in een positie plaatste waarin ik dienstbaar kon zijn aan Uwe Hoogheid,' zei de admiraal. 'Ik hoop dat hij uw voetstappen begeleidt en u laat slagen in alles wat u wilt bereiken.'

'Geen nieuws van Belsarios?'

De admiraal zuchtte. 'De galei heeft niets gevonden. Mijn officier meldde dat er diverse lege wijnflessen in zijn hut lagen. De zoon van de handelaar moet inderdaad dronken zijn geweest,' zei hij zonder blikken of blozen. 'Ik zal het Handelsagentschap daarvan op de hoogte stellen. Ik heb het in de logboeken laten vermelden als een ongeluk. Hij moet zijn uitgegleden, terwijl hij 's nachts in het donker over het schip zwalkte; zeer betreurenswaardig. Die uitleg is veel beter voor alle betrokkenen. Zijn gedrag bewees hem geen dienst en de waarheid zou het Handelsagentschap hebben beschadigd, evenals de reputatie van zijn vader en, vergeef me dat ik het zeg, de uwe.'

Ottil knikte. 'Deze uitleg is veel beter.'

Nadat alle wederzijdse complimenten uitgesproken waren, gingen ze het gangpad af. Moirra stapte stijfjes in de draagstoel, haar gezicht zowel boos als gegeneerd. De dragers tilden haar op en met haar mannelijke metgezellen naast haar en gevolgd door de vier livreibedienden, gingen ze bedaard naar de stad.

Vanuit de marinewerf reden ze door de *arzoukos*, het handelsdistrict, waar in kleine overdekte kramen winkeliers en ambachtslieden hun waren toonden. Nu gebruikten hun begeleiders kleine zwepen en hun klappen hielden al te opdringerige verkopers op gepaste afstand.

De kleine scheepsjongen liep naast Geir. Hij zei iets en de Nord glimlachte lichtjes.

'Zonder een goede escorte hadden die lui ons besprongen. Buitenlanders schijnen een legitieme prooi te zijn.'

Muus knikte langzaam. 'Ze zien er nogal wanhopig uit.'

Geir vertaalde en luisterde naar het antwoord van de scheepsjongen. 'Ze zijn ook wanhopig. Er zijn veel te veel kooplieden en er is nauwelijks handel sinds de Bash–Kashi kwamen.'

'Bash–Kashi?'

De scheepsjongen barstte los in een orgie van handzwaaien en sprak heel snel en duidelijk ongelukkig. Geir keek naar zijn bewegingen, liet hem dingen herhalen en knikte uiteindelijk.

'Het zijn volgelingen van valse goden. Niet zoals onze goden, maar heel gemene. Deze Bash–Kashi terroriseren het platteland met hun zwarte magie en ze zijn zo snel, dat de keizerlijke soldaten altijd te laat komen.'

'Verdomme!' zei Ottil. Hij schrok van zijn eigen luide stem en ging op gedempte toon verder. 'Nu herinner ik me waar ik die geur van ken. Sommige van die Grim Doubh in die grotten stonken net zo als die vreselijke barones Ortoff. Een stank van oude dood.'

'Weet je het zeker?' Muus keek om zich heen en plotseling leek de stad donkerder, vol schaduwen. 'Laten we het er op een ander moment over hebben, niet hier in de straat.' Schuldbewust knikte Ottil. 'Je hebt gelijk, dat was niet erg slim van me.'

Zwijgend reden ze verder, totdat ze bij een grote poort kwamen. Hier hield een bewaker in een bronzen uniform hen tegen. Hij snauwde iets in het Helleens en snel gaf de scheepsjongen antwoord. Hij wees naar Ottil en de bewaker salueerde voordat hij hen gebaarde verder te rijden.

Ze kwamen in een wijk met grote, ommuurde herenhuizen. Marmer was hier gewoner dan steen en het plaveisel was een eindeloos mozaïek van beeltenissen van belangrijke mensen die belangrijke dingen deden, zoals vechten, jagen of rechtspreken.

De scheepsjongen sprak zacht, terwijl hij zijn ogen neergeslagen hield.

'Dit is de *Lokankoila*,' zei Geir. 'De Stad van de Edelen. De afbeeldingen op de straten zijn van de mensen die er wonen, of gewoond hebben. Stel je voor, net als onze gedenkstenen. Maar op de straat?'

'Het is heel mooi,' zei Moirra van achter de gordijnen. 'Alleen vreemd...'

Aan de voorzijde van een groot paleis stopten de dragers.

'Het huis van hertog Asylios Marzinios,' zei de scheepsjongen. 'De dame wacht tot de deuren worden geopend.'

Moirra mompelde iets verschrikkelijks toen Geir dit vertaalde, maar ze bleef waar ze was.

Een bediende verscheen en blijkbaar was de scheepsjongen hier bekend, want de man glimlachte vaag. De jongen zei iets en de blik van de bediende gleed naar de onverwachte bezoekers. Toen klapte hij in zijn handen en de zware deuren zwaaiden wijd open.

Met Ottil aan het hoofd gingen ze naar binnen. In de hal kwam een rijzige, donkere man in een lang gewaad van vlammend oranje hen tegemoet. Zijn grijze krullende haar was kortgeknipt en zijn baard zorgvuldig getrimd. Hij boog zonder een spoor van verbazing.

'Welkom in mijn nederige woning, Hoogheid. Machtige Sol verrijkt mijn huis met uw aanwezigheid.' Hij glimlachte. 'Uw komst volgt op de hielen van mijn broeders snelle duif die hem aankondigde, dus alles is duidelijk. Ik ben zeer vereerd dat mijn broeder op bescheiden wijze Uwe Hoogheid kon helpen met die piraten.'

'De hulp van de admiraal werd zeer gewaardeerd, hertog Asylios,' zei Ottil. 'Die piraten belemmerden ons in onze queeste.'

'Een queeste,' zei de hertog. 'Dat is iets wat de jongeren doen. Het is een belangrijke zaak natuurlijk?'

Muus glimlachte. 'Buitengewoon. Uw broeder heeft ons verzekerd dat u een ruimdenkend mens bent, hertog Asylios.'

'Zolang het niet de veiligheid van mijn basileus of de eenheid van het rijk bedreigt, ben ik dat.'

'Nou, het falen van mijn queeste zou de veiligheid van de Baljaren evenzeer in gevaar brengen als die van de andere landen, dus ik veronderstel dat u geïnteresseerd zult zijn. U bent een minister van de keizerlijke kroon, begrijp ik?'

'Ik heb de eer de minister van politie te zijn,' zei de hertog beleefd.

'Politie? Die term is mij onbekend.'

'Is dat zo?' De hertog keek verbaasd. 'Ach, misschien heeft u er een ander woord voor. Ik heb de leiding over Baljarens beveiliging.'

Ottils gezicht verhelderde. 'Ik snap het, u bent een spion.'

Hertog Asylios knipperde met zijn ogen. 'Ah, ook dat, ja. En boevenvanger, rebellenstamper en chef beul, als je het op die manier bekijkt.'

'Maar dat doet u niet allemaal zelf,' zei de prins. 'U heeft spionnen, stampers en beulen voor het echte werk.'

'Natuurlijk,' zei de hertog. 'De Baljaren zijn te groot voor één persoon. Laten wij ons terugtrekken in de zitkamer. Een hal is een slechte plek om deze dingen te bespreken.'

De zitkamer was groot, formeel en koud, maar in ieder geval waren de stoelen comfortabel. Zodra ze zaten, droegen bedienden prachtig geslepen karaffen rode en witte wijn binnen, met bijpassende glazen en kommen vers fruit en noten.

Ze wisselden beleefdheden uit tot de dienaren vertrokken. Toen leunde de hertog achterover en bestudeerde de wijn in zijn glas. 'U sprak van een queeste?'

Muus ging rechtop zitten. 'Ja. Ten eerste betreft het de wereldreligies. De Nordse en Gallische pantheons, de goden van Brytanna en van de andere landen. Ja, zelfs Machtige Sol. Kent u de sage van de Shardheld?'

'Ja,' zei de hertog, terwijl hij verrast opkeek. 'Maar dat is slechts een verhaal.'

'Nu komen we bij het ruimdenkende deel,' zei Muus. 'Het is geen verhaal. Iedere vijfhonderd jaar vindt iemand een blauw stukje van de hemel en moet hij het naar een menhir in Falrom brengen, of anders zal alle magie verdwijnen. Deze persoon is de Shardheld.'

De hertog fronste zijn wenkbrauwen. 'Maar de magie komt van Helios.'

'Toen de goden aan het begin van onze tijd de Ouden verdrongen, sloten ze een overeenkomst,' zei Moirra zacht. 'Al hun macht gaven ze aan de Kalmanir om te verdelen. Nu krijgt iedereen – goden, priesters, wijsmannen en druïden – zijn magie van de machtige steen. Zelfs Sol Invictus nam deel aan deze afspraak, hertog Asylios.'

'En wat is uw plaats in dit alles?'

'Ik ben de Shardheld,' zei Muus simpelweg. Hij haalde de hemelscherf tevoorschijn en de blauwe gloed veranderde de kamer in een ijsgrot. 'Dit kleine stukje van de hemel is het instrument dat de Kalmanir moet opladen.'

De hertog zat bewegingloos, zijn ogen gefixeerd op de steen. Na een tijdje zuchtte hij. 'Dit overstijgt mijn bevoegdheden. U zult met me mee naar het paleis moeten gaan, Shardheld. De basileus moet direct op de hoogte gebracht worden.'

Hij klapte in zijn handen en een knecht verscheen. 'Vervoer voor mij en mijn gasten.'

'Niet weer zo'n draagstoel,' zei Moirra met een scherpe ondertoon in haar stem.

De hertog gaf haar een verbaasde blik. 'Wat hebt u tegen een draagstoel, vrouwe? Het is een zeer deftig vervoermiddel.'

'Ik houd er niet van te worden opgesloten,' zei ze. 'Ik zou veel liever rijden.'

'In dit geval rijdt niemand van ons. Alleen koeriers en generaals mogen hun paard in het paleis brengen. Zou iedereen dat doen, dan raakten de stallen overvol. Er werken daar meer dan duizend mensen, bezoekers niet meegerekend. Dus gaan we allemaal per draagstoel, vrees ik.'

Moirra grijnsde. 'Dat is al beter.'

De draagstoelen kwamen; enorme vergulde miniatuur paviljoens met vier zetels elk, door acht potige mannen van gelijke hoogte gedragen. Moirra draaide zich snel weg om een lach te onderdrukken.

'Het spijt me, hertog,' zei ze. 'Ik behoor niet te lachen, maar op de een of andere manier doen deze dingen dat met me. Ik ben van de Un–a–Dach, een mystica van bossen en bergen en deze praal maakt me... nou ja, nerveus.'

Ze werden in een rustig tempo door de prachtige straten van de Lokankoila gedragen. Elk herenhuis dat ze zagen wedijverde met alle anderen in grootsheid. Wit, zwart of roze marmer, gouden versieringen, standbeelden en exotische bomen leken allemaal onderdelen van een nooit eindigende competitie.

Een eenheid zwaar gepantserde paarden kwam donderend rond de volgende straathoek en sprintte langs de hertogelijke draagstoelen. Op bevel keerde de hele stoet. Hun officier, met een lange paardenstaart op zijn helm, reed naar de voorste draagstoel en groette.

'Excellentie,' zei hij, terwijl hij zijn snelheid aan de dragers aanpaste. 'Ik ben gezonden om u naar het paleis te ontbieden. Zijne Keizerlijke Majesteit heeft dringend behoefte aan uw wijsheid.'

'Ik ben al onderweg,' zei de hertog met een zware frons. 'Krijg ik nog de reden voor deze urgentie te horen?'

De officier boog zich naar voren en liet zijn stem dalen. 'Het gaat om de prinses, Uwe Excellentie. Hare Keizerlijke Hoogheid is verdwenen. '

'Verdomme!' Ottils vloek zorgde ervoor dat ze allemaal naar hem keken. 'Het is die hofdame van haar.' Hij sloot zijn mond met een klap. 'Te veel luisteraars.'

De hertog knikte naar de officier. 'Ik kom eraan, kapitein.'

De officier salueerde opnieuw en met een gekletter van hoeven op het mozaïek, haastten de cavaleristen zich terug.

'U hebt me iets te vertellen, prins?' vroeg de hertog nadrukkelijk.

'Laat mij het doen,' zei Muus, terwijl hij Ottils woorden afkapte. 'Zowel in Brytanna als in Gallië vonden we groepen afgodendienaars, aanbidders van de Ouden, die werkten aan de terugkeer van hun goden. Ze gebruikten verboden magie en leken normale jonge mannen en vrouwen, hoewel zwaar beschilderd. Zij brachten menselijke offers.'

'Bash–Kashi!' zei de hertog heftig, zijn gezicht en stem ontdaan van enig spoor van adellijke beleefdheid.

'We hebben reden om te geloven dat barones Ortoff, de hofdame van de prinses, een van hen is.'

'Adoxia Ortoff? Net als de meeste van mijn collega's kan ik het mens niet uitstaan, maar ze is hier al jaren.'

'Dat was die docent in de Grote Tempel van de druïden ook,' zei Muus.

'Kan ze een... een imitator zijn? Ik bedoel, als ze jong kunnen lijken, kunnen ze er dan ook als iemand anders uitzien?' vroeg Ottil.

Muus keek hem aan. 'Goede vraag. Ik weet het niet. Waarom denk je dat?'

'Irenia vertelde me dat de vrouw haar angst aanjoeg. Ik kon zien waarom; ze was een nare, aanmatigende draak. De prinses zei dat ze haar hofdame weliswaar niet aardig vond, maar dat ze nooit eerder bang voor haar was geweest. Ze zei dat de vrouw zichzelf niet was. Wat als ze een bedrieger is? Die geur die ik bij haar opmerkte, was ook nieuw, zei Irenia.'

'Geur?'

'Ja, hertog, die vrouw had een zeer onaangename stank over zich. Het deed me denken aan dood en verval. Sommige Grim Doubh die we gedood hebben roken hetzelfde.'

'Dat betekent dat de Bash–Kashi onze prinses in handen hebben. Als gijzelaar, of...'

'Ik denk niet dat ze gijzelaars nemen,' zei Muus met enige aarzeling.

'Ze moeten iets groots van plan zijn,' zei Ottil. 'Iets waar ze een belangrijk offer voor nodig hebben.'

'Offer! Dat kan ik de basileus niet vertellen!' De hertog was doodsbleek geworden. 'Helios alleen weet wat hij zal doen.'

Bij de poorten van het paleis werden ze opgewacht door een groep angstige hovelingen.

'Dank Helios dat je er bent!' schreeuwde een deftige heer in een perzikkleurig gewaad, terwijl ze uit de draagstoelen stapten. 'Hij loopt met het schuim op de mond, roept om het leger, de marine, alles. Je moet hem tegenhouden.'

'Rustig maar, raadsheer,' zei de hertog, terwijl hij de paleistuinen binnenstapte, te midden van een snel groeiende menigte. 'Denk aan het decorum, man.'

'Dat kun jij makkelijk zeggen; jij was er niet toen ze het nieuws brachten dat Irenia niet thuis was gekomen,' zei een langharige man in citroengeel.

'Prinses Irenia,' zei de hertog streng. 'We gaan niet familiair worden.'

'Hij gaat de stad met de grond gelijk maken,' jammerde een dunne man in olijfgroen. 'Hij laat geen steen op de andere zolang ze niet is gevonden.'

'Zijne Keizerlijke Majesteit wacht met de verwoesting van Kartakos totdat hij mij heeft gesproken,' zei de hertog. 'En dat heeft hij nog niet, dus maak je geen zorgen.'

'Maar... Maar...'

'Jullie zijn een stel dwazen, zoals gebruikelijk,' zei de hertog. 'Je maakt een fraaie indruk op Zijne Hoogheid Prins Ottil van de Norden met al dat gebabbel.'

'Prins Ottil is hier?'

'Ja, ik ben hier,' zei de prins en hij probeerde niet te lachen. 'Ik begrijp uw zorgen, mijne heren, maar er is geen noodzaak voor deze paniek.'

'Het is verschrikkelijk, Uwe Hoogheid,' zei de perzikkleurige heer ernstig. 'Prinses Irenia, dat lieve, onschuldige meisje.'

'Ik ontmoette de prinses aan boord van het vlaggenschip,' zei Ottil. 'Lief en onschuldig? Ik denk dat ze uit beter materiaal gemaakt is dan dat.'

'Maar ze is helemaal alleen en hulpeloos.'

'Niet hulpeloos, ik gaf haar mijn op een na beste mes.'

'Echt waar?' vroeg de hertog. 'Goed. De prinses is een geoefend messenvechter.'

'Zie, ik zei dat ze niet hulpeloos was.' Ottil staarde naar een rond gebouw tegenover hen. 'Wat is dit?'

'Het Keizerlijke Paviljoen,' zei de hertog. 'De basileus vindt dit prettiger dan het formele Huis van het Rijk.' Hij wendde zich tot de menigte van edelen. 'U blijft hier, opdat u Zijne Keizerlijke Majesteit niet nog meer opwindt.'

HOOFDSTUK 8 – BASILEUS

Toen ze naar binnen gingen, hoorden ze een stem als een piraat tekeergaan. Het was een doordringende stem en het geluid vulde het paviljoen met gemak.

Achter de hertog aan liepen ze door de grote entreehal naar een nog grotere kamer. Naast de ingang stond een livreiknecht, zijn gezicht grauw. De hertog fluisterde iets en de man knikte. Hij keerde zich naar de kamer toe en riep met prachtige stem: 'Zijne Hoogheid Prins Ottil van de Norden en zijn gevolg.'

'Wat! Zeg hem dat ik hem niet kan zien. Ik kan niemand zien, alleen Asylios. Waar blijft hij?'

'Ik ben hier, Sire,' zei de hertog sussend. 'Met prins Ottil en zijn vrienden. Ze komen om te helpen.'

Met snelle stappen verscheen een dunne man. Hij droeg een paars vest over een witte tuniek, zijn blote benen in hoge laarzen. Zijn radeloosheid was duidelijk. Zijn donkere gezicht was opgezwollen, met tranen glinsterend op zijn wangen.

'Asylios! Dank Helios dat je er bent. Ik word langzaam gek. Irenia verliet je broeders schip uren geleden en ze is niet thuis gekomen. Haar hele escorte is gewoon verdwenen. Weg.' Toen keek hij op. 'Wie zijn deze mensen? Waarom heb je ze hier gebracht? Ik wil niemand zien.'

'Misschien kunnen we helpen, Sire,' zei Muus. 'Wij brengen informatie die licht kan werpen op deze verschrikkelijke verdwijning.'

De basileus bekeek hem achterdochtig. 'Wie ben je?'

'Ik ben de Shardheld.'

'Onzin, dat is gewoon een verhaal. Asylios, waarom heb je die mensen hier gebracht? Ik heb tijd noch geduld voor een idioot.'

Muus strekte zijn armen naar het plafond en lichtstralen flitsten uit zijn handen. Blauw licht scheen uit zijn borst en vulde de troonzaal. Hij voelde zich krachtig, bijna goddelijk.

'Je noemt me een idioot, heerser van de Baljaren? Mij, runenmeester Terrel? Ik ben de Shardheld, op wie alle goden en wijsmannen hun hoop gevestigd hebben.' Bliksems flikkerden om hem heen, lange vlammen dropen van zijn vingers naar de marmeren vloer. 'Ik ben de drager van de hemelscherf, het instrument van het Goddelijke. Ik ben de Macht!'

'Je brandt gaten in de vloer, Muus,' zei Moirra kalm.

Muus keek naar de schade die hij aanrichtte. 'Pardon.' Hij bracht zijn handen samen boven zijn hoofd en alle effecten verdwenen. 'De Shardheld is geen verhaal.'

De basileus gaapte hem aan en zelfs de onverstoorbare hertog keek geschokt.

Ottil lachte. 'Ik wou dat ik dat kon. Wat zouden ze staren in Nidros als ik zo vlammend mijn kasteel binnenkwam. Whoo!'

De basileus klauwde met zijn handen in zijn haar. 'Wat gebeurt er? Mijn dochter is verdwenen en nu deze man met... met... Jij, jongen, ben je echt de prins van de Norden? Ik moet er zeker van zijn.'

'Mijn identiteit werd bevestigd door een Varantiaanse luitenant op het vlaggenschip,' zei Ottil met een lichte buiging.

De basileus klapte in zijn handen. 'Roep drungarius Arnsen.'

Een paar minuten later kwam een van de grootste Nords die Muus ooit had gezien de zaal binnen en groette. Zijn gezicht, of wat ervan zichtbaar was achter zijn wilde baard, keek uiterst verbaasd. 'Neef Ottil? Prins? Wat doe jij hier?'

'Neef Hernald. Dat is een lang verhaal vol boosaardige daden. We kwamen hier deels om jou te zien, maar nu gaan andere zaken voor.'

'Drungarius, deze jongen beweert dat hij prins Ottil van de Norden is,' zei de basileus.

'Dat is hij, Sire. Dat is hij zeer zeker. Zijn overgrootmoeder en de mijne waren zusters, dus ik ken hem goed. Hij is gegroeid, maar hij is nog steeds dezelfde jongen.'

'Dank u, drungarius.'

Arnsen salueerde weer en wilde vertrekken.

'Blijf in de buurt, neef,' zei Ottil. 'Ik hoop je later nog te spreken, als ik de gelegenheid heb.'

'Ik ga nergens heen, prins,' zei de grote man. 'Elke paleiswacht weet me te vinden.'

'Dat geloof ik, je bent groot genoeg, mijn vriend.'

De basileus zakte in zijn troon neer. Zijn trillende handen grepen de armleuningen en even sloot hij zijn ogen. Toen haalde hij diep adem en keek naar zijn gasten. 'Ik moet me verontschuldigen. Prins Ottil, Shardheld... Bij Sol, hoe moet ik u noemen? Uwe Goddelijkheid is absurd en...'

Muus lachte. 'Runenmeester is genoeg, Uwe Majesteit.'

'Runenmeester Terrel dan. Kunt u, kan iemand mij alsjeblieft vertellen wat er aan de hand is?'

'Er is niet genoeg tijd voor het hele verhaal,' zei Muus. 'Wanneer is het eerstvolgende belangrijke astrologische evenement?'

'Het Feest van Sols Glorie is over drie dagen. Dan is Helios op zijn hoogste majesteit.'

'Midzomer,' zei Moirra geschokt. 'Ik had me niet gerealiseerd hoe de tijd vliegt. Dan zal het gebeuren.'

'Dan zal wat gebeuren? Praat niet in raadselen, alsjeblieft,' zei de basileus.

Moirra liep naar de troon. 'Wij denken dat uw dochter is gestolen door de Bash–Kashi. We vochten met groepen van hen in andere streken, onder andere namen. Ze... ze doen aan mensenoffers.'

De basileus verstijfde. Toen scheurde zijn kreet door de lucht. 'Nee! Niet Irenia! Wachters! Wachters!'

'Blijf kalm, Sire,' zei Moirra, zonder acht te slaan op de soldaten die met getrokken wapens binnen snelden. 'Het heeft geen zin het leger in te schakelen. De Bash-Kashi werken met magie; je soldaten vinden je dochter nooit op tijd terug.'

De basileus staarde haar met grote, wilde ogen aan. 'Geen soldaten? Hoe vind ik haar dan?' Hij bedekte zijn gezicht met zijn handen.

'Eerst moeten we meer weten.' Muus wierp een blik op de soldaten. 'Het is goed, jullie kunnen gaan.'

'Maar...' begon een van de soldaten.

'Ik zei dat je kunt gaan,' herhaalde Muus koud. Toen dacht hij aan iets. 'Barones Ortoff. Zij is eveneens niet teruggekomen?'

'Nee, heer,' zei de soldaat. 'De barones is ook verdwenen.'

Muus wendde zich tot de hertog. 'Laat iemand haar kamer doorzoeken, alsjeblieft. Ik wil alles zien wat anders is dan normaal.'

De hertog gaf een aantal orders en de soldaten vertrokken.

'Adoxia?' zei de basileus, terwijl hij zijn handen aan zijn gewaad afveegde. 'Ze is verschrikkelijk, maar ze heeft Irenia vanaf haar geboorte verzorgd.'

'We denken dat de vrouw die de prinses begeleidde slechts leek op Adoxia,' zei Muus.

'Ik ontmoette haar aan boord,' zei Ottil. 'Ze gedroeg zich heel vreemd. Nordse dames zijn uitgesproken, maar deze vrouw was gewoon onbeschoft. Irenia was bang voor haar, omdat ze anders was dan anders. Het meisje voelde zich er ongelukkig over, dus ik gaf haar een van mijn jachtmessen. En de dame rook naar iets doods.'

'Ik herinner me de geur van de Grim Doubh bij eerdere gelegenheden,' zei Muus. 'En ik denk dat een aantal van hen de macht heeft om iemands uiterlijk te veranderen. Ze zullen het niet allemaal kunnen, anders waren we bedolven onder de bedriegers.'

Een paar minuten later kwam een van de soldaten haastig binnen. Zijn gezicht was grauw en zijn ogen wild. 'Ze is...' Hij kokhalsde.

'Je hoofd rolt als je overgeeft in voor het oog van Zijne Keizerlijke Majesteit,' zei de hertog ijzig. 'Breng me verslag uit.'

De soldaat huiverde, haalde diep adem en sprong in de houding. 'Ik moet melden dat we het lichaam van barones Ortoff hebben gevonden, mijn heer Hertog. Ze lag opgevouwen in een kist aan de voet van haar bed. Het spijt me te moeten zeggen dat ze... al enige tijd dood is. Weken, zo niet meer.'

'Heb je de kamer doorzocht?' vroeg Muus.

De soldaat stond als een standbeeld, alleen zijn ogen draaiden naar de runenmeester. 'Ja, heer. De kamer was ongestoord. Het enige object dat we vonden was deze gebroken tegel. Het was achter de kist gevallen, onder het bed. Er zit bloed aan. Opgedroogd bloed.' Hij slikte hard en zijn ogen waren glazig, maar hij bleef kalm.

Muus staarde naar het mozaïek dat de man hem had overhandigd. 'Het is zwaar genoeg om iemands hoofd mee te breken. Hoe werd de dame vermoord?'

'Ik kan het niet echt zeggen, heer. Het lichaam was niet langer herkenbaar. Alleen het haar en de mantel zagen eruit als barones Ortoff.'

'Misschien maakt het niet uit. Een vreemd symbool,' zei Muus. 'Als een ineengevlochten O en T.'

'Wat?' De basileus had vermeden naar het mozaïek te kijken, maar nu keek hij op. 'De Orde van Taureus.'

De hertog mompelde iets.

'Inderdaad smerig,' zei de basileus. 'De Orde van Taureus was een oude religieuze sekte die de Stier van de Zee aanbad. Een tijd lang waren ze erg belangrijk in Kartakos. Ze hadden een grote tempel buiten de stad en ze... offerden mensen aan de zee. Maagden.' Zijn stem brak. 'Irenia...' Hij veegde zijn gezicht af. 'Na een halve eeuw kwam het volk in opstand. Ze verwoestten de tempel en...' Hij ging rechtop zitten. 'De catacomben. Daar komt die tegel vandaan.'

'Ja,' zei de hertog. 'Vanuit het Huis van het Rijk loopt een ondergrondse gang naar de tempel van de Stier van de Zee, genaamd de Gang van de Gelovigen. Tegenwoordig gebruiken we het als begraafplaats voor de hogere hofbedienden, als een teken van eer om hun toegewijde plicht. Daar voorbij hebben we de rest van de tunnel dichtgemetseld. Er is een omweg naar de oude tempel via de Crypte van de Peristakoloi, de keizerlijke catacomben. Deze waren oorspronkelijk van de Gang der Gelovigen gescheiden, maar voor het gemak hebben we een deur en een korte doorsteek toegevoegd, die de twee verbinden.'

'De Senior Meester van het Paleis en ik zijn de enigen met een sleutel,' zei de basileus. 'Ze worden zelden gebruikt.'

'Nou.' Muus wendde zich tot zijn vrienden. 'Laten we maar eens gaan kijken.'

'Eindelijk,' zei Ottil. 'Je praat te veel.'

'Mee eens, jonge prins,' zei de basileus. 'Veel te veel. Ik ga met jullie mee.'

'Maar Sire,' zei de hertog, 'het kan gevaarlijk zijn.'

'Het is mijn dochter, Asylios. Trouwens, mocht er iets gebeuren dan zijn er na mij en Irenia nog mijn twee flinke zonen.'

'Ze zijn pas drie jaar oud.'

'Ik weet dat je hen bij zult staan, Asylios.'

'Maar ik ga met u mee.'

De basileus schudde zijn hoofd. 'Dat ga je niet. Jij blijft hier en zorgt dat het rijk niet naar de donder gaat, net zoals je altijd doet.' Hij stond op van zijn troon en klopte op het zwaard aan zijn zijde. 'Ik kan nog steeds vechten, mocht dat nodig zijn.' Hij keek naar Muus. 'Zullen we gaan, heer Shardheld?'

Muus' lippen probeerden te glimlachen bij de eretitel, maar het lukte niet. De nabijheid van de Vuurwal trok aan hem en versterkte de aansporingen van de Shard. *Binnenkort*, dacht hij. *Ik doe wat ik moet. Nog één vingerkootje en dan ga ik met je mee.* Vlammen brulden in zijn oren, maar de pijn bleef weg. 'Gaat u ons voor, Keizerlijke Majesteit,' zei hij.

Snel liep de basileus door de troonzaal. Deuren openden als bij toverslag, door bedienden die verscholen stonden achter gordijnen of enorme varens.

'Hebt u bij elke deur iemand staan?' vroeg Ottil na een tijdje.

De basileus keek om. 'Hè? Oh ja, ik haat het te moeten wachten. Trouwens, het houdt ze in dienst. Een wijs heerser creëert banen voor zijn volk.'

'Een zinnige regel,' zei Moirra. 'Het zal uw reputatie niet schaden.'

'Dat is altijd leuk,' zei de basileus afwezig, terwijl hij wachtte op een deur die niet automatisch openging.

Een hofbeambte in een lavendelkleurig gewaad verscheen, zwaaiend met nerveuze handen. 'Uw pardon, Uwe Keizerlijke Majesteit. Ik was bezig met andere taken. Staat u mij toe.' De deur zwaaide open en een slecht verlichte gang werd zichtbaar. De lavendel kamerheer glipte langs hen heen en haastte zich om de deur aan de andere kant van de korte gang te openen. De tunnel daarachter was lang, koud en enigszins vochtig, met ongeverfde muren en een hard aangestampte vloer. De basileus leek het gebrek aan luxe niet te merken; zijn gezicht stond gespannen en de knokkels van zijn hand aan het zwaardgevest waren wit. Toen ze uit de tunnel in een uiterst weelderige gang kwamen, zei hij alleen maar: 'Open de deur naar de catacomben.'

De hofdienaar boog, zijn lange gewaad inmiddels grijs van het stof, en haastte zich om de dubbele deuren aan de andere kant te openen.

'U kunt nu gaan,' zei de basileus kortaf en hij daalde af in de tunnel.

Muus volgde hem op de voet, klaar voor alle mogelijke problemen. Deze gang was breder, de vloer en de muren waren betegeld met sobere mozaïeken. Het was niet rijk, maar zeker niet armoedig. De overleden dienaren die door deze laatste gang gingen, kregen in ieder geval enig eerbetoon.

Aan weerszijden waren de kamers leeg, tot ze bij een hal kwamen waar de nissen in de wand gedeeltelijk gevuld waren met doodskisten.

'Het is gebouwd voor de komende duizend jaar,' zei de basileus in reactie op een vraag van Ottil. 'Het hele complex is een getrouwe kopie van het koninklijk paleis in Rom. Alleen iets kleiner,' zei hij haastig. 'De catacomben in Rom waren gevuld met duizenden bedienden, maar Rom had een geschiedenis van millennia, terwijl mijn dynastie enige eeuwen oud is.'

Muus zag de lach in Ottils ogen, maar de jonge prins was beleefd genoeg om niets te zeggen.

Aan het einde van de gang was een kleine tempel met een gouden standbeeld van Sol Invictus. Kaarsen verspreidden een helder licht.

'Komen hier veel mensen?' vroeg Ottil.

'Met uitzondering van de bedienden, bijna niemand. Waarom?'

'Al die kaarsen. Het moet een klein fortuin kosten en niemand komt hier.'

'Je kunt Helios niet in het donker zetten!' zei de basileus geschokt.

'Waarom niet?' zei Ottil. 'Hij is de zonnegod; hij heeft toch zijn eigen licht?' Zijn gezicht glom van eerlijkheid en de basileus kon alleen zijn hoofd schudden. Over zijn schouder knipoogde Ottil naar de anderen.

Verdraaide schurk, dacht Muus, terwijl hij een grijns verborg.

Aan de achterkant van de tempel was een groot reliëf van de dood die een gekroonde figuur in de richting van de stralende zonneschijf begeleidde. De basileus legde zijn hand op de rug van de dode heerser en de hele beeltenis kantelde. Deze tunnel was donker, maar de basileus liep zonder aarzeling verder. Het was niet ver voordat ze bij een volgende deur kwamen.

'Hierachter ligt de crypte van de Peristakoloi,' zei hij. 'Het hart van ons Keizerlijk Huis.'

Zonder geluid gleed dit deel van de muur opzij en het heldere licht van kaarsen verblindde hun ogen. Ze stapten in een hal van zwart marmer, gepolijst zodat het de kleine vlammen aan alle kanten weerkaatste. Ook hier stond een standbeeld van de zonnegod op een stenen platform. Aan zijn voeten zat een gemummificeerde figuur, gekleed in de volledige praal van de Keizerlijke Status. Van links naar rechts stonden bronzen tronen in vier rijen van tien. Veertig plaatsen, op de eerste rij na leeg.

'Daar zijn ze,' zei de basileus. 'Al de heersers van de Baljaren sinds de oprichting van het rijk, na de val van Rom.'

'U zet ze hier neer?' vroeg Ottil, met afkeer op zijn jonge gezicht. 'Als een soort tentoonstelling?'

'Geen tentoonstelling,' protesteerde de basileus. 'Op deze manier zijn ze vereeuwigd. Daar is mijn plek. Het is een rustgevende gedachte dat hij voor me klaarstaat.'

'Het is niet de weg van de krijger,' zei Ottil.

'Maar wij zijn geen krijgers, jonge prins,' zei de basileus. 'Wij zijn heersers. We vechten niet, we regeren.' Hij trok zijn zwaard half uit de schede. 'Toch kunnen we strijden als we moeten. Laten we gaan.' Hij keek naar een reeks van stenen rozetten op de muur en drukte een aantal van hen in snel tempo in. Krakend draaide een stenen plaat zich om en een wolk van stof deed iedereen niezen. Met hun handen over mond en neus gedrukt, haastten ze zich naar beneden, de duisternis in.

'We moeten de rest op de tast doen, ben ik bang,' zei de basileus.

'Niet nodig.' De blauwe gloed van de hemelscherf verlichtte de gang en toonde ruwe wanden en overal stof.

'Lang niet schoongemaakt,' zei Hraab.

'Er komt hier nooit iemand,' zei de basileus verontschuldigend.

De jongen grinnikte. 'Dat is een goed teken. Dan is de vijand hier ook niet langsgekomen.'

Snel gingen ze verder. De tunnel kronkelde als de slibberende gang van een cobra en al snel verloren ze alle gevoel van richting. Blindelings liepen ze door, bedekt met stof. Na een tijdje kwamen ze bij een gedeelte waar het water van het plafond droop. Het lekte langs de muren en veranderde het stof op hun kleren in modder.

'We moeten onder het Meer der Schaduwen lopen,' mompelde de basileus. 'Dat is min of meer tussen het paleis en de tempelruïnes in. Als dat zo is, zijn we halverwege.'

Ze haastten zich verder, voorzichtig, want de bodem was glibberig.

Plotseling, net voorbij een scherpe bocht, stopte de basileus en uitte een reeks Helleense woorden die alleen maar vloeken konden zijn. Een grote berg stenen, aarde en vuil versperde hen de weg.

'Dat ligt hier al eeuwen,' zei Hraab. 'Het was ook geen gewone instorting.'

Ottil lachte. 'Nee, iemand kreeg het vol in zijn gezicht.' Hij wees naar de vergeelde benige voeten die uit het puin staken.

'Waarom lach je?' zei de basileus. 'Ze hebben ons te pakken. Zoveel kostbare tijd verloren.'

'Oh, Muus weet er wel wat op,' zei de prins luchtig.

'Natuurlijk weet ik wat,' zei Muus. 'Jullie beginnen vast te graven.' *Is er een manier?* dacht hij. Onmiddellijk voelde hij de vingerkootjes schudden. In gedachten zag hij een man in het uniform van de Keizerlijke Garde door deze zelfde tunnel lopen, aan het hoofd van een rij soldaten. Naast hem ging een gezette man in een donkerblauwe mantel, bedekt met zilveren manen en sterren. Muus herkende de plek, dezelfde die nu met puin bedekt lag. De mannen stonden stil en de gardeofficier gebaarde naar het dak en de muren. De mollige man antwoordde alsof hij het er niet mee eens was.

Uiteindelijk greep de officier zijn metgezel bij de kraag en schudde hem heen en weer.

De dikke man trok wit weg van angst of woede. Het moest het laatste zijn, want zijn hele houding straalde gekrenkte trots uit. Hij hief zijn hand en aan zijn vingers bungelde een botje. Muus zoog zijn adem in. De man moest een hofastroloog zijn geweest en over voldoende magie beschikt hebben om de rune tot actie te dwingen. Hij zong iets wat leek op een bezwering, waarschijnlijk meer om indruk te maken op de gardist dan voor enige praktische reden. De wanden om hen heen begonnen te schudden. De grond kwam omhoog en het plafond scheurde. Toen stortte een heel segment van de tunnel in en begroef de officier. De astroloog sprong achteruit, maar niet snel genoeg. Een stuk van het plafond sloeg hem neer en een regen van vuistgrote stenen bedekte hem van zijn hoofd tot zijn knieën. De soldaten staarden naar de berg puin en naar elkaar. Toen haalden ze hun schouders op en vertrokken.

Muus knipperde met zijn ogen en keerde terug naar het hier en nu. 'Het spijt me, vrienden, maar we moeten inderdaad graven.'

'Wat? Die hele hoop? Dat kost ons weken,' zei Ottil.

Muus schudde zijn hoofd. 'Net genoeg om bij de stumper te komen wiens voeten je zo grappig vond. Hij heeft de rune die al deze ravage veroorzaakte.'

Ottil keek naar Geir en vervolgens naar Hraab. Hij zuchtte. 'Laten we maar beginnen.'

'Wat zoek je?' vroeg de basileus.

Muus vertelde van de vingerkootjes en in het bijzonder degene waarvoor ze naar Kartakos waren gekomen.

'Kalech van de Bergen,' zei de basileus toe hij uitgesproken was. 'Natuurlijk ken ik het verhaal. Hij was degene die de tempel van de Stier van de Zee deed instorten. Bedoel je te zeggen dat die voeten van hem zijn?'

Muus schudde zijn hoofd. 'Volgens het verhaal zoals ik het hoorde, werd Kalech ergens buiten gedood. Deze man moet een astroloog zijn geweest, hij droeg een gewaad met sterren erop.'

'Die dragen ze nog steeds.' De basileus snoof. 'De meesten van hen zijn dwazen.'

'Ik denk dat de gardist in mijn visioen Euchanistos was, degene in de legende die Kalechs knook had gevonden. Hij moet hierheen gekomen zijn om de tunnel af te sluiten en het zal hem de eenvoudigste manier geleken hebben om de rune te gebruiken. De astroloog was het duidelijk niet met hem eens en hij had gelijk. Een rune bevelen zoals hij dat deed, zonder controle, was vreselijk gevaarlijk.'

'Maar jij weet hoe ze te gebruiken,' zei de basileus. 'Dat weet je toch?'

Muus glimlachte. 'Ik weet het. Ik leerde het ook op de harde manier. Alleen niet *zo* hard.'

'We hebben hem vrij,' riep Ottil. 'Hij lag niet onder alle zware zooi, gelukkig.'

Evengoed was het skelet zwaar beschadigd. De nek was gebroken, net als de meeste ribben. *Hij moet onmiddellijk dood zijn geweest,* dacht Muus. Maar het vingerkootje dat hij zocht sprong zowat in zijn hand. *K'rin,* fluisterde een stem.

'Het is de Rune van Beving,' zei Muus. 'Bedankt, jullie drie deden het voortreffelijk.'

'Was dit het avontuur dat u me beloofde?' vroeg Hraab met een klein stemmetje. 'Het was helemaal niet leuk.' Toen grijnsde hij breed. 'Toon ons nu uw macht, oh Runenmeester.'

'Zonder de rest van het plafond naar beneden te brengen,' voegde Ottil eraan toe.

'Alstublieft,' zei Geir en hij sprak zo zelden dat ze allemaal naar hem keken.

Muus schudde zijn hoofd. 'Zulk vertrouwen. Blijf allemaal een stuk achter me.' Hij sloot zijn ogen. *K'rin, het is een prachtige hoop die je hebt gemaakt, maar we willen er graag langs. Kun je op de een of andere manier de weg vrijmaken?* De runen leken te zuchten. Daarop begon de gang te schudden. Achter Muus vloekte de basileus, maar de anderen keken in stilte. De berg puin bewoog en stortte in, spreidde zich uit over de vloer. De grote stukken braken en toen het schudden stopte, lag de grond voor hen bedekt met grind en zand. *Goed gedaan, dank u*, dacht Muus en hij voelde een verbaasde stilte om zijn beleefdheid.

'Geweldig,' zei de basileus. 'U bent een machtig man, heer Shardheld. Kan ik u overhalen om voor mij te komen werken? Ik kan u hertog maken.'

Muus hoorde hem alleen maar van ver weg. Het plotselinge gebrul van vlammen vulde zijn geest en hij sprak niet.

'Ik neem aan dat dat een nee is,' zei de basileus, een beetje scherp.

'De Shardheld is dankbaar voor uw aanbod, Uwe Keizerlijke Majesteit,' zei Moirra. 'Maar hij heeft al een baan en noch de hemelscherf noch de goden staan hem toe af te wijken van zijn koers.'

De basileus kuchte. 'Ja natuurlijk. Misschien daarna?'

'Wat dan gebeurt, houdt het Lot verborgen, Sire.'

De vlammen doofden in zijn geest. Op het moment tussen het verdwijnen van hun gebrul en de terugkeer van de normale geluiden, hoorde Muus een meisje schreeuwen. Zonder een woord zette hij het op een lopen.

'Muus?' riep Moirra. 'Wat is er?'

'Ik hoorde een kreet. We moeten opschieten.'

'Irenia!' De basileus rende achter hen aan en trok zijn lange vest uit om er niet over te struikelen. Na enkele ogenblikken liet hij het kostbare kledingstuk op de grond vallen. Plotseling leek hij meer op een soldaat dan op de machtige basileus van de Baljaren.

Ottil joelde. 'Niet meer regeren, we gaan ten strijde!'

'Ten strijde,' zei de basileus met een grimmig gezicht. 'Om te verdedigen wat ons dierbaar is.'

'Er is geen betere reden,' zei Hraab, die soepel naast hen rende.

Na een tijdje stopte Muus. Voor hen was een kleine open ruimte, een soort vestibule, met een gebarsten plafond en de vloer bedekt met puin. Hij keek naar de drie deuropeningen, de deuren als door een onzichtbare hand versplinterd en gebroken.

'Welke weg moeten we hebben?' *Een suggestie?* De runen bleven stil, maar er was iets geforceerds aan hun zwijgen. *Wacht, dat is niet de goede manier om te vragen. Ik zal het opnieuw proberen. De linkergang is de juiste om Irenia het snelst te bereiken – waar of onwaar?*

Onwaar.

'Ik heb het!' riep hij. *Bedankt. De juiste uitgang is de andere naar rechts.*

Onwaar.

De juiste gang om Irenia te bereiken is die in het midden.

Een aarzelende stilte volgde. *Waar...*

Je lijkt onzeker. Er is een probleem.

Waar.

Je weet wat het probleem is.

Onwaar.

Dan moeten gaan kijken wat het probleem is.

Waar.

'We moeten de middelste deur hebben, maar er is iets mis,' zei Muus, terwijl hij haastig verderging. 'De runen konden niet zeggen wat het is.'

'Het leven is vol surpriiises.' Hraab sprong over een zwaar stuk puin zonder vaart te verminderen.

Ottil gaf hem een por. 'Wees stil, ik haat verrassingen. Ze zijn bijna nooit grappig.'

De gang stopte abrupt bij wat een enorme rotonde was geweest.

De originele koepel van onbetaalbaar glas was verbrijzeld en open voor wind en regen. De trap naar het heiligdom zelf, vier manslengten beneden hen, was halverwege de vloer afgebroken. Op de grond brandden de gebruikelijke vuren, maar in plaats van te dansen, waren de naakte fanatiekelingen bezig met een soort wapenoefeningen. Ze bevochten elkaar met korte messen, de brede bladen getand. Bloed spatte vrijelijk rond, want geen van de beschilderde afgodendienaars bekommerde zich om wonden.

Toen zag Muus het meisje. Ze zat in een glinsterende kooi en schreeuwde hysterisch beledigingen naar de dansende menigte.

'Irenia!'

Ottil en Hraab grepen de armen van de basileus. 'Wacht!'

'Die kooi,' zei Moirra. 'Het is oude magie.'

Muus knikte. 'Dus dat is waarom de runen het probleem niet konden herkennen.' Hij hief zijn armen op. Vaag was hij zich ervan bewust dat de jongens Baljarens heerser terug de gang in sleepten. Toen vergat hij alles, behalve de vechtende massa lichamen hieronder. *Dood ze*.

Een momentlang gebeurde er niets. Toen begon de vloer van het heiligdom te schudden. Eerst licht, waardoor de vechtenden hun slagen misten, maar met toenemende kracht. Bliksems flitsten uit de wolken buiten de gebroken koepel en verbrandden de tollende afgodendienaars tot zwarte vlekken. Het ging maar door en door en toen was het stil.

'Sol Invictus, Machtige Helios, Vader en Hoeder, is dat de kracht van de Shardheld?' The basileus leunde tegen de muur, doodsbleek en trillend.

'Maar een klein deel ervan,' zei Moirra. 'We weten niet wat hij kan doen als hij het echt probeert.'

'Hoe ijdel was ik om hem een baan aan te bieden. Zoveel macht! Het zou oorlog betekend hebben. Geen enkel ander land zou het hebben aanvaard.'

'En ze zouden hebben verloren,' zei Ottil. 'Er bestaat geen leger dat tegen hem kan opstaan.'

'Hij zou het niet hebben gedaan.' zei Moirra. 'Zelfs dit doet hem vreselijk pijn.'

'Waar is hij?' vroeg Muus, terwijl hij naar het heiligdom tuurde.

'Wie?' vroeg Moirra, terwijl ze haar hand op zijn schouder legde.

'Die met de magie, de opperpriester. Ik zie hem niet.'

'Wat is er?' De basileus zette een stap naar voren. 'Mis je iemand?'

'Blijf daar!' zei Muus scherp, maar hij was al te laat. Een straal zwart schoot van beneden en spatte tegen hen uiteen. Muus had zijn bescherming en de druïdes Moirra droeg haar eigen schild, maar de onbeschermde basileus verbrandde ter plaatse.

HOOFDSTUK 9 – VERTREK

Muus rende de kapotte trap af, sprong het laatste eind omlaag en zag toen de hogepriester staan. 'Aanroeper!' schreeuwde hij en de man keek hem aan. 'Uw dood is nabij, godslasteraar,' zei de beschilderde priester. 'Ja, ik ben de Aanroeper van Zee. U kunt mijn volgelingen doden; dat betekent niets voor mij. Maar nu is het uw beurt.' Zijn zwarte straal ontmoette Muus' bliksem, siste en explodeerde. De terugslag mepte Muus hard tegen een stenen pilaar. De Bash–Kashi priester vloog door de zaal en viel in een hoop neer. Vanaf de bovenste overloop haalde Hraab zijn arm naar achteren en zijn kleine werpbijl vloog naar beneden, waar hij de priester recht in het gezicht raakte. De Bash–Kashi, die met zijn bewustzijn ook zijn bescherming had verloren, schrompelde ineen tot een stinkend vod.
'Vang haar op!' brulde Hraab omlaag naar de prins.

Ottil, die Muus achterna was gesprongen, zag de glinsterende kooi flikkeren en oplossen. Hij rende en strekte zijn armen om Irenia's val te breken. Natuurlijk ving hij haar niet op. In plaats daarvan vloerde ze hem en landden ze allebei in een hoop op de grond.
'Papa,' jammerde ze.
'Je vader is dood,' zei Ottil zonder na te denken. Het gewicht van het meisje drukte pijnlijk op zijn rechterarm en zijn been deed pijn. 'Ga van me af, wil je.'
De prinses rolde weg en ging huilend rechtop zitten. 'Ik weet dat hij dood is... Ik zag het gebeuren. Hij stierf en de andere twee bleven ongedeerd. Waarom zijn zij niet gestorven? Papa... Waarom kwam hij? Hij was geen soldaat.'
'Ik weet het; we hebben erover gepraat. Hij wilde je redden. Het was erg moedig van hem.' Ottil probeerde op te staan. 'Verdomme, mijn enkel.'
'Leun op mij,' zei het meisje, terwijl ze overeind sprong.

Met haar hulp stond Ottil op. 'Ik moet die vervloekte priester zien. Trouwens, meester Hraab wil zijn bijl terug.'

Het meisje begaf het bijna onder zijn gewicht, maar hij zag haar op haar lip bijten. De tranen stroomden over haar gezicht en haar neus liep, maar ze ging door.

'Nu niet huilen,' zei hij. 'Je hebt dienst. Ik huilde ook niet toen ze mijn vader vermoord hadden.'

De prinses keek hem aan. 'Ik hield van hem.'

'Ik niet van de mijne,' gat Ottil toe. 'Dat maakte het gemakkelijker.'

'Papa... Waarom is hij gestorven en niet die anderen?'

'Hij lette niet op. Ze hadden hem gezegd achter ze te blijven, maar hij was te boos om te luisteren. De runenmeester kon zichzelf beschermen en Moirra, maar je vader had daar niet moeten zijn.'

'Hij was altijd snel opgewonden,' zei de prinses. 'Net als ik.'

Ottil stond naast Muus en zuchtte zachtjes. 'Ik zie hem ademen. Hij is weer alleen bewusteloos.'

'Weer? Gebeurde dit al eens eerder?'

'Dit soort dingen, ja.'

Toen zag Irenia de verschrompelde schil van de dode priester. 'Wat is er met hem gebeurd? Hij was verschrikkelijk groot en sterk, wat maakte hem zo?'

Ottil snoof. 'Al die spieren waren een illusie. Dit is zijn echte gedaante. Die *dingen* waren oud, heel oud.' Hij keek naar beneden. 'Ik kan niet bukken; pak jij het botje dat hij draagt. De runenmeester heeft het nodig voor zijn verzameling. En de bijl.' Hij leunde tegen een pilaar, terwijl Irenia gehoorzaam de rune en Hraabs kleine strijdbijl opraapte. Toen, met de prins weer op haar leunend, schuifelden ze naar de gebroken trap.

Van boven kwam het geluid van meer stemmen. Soldaten verschenen op de overloop, gevolgd door de lange gestalte van hertog Asylios.

'Oom Asylios!' riep Irenia en ze strekte haar armen uit.

'Hé,' zei de prins, wankelend zonder haar steun.

Irenia pakte zijn arm. 'Sorry.'

'Bent u in orde?' riep de minister.

'Ik wel. Prins Ottil bezeerde zijn enkel.'

'Blijf daar, we zullen een aantal lijnen laten zakken.'

Touwen vielen omlaag en soldaten volgden.

'Eerst de runenmeester,' gromde Ottil. 'Breng hem naar vrouwe Moirra.'

Toen ze eenmaal terug op de overloop waren, hielpen de soldaten Ottil op de grond. Met zijn vingers inspecteerde hij zijn gezwollen enkel. Hij keek naar Moirra, maar ze was bezig met Muus, dus wachtte hij.

'Oom Asylios,' zei de prinses en haar kleine gezicht vertrok. 'Mijn vader is dood.'

'Ik weet het, kleintje.' De hertog nam treurig haar hand. 'We moeten moedig zijn.' Hij keek naar haar. 'Je huilt niet. Dat is goed.'

'Ik heb dienst,' zei ze, met een snelle blik naar Ottil. 'Ik kan later huilen.'

De hertog gaf haar een verraste blik. 'Heel goed, Irenia.' Toen boog hij voor haar. 'Wat is uw wil, Uwe Keizerlijke Majesteit?'

'Ben jij nu de baas?' vroeg Ottil van waar hij zat. 'Ik dacht dat je broers had.'

'Ik ben de oudste, dus ben ik de basileia.' Irenia gaf hem een duistere blik. 'Ik haat het.' Toen draaide ze zich naar de hertog. 'We keren terug naar de troonzaal. Maar de runenmeester en prins Ottil moeten worden gedragen.'

'Ik kan lopen,' protesteerde Ottil.

'Doe niet zo raar,' zei Irenia. 'Je zou je voet verpesten.'

'De prinses heeft gelijk. Ga zitten en laat me eens kijken.' Moirra onderzocht de enkel van de jongen met haar vingertoppen. 'Hij is niet gebroken. Ik zal hem verbinden en dan dragen de soldaten je in triomf naar het paleis.'

Zo gebeurde het. Op twee kapotte deuren keerden ze terug, runenmeester en prins. Alleen de basileus bleef achter, zijn verbrande gezicht bedekt door een mantel.

'We zullen hem in keizerlijke staat terugbrengen,' zei de hertog, terwijl hij op Irenia's hand klopte.

Het meisje veegde een stille traan weg. 'Natuurlijk, de gewonden komen op de eerste plaats. De prins was erg dapper; Hij probeerde me te vangen toen ik viel. Alleen ben ik te groot en ik verpletterde hem. Maar als hij het niet had geprobeerd, zou ik mezelf pijn gedaan hebben.'

'Blij dat je mijn offer waardeert,' zei Ottil.

'Zeg dat woord niet!' riep het meisje en er was naakte angst op haar gezicht te lezen. 'Ze doodden mijn page. Ze s-sneden hem open.'

Ottil herinnerde zich de kleine jongen aan boord van het vlaggenschip die hem Irenia's briefje had gegeven. 'Het spijt me. Zulke beesten waren het. Je kunt het me vertellen, als je wilt. Hoe hebben ze je te pakken gekregen en waar is de valse Adoxia?'

'Je wist dat ze niet de echte was?' vroeg Irenia verrast.

Ottil keek haar ongelukkig aan. 'Geef me je hand.' Terwijl Irenia haar hand in de zijne legde, zei hij: 'Ze vonden de echte; ze lag dood in haar kamer. Waarschijnlijk al voordat je naar Gallië vertrok.'

'Ach, arme Adoxia. Ze waren allemaal vals. De hele escorte, de militairen, de dragers, de muzikanten, alles was een illusie. Zij waren het de hele tijd, die beschilderde beesten. Oh Sol, ik zal nooit meer in echte mensen geloven!'

Ottil voelde haar hand beven en hij kneep zachtjes. 'Vergeet niet dat ze dood zijn.'

'Ja... Er was een ongeluk. Een rijtuig reed met een wiel tegen een fruitkraam. Mensen maakten ruzie en terwijl iedereen ernaar keek, verdween mijn hele stoet gewoon. Een beschilderde vrouw verdoofde me en toen ik wakker werd, was het in die kooi. Ik... Ik was bang. '

'Natuurlijk was je dat,' zei Ottil. 'Dat is logisch; zelfs ik zou bang zijn. En toen?'

Irenia keek hem aan. 'Ze offerden mijn arme page, alleen maar om me te laten zien wat er ging gebeuren. Ze... sneden zijn hart eruit.'

'Zoals die druïde in Gallië.' Hij vertelde haar over hun avonturen in de grotten van Ennovicce. Gretig luisterde de prinses en even vergat ze haar eigen ervaringen. Zo ging de tijd voorbij tot ze terug in het paleis waren.

Muus' bewusteloosheid duurde deze keer niet lang en de volgende dag was hij weer op de been, voor het oog helemaal de oude. Diep vanbinnen wist hij dat het moment bijna daar was. Hij had gedaan wat hij beloofde, de drie Aanroepers waren dood. De kracht van hun volgelingen moest nu zeker zijn gebroken. Hij had tien van de veertien Knoken verzameld en geen idee waar hij de rest kon vinden. Nu moest hij zijn taak afmaken. Hij moet naar Falrom en de Kalmanir.

Later op de avond benaderde hij de hertog met zijn verzoek. Asylios had uren doorgebracht met de overname van de teugels van de regering. De zichtbare teugels, want Muus vermoedde dat hij veel van de onzichtbare al in handen had.

'Ik heb een vraag,' zei hij kortaf.

'Slechts één?' zei de hertog met een zucht. 'Je stelt me teleur. De meeste mensen komen met karrenvrachten.'

'Voorlopig maar één. Hoe kom ik in Falrom?'

De hertog zette zijn wijnglas neer. 'Je wilt daar nu heen?'

'Ik kan het niet langer uitstellen. De Shard wordt ongeduldig en ik doe het liever niet op zijn manier.'

'Waarom denk je dat ik weet hoe er te komen?'

Muus glimlachte lichtjes. 'Jij bent de minister van politie, met de zorg van het rijk in je handen. Op de een of andere manier kan ik me niet voorstellen dat je naar die Vuurwal zit te kijken zonder te proberen er iemand doorheen te krijgen om te zien wat er aan de andere kant is.'

Hertog Asylios knikte langzaam. 'Ik heb die aandrang wel eens. Maar om iemand daarbinnen te krijgen is kostbaar, zowel in geld als in mensenlevens.' Hij haalde diep adem. 'Het is mogelijk, vanuit het noorden. Je moet de Barrière Alpen oversteken. Ik heb daar een contactpersoon, maar geen gids. De laatste man die ik op die manier stuurde is nooit meer teruggekomen. Ik kan een marineschip regelen om je naar Massalia te brengen. Vanaf daar ben je op jezelf aangewezen. Wanneer wil je gaan?'

Muus hief zijn hoofd en zijn blik was vastbesloten. 'Vanavond.'

'Wat? Jullie allemaal? Maar prins Ottils enkel...'

'Niet allemaal,' zei Muus zacht. 'Alleen ik.'

Die nacht glipte een dromond van de Baljarense marine de keizerlijke haven uit. Muus stond aan de reling, zijn hart zwaar. Het voelde als verraad om de anderen zonder zelfs een afscheid achter te laten. Maar het was voor hun eigen bestwil. Falrom was te gevaarlijk. Muus wist dat hij niet meer terugkwam. Er was geen reden voor die kennis, maar toch wist hij het. Hij weigerde Moirra en de anderen mee te nemen om met hem te sterven. Beter zo. Toch was zijn stemming somber als een Nordse sneeuwstorm. Hij vervloekte het Lot, de goden, de Shard en alles. Verdomme, hij... Een hand raakte zijn schouder aan.

'Je dacht weg te glippen? Zonder mij?'

Hij draaide zich om. 'Maar...'

Moirra glimlachte naar hem. 'Idioot, alsof je dat kunt. Ik ben tot het einde bij je. Dat heb ik beloofd, weet je nog? De hertog was blij zijn kennis met mij te delen en ik was nog voor jou aan boord. Hij weet het nog niet, maar Hraab zal voor Ottil en Geir zorgen. Zodra Iowynh klaar is met hem te vervloeken. Nu, kom naar onze hut. Voor de eerste keer heb ik je helemaal voor mezelf. Ik ben niet van plan om een minuut te verspillen.'

Glimlachend door zijn tranen heen volgde de Shardheld haar naar hun ruime cabine. Hij was toch niet alleen.

Enkele uren later stond Muus op de voorplecht van de slanke galei en staarde naar de rode gloed van de Vuurwal in de verte. De druïdes Moirra zat op een krat naar hem te kijken en zuchtte.

'Muus,' zei ze, maar toen de runenmeester niet reageerde, viel ze weer stil.

Plotseling bewoog Muus. 'Het spijt me, lief,' zei hij, zonder om te kijken. 'Ik weet dat je anders had gehoopt, maar ik kan het niet. De hemelscherf, de Kalmanir, die vuurbergen, ze trekken aan me, fluisteren "opschieten!" Ik kan me niet ontspannen en genieten van de reis. Zelfs niet met jou.'

'Het is goed,' zei ze. 'Echt waar. Als je klaar bent met de steen en de Shard, zal er tijd genoeg zijn.'

'Ja,' zei hij en verviel weer in stilte. Zijn geest was vervuld van kale rotsen en stromende rivieren van roodgloeiend aardbloed. Zijn oren hoorden het borrelen van gesmolten steen en het sissen van vulkanische openingen. Zijn neus rook de schadelijke gassen tot hij kokhalsde. *Stop ermee!* schreeuwde zijn geest wanhopig en de beelden vervaagden.

Muus wreef vermoeid in zijn ogen. 'Die vervloekte Shard maakt me gek met zijn geduw.' Hij ging op het dek naast Moirra zitten en pakte haar hand.

'Ik vraag me af hoe onze vriend Hraab reageerde toen hij ontdekte dat we verdwenen waren. Iowynh moet niet blij met onze vlucht en met hem zijn geweest.'

In het keizerlijk paleis werd Ottil wakker van een hoop geschreeuw. Slaapdronken opende hij zijn ogen en lag te luisteren. Het kwam van een deur verder, uit de kamer van Hraab, en nu was de jonge prins klaarwakker. Hij zwaaide zijn benen over de rand van zijn bed en beproefde zijn enkel. Moirra's behandeling had gewerkt; de pijn was verdwenen.

Hij ging naar de deur en kreeg hem bijna in zijn gezicht toen zijn hirdman naar binnen rende.

'Kom snel,' fluisterde Geir. 'Het is die god, Iowynh, en hij is erg boos.'

Slechts gekleed in zijn lendendoek, haastte Ottil zich naar de volgende kamer. Daar zat Hraab rechtop in bed en huilde, met de lakens strak om zich heen geklemd, terwijl de Brytaanse God van de Magie als een kleine tijger door de kamer beende.

'Wat is er gebeurd?' vroeg Ottil verrast. Iowynh had zich zo lang niet vertoond dat hij bijna vergeten was dat de god een half oog op Hraab hield.

Iowynh draaide zich naar hem toe en snauwde. 'Hij is weg! Hij is he-le-maal weg. Jullie hebben allemaal zitten slapen en nu is hij er tussenuit geknepen.'

'Er tussenuit? Wie?'

'Die drievoudig vervloekte onwetende idioot van een Shardheld; dat is wie.'

Ottil staarde hem aan. 'Muus?'

Iowynh haalde diep adem en kalmeerde enigszins. 'Hij is weg. Hij is van plan om alleen naar Falrom te gaan.'

Stemmen in de gang zeiden Ottil dat het rumoer de bedienden had bereikt en hij stak zijn hoofd om de hoek. 'Het is in orde,' zei hij. 'Meester Hraab had een nachtmerrie, maar hij is nu wakker. U kunt wel weer naar bed gaan.'

'Goed gedaan,' zei de god met tegenzin. 'Ik moet niet schreeuwen. Maar de gedachte aan de Shardheld die alleen door de wereld blundert, maakt mijn bloed koud.'

'Hij is niet alleen,' zei Geir en hij bloosde toen hij de god aansprak. 'Ik ging Moirra wekken, maar zij is ook weg.'

Iowynh plofte neer op Hraabs bed. 'Dat is een kleine zegen.'

Ottil dacht dat hij de god hoorde tandenknarsen.

'Verduveld vrouwmens! Ze had beter moeten weten. Die jongen is zo hulpeloos als een pasgeboren katje en zij...' Hij klemde zijn lippen op elkaar.

'Hulpeloos?' zei Ottil. 'Muus? Met de kracht van al die runen?'

'Geen rune kan hem tegen de Goden van Toen helpen,' zei de god bitter. 'De Shard kan het, maar jullie vriend is niet in staat zijn volledige kracht te benutten. Hij staat deze keer niet tegenover een aantal volgelingen, maar tegenover de Ouden zelf. Die willen hem vangen voor hun eigen doeleinden.'

Ottil fronste zijn wenkbrauwen. 'Dus wat moeten we nu doen?'

Iowynh sprong op. 'Je gaat achter hem aan. Je zult hem inhalen en je zult bij hem blijven. Is dat duidelijk?'

'We hebben geen geld. Moirra hield de portemonnee bij.'

'Geld?' snauwde de god. 'Ik heb geen tijd voor dat soort onbelangrijke details. Hier,' hij hief zijn handen op en een regen van goudstukken daalde neer in de kamer. 'Nu heb je je geld. Pak het op en ga. En wel zo snel mogelijk, voordat ik echt boos wordt.'

'Boos worden werkt niet,' zei Ottil dapper. 'Een beetje hulp zou veel handiger zijn. Morgenochtend vragen we de keizerlijke minister om een schip. Waar ging Muus heen, denk je?'

Iowynh zuchtte. 'Naar Massalia, natuurlijk. Dat is de dichtstbijzijnde haven in Gallië. De Shardheld zit op een koeriersgalei, de *Keizerlijke Hoorn*. Het is een snel schip.' Hij gaf de prins een harde blik. 'Waarom morgen? Ga en vraag het hem nu.'

'De minister van politie in het midden van de nacht uit zijn bed slepen zal hem niet welgezind stemmen om ons te helpen. Morgen, na het ontbijt,' zei Ottil vastberaden.

'Pardon, Uwe Goddelijkheid, wilt u uw linkervoet optillen?' Geir was op handen en knieën alle goudstukken aan het oprapen.

'Goddelijkheid?' Iowynh snoof. 'Da's niet het goede woord, knul. Mijn God, zou je kunnen zeggen.'

'Ja, Mijn God,' zei Geir beleefd en hij wachtte tot de god zijn voet had opgetild. 'Dank u.'

Iowynh schudde zijn hoofd. 'Het ergste van deze puinhoop is dat ik vertrouwen moet hebben in jullie kinderen,' zei hij. Hij keek naar Hraab en een lichte glimlach speelde om zijn mond. 'Kijk niet zo smartelijk, kleintje. Ik heb je vergeven. Nu laat ik je met rust.'

De volgende ochtend keek hertog Asylios ongelukkig om Ottils verzoek. 'Het spijt me oprecht, Hoogheid,' zei hij. 'Maar Hare Keizerlijke Majesteit verbiedt het mij.'

'Irenia verbiedt mijn vertrek? Wat denkt het kind dat ze doet?'

'The basileia heeft haar redenen, Hoogheid,' zei de hertog stijfjes. Toen ontspande hij. 'Ze wil u een tijdje hier houden, prins Ottil. De basileia voelt zich geschokt door de gang van zaken en uw aanwezigheid kalmeert haar. Als u het niet erg vindt om een week te wachten, zal haar natuurlijke uitbundigheid zijn teruggekeerd en zien de dingen er anders uit.'

'Ik kan zo lang niet wachten,' zei Ottil, vechtend tegen een gevoel van wanhoop. 'Ik moet nu naar Massalia, niet over een week.'

'Het spijt me,' herhaalde hun gastheer. 'Ik ben bang dat u zult moeten wachten.'

Ottil voelde iemand aan zijn mouw trekken.

'Laten we gaan,' zei Hraab zacht. 'Als we moeten wachten, dan doen we dat.'

De prins knipperde met zijn ogen. 'Goed dan,' zei hij. 'Maar dit kan mij niet behagen, hertog Asylios. Dit behaagt me helemaal niet.'

Hooghartig liep de jonge prins de zaal uit.

Terug in hun kamers, keerde hij zich naar Hraab. 'Wat bedoel je, een week wachten? Tegen die tijd kan Muus overal zijn.'

Hraab keek hem aan. 'Er zijn meer manieren om hier weg te komen. Heb je die brief nog die Irenia je schreef aan boord van het vlaggenschip?'

'Natuurlijk heb ik die,' zei Ottil. 'Waarom?'

'Geef hem aan mij en ik laat het je zien.'

Ottil rommelde in zijn rugzak en produceerde een nogal verfrommeld document. 'Hier,' zei hij en Hraab ving de aangegooide prop netjes op.

'Goed,' zei hij. 'Nu stil, alsjeblieft.' Hij sloot zijn ogen. Enige tijd leek er niets te gebeuren. 'Nee,' zei Hraab plotseling en hij verviel weer in zwijgen. 'Ze moeten... Wat? Kan niet vliegen, weet je.'

De andere twee keken elkaar verbijsterd aan vanwege het vreemde, eenzijdig gesprek.

'Iowynh?' zei Ottil en Geir haalde zijn schouders op.

Plotseling liet een diepe zucht uit het niets de gordijnen wapperen en diverse ornamenten vielen op de grond.

'Bedankt!' zei Hraab en hij hield een flesje in zijn handen. Zijn gezicht was ongelukkig, maar hij zei niets.

'Wat is dat?' vroeg Ottil.

'Aceton, oftewel nagellakverwijderaar.'

'Maar...'

Hraab ontspande zich en probeerde te grijnzen. 'Stil, kijk toen en bewonder mijn genialiteit.' Hij haalde een veelgebruikte zakdoek tevoorschijn en lekte enkele druppels aceton op een punt. Toen drukte hij de natte doek op de woorden die Irenia zo moeizaam had opgeschreven.

'Hé,' zei Ottil, terwijl zijn gezicht rood kleurde. 'Dat is *mijn* brief.'

Hraab keek op. 'Wil je hier weg, of niet?'

'Ja maar...'

'Ik zal haar vragen je een andere te schrijven,' zei Hraab stekelig. 'Doe iets nuttigs en vraag een dienaar om pen en inkt.'

Ottil ging naar buiten en kwam terug met het gevraagde.

Hraab snoof. Voorzichtig schreef hij nieuwe lijnen in het kinderlijke, onhandige handschrift van de basileia. Hij strooide zand over de tekst en toen de inkt droog was, gaf hij de brief aan Ottil.

'De drager van deze brief is mijn trouwe Mandator en moet gehoorzaamd worden in alles wat hij van u vraagt. Van mijn hand, Irenia.' Hij staarde naar Hraab. 'Je bent echt een complete crimineel, hè?'

'Ben je boos op me?' vroeg Hraab met een klein stemmetje.

'Doe niet zo gek,' zei Ottil. 'Alleen moet ik eraan denken dat ik nergens mijn handtekening achterlaat waar jij er bij kunt.'

'Te laat,' zei Hraab. 'Ik weet hem uit mijn hoofd, net zoals dat grappige handschrift van je, met al die fantasievolle nieuwe woorden.'

'Dat is creatief,' zei Ottil hooghartig, terwijl hij de brief teruggaf. 'Prinsen mogen creatief zijn in hun schrijven.'

'Ja hoor,' zei Hraab met een veelbetekenende grijns. 'Geir, mijn vriend, bewaar dit document. Jij hebt nog steeds de uitstraling van absolute onschuld over je; zo een die waar is of het teken van een meesterspion. Wanneer het donker is, gaan we aan boord van de *Gulden Vlies*. Je toont deze brief aan de kapitein en regelt vervoer voor ons naar Massalia. We zullen ons in onze mantels verhullen en niet meer dan een kleine tas bagage meenemen. Al het andere blijft hier. Ik weet zeker dat hertog Asylios dolblij zal zijn het veilig voor ons te bewaren.'

'Ik zal een brief voor Irenia schrijven,' zei Ottil. 'Ik voel me alsof ik voor haar wegloop.'

'Je loopt ook voor haar weg,' snauwde Hraab. 'Maar schrijf als je moet; ik houd je niet tegen jezelf voor gek te zetten.'

Die avond verlieten drie ruiters met de capuchons diep over de ogen het paleis en reden door de nog steeds drukke straten in de richting van de marinehaven. De *Gulden Vlies* was er nog steeds en Ottil fluisterde een stille dank aan de goden.

'Worden we niet gevolgd?' vroeg Geir.

Hraab draaide zich naar hem om. 'Natuurlijk worden we dat. Daarom is dit het meest spannende deel van de ontsnapping.'

Al snel kwamen er havenarbeiders om de trossen los te gooien. Zeelui maakten zich gereed de loopplank binnenboord te krijgen en op dat moment spoorde Hraab zijn paard aan. Hij galoppeerde naar het schip en over de loopplank het dek op. Ottil en Geir volgden hem, terwijl de matrozen bevroren in verbazing.

'Keizerlijke mandator!' schreeuwde Hraab. 'Ga verder met je werk, haal die plank binnenboord. Trossen los!'

Een officier haastte zich naar hen toe. 'Wie bent u?' vroeg hij woest. 'U kunt niet zomaar aan boord komen.'

'We dienen de basileia,' zei Geir zacht.

De officier keek naar hem. 'Je bent een jongen!'

'En? Ik ben de mandator van Hare Keizerlijke Majesteit Irenia Peristakola.'

Ottil was verbaasd over de autoritaire toon in de stem van zijn hirdman.

'U stond op het punt van vertrekken,' zei Geir. 'Gelieve hiermee door te gaan; mijn orders verdragen geen uitstel. Daarna begeleidt u me naar de kapitein.'

Terwijl de *Gulden Vlies* van de kade wegvoer, zag Ottil twee ruiters; drie voetgangers en wat leek op een klein meisje; ze zwaaiden allemaal en schudden hun vuisten naar het vertrekkende schip.

Hraab giechelde en zwaaide terug.

'Dus u bent een agent van de basileia,' zei de kapitein van de *Gulden Vlies* op een toon van extreem ongenoegen. 'De brief bewijst het, maar u en uw... metgezellen zijn allemaal erg jong.'

'We zijn zo oud als Hare Keizerlijke Majesteit,' zei Geir met zijn kalme stem. 'Zij vertrouwt ons.'

'Ja,' zei de kapitein, plotseling voorzichtig. 'Dat is zo. Maar waarom kwam u op deze bijzondere manier aan boord?'

'Onze orders zijn zeer urgent, kapitein. We moeten zo snel naar Massalia als u ons kunt brengen. Mocht u de *Keizerlijke Hoorn* kunnen inhalen, dan zou het nog beter zijn.'

De kapitein schudde zijn hoofd. 'Onmogelijk. De *Hoorn* vertrok een halve dag voor ons. Zij en de *Gulden Vlies* zijn even snel; we komen een halve dag achter haar aan, als Sol Invictus het toelaat.' Hij draaide zich om op de brug en wenkte een officier. 'Zorg voor een hut voor de keizerlijke mandator en zijn mannen.' En tegen Geir: 'We dineren in een uur. Ik hoop dat u mijn gast wilt zijn, mandator.'

De officier bracht ze naar een hut. 'Het is niet te groot,' zei de man verontschuldigend. 'We hebben al een keizerlijke handelaar aan boord met haar karavaan. Nobilissima Alextia heeft natuurlijk de beste bedden.'

'Maakt niet uit,' zei Geir ferm. 'We zijn blij dat er een fatsoenlijke plek is om te slapen.'

Nadat de officier was weggegaan, schudde Hraab Geirs hand. 'Alsof je ervoor geboren bent,' zei hij. 'Je moet adellijk bloed in je aderen hebben.'

Geir bloosde. 'Ik heb gewoon andere mensen nagedaan. Hofambtenaren en dergelijke. Het is net als het leren van een nieuw lied; dat is alles.'

De *Gulden Vlies* was een stuk kleiner dan admiraal Marzinios' vlaggenschip, zodat de kapiteinstafel volgepakt was.

Naast hun gastheer zat een jonge vrouw met kort, krullend, zwart haar en een sterke kin. Geir zat een aantal stoelen verderop tegenover haar. Tot zijn verlegenheid stonden Hraab en Ottil achter zijn stoel, zoals het goed opgeleide assistenten betaamt.

De keizerlijke handelaar keek naar Geir en fluisterde iets tegen de kapitein. Daarna knikte ze en richtte zich over de tafel heen tot de jongen.

'Hoe is het met mijn keizerlijke nichtje, mandator? Ik heb nog geen tijd gehad om haar mijn medeleven te betuigen over de dood van haar vader.'

'Ze houdt zich goed, nobilissima,' zei Geir. 'Het heeft haar van streek gemaakt, natuurlijk, maar ze is sterk.'

'Dat is ze.' De handelaar grinnikte. 'Achter dat gezichtje van haar schuilt een leeuwin. Oh, kijk niet zo geschokt, kapitein. Ik ben vol respect voor de basileia. Ik bewonder haar enorm; ze heeft veel lef. Waarschijnlijk meer dan haar overleden vader, moge Helios hem behouden.'

'De basileus stierf dapper,' protesteerde Geir.

Alextia trok haar wenkbrauwen op. 'Je klinkt zo zeker; was je erbij?'

Geirs kleur verhevigde. 'Nee, nobilissima, maar ik sprak met degenen die er bij waren. Hij stierf als een vechter, niet als een bestuurder, zeiden ze.'

'Hoe ongewoon voor onze familie.' Alextia glimlachte om de angel uit haar woorden te halen. 'Onze mannen zijn altijd bestuurders.' Toen keek ze de tafel rond. 'Al die geschokte gezichten. Ik zal stil zijn; het is niet beleefd om je gastheer in verlegenheid te brengen.'

Tot Geirs opluchting hield ze woord en de rest van de maaltijd was een uitwisseling van beleefde roddels.

De derde nacht aan boord kwam een plotselinge storm van over het vurige eiland Corsce. Het bracht hete lucht en gierende windstoten.

De matrozen werkten in haastige stilte. *Brennobando,* fluisterden ze, met angstige blikken en gedempte stemmen, terwijl ze de zeilen reefden.

Ottil, die zich zoals altijd snel geliefd maakte bij bemanning en officieren gelijk, voegde zich bij de koksmaat, die in de deur van de scheepskombuis stond. Samen keken ze naar het eiland in de verte en daar voorbij de brandende kustlijn van Falrom.

'Een vreemde storm, dit,' zei Ottil terloops.

'Een meest verschrikkelijke storm, jonge boodschapper,' zei de koksmaat. 'Zoals deze zijn ze zeldzaam. De laatste brennobando in levende herinnering was meer dan zeventig jaar geleden. Die storm zonk ongeveer twintig schepen.'

'Brennobando? Ik ken die naam niet.'

De koksmaat wrong zijn handen. 'Het is de Brandende Wind, de Wind van Roms Noodlot, geschapen door een duizendtal vulkanen die zich uitstrekken van de Barrière Alpen naar de kust van de Rosse Woestijn. Soms regent het vuur over een schip.'

Een stem uit de keuken schreeuwde en de koksmaat draaide zich om. 'Ik moet gaan; de brandemmers moeten worden gevuld.'

'Ik zal je helpen,' zei Ottil. 'Je kunt me meer vertellen terwijl we werken.'

Nu voor het eerst zag de prins overal leren emmers hangen. Ze moesten met zeewater gevuld worden en terug op hun plek gebracht. Toen de koksmaat zag dat Ottil wist hoe hij het moest doen en geen emmer overboord zou verliezen, verdubbelde hun snelheid.

'Zie je dat eiland daar?' vroeg de koksmaat, terwijl hij een volgende emmer over de reling in zee liet zakken. 'Dat is Corsce. Het zijn vooral rotsen; er groeit weinig in de spleten en gaten die vuur en aardbloed spuwen. Mensen zeggen dat het ooit bewoond was, maar de Branding doodde ze allemaal. Schroeide ze zo van het eiland af.'

Een sterke windvlaag deed het schip overhellen. Een regen van gloeiende kolen kletterde over het dek en nu begreep Ottil de reden voor het reven van de zeilen. Een roeier schreeuwde toen zijn jas in brand vloog. In een reflex bluste Ottil het vuur met de emmer in zijn handen.

'Dank je,' zei een matroos, terwijl hij de verbrande man wegleidde.

Ottil knikte. Hij knoopte de lange lijn opnieuw vast en liet de lege emmer in de zee plonsen.

Halverwege rond het dek botste hij bijna tegen Geir en Hraab op, die met de handelaar Alextia de emmers aan de andere kant van het schip vulden.

'U ook, nobilissima?' vroeg de prins en Alextia lachte.

'Ik kan het schip niet riskeren.' Ze veegde met een roetzwarte hand over haar al groezelige gezicht. 'Niet met mijn eerste eigen handelskaravaan aan boord. Al mijn mensen doen wat ze kunnen.'

Een luid "Vuur!" onderbrak hen. Een brandend stuk hout van een der laatste bomen op Corsce was recht in een rol geteerd touw terechtgekomen. Het touw rookte al toen zowel Ottil als Geir hun emmers eroverheen leegden.

Zo ging het uren door, totdat de roeiers de boot ver genoeg voorbij Corsce hadden geworsteld en de wind ging liggen.

Toen ze naar het achterdek en hun hut lieten, riep de kapitein naar hen.

'Mandator, ik wil u en uw mensen bedanken voor uw hulp. Zonder u drieën en de keizerlijke handelaar met haar mensen zou het veel erger zijn geweest.'

'Geen dank, kapitein,' zei Geir. 'Het was niet meer dan onze plicht.'

Muus staarde naar de bruisende stad, terwijl de *Keizerlijke Hoorn* langs het imposante kasteel voer dat Massalia's havenmond bewaakte. De Baljarense galei groette met haar vlag en van zowel het kasteel als de batterij op de rotsachtige kaap beantwoordden Gallische vlaggen de hoffelijkheid.

Toen ze afgemeerd waren, keek Moirra hoe Muus daar stond, met zijn hoofd vol onzichtbare vlammen en rook, verward door de menselijke drukte om hem heen. Ze wist hoe het zou gaan, hoe de roep van de vlammen hem meer en meer zou gaan bezitten.

'Koppen dicht!' zei Muus plotseling en hij knipperde met zijn ogen. Toen draaide hij zijn hoofd om en keek haar aan. 'Massalia?'

'Hoe voel je je?' zei Moirra en ze nam zijn arm in de hare. Samen liepen ze naar beneden het gangpad af.

Hij glimlachte naar haar. 'Goed.' Hij fronste en probeerde zich te concentreren. 'Paarden!'

Moirra slikte. 'Natuurlijk.' Terwijl ze hem door de menigte naar het centrum van de stad leidde, zag ze ook hoe de mensen zonder het zich te realiseren voor hen opzij gingen. Het was alsof de hemelscherf, of anders de runen om Muus' nek, de weg vrijmaakte. *Als ze nu eens probeerden zijn hoofd leeg te houden*, dacht ze. Tijdens de dagen op zee en de uren dat ze langs het verloren eiland Corsce voeren, was Muus steeds meer verstrooid geraakt. De Kalmanir riep hem op alle mogelijke manieren. De tijd begon te dringen en zijn ongeduld groeide. Dat het Muus afleidde tot het punt van debiliteit hielp niet echt. Ze gromde diep in haar keel over de domheid van de goden, scherven en magische stenen.

Enkele uren later reden ze de stad uit. Bij Massalia's noordelijke poort vonden ze een paardenhandelaar, van wie Moirra twee rijdieren en een pakpaard kocht.

De handelaar keek Moirra verbijsterd aan toen ze hem de weg vroeg. 'U bent op een bedevaart naar Falrom? Waarom?'

'Mijn man kreeg een visioen.' Moirra had het antwoord bedacht toen ze nog aan boord van het keizerlijke schip waren. 'De goden vertelde hem dat hij de Barrière Alpen moest oversteken naar Falrom. Daar zal hij de verlossing vinden die hij zoekt.'

De paardenhandelaar staarde haar aan, maar haar antwoord klonk overtuigend. ''t Heeft geen zin met de goden te argumenteren,' zei hij wijs. 'Maar hun wegen zijn vreemd. Welnu, u bent op de juiste plek. Deze weg gaat helemaal naar de slaapkamer van de koning in Rhemes. Volg hem tot voorbij Lugode en bij Matisc is een weg naar rechts. Die zal u naar de Barrière Pas leiden.'

Ze bedankten de oude man en reden de nacht in. Het weer was prima en de weg goed onderhouden, maar ondanks dat was Moirra's gemoed bezwaard. Ze had zulke hoge verwachtingen gehad van hun tijd samen, voordat ze Falrom zouden betreden. In plaats daarvan liep Muus rond als een seniele oude man en wist hij de meeste tijd niet eens dat ze er was. *Verdomme, houd op met die onzin!* zei ze tegen zichzelf. *Je wist hoe het zou gaan worden. Ze hebben je gewaarschuwd voor de invloed die de Kalmanir heeft op de Shardheld. Je bent hier om hem te helpen; het is verdorie geen huwelijksreis.* Kwaad schudde ze haar hoofd en richtte zich op hun omgeving.

HOOFDSTUK 10 – GAUL

Zelfs tandenknarsende jongens konden de snelheid van de *Gulden Vlies* niet verhogen; het was duidelijk dat de keizerlijke galei twee dagen te laat in Massalia aan zou komen. De brandende wind over Corsce had haar ver uit koers geblazen en met een deel van de bemanning bezig met het repareren van houtwerk en tuigage waren er niet genoeg roeiers om haar de benodigde extra snelheid geven. Ottil had hun diensten aangeboden, maar de kapitein weigerde ze beleefd. 'Het roeien van een galei is specialistenwerk,' had hij gezegd. 'Ik twijfel niet aan uw wil of de kracht van uw armen, boodschapper, maar uw onervarenheid zou de mannen uit hun ritme halen.'

De tweede ochtend na de storm stonden de jongens op de voorplecht van het schip en staarden uit over de zee, toen de derde officier naar hen toe kwam.

'Uw pardon, Mandator,' zei hij met een glimlach. 'Complimenten van de kapitein en hij verwacht Massalia in zicht zodra de ochtendmist wegtrekt.'

'Echt waar?' Geir draaide zich om. 'Ik ben blij dat te horen. Hoe laat denkt u aan te komen?'

De man snoof de lucht op en telde op zijn vingers. 'Laat in de middag. Ik zou zeggen vier uur na de noen.'

'Verdomme,' zei Hraab zacht toen de man weg was. 'Vier na de noen. Twee hele dagen verspild.' Somber staarde hij naar de witte snor onder de boegspriet. 'Ik vertrouw het niet,' fluisterde hij toen.

De andere twee bogen hun hoofd om hem te horen.

'Vertrouw wat niet?' vroeg Ottil.

'Die storm kwam te gelegen. De eerste brennobando in zeventig jaar komt precies als wij langs dat eiland varen? Ik houd niet van dat soort toeval.'

Ottil en Geir keken elkaar aan.

'Wat dan?' vroeg de prins. 'Vertel me niet dat Muus die storm gemaakt heeft om ons weg te houden.'

Hraab staarde hem aan. 'Niet Muus, nee.'

'Wie dan... Je bedoelt, de g...'

Hraab gaf hem een stomp. 'Zeg die naam niet terwijl we op zee zijn.' Toen knikte hij. 'Ja, dat denk ik.'

'Vanwege je passagier?'

'Als de je–weet–wel echt van plan zijn om Muus te pakken te krijgen, willen ze vast en zeker niet dat mijn vriend – en ons – hen op de hielen zitten.'

Ottil fronste zijn wenkbrauwen. 'Kunnen ze de wind bevelen?'

'Als de goden niet opletten, ja. Trouwens, in de buurt van Falrom zullen ze sterker zijn; onze goden komen niet in het Verbrande Land.'

'Dit bevalt me niet.' Ottil vouwde zijn handen achter zijn rug en fronste naar een passerende zeevogel.

'Wijs van je,' zei Hraab, maar zijn gebruikelijke grijns wilde niet komen. Een sombere stilte overviel hen.

Toen de mist oploste, was de wind gaan liggen. Hun reisdoel was in zicht aan de horizon, toen Ottil de boeggolf langzaam zag vervagen en hij vloekte hartgrondig.

'Ik denk dat je gelijk hebt,' zei hij. 'Dit kan niet allemaal toeval zijn.'

Vanaf het achterdek kwam het geluid van stemmen; onverstaanbaar, maar even begrijpelijk als de pantomime van een potsenmaker.

'Nobilissima Alextia is een ware nicht van de basileia,' zei Hraab. 'Vanaf hier lijkt het erop dat ze een paar machtig akelige dingen zegt tegen de goede kapitein.'

Ottil staarde naar de twee figuren op het achterdek. 'Je hebt gelijk,' zei hij na een paar momenten. 'Ze lijkt erg op Irenia.' Hij hield zijn hoofd schuin. 'Ze wijst naar ons.'

'Ze herinnert de arme kapitein aan de macht van basileia's persoonlijke mandator,' zei Hraab.

Geir bloosde.

Alextia's tirade leek te hebben geholpen, want de kapitein schreeuwde een reeks van orders en van benedendeks kwamen zeelui aansnellen om het aantal roeiers te verdubbelen.'

'Hij riep de tweede wacht aan dek,' zei Ottil. 'Oh, goed, nu zullen we wat vaart maken.'

De prins kreeg gelijk. In een werkelijk heldhaftige poging om de toorn van zowel de keizerlijke handelaar als van de boodschapper van de basileia te vermijden, slaagden de roeiers erin om de haven te bereiken voordat de schemering viel.

'Uw suggesties aan de kapitein waren goed gedaan,' zei Geir met een stalen gezicht, toen de jongens met Alextia bij het gangboord stonden.

'Suggesties!' De handelaar lachte. 'Ja, mijn suggestie om zijn incompetentie te rapporteren aan de Groot Hoogkoopman, de admiraal en mijn nicht de basileia werkte inderdaad. Arme man; het was niet zijn schuld dat de wind ging liggen, noch dat die vervloekte brennobando probeerde het schip in brand te steken. Maar hij reageerde in beide gevallen traag.' Ze keek verontwaardigd naar het achterdek, waar de kapitein toezicht hield op het ontschepen van de handelskaravaan. 'Dit is een eersteklas schip; het moet een eersteklas kapitein hebben en niet die... die pontschipper!'

Toen glimlachte ze naar Geir. 'Keizerlijke mandator – u moet een vriend van mijn nicht zijn om met deze taak belast te worden. Ik wist niet dat ze vrienden had.'

'O ja,' zei Geir zonder aarzeling. 'Alleen clandestien... Op een leuke manier,' voegde hij er haastig aan toe.

Alextia gierde het uit. 'Irenia... clandestiene vriendschappen met jongens?'

'Ah, meer als tegenstanders,' zei Geir zorgvuldig. 'Ze had ons nodig om mee te debatteren.'

'Om tegen te schreeuwen, bedoel je.'

'Ja. Maar wij, ik, schreeuwde terug. Als we alleen waren, natuurlijk. '

De handelaar keek naar ieder van de drie jongens. 'Ze heeft die dingen nodig. Ik had haar hofdame die verschrikkelijke dood niet gewenst, maar voor Irenia is het goed dat barones Ortoff er niet meer is om haar af te remmen. Voorzichtig, onhandige idioot!' riep ze naar een drager op de kade. 'Sorry, jongens; ik moet gaan. Ik wens jullie een veilige reis, waarheen jullie orders je ook mogen sturen.'

'U ook, handelaar, en een winstgevend ondernemen.'

Met een zwaai van haar hand holde Alextia het gangpad af en kort daarna reed haar karavaan weg in de richting van de stadspoorten.

'Uw paarden staan klaar op de kade, Mandator,' kwam een officier vertellen.

'Dank u,' zei Geir. 'Mijn excuses aan de kapitein dat ik geen afscheid neem, maar we hebben veel verloren tijd in te halen.'

De officier keek ongelukkig. 'Het weer was ons niet gunstig gezind, ben ik bang.'

'Is de *Keizerlijke Hoorn* binnen?' vroeg Ottil plotseling.

Het gezicht van de officier verstrakte, alsof hij een verborgen sneer vermoedde. 'Ja,' zei hij kortaf en hij wees naar een donkere vorm, twee ligplaatsen verderop. Daarna groette hij en keerde terug naar zijn taken.

'Kom op, laten we een paar vragen gaan stellen,' zei Ottil.

Ze stegen op en reden naar de plaats waar de *Hoorn* lag. Slechts een enkele lantaarn brandde op het dek en weerkaatste in de helm van een geharnaste wachtpost bij de loopplank.

Ottil staarde naar de tuigage van het schip. 'Ze ziet er grotendeels hetzelfde uit als ons schip.'

'Alleen beter verzorgd.' Geir snoof. 'Ik denk dat de handelaar gelijk had over onze kapitein. Hier zijn de zeilen veel strakker gereefd.'

Ottil steeg af en gaf zijn teugels aan Hraab. 'Wacht even,' zei hij. Hij liep het gangpad op naar de bewaker, een pezige kerel in het uniform van een Baljaren marinier.

'Ik ben een assistent van de keizerlijke mandator,' zei hij officieel.

De marinier bekeek hem van top tot teen, maar zei niets.

'Mijn baas wil een bevestiging en ik denk dat jij kunt helpen, marinier.'

Nu staarde de man naar hem, nog steeds zwijgend, maar Ottil weigerde onder de indruk te zijn.

'Wanneer zijn jullie precies in Massalia aangekomen?'

'Ben je niet een beetje jong voor een mandator?' vroeg de marinier achterdochtig.

Ottil slaakte een geïrriteerde zucht. 'Moet ik dit elke keer uitleggen? Hare Keizerlijke Majesteit stuurde ons, omdat ze ons vertrouwt. Onze leeftijd heeft daar niets mee te maken. Ik ben ouder dan Irenia en zij is niet te jong om te regeren, wel?'

De marinier grijnsde. 'Ik zou het niet weten. Goed, we kwamen drie dagen geleden aan. We hadden een snelle overtocht, zoals gewoonlijk. '

'Ik wou dat ik hetzelfde kon zeggen,' mopperde Ottil. 'We kwamen terecht in een brandende wind uit Corsce, en in het zicht van de haven, een windstilte.'

'Dus dat is de reden waarom de *Gulden Vlies* te laat was,' zei de marinier. 'Pech voor jullie.'

'Nogal. Als het goed is hadden jullie twee passagiers aan boord.'

'De kleine runenmeester en zijn vrouw. Ze zeiden dat hij een machtig tovenaar was, ook al was hij maar een opdondertje. Hij leek alleen erg afwezig. Ja, ze waren aan boord. Ik geloof dat ze naar het noorden gingen, maar dat is alles wat ik weet.'

'Hadden ze hun paarden bij zich?'

'Nee, ik heb horen zeggen dat ze vrijwel zonder bagage reisden.'

'Hm, nou, bedankt voor je medewerking, marinier. Een rustige wacht verder.'

De marinier groette en hulde zich weer in zijn zwijgende houding. Ottil liep terug naar de anderen en vertelde wat de man had gezegd.

'Afwezig,' zei Hraab peinzend. 'Die verdomde steen trekt aan hem, denk ik.' Toen zuchtte hij dramatisch. 'Nu komt het leuke gedeelte, vrienden.'

Ottil gaf hem een achterdochtig blik. 'Vertel het ons.'

'We gaan elke herberg, taverne en stal in deze prachtige stad bezoeken. Of die twee brachten de nacht hier door, of anders hebben ze paarden gekocht. In beide gevallen moet iemand het zich herinneren. Zoveel Un–a–Dach zijn er niet in Gallië, zelfs niet in Massalia.'

Ottil kreunde. 'Geweldig. Laten we gaan dan.'

Enkele uren later reden de jongens weg van de laatste taverne in de stad, een armoedige nering nabij de noordelijke stadspoort.

'Niets,' zei Ottil met een zucht. 'Ze moeten Massalia hebben verlaten, maar hoe? Niemand heeft ze gezien, laat staan ze een paard verkocht.'

'Misschien gingen ze te voet?'

Ottil keek naar Geir. 'Waarom zouden ze?'

Zijn hirdman haalde zijn schouders op. 'Als de runenmeester echt afwezig was, zou Moirra bang kunnen zijn dat hij van een paard valt.'

'Dan hebben we een kans ze in te halen.' Ottil spoorde zijn paard aan en galoppeerde naar de poorten. Na een paar minuten hield hij zijn vaart in en wees. 'Kijk! Een stoeterij.'

Hraab gromde iets venijnigs en reed naar het gebouw. Op zijn roepen kwam er een staljongen naar buiten, zijn ogen dik van de slaap.

'Wa mot je?' vroeg hij, humeurig om midden in de nacht gewekt te worden.

'Informatie, mijn vriend,' zei Hraab en hij toonde een glanzende gouden munt. De staljongen schudde zichzelf wakker. 'Wat voor informatie?'

'Heb je pas twee reizigers gezien; een man en een vrouw, beiden nogal klein?'

'So'n beetje as u, meester? Ah, ja, dat heb ik. Twee dagen geleden kwamen ze; kochten drie van de beste paarden. De ouwe was maar nie blij; ze hebben betaald zonder afdingen.'

'Uitstekend,' zei Hraab. Dat moeten mijn broer en zijn vrouw zijn geweest. Weet je toevallig waar ze heen gingen?'

'Ah, ja, dat weet ik.' De jongen kreeg een sluwe blik over zich. 'Maar da's kostbare informatie, meester.'

'Als ik je kont afklop met mijn zwaard is dat ook een beloning,' zei Ottil dreigend. 'Wees tevreden met de aangeboden munt en vertel het ons.'

De staljongen zuchtte. 'Ja. Welnu; zij vroegen de weg naar Falrom. Stel je voor, naar Falrom! Uw broer moet mal in z'n hoofd zijn, meester.'

Hraab knikte. 'Hij heeft zijn redenen. Nu, vriend, de grote vraag: wat heeft je meester ze geantwoord?'

'Ga voorbij Valens naar Matisc en daarna de weg naar Guenv. Het brengt je tot aan de bergpas naar Falrom. Dat hebben we hem verteld, meester. Meer weet ik niet.'

'Dat was heel behulpzaam,' zei Hraab. Hij overhandigde de staljongen de gouden munt. 'Je beloning. Je zult nu veel lekkerder slapen.'

'We gaan naar Valens,' zei Ottil toen ze weer op de weg waren. Hij snoof de geur van het land op; niet zoals thuis, maar vertrouwder dan de droge kamelenmestgeur van de Baljaren. Boven hun hoofden was de lucht helder en Maan reed langzaam door. Met een plotselinge schreeuw begon Ottil te galopperen.

HOOFDSTUK 11 – ORANCIO

De reis, of misschien het feit dat ze uit het zicht waren van Falrom, had de meeste visioenen uit Muus' hoofd verjaagd. *Ik kom*, dacht hij elke keer dat de vlammen naderbij kwamen. *Ik kom eraan, dus houd op me lastig te vallen.* Het hielp, althans voor een tijdje. Het weer was prima en hij was met Moirra. Een leeuwerik zong in de lucht en even stopte hij om te luisteren. Toen zag hij Moirra naar hem kijken en hij glimlachte.

Het was de tweede dag sinds ze Massalia achter zich hadden gelaten. Afgelopen nacht hadden ze op een kleine open plek met een esdoorn geslapen. Het had hem doen denken aan de jonge boom die hij Moirra zo lang geleden had gegeven, toen ze elkaar voor het eerst hadden ontmoet. Hij had aan haar gezicht gezien dat ze hetzelfde dacht.

'Als we terug zijn, zal dat twijgje een beetje groter zijn,' had hij gezegd.

Heel even meende hij een schaduw over haar gezicht te zien glijden. Toen knikte ze en glimlachte op de manier die hem altijd weke knieën gaf.

Nu herinnerde hij zich de schaduw en hij dacht erover na. Moirra bezat kennis die ze niet met hem wilde delen. Hij wist en accepteerde het als een deel van haar. Ze was een Un–a–Dach Druïdgeboren, met haar eigen taken. Maar soms vroeg hij zich af wat ze wist van de Shardheld dat ze ook niet wilde zeggen.

'Lieve,' zei hij, verbaasd hoe gemakkelijk het woord van zijn lippen kwam. 'Als we klaar zijn met dit alles, wat wil je dat we doen? Terug naar je huisje in het moeras?'

Muus voelde zich een beetje schuldig om zijn truc, maar daar was dat moment van duisternis weer, voordat ze een hand op zijn arm legde.

'Ik weet het nog niet,' zei ze opgewekt. 'Er zijn zo veel dingen die we kunnen doen, ik heb er nog niet zo over nagedacht.'

Hij knikte. Ze wist iets wat hij niet wist. Iets wat haar verontrustte. Hij borg de wetenschap weg en kneep zachtjes in haar hand, voordat ze verdergingen.

Orancio was een ouderwetse stad. De vele standbeelden, de huizen met hun rijen zuilen en de brede geplaveide straten brachten herinneringen aan de oude Gallische leefwijze ten tijde van de Romse hegemonie. Centraal in de stad was een heuvel, bekroond met een burg die er meer uitzag als een heuvelfort. Orancio was duidelijk een plaats waar de tijd heel langzaam verstreek.

De stad bezat een kleine Druïdencirkel; een eenvoudig huisje bewoond door een oude druïde en zijn ovaat die de bezoekers met verraste blijdschap ontving.

'We zien hier nooit nieuwe gezichten,' zei de jongeman. 'Het is echt een eenzaam leven.'

Moirra knikte begrijpend. 'Wat doe je de hele tijd?'

De ovaat rechtte zijn magere schouders. 'We verzorgen de zieken, zowel onder de lokale bevolking als bij het vee; dat laatste is meestal mijn werk. We houden een dienst per week en op alle feestdagen. Er komen niet veel gelovigen, ben ik bang; de Wijsheid heeft de neiging veel te mompelen. Hij mist zijn tanden, weet u, en dat maakt hem moeilijk te begrijpen. Hij is zeer heilig,' voegde hij er haastig aan toe.

Moirra glimlachte. 'Natuurlijk is hij dat. Denk je dat je de gesproken delen kunt doen?'

'O ja,' zei de ovaat. 'Ik heb ze lang, heel lang bestudeerd. Er is niet veel anders te doen hier.'

'Heb je ooit *Zeven Stappen naar de Eik* gelezen?'

Het gezicht van de ovaal kleurde rood. 'Nee. Ik heb nooit een kopie te pakken kunnen krijgen.'

Moirra rommelde in haar tas en produceerde een slank boek met een merkwaardige boom op het omslag.

'Hier, je mag de mijne hebben; ik ken het uit mijn hoofd. En ik zal een woordje met de Wijsheid spreken; hij moet jou meer van het gesproken gedeelte laten doen.'

De jonge man nam het boek met trillende handen aan. 'Dank u,' zei hij. 'Het is een geschenk dat ik nooit in staat zal zijn terug te betalen.'

'Niet nodig,' zei Moirra. 'Los het af door andere mensen te helpen. Zodra je het bestudeerd hebt, moet je contact opnemen met de dichtstbijzijnde tempel en om verdere materialen vragen. Daarna maak je een afspraak over je examen. Net als een boom moet je jezelf niet toestaan te verdorren.'

'Ik zal doen wat u zegt, druïdes.' De ovaat slikte. 'Ik ben blij dat u gekomen bent; ik voelde me hier zo nutteloos.'

Die nacht sliepen Muus en Moirra in de kleine gastenkamer, nadat ze die eerst hadden uitgeruimd. Er waren zo weinig bezoekers dat de druïden de logeerkamer gebruikten om allerlei prullaria in op te bergen.

De volgende twee dagen bracht Moirra door met het onderwijzen van de ovaat en ze ondervroeg hem tot hij begon te zweten. Toen ze klaar was, gaf ze hem een ondertekend document met haar bevindingen.

'Hier,' zei ze. 'Dit is je huidige kennisniveau. Ik heb een paar boeken opgeschreven die elke zichzelf respecterende Cirkel zou moeten hebben. Ga naar de dichtstbijzijnde tempel en toon het hen. Zij kunnen je in ieder geval aan de boeken helpen.'

'Ja, ja,' stamelde de jonge ovaat, terwijl hij naar de handtekening staarde. 'U bent echt een Druïdgeboren?'

Moirra moest glimlachen bij het evidente ontzag in zijn stem. 'Echt waar.'

Toen verstijfde de ovaat. 'Ik gedraag me onbehoorlijk,' zei hij. 'Excuses, Druïdgeboren, voor mijn ontstellend gebrek aan zelfbeheersing.'

'Neutrale Nederigheid betekent niet dat je als een houten pop moet rondlopen,' zei Moirra en haar gedachten gingen naar die andere ovaat, het domme meisje in de Grote Tempel. 'Het betekent dat je je met decorum gedraagt als je dienst hebt, maar niet in één–op–één situaties als deze.' Ze lachte even. 'Hoewel ik wil suggereren dat je het wel doet als je de tempel je vorderingen wilt bewijzen. Instructeurs hebben de neiging zelf nogal stijf te zijn.'

De ovaat ontspande zich en slaagde er zelfs in om terug te glimlachen. 'Ik begrijp het, Druïdgeboren. Dank u.'

De volgende ochtend vertrokken ze weer. Muus, die de twee rustdagen zwervend door Orancio had doorgebracht, leek ver weg en even was Moirra bang dat hij weer in zichzelf gekeerd was. Toen rechtte hij zich in het zadel.

'Een grappige plaats, dat Orancio. Heel oud; heel Roms, met al die zuilen en friezen. Ik vraag me ineens af hoe de dingen eruit zullen zien in Falrom.'

Moirra keek snel naar hem, maar hij leek eerder nieuwsgierig dan dat hij worstelde met visioenen.

'We zullen het wel zien als het zover is,' zei ze kalm.

HOOFDSTUK 12 – CHALANTE

'Halt!' riep een trillende stem uit de struiken. Kjelle hield zijn paard in toen twee soldaten met getrokken wapens voor hem op het pad stapten. Degene die geroepen had was een oude man in een roestig maliënhemd. Zijn metgezel zag eruit alsof hij zijn kleinzoon zou kunnen zijn, en zijn leren borststuk reikte bijna tot op zijn knieën.

'Wat is dit, heren?' vroeg Kjelle. 'We rijden op 's konings heirbaan.'

'Identefeceer jezellef,' zei de jongste met een wilde frons.

Kjelle bekeek hem van top tot teen. 'Ik ben een edelman uit de Norden,' zei hij kalm. 'Ik ben niet gewend aldus aangesproken te worden. Wiens mannen zijn jullie, soldaat?'

Hij legde net genoeg nadruk op het laatste woord om de jongen te doen blozen.

'Wij dienen de heer van Chalante,' zei hij onhandig. 'Er wus gezeid datter rovers in de buurt zijn en de heer stuurde ons er op uit om ze te vangen.'

'Wat, jullie tweeën?'

De oude soldaat schudde zijn hoofd. 'Oh, nee, heer,' zei hij ernstig. 'Er zijn bijna vijftig meer van ons, voorbij de bocht.'

Kjelle keek naar zijn metgezellen en onderdrukte een grijns. 'Hoeveel rovers zijn er?'

De jongen krabde aan zijn nek. 'We weten 't niet, heer. Ze waren voorbij Divion gezien en gingen naar het zuiden door het bos.'

Birthe schudde haar hoofd. 'We kunnen beter met je meester spreken. Is hij bij zijn troepen?'

Beide soldaten leken verward toen ze sprak.

'Ja, vrouwe,' zei de jongste uiteindelijk. 'U vindt heer Ivais bij de rest van ons achter de bocht.'

'Ga opzij,' zei Kjelle streng en hij stuurde zijn paard naar de twee mannen. Met tegenzin gehoorzaamden de soldaten.

Ivais de Chalante was een oude man. *Niet zo oud als zijn harnas,* dacht Kjelle, *die moet dateren uit de dagen van Rom zelf.* Maar hij was oud genoeg; gebogen en benig. Zijn tranende ogen staarden Kjelle aan.

'Een bezoeker van de Norden? Nou, nou, wij zien uw soort niet heel vaak meer. Hoe is het met koning Bettil tegenwoordig?'

Prins Ottils grootvader was al bijna vijftien jaar dood, maar Kjelle antwoordde slechts: 'Goed genoeg.' Toen schraapte hij zijn keel. 'Heer Ivais, u bent op jacht naar rovers, geloof ik?'

De oude man knikte. 'Ja, ja, ze werden gezien de kant van Divion uit en ik heb gehoord dat ze hierheen komen. Ik ga ze verrassen. Als ze aan mijn poorten staan val ik ze van achteren aan en doodt ze.'

'Met vijftig man? Heer Ivais, deze mensen zijn geen dieven. Het is een leger van een paar honderd man sterk. Ze lieten Divion als een smeulende ruïne achter.'

'Onzin!' De heer van Chalante werd rood in zijn gezicht. 'Divion een ruïne? Onzin. Heb je die muren gezien?'

Birthe gaf hem een strakke blik. 'Ze hebben een sjamaan bij zich die zijn magie gebruikt om de poorten open te breken. De stad werd geheel verwoest.'

Ivais tuurde naar haar. 'Zwijg als mannen spreken, meisje,' zei hij knorrig. 'Ik heb de mening van de vrouwen niet nodig.'

Birthe griste haar staf uit haar gordel en richtte hem op de oude heer. 'Ik ben een völva, Ivais,' snauwde ze. 'Wees voorzichtig met wat je zegt.'

De heer sputterde, maar toen haastte een jonge man zich naar hen toe. Hij was begin twintig, met krullend haar en een blozend gezicht. 'Laat mij dit afhandelen, grootvader,' zei hij vastberaden. 'U moet aan uw gezondheid denken.' Hij wendde zich tot Birthe. 'Excuses, dame völva; mijn grootvader is een oude man. Ik ben Durant, zijn kleinzoon en erfgenaam. Wat was de situatie bij Divion?'

Birthe vertelde het hem en terwijl ze sprak lekte alle kleur weg uit Durants gezicht. 'De hele stad uitgemoord? Goden, wat moeten we doen? Onze muren zijn kamerschermen in vergelijking met die van Divion.'

'Als ze hier komen, houdt u ze niet tegen.' Birthe gaf de erfgenaam een strenge blik. 'U moet vluchten. Breng uw mensen naar Matisc en versterk het garnizoen, maar blijf niet hier.'

'Vluchten!' Heer Ivais was donkerrood van woede. 'Ik ben niet van plan te vluchten. Niet voor gespuis! Chalante zal standhouden.'

'Nee, grootvader,' zei Durant zachtjes. 'De dame völva heeft gelijk. We gaan naar Matisc. We kunnen ons dorp weer opbouwen, maar niet zonder de mensen.' Hij boog naar Birthe en Kjelle. 'Uw vergeving, vrouwe, heer; we hebben geen tijd te verliezen. Ik zegen de goden voor onze ontmoeting. Mogen wij elkaar weer zien in betere tijden.'

'Ik wens u veel geluk. U ook, heer Ivais.' Terwijl Durant zijn grootvader en zijn troepen verzamelde, wendde Kjelle zich tot de anderen. 'Oef, ze zijn gezegend met een erfgenaam die zijn hersens gebruikt. Die oude dwaas zou ze allemaal hebben vermoord met zijn seniele driestheid.' Hij balde zijn vuisten. 'Rannar... Hij was ooit een eerbaar man. Hoe kan hij leven met zo veel moord op zijn geweten?'

'Hij heeft geen geweten,' zei Birthe bits. 'Hij is Revs schoothondje; een levende draug.'

Kjelle keek haar aan en zag de glinstering in haar ogen. Hij pakte haar hand. 'Ben je boos om de woorden van die oude dwaas?'

Birthe trok een gezicht. 'Ik weet het; dat moet ik niet zijn.' Ze spuwde op de grond en vloekte een keer. 'Goed, ik ben het vergeten. Laten we verdergaan.'

HOOFDSTUK 13 – DRAKENJAGERS

'Verdomme, ik wou dat ik wist waar ze waren,' zei Ottil. 'We kunnen niet ver achter hen zijn, dus waarom heeft niemand ze gezien? Geen herberg of taverne in Orancio weet iets, noch die seniele oude druïde. Ze zouden toch niet onder een brug hebben geslapen?'

'Als er een brug was geweest, nee,' zei Hraab en hij gaf de prins een blik vol irritatie.

'Nou, waar zijn ze dan?'

'Ik weet het niet.'

Ottil vloekte en zette zijn paard aan tot een draf. Er was weinig verkeer op de weg en het weer was prima. Maar de frustratie maakte hem chagrijnig. Nadat Muus zonder hen was weggelopen, was de lol van het avontuur verdwenen. Hraab was niet zijn vrijmoedige zelf sinds Iowynh in het paleis tegen hem had geschreeuwd en Geir sprak alleen als hij zijn mandator ding moest doen. Kwaad reed de jonge prins verder.

De volgende ochtend, na een muggenrijke nacht in een bosje laaghangende dennen, stonden ze op bij het eerste licht. Na een snelle maaltijd van brood en kaas die ze in Orancio hadden gekocht, stegen de drie weer op. De weg was verlaten en een lage mist hing over de velden. De jongens reden zonder te spreken, elk verloren in zijn eigen gedachten.

Een plotselinge schreeuw schokte hen overeind. Uit een nabijgelegen weiland kwam een jong meisje schreeuwend op hen af rennen. 'Een draak! Een draak!'

'Wat bedoel je, een draak?' zei Ottil, terwijl hij zijn paard inhield. 'Die bestaan niet.'

'Ze bestaan wel,' zei het meisje en de ogen die ze op Ottil richtte waren groot van angst. 'Ik zag er een; hij viel onze koe aan! Alstublieft! U bent een ridder; doodt het monster.'

Ottil keek naar de weide en zag iets bewegen; iets dat vloog, maar veel te groot was voor een vogel.

'Kom op,' zei hij, terwijl hij zijn paard de wei in stuurde. Het monster was ongeveer zo groot als de langharige pony die Ottil had bereden toen hij klein was, met leerachtige vleugels en een lange puntige snavel. Het beest lette niet op de koe, maar vloog op en neer, alsof het naar iets op zoek was.

'Dat is geen draak!' riep Ottil en hij sprong uit het zadel. 'Het is zo'n vliegende hagedis uit het portaal van Aarde, een pteroob-dinges!' Zijn paard rende bij hem weg naar de uiterste hoek van het veld.

Op dat moment krijste het monster en viel aan.

'Niet zo snel,' zei Ottil, terwijl hij opzij sprong toen het beest over zijn hoofd scheerde. Hij trok zijn zwaard en plantte beide benen stevig in het natte gras.

Nogmaals kwam het beest op hem af, maar nu sprong Ottil op en de punt van zijn zwaard raakte de onbeschermde buik van de hagedis. Het beest krijste opnieuw en dook naar Ottil, met de bek open alsof het de jongen wilde doodbijten. Ottil liet zich op de grond vallen en rolde opzij, terwijl Geir naar voren rende, zwaaiend met zijn bijl. Hij miste en het beest draaide zich snel om. Met de klauwen uitgestrekt stortte het zich op Geir. Inmiddels was Ottil overeind gekomen. Samen met Hraab vielen ze langs beide kanten aan en alleen met een woeste vleugelklap wist het beest ze te ontwijken.

Even hing het in de lucht en giechelde om de drie hijgende jongens. Toen viel het weer bliksemsnel aan.

In een reflex bukte Ottil en greep een achterpoot toen het beest rakelings over zijn hoofd kwam. De hagedis probeerde hem op te tillen, maar de vleugels waren niet sterk genoeg. Snel sprong Geir toe om zijn prins te helpen en samen trokken ze het beest op de grond. De hagedis sloeg met zijn vleugels in een wanhopige poging te ontsnappen, maar Ottil zwaaide met zijn zwaard en met een laatste kreet stierf het beest.

'De draak is dood,' zei hij tegen Hraab en Geir, die op zijn knieën naast het dode hagedis zat. 'We hebben het gedood.'

'Goed gedaan,' zei het meisje en haar blonde vlechten zwaaiden toen ze naar de jongens toe kwam. 'Heel goed gedaan.' Toen lachte ze en opende haar armen naar hen. Haar jonge vorm veranderde en in haar plaats stond een oud wijf in een vaak hersteld gewaad. Een zwakke glinstering in de lucht om haar heen verraadde de spreuk die haar beschermde. 'Dwaze jongens,' zei ze. 'Het was een truc, natuurlijk. Ik heb hier zo lang gewoond, terwijl ik studeerde en wachtte op een kans om de Oude Goden te dienen. Nu is het moment gekomen. Ze zijn met mij. Ze vertelden me dat je zou komen.' Haar benige vinger wees recht naar Hraab. 'Je moet worden gedood, bemoeial. Je zult *hun* plannen niet belemmeren. De Shardheld en wat hij draagt zal de Ouden versterken en hij zal hun prooi zijn, zoals jij de mijne bent.' Ze strekte haar dunne armen uit naar Hraab. 'Sterf, karikatuur van een zwartalf.' Haar lippen bewogen en de lucht rond haar handen werd donker. Toen, op het laatste moment, sprong Ottil. Zijn zwaard stuiterde op de beschermende betovering van de heks, maar het gewicht van de prins bracht haar uit balans. Ze struikelde achteruit en viel over Geir, die op zijn onopgemerkte manier achter haar was gekropen. Haar val verbrak de betovering en het oude wijf schreeuwde van de schok die het haar gaf. Een moment lang haperde haar beschermende aura en Ottil sloeg toe. Zijn zwaard doorboorde de nek van de heks en hakte zowat haar gerimpelde hoofd af. Een kreet van razernij vloog van haar geopende mond naar de ontwakende hemel en haar levenloze vorm zakte op de grond.

Enkele tellen stonden de jongens daar. Toen schudden ze elkaars handen en grijnsden breed.

'Nu zijn we ook nog heksendoders,' zei Ottil.

'Maar wie was ze?' Geir wreef zijn natte, grasbevlekte handen aan zijn broek af.

'Een soort van Grim Doubh,' zei Ottil, ongeïnteresseerd.

'Ik dacht dat we alle Aanroepers hadden gedood.'

Hraab keek naar hen. 'Kom dichterbij,' zei hij. Met hun hoofden naar elkaar toe fluisterde hij. 'Zachtjes; ze kunnen nog in de buurt zijn. Die vrouw diende de Goden van Toen rechtstreeks. Ze was hun instrument.'

'Hoe konden wij het dan winnen?' fluisterde Ottil terug.

'Ze hebben hun volle kracht niet,' zei Hraab. 'Niet hier, in Gallië.'

'Dat blonde meisje zag er zo overtuigend uit.'

Hraabs blik was onleesbaar. 'Ja, je voelde groot en mannelijk, toen je haar kon beschermen. Al die tijd lachte ze je uit.'

Ottil deed een stap terug, alsof hij was geslagen. 'Dat is niet leuk.'

Hraab kreeg een kleur. 'Je hebt gelijk. Het was niet aardig. Het spijt me, ik ben gewoon in een rothumeur, Ottil.'

'Je bent al in een rothumeur sinds de nacht dat Muus er tussenuit glipte.'

'Ik weet het.'

Ottil zag hoe Hraabs gezicht vertrok. 'Als er iets is, vertel het ons dan,' zei hij. 'We zijn vrienden.'

Hraab schudde zijn hoofd. 'Dat kan ik niet,' zei hij.

De prins gaf hem een harde blik en haalde zijn schouders op. 'Als je het niet wilt vertellen, dan doe je het niet.'

'Ik kan het niet,' zei Hraab weer, met tranen in zijn ogen.

'Het is goed.' Ottil gaf Hraab een klap op zijn schouder. 'Ik ben niet boos op je.'

'Wat doen we met haar?' vroeg Geir, knikkend naar de dode heks.

'Daar,' zei Ottil en hij liep naar het kleine huisje aan de rand van het bos. Hij keek naar binnen. Zijn haar ging recht overeind staan bij de aanblik van het gruwelijke interieur. Afgezien van een kleine bedruimte, was de kamer gevuld met de resultaten van de meest gruwelijke experimenten.

Het ergste was misschien wel het rottende lichaam van een grote hond, met een grijnzende kattenkop vastgenaaid op de plek van zijn eigen hoofd.

'Wat is dit?'

'Een poging om leven te scheppen,' zei Hraab walgend. 'Ze moet geprobeerd hebben haar eigen monster te maken. Stom oud wijf. Zelfs de goden kunnen dat niet meer.' Hij draaide zich om. 'We laten alles zoals het is. Andere mensen mogen het verder uitzoeken.'

HOOFDSTUK 14 – MATISC (1)

Twee weken na hun vertrek uit Massalia, naderden Muus en Moirra de stad Lugode.

'Het leger is hier,' zei Muus. Op de velden naast de poorten stonden rijen en rijen kleurrijke tenten en overal waren soldaten bezig. De wachters aan de poorten waren op dubbele sterkte en de muren werden bewaakt door boogschutters. Toen ze de poort naderden stapte een sergeant in blinkende wapenrusting de weg op en hief zijn hand.

'U daar; wat voor soort volk bent u?' De achterdocht in zijn stem was heel duidelijk.

Moirra hief haar kin en keek de soldaat recht aan. 'Ik ben de druïdes Moirra, Druïdgeboren van de Un–a–Dach. Mijn metgezel is de runenmeester Terrel van Owwich.'

'Een druïdes...' De sergeant aarzelde. 'Een moment alstublieft, dan roep ik mijn officier.' Hij wenkte een soldaat in het wachthuis. 'Vraag de kapitein hier te komen en haast je.'

'Wat is er aan de hand, sergeant?' vroeg Muus op zijn strengste toon. 'Ik ben niet gewend op mijn weg te worden gehinderd.'

'Als u een momentje heeft, runenmeester, kan mijn kapitein alles uitleggen. Het is gewoon onze plicht, er is geen sprake van oneerbiedigheid.'

De kapitein bleek een bebaarde man met een hard gezicht, gekleed in het uniform van Gallië. Hij luisterde naar het verslag van zijn sergeant. Toen draaide hij zich om en groette. 'Druïdes, runenmeester, ik moet u vragen mij te volgen. U kunt uw paarden hier achterlaten; ze zullen worden verzorgd.'

'Waarom, kapitein?' vroeg Muus ijzig.

Het gezicht van de officier werd vuurrood achter zijn vizier. 'Ik zal u alles uitleggen, maar niet hier op straat,' zei hij kortaf.

Moirra keek naar Muus. 'Laten we horen wat de dappere kapitein te zeggen heeft.'

Muus boog in het zadel. 'Zoals je wilt, melieve.' Hij steeg af en liep naar Moirra om haar naar beneden te helpen. Daarna volgden ze de kapitein het wachthuisje in.

'Buiten!' snauwde de officier tegen de soldaten in het lokaal. 'En doe de deur dicht.' Toen ze alleen waren, zette hij zijn helm af en gebaarde naar een aantal stoelen. 'Ga zitten, alstublieft.' Heel even leek hij onzeker hoe te beginnen. 'Ik ben Maron, kapitein van het Leger van Borgund. Ten eerste moet ik zeggen dat ik een volgeling ben van Midras en niet van uw geloof, Druïdes; dus vergeef me mijn onwetendheid. U bent van de Druïdense overtuiging en uw vriend is een runenmeester. Druïden genezen, dat weet ik. Maar kunt u nog iets anders doen? En u, meester Terrel; wat doet een runenmeester? U hanteert magie?'

'Het zou gemakkelijker zijn als u ons uw probleem vertelde, kapitein.' Muus liet een vlammetje aan zijn vingers ontsnappen en de officier staarde naar de dansende vonken.

'U hebt dus magie.' De kapitein richtte zich op en schraapte zijn keel. 'We hebben een probleem. Ten eerste moet ik iets uitleggen. Ten noorden van hier is de grens met Lotharn. De Germaanse koninkrijken zijn notoir laks en Lotharn is veruit het ergste van allemaal. Nu zwerft er een rebellenleger door hun land. Een leger van krijgers in bloedrood pantser, onder leiding van een soort priesters met magische krachten. Tot nu toe bleven deze rebellen binnen Lotharns grenzen. Het dichtste dat ze bij ons kwamen was het stadje Divion, dat ze volledig verwoestten. Na die gebeurtenis mobiliseerde onze hertog het leger. Niets te vroeg, want een paar dagen geleden zijn deze rebellen de grens overgestoken en vernietigden ze het kasteel en het dorp van Chalante aan onze kant van de grens. Gelukkig was de heer van Chalante voorbereid en had hij zijn volk geëvacueerd naar de naburige stad Matisc.'

Even was de kapitein stil.

'Bent u bang dat de rebellen Matisc als volgende aanvallen?'

'Ik ben er zeker van. Matisc heeft sterke muren, maar een klein garnizoen, zelfs met de soldaten van Chalante meegerekend. Mijn hertog gaf mij bevel het garnizoen van Matisc te versterken en te proberen die rebellen te verslaan. Allemaal goed en wel,' zei de kapitein. 'Maar mijn heer vergat om me magiërs toe te wijzen. Ik heb rapporten van Divion; iedereen die daar langskwam nadat de rebellen vertrokken waren zei hetzelfde. De poorten waren naar binnen opgeblazen, net als de deuren van het kasteel. Versplinterd en verbrand als door de bliksem.'

Muus keek naar Moirra. 'Bliksem.'

'Ja.' De kapitein keek gefrustreerd. 'Mijn mannen zijn dapper genoeg, maar ze kunnen niet tegen magie vechten.'

'Verdoem ze allemaal!' Muus sprong op en schopte zijn stoel door de kamer. 'Daar gaan we weer.'

Moirra gebaarde naar de kapitein te blijven zitten. 'Muus,' zei ze.

Muus leunde met zijn hoofd tegen de ruwe muur en sloeg met zijn vuisten op de stenen. 'Ze zijn dus niet dood.' Toen, razend en met het vuur in zijn ogen draaide hij zich om. 'Roep uw mannen, kapitein. We rijden naar Matisc.'

'Maar...'

'Doe het, kapitein,' zei Moirra. 'De runenmeester is erg boos, om heel goede redenen. Verzamel uw mannen en ga.'

Muus beende naar buiten. 'Breng onze paarden!' riep hij, 'We gaan naar Matisc.'

De sergeant zag het vuur van Muus' handen druipen en aarzelde niet. 'De paarden, snel!' En toen zijn officier naar buiten kwam: 'Kapitein?'

'Verzamel de mannen. We volgen de runenmeester.'

Zonder op het leger te wachten, reden Muus en Moirra de poort uit. Ze galoppeerden over de weg die zich leeg voor hen uitstrekte, tot Muus' eerste, hete razernij in smeulende woede was veranderd. Hij sprak niet, maar de uitdrukking op zijn gezicht vertelde Moirra dat hij niet in de stemming was om te luisteren. Ze haastten zich verder, zonder al te veel rust te nemen. Het was slechts zeventig mijl naar Matisc, en ze bereikten het de tweede dag, kort na de noen.

'Te laat!' schreeuwde Muus wild bij het zien van de versplinterde poorten en dode lichamen. Rood–gepantserde soldaten renden om ze te stoppen. Muus stond op in het zadel en hief zijn armen naar de hemel. Bliksem sprong uit zijn vingers en de soldaten vlamden en stierven. Muus' arme paard sidderde, maar met een deel van zijn geest kalmeerde de runenmeester het dier. Ze galoppeerden de stad binnen, in de richting van het kasteel op het marktplein.

'Ze houden nog stand,' schreeuwde Moirra in zijn oor.

Muus knikte, hij had het ook gezien. Van de muren van het kasteel schoot een handvol boogschutters hun pijlen omlaag, maar hun effect tegen de massa rode soldaten op het plein was te klein om van nut te zijn.

Een trio donkergeklede mannen stond voor de kasteelpoort, hun handen bezig met vreemde rituelen. Met een luide knal explodeerden de zware deuren van het kasteel in een regen van splinters. De vijandelijke soldaten riepen als met één stem een vreselijke belofte van dood en verminking dat gejammer ontlokte aan de hulpeloze mensen in het kasteel.

Genoeg! Muus voelde een woede zo groot dat het hem bijna overweldigde. *U zult deze moorddadige beesten niet ontketenen!* Weer verzamelde hij de kracht van de runen. *Vernietig ze allemaal!*

Voor de tweede keer flitste het weerlicht. De soldaten blakerden en stierven, alleen en in groepen, zonder geluid te geven. *Het doden van ongedierte*, dacht Muus en hij vocht tegen het braaksel dat omhoog brandde in zijn keel. Het leek een eeuwigheid te duren, maar eindelijk waren alleen de sjamanen nog over.

De drie stonden als versteend, verbijsterd door de demonstratie van brute kracht om hen heen. Toen de laatste soldaten tot as vergingen, roerden ze zich en sloegen terug.

Vlammen omhulden Muus en Moirra, heet genoeg om de voorkant van de dichtstbijzijnde gebouwen zwart te blakeren. Het mocht niet baten; Muus, zijn armen nog steeds in de lucht, absorbeerde alles. Ten slotte stopten de sjamanen uitgeput.

'Wie ben jij?' kraste de middelste, zijn uitgemergelde gezicht vertrokken van angst.

'Ik ben de Macht! Zie toe en beef!' riep Muus. Het hele plein begon te schudden toen de Rune van Beving zijn werk deed. Muus voelde de enorme kracht van de runen door zijn lichaam stromen. 'Nu open!' De bestrating spleet uiteen en de sjamanen tuimelden in een gat meerdere manslengten diep. Gillend verdwenen ze uit het zicht. 'Sluit!' Met een misselijkmakend geluid klapten de zijden van de scheur terug en de drie waren verdwenen.

Alle spanning zakte weg uit Muus en hij trilde, de kreten nog in zijn oren. De beschermende kracht om hem heen verdween en hij was niet langer de vreselijke runenmeester, maar een uitgeputte jongeman.

Vanaf de kasteelmuren klonk gejuich. Langs de resten van de kasteeldeuren kwam een kleine groep notabelen naar buiten om hen te begroeten. De graaf, de garnizoenscommandant, de plaatselijke priester; Muus zag ze nauwelijks. Hij staarde naar de plek waar hij de drie sjamanen had begraven, zijn hele wezen leeg.

Moirra zag zijn reactie en stuurde haar paard tussen Muus en de notabelen in.

'Waren dit alle vijanden?' vroeg ze, zo hooghartig als ze kon.

De graaf, een grote man met een welgevoede reeks kinnen, knikte. 'Ja, Druïdes,' zei hij. 'We doodden velen van hen voordat ze onze poorten opbliezen, en dit waren de enigen die erin slaagden om binnen te komen.'

'Ze leken genoeg.' Moirra keek naar de dode soldaten in hun rode wapenrusting, en naar de gesloten scheur die de sjamanen had opgeslokt.

'Ik ben blij dat runenmeester Terrel en ik op tijd kwamen. Het leger is ongeveer een halve dag achter ons. Zij zullen zeker helpen.' Even keek ze naar Muus. 'De runenmeester en ik behoeven een slaapplaats. Magie zoals deze is erg vermoeiend en we moeten elders wezen. Een bad, een bed en later een maaltijd zouden welkom zijn.'

'Natuurlijk,' zei de graaf. 'Ik laat een gastenverblijf voor u klaarmaken. Ik kan u niet vertellen hoe dankbaar we zijn. Natuurlijk zal enige compensatie...'

Moirra schudde haar hoofd. 'Gebruik uw geld om hen te helpen die hier en in Chalante hun huizen verloren. Noch de runenmeester noch ik hebben er behoefte aan.'

De graaf knipperde met zijn ogen. 'Natuurlijk, druïdes. Chalante, ja; we moeten heer Ivais helpen alles weer op te bouwen.' Toen, alsof hij een vaak uitgesproken klacht herhaalde: 'Waar was het leger al die tijd?'

HOOFDSTUK 15 – WE HEBBEN ZE!

'Daar,' zei Ottil en hij zwaaide naar de stad in de verte. 'Lugode.'

'Het is groter dan Valens.' Hraab glimlachte om het gezicht van de prins.

'Valens was de sufste plaats in de wereld,' zei Ottil met walging in zijn stem. 'Zelfs de bedluizen sliepen, zo saai was het. Ik hoop echt dat Lugode beter is.'

'Ik weet het niet,' zei Geir. 'Ze hebben hun poorten gesloten.'

'Verdomme.' Ottil tuurde naar de stad met een hand boven zijn ogen. 'Je hebt gelijk. En dat midden op de dag?'

'Problemen.' Hraab ging verzitten in het zadel. 'Het betekent vijanden of ziekte.'

'Halt!' riep een stem vanaf de muren, toen ze binnen gehoorsafstand kwamen. 'Identificeer jezelf.'

'Boodschappers van het Keizerlijk Hof van de Baljaren,' brulde Ottil.

'De stad is gesloten, boodschapper. U kunt het beste teruggaan naar waar u vandaan kwam, er zijn verschrikkelijke vijanden op de weg.'

'Ons doel ligt in het noorden,' zei Ottil. 'Wat voor vijanden?'

'Rebellen van Lotharn. Ze verbrandden de stad Divion aan hun kant van de grens en nu komen ze naar het zuiden en bedreigen Matisc. Het leger is er drie dagen geleden naartoe gegaan, om ze weer terug te schoppen naar hun eigen land.'

'Als ze dat kunnen,' voegde een andere stem eraan toe.

'Hoe sterk zijn de vijandelijke troepen?'

'Sterk genoeg om Divion te verwoesten. Kapitein Maron reed weg met bijna honderd man, een druïdes en een soort van magiër.'

Hraab liet zijn capuchon zakken. 'Leek deze magiër op mij?'

'Ze waren allebei opdondertjes, ja... kleine mensen, bedoel ik. Maar die tovenaar leek behoorlijk krachtig met zijn vlammende vingers.'

'Dank je, vriend,' schreeuwde Ottil. 'De Baljaren zijn tevreden met wat je ons verteld hebt. We gaan naar het noorden!'

'Wees dan voorzichtig; die rebellen zijn smerige beesten!' Ottil zwaaide en de drie reden verder.

'Ze zijn het!' Hraab ging rechtop in zijn zadel zitten en kraaide het uit. 'We hebben ze!'

'Verkoop de huid niet zolang de beer nog steeds je tuin omwoelt,' zei Geir zacht, maar Hraab wuifde zijn woorden weg.

'Deze keer hebben we ze,' herhaalde hij, vol vertrouwen.

HOOFDSTUK 16 – MATISC (2)

'Ze komen!' schreeuwde Dagiberh terwijl hij de kamer binnenrende. 'Ze gaan me vermo-o-orden!' Hysterisch snikkend wierp hij zich op Tuuri.

Tuuri keek over het hoofd van de jongen naar Hilja, die achter Dagi was binnengekomen. 'Iemand bracht het nieuws net,' zei het meisje. 'Die slagers zijn de grens overgestoken en hebben Chalante met de grond gelijk gemaakt, net als hun heer Durant had verwacht. Nu zijn ze onderweg hierheen.'

Tuuri dwong zijn handen zich te ontspannen. Hij hield Dagi's schokkende lichaam stevig vast, zowel voor zijn eigen troost als voor de jongen. 'Rannar komt hierheen?'

'Ze hadden het alleen over rood–gepantserde soldaten. Niet die wolfskop-beesten van jou. Maar ze hebben sjamanen bij zich om onze poorten op te blazen zoals ze bij Divion deden.'

'En het leger? Wat is het leger aan het doen?'

'Dat vroeg ik ook,' zei het meisje. 'Ze stuurden een duif om ons te vertellen dat ze onderweg zijn. Over drie dagen zullen ze hier zijn.'

'Drie dagen...' zei Tuuri. 'Dat is verdomd snel.'

Hilja onderdrukte een snik. 'Ja.'

'We kunnen beter weggaan. Naar het zuiden,' zei Tuuri.

Het meisje schudde haar hoofd. 'De graaf beval alle poorten te sluiten. Niemand mag er in of uit.'

'Vervloekte dwaas,' schreeuwde Tuuri. 'Waarom?'

'Hij vertrouwt op zijn zware muren.' Hilja's stem was bitter. 'Maar zelfs zijn soldaten geloven niet dat ze zullen houden.'

'Ik moet hem spreken.' Voorzichtig maakte Tuuri Dagi's handen los. 'Kom op, wees dapper. We zijn nog niet gepakt.'

Hilja sloeg een arm om de kleine jongen heen, terwijl Tuuri zijn mantel en zwaard pakte.

De heer van Matisc was een gezette man met de dwaze trots van een ingeteelde bureaucraat. 'Het spijt me, heer Tuuri,' zei hij. 'Ik houd de poorten gesloten tot het leger hier is. Het gaat om de veiligheid van mijn volk, weet u.'

'Hebt u Divion gezien?' vroeg Tuuri. 'Ik wel. Ik was erbij toen de Blodward kwam en wij drieën zijn ternauwernood ontsnapt. Uw stad zal geen stand houden tegen hun magie, graaf. '

De onderkinnen van de man schudden geagiteerd. 'Ik heb gehoord dat u uit Divion bent gevlucht, heer Tuuri. Ik ben blij te zien dat u hersteld bent van die vervelende koorts die u had. Het moet uw waarnemingsvermogen hebben aangetast. Divions muren waren nooit zo sterk als de onze. Wij zijn hier volkomen veilig. Hoe dan ook, het leger komt om een einde te maken aan die – hoe noemde u ze? – Blodward.'

'Ik maak me geen zorgen over de muren, graaf. Het is de poort. Ze bliezen Divions deuren tot aanmaakhout. Zonder poort hebben de muren weinig nut. Mijn heer graaf, ik wil dat u de poorten opent en mij met mijn zus en broer laat vertrekken.'

'Het spijt me, heer Tuuri, maar dat kan ik niet en dat is definitief. Nu, als u mij niet kwalijk neemt, ik ben nogal druk bezig op dit moment.'

Ziedend van woede verliet Tuuri het kasteel. 'Stomme idioot,' mompelde hij. 'Incompetente, pompeuze sukkel.'

Ze hadden nog een dag respijt, tot in de vroege ochtend daarna de bewakers op de toren het alarm bliezen.

'Te laat,' zei Tuuri. 'Ze zijn hier.' Hij keek naar Dagi, die op het punt stond weer te gaan huilen. 'Nu geen hysterie; ga en pak je spullen bij elkaar. Jij ook, Hilja. We trekken ons terug op het kasteel. Het is niet veel beter, maar misschien vertraagt het de Blodward lang genoeg voor het leger om te arriveren.'

Toen hij al zijn bezittingen in zijn zadeltassen had gestouwd, zei hij: 'Neem mijn tassen ook mee. Ik ga naar de stadsmuur. Ik zie jullie weer in het kasteel.'

Toen hij zich naar de stadspoort haastte, was hij blij met de laatste tien dagen dat hij geoefend had. De koorts was verdwenen, zijn enkel genezen en hij had zich niet meer zo fit gevoeld sinds hij voor het eerst in Helmshaven was aangekomen, al die maanden geleden. Even glimlachte hij grimmig. Hij was niet langer de naïeve boodschapper van die dagen.

'Waar is de vijand?' vroeg hij, toen hij op de torenomgang stond.

Een boogschutter wees op een berkenbos aan de overkant. 'Daar zijn drie mannen in lange gewaden, heer. En aan de linkerkant kunt u tussen de bomen door de rode wapenrustingen van die rebellen zien. Enkele honderden, op z'n minst.'

Nu zag Tuuri ze ook. 'Nog nieuws van het leger?'

'Niets, heer,' zei de boogschutter en zijn ogen verraadden dat hij de hoop had opgegeven.

'Wat zijn jullie orders voor wanneer ze de poorten slopen?'

De soldaat lachte vreugdeloos. 'Niets, heer. De graaf gelooft niet dat het gebeurt.'

'Ik stel voor dat je terugtrekt naar het kasteel. We moeten standhouden tot het leger hier is.'

De soldaat keek opzij naar Tuuri. 'U gelooft niet dat de poorten het houden?'

'Ik was in Divion toen de stad viel, soldaat. Ze houden niet.'

De man knikte. 'Dank u, heer. Het is beter om eerlijk te zijn over deze dingen.'

Tuuri knikte. 'Moge Ullr met jullie zijn,' zei hij en hij ging weer naar beneden.

Het leger zou te laat komen. Legers kwamen altijd te laat. Onwillekeurig bekeek hij alle muren. Nergens was een handige graanzolder.

In het kasteel kon je bijna lopen over de hoofden van de mensen. Niet alleen had een groot deel van de bevolking van

Matisc hier hun toevlucht genomen, de mensen van Chalante waren er ook.

Hij vond Hilja en kleine Dagiberh op de kasteelmuur.

'Wat doen jullie hier?' vroeg Tuuri streng. 'Dit is niet echt de veiligste plek.'

'Ik wil ze zien,' zei het meisje. 'Ze vermoordden mijn ouders.' Ze hield haar dolk omhoog. 'Als ik een van hen kan meenemen, sterf ik tevreden.'

Dagiberh droeg zijn miniatuur wapenrusting en het lange mes. Zijn ogen waren dof, alsof hij zichzelf had leeg gehuild. 'Ik ben een edelman,' zei hij. 'Ik zal dapper doodgaan.'

Tuuri deed zijn mond open, maar toen vertelde een scheurende klap van brekend hout hem dat Blodward de stadspoorten had opgeblazen. Hij keek naar de andere twee. 'Ze zijn binnen.'

Er werd nog niet geplunderd; de vijand kwam regelrecht naar het kasteel. Een massa langharige mannen met lege, dierlijke gezichten, gekleed in roodgeschilderde pantsers, kwam naar het plein rennen en staarde als hongerige wolven naar hen op.

Langs hen liepen drie mannen in donkere gewaden, omzoomd met bloedrood bont. Ze keken naar het kasteel en de middelste schreeuwde iets onverstaanbaars.

Ze bewogen hun vingers en duisternis krulde als rook om hen heen terwijl ze luidkeels baden. Een donkere massa groeide uit hun handen en met een geluid verschrikkelijk in zijn finaliteit, vlogen de kasteeldeuren naar binnen. De rode soldaten slaakten een verschrikkelijke schreeuw en in het kasteel huilden de mensen van afschuw. Naast hem begon Dagiberh te gillen en Tuuri greep de jongen bij zijn schouders.

Terwijl ze keken, klonk een knetterend geluid uit de richting van de stadspoorten en bliksems flitsten omlaag vanuit de heldere hemel.

Tuuri fronste zijn wenkbrauwen. 'Onweer?'

De Blodward keken onzeker rond en de drie sjamanen draaiden zich om naar twee naderende ruiters. 'Het is hem,' zei Tuuri, terwijl hij Hilja en de jongen naar zich toe trok. 'Het is die Shardheld!' Staande in de beugels riep de kleine man die hij zich herinnerde uit Nidros iets en een verschrikkelijke bliksem kwam omlaag. Die ging maar door en door, stuiterde van Blodward naar Blodward en verteerde ze tot as.

'Ja!' krijste Hilja, en in Tuuri's armen gilde Dagi van plezier.

De drie sjamanen kronkelden hun vingers koortsachtig en hun gezang klonk paniekerig.

De kleine man hief zijn handen weer op en de aarde schudde. Zelfs de dikke kasteelmuren beefden en Tuuri hijgde toen hij in het plein een scheur zag opengaan, die de drie sjamanen opslokte. Toen, als het sluiten van een stenen mond, kwamen de zijden van de spleet tezamen en de drie waren verdwenen.

De man zat stil op zijn paard en zijn metgezel, een vrouw zo klein als hij, reed naar voren. Vanuit het kasteel kwam een delegatie naar buiten, geleid door die dikke, domme graaf.

Tuuri draaide zich om naar Hilja en trok haar bij Dagi in zijn armen. 'Het is de Shardheld,' zei hij, nog steeds niet in staat het te geloven. 'Degene die Rannar wil hebben. Ullr moet hem hebben gestuurd.'

Hilja leunde tegen hem aan en haar ogen lekten tranen. 'Rannar mag hem niet te pakken krijgen. Zie je hoe moe hij is? Het kan niet zo gemakkelijk zijn als het leek, het gooien van bliksem.'

'Flits! Bang!' schreeuwde Dagi. 'Ik wil dat ook doen.'

'Dan moet je je worteltjes opeten,' zei Hilja afwezig.

Dagi trok een gezicht. 'Runenmeesters eten nooit worteltjes!'

De volgende dag waren Tuuri en de kinderen terug in de herberg, en maakten plannen.

'De runenmeester is degene die Rannar wil hebben,' zei Tuuri. 'Nu, wat moet ik doen? Moet ik naar hem toe gaan en het hem vertellen?' Besluiteloos liep hij hun kamer op en neer.

'Welk bewijs heb je?' vroeg Hilja. 'Wat ga je hem vertellen?'

'Ik weet dat Rannar Vulf en mij naar het zuiden stuurde om de Shardheld te vangen. Vulf stierf toen hij theyn Kjelles bolwerk in Gallië aanviel, dus ging ik naar het zuiden om te zien wat ik kon doen. Ik was nog steeds... loyaal... toen.' Zijn stem klonk bitter toen hij dat zei. 'Toen kwam Divion. Rannar ging zelf naar het zuiden. Waarom? Zijn doel was de troon in Nidros geweest. Waarom zou hij naar het zuiden gaan? Was er een grotere prijs te winnen? Was de Shardheld die prijs?'

'Wat wil Rannar van de Shardheld? Die man is erg machtig.' Hilja schudde haar hoofd. 'Hoe vang je een man die legers doodt met zijn bliksem?'

Tuuri bleef staan en staarde haar aan. 'Rev,' zei hij. 'Ik wist nooit veel over de Fynni religie; ik werd opgevoed met Ullr en de Nordse goden. Vulf vertelde me veel, tijdens die eindeloze mars naar het zuiden.' Zijn gezicht was gespannen en onwillekeurig raakte zijn hand het teken op zijn wang aan. 'Rev was een soort van hoge sjamaan. Vulf was bang voor hem, dus hij moet zeer krachtig zijn; Vulf was voor niemand bang. Rev diende de Oude Goden, zei hij.'

Nu fronste Hilja haar wenkbrauwen. 'De Oude Goden...' zei ze langzaam. 'Mijn vader noemde hen ooit eens. Moeder viel toen tegen hem uit. Ze leek bang.'

'De Ouden waren degenen die hier regeerden voordat de huidige goden kwamen en hen verbanden. De wereld was toen een wrede plaats, een Fynni plaats, vol monsters – zowel mensen als dieren. Rev en zijn soortgenoten willen de Oude Goden terughalen. Als zij Rev helpen, moet de hoge sjamaan machtig zijn.' Tuuri ging zitten. 'Wat heeft de Shardheld dat Rev wil hebben?'

'Wat is die Shardheld?'

'Ik weet het niet. Als Vulf het wist, heeft hij het me nooit verteld.' Hij sprong overeind. 'Wassimo zal het weten. Die kruidenarts weet meer dan hij wil toegeven.'

Tuuri vond Wassimo in de gemeenschappelijke ruimte. De oude man woonde in de *Koppige Wijnkelder*, waar hij een kamer voor zichzelf had en een schuurtje met een kleine tuin voor zijn kruiden.

De gemeenschappelijke ruimte was vol mensen; vluchtelingen, bewoners die hun huizen hadden verloren en zelfs een aantal soldaten buiten dienst.

'Ah, de jonge heer Tuuri,' zei de kruidendokter en hij keek op van het boek dat hij las. 'U bent goed genezen; ik ben tevreden. Wat kan ik voor u doen?'

'Wassimo, we hadden het zonet over de Shardheld.'

De oude man glimlachte. 'Wie niet in Matisc? Sinds die prachtige demonstratie van hem.'

'Maar wie is deze Shardheld? Ik bedoel, wat is een Shardheld?'

Wassimo legde zijn boek neer. 'Dat is een simpele vraag met een zeer diepgaand antwoord. Ik zie dat je niet op het volledige verhaal zit te wachten. In het kort dan. De Shardheld is de drager van de hemelscherf, een stukje van de hemel vol met de magie van de wereld. Hij – of zij, maar deze keer een hij – moet naar het verloren land van Falrom reizen om de Kalmanir te vullen.' Hij keek even scherp naar Tuuri. 'De Kalmanir is een grote menhir vol met de magie van zowel de goden als de mensen. Hij bewaart de magie en verspreid die onder iedereen die het nodig heeft.'

Tuuri staarde naar de oude kruidendokter en zijn hart klopte in zijn keel. Nu wist hij wat Rannar en Rev wilden en de kennis verstijfde hem.

'Ik moet met hem spreken,' zei hij dringend.

'Met de Shardheld?' Wassimo schudde zijn hoofd. 'Dan ben je te laat, jonge heer. Vanmorgen bij Zon-Op was ik wat kruiden aan het plukken toen ik ze zag vertrekken. De Shardheld en zijn metgezel, die zelf een zeer sterke Druïdes is. Ze zijn beiden Un–a–Dach, weet u; het magische volk. Ze namen de weg naar Guenv, in het westen.'

Weg! Tuuri stond op en bedankte de oude kruidendokter. De drang om de Shardheld te vinden en hem te waarschuwen was sterker geworden. *Hij ging naar Guenv? Dan doen wij dat ook,* dacht hij. *Ik moet achter hem aan.*

Hij ging naar de herbergier om hun rekening te betalen. Het bedrag sloeg een flink gat in zijn goudvoorraad.

'Zou die schimmige beer nu ook vertrekken?' vroeg de herbergier.

Tuuri staarde hem aan. 'Schimmige beer?'

'Sinds uw komst loopt hij iedere nacht rond de herberg. Het beest doet niets; hij let alleen maar op. Ik heb hem nooit eerder gezien en mijn familie bezit deze herberg al zes generaties. Wassimo dacht dat hij misschien bij u hoorde, omdat u een Ostmark man bent.'

Sha'akaii? dacht Tuuri. De totembeer van zijn jeugd had zich niet meer vertoond sinds die verschrikkelijke dag in Eidungruve. Hij had zich vaak afgevraagd waarom zijn oude vriend hem had verlaten, maar na enkele mislukte pogingen was hij opgehouden hem te roepen.

'Ik zou het niet weten,' zei hij, zo nonchalant als hij kon. 'Ik heb hem zelf niet gezien.'

De herbergier keek hem aan, maar zei niets.

HOOFDSTUK 17 – MATISC (3)

De derde dag onderweg vertrokken de drie jongens vroeg. Ze hadden nog maar weinig proviand, dus een snelle hap brood en wat water was alles wat ze aten. De heerweg leidde hen door een glooiend landschap van heuvels en kleine bospercelen, met de brede Rodonos rivier aan hun linkerkant, glinsterend in de verte.

Plotseling hield Ottil zijn paard in. 'Problemen,' zei hij zacht en hij knikte naar een bocht in de weg.

Behoedzaam reden ze verder, totdat Geir uitriep: 'Het is de karavaan!'

De hoogwielige wagens van Alextia's snelle karavaan lagen als gebroken kisten te midden van vertrapte handelsgoederen en dode lichamen van de karavaanrijders en soldaten in rood pantser.

'Oh, goden,' zei Ottil, starend naar de ravage. 'Ze zijn allemaal dood.'

'Hier!' Hraab sprong uit het zadel en knielde naast een lichaam neer.

'Het is Alextia; ze leeft!'

Ottil ging met hem mee, terwijl Geir op wacht bleef, zijn zwaard in de hand.

'Haar benen zitten bekneld onder dat wagenwiel,' zei Ottil. 'Laten we eens kijken of ik het een beetje op kan tillen.'

Hij klemde zijn handen om de spaken van het wiel en zette kracht. De hele wagen kraakte.

'Nog een beetje meer,' zei Hraab en Ottil, machtig puffend, deed wat hem werd gevraagd.

'Schiet op,' zei hij.

Hraab sleepte de keizerlijke handelaar weg. 'Klaar.'

Ottil liet het wiel zakken en deed een stap terug. Zijn gezicht was rood en bezweet, maar hij grijnsde van oor tot oor en spande zijn biceps. 'De kracht van de Nord.'

'Ik geef het toe,' zei Hraab. 'Alleen deze keer.' Toen keerde hij terug naar Alextia. 'Ze voelt zo koud.'

'We moeten haar naar een genezer brengen,' zei Ottil. 'We nemen haar mee naar Matisc.'

'Maar het rebellenleger?' zei Geir.

'Ik wed dat die rode jongens eerder al verslagen waren. Die slordig verbonden wonden zijn niet van dit gevecht. Ze zien eruit als achterblijvers van een verslagen leger.' Hij draaide zich om naar zijn paard. 'Ik ben de langste; Alextia kan bij mij voorop zitten, dan zal ik haar overeind houden.'

Hij steeg op en met vereende krachten sjorden de drie de bewusteloze handelaar in de armen van de prins. Toen reden ze stapvoets naar Matisc.

Twee uur later zagen ze de stadsmuren in de verte en Ottil zegende de goden. Zijn arm was bijna gevoelloos van het rechtop houden van Alextia's verschuivende lichaam en zijn schouder leek vol goed verwarmde spelden.

'Geen vijand te zien,' zei Hraab.

'Ze zijn gevlucht; net zoals ik al zei.' Ottil knikte tevreden.

'Hola, iemand moet heel erg naar binnen hebben gewild.' Hij knikte naar de versplinterde poorten.

'Dat zal toch niet Muus zijn geweest?' Hraab keek plots bezorgd.

'He daar, vriend,' riep Ottil naar een soldaat bij de poort. 'Ik zie dat jullie al problemen hebben, maar ik heb een gewonde dame die dringend behoefte heeft aan hulp.'

Het gezicht van de soldaat vertrok. 'Het spijt me, maar ze zal op haar beurt moeten wachten. We hebben zelf al genoeg gewonden. Leg haar bij de anderen en ze wordt tezijnertijd geholpen.'

'Onmogelijk,' zei Ottil streng. 'Dit is de nobilissima Alextia, keizerlijke handelaar en nicht van Hare Keizerlijke Majesteit van de Baljaren.'

De soldaat kreunde. 'Ze zal moeten wachten, zelfs al is zij de Koningin van Gallië zelf.'

'Onmogelijk! Jouw koning wil niet met een internationaal incident komen te zitten.'

De soldaat keek om zich heen. 'Kijk,' zei hij, opgelucht. 'Daar is Kapitein Maron, mijn commandant. Hij zal u helpen.'

De kapitein was niet blij te worden gestoord. 'Ik ben bezig,' snauwde hij. 'Als ze gewond is, leg je haar bij de anderen.'

'Kapitein,' zei Ottil. 'Ik kan de keizerlijke handelaar niet zomaar ergens neerleggen. Ze is een nicht van onze basileia van de Baljaren. '

'Een nicht van de... Goden hale ze allemaal!' Maron hief zijn gebalde vuisten op. 'Alsof dit allemaal nog niet genoeg was...' Hij hield zich met enige moeite in. 'Breng haar naar de herberg aan de noordelijke poort. Zodra ik iemand beschikbaar heb om te helpen, zal ik die sturen.'

Er was slechts één herberg aan de noordelijke poort, de *Koppige Wijnkelder*.

Binnen was een menigte en de herbergier zag er gekweld uit. 'U hebt geluk,' zei hij. 'Een heer die hier een aantal weken verbleef is net vertrokken. Leg de adellijke dame in zijn kamer. Ze is een nicht van de keizerin der Baljaren? We zullen goed voor haar zorgen. Ik zal mijn jongen de oude dokter Wassimo laten roepen. Hij is de beste.'

De kruidendokter was gekomen en gegaan en Alextia lag er rustig bij, met haar arm gespalkt en haar beide benen in verband.

'Bekneld onder een wagenwiel?' had de dokter gevraagd. 'Zachte grond en haar stevige laarzen moeten haar benen hebben beschermd. De huid is verkleurd, maar er zijn geen botten gebroken. Ik maak me wel zorgen over haar hoofd. Dat is een vervelende wond. Blijft u bij haar? Dat kunt u niet? Geen probleem, ik heb helpers genoeg met al die vluchtelingen uit Chalante. We zullen goed voor de edele dame zorgen.'

Toen hij was vertrokken, ging Ottil even zitten en nam Alextia's hand. 'We moeten gaan,' zei hij zacht, niet zeker of ze het zou horen.

Toen hij keek, zag hij dat haar ogen open waren. 'Jullie zijn het, de mandatores,' zei ze, haar stem helder. 'We werden aangevallen... Soldaten in rood pantser. Ze moeten al gevochten hebben; anders hadden ze ons allemaal omgebracht.' Alextia sloot haar ogen. 'Waar zijn de andere overlevenden?'

'Er waren geen anderen,' zei Ottil zo voorzichtig als hij kon. 'We controleerden ze allemaal en jij was de enige in leven.'

'Niemand?' De pijn op haar gezicht was verschrikkelijk om te zien en Ottil kneep in haar hand.

'Het spijt me.'

'Alleen ik ben nog over?' Ze hoestte en Ottil gaf haar wat verdunde wijn te drinken uit de karaf die de herbergier had gebracht.

'Je moet slapen,' zei hij. 'En we moeten je hier achterlaten. Onze plicht roept ons elders heen.'

Ze keek naar hem op. 'Jullie zijn niet echt Irenia's boodschappers, is 't wel?'

'Nee. Ik ben prins Ottil van de Norden. Ik moest uit Kartakos weg, maar Irenia wilde me niet laten gaan. Dus hebben we, eh, ons een weg uit het land vervalst.'

'Jij bent de Norden? Ik wist dat je in Kartakos was.' Ze glimlachte lichtjes. 'Irenia is nogal bezitterig.'

'Ze was bang,' zei Ottil moedig. 'Als onze taak niet zo dringend was geweest, was ik graag langer gebleven. Au!' zei hij over zijn schouder. 'Waarom knijp je me?'

Hraab keek onschuldig terug.

Alextia zuchtte. 'Mijn hoofd doet pijn. Hoe dan ook, prins; bedankt dat je tenminste mij hebt gered. Jullie hebben de dankbaarheid van de keizerlijke familie en van het Handelsconsortium.' Haar ogen zochten Geir. 'Ik herinner me wat je me vertelde tijdens het diner met die kapitein. Je was er dus echt bij toen mijn oom viel! Is hij zo moedig gestorven als je zei?'

Geir knikte. 'Hij had zijn dure gewaad weggegooid en kwam met ons mee in laarzen en tuniek, zijn zwaard in de hand, als een echte krijger. Hij stierf door vijandelijke magie, terwijl hij probeerde zijn dochter te redden van die gekken.'

'Dan hebben wij Peristakoloi eindelijk onze held. Dat was het enige dat ons nog ontbrak. Leuk te weten dat niet alleen onze vrouwen vechters zijn.'

'Ga met die gedachte slapen, nobilissima,' zei Ottil. 'En als alles voorbij is, kom dan naar de Norden en we zullen over handelszaken spreken.'

'Daar houd ik je aan,' zei Alextia. 'Wees voorzichtig en moge Helios jullie veilig houden!'

Ottil boog en de drie verlieten de kamer.

HOOFDSTUK 18 – STEENWACHT

Muus en Moirra hielden een goed tempo aan. Na Matisc had Muus helemaal genoeg van alle vertragingen. Het opduiken van de Blodward na al zijn problemen met de Grim Doubh stammen had een gevoelige snaar geraakt en hij was enorm boos. Voor het eerst waren de hemelscherf en hij het volledig eens: naar de Kalmanir; het moest nu maar gedaan zijn.

Dag na dag had hij de bergen zien groeien. Grijze pieken, besneeuwd en massief, tegen een achtergrond van roodachtige lucht en donkere rookwolken.

De negende dag na Matisc kwamen ze aan in Briv, de laatste stad voor de bergpas naar Falrom. Het was geen ruïne, het oude Briv. Nog niet. Eens moest het een belangrijke plaats geweest zijn, maar de meeste van de huizen waren vervallen; levenloos,met kapotte ramen en deuren. Alleen in het centrum van de stad was een schijn van normaliteit. Een taverne, een aantal woningen en een grote toren in het midden.

'Wat is dat?' vroeg Muus. Hij was van zijn paard gestapt en keek omhoog. 'Het ziet eruit als een uitkijktoren, maar waar kijkt hij naar uit?'

'Hij kijkt naar de Barrière, vreemdeling,' zei een stem achter hen.

Muus draaide zich snel op. 'De Barrière? Waarom?'

'Om te zien of er iemand overheen komt.' De spreker was een lange, zonverbrande man met grijzende krullen en een neus gebogen als de snavel van een sneeuwhavik. Zijn ogen waren het meest opmerkelijke, van een bruine kleur die bijna goud leek.

'Gebeurt dat?'

'Zelden,' zei de man. 'En zelden goed. Er leven monsters in de Barrière, vreemdeling. Dingen van het vuur, van de rotsen; schadelijk voor het leven.'

'Mag ik naar boven?'

'Natuurlijk,' zei de man. 'De toren is altijd open.'

'Dank u,' zei Muus. 'Ik... moet alles zien.'

De man gaf geen antwoord. Hij opende de bronzen deur en gebaarde Muus naar binnen te gaan.

De klim was niet gemakkelijk; de trappen waren glad en versleten, maar na een tijdje bereikte Muus het platform. Hij liep naar de reling en staarde in de richting van de bergen.

'Je kunt de pas niet zien,' zei de man. 'Het eerste deel ligt in de schaduw.'

'De bergpas naar Falrom.'

'Ja.'

'Ik moet dat pad bewandelen.'

De man klonk plechtig. 'Ik weet het.'

'Hoe?'

'Ik zie het blauw op uw borst, drager van de hemelscherf. Ik ben Lenardo, de Steenwacht. '

'De Steenwacht?'

De man stampte een keer met zijn voet. 'Deze toren. Ik ben een van degenen die op de pas letten.'

'Voor de monsters?'

'En voor hen die naar Falrom moeten gaan. Ik ben hun gids over de bergen.'

'Dan zult u ons leiden.'

Lenardo richtte zijn gouden ogen op hem. 'Natuurlijk.'

Muus haalde diep adem. 'Wanneer?'

'Morgen, bij het aanbreken van de dag. U moet eerst eten en rusten. Kom naar de herberg.'

Muus keek naar Moirra. 'Morgen,' zei hij en hij voelde zich vreemd opgetogen.

Ze slikte en glimlachte. Toen volgden ze hun gids naar beneden.

De herberg – het had geen bord buiten hangen met een naam – was laag en rokerig.

'Xabella,' zei Lenardo tegen een donkerharig meisje achter de toog. 'Eten en drinken, want morgen gaan we de Barrière over.'

Het meisje opende haar mond als om iets te zeggen. Toen knikte ze en verdween door een deur.

'Wat kun je ons vertellen over Falrom?' vroeg Muus terwijl ze aten.

'Veel.' Lenardo's gezicht droeg het gebrek aan expressie dat bij hem gewoon leek te zijn. 'Maar dat doe ik niet.' Hij wierp een kippenbot in de haard en zag het sissen. 'Ik zou je alleen maar in verwarring brengen. Er zijn een paar algemene dingen, dat wel. Ten eerste, geen paarden. Ze zijn nutteloos daar en zouden sterven. U kunt ze hier laten; ze zullen goed worden verzorgd. Ten tweede, Falrom is het aardse steunpunt van de Oude Goden. Je wilt hun aandacht niet trekken; echt niet. Dus geen scherfmagie, Shardheld. Helemaal geen scherfmagie. Begrepen?'

Muus grimaste. 'Ik begrijp het, maar of de Shard het snapt, weet ik niet.'

'Zeg het hem,' zei Lenardo ernstig. 'Zorg dat hij het begrijpt. Hij moet zich echt gedeisd houden.'

Je hoort de man? dacht Muus. *Ga slapen, wil je. Ik zal je wakker maken als we er zijn.*

Waarom?

Omdat je ons in gevaar zou brengen. Je wilt niet de Goden van Toen dienen, is 't wel?

Nee.

Doe dan wat ik zeg, ga slapen.

De Shard zuchtte en plotseling voelde Muus een leegte vanbinnen. Hij rilde.

'Hij weet het,' zei hij. 'Ga verder.'

Lenardo knipperde met zijn ogen. 'Je moet een goede verstandhouding met hem hebben. De overlevering zegt dat de vorige shards bij deze discussie bijna hun omgeving afbraken.'

'We hebben dat soort gevechten al gehad,' zei Muus. 'Nu begrijpen we elkaar.'

De Steenwacht knikte. 'Je bent geen druïde. Misschien maakt dat het verschil. Druïde Shardhelds neigen tot kortzichtigheid.'

Om de een of andere reden bloosde Moirra om die opmerking.

'Nog één ding,' zei Lenardo. 'Falrom heeft vele geesten. Vaak stierven mensen zo snel dat hun ziel zich niet kon aanpassen. Die zwerven nog steeds rond hun woonplaats. Ik zal u langs de meeste van hen leiden, maar mochten we geconfronteerd worden met een spook, wees dan heel voorzichtig. Op de een of andere manier maakt onze aanwezigheid hen boos en ze kunnen je doden met de kou van het hiernamaals.' Hij duwde zijn bord weg en veegde zijn mond af met de rug van zijn hand. 'Ik stel voor dat je gaat slapen. Je zult het nodig hebben.'

De volgende morgen voor dag en dauw waren ze op en gereed. Lenardo verscheen, gekleed in een donkerblauwe reismantel met capuchon, die een vaag licht uitstraalde. Hij had er nog twee, die hij overhandigde aan Muus en Moirra.

'Draag deze altijd. Ze zijn doordrongen van een hittebestendige spreuk. Zonder deze mantel zou je al snel door de hitte omkomen als we eenmaal in het Brandende Land zijn.'

Zwijgend deden ze de mantels om. Ze pasten perfect.

'Xabella heeft ze gisteravond ingekort. We willen niet dat je er de hele tijd over struikelt.'

'Dank je,' zei Muus ernstig en het meisje achter de toog glimlachte vluchtig. Toen kwam ze naar voren en kuste Lenardo op elke wang. Ze zei iets dat Muus niet verstond en haastte zich de kamer uit.

'Kom.' Zonder om te kijken, verliet Lenardo de herberg en leidde hen langs de lege huizen, in de richting van de Barrière Alpen.

Muus haalde diep adem. *Het laatste deel van de reis, vriend Harbard.* Hij dacht aan de eenogige oude man die Kjelle en hij aan het begin van dit alles hadden ontmoet. De oude man waarvan Kjelle had geloofd dat hij Odin Alvader was. *Je wees me een langere weg dan ik had gedacht.* Ver weg meende hij iemand te horen grinniken. Daarna leegde hij zijn geest van alles behalve zijn doel, en volgde de Steenwacht.

De eerste dagen klommen ze hoger en hoger. De lucht was helder en fris en het uitzicht over het land dat ze achter zich hadden gelaten, was adembenemend. Briv in haar groene vallei, met het meanderende lint van de weg terug naar Guenv, Matisc, Massalia, de hele lieve wereld. Haastig draaide Muus zich weer terug en keek hoe de weg die zij liepen zich verloor in de verte, waar de rossige gloed en de vonkende rook wachtten.

'Ik wil niet,' zei hij. 'Ik wil daar niet heen. Ik heb het zo vaak gezien; het is verschrikkelijk. Ik wil naar huis.'

Moirra sloeg haar armen om hem heen. 'Ik weet het,' zei ze. 'Ik wil ook niet. Maar we moeten.'

Muus zuchtte. 'Ik hoop dat we dit snel kunnen afhandelen. Dan kunnen we teruggaan en zijn we klaar met dit alles.'

'Natuurlijk kunnen we dat,' zei Moirra.

Muus zag de blik die ze wisselde met Lenardo, die hen beiden peinzend aankeek, en hij herkende het mededogen in diens ogen. Ze knikte een keer en de gids keerde zijn hoofd af, alsof het hem te veel werd.

De derde dag zagen ze de eerste vlammen. Ze kwamen uit een scheur in de grond en onder hen gloeide de aarde.

Lenardo staarde naar de scheur. 'Die had hier niet moeten zijn,' zei hij. 'De grond was hard, de laatste keer dat ik hier was.' Hij hief zijn hoofd op. 'Een slecht teken; het vuur breidt zich uit.'

In stilte liepen ze door. Die dag zagen ze nog twee brandende barsten. Lenardo's gezicht stond bezorgd, maar hij zei niets.

De vierde dag bereikten ze het hoogste punt van de Barrière Pas. Muus wierp een laatste, snelle blik op de groene vallei achter hen, voordat hij de vurige weg omlaag bestudeerde. 'Luister,' zei Lenardo. 'Van nu af aan stoppen we niet meer, tenzij ik het zeg. De grond is niet altijd veilig en je wilt niet in een kuil met aardbloed stappen. Dus als je je behoefte moet doen, of iets dergelijks, waarschuw eerst. Ik zal je een veilige plek wijzen. Geen privacy, maar ook geen verbrand vlees.' Hij wees naar de grond. 'Kijk waar ik mijn voeten zet en probeer dezelfde plekken te gebruiken. Ik zal mijn stappen aan uw kortere benen aanpassen.'

'Is het de hele weg zoals dit?' vroeg Muus.

Lenardo gaf hem een gestage oogopslag. 'Het wordt erger, veel erger, Shardheld.'

Muus zuchtte. 'Ga maar verder.' Na een paar minuten, zei hij: 'Het is niet dat ik plotseling mijn moed heb verloren. Die had ik tevoren ook al niet. Maar met de Shard wakker, moest ik gaan of gek worden. Nu hij slaapt besef ik hoe ontzettend bang ik ben.'

Lenardo glimlachte. 'Je doet het nog steeds geweldig, Shardheld. Er zijn voorgangers van je geweest die ze schreeuwend en huilend van de bergpas naar de Kalmanir moesten dragen. Dus ik zou zeggen dat je dapper genoeg bent.'

'Werkelijk?'

'Laat me je vertellen.' Lenardo trakteerde hen op verhalen van eerdere shardhelds die op de meest ongepaste manieren hun angst toonden, en één of twee keer moest Muus zelfs lachen om zijn verhalen. Ze waren verzonnen; hij wist dat hun gids probeerde zijn stemming te verlichten, maar hij waardeerde de moeite.

In de verte klonk een schel gehuil en onmiddellijk bracht Lenardo hen naar de schaduw van een grote rots.

'Blijf hier,' zei hij. 'Het is een konijn.'

'Daar klinkt het niet naar,' zei Muus.

Nogmaals kwam het gehuil, nu van een andere kant.

'Verdomme, het zijn er meer,' mompelde de steenwacht. Hij trok zijn zwaard en keek om zich heen.

Muus had Hagens zwaard niet meer gebruikt sinds hij die sneeuwwolf had gedood, maar hij had het bewaard en nu droeg hij het wapen.

'Kan ik mijn magie gebruiken?' vroeg Moirra.

Lenardo knikte. 'Zolang het klein is en niet veel lawaai maakt, kan dat. De magie van de Shard is te... demonstratief.'

Muus grinnikte. *Runen, mijn vrienden, kunnen jullie magie maken die erg geruisloos is?*

Het antwoord klonk verwijtend. *Wij zijn die luidruchtige Shard niet. Het ding overschreeuwde ons elke keer.*

Perfect. Laat het een gewone gebeurtenis lijken, wil je?

De runen maakten een grof geluid. *Als het moet.*

Het zou beter zijn; bedankt.

'Daar zijn ze!' zei Lenardo zachtjes.

'Bij de Drie!' Moirra wees op een kniehoog, haarloos beest, bedekt met lelijke brandwonden en nog maar vaag konijnachtig. 'Arm ding! Wat hebben ze ermee gedaan?'

'De Ouden hebben het aangepast, druïdes. Dit is hun idee van een succesvolle creatie.'

Het beest hief zijn kop en hetzelfde gehuil dat ze eerder hadden gehoord, jankte door de lucht. Andere kreten antwoordden van verschillende kanten.

'Dat "arme ding" eet vlees,' zei Muus. 'Kijk eens naar zijn tanden.'

Het konijn staarde hem aan; de grote snijtanden waren puntig als de slagtanden van een tijger.

Nog twee sprongen er tussen de rotsen vandaan, en daarna nog eens drie. De beesten kropen op hun buik dichterbij, klaar om te springen.

Nu zou een goed idee zijn, dacht Muus.

Geen zorgen!

Met een luide knal verscheen er een grote kegel als een miniatuur vulkaan, die kokend aardbloed over de konijnen spoot. Twee, drie hartslagen, toen verminderde de druk en het spuwen stopte.

'Kijk uit!' Het laatste konijn sprong op Muus af. In een reflex haalde de Shardheld uit en sloeg het waanzinnige dier met Hagens zwaard uit de lucht. Het konijn gaf een luide kreet en viel neer, zijn bloed sissend in de lava.

Bedankt, vrienden. Een leuk idee.

Geen dank. De aarde was er klaar voor; het hoefde maar een klein duwtje te hebben. Maakte geen geluid!

'Moeder van de Bergen,' zei Lenardo. 'U bent snel, Shardheld. En die lava opening, zo op het juiste moment.'

Moirra wees met een vinger naar Muus. 'Je speelde vals. Maar ik heb niets gehoord. Hoe deed je dat?'

Lenardo bevroor. 'Heb jij dat gedaan? Je zei dat de Shard sliep!'

'Dat doet hij ook. Ik ben een runenmeester; ik heb die Shard niet nodig.' Hij nam de ketting met de vingerkootjes uit zijn tuniek. 'Zij deden het.'

Lenardo maakte een wilde beweging. 'Zijn dat de Knoken?'

'Fjinges Knoken, althans enkele van hen.'

'Je brengt ze terug! Heilige Moeder, dan ben jij hem!'

'Wie?' vroeg Muus, verrast door de heftigheid van de gids.

'De overlevering spreekt van een magiër die de Knoken van Kalmans factotum zal verenigen. We weten van het bestaan van maar vier botjes, de andere zijn we na de Branding uit het oog verloren. Hoeveel heb je er, Shardheld?'

'Tien,' zei Muus

'Alle vermiste knokkels,' zei Lenardo, met ontzag in zijn stem. 'Dit verandert alles. Ik was van plan jullie rechtstreeks naar de Kalmanir te brengen, opdat je je plicht kon doen zoals al die eerdere shardhelds. Maar we moeten eerst andere mensen spreken, en misschien wel de Senaat.'

'Welke Senaat?' vroeg Moirra. 'Ik dacht dat ik jullie organisatie begreep, maar ik ken geen Senaat.'

'Met alle respect, druïdes, dat is een veel voorkomend gebrek van de Cirkel. Ze denken dat ze alles over de

Shardheld en Rom weten, omdat de vorige shardhelds uit hun Grote Tempel kwamen. Maar aangezien geen van de shardhelds ooit terugkwam, weten ze echt niet veel.'

'Geen kwam er terug?' zei Muus scherp.

Lenardo keek naar Moirra. 'Je hebt het hem niet gezegd? Je laat hem naar zijn noodlot lopen en je hebt het hem niet gewaarschuwd?'

Moirra was doodsbleek geworden. 'Ik zou het gezegd hebben,' zei ze. 'Maar ik wilde... Ik...'

Muus draaide zich naar haar toe. 'Heb je me iets te vertellen? Als je van me houdt, zeg me dan de waarheid, meisje.'

'Er valt niets te vertellen. Niks! Ik... Oh, goden, ik kan het niet...'

'Ik ga dood; is dat wat je voor me verborgen houdt?'

Moirra's ogen werden groot. 'Hoe weet je...?'

'Niet door de Knook van de Waarheid,' zei Muus. 'Ik zou die bij jou niet gebruiken. Ik heb het altijd gedacht en nu bevestig je het. Moirra, mijn liefste, alsjeblieft, geen geheimen voor mij. Ik kan alles aan, maar dat niet.' Hij stapte tot dicht bij haar en nam haar handen in de zijne. 'Als je van me houdt, vertel me dan alles wat je weet.'

Hulpeloos keek ze hem aan en schudde haar hoofd. 'Dat kan ik niet.'

'Je weet meer over de Shard en de steen, nietwaar?' vroeg Muus.

Zwijgend knikte Moirra.

'Meer dan gebruikelijk is voor een druïde.'

Ze stond stil, haar ogen strak op zijn gezicht.

'Je hebt aan de Grote Tempel gestudeerd en er is duidelijk iets voorgevallen tussen jou en de hoogdruïde.'

Muus voelde haar hand trillen. Toen was het alsof de wind de spinnenwebben in zijn hoofd wegblies en hij zag het allemaal. 'Jij was het,' zei hij zacht. 'Jij was de druïde die de Cirkel had uitgekozen om de volgende Shardheld te worden. Ik verdrong je toen ik die vervloekte Shard oppakte. Wat een schok moet het zijn geweest toen ik zei wie ik was, die dag in je hut.'

Het leek Muus dat alle geluid wegebde. De wind, het verre gerommel van de vulkanen, alles verstilde terwijl hij wachtte. Moirra staarde hem aan, haar gezicht leeg en stom. Toen knikte ze. 'Dat was het.'

Muus kneep in haar handen. 'Waarom heb je het me niet verteld?'

'Hoe kon ik dat?' zei ze wanhopig. 'Ik weet wat er gaat gebeuren. Ik ben opgegroeid met de gedachte dat ik in Falrom zou sterven. Maar jij... je was zo blij eindelijk uit die slavernij verlost te zijn... Zo onschuldig. Ik kon dat niet vernietigen.'

'Meisje, ik heb nooit gedacht dat ik hier levend uit zou komen. Vanaf het moment dat de völva Asgisla me vertelde wat mijn doel als Shardheld was, wist ik dat ik ging sterven. Niet hoe of waarom, maar mijn dood was me duidelijk. Alleen had ik geen idee dat jij degene was die ik verdrong.'

'Ik was diegene mijn hele leven lang,' zei Moirra toonloos. 'Net na mijn geboorte koos de Cirkel mij als de nieuwe toekomstige Shardheld. Het was geen eer en mijn familie was er overstuur van, maar het was een plicht waaraan niemand kon ontsnappen. Zelfs ik niet, de jongste telg uit het Huis van de Lithan.' Hierbij keek ze naar Muus.

'Dryskell de Lithan,' zei Muus langzaam. 'Ik herinner me zijn naam. De Lithan, Hij Die Ons Verdriet Draagt. Hij is belangrijk, nietwaar?'

'Hij is de eerste van onze mensen. Zonder hem zouden de meesten van ons Un–a–Dach gek worden van verlangen naar ons thuis in de Norden.'

'Ik niet,' zei Muus peinzend.

'Nee,' zei Moirra. 'Voor jou hebben de Norden andere herinneringen.'

'En jij bent familie van hem? Dat betekent dat jij ook belangrijk bent?'

'Ik ben de kleindochter van de Lithan. Velen beschouwen mijn afkomst als gezegend. Dus ja, als Moirra de Un–a–Dach ben ik belangrijk. Maar als Moirra de Druïdes ben ik alleen mezelf, een lid van de Cirkel. De mislukte Shardheld.'
'Waarom mislukt?' zei Muus. 'Het is niet jouw schuld dat de Shard mij koos.'
'Er zijn mensen die denken dat de Shard jou koos vanwege een fout in mij.'
'Dat was het niet. De Shard koos mij omdat ik geen geheugen had. Ik was een schone lei die hij dacht te gebruiken voor zijn eigen doeleinden. Dat ik dat niet was, ontdekte hij te laat.'
Iets in Muus roerde zich. *Onwaar*, fluisterden de runen. *De Shard koos voor jou omdat je een deel Un–a–Dach, een deel Nord en een deel Bryt bent. De Kalmanir heeft behoefte aan een bredere visie dan de druïden alleen kunnen geven. Het was nooit de bedoeling dat hun Cirkel elke keer de Shardheld zou leveren. Er zijn meer religies en magische systemen in de wereld.*
Een momentlang overdacht Muus dit en toen herhaalde hij het tegen Moirra. 'Het was arrogantie,' voegde hij eraan toe. 'Niet van jou, maar van de Cirkel. Die vanzelfsprekende houding van superioriteit is de reden waarom de mensen in de Baljaren niet dol op druïden zijn. Dus als je teruggaat naar de Grote Tempel, vertel de hoogdruïde dan dat hij nodig eens goed naar zijn organisatie moet kijken.'
'Teruggaan?' Moirra's hoofd schoot omhoog. 'Ik ga niet terug, Muus. Ik was klaar met Arawn en zijn mensen, al voordat we begonnen. Ik ben een druïdes in weerwil van de Cirkel. Er is daar niets voor mij om naar terug te gaan. Trouwens, ik zei toch dat ik tot het einde meega... en daarna. Moet ik het spellen?' Moirra's stem steeg, zoals die eerste keer toen hij en de jongens bij haar hut in de moerassen kwamen. Ze greep zijn schouders. 'Ik hou van je, idioot. Ik wil bij je zijn.'

Muus zag haar gezicht, de angst in haar ogen, en hij trok haar tegen zich aan. 'Goed. Ik wou dat je me het allemaal eerder had verteld, maar het maakt verder niet uit. Ik wilde al vanaf het begin samen met jou zijn en niets zal dat veranderen.' Hij gaf haar een snelle kus. 'Kom. Laten we verdergaan. Ik verlang niet naar de dood, maar ik wens een einde aan dit Shardheld-gedoe, meer dan ik kan zeggen.'

Hij glimlachte naar Lenardo, die zich discreet een paar stappen had teruggetrokken. 'Onze excuses, we zijn nu klaar.'

De steenwacht knikte ernstig. 'Het is niet ver naar de dichtstbijzijnde schuilplaats. Daar kunt u eten en rusten.'

HOOFDSTUK 19 – IN FALROM

Ze volgden de weg totdat ze aankwamen bij wat ooit een vruchtbare streek moest zijn geweest. Een dode rivierbedding liep vanuit de bergen en verdween in de wazige vertes voorbij de rotsachtige hellingen van voormalige heuvels. Tussen hen in lagen de resten van een kleine stad. De ruines zagen eruit alsof een vreselijke storm van vuur en wind alles had opgepakt en in een wirwar van stenen en puin had neergegooid.

'Kijk goed,' zei Lenardo. 'Eens was dit de stad Caspigari. De Branding heeft er niet veel van overeind gelaten.' Hij leidde hen naar de platgeslagen overblijfselen van een oud kasteel. 'Daar wonen de heren van Caspigari. Ik geef jullie over in de handen van Sertio, de huidige graaf, zoals hij je zeker zal vertellen.' Ze liepen naar beneden in een kuil bezaaid met puin en de verbrande resten van houten balken, tot ze bij een deur in de fundamenten van het kasteel kwamen.

Binnen leidde een serie treden hen verder naar beneden een donkere gang in. Lenardo stopte en floot op zijn vingers. Even later kwam een donkere vorm naar voren.

'Bezoekers,' zei Lenardo in een snelle patois. 'Belangrijke bezoekers, mijn vriend. De nieuwste Shardheld en zijn vrouw.' De runen vertaalden het voor Muus; anders zou het onbegrijpelijk zijn geweest.

'Een nieuwe Shardheld! Weer een onnozele druïde om de honger van de Kalmanir te voeden.

'Nee, nee, deze Shardheld is heel anders. Hij is deels Nord, Bryt en Un–a–Dach. En hij brengt ons de ontbrekende Knoken!'

'Wat! Ik...'

Lenardo draaide zich om naar Muus. 'Natuurlijk begrijp je wat wij zeggen; excuses voor de ongelukkige woordkeuze.' Tegen de schaduwachtige gedaante zei hij: 'Let op je woorden, mijn vriend. De runen vertalen elk van hen.'

De gedaante grinnikte. 'Gelukkig is mijn tong even zuiver als mijn hart. Een verrassend bezoek, Shardheld. Mag ik u en uw vrouw welkom heten? Mijn naam is Sertio, graaf van de Caspigari. Hoe klampen we ons vast aan die holle herinneringen. Volg me naar een beetje meer comfort in dit kasteel.'

Het comfort bleek een grote kamer, ooit de voornaamste keuken, maar nu een woonruimte. Twee oude stoelen, een aantal stevige kisten en een tafel met een provisorisch gerepareerde poot vormden het meubilair. Een enkele fakkel boven de lege haard was net genoeg om elkaars gezichten te zien. De graaf was een magere, krulharige man van vroeg middelbare leeftijd, met een lelijk litteken over zijn neus. Hij bood Muus en Moirra de stoelen aan en zette zich neer op een kist.

Toen allen zaten keek de graaf naar Lenardo. 'Mijn vriend, ik denk dat je een machtig verhaal te vertellen hebt.'

'Het verhaal behoort aan onze gasten,' zei de steenwacht. 'Maar ik zal overbrengen wat zij mij vertelden en dan kunt u uw vragen stellen.' Zonder pauze herhaalde hij alles wat Muus en Moirra hadden gezegd, inclusief Moirra's bekentenissen over haar en de Cirkel. Met een enkele verontschuldigende blik zei hij: 'We kunnen ons geen geheimen veroorloven, dus ik moet alles vertellen.'

Muus knikte alleen. Hij was al lang voorbij het stadium van geheimen. Tegenover hem vertrok Moirra's gezicht even, maar ze zei niets.

'Dus u draagt zowel de hemelscherf als de tien Knoken die nog steeds vermist werden,' zei Sertio bedachtzaam. 'Mag ik ze zien?'

Muus nam de Shard uit zijn zak en tot zijn verbazing was diens licht gedimd. 'Ik zei hem te gaan slapen,' zei hij en Sertio staarde hem aan.

'Je vertelde de Shard... en hij gehoorzaamde?'

Muus haalde zijn schouders op. 'Niet van harte, maar hij begreep de noodzaak. Hij wil geen instrument van de Ouden worden.'

Sertio wreef over zijn slapen. 'Dit wordt steeds vreemder en vreemder. Een niet–druïde Shardheld, een bijna–Shardheld, de ontbrekende Knoken en nu een hemelscherf die de Shardheld gehoorzaamt? Hij probeerde niet eens u over te nemen?'

Muus lachte grimmig. 'In het begin wel. De Shard, de runen en ik hadden een aantal pittige discussies, maar ze accepteerden dat we moesten samenwerken. En ik ben uiteindelijk degene die het vuile werk moet doen.'

'Je bent er heel rustig onder,' zei Sertio met een lichte frons.

'Mijn leven was niet van mij vanaf mijn zesde jaar, toen een viking mij uit mijn dorp wegnam. Kjelle...' Muus zweeg even. 'De theynling werd later een vriend, maar toen we jong waren was hij een echte tiran. Hij en veel van de vrijgelatenen maakten mijn leven, laten we zeggen, minder dan aangenaam. Toen moesten Kjelle en ik van Eidungruve vluchten en een paar dagen lang dacht ik dat ik een vrij man was. Totdat we de oude völva Asgisla ontmoetten, die me vertelde dat ik de Shardheld was en uitlegde wat dat betekende. Ik realiseerde me toen dat ik mijn oude slavernij had ingeruild voor een vorm die veel dodelijker is; een waaraan ik nooit zou ontsnappen. Inmiddels ben ik aan de gedachte gewend. Het zou leuk geweest zijn als mijn leven van mij was geweest, maar dat is het niet. Net als Moirra ben ik geboren voor iets dat niet van mij is. Een beetje een zieke grap, ja. Maar ik wil de dagen die ik heb niet verspillen met vechten tegen het noodlot. Ik zal doen wat ik moet doen en ik zal sterven als ik moet en daarna is het in de handen van de goden.'

Moirra boog zich naar hem toe en greep zijn handen. 'Het spijt me,' zei ze.

Muus keek haar verbaasd aan. 'Waarom? Jij hebt deze weg niet voor mij gekozen. Je hebt ook je eigen pad niet bepaald.' Zijn vingers drukten haar handen. 'Beloof me een ding, liefste,' zei hij. 'Geen tranen meer. Laten we deze laatste dagen of weken in geluk doorbrengen. We zijn samen en dat is alles wat ik wens.

Moirra veegde haar tranen weg. 'Je hebt gelijk.' Een glimlach brak door op haar gezicht. 'Uw vergeving, heer graaf,' zei ze. 'Uw gasten zouden meer beheersing moeten tonen.'

Sertio boog hoffelijk. 'Maakt u zich geen zorgen, vrouwe. Ik juich om uw moed.' Hij klapte in zijn handen. 'Laten we eten, drinken en praten.'

Twee oude vrouwen brachten schotels vlees en brood binnen en een grote kruik wijn.

'Het vlees ruikt lekker,' zei Moirra. 'Wat is het?'

Sertio zwaaide met zijn hand. 'Wild uit onze streek, vrouwe.'

Lenardo glimlachte. 'Het is waarschijnlijk konijn. Onder hun ongelukkige buitenkant zijn ze nog steeds konijnen en perfect eetbaar.'

'Stil, mijn vriend, bederf hun eetlust niet. Het brood bakken we zelf, van meel dat we importeren vanuit het zuiden. Kijkt u niet zo verbaasd. Niet elke meter van Rom is verwoest. Er zijn diverse nederzettingen met uitgebreide tuinen. Brood is er in overvloed en soms ook groenten. De wijn komt van over de Barrière. Die blijft niet lang goed, vrees ik, maar het is alles wat we hebben.'

'Het vlees is geweldig,' zei Muus. En dat was het, met een enigszins rokerige nasmaak. Het brood bevatte meer kaf dan zou moeten en de wijn was zuur, maar niet ondrinkbaar. Bovendien had hij honger.

Tijdens de maaltijd spraken ze over de wereld buiten Falrom. De graaf was opmerkelijk goed geïnformeerd over een aantal onderwerpen, maar de opstand in de Norden was nieuws voor hem. Hij wist over de Aanroepers, die griezelige sjamanen van de Ouden. Toen Muus vertelde dat hij ze alle drie had gedood, zette Sertio grote ogen op.

'Deed u dat? Geweldig nieuws. We merkten dat hun aanwezigheid hier had afgenomen, maar we wisten niet waarom.

'Zijn er Grim Doubh hier, of hoe ze mogen heten?'

Sertio knikte. 'Apostati noemen we ze; degenen die hun rug toekeren naar hun rechtmatige goden. Er zijn veel van hen in Rom. Immers, de Ouden zijn sterk in ons land. Dat is waarom ze het in de eerste plaats zo gemaakt hebben.'

Moirra pauzeerde, met haar lepel halverwege haar open mond. 'De Ouden verwoestten Rom?'

'Ja. Is die kennis verloren gegaan? Rom was altijd een onrustig land. De aarde beefde en er waren veel rokende vulkanen. De Ouden hoefden alleen de grootste, Mont Marsile te activeren. Hij sliep op de zeebodem, in het zuiden, en toen hij uitbarstte volgde de rest vanzelf. Stronbule, Vesuvio, Etna, de een na de ander. De goden reageerden zeer snel die dag, anders was de hele wereld in vlammen opgegaan. Ze isoleerden Rom; het is onmogelijk op een andere plek dan de Barrière Pas het land in te komen, en alleen mensen zoals Lenardo weten de veilige weg. Zo hebben de Oude Goden de grootste beschaving van de wereld ten val gebracht en het in hun eigen schuilplaats veranderd. Hier maken ze hun angstaanjagende beesten, en veel van hun volgelingen hebben zich tot onze ergernis in Falrom gevestigd.'

Muus staarde naar zijn gebalde vuisten. 'Dus al die maniakken die we gedood hebben, die drie Aanroepers, het was allemaal voor niets?'

'Oh nee,' zei Sertio geschokt. 'Denk dat niet! Uw acties hebben de instroom van nieuwe Apostati tot staan gebracht en dat maakt ons leven veel gemakkelijker. Het zal ook uw reis een stuk veiliger maken.'

'Vergeet de bevolking in de buurt van hun tempels niet,' zei Moirra. 'We deden het om hun leven te redden, weet je nog?

638

Ciadra en die andere kinderen, Irenia in Kartakos, de arme gevangenen in Brytanna.'

'Er is een vierde Aanroeper,' zei Sertio zacht. 'De Aanroeper van Strijd. Volgens de verhalen is hij de machtigste van allemaal, alleen ondergeschikt aan de Ouden zelf. Hij woont in het noorden en hij moet eeuwen oud zijn. '

Muus ging rechtop zitten en zijn mondhoeken zakten naar beneden. 'Natuurlijk,' zei hij. 'Er zijn vier goden, dus moeten er vier Aanroepers zijn. Waarom dacht ik dat het er drie waren? Maar hij is in het noorden, zegt u? Bedoelt u het noorden van Gallië of de Norden?'

'Men beweert dat de Aanroeper van Strijd te midden van de oude volkeren in het uiterste noorden woont.'

Muus fronste zijn wenkbrauwen. 'De oude volkeren. Ik heb gehoord van de Ostmark, het meest oostelijke deel van de Norden, dat grenst aan het land van de Rus'. Een aantal stammen woont er al sinds vóór de komst van de Nords.' Hij ontspande zich en keerde terug naar zijn voedsel. 'Als hij in de Ostmark zit, zal ik hem hier niet tegenkomen.'

'De Senaat zal u willen zien,' zei Lenardo.

Sertio keek nadenkend. 'Ik denk dat je gelijk hebt, mijn vriend. Bovendien moeten de vier Knoken worden verenigd met hun broeders hier. De Senaat zal ze terug willen hebben, denk ik.'

'Dan zullen ze moeten wachten tot ik dood ben,' zei Muus. 'Ik ben niet van plan ze op te geven; ik heb ze te hard nodig.'

'Lenardo noemde die Senaat eerder,' zei Moirra, en voorkwam zo Sertio's protest. 'We weten nog steeds niet wie ze zijn en wat ze doen. We dachten dat Falrom een dood land was, waar niets leefde. Het lijkt erop dat we het mis hadden.'

'Dit land is niet Falrom,' zei de graaf. 'Voor ons die hier geboren zijn, is het nog steeds Rom. Toen de Branding begon, stierven er veel mensen. In het zuiden, waar de Mont Marsile de kettingreactie begon, waren niet veel overlevenden. De zee steeg tot drie keer de hoogste torens en verdronk wat de aardbevingen van de kuststeden hadden overgelaten. De as van de oude en de nieuwe vulkanen begroef de rest.'

Muus kreunde om de beelden in zijn geest. Zelfs slapend was de Shard niet verdwenen en de visioenen van vuur, kokende stoom waar zee en aardbloed elkaar ontmoetten, hele steden in een paar seconden gereduceerd tot niets, het was te veel voor hem. 'Houd op!' fluisterde hij. 'Je slaapt. Stop daarmee.' De beelden verdwenen en hij begroef zijn gezicht in zijn handen.

'De Shard toont hem wat er is gebeurd,' zei Moirra zacht. 'De beelden maken hem vaak van streek.'

Sertio's gezicht was grimmig. 'De Shard weet het natuurlijk. Hij weet alles. Alleen niet over de Ouden,' voegde hij er haastig aan toe. 'Hun daden zijn ook voor de goden verborgen en hun magie is niet afhankelijk van de Kalmanir.'

Muus liet zijn handen. 'Niet?' Hij fronste zijn wenkbrauwen. 'Nee, natuurlijk niet. De Kalmanir heeft slechts de magie van de goden en mensen.'

'Kunnen de Ouden de Shard gebruiken?' Moirra's toon was scherp en haar gezicht strak.

Sertio knikte. 'Jazeker; dat is waarom je de Shard hier in Rom niet moet gebruiken. Nooit. Op het moment dat de Oude Goden weten dat je er bent, komen ze en pakken de Shard van je af. Dan is alles verloren.'

'Zouden ze zelf komen?' vroeg Muus.

'Dat kunnen ze niet. Ze zouden hun volgelingen sturen.'

'Ze sturen de Aanroeper van Strijd.'

Sertio zat bewegingloos. 'Ja, dat zou logisch zijn.'

'En als ze weten dat Muus op weg hierheen is, komt hun Aanroeper dan niet ook?' vroeg Moirra.

De graaf keek haar aan. 'Ook dat zou een redelijke veronderstelling zijn.'

'Verdomme,' zei Muus. 'Dan moet ik de vierde toch bevechten.'

'Dat kun je niet,' zei Sertio. 'Deze Aanroeper bezit de kracht van de Ouden. Je kunt hem niet verslaan.'

'Wat moet ik dan doen?'

'Dat is een vraag voor de Senaat in Monte Lessano. Zij zijn de heersers van Rom, onder leiding van de princeps.'

'Jullie hebben nog een koning?'

Sertio lachte. 'Ze zou graag koning willen zijn, maar nee, ze is de princeps, de eerste van de Senaat. Niet meer en niet minder. In de oude dagen was haar titel die van 's konings eerste plaatsvervanger, maar nu is er niemand die de troon durft te bestijgen. Toch is er nog wijsheid in de Senaat en ze kennen de stand van zaken in Rom. Zij kunnen u adviseren.'

Lenardo stond op. 'Ik ga niet met u mee; het zou me te lang uit Briv weghouden. Sertio begeleidt u verder. Ik wens u een veilige reis, Shardheld, en ook u, dame Moirra. Het was een eer om u te hebben ontmoet. Moge de vervulling van uw taak u dan misschien geen vreugde brengen, maar in ieder geval de rust die u zoekt. Graaf, pas op uzelf. Tot de volgende keer dat we elkaar ontmoeten.'

'Moge de Moeder van de Bergen over u waken, Lenardo. Groet uw dochter van mij.'

'Een goed mens,' zei Sertio toen de deur zich achter hun gids sloot. 'Zonder hem zouden we nog veel meer geïsoleerd zijn dan nu.'

HOOFDSTUK 20 – OVER DE BERGEN

Ze lieten Briv achter zich en liepen naar de bergen. *Heb ik hem weer gemist,* dacht Tuuri. *Op maar een dag, deze keer.*

De oude man die ze buiten de stad waren tegengekomen was niet erg behulpzaam geweest, zijn gedachten dwaalden zo veel als zijn voeten. Maar hij had de twee Un–a–Dachs gezien en na wat doorvragen herinnerde hij zich dat ze de dag tevoren met de plaatselijke gids waren vertrokken.

'Er was geen herberg,' zei Dagi. De jongen zag er dodelijk vermoeid uit en hij was broodmager; een schaduw van de parmantige kleine graaf van Divion in zijn mooie harnas.

'Nee,' zei Tuuri. 'Ik denk niet dat er hier veel klanten komen. Als we opschieten, kunnen we de Shardheld inhalen en waarschuwen. Daarna gaan we terug en blijven we in de eerste de beste herberg die we vinden.

'Beloof je dat?'

Tuuri beet op zijn lip. 'Ik beloof het, zei hij. *Als we hen in kunnen halen.* Tot nu toe was de Shardheld hem keer op keer ontsnapt. Voorbij de bergen zou er geen herberg zijn, zo veel had hij inmiddels wel begrepen. Het land aan de andere kant zou wild en verlaten zijn. Maar hij had geen keus; hij moest de Shardheld voor Rannar en zijn plannen waarschuwen. Hij zag Hilja's ogen op zich gericht en wist dat ze door zijn loze beloften heen keek. Ze was niet dat kind van nog geen vijftien jaar meer. De maanden op de weg hadden haar sterker gemaakt; nog steeds terughoudend, maar bijna een volwassen vrouw.

Ze gaf een klein hoofdschudden en schuldbewust keek Tuuri weg. *Ik heb geen keus!* wilde hij schreeuwen.

Ze volgden het bergpad waar de oude man had gezegd dat het was. Daar was het beginteken, drie stenen boven op elkaar. Tuuri keek naar de bergen en de roodachtige hemel daarachter. *Zo erg zou het toch niet zijn?* dacht hij en hij onderdrukte een beeld van brandende bossen. Toen schudde hij zijn hoofd. *Onzin, het is gewoon de lucht. Rood in de morgen brengt een boer zorgen, rood voor de nacht is mooi weer gebracht. Nou, het is al lang voorbij de noen, dus dat zit wel goed.*

'Kom op,' zei hij en hij forceerde een vrolijkheid die hij na de *Koppige Wijnkelder* in Matisc niet meer had gevoeld. 'De runenmeester wacht niet op ons.'

Het pad was steil, maar redelijk en ze schoten lekker op. Toen de duisternis viel, waren ze veel hoger en de paar lichten van Briv waren uit het zicht verdwenen.

'Laten we stoppen voor de nacht,' zei Hilja. 'We kunnen niet in het donker doorlopen.'

Ze had gelijk, moest Tuuri toegeven. Het zou te gevaarlijk zijn. Ze gingen tussen de rotsen zitten en aten van het voedsel dat ze van een boer langs de weg naar Briv hadden gekocht.

'Zullen we ze inhalen?' zei Hilja plotseling. 'Werkelijk?'

Tuuri wierp een blik op de kleine Dagiberh, maar de jongen was al in slaap gevallen. 'Werkelijk?' Hij zuchtte. 'Ik weet het niet. Maar ik moet het proberen. De Shardheld moet weten in welk gevaar hij verkeert. Rev mag die hemelscherf niet in handen krijgen. Het zou het einde betekenen van ons allemaal.'

'Waarom?' Het meisje keek hem aan, haar ogen helder en vragend. 'Ik weet hoe verschrikkelijk de Blodward zijn, maar ze kunnen verslagen worden. Ze zijn niet het einde van de wereld.'

'Zij niet,' zei Tuuri zacht. 'Maar hun goden wel. Ze willen de oude tijden terugbrengen. De dagen voordat we mannen en vrouwen waren, toen de zwartalven bestonden, en de dvergar.'

'Wat is daar zo erg aan?'

'Ze waren niet menselijk. Kannibalen, slachters... Wat jouw ouders overkwam zou met iedereen gebeuren. En die beesten zouden de lichamen opeten. Alle goede dingen zouden sterven en de hele wereld zou een woestijn van ruïnes en monsters worden.'

Het meisje wrong haar handen. 'Zou het zo erg zijn?'

'Ja,' zei Tuuri. 'Waarschijnlijk erger.'

Daarna zaten ze in stilte en staarden in de nacht.

Hilja rolde zich op tegen de rotsen. 'G'nacht,' zei ze en ze sloot haar ogen.

'Goedenacht,' zei Tuuri zacht. Hij staarde naar haar donkere vorm. *Ze is zo dapper. Een moedig kind.* Toen bedacht hij zich. *Geen kind meer.* Hij geeuwde en zocht naar een meer comfortabele plek voor zijn schouders.

Toen hij wakker werd, was het midden in de nacht. Maan stond hoog aan de hemel en... er was iets mis. Hij had een geluid gehoord. Een voet die een steen raakte. Daar! Was dat beetje schaduw niet donkerder dan de rest? En bewoog het? Hij keek langzaam hun rustplaats rond. Vijf schaduwen! Ze waren omsingeld.

Een rammelend geluid als van een wapen tegen rots; een glinstering van het maanlicht in metaal. Soldaten. *Fynni?* De gedachte deed zijn hart harder slaan. Als het Rannars mannen waren, was alles verloren. Hij...

Uit het niets greep een hand zijn schouder en hij hapte naar adem.

'Doe niets doms,' zei een norse stem. 'Ik weet dat je wakker bent.'

Geen Fynni dus. Hij begon weer te ademen.

'Ik doe niets,' zei Tuuri wanhopig. 'Wie ben je?'

'Dat was mijn vraag.' De andere verstevigde zijn greep. 'Je bent op ons grondgebied, vreemde. Dus je zult mij antwoorden.

'Ik ben een edelman van de Norden,' zei Tuuri.

'Een Nord!' De ander gaf een blaffende lach. 'Dat is niet echt een aanbeveling, vreemde. Je gaat met ons mee. Mijn meester zal je willen zien.'

'De anderen zijn een meisje en een kind,' riep een vrouwelijke stem.

'We nemen ze ook mee. Kom op!'

'Dit is geen plek om te slapen,' zei de vrouw. 'Veel te gevaarlijk.'

Dagi huilde zachtjes en Hilja volgde in stilte. De maan verraadde dat haar ogen groot van angst waren, maar haar gezicht bleef kalm.

Hun ontvoerders voerden hen mee over bergpaden, sommige zo smal dat ze achter elkaar moesten lopen, totdat ze bij een vallei kwamen. In het donker kon Tuuri bomen onderscheiden en toen verblindde het licht, dat langs een gedeeltelijk geopende deur viel, zijn ogen.

'Bezoekers?' vroeg een lichte stem van binnen.

De norse man lachte. 'Nauwelijks. Ze trokken zonder toestemming door ons gebied. Deze is een Nord.'

De lichte stem floot. 'Zullen we hem ophangen?'

'Dat is voor de meester om te beslissen,' zei de norse stem verwijtend. 'Is ze op en in de buurt?'

'Dat is ze,' zei de lichte stem. 'Kom binnen, ik wil de deur sluiten.' Hij snoof. 'Walgelijk! Een Nord in onze bergen.'

Tuuri voelde een duw in zijn rug en stapte naar binnen. Knipperend tegen het licht stopte hij. Hij zag kale mannen en vrouwen, niet veel groter dan Dagiberh. Zelfs hun ontvoerder was kleiner dan hij in het donker had geleken. Hij deed zijn mond open.

'Jullie zijn...'

'Zeg het niet,' snauwde de man. 'Waag het niet om het te zeggen, Nord.'

'...Un–a–Rhan,' zei Tuuri onhandig.

De norse man trok een wenkbrauw op. 'Nou, nou, weet je dat?' Toen bekeek hij Tuuri van dichtbij. 'Wat is dat op je wang? Jij...' Hij liet zijn stem dalen tot een dodelijk gefluister. 'Je bent *Fynni*? Dat is een zeker doodvonnis in deze clan.'

'Dat ben ik niet!' Tuuri probeerde zijn eigen stem laag te houden. 'Ik ben Fynnikin. Mijn vader was Fynni. Ik veracht hen waarschijnlijk meer dan jij; wij drieën hebben veel geleden in hun handen.'

Hun ontvoerder gromde. 'Je weet niets, dwaas. Je hebt niet gezien hoe jouw volk wegkwijnt van heimwee omdat ze uit hun huizen werden verdreven. Weggejaagd door jouw volk.' Hij trok zijn zwaard. 'Je komt met me mee en je zult heel stil blijven. Ik heb niet veel aanmoediging nodig om je te doden.'

De soldaten voerden ze door verschillende gangen, totdat ze bij de kerkers kwamen.

'Naar binnen!' gebood de norse man en hij duwde Tuuri ruw de getraliede cel in. Hilja en Dagi volgden en met een definitieve klap sloeg de celdeur dicht.

'Hier wacht je tot de meester over je lot heeft besloten. Moge de goden genadig zijn.'

Toen ze weg waren, zakte Tuuri ineen op de grond en bedekte zijn gezicht in zijn handen, zachtjes snikkend.

Hilja en de jongen staarden hem aan, te leeg voor woorden.

HOOFDSTUK 21 – OUDE VRIENDEN

Kjelles groep maakte een goede tijd naar het zuiden. Briv was slechts een dag of twee verderop, zo vertelde een passerende boer. 'Maar kijk uit, heer,' had hij gezegd. 'Er zijn twee legers in het veld die dezelfde kant uit gaan. Buitenlandse legers. 'k Weet niet waar de wereld heen gaat, dezer dagen. Al die buitenlanders – excuseer da'k het zeg, natuurlijk.'

Kjelle had de man bedankt. 'Buitenlandse legers,' zei hij, terwijl ze verder reden.

'Rev,' zei Birthe. 'Ik voel zijn aanwezigheid. Elke voetstap van hem bevuilt de grond.'

'Zijn beide legers Fynni?' vroeg Ajkell achter hen.

Birthe liet haar gedachten dwalen en luisterde aandachtig. 'Nee,' zei ze uiteindelijk. 'Ik kreeg een indruk van iemand anders, maar dat moet een vals beeld zijn.' Haar gezicht was bezorgd toen ze naar Kjelle keek. 'Zou Rev valse beelden kunnen maken? Dat zou echt lastig worden.' Toen schudde ze haar hoofd. 'We zullen het moeten afwachten.'

Die avond zagen ze een legerkamp in een weiland tussen de weg en een kleine rivier. Kjelle staarde, kwam omhoog in de stijgbeugels en boog voorover om het beter te zien.

'Die banier...' zei hij aarzelend, onzeker of zijn ogen hem niet bedrogen. Toen galoppeerde hij weg.

'Eidungruve!' Schreeuwend stormde hij naar de tenten toe en zwaaide met zijn zwaard boven zijn hoofd.

De anderen volgden hem, beducht op bedrog. Toen stroomden gewapende mannen en vrouwen het kamp uit, roepend en juichend in welkom, en tussen hen door rende de vertrouwde figuur van dame Valiantrude.

'Kjelle!' riep ze en ze trok haar heer uit het zadel in een orgie van blijdschap. Ze kuste hem degelijk op beide wangen en hield hem in een omhelzing die zijn adem wegnam. Toen zette ze hem neer en draaide zich om naar Birthe.

'Je wordt dik, melieve,' zei ze, breed grijnzend. 'Hoe voel je je?'

'Behalve de zadelpijn, vermoeidheid, honger en pure angst? Fijn. Prima. Het is de zeventiende week en het kleine beest schopt al lustig. Hij is niet zo uitbundig als Búi was, maar dat mis ik helemaal niet.'

'Je doet het goed dan. Nou, ik kan je tenminste het comfort van ons kamp aanbieden.'

Ze wendde zich tot de anderen. 'Ajkell, goed je te zien, beerkrijger. Elbrich en Annlith, ik zweer dat jullie beiden zijn gegroeid. Kom binnen.'

'Valiantrude,' zei Kjelle quasi-ernstig. 'Wat bij Odin doe jij hier?'

De paladijn salueerde. 'Jarl Dettrich stuurde ons hierheen, heer. Die klootzak Rannar trok zich terug uit de Norden en ging naar het zuiden. Dettrich ging naar huis om zich bij de legers van een aantal andere jarls aan te sluiten en ons land te bevrijden. Hij beval mij om Rannar te volgen.' Haar gezicht betrok. 'Kom in mijn... jouw commandotent. Ik heb wat privacy nodig.'

'Jullie uitrusting is prima in orde,' zei Kjelle terwijl hij rondkeek.

'Met dank aan koning Leodowric. Het is allemaal Gallisch legermaterieel.'

Binnen waren er klapstoelen en kisten om op te zitten. Uitgelaten bedienden brachten bier en wijn, en het duurde even voor ze alleen waren.

'Rannar is dichtbij; zijn leger kampeert ten zuiden van hier. Bij de goden, Kjelle, als ik niet de meest strikte orders van Jarl Dettrich had de bastaard niet aan te vallen om welke reden dan ook, behalve uit zelfverdediging, zou ik hem hebben uitgeroeid.'

'Dat hadden jullie niet overleefd,' zei Birthe ernstig. 'Ik ben blij dat Dettrich dit begreep.'

'Waarom? Rannar heeft niet zo veel mannen, lieverd.'

Birthe greep haar toverstok als teken dat dit een völva aangelegenheid was en onwillekeurig ging de paladijn rechtop zitten.

'Hij heeft geen mensen nodig, Valiantrude. Hij heeft Rev. Die sjamaan heeft de macht van de Oude Goden. Hij is geen Vulf; in alle opzichten *is* hij de Goden van Toen. Zelfs in hun verminderde staat zou je geen schijn van kans hebben gehad.' Ze huiverde. 'Ik heb veel over Rev en de Ouden geleerd. Ze zijn verachtelijk en ongelooflijk sterk.'

'Als jij het zegt ben ik blij dat ik mijn instinct onder controle heb kunnen houden. Maar het was moeilijk.' Kjelle knikte. 'Ik weet het. We volgen hem al een lange tijd. We zagen wat hij deed in Divion.'

'Divion? Daar zijn we langsgekomen en we begrepen dat ze een aanval verwachtten.'

'De stad is volledig uitgeroeid.'

'Verdomme,' zei de paladijn. 'Ze vroegen me te blijven en hen te helpen.' Ze sloeg op de tafel. 'Ik weigerde. Verdomd nog aan toe, ze waren zelfs aardig over mijn weigering.'

'Je kon ze niet hebben gered,' zei Birthe. 'Niet van de macht van de Oude Goden.'

'Weet Rannar dat je hier bent?' vroeg Kjelle.

'Waarschijnlijk. Het kan hem blijkbaar niet veel schelen.'

Birthe gromde. 'Hem niet. Rannar is nog maar een pion. Een lege huls. Rev is de baas en hij weet dat je niet gevaarlijker bent dan Hraab was toen die achter Vulf aan zat. Het zou hem niet verdommen zelfs als Leodowric en al zijn legers op zijn staart zaten.'

'Vervloekt,' zei Valiantrude. 'Wat een vernederende gedachte. Dus het is zinloos dat we hier zijn.'

'Dat weet ik niet,' zei Kjelle. 'Niets van wat we aan het doen zijn lijkt toeval deze dagen.'

Birthe keek hem aan. 'Je zou wel eens gelijk kunnen hebben. Er zijn krachten aan het werk die we ons niet eens kunnen voorstellen. De Goden van Toen, onze eigen goden, de hemelscherf, de Kalmanir, het is alsof ze zich aan het voorbereiden zijn op een grote confrontatie.'

'Godenschemering,' zei Ajkell. 'Ik had gedacht dat het anders zou zijn, maar het moet haast wel. Het einde der tijden.'

'Ik weet het niet,' zei Valiantrude. 'Odin zou het me zeker hebben verteld als dat zo was.'

'Wat het ook is, het is ongelofelijk machtig,' zei Birthe. 'Ik heb de Oude Goden gezien. Ze houden Revs ziel gevangen in een glazen fles, om mee te spelen.'

Even was het stil.

Elbrich en Annlith keken elkaar aan. 'Waar gaan we nu heen?' vroeg de smid.

'We wachten,' zei Kjelle. 'We wachten tot Muus Briv bereikt. Wat is Rannar aan het doen?'

'Hij lijkt ook te wachten.'

'Natuurlijk. Hij wil Muus en de Shard.' Kjelle aarzelde. 'Maar waarom neemt hij Briv niet in en wacht tot Muus hem in zijn handen loopt?'

'Ik weet het niet.' Birthe sloeg op haar knie in frustratie. 'Die Rev moet iets anders van plan zijn. Maar wat?'

Twee dagen later kwam een verkenner melden dat Rannars mannen in de nacht hun kamp hadden opgebroken.

'Verdomme!' schreeuwde Valiantrude. 'Waar zijn ze heen gegaan?'

De man verbleekte. 'Ik weet het niet, dame paladijn. We hebben hun kamp de hele nacht in de gaten gehouden, maar toen de zon opkwam, waren ze weg.'

'Neem het ze niet te erg kwalijk.' Birthe kwam de commandotent binnen en ging zitten. 'Rev moet hebben geweten dat hij in de gaten gehouden werd. Het is gemakkelijk om met een spreuk de ogen van onze mannen te bedriegen. De vraag is, waar zijn ze gebleven?'

'We rijden naar Briv,' zei Kjelle. 'Valiantrude, verzamel de krijgers en wacht op mijn teken. Ajkell en ik rijden vooruit, ik wil de situatie met eigen ogen zien.'

'Geloof niet dat je me een tweede keer kunt achterlaten,' snauwde Birthe. 'Ik ben degene die Rev moet doden.'

Kjelle wist wanneer hij toe moest geven. 'Natuurlijk ga je mee.'

Toen de stad in zicht kwam, hield Birthe haar paard in en wees. 'Daar! De toren uit mijn visioen! Dit is de plaats waar ik Muus zag... en Rannar.'

Door een bocht in de weg kwam de hollende figuur van een meisje aan. Zelfs van waar hij stond, kon Kjelle de angst in haar gezicht zien. Toen ze de drie ruiters ontwaarde, veranderde ze zonder aarzelen van richting, klaar om van de klif te springen.

'Niet doen!' riep Birthe en ze spoorde haar paard aan tot een galop. 'We zijn vrienden!' Haar gewaad en lange haren wapperden in de wind en toen ze haar zag, aarzelde het meisje.

Toen Kjelle en Ajkell achter Birthe aan naderbij kwamen, stapte het meisje naar de rand van de klif en wachtte daar.

'Wees gerust, we zijn vrienden,' zei Birthe. 'We zijn hier om te helpen.'

'Ga niet naar de stad,' zei het meisje, met een mengeling van angst en woede in haar stem. 'Ze vermoorden iedereen!'

'Vertel het me,' zei Birthe.

'Ze kwamen bij Zon-Op. Ze reden naar de stad met hun soldaten en hun leugens. Hun leider, een grote man met wit haar, wilde een gids over de Barrière. Mijn vader weigerde, maar de grote man dreigde iedereen te vermoorden, tenzij vader deed wat ze wilden. Hij had geen keus en ze gingen weg; de grote man, een dun type met een gezicht vol merktekens en mijn vader.' Het meisje stopte even, vechtend met haar emoties. 'Toen ze weg waren, brak de leider van de soldaten zijn woord en het moorden begon. Moeder van de

Berg, iedereen is dood! Ons huis was het dichtst bij de heerbaan en ik rende weg.'

'Ajkell,' zei Kjelle. 'Haal de anderen. Vertel Valiantrude dat ik ze nu hier wil hebben. We gaan voor eens en voor altijd met die Fynni afrekenen.'

'Het is Swinne,' zei Birthe. Haar gezicht zag er angstaanjagend uit, alsof haar woede haar had veranderd. 'Het is het beest dat Asgisla doodde. Haast je! Ik wil vreselijke dingen met hem doen.'

'Dat zul je niet,' zei Kjelle streng. 'We maken hem dood en zetten zijn hoofd op een staak. Meer niet.'

'Ik wil hem!' schreeuwde Birthe en ze klauwde aan zijn arm.

'Nee!' Kjelle keek haar kalm aan. 'Je bent een völva, geen folteraar. Gedraag je.'

Birthes grip verslapte en haar gezicht ontspande. 'Ik haat hem.'

Kjelle reed zijn paard naast het hare en sloeg een arm om haar heen. 'Ik haat hem ook. Maar we zijn geen Fynni en we gaan ons niet gedragen zoals zij. We doen het op mijn manier; ik wil niet dat je wreed wordt, liefste. '

'Verdomme, Kjelle,' zei Birthe zacht. 'Verdomme, dat je gelijk hebt.' Ze haalde diep adem en klopte op zijn wang. 'Ik zal me gedragen.' Toen draaide ze zich om naar het meisje. 'We haten dat tuig al een lange tijd. Wat is je naam?'

'Ik ben Xabella,' zei het meisje. 'Lenardo's dochter. Ik maak me zorgen om hem. Hij heeft net een reis naar Rom achter de rug en twee zo dicht op elkaar is gevaarlijk. '

'Hij is een gids naar Falrom?' zei Kjelle.

'Hij is de gids,' zei het meisje. 'De enige. Hij is erg belangrijk voor ons, want zonder hem kan niemand veilig de pas oversteken.'

'Waarom is twee keer gevaarlijk?'

'Hij is moe en niet meer alert. Het pad is vol met dodelijke wezens en wilde branden. En je kunt er zo gemakkelijk verdwalen.' Ze onderdrukte een snik. 'Hij was net terug van het overbrengen van die twee Un–a–Dach en nu dit.'

'Twee Un–a–Dach? Een man en een vrouw?' vroeg Kjelle.

'Ik had het niet moeten vertellen,' zei Xabella geschrokken. 'Alsjeblieft, vergeet het.'

'Het was Muus, de Shardheld. Iemand anders zou te veel toeval zijn.'

Het meisje staarde hem en haar ogen vernauwden zich. 'Hoe weet u dat?'

'Dat is een lang verhaal,' zei Kjelle ongeduldig. 'Muus en ik zijn goede vrienden. Ik was bij hem toen hij die vervloekte Shard vond. We hadden al een lange weg achter de rug, hij, Birthe en ik, voordat een storm op zee ons scheidde. We zijn naar het zuiden gereisd om hem te waarschuwen dat Rannar, de man met het witte haar, achter hem aan zit.'

'Is hij wat die mannen willen? De Shardheld? Waarom?'

'Rev wil hem. De man bij Rannar. Hij is de hoofdsjamaan van de Oude Goden. '

Xabella slaakte een kreet en even leek het erop dat ze zou flauwvallen. 'Dat mag niet. We moeten ze stoppen! Ze zullen ons allemaal doden.'

'Eerst Swinne en zijn Fynni wolf berserkers,' zei Birthe hard. 'Pas dan ben ik klaar voor Rev.'

'Ja, liefste,' zei Kjelle. 'Hier zijn de troepen.'

Een stofwolk kondigde de komst aan van de paladijn met de mensen van Eidungruve.

'Waar zijn ze?' schreeuwde Valiantrude. 'Mogen we ze eindelijk aanvallen?'

'Rannar en Rev zijn verdwenen. Alleen Swinne is hier. Hij is een wolf gedaantewisselaar, net zoals Vulf was. We willen geen overlevenden.'

'Alstublieft, heer,' zei Xabella. 'Leen me een paard.'

Een van de boogschutters stapte af. 'Neem de mijne,' zei hij en hij sprong bij een collega achterop.

Kjelle zag Birthes gezicht. Hij wist dat hij haar nooit weg zou kunnen houden, zwanger of niet. Maar hij zou haar niet toestaan Swinne aan te pakken.

'Jij regelt de boogschutters,' zei hij. 'Plaats hen op die richel met uitzicht op het centrum van de stad.'

Birthes staalharde blik vertelde hem dat ze zijn gedachten kende. Ze ontblootte haar tanden naar hem, maar zonder een woord reed ze weg en verzamelde de mannen en vrouwen die ze zelf had getraind met niet meer dan een hoofdknik.

De theyn zuchtte. Hij keerde zijn paard en galoppeerde naar het hoofd van de troepen. Zodra hij Birthes teken kreeg dat ze gereed was, keek hij naar Valiantrude naast hem.

'Laten we gaan.'

De paladijn schreeuwde een bevel en de hele troep galoppeerde de weg af in de richting van de stad. Donderende hoeven gooiden een machtige stofwolk op die hun exacte aantal maskeerde, en het geluid van hun opmars vulde de lucht.

'Eidungruve!' schreeuwde Kjelle. 'Voor Eidungruve en de koning!'

'Voor Eidungruve!' riepen de krijgers en toen reden ze het plein op.

Het was duidelijk dat de Fynni zich hier veilig genoeg gewaand hadden, want ze hadden zelfs geen enkele wachtpost aan de weg gezet. Kjelles aanval kwam als een volledige verrassing.

Aan de rechterkant hing een twintigtal berserkers tegen de ruïnes van een gebouw. Allen droegen vuile lederen uniformen, met de wolfskop van hun totem op de schouder. Ze sprongen overeind toen de paarden in zicht kwamen en grepen naar hun wapens. Op de richel waren Birthes schutters gereed. Hun boogpezen zongen en hun pijlen waren sneller dan de Fynni hun zwaarden trokken. Alle berserkers stierven in een slordige rij tegen de afbrokkelende stenen.

Kjelles troepen gingen linksaf, waar een andere groep Fynni berserkers meer tijd had gehad om te reageren. Huilend als de wolven van hun totem renden ze naar voren. Ajkell zwaaide zijn bijl rond en spleet een vijand het hoofd op hetzelfde moment dat een vurige straal van smid Elbrichs ijzeren hand een tweede in brand zette.

'Ik was eerst!' zeiden beiden en ze grijnsden.

Swinne verscheen uit een gebouw, met een kroes in zijn handen, en schreeuwde onduidelijke opdrachten.

Kjelle reed op hem af, om iedere poging van Birthe om de tarkynn aan te pakken te voorkomen.

Het pokdalige gezicht van de Fynni en de wolfskopmuts waren nog steeds dezelfde als op die noodlottige dag dat hij Asgisla had afgeslacht en Belisheim in brand had gestoken. Hij was toen dronken geweest, net zoals hij nu was.

'Swinne,' zei Kjelle kalm en de Fynni draaide zijn hoofd om. De man was vol drank, maar Kjelle had geen illusies – de tarkynn was net zo gevaarlijk als altijd. 'We hebben elkaar ontmoet bij Belisheim. Herinner jij je die nacht, Swinne? De nacht dat je de völva vermoord hebt? Ik kom haar wreken.'

De bloeddoorlopen ogen tuurden naar hem en toen kwam de herkenning. 'Die twee puppies,' riep hij, zwaaiend op zijn benen. 'Ha, kan jij jezelf meten met een Fynni stamhoofd?' Hij nam een lange teug uit de kroes en gooide die toen recht naar Kjelles hoofd.

De theyn had goed opgelet en deed een stap opzij. 'Dronken dwaas,' zei hij minachtend. 'Je kunt niet eens gooien. 'Toen sprong hij naar voren. Swinne blokkeerde zijn aanval en snoof.

'Hier, jong.' Een machtige zwaai naar Kjelles hoofd volgde. De theyn ving de klap op met zijn zwaardstang en wankelde. Swinne grinnikte, maar zijn tweede klap was te haastig en miste zijn doel. Onmiddellijk dook Kjelle naar voren en ramde de punt van zijn zwaard in de schouder van de tarkynn. De man brulde van woede, terwijl het bloed langs zijn zij stroomde. Toen, terwijl Kjelle ernaar keek, stopte het bloeden. Swinne gebruikte Kjelles moment van afleiding en mikte met een lage klap op de theyns benen. Maar Kjelles noodzaak om deze man te doden had zijn verstand gescherpt. Hij sprong op en uit alle macht bracht hij zijn zwaard neer op de wolfskop van de tarkynn. Bloed liep langs het pokdalige gezicht en heel even was Swinne verblind. Toen de tarkynn zijn hoofd ophief voor een nieuwe woedekreet, sprong Kjelle en plantte zijn zwaard diep in het strottenhoofd van de man. Swinne greep het zwaardblad en trok het uit zijn keel. Bloed gutste naar buiten, en toen, geschokt, zag Kjelle de gapende wond zichzelf sluiten. Beiden stonden daar, zwaaiend, en aan hetzelfde zwaard te trekken. Swinne keek hem aan en opende zijn mond alsof hij iets wilde zeggen, maar er kwam alleen een hoestend geluid uit. Het wilde licht in zijn bloeddoorlopen ogen doofde en hij viel. Versuft staarde Kjelle neer op het Fynni stamhoofd toen, als laatste wraakzuchtige zet, de tarkynns gelaarsde voet hem hard in het kruis schopte. Kjelles lichten gingen uit.

Toen hij bijkwam lag hij in het duister, languit op een ruwe schapenvacht. Hij kreunde toen een vreselijke pijn door zijn testikels heen schoot.

'Hier.' Birthe was een bijna onzichtbare vorm naast het bed. 'Drink dit, het verdooft de zintuigen.'

'Zal ik...?' Kjelle dacht met afgrijzen aan zijn vader, die zijn scrotum verloren had door een vijandelijke speer. Heer Alman was sindsdien een door pijnen geplaagd wrak geweest, nutteloos als krijger en als echtgenoot.

'Nee, liefste,' zei Birthe. 'Ik wil mijn man niet op zo'n manier verlamd zien. Het was een schop; pijnlijk, maar zonder blijvende schade. Ik heb het bedekt met koude doeken en de pijn zal langzaam verdwijnen. Morgen kun je weer lopen en rijden.' Toen boog ze zich over hem heen en Kjelle voelde haar tranen op zijn gezicht druppelen.

'Je hebt hem vermoord. Je doodde Swinne voor Asgisla. Het was prachtig! Dank je. Ik ben zo trots op je.' Ze kuste hem teder. 'En nu moet je een tijdje slapen, mijn liefste.' Ze raakte met haar vingers zijn slapen aan en hij zonk weg in een bed van sterren.

Zijn lief kreeg gelijk. De volgende ochtend was de pijn vrijwel verdwenen, dus stond hij op en kleedde zich aan. Toen hij het plein op liep, kwam Valiantrude hem tegemoet en groette, terwijl ze tevergeefs probeerde niet te lachen.

'Goed om je weer op de been te zien Kjelle. Ik heb gehoord dat je kwetsuur pijnlijk was.'

'Lach niet, paladijn. Dat was het. Maar dat dronken beest is dood en dat is alles wat telt. Iets te melden?'

Valiantrude keek plechtig. 'We verloren geen enkele ziel, Kjelle. Niet één vrouw of man! We hebben de dorpelingen afgelegd. Er zijn drie overlevenden, naast Xabella. Een jongen die met de geiten weg was, een bijna seniele oude man en een vrouw die zich in een van de verwoeste huizen langs de weg had verborgen. Ze is in shock.'

'Komt er een begrafenisceremonie?'

'Niet nu. Eerst moeten ze Xabella's vader terug hebben. Hij is belangrijker dan zij allemaal samen, zeggen ze. Ik denk dat hij een soort priester voor hen is.'

'Goed, dan moet ik met Xabella praten.'

'Ze is in de taverne.'

Kjelle knikte en liep naar de herberg.

Toen hij binnenstapte, kwam Xabella achter de toog vandaan, haar gezicht strak van zorgen en verdriet. 'We moeten praten over uw oversteek.'

'En dat zullen we, maar ik moet eerst wat te eten hebben.' Kjelle ging aan de tafel zitten.

'Er is vers gemaakte pap,' zei Xabella. 'Ik zal de jongen zeggen u wat te brengen.'

Binnen enkele minuten kwam een magere knul van een jaar of tien aanzetten met een tinnen bord dampende pap in zijn blote handen.

'Mijn goden,' zei Kjelle. 'Brand je jezelf niet?'

De jongen schudde zijn hoofd. 'Ik ben van Lenardo's geslacht. We zijn gewend aan veel warmte.' Hij zette het bord op de tafel. 'Ik maakte de pap zelf, heer. Alleen ben ik er niet erg goed in. Het is misschien een beetje aangebrand. Maar er is niemand anders meer die kan koken.'

Pas nu zag Kjelle dat de ogen van de jongen rood waren van het huilen. 'Maak je geen zorgen,' zei de theyn. 'Je doet het geweldig. Je geiten zijn in orde?'

De jongen knikte. 'Ik heb ze zojuist gemolken – voor de pap, ziet u.'

'Je moet drie keer zo hard werken, natuurlijk,' zei Kjelle. 'Goed dat je een sterke jongen bent. Je kunt het aan.' Hij gaf de jongen een directe blik. 'Huilen is geen schande. Maar geef het niet op. Ieder van ons verloor meer dierbaren dan waar we aan willen denken. Maar hier zijn we, en we vechten terug. Het leven is hard, dus wij moeten harder zijn. Jij kunt ook harder zijn.'

'Ja, heer,' zei de jongen, vechtend tegen zijn tranen. 'Dank u. Kan ik u iets anders brengen? Wilt u wat verse geitenmelk? Ik heb genoeg.'

'Dat zou geweldig zijn,' zei Kjelle.

Haastig ging de jongen weg, om terug te keren met een grote beker melk. 'Alstublieft, heer. Verser bestaat het niet.'

'Dank je,' zei Kjelle. 'Nu ben ik helemaal tevreden.' Hij nam een grote slok van de melk en stak zijn lepel in de brij op zijn bord. 'Uitstekend,' zei hij tegen de jongen, die hem ongerust stond aan te kijken. 'Je maakt prima pap, vriend. Wil je de dame Valiantrude vragen even hier te komen?'

'Dat is de dame ridder?' vroeg de jongen.

'Een dame paladijn, eigenlijk,' zei Kjelle. 'Ze is een van koning Leodowrics eigen paladijnen, zie je.'

'Ooh,' zei de jongen, zijn gouden ogen groot, en hij haastte zich weg.

Snel at Kjelle de vreselijke pap op en rilde toen hij een laatste slok van zijn geitenmelk nam.

Toen kwam Valiantrude binnen en dankbaar schoof Kjelle zijn bord weg. 'Nu ter zake. Xabella, hoeveel van ons kun je veilig over de bergpas brengen?'

'Niet zo veel,' zei het meisje, terwijl ze erbij kwam zitten. 'In de regel nam mijn vader niet meer dan een handvol mensen in één keer mee.'

'Een handvol?' zei Kjelle. 'Het spijt me, Valiantrude, maar ik moet je nog een keer achterlaten. Birthe, Ajkell, Elbrich, Annlith en ik zijn er vijf.'

Valiantrude greep de tafelrand met beide handen beet. 'Maar wie vecht er tegen Rannar en die vervloekte sjamaan?'

'Rannar is van mij.' Kjelles stem was hard. 'Nu prins Ottil er niet is, eis ik hem op.'

'Ottil,' zei Valiantrude met plotselinge pijn in haar stem. 'Ik vraag me af waar die jongen is. Hij moet gegroeid zijn. Goed dan.' Ze vloekte binnensmonds. 'Ik wacht hier op je terugkeer. Misschien kan ik die jongen leren een goede pap te koken.'

Kjelle keek haar aan. 'Ik heb het idee dat hij liever wil dat je hem leert zwaardvechten en dat soort dingen.'

'Ik ben geen veilige instructeur voor jongens,' zei Valiantrude. 'Ik ben te onstuimig; ik gaf Ottil ook nooit zelf les.'

'Wanneer kun je vertrekken?' vroeg Xabella ongeduldig.

'Morgenochtend,' zei Kjelle, na een lichte aarzeling. 'Direct na zonsopgang.'

Xabella balde haar vuisten, maar toen knikte ze. 'Je hebt gelijk; je moet eerst goed slapen. Je zult dat niet veel doen als we eenmaal onderweg zijn.'

'Ik weet het.' Abrupt stond Kjelle op en liep de kamer uit. Hij ging naar de toren en klom naar de top. Vanaf de balustrade waar zowel Muus als die klootzak Rannar hadden gestaan, staarde hij naar de bergen. Muus moet daar ergens zijn, onderweg naar die vervloekte steen. Waar zou hij zijn? Zouden ze hem ooit nog inhalen?

HOOFDSTUK 22 – BARRIÈREBERG

'Daar is Briv,' zei Ottil, terwijl hij in de verte wees. 'Het lijkt me niet veel bijzonders.'

Plotseling verstijfde hij. 'Die banier heb ik eerder gezien.' Hij keek ongelovig naar Hraab. 'Dat zijn Kjelles kleuren; het rood en blauw van Eidungruve.'

'We gaan erheen,' zei Hraab, maar Ottil schudde zijn hoofd.

'Ik moet weten aan welke kant ze staan – aan Rannars kant of de mijne.' Hij wendde zich tot Geir. 'Jou kennen ze niet. Ga ernaartoe en zoek het uit.'

Zonder een woord galoppeerde de hirdman weg.

'Waarom hij? Ik had willen gaan,' zei Hraab.

'Het is zijn plicht,' zei Ottil.

'Een dezer dagen stuur je hem naar zijn dood.'

Ottil keek naar Hraab, zijn ogen hard. 'Ik weet het. Dat is de prijs van het prins zijn.'

Hraab knipperde met zijn ogen. 'Maar hij is degene die doodgaat.'

'Ik moet verder leven met zijn dood op mijn geweten,' zei Ottil. 'Hij is mijn vriend.' Hij was even stil. 'Hij haat het om te gaan, maar hij zou het veel meer haten als ik hem niet zou sturen. Zie je, hij weet dat het zijn plicht is. Ik wil niet dat hij denkt dat ik hem niet vertrouw.'

'Ik ben blij dat ik geen prins ben,' zei Hraab.

'Je zou er slecht in zijn.'

Een half uur later was Geir terug.

'Het zijn Eidungruves troepen. Ze zijn hier op bevel van de koning van Gallië. Hun leider is een dame paladijn.'

'Een paladijn! Valiantrude? Kom, laten we opschieten!' Ottil wendde zijn paard en de drie jongens galoppeerden de weg af naar de stad.

Toen ze het plein bereikten, schreeuwde Ottil: 'De Norden! Opzij voor de Norden!'

Mannen en vrouwen sprongen aan de kant en staarden hem met open mond na. Op het plein zag hij een lange, krijgshaftige vrouw in een gehavend uniform.

'Meldt u zich, paladijn!' riep de prins. Ze draaide zich om en bevroor. 'Ottil?' Ze schudde haar hoofd alsof ze het niet kon geloven. 'Prins!' Ottil sprong van zijn paard en omhelsde haar. 'Valiantrude. Ik ben blij je te zien.'

'Prins,' zei de paladijn, en haar ogen waren nat. 'Waar zat je?'

'Je vroeg me dat zo vaak toen ik klein was,' zei Ottil en hij voelde een brok in zijn keel. 'Nu is het te veel om in een keer te vertellen.'

Valiantrude wreef over haar gezicht. 'Je miste Kjelle en de anderen maar net. Ze gingen de Barrièrepas over achter Rannar aan,' zei ze. 'Blijf je hier tot ze terug zijn?'

'Rannar!' Ottil hief zijn vuist. 'Die moordenaar! Hem moet ik hebben. Wanneer zijn ze vertrokken?'

De paladijn keek hem aan en zuchtte. 'Twee dagen geleden. Prins, mag ik de troepen van je komst vertellen? Je kwam niet echt heimelijk binnen, tenslotte.'

Ottil knikte. 'Vertel het ze; ik heb schoon genoeg van al dat geheimzinnige gedoe.'

Valiantrude draaide zich om en schreeuwde een bevel. Op haar woorden lieten alle soldaten vallen waar ze mee bezig waren en verzamelden zich bij Eidungruves standaard.

'Krijgers van Eidungruve,' riep de paladijn. 'We zijn zeer vereerd vandaag. De Norden is hier! Moge de goden prins Ottil zegenen!'

Ottil stapte naar voren. Hij keek naar Kjelles mannen en vrouwen. *Mijn volk,* dacht hij plotseling.

'Strijders van de Norden,' riep hij, gegrepen door een nieuw gevoel. 'Terwijl ik door de wereld trok in achtervolging van onze vijanden, bereikten mij berichten over uw dappere daden voor heer Kjelle en voor ons land. Daarvoor dank ik u, ware Nords allemaal. Barden zullen tot aan het einde der tijden uw daden bezingen! Slechts één ding bevalt me niet...'

Het werd nu doodstil en zelfs Valiantrudes gezicht verbleekte.

'De paladijn vertelt me dat uw theyn achter die bastaardhond Rannar de Valshartige aan zit en denkt hem te zullen doden. Mijn goede mensen, niet hij zal Rannar straffen. Dat doe ik. Met hulp van de goden en de geest van mijn vader zal ik Rannar ombrengen. Hij vermoordde mijn vader, de goede koning Vidmer en probeerde mijn moeder weg te geven aan zijn ondergeschikte als was ze een loszinnige vrouw. Rannar de Verrader dacht mij van geen belang; een kind dat hij opzij kon schuiven en veronachtzamen. Hij zal merken dat ik dat niet ben. Ik ben de Norden, en bij de goden, ik zal Rannar de prijs laten betalen voor al wat hij verwoest heeft. Ik steek de Barrière Alpen over. Ik zal Rannar de Waanzinnige zoeken, vinden en doden. Ik zal hem en zijn trawanten verpletteren. Voor de Norden!'

'De Norden!' riep Valiantrude en de verzamelde krijgers herhaalden de kreet juichend.

Ottil stapte achteruit en grijnsde. 'Nu heb ik honger,' zei hij.

'Wilt u pap, Hoogheid?' vroeg een jongen schuchter.

Ottil had hem langs de kant zien staan, dus moest hij een dorpeling zijn.

'Pap? Natuurlijk wil ik dat,' zei de prins moedig. 'De anderen willen ook pap.'

'Ik haat pap,' zei Hraab. 'Ik heb er een ontzettende hekel aan.'

'Het is goed voor je. Valiantrude is een groot voorstander van pap voor opgroeiende jongens.'

Geir lachte, maar hij weigerde te zeggen waarom. Samen haastten ze zich naar een kleine ruimte ingericht als herberg en binnen enkele minuten bediende de jongen hen.

Met afgrijzen staarde Hraab naar de grijze brij op zijn bord. Hij mompelde iets en begon te eten.

Valiantrude kwam handenwrijvend binnen. 'Ik zie dat hij jullie ook te pakken heeft. De jonge Merodric hier is een papmeester.'

'Ik vind het heerlijk,' zei Ottil. 'Ik heb honger.' Hij liet zijn lepel zakken. 'Hoe kom ik over de Barrière?'

'Dat kun je niet,' zei de paladijn. 'Rannar ontvoerde de originele gids. Zijn dochter is onderweg met Kjelle en ze komt voorlopig niet terug.'

'Verdomme; is er iemand anders die de weg weet?'

'Ik zal het vragen, maar ik denk het niet,' zei Valiantrude en ze vertrok weer.

'Hoogheid,' fluisterde Merodric. 'Ik heb de route eenmaal gelopen, met Lenardo. Ik kan u begeleiden.'

Ottil monsterde de jongen. Hij was klein en dun, met grote ogen onder een bos bruin haar. *Een beetje zoals Muus; zwartalverig.* 'Hoe oud ben je?'

'Bijna twaalf, hoogheid.'

'Wat zeggen je ouders ervan?'

De jongen verbleekte. 'Ze zijn dood. Rannars mannen doodden ze tien dagen geleden. Ik heb nu geen familie meer. Alstublieft, Hoogheid, ik wil iets doen.'

Ottil zag de ernstige ogen van de jongen, zo vreemd goudkleurig. 'Juist, jij brengt ons weg. Kun je nu vertrekken?'

'Na de afwas ben ik vrij, Hoogheid,' zei de jongen stralend.

'Ik ben niet van plan op je afwas te wachten,' zei Ottil verontwaardigd. 'Laat de paladijn daar maar voor zorgen.'

'Ja, Hoogheid, dan zal ik mijn spullen pakken.' De jongen rende naar buiten en Ottil grijnsde naar zijn vrienden. 'Waren wij ook zo jong?'

Valiantrude was niet erg blij met het idee dat de prins zijn leven zou riskeren. 'Jij bent de Norden, Ottil,' zei ze. 'Je bent te belangrijk.'

'Ik heb geen keus,' zei Ottil, voor een keer volkomen serieus. 'Ik kan Hraab niet alleen laten gaan, en trouwens, ik heb een eed gezworen.'

'Maar waarom? Waarom moet Hraab gaan?'

'Dat is een zaak van de goden. Ze zullen hem niet toestaan hier te blijven.'

Valiantrude gaf de prins een harde blik die hij even ferm beantwoordde. Ten slotte gaf ze toe. 'Ik hoop dat het kind de weg weet.'

'Zo niet, zal ik de weg zelf vinden. Dat was ik al van plan, dus ik kan er alleen maar op vooruit gaan.'

De paladijn schudde haar hoofd. 'Je groeit te snel, prins,' zei ze.

'Lang niet snel genoeg, dame,' zei de prins. Toen grijnsde hij tegen haar. 'Maar ik werk eraan.'

Eenmaal op pad, leidde Merodric hen zonder problemen. Het lopen was zwaar, maar de jongen wist de weg en ze schoten goed op.

De eerste nacht zaten ze met hun rug tegen een rots en aten van de rantsoenen die de paladijn hen had meegegeven. Terwijl ze naar de rossige gloed van Falrom staarden, vertelde hun gids hen van zijn leven in Briv.

'Ik haat het,' zei hij. 'Ik kan je niet vertellen hoeveel ik het haat.' Hij keek naar hen vanonder de kuif die bijna zijn ogen verborg. 'Ik wilde al jaren weglopen.'

'Waarom?' vroeg Ottil slaperig. Hij was warm en comfortabel in de magische mantel die hun gids hen had gegeven, en dat maakte hem goedgehumeurd.

'Ik verveelde me. Uw leven is vol avontuur, Hoogheid; u kunt zich niet voorstellen hoe gillend saai het is met alleen oude mensen om je heen en niemand die je begrijpt.'

'Ik wel,' zei Geir. 'Mijn leven was niet spannend; niet voordat ik met mijn broer naar zee ging. Als de jongste-die-te-veel-is, de laatstgeborene die een beetje vreemd in zijn hoofd is, was het niet echt leuk.'

'Ik hoedde geiten; wat deed jij de hele dag?' vroeg Merodric.

'Rotklusjes. Mijn vader is een vrije boer, maar heel arm. Ik groef gaten om groenten te planten, ving weggelopen kippen en droeg emmers rivierwater naar de koeien, de varkens en de familie. Ik wilde zingen, maar mijn vader vond dat niet passen, dus ik hield mijn mond tot het een gewoonte werd.'

'Da's waar', zei Ottil. 'Oesters praten je de oren van je hoofd vergeleken met hem. Maar hij kan zingen.'

'Echt waar?' zei Merodric. 'Er kwam eens een reizende bard naar Briv. Hij was onderweg ergens anders heen en zong als betaling voor zijn maaltijd. Het was geweldig! In Briv zijn de mensen heel ernstig; ze zingen niet.'

'Laat het hem horen,' zei Ottil. 'Zing iets.'

Gehoorzaam opende Geir zijn mond. Zijn stem steeg op in de stilte en vulde de besneeuwde valleien. De jongens luisterden als betoverd en Merodric huilde onbeschaamd.

'Geweldig,' zei hij toen Geir zweeg. 'Je bent de allerbeste.'

'Hij wordt de koninklijke bard als ik weer thuis ben,' zei Ottil. 'Hij zal het hele hof laten huilen.'

'Ken je dit lied?' vroeg Merodric aarzelend. 'Ik herinner me dat die bard het zong en... soms neurie ik het voor mezelf, als ik alleen ben.' Zijn stem was een beetje beverig terwijl hij de melodie zong. Geir glimlachte en neuriede mee. Vervolgens voegde hij de woorden toe. Merodric pakte ze op en ze zongen samen.

Het was een Gallisch lied en Ottil kende het min of meer. Hoewel hij zelden zong, deed hij nu met hen mee. Hraab lag op zijn rug, glimlachend, en luisterde met zijn ogen dicht.

'Bravo,' zei hij toen ze klaar waren. 'Je bent gezegend, Ottil. Menig koning doet het met minder talent, muzikaal gezien.'

Die avond en de volgende zongen ze niet meer, maar ze spraken van hoop, dromen en plannen, zoals jongens dat doen.

De derde dag, halverwege de ochtend, stopte Merodric. Hij keek van rechts naar links met een verbaasde uitdrukking op zijn gezicht.

'Wat is het probleem?' vroeg Hraab.

'Vreemd.' Hun gids draaide zich om. 'Er zijn markeringen die de route aangeven. Alleen degenen die het weten, zullen ze herkennen.'

Ottil knikte, hij herinnerde zich de tekens die de weg door de moerassen naar Moirra's huis hadden aangegeven. 'Wat is er mis met ze?'

'Ik zou gezworen hebben dat we hier rechts moeten gaan, maar de merkstenen zeggen links.'

'Denk je dat je je zou kunnen vergissen?' vroeg Ottil zacht.

Merodric bloosde en spreidde zijn handen. 'Misschien. Of het zou kunnen zijn dat Lenardo of Xabella ze om de een of andere reden omgedraaid hebben. De bergen veranderen voortdurend.'

'Laten we linksaf gaan,' zei Ottil. 'Misschien zie je een bekend teken of wat dan ook.'

Merodric knikte met een ongelukkig gezicht. Hij volgde een smal pad naar beneden. Het voerde hen rond de berg, totdat ze bij een kleine vallei kwamen, met gras en bomen.

'Hier ben ik nog nooit geweest,' zei Merodric verrast.

'En dat was ook niet de bedoeling.' Een kleine vrouw stapte tussen de bomen vandaan. Achter haar hadden vijf schutters hun kruisbogen gespannen. Ze staarden naar de jongens. 'Zelfs jouw mensen weten niet dat wij hier wonen.'

Merodric slaakte een kreet en verborg zich achter Ottils rug.

Hraab hief zijn handen op in een groet. 'Un–a–Rhan,' zei hij, terwijl hij in verwondering naar de vrouw keek. 'Ik had u hier nooit verwacht.'

'Noch ik jou, Un–a–Dach.' De vrouw beantwoordde zijn groet; haar grote gele ogen bestudeerden hen. 'Er zijn vreemde dingen gaande en we moeten praten. Mijn excuses voor je markeringen, jonge gids,' zei ze, met een kleine buiging naar Merodric, die angstig achter Ottils schouder stond. 'Het was geen falen van jouw kant. We zullen ze netjes terugplaatsen.'

Merodrics gezicht ontspande een beetje en een kleine zucht ontsnapte hem.

'Mag ik vragen wie u bent, mevrouw?' vroeg Ottil stijfjes. 'En waarom hebt u ons van ons pad weg geleid?'

'Mijn naam is Nydrissa,' zei de vrouw. 'Ik spreek voor de Un–a–Rhan van Barrièreberg. Kom met mij mee.'

De boogschutters achter haar rug lieten hen geen andere keuze en ze volgden de kleine vrouw door de bomen naar een open deur in de berghelling. Daarachter kwamen ze in een grote, goed verlichte hal met plavuizen vloeren en met koperplaten beklede muren.

Hraab stopte en keek rond. 'Verdomme,' zei hij half tegen zichzelf. 'Dat bezorgt me heimwee.'

Nydrissa draaide zich om; haar gele ogen rustten op Hraabs gezicht. 'Ik zie het,' zei ze. 'Je moet snel weer terug.'

'Dat kan ik niet.' Hraab gaf een scheve grijns. 'Mijn reis is nog niet ten einde.'

Door een massieve deur kwamen ze bij een klein kantoor. 'Ga zitten,' zei Nydrissa, terwijl ze plaatsnam achter een bureau.

'U bent meester hier?' vroeg Hraab beleefd. Toen Nydrissa knikte, zei hij tegen de anderen: 'De meester is de leider van de clan.'

'U zult zich afvragen waar dit allemaal over gaat,' zei Nydrissa. 'U bent in Barrièreberg; de oudste Un–a–Rhan nederzetting in Gallië. We zitten hier al eeuwen en zelfs de Steenwacht weet niet van ons bestaan. We houden ons afzijdig; onze mensen vertrouwen niet gemakkelijk op anderen. Niet sinds de Norden ons verraadden.' De meester glimlachte grimmig. 'Maar op een of andere manier zijn de dingen veranderd. Eerst kregen we een bericht van de Ene die wij allen hoogachten, over vreemden die naar het oude Rom overstaken. In geval van nood moesten wij hen hulp geven. Gelukkig was er geen behoefte aan en beide groepen zijn al uit onze bergen vertrokken. We hielden een oogje in het zeil om te zien of iemand hen volgde. Na de tweede groep kwam er een derde, zonder gids. We hebben hen voor ondervraging vastgehouden. Toen zagen we jullie. Drie jonge mannen; zeer jonge mannen. En hem, de jongste van allen.' Ze knikte naar Merodric. 'Toch kennen we hem. We kennen hem en alle mensen van Briv, al waren we ons er niet van bewust dat hij een gids was.'

'Het is mijn eerste keer,' zei Merodric zenuwachtig. 'Ik ben geen gids, maar het is een noodgeval, ziet u.'

'Nog niet,' zei de meester. 'Maar ongetwijfeld zul je het mij vertellen.' Ze draaide zich weer om naar Hraab. 'Zijn aanwezigheid als Un–a–Dach deed ons geloven dat jullie vrienden zijn, geen vijanden. Ik zou jullie ongehinderd hebben laten passeren, maar ik moet weten wat er gaande is en dus verplaatsten we een merksteen. Mag ik op mijn beurt jullie namen vragen?'

'Ik word Hraab genoemd en ik behoor een bepaalde landgenoot van mij te beschermen, maar hij ontsnapte me. De Shardheld.'

Nydrissa glimlachte tevreden. 'Dank voor uw vertrouwen. Ja, hij was degene die als eerste voorbij kwam, geleid door Lenardo van Briv.'

'Hij werd vergezeld door een druïdes van mijn volk?'

'Een heel nobele druïdes, nakomelinge van hem die ook wij vereren.'

Hraab knipperde met zijn ogen. 'Dat heb ik nooit geweten. Oh, de stiekemerd. Ze is familie van de Lithan! Dan is ze een heel voorname dame.'

'Wie? Moirra?' vroeg Ottil.

'Ze stamt af van de Lithan, de hoogste van onze beide volkeren. Ze overtreft ons lagere schepsels bij mijlen.'

'Ik vind het niet erg,' zei Ottil. 'Ik bedoel, ze is Moirra.'

Hraab glimlachte. 'Edel gezegd, prins.' Hij wendde zich tot Nydrissa. 'Onze vriend hier is de Norden zelf.'

De meester gaf Ottil een harde blik. 'Dan is hij degene waar de Wederer over sprak. De jonge prins Hoeheethij, die gaat boeten voor het verraad van zijn volk.'

'Ik ben Ottil,' zei de prins en hij boog. 'Mag ik vragen wie over mij sprak?'

'De Wederer; de Meester van Wedererberg. Ze sloot een pact over u met een theyn Kjelle en zijn völva.'

'Kjelle en Birthe! Wat voor pact was dat, mevrouw?'

'Over de terugkeer van onze mensen naar het noorden.'

'Deed Kjelle dat?' vroeg Hraab. 'Deed hij dat echt?' Impulsief greep hij Ottils arm. 'Je zult ja zeggen.'

'Zal ik dat?' zei Ottil. Hij staarde naar Hraab. 'Waar moet ik ja op zeggen? Dat ik mijn bergen weggeef? Gewoon zomaar?'

'Je geeft ze niet weg!' Hraab keek hem bang aan. 'Je moet ja zeggen.'

'Raar jong!' zei Ottil en hij grijnsde. 'Natuurlijk kunnen jullie mensen naar je bergen terugkeren. Ik bedoel, verdomme, ik houd van de Un–a–Dach. En ik weet zeker dat ik ook van uw volk zal houden,' voegde hij er beleefd aan toe, met een buiging naar de meester. 'Het zal aangenaam en winstgevend voor ons allemaal zijn om u terug te hebben.'

Hraab keek naar de prins met tranen in zijn ogen. 'Al die lange jaren wachtten we op die hopeloze dwazen, je vader en je grootvader. We stuurden petitie na petitie, maar ze hielden hun deuren gesloten. Jij bent een beter mens dan zij allemaal, Ottil.' Hij veegde zijn gezicht af. 'Verdomme, klootzak, je maakte me echt bang!'

'Wij danken u, Hoogheid,' zei de meester. 'U geeft onze volkeren hoop en uw besluit zal een groot aantal levens redden. Zeer binnenkort zal deze hoop alles zijn wat ze hebben.'

'De Lithan?' vroeg Hraab geschokt.

Nydrissa's gezicht was verdrietig. 'Hij heeft niet lang meer. We leven er al een hele tijd naartoe, maar nu is het einde nabij.'

'Dan zullen we het op eigen kracht moeten zien te doen. Je hebt meer gered dat je beseft, Ottil.'

De prins fronste zijn wenkbrauwen. 'Daar ben ik blij om, maar je moet me later uitleggen waarom, want ik weet niet wie ik heb gered en waarvan.'

'Dat doe ik,' zei Hraab.

'Ja,' zei Ottil sceptisch. 'Net als al die andere dingen die je beloofd hebt uit te leggen.'

Hraab greep de hand van de prins. 'Ik zal echt alles vertellen. Echt echt.'

'Prins Ottil,' zei de meester. 'Betreffende die gevangenen. Ik wil vragen of u ze kunt identificeren. We pakten ze op nadat de tweede groep gepasseerd was. Die groep was een jonge edelman van de troepen in Briv, met een völva en twee van onze verwanten uit de Wedererberg.'

'Heer Kjelle?'

'Ik weet niet hoe hij heet. De mensen die wij aanhielden waren een jonge man, met een meisje en een kind. Ze hebben geen gids en geen mantels tegen de hitte, zodat ze naar hun dood liepen. Toen kwamen jullie.' Ze schudde haar hoofd. 'Ik heb nog nooit zo veel vreemden achter elkaar de Barrière over zien steken. Er moeten grote gebeurtenissen aan de gang zijn, meer dan alleen een Shardheld, hoe belangrijk hij ook is.'

'Er is een opstand in de Norden,' zei Ottil. 'Hun leider is een van onze jarls, die een Fynni sjamaan als adviseur heeft. Hij probeert de Shardheld te pakken te krijgen.'

Meester Nydrissa verbleekte. 'Een Fynni sjamaan zit achter de hemelscherf aan? Dit is zeer slecht nieuws. Dat betekent dat de Ouden erbij zijn betrokken.'

'De Goden van Toen?' zei Ottil. 'Daar hebben we al mee gevochten.'

'Misschien hebt u dat, prins, maar Gevallen Rom is hun land. De Ouden zijn er sterk. Om hun de Shard in handen te geven zou rampzalig zijn.'

Hraab zuchtte. 'Ik weet het. Daarom heb ik opdracht de Shardheld bewaken. Alleen glipte hij weg, zich niet bewust van het gevaar. Ik... We moeten hem terug zien te vinden.'

'Hoe kun je de Shardheld bewaken tegen de macht van de Ouden?'

'Er zijn manieren, meester Nydrissa,' zei Hraab verontschuldigend.

'Nou, ik hoop dat je weet wat je doet.' De meester keek alsof ze het niet geloofde.

'Wat betreft die gevangenen?' vroeg Ottil beleefd.

'Ja. Kom met me mee, ik zal ze u laten zien.'

De jongens volgden Nydrissa door een aantal gangen naar een afdeling die in elke bekende taal "kerkers" schreeuwde. Kale cellen zonder veel licht, met stro en kettingen aan de muren.

Drie mensen zaten in de eerste cel, een jonge man en twee kinderen.

Hraab gaf hen een vluchtige blik, maar toen verstarde hij. 'Wat!'

Hij liep dichter naar de tralies toe. 'Ik ken jou,' zei hij en zijn stem klonk vreemd. 'Je was bij *hem* die dag. De Fynni die mijn familie vermoordde. Je was zijn medeplichtige.'

De jonge man was bleek geworden, maar zijn ogen keken strak terug.

'Ik was er,' zei hij. 'Ik zal het niet ontkennen. Maar ik was geen medeplichtige van Vulf. Nooit! Ik zal u alles graag vertellen, maar laat die twee kinderen gaan. Ze hebben er niets mee te maken.'

'Spreek nu,' zei Hraab, terwijl hij zijn hand aan zijn bijl legde. 'Vertel alles, naar waarheid en duidelijk.'

De jonge man keek snel naar het meisje, dat bemoedigend knikte.

'Luister dan,' zei hij met matte stem. 'Ik ben Tuuri Klein Mes. Die dagen diende ik jarl Rannar van Westhal als boodschapper. Mijn Fynni vader was een goede vriend van hem oor hij verdween en de jarl heeft mij praktisch opgevoed. Mijn moeder is een edelvrouw uit de Ostmark, dus ik ben maar een Fynnikin, een half–bloed.'

'Net als ik,' onderbrak het meisje hem. 'Dat is niets om je voor te schamen.'

Tuuri keek niet naar haar. 'Die dagen dacht ik dat Rannar de beste jarl in de wereld was en mijn Fynni familieleden allemaal helden. Ik had nog nooit iemand van hen ontmoet, zie je. Ten slotte stuurde Rannar me naar het noorden met een bericht voor de tarkynn Vulf, een groot leider van mijn volk. Oh ja, ik wist alles over de rebelse plannen van mijn jarl. Maar hij was mijn leenheer, die ik gezworen had te dienen, en de mensen zeiden dat koning Vidmer een dwaas was. Dus ik was trouw aan mijn heer. Ik zeilde noordwaarts en leverde mijn boodschap af. Vulf... ontkende onze verwantschap. Hij sprak wrede woorden van spot over mij en mijn moeder. Daarna dwong hij mij om hem te vergezellen. We gingen naar uw huis en...'

Tot Ottils verbazing begon de jonge man te huilen, maar Hraab wachtte onbewogen tot Tuuri zich had hersteld.

'Het was verschrikkelijk. Moord. De Fynni waren niet de mensen waar ik zo trots op was geweest. Vulf verachtte me. Het was mijn zwakte. Ik keek naar je en dacht je leven te sparen. Ik vertelde hem dat je dood was, net als je broer. Vulf lachte naar me en noemde me een lafaard. Het maakt niet uit, zei hij, de jongen zal sterven wanneer we het huis in brand steken. Al zijn mannen grijnsden naar me; wat kon ik doen? Dus ik vertrok, vastbesloten mijn jarl voor dit beest in zijn dienst te waarschuwen.' Hij spreidde zijn handen in een hulpeloos gebaar. 'Ik heb Rannar gewaarschuwd en het kon hem niet schelen. Ik begon toen te twijfelen, maar ik kon mijn eed niet breken. Rannar moet me uit de weg gewild hebben, want hij zond me naar Nidros.'

Nu wendde Tuuri zich tot Ottil. 'Ik wist niet dat uw vader was gedood, Hoogheid. Ik had een boodschap voor jarl Brundal, die me dagen liet wachten. Ik was getuige van heer Kjelles aankomst en uw conflict met Brundal. Die avond beval Brundal me u naar Rannar te brengen. Ik geloofde dat het veiliger voor u zou zijn, dus stemde ik toe. Ik ben bang dat ik het helemaal verkeerd had. Gelukkig wist u te ontsnappen.

'Ook daar was ik getuige van; we voeren achter de schepen die de Shardheld die nacht tot zinken bracht. Later zag ik u weer in Agdir. Ik probeerde mijn jarl te waarschuwen, maar hij wilde niet luisteren. In plaats daarvan stuurde hij me opnieuw naar het noorden, naar Vulf. Ik vond de tarkynn in heer Kjelles huis. Ik zweer u dat beesten niet leven zoals die Fynni doen.

'Toen hij vertrok, nam Vulf me mee, om me te laten zien hoe Fynni leefden.' Tuuri keek de prins recht aan. 'Nu weet ik de waarheid. U moet die Fynni uitroeien, Hoogheid. De wereld kan hun aanwezigheid niet verdragen.

'Ik was erbij toen heer Kjelle ten slotte Vulf en zijn troepen doodde. Vervolgens nam Kjelle me gevangen. Zijn dame völva deelde een droom met me, maar ik weet niet waar het over ging. Die nacht ontsnapte ik. Helaas ontdekte één van Kjelles mannen me. Terwijl hij probeerde me te wurgen, doodde ik hem en nu is heer Kjelle verplicht me op te hangen.' Tuuri keek naar Hraab. 'Ik houd niets achter, zie je?'

Toen vertelde hij over zijn tocht naar het zuiden, hoe hij Hilja ontmoette, over de plundering van Divion en van graaf Dagiberh. 'Beiden zijn onschuldig,' zei hij. 'Je moet ze laten gaan. Ze hebben al genoeg geleden.' Toen vertelde hij hoe Rannar hem ving. 'Daar brak mijn loyaliteit.' Hij zuchtte. 'Ik ben er weken ziek van geweest. De heelmeester die me behandelde zei dat mijn loyaliteit geen natuurlijke zaak was, maar verband hield met dit vreselijke teken dat ik draag. Nu zijn mijn banden met Rannar verdwenen en ben ik eindelijk vrij.'

'Waarom kwam je naar de Barrière?' vroeg Hraab streng. 'Waarom ging je niet ergens anders van je vrijheid genieten?'

'Ik moet de Shardheld waarschuwen. Rannar is er op uit om hem te vangen, of liever, Rev is dat.'

'Rev van de Fynni?' riep de meester. 'Dat is verschrikkelijk nieuws. Hij is geen gewone sjamaan; dat zou moeilijk genoeg zijn geweest. Rev is de Oude Goden. Hij is voor hen wat de hond is voor de jager, een trouwe moordenaar zonder een eigen wil. Hij is oud; eeuwen oud. In het geheim werkte hij tegen ons, toen we nog in het noorden woonden. Hij wilde ons tot slaven maken, ons weer in dvergar veranderen, als dienaren voor zijn goden. Hij mag de hemelscherf nooit in handen krijgen!'

'Ik kende Rev alleen als adviseur van Rannar,' zei Tuuri. 'Ik heb hem nooit gemogen, maar zijn ware aard leerde ik van Vulf. De tarkynn pochte over Revs wreedheid en zijn doel de Fynni over de wereld te laten heersen. De Shardheld moet gewaarschuwd worden.'

Hraab ontspande zich. 'Ik geloof je. Ik hoorde je die dag zeggen dat ik dood was en je had bijna gelijk. Ik was heel dicht bij het einde. Maar iets redde mijn leven.' Hij wendde zich tot Nydrissa. 'Ik stel voor dat u ze laat gaan, meester.'

Nydrissa wendde zich tot Ottil. 'En wat zegt u, Hoogheid?'

Ottil grijnsde. 'Ik ken Hraab; hij heeft het zelden verkeerd. Als hij zegt dat deze man te vertrouwen is, geloof ik hem. Laat hen gaan. Maar...' zei hij tegen Tuuri. 'Je keert terug naar Briv. Niet omdat ik je niet vertrouw, maar omdat zo veel groepen te veel aandacht zullen trekken. Je gaat terug en laat het waarschuwen van de Shardheld aan mij over.'

Tuuri boog. 'Nu ik Rannar en mijn Fynni kant afzwoer, ben ik een Ostmarker. U bent mijn prins, Hoogheid.'

'Als dit alles achter de rug is, praten we verder,' zei Ottil. 'Laat ons nu ergens gaan zitten en onze belevenissen uitwisselen. Ik weet zeker dat we er genoeg hebben om een tiental barden aan het zingen te houden. Heb jij ooit een lied gemaakt?' vroeg hij aan Geir.

Zijn hirdman slikte. 'Ah, een of twee,' zei hij verlegen. 'Niets bijzonders, hoogheid. '

'Je zult ze voor ons zingen. Dan zullen wij oordelen,' zei Ottil beslist.

De mensen van de Barrièreberg voedden hen vorstelijk, en terwijl ze aten, spraken ze. Hilja, het meisje bij Tuuri, leek nogal teruggetrokken en ze keek meer naar hem dan naar de anderen. Maar de jongen in hun gezelschap sprak voor twee. 'Ik ben een graaf,' was het eerste wat hij Ottil vertelde.

'Dat meen je niet!' zei de prins en hij probeerde manmoedig zijn lachen in te houden.

'Waarlijk,' zei de jongen en hij stak zijn borst vooruit. 'Ik ben Dagiberh, graaf van Divion. Ze verbrandden mijn stad, weet je. Dat is de reden waarom ik werd gedwongen om me... terug te trekken.'

'Natuurlijk,' beaamde Ottil en hij dacht aan zijn eigen vlucht uit Nidros. 'Terugtrekken is pijnlijk, maar soms noodzakelijk.'

'En de koning stuurde geen soldaten om me te helpen. Dat had hij moeten doen, of niet?'

'Natuurlijk!' Ottil voelde zich kwaad worden bij het idee van een koning die zijn vazal niet te hulp schoot. 'Lotharn is niet echt een goede koning, denk ik. Niet zoals mijn oom van Gallië.'

'King Leodowric is je oom?' De jongen keek omhoog naar Ottil, die twee koppen groter was. 'Waarvan ben jij prins?'

'Ik ben de Norden,' zei Ottil trots.

'Ooh,' zei de jongen en hij boog als een miniatuur hoveling. 'Dan word jij koning!' En weemoedig: 'Het lijkt me geweldig om koning te zijn.'

'Ja,' zei de prins haastig. 'Maar als graaf is het ook leuk.'

'Meen je dat?' vroeg de jongen. 'Nou, de maarschalk deed alles, dus ik weet het niet echt, natuurlijk. Die beesten doodden hem.'

'Dat spijt me,' zei Ottil. 'Dat is wat ze het beste doen; mensen vermoorden. Maar nu zijn we onderweg om ze te doden, zodat je maarschalk zal worden gewroken.'

Het gezicht van de jongen klaarde op. 'Ja! We maken ze allemaal dood. Dan zullen we veilig zijn.'

'Dat is de juiste instelling, heer graaf,' zei Ottil ernstig. Hij keek naar Tuuri en zei zachtjes: 'Neem je hem echt mee? Hij is een beetje jong, hè?'

Tuuri trok een grimas. 'Meester Nydrissa bood aan om hem zolang hier te houden, maar toen ik het voorstelde, werd het kind zo bang dat het me beter leek hem mee te nemen. Alleen heb ik geen idee wat ik daarna met hem moet doen.'

'Breng hem naar Rhemes. Als ik het me goed herinner is Divion een grensstad die vroeger bij Gallië hoorde. De koning van Lotharn liet zijn vazal in de steek, zodat het zijn eed even hard brak als Rannars verraad bij jou deed. Mijn oom kan de stad uit naam van de jongen bezetten en als de kleine graaf meerderjarig is, kan hij de kant van Gallië kiezen.'

'Een brutale oplossing,' zei Tuuri grijnzend. 'Zou Lotharn niet protesteren?'

'Hun koning is duidelijk niet in staat een vuist te maken,' zei Ottil. 'Anders zou hij het al lang hebben gedaan. Hoe dan ook, laat het aan mijn oom over. Hij weet wat het beste is.'

HOOFDSTUK 23 – APOSTATI

'Dus ze zijn alweer weg,' zei Kjelle. 'Het was te verwachten.' Hij glimlachte naar de huishoudster van de man die ze Graaf de Caspigari noemden. 'Kunt u mij vertellen waar ze heen gingen?'

De bejaarde vrouw aarzelde. Haar ogen rustten op Xabella, de enige die ze kende. 'Naar de Senaat in Monte Lessano,' zei ze uiteindelijk. 'Weet je de weg, schat?'

Xabella keek naar Kjelle. 'Zou Rannar hem daarheen volgen, of zou hij rechtstreeks naar de Kalmanir gaan?'

'Dat laatste, denk ik. Hij weet dat de Shardheld daar uiteindelijk naartoe gaat. Heeft je vader je verteld hoe er te komen?'

'Natuurlijk,. We maakten een ronde langs alle belangrijke plaatsen; hij, ik en de kleine Merodric.'

'De papjongen?'

'Ja. Vader is van plan om hem als hij ouder is ook gids te maken.'

'Dan gaan we naar de Kalmanir. We zoeken Muus, niet de Senaat. En ik zou graag met Rannar willen afrekenen voordat Muus aankomt.'

'En met Rev,' zei Birthe met een staalharde stem.

'Hoe komen we bij deze Kalmanir?'

'Het is niet gemakkelijk,' zei de gids. 'Er zijn twee manieren. Door de ruïnes van Rom zelf of door de catacomben. Beide wegen zijn gevaarlijk.'

'Niet de catacomben!' De oude vrouw staarde ontzet naar Xabella. 'Dat is dodelijk gevaarlijk, met al die geesten die er rondlopen. Je kunt beter de hoge weg nemen, met de monsters die je kent, dan dat je wordt gedood door de schaduwen van de lage weg. Mijn vader zei dat, en mijn grootvader en zijn vader voor hem, dus het moet wel waar zijn.'

Xabella's gezicht vertrok. 'De schaduwen,' zei ze. 'Mijn vader was daar ook bang voor. Ze waren vreemd. Ondoorgrondelijk.'

'De hoge weg dus,' zei Kjelle. 'Meer monsters?'

'De ruïnes zijn er vol van. Maar het is de gewone, verslaanbare soort.'

'Goed, leidt ons erheen.'

Ze bedankten de oude huishoudster en gingen zuidwaarts over een grote steenvlakte.

Hoe verder ze kwamen, des te warmer het werd. Birthe had er het meeste last van. De baby was onrustig, schopte en bewoog als een kleine acrobaat in haar schoot, en met de hitte erbij voelde ze zich ellendig.

Er waren niet veel wilde dieren. Af en toe zagen ze een gier, die als een stenen waterspuwer op een rots zat.

'Wat eten ze?' vroeg Annlith.

Xabella rukte zich los uit haar gedachten. 'Ratten,' zei ze. 'Soms een slang. Alles wat hier doodgaat.'

De kleine krijgsgenezer knikte. 'Je maakt je ongerust?'

Het meisje zuchtte. 'Ja. Mijn vader is koppig. Ik ben bang dat hij iets dwaas zal doen en ze hem doden.'

'Als ze hem de eerste keer nodig hadden,' zei Kjelle, 'dan geldt dat ook voor de terugweg. Ik zou me pas ongerust maken als ze terug zijn in Gallië, niet eerder.'

'Wat is dat?' vroeg Elbrich, wijzend op drie vliegende beesten in de lucht.

'Verdomme.' Xabella, trok haar boog uit de schede. 'Vliegende hagedissen. Ze zijn de ogen van de lokale Apostati, die idiote volgelingen van de Oude Goden.' Ze keek naar Birthe, die haar eigen wapen had gespannen. 'Je gebruikt een grote boog. Ben je er handig mee?'

Birthe gaf geen antwoord. In plaats daarvan legde ze een lange pijl op haar boog en twee meer tussen haar lippen, en wachtte. Toen, zo snel dat het bijna onzichtbaar was, vlogen alle drie de pijlen weg. Een paar tellen later tuimelden twee van de beesten naar de aarde. De derde volgde een fractie later, doorboord door twee schachten.

Xabella trok een gezicht. 'Jij was sneller.'

'Ze is mijn jagermeester,' zei Kjelle trots. 'Ik heb nog niemand gezien die haar met een boog kan verslaan.'

'Is er een kans dat we die Apostati tegenkomen?' vroeg Ajkell, terwijl hij de scherpte van zijn bijl met zijn duim testte.

Xabella keek zorgelijk. 'Misschien. Als degene die de hagedissen uitzond hen volgde, weten ze nu dat we hier zijn. We moeten ons op het ergste voorbereiden.'

'Dan doen we dat?' vroeg Birthe. 'Ah, deze beestjes zijn taai!' Ze sneed de drie hagedissen open en verzamelde hun afgeschoten pijlen. 'Hier,' ze gaf Xabella haar schacht terug. 'Goed genoeg om nog een maniak mee te doden.'

'Maniakken, dat zijn die Apostati. Hebben jullie ze meer gezien?'

'Te vaak,' zei Birthe met gebalde vuisten. 'Ze doodden mijn eerste baby.'

'Dat spijt me,' zei Xabella geschokt.

'Het was een pijl die voor mij bedoeld was.' Birthe wendde zich af en zei niets meer.

Ze gingen verder. Het spoor leidde langs een vrijwel gave zuilenrij die een gebeeldhouwde gevelsteen torste, de laatste resten van wat een monumentale tempel moest zijn geweest. Het gebouw zelf was een grote stapel puin, waaruit de arm van een onbekende godheid naar de hemel reikte.

Een kreet deed hen naar de wapens grijpen, toen een twintigtal vrijwel naakte mensen van achter de ruïnes kwamen, zwaaiend met speren en drietanden.

'Apostati!'

Birthes eerste pijl was al in de lucht voordat hun gids het had gezegd, en de tweede volgde vrijwel onmiddellijk.

Xabella's boog zong. 'Drie neer!'

'Voor Alman en Eidungruve!' Kjelle en Ajkell renden naar voren. Elbrich volgde hen. Hij ontweek een speer en haalde uit met zijn ijzeren vuist. De aanvaller sloeg tegen een stenen pilaar, met voldoende kracht om zijn schedel te breken. Boven hun hoofd kreunde de gebeeldhouwde steen en brokjes marmer ketsten af op de Niflungers stalen helm.

Bogen, zwaarden en bijlen wonnen het van de speren, en al gauw lagen de twintig Apostati dood tussen de tempelruïnes.

'Niemand gewond?' vroeg Kjelle, terwijl hij het zweet uit zijn ogen veegde.

'Mijn arm,' zei Ajkell. 'Niets ernstigs, hoor.'

'Laat me kijken.' Annlith pakte de arm van de beerkrijger.

'Niets ernstigs, zei hij. Ik moet het dichtnaaien, maat. Die snee kan gaan ontsteken als ik het niet doe.'

Ajkell zuchtte. 'Schiet op dan, meisje,' zei hij. 'Voordat we nog meer bezoekers krijgen.'

'Ga zitten,' zei de kleine genezer korzelig. 'Ik kan er niet bij op mijn tenen staan.'

Gehoorzaam zonk Ajkell op zijn knieën.

'Knielen?' zei Elbrich quasi achterdochtig. 'Je gaat haar toch niet ten huwelijk vragen?'

Ajkell grijnsde. 'Nee; ik ben veel te bang voor die harde vuist van je, meestersmid.'

'Het werkt, hè?' Elbrich wreef over zijn ijzeren hand en glimlachte tevreden. 'Ik sloeg ze toch maar mooi neer.'

'Dat je de je–weet–wel volgt heeft één positief effect,' zei Birthe, terwijl ze op de gevallen Apostati neerkeek. 'Deze zijn ook nu nog allemaal heel mooi.'

'Heel gek en ook heel dood,' zei Kjelle. Hij sloeg zijn armen om haar heen en kuste haar hard. 'Jij bent veel mooier dan die valsspelers.'

Birthe kleurde bij het onverwachte compliment. 'Nou, dank je! Je bent zelf ook niet lelijk, weet je.'

'Klaar,' zei Annlith en ze deed haar naald en draad weg.

'Laten we maken dat we wegkomen.' Ajkell stond op en bewoog de gewonde arm. 'Deze onzin heeft genoeg tijd gekost.' Toen knipoogde hij naar het meisje. 'Dank je. Je naait een leuke steek.'

'Je bent te goed,' zei Annlith met een kleine buiging. 'Raak maar gewond zo veel als je wilt, hoor je. Ik naai je wel weer bij elkaar.'

'Dat is aardig,' zei Ajkell. Hij zwaaide met zijn bijl. 'Het voelt goed; hindert mijn bewegingen niet. Het laat toch wel een litteken achter, hoop ik?'

'Natuurlijk,' zei de genezer geruststellend. 'Ik weet hoe jullie krijger types zijn.'

Hoe verder ze zich naar het zuiden waagden, des te onheilspellender werd het landschap. Aan hun linkerkant ademden machtige vulkanen vuur en as de lucht in. Rivieren van roodkokend aardbloed droegen bij aan de hitte en hun stank vergiftigde de lucht. De zes liepen, aten hun droge rantsoenen en dronken het riekende water van de putten waarlangs Xabella hen leidde. De Apostati vielen nog twee keer aan en hun lijken bezorgden de gieren hoogtijdagen.

'Gelukkig zijn het belabberde strijders,' zei Ajkell na het laatste gevecht. 'Ze zijn misschien goed in het terroriseren van de bevolking, maar bij een aanval zijn ze waardeloos.'

'Wees blij.' Birthe wreef over haar voorhoofd, waar een vijandelijke elleboog haar bijna had uitgeschakeld.

'Je moet niet met de hand tot hand gevechten meedoen,' zei Kjelle woest. 'Niet als je zo veel weken zwanger bent! Verdomme, meid, je bent een boogschutter; blijf op een afstand.'

'Ik weet het,' zei Birthe. 'Maar een van die beesten stond op het punt Annlith aan te vallen. Ik wilde haar helpen.'

Kjelle greep haar schouders. 'Annlith heeft jouw hulp niet nodig; ze is een getrainde krijgsgenezer. Trouwens, ze geeft er waarschijnlijk de voorkeur aan haar eigen vijanden te doden.'

Birthe beet op haar tanden in ergernis. 'Je hebt gelijk, maar ik voel dat ik ze moet doden. Allemaal.'

'Dat moet je niet,' zei Ajkell kalm. 'Je moet Rev doden, als ik je gesprekken met de Lithan goed heb begrepen. Daarvoor moet je in leven zijn.'

Ze balde haar vuisten. 'Dat is het juist! De gedachte aan Rev maakt me zo kwaad!'

'Beheers jezelf.' Kjelle sloeg zijn armen om haar heen. 'Laat niet toe dat de vijand je humeur verpest. Een jager is geen berserker, liefste.'

'Ik zal het proberen,' zei ze door opeengeklemde kaken. 'Ik – zal – het – proberen!'

Kjelle kneep zachtjes in haar hand. 'Dank je.'

HOOFDSTUK 24 – DODE STAD

'Hum,' zei Ottil, terwijl hij naar de geïmproviseerde deur staarde die de huishoudster net in zijn gezicht had dichtgegooid. 'De goede vrouw was niet erg mededeelzaam. Helemaal niet, eigenlijk.'

'Nee, ze leek nogal geïrriteerd.' Hraab grijnsde. 'Waarschijnlijk niet gewend aan bezoekers.'

'Ze kent me niet,' zei Merodric. 'Toen ik hier met Lenardo kwam, was er een andere vrouw.'

Ottil streek over zijn kin. 'Wat nu?'

'De Grot van het Vuur,' zei Hraab resoluut. 'De Kalmanir is de enige plaats waarvan we weten dat Muus erheen gaat.'

'Dan gaan wij daar ook naartoe. Weet jij de weg? '

Merodric knikte ongerust. 'J–ja,' zei hij voorzichtig. 'Maar...'

'Maar wat?'

'Het is eng!' Hij haalde diep adem. 'Eerst moeten we naar Rom. Daarvoor moeten we naar het zuiden, waar het aardbloed stroomt. Eenmaal in Rom, hebben we twee kansen: we lopen de weg naar het kasteel op de heuvel en dan naar beneden langs een hele lange trap door de rots, of we gaan door de catacomben. Ik heb ze alleen van de buitenkant gezien; Lenardo vond het te gevaarlijk voor me om verder te gaan. Maar wat het gevaar was, heeft hij niet verteld.'

'We zullen het wel zien als we er zijn. Je weet hoe je in Rom moet komen?'

Hun gids knikte. 'En ik weet waar de meeste waterbronnen zijn.'

'Bronnen. Daar had ik niet aan gedacht,'zei Ottil, chagrijnig. 'Er is geen open water, natuurlijk.'

'Nergens; het is veel te warm. De Steenwacht heeft een heleboel putten gegraven, een dag uit elkaar. Het water is... eh, je kunt het drinken.'

'Het smaakt smerig?'

'Heel smerig.'

Ottil vloekte zachtjes en zuchtte. 'Ik was niet erg dol op Nidros, maar nu mis ik haar voorzieningen.'

'Voorzieningen?' zei Hraab. 'In Nidros? Je maakt een grapje.'

De prins zei niets toen ze van de kasteelruïne wegliepen.

Ze trokken van de ene waterput naar de volgende. Twee keer kwamen ze de resten tegen van een bloedbad, met schaars geklede mannen en vrouwen in een toestand van snelle ontbinding. Ze waren gewapend geweest, getuige de speren en drietanden, maar het had hen weinig geholpen.

'Ze zien er bekend uit,' zei Ottil.

'Blodward zonder hun wapenrusting,' zei Geir.

De prins keek hem aan. 'Je zou wel eens gelijk kunnen hebben. Ze dragen dezelfde markeringen op hun gezichten.'

'Ze kleden zich vaak in de toga's van de Rom,' zei Merodric. 'Maar ze zijn het niet. Ze noemen zichzelf Apostati. Moordende gekken, dat is wat ik ze noem.'

'Het zijn ook niet alleen mannen,' zei Ottil nonchalant. 'Goed uitziende meiden waren het. Au! Waarom schop je me?'

'Jij en je meiden,' zei Hraab bits. 'Ze zijn betoverd, de verraderlijke beesten!'

'Ik heb alleen gezegd dat ze er mooi uitzagen,' zei Ottil gekwetst.

'Dat doet een adder ook. Ze zijn niet menselijk, prins.'

'Ik weet het niet,' zei Ottil zuur. 'Maar je was leuker met die vent in je hoofd.'

Onverwacht begon Hraab te huilen. 'Zeg dat niet; ik voel me al zo ellendig.'

'Nou!' Ottil sloeg haastig zijn arm om Hraabs schouder. 'Ik meende het niet. Je bent mijn beste vriend!'

Hraab veegde zijn gezicht aan een vuile mouw af. 'Ik weet niet hoe het komt,' zei hij, 'maar sinds hij uit mijn hoofd is, ben ik helemaal in de war. Ik had je niet moeten schoppen.'

'Goden zouden zich niet met het leven van de mensen moeten bemoeien,' zei Ottil boos. 'Ze brengen alleen maar ellende.' Met een donker gezicht wendde hij zich van de dode Apostati af. 'Waar gaan we nu heen?'

Zonder iets te zeggen voerde Merodric ze weg, verder naar het zuiden.

Halverwege de middag begon het te regenen. Zomaar, zonder enige zichtbare verandering in de grijze, met as bezwangerde wolken, kwamen hete druppels naar beneden en binnen enkele seconden veranderde een zondvloed de steenachtige velden en de rokende scheuren in de aarde in een dampend inferno.

'Rennen!' schreeuwde Merodric. 'Die gassen zijn giftig. Daar zou een grot moeten zijn.' Hij wees op een heuvel, deels overdekt met as en puimsteen.

Ze renden, hoestend en kokhalzend, totdat ze een smalle opening in de zijkant van de heuvel zagen. Merodric glipte naar binnen en de anderen volgden hem een schaars verlichte ruimte in.

'Thors Baard,' zei Ottil schor. 'Dat beetje regen kon je dood betekenen.'

Merodric rochelde en spuwde. 'Dat zou het zeker,' zei hij. 'De adem van de aarde is niet geschikt voor mensen of dieren.' Hij ging zitten en sloot zijn ogen.

'Zijn we hier veilig?' vroeg Hraab, maar hun gids was al in slaap.

Ottil haalde zijn schouders op. 'Ik weet het niet. Maar er valt niets anders te doen, dus kunnen we net zo goed uitrusten,' zei hij. 'We slapen niet zo vaak, de laatste tijd.'

'Ga je gang.' Hraab wreef in zijn ogen. 'Ik blijf wel wakker; ik ben niet zo slaperig.'

Enige tijd later schokte een luide klap en het lawaai van vallende stenen hen klaarwakker.

'Wat is dat?' Ottil stond recht overeind, met getrokken zwaard, en trachtte iets te zien in het duister.

'De ingang!' Geirs stem trilde een beetje. 'Hij ligt vol met grote stenen.'

'Ik heb niets gehoord,' zei Hraab verbijsterd en hij duwde met zijn voeten tegen de stenen. 'Die geven niet mee.'

Van buiten kwam het geluid van zang en kakelend lachen.

'Apostati!' Ottil vloekte. 'Op de een of andere manier hebben die beesten ons opgesloten.'

'Moeder van de Bergen,' zei Merodric, de ogen wijd open van schrik. 'We komen er nooit meer uit.'

'Is er een andere weg? Waar komt die gloed vandaan?' Geir liep naar de andere kant van de grot. 'Er is hier een richel met een spleet licht. Hoogheid, kunt u me even opduwen?'

Ottil zette zijn rug tegen de rots. Snel klom Geir via zijn schouders naar de richel.

'Er is een opening,' zei hij op gedempte toon. 'Die leidt naar een andere grot, met een meer van aardbloed in het midden. Wacht; er is een gang aan de andere kant. Vreemd, er staan pilaren naast de opening, zuilen zoals die tempels in Kartakos hebben.'

'Ondergrondse ruïnes,' zei Merodric en hij glimlachte opgelucht. 'Ze voeren meestal naar de oppervlakte terug.'

'Dan gaan we over de richel.' Ottil grinnikte en hij greep Merodrics schouder. 'Je wilde avontuur? Nou, je hebt het. Wie gaat er eerst?'

'Mero, en dan jij,' zei Hraab. 'Ik kan je een schouder lenen als je snel bent, en dan kun jij me omhoog trekken.'

Merodric klom snel als een eekhoorn op de richel. Ottil stapte op Hraabs schouders, die onder zijn gewicht kreunde. Vervolgens hees de prins zichzelf naar boven. Eenmaal op de richel draaide hij zich op zijn buik.

'Steek je armen omhoog.' Met enige moeite greep hij Hraabs polsen. 'Hop, daar ga je,' zei hij en met een ruk trok hij Hraab naar zich toe.

'Stap één,' zei de prins. 'Nu stap twee.' Hij schatte de omvang van de opening naar de volgende grot. 'Het zal net lukken. Ik ga eerst; dan kan ik jullie naar beneden helpen. Er is niet veel ruimte aan de andere kant, dus we moeten voorzichtig zijn. Dat aardbloed lijkt me machtig warm.' Met deze woorden liet hij zich op de traag trillende bodem zakken.

'De grond is niet al te stevig,' zei hij. 'Merodric is de volgende. Als ik je neerzet, ga je rechtstreeks door naar de gang. En niet stampen alsjeblieft.'

De grond hield het en tien minuten later waren de vier aan het begin van de tunnel met de pilaren.

'Ik hoor niets,' zei Ottil.

De anderen ook niet, dus gingen ze met hun wapens in de hand de tunnel in. Het was angstig donker, met overal denkbeeldige monsters op de loer. Plotseling flitste een licht aan en Ottil kon een kreet niet onderdrukken. Maar er gebeurde niets. Het was gewoon een helder, wit licht in een glazen fles, gemonteerd op een hoge paal.

'Magie,' zei Ottil.

Hraab schudde zijn hoofd. 'Ik denk het niet. Ik zou zeggen dat het een lantaarn was, maar vraag me niet hoe hij werkt.'

'Rom was een land van vele wonderen,' zei Merodric stilletjes. 'Lenardo vertelde talloze verhalen over fantastische dingen die werkten zonder dat iemand ze aanraakte, maar ook zonder magie. Zelf–brandende lampen waren daar ook bij.'

'Dit is geen tunnel,' zei Hraab, wijdbeens met zijn handen in zijn zij. 'Het is een straat. Een straat met een dak. Hoe merkwaardig. En die huizen, woonden daar kooplui?'

Geir liet zijn handen over het raam glijden. 'Glas,' zei hij op een toon vol verwondering. 'Ik dacht dat het open was, maar de ramen zijn dichtgemaakt met glas. Je kunt gewoon naar binnen kijken. Dit moet een schoenmakerswinkel zijn geweest. De eigenaar heeft al zijn waren gewoon laten liggen.'

Merodric kwam naast hem staan. 'Hij is waarschijnlijk dood. Lenardo zag zoiets in Rom. Toen de Branding kwam, moet het hierbinnen heel snel heel slecht zijn geworden. Ze stierven van de hitte. Daarna volgde de as en werd de hele stad begraven.'

Ottil duwde de deur open naar de werkplek en keek naar binnen. 'Je hebt gelijk,' zei hij. 'Hij is er nog steeds.' Zijn gezicht zag er een beetje ziek uit in het lamplicht. 'Hij is een draug. Laten we de deur gesloten houden, voordat hij begint te lopen.'

Merodric lachte. 'Nee, het is de warmte die hem zo gemaakt heeft. Net zoals we gedroogd vlees bereiden. We doen het op een heet vuur, dan kookt het water eruit. Dezelfde warmte die de schoenmaker doodde, droogde hem ook uit.'

Terwijl ze zich verder haastten, vonden ze meer lichamen, in de straten, in de deuropeningen.

'Het moet als een complete verrassing zijn gekomen.' Hraab stopte op een kruispunt. 'Kijk eens naar die kinderen. Ze speelden soldaatje; zie de houten zwaarden.'

'Het is overal hetzelfde,' zei Merodric, zijn gezicht triest. 'Iedereen was bezig met hun leven en toen, boem, ontploften alle vulkanen, de grond spuwde giftige adem en de mensen stierven.'

'Heel onnatuurlijk,' zei Ottil.

'Het was niet natuurlijk.' Merodric liet zijn stem dalen tot een gefluister. 'Zij waren het. De Oude Goden deden iets met de aarde, om Rom te verwoesten.'

'Stil!' zei Hraab. 'Noem ze niet hardop; je wilt niet dat ze ons horen.'

'Je hebt gelijk,' zei Merodric, ineens bang.

Ottil fronste zijn wenkbrauwen. 'Weten ze niet dat we hier zijn? Ik bedoel, die rotsen blokkeren de ingang niet zomaar.'

'Dat waren zij niet,' zei Hraab. 'Het was waarschijnlijk een van de Apostati sjamanen. *Zij* zouden ons hebben gedood of gevangen genomen met minder gedoe dan waar je een vlieg mee doodslaat.'

Stil gingen ze verder.

Na een tijdje kwamen ze bij een vierkant plein, met een grote tempel in het midden. Binnen zat een gigantisch standbeeld van een man in zwart marmer op een witte troon. Zijn gezicht was nobel, met een korte baard en krullend haar onder een gouden kroon.

'Dat is Karos,' fluisterde Merodric en hij knielde.

Ottil was niet van plan zijn knie te buigen voor een vreemde heerser en hij boog als een gelijke. Hij bestudeerde het standbeeld. Dit was dus de stichter van Rom, de man die vrede in hun land had gebracht. Hij zag er indrukwekkend uit, zoals hij daar zat, met dat grote zwaard tussen zijn knieën. Een man met macht. Ottils ogen dwaalden rond het plein. *Wacht, bewoog daar iets?*

'Opgelet,' zei hij zacht en hij stapte naar voren om Merodric weg te trekken. Op hetzelfde moment kletterde een speer tegen Karos' voeten en de gids schreeuwde van schrik.

Ottil rende naar de plaats waar de speer vandaan was gekomen. Een enorme gespierde man sprong op met een dolk in zijn vuist, grommend als een wild dier. Ottil dook onder de zwaaiende arm van de Apostaat door en met een schreeuw ramde hij zijn zwaard in de buik van de man. De man klauwde aan de wond en klapte schreeuwend van pijn voorover. De prins bracht met al zijn jongensachtige kracht zijn zwaard omlaag op de nek van de grote man. De magisch versterkte wervels spleten en het zwaard doorsneed het zachte ruggenmerg. De man flopte naar beneden en bevrijd van alle pijn, beweging en de mogelijkheid tot ademhalen, stierf hij.

'Als er één is, zijn er meer,' zei Ottil hijgend. 'We moeten hier wegwezen.' De anderen rukten hun blik weg van de gevallen Apostaat en keken met ontzag naar de prins.

'Iemand een idee aan welke kant de uitgang is?' vroeg Hraab eindelijk.

'Niet daarheen.' Geir wees naar de gang van waaruit de Apostaat was gekomen. 'Ik hoor meer stemmen.'

'Thors Bliksem! Rennen!' zei Ottil en hij leidde hen de tegenovergestelde gang in.

Ze renden, terwijl de lantaarns een voor een aanfloepten als ze aankwamen en achter hen weer uitdoofden.

'Ik voel de wind,' zei Merodric na een tijdje.

Toen dreef de geur van rook en as over hen heen en ze renden door het donker.

'Daar is de uitgang!' riep Merodric, de opluchting hoorbaar in zijn stem.

Toen wiste een massieve vorm de strook daglicht uit.

'Geef het op.' De mannelijke stem was mooi, met een rijk, geruststellend timbre. 'Doe met ons mee in de aanbidding van hen die de wereld schiepen.'

'Heb ze lief.' Dit was een vrouwelijke stem, tegelijkertijd moederlijk en verleidelijk. 'Ze houden van jullie en koesteren jullie.'

'Lazer op!' brulde Ottil. 'Val aan!'

Gillend renden de jongens naar voren, zwaaiend met hun wapens. De man hief zijn handen en plotseling dacht Ottil aan de priesteres in Brytanna, die Muus bijna had gedood.

'O nee!' schreeuwde hij en hij sprong, terwijl hij zijn hele gewicht gebruikte om de man met zijn zwaard te doorboren.

Gorgelend viel de Apostaat voorover en Ottil dook zijwaarts weg om niet geplet te worden.

Hraab en Geir gingen naar de vrouw, die zacht zong terwijl ze hun aanvallen afweerde. Toen drong er een lange speer in haar keel en haar stem brak af. Terwijl ze op haar knieën zakte, sloeg Geir haar hoofd in met zijn bijl en sprong zwijgend achteruit om de rondspuitende troep te ontwijken.

'Je hebt haar gedood!' zei Ottil tegen Merodric. 'Goed werk met die speer.'

'Ik was bang voor haar gezang,' zei de jongen en zijn gezicht vertrok even. 'Ze moest stoppen. Ze moest! Ik heb gehoord wat ze kunnen doen met hun stem.' Hij staarde naar de dode Apostaat. 'Ik... ik heb nog nooit iemand gedood.'

Ottil sloeg een arm om Merodrics schouders. 'Je deed het geweldig. Weet je zeker dat je geen Nords bloed in je hebt?'

'Ik ben een Rom,' zei de jongen. 'En ook een beetje Gallisch.'

'Je bent echt een Rom?' Hraab keek kritisch naar de jongen. 'Je ziet er niet uit als dat standbeeld van koning Karos. En je naam is Gallisch.

'Mijn naam is Merodric Marcus Denumes,' zei de jongen trots. 'Ik ben van de Denumii, die bij de Koninklijke Garde van de koningen van Rom dienden.'

'Dan heb je het daar vandaan,' zei Ottil. 'Gardebloed.' Tevreden met zijn conclusie keek hij om zich heen. 'Wat nu?'

Merodric bestudeerde hun omgeving. 'Ik weet het niet zeker. We moeten onze stappen terugvolgen. Ik moet de merkstenen terugvinden.'

Ze liepen rond de heuvel die de begraven stad bedekte, tot Merodric stopte. 'Daar is het spoor.'

Ottil keek, maar nergens kon hij zoiets als een merksteen zien. Hij haalde zijn schouders op. 'Jij bent de gids. Ik zie niets.'

'Dat is ook niet de bedoeling,' zei Merodric. 'Het is een kwestie van kleur. Mijn ogen zien meer tinten dan de jouwe. Lenardo en Xabella zijn hetzelfde. Voor ons zijn die merktekens zijn zo duidelijk als een "hier–ben–ik" teken.'

'Dus daar heb je die gouden ogen vandaan,' zei Hraab. 'Ik vroeg het me al af, want ik heb nog nooit mensen met zulke ogen gezien. Je hebt niet alleen Roms bloed, je bent ook Un–a–Rhan.'

De jongen trok wit weg. 'Zeg dat niet!' smeekte hij. 'De mensen zullen me haten zoals ze de dvergar doen.'

'Noem ze zo niet,' zei Hraab, opeens boos. 'Nooit; het is heel vernederend. Zij zijn de Un–a–Rhan. Je kunt ze Niflunger noemen, als je wilt, maar nooit dvergar. Dat was een ander soort mensen, slechte mensen. En wij zijn Un–a–

Dach, geen zwartalven. Vergeet dat niet, of je zult inderdaad worden gehaat. Door ons.'

'Het spijt me,' zei Merodric. 'Ik zal het onthouden. En ja, we zijn voor een deel Niflunger. Lenardo is een neef van mij, weet je. We delen dezelfde overgrootvader en zijn vrouw was een... een Un–a–Rhan.'

'Ze was jouw overgrootmoeder,' zei Hraab streng. 'Ontken de relatie niet, neef.'

'Neef?' zei Ottil en hij sprong opzij toen een klein gat in de grond opeens hete lucht begon te spuiten.

Hraab glimlachte. 'Un–a–Dach en Un–a–Rhan zijn neven. Dat maakt Merodric een familielid van mij. De jongen lijkt overweldigd door de eer.'

De prins slikte een vloek in. 'Geschokt, waarschijnlijk.'

Merodric schudde zijn hoofd. 'Allebei,' gaf hij toe. 'Ze hebben me altijd gezegd dat ik het Un-a-Rhan deel van mijn afkomst geheim moet houden. Dat het iets was om... niet trots op te zijn. Maar nu ken ik Hraab en ik ben in de Barrièreberg geweest, en ik vond er niets om me voor te schamen. Heb je die kleuren in de berg gezien? De muren, zo mooi dat mijn hart pijn doet.'

Hraab zuchtte. 'Ik heb van de Un–a–Rhan kleuren gehoord. Ach, ik kan ze ook niet zien. Mijn voorouders werkten met verstand en magie, en zo ontwikkelden zij andere zintuigen dan kleur. Soms vraag ik me af wat ik mis.'

'Glorie,' zei Merodric en zijn ogen waren ver weg. 'Ik wou dat ik zo kon schilderen.'

'Grappig,' zei Ottil. 'Ik zag niets. Gewoon saaie muren.' Toen grijnsde hij. 'Voor mij is glorie een dode vijand aan mijn voeten.'

'Een lied.' Geir neuriede een paar noten, snijdend als kristallen scherven. 'Dat is glorie.'

Hraab fronste zijn wenkbrauwen. 'Ik verloor veel, toen *hij* me van het sterven redde, die dag in mijn ouderlijk huis. Ik verloor mijn magie, omdat het niet overeenkwam met zijn kunsten. Ik ben nog welbespraakt, maar lang niet wat ik was. Ik voel me... leeg vanbinnen. Ik ben de glorie vergeten.'

'Je kunt wat van mij krijgen,' zei Ottil groothartig. 'Ik win veel glorie in de strijd. Je mag er de helft van hebben totdat je de jouwe terugvindt.'

'Dank je,' zei Hraab en hij klopte op Ottils mouw. 'Je bent een echte vriend.'

Ze zwegen en liepen verder, ieder verloren in zijn eigen gedachten.

HOOFDSTUK 25 – SENAAT

Sertio bracht hen bijna moeiteloos door de brandende landen. Hij leek elke ruïne met naam en geschiedenis te kennen. Of het een gebroken brug was over een vlammende kloof die ooit een drukke rivier was geweest, of de uitgestrekte ruïnes van een stad die hen een halve dag kostte om rond te lopen, hij wist erover te vertellen. Maar praatziek als Sertio was over het land waar ze doorheen trokken, zo zwijgzaam was hij over de Senaat en zijn redenen om hen erheen te brengen.

Dagen werden weken, want Rom was een groot land en de afstanden waren enorm. 's Nachts sliepen ze in verborgen grotten, soms in een kleine nederzetting en soms in de open lucht.

Muus voelde zich rustiger dan ooit sinds die dag dat de lawine zijn leven in Eidungruve had afgesneden. Nu de Shard sliep, hielden de runen zich stil en had hij geen nachtmerries meer. Het gevoel opgejaagd te worden was verdwenen en daarmee ook alle onzekerheid. Hij wist dat elke nieuwe dag hem dichter bij zijn dood bracht, maar dat kon hem niet schelen. Het betekende dat het snel voorbij zou zijn.

Naast hem liep Moirra, net zo stil als hij. Zo nu en dan wisselden ze blikken en dan glimlachte ze, tevreden dat ze samen waren.

Eindelijk kwamen ze bij een hoge heuvel, een hoekige grijze rots ontdaan van het gras waar het ooit mee begroeid was geweest. De resten van oude gebouwen kroonden de top; witte, afbrokkelende torens en gebroken muren waren nog een vage echo van hun vroegere kracht.

'Monte Lessano,' zei Sertio met een zwaai van zijn hand. 'Eens een centrum van cultuur, nu de zetel van de Senaat van Rom.' Hij nam een bundeltje uit zijn rugzak. 'Een moment geduld, vrienden. Mijn positie vereist dat ik me voor de gelegenheid omkleed.' Hij stapte uit zijn tuniek en hulde zijn pezige lichaam in een lange, witte toga omzoomd met een paarse band.

'Zo,' zei hij verontschuldigend. 'Het is opzichtig, ik weet het, maar mijn collega's van de Senaat verwachten het.'

De ingang van de raadkamers was een klein luik in de kant van de heuvel, aan het zicht onttrokken door omgevallen pilaren en gebroken standbeelden. Verborgen in de schaduw zat een man in een pantser dat Muus deed denken aan oude Romse muurschilderingen.

Toen ze dichterbij kwamen, stond hij op en keek naar hen, leunend op zijn speer. Hij was oud, zag Muus. Een oude man, in een oud harnas bewaakte de ondergrondse Senaat van het machtige Rom. Hij zuchtte; nog meer oponthoud.

'Ave, senator,' zei de man.

Sertio maakte een lichte buiging. 'Ave, mijn vriend. Hoeveel van mijn broeders zijn aanwezig?'

'Elf, senator, met uitzondering van uzelf.'

Sertio glimlachte. 'Dat is genoeg. Ik breng belangrijke gasten naar de Senaat.'

Met enige moeite trok de oude soldaat het luik open en een zwak licht scheen van beneden.

'Kom.' Sertio ging naar beneden in het gat.

Met een schouderophalen nam Muus Moirra's hand en volgde hem.

Ze kwamen in een gemetselde kamer, waar een deftige man zat met zijn voeten op tafel. Toen ze beneden kwamen, ging hij haastig rechtop zitten en nam een actieve houding aan.

'Senator de Caspigari!' riep hij, in een welkom dat Muus even beleefd vals leek als zijn glimlach. 'Wat ben ik blij te zien dat u veilig aan bent gekomen!'

Sertio neeg zijn hoofd. 'Dank u, magistraat. De Senaat is in zitting bijeen?'

'Zeker, senator. Allen zullen blij zijn dat u aan hun overleg deelneemt. Wie zijn deze, eh, mensen die u meebrengt?'

De minachtende toon waarop hij de laatste vraag stelde ging Muus door merg en been. Zelfs de Nords hadden nooit gezegd dat hij niet echt menselijk was.

Sertio trok een wenkbrauw op. 'Dit is de nieuwe Shardheld, runenmeester Terrel van de Norden. De dame is de Druïdgeboren Un–a–Dach Moirra van het huis van de Lithan.'

De magistraat boog, zichtbaar worstelend met een gevoel van afkeer. 'Als gasten van de senator moet ik u van harte welkom heten. Wij zijn helaas niet gewend aan buitenlandse bezoekers van uw, eh, soort.'

'Het is goed, magistraat,' zei Sertio met een zweem van vorst in zijn stem. 'Uw tekortkomingen worden u verontschuldigd. Kondig ons aan, alstublieft.'

De deftige bureaucraat rees, rood aangelopen. 'Natuurlijk, senator.' Hij opende een gedeeltelijk verborgen deur en ging naar de volgende kamer. Op zijn aankondiging stapte Sertio kordaat naar binnen.

De Senaat van Heel Rom hield haar beraadslagingen in een slecht verlicht pakhuis. De leden zaten op kisten, met het gezicht naar een stoel voor een grote, stoffige troon.

Dus dit was de illustere Senaat? Muus onderdrukte een lachje. Geen andere heerser zat in zulk een armoede. De senatoren leken ongeschoren bandieten; hun witte toga's vuil en vaak gerepareerd. Geen van hen had een paarse band zoals bij Sertio's toga en Muus vroeg zich af wat dat betekende.

Op zijn binnenkomst draaiden alle senatoren zich om en keken. Sertio zwaaide met een joviale hand naar de anderen en knikte naar de vrouw in de stoel.

'Ave, princeps; gewaardeerde senatores. Ik hoop dat ik u allen wel vindt op deze mooie dag?'

De vrouw in de stoel was lang en graatmager. Haar gezicht kon niet lachen, ze keek naar Muus alsof ze zojuist een kakkerlak in haar stoofpot had gevonden. 'Wat voor wezens breng je naar onze meest heilige hallen, senator de Caspigari?'

Sertio's gezicht verstrakte. 'Runenmeester Terrel is de nieuwe Shardheld, domina. En niet alleen dat, hij is de vervuller van profetieën, de drager van de Knoken. Alle tien verloren kootjes.'

Nu sprongen de senatoren op van hun kisten, zwaaiend met hun armen, en schreeuwden: 'Onmogelijk! De Knoken zijn verdwenen!' En een stem riep: 'Hang ze op!'

Vanuit de schaduwen achter de stoel van de princeps stapte een oudere man naar voren, gekleed in een donkergroene toga.

'De Groot Pontifex van Rom,' fluisterde Sertio over zijn schouder. 'Hij is de hogepriester.'

'Stil!' Ondanks zijn leeftijd, had de man een luide stem en de geachte senatoren zwegen onmiddellijk. 'De Caspigari! Wat voor onzin praat je, gevallen zoon van een voorname familie? Die tien Knoken zijn verloren gegaan in de brand en aardbevingen. Ze zullen niet terugkeren om de hals van een schepsel der Oude Goden. Evenmin zal de Shardheld een alverling zijn.'

Muus hoorde Moirra hijgen om de belediging. 'Een schepsel der Oude Goden?' zei hij. 'Alverling?' Hij draaide zich met een hooghartig gezicht naar Sertio. 'Heb je me hier gebracht om naar het gebrabbel van een seniele, oude dwaas te luisteren, graaf de Caspigari? Moet ik mijn resterende dagen besteden aan nuttelozen zoals deze personen, terwijl de Kalmanirs roep steeds dringender wordt?' Hij nam de Knoken uit zijn tuniek en hief zijn handen op. Bliksem verzamelde zich en knetterde in de schemerige kamer. 'Ik ben de runenmeester Terrel, drager van Fjinges Knoken. Ik ben Un–a–Dach en de Shardheld.'

'Muus! Nee!' riep Moirra, terwijl ze zijn mouw greep.

Maar Muus duwde haar opzij. 'Ik ben de Macht!' Een sterke wind kwam uit zijn handen en blies de senatoren van hun zitplaatsen. De oude man in de donkere toga klapte tegen de muur en belandde als een verfrommelde hoop groen op de vloer. Van allen in de Senaat liet Muus slechts de princeps ongemoeid. Haar handen omklemden de armleuningen van haar stoel, terwijl ze met open mond en uitpuilende ogen naar het pandemonium om haar heen keek. Achter Muus klampte Sertio zich aan Moirra's arm vast, geschokt maar nog steeds overeind.

Toen, zo plotseling als hij gekomen was verdween de wind door de hal en wierp de magistraat ondersteboven, alvorens te sterven op de trap naar de oppervlakte.

'Je had toch niet gedacht dat ik ze zou doden, liefste?' vroeg Muus op gemoedelijke toon. Hij sloeg een arm om Moirra heen en wendde zich tot de princeps. 'Senator de Caspigari zei dat ik hier wijsheid zou vinden. In plaats daarvan begroet u mij met bedreigingen en brutaliteit. Ik heb geen geduld over, mevrouw.' Zijn toon was kil als een Nordse sneeuwstorm. 'U hebt vier Knoken. Ik weet dat u ze heeft en waar ze zijn; de andere botten vertellen het me. Geef ze aan mij.'

De princeps zat bevroren, niet in staat te reageren.

Een voor een kwamen de senatoren overeind en klitten samen als bange schapen.

Moirra ging naar de pontifex. Toen ze zich over hem heen boog kreunde hij.

'Weg van mij, onnatuurlijk schepsel. Weg, of de hand van de ware goden zal je doden.'

'Welke ware goden, oude man?' zei de druïdes koeltjes. 'Arawn, Heer van de Dood? Annawn de Genezer? Mijn eigen dame Mawgan, die in de oorlog leidt? Of anders Odin, Frey en Freya? Misschien Sol Invictus? Of Tellus, onze Moeder? Je bent hun namen vergeten, oude man. Nog voordat de Branding kwam was je ze al vergeten. Jullie volk was trots en hun gebrek aan vroomheid schiep de opening waardoor de Oude Goden binnenslopen. Spreek niet tegen mij over de ware goden, arrogante dwaas.'

'Je bent een gruwel,' zei de pontifex zwakjes.

'Ik?' Moirra's stem kreeg een hypnotiserende klank en Muus keek snel naar haar.

'Ik, Moirra, kleindochter van de Lithan, directe afstammeling van Rhan en Dach, de zonen van Odin en Tellus, de Aarde zelf? Ik ben een gruwel?'
Ze staarde naar de pontifex. 'Jij bent geen priester. Geen god zegende je. Alleen doen alsof is niet genoeg, weet je. Je bent leeg vanbinnen, niets. Ga heen! Trek je fijne gewaden uit. Zoek een rustige plek en ga bidden. Vraag om verheldering. De ware goden zullen niet luisteren; in het begin niet. Volhard en een van hen zal antwoorden.'
Als in een droom kwam de oude man overeind. Zonder een woord trok hij zijn gewaad uit en verliet de kamer.
Moirra keek naar Muus en de pijn in haar ogen was immens. 'Ik heb dat nog nooit eerder gedaan,' fluisterde ze. 'Het enige wegnemen dat een man heeft. Waarom heb ik dat gedaan? Welk doel dient het hier, tussen al die lege mensen?'
Muus raakte haar wang aan. 'Misschien zal het hem minder leeg maken?'
Sertio schokte. 'Het spijt me,' zei hij en zijn gezicht toonde dat hij het meende. 'Ik was vergeten hoe dom ze zijn. Als ik thuis ben, heb ik het gevoel dat dit alles een doel heeft. Als ik hier ben, vraag ik me af wat dat doel is.'
Muus keek om zich heen naar de angstige senatoren. Toen stopte zijn blik bij de princeps, die nog steeds niet in staat leek te bewegen.
'Mevrouw,' zei hij scherp en langzaam keerde de vrouw haar hoofd naar hem toe. 'Ik stel voor dat u de vergadering tot de orde roept. Uw senatoren hebben behoefte aan een schijn van normaliteit.'
De princeps knikte vaag. 'Orde,' kraste ze en toen, misschien omdat ze besefte hoe zwak haar stem klonk, herhaalde ze het luider. 'Orde! Gaat u zitten, iedereen.'
Het werkte. Eén voor één zochten de senatoren hun kist op.
'Mevrouw de princeps, heren, laten we op een meer beschaafde manier verdergaan,' zei Muus. 'Ik hoop dat ik de dwaling in uw denkwijze duidelijk heb gemaakt. Ik ben de Shardheld en ik ben de runenmeester. Nu terug naar mijn

eerdere vraag. De overige vier Knoken. Ze willen worden herenigd met de andere.' *Roep je broeders bij je; ik weet dat je dat kan doen.*

De runen bewogen blij. *Over deze afstand kunnen we dat.*

Een licht vulde de kamer, helderder dan het in eeuwen had geschenen. Stemmen als het droge ruisen van botten juichten fluisterend. Een klap weerkaatste tegen de muren toen een doodskist openging. Alle staarden naar het standbeeld dat de duisternis voor hen verborgen had gehouden. Het stond tegen de muur, het beeld van een koninklijke figuur, vergezeld door een klein, knoestige wezen. Een stenen sarcofaag stond aan hun voeten.

'Dat is een dvergar!' zei Moirra hees.

'Dat zijn de machtige Kalman met zijn assistent Fjinge.' Sertio's stem klonk schor. 'Ik was het standbeeld vergeten; hij moet niet in het donker staan.'

Het gefluister zwol aan tot een juichend koor en uit de kist stegen vier kleine botjes op.

Neem ze.

Muus liep naar het standbeeld en stak zijn handen uit. Een voor een raakten de Knoken zijn vingers aan en verdwenen aan de halsketting. Toen de laatste zich bij de andere had gevoegd, klonk een luide stem. 'EN ZO IS HET ALS HET WAS!'

Een kromme schaduw stapte uit de kist en boog naar Muus.

'*Gratias ago tibi, magister sigilis,*' zei hij in Oud Roms. En toen, in een zwaar Gallisch accent: 'Runenmeester, ik vraag een gunst. Mijn Knoken, die kleine botten die zo veel van mijn magie hebben behouden, moeten hun macht teruggeven aan de bron. Neem ze mee als je in Kalmans Steen opgaat. Voorkom dat ze opnieuw worden misbruikt.'

Muus knikte. 'Dat was mijn plan, meester Fjinge. Ik ben blij dat het ook uw wens is.'

De dvergar boog. 'U bent een wijs man, runenmeester. De Shard koos goed... deze keer. Ave dan, magister.' Met een spookachtig grinniken keerde de schaduw terug naar zijn kist en het deksel klapte terug op zijn plaats.

'Vervloekt zij de Oude Goden!' zei Moirra bitter. 'Hoe trots zouden we op onze voorouders zijn geweest als ze allemaal zoals hij waren.'

'Nou, je bent een kleindochter van de Lithan. Dat is genoeg om trots op te zijn.'

Moirra glimlachte opeens. 'Je hebt gelijk. Ik mag niet klagen.'

'Nu, wat gaan we hier doen?' Muus keek rond, naar de stille senatoren, de princeps en Sertio.

De druïdes haalde haar schouders op. 'Het kan me niet zo veel schelen, weet je. We kregen wat we wilden.'

'Waar, maar toch. We hebben hun hele organisatie overhoop gehaald.'

'Ik zal ze nog meer van streek maken,' zei Sertio. 'Ik wilde dit al jaren doen, maar ik had nooit genoeg invloed.' Om de een of andere vreemde reden leek hij zowel boos en bang, en Muus besefte dat de angst niet voor hem was.

'Leden van de Senaat,' zei Sertio met luide stem. 'Ik maak aanspraak op het purper.'

'Wat?' Dat was genoeg om de princeps uit haar shock te doen ontwaken. 'Dat kun je niet doen. We hebben in geen eeuwen een koning gehad.'

'U vergist zich, princeps. Ik kan het doen. Ik ben van het huis van Karos en Karman. Ik eis de troon van Rom op. Wie hier zal mij tegenspreken?'

De senatoren keken elkaar aan, maar niemand antwoordde.

Muus dacht dat hij nooit een triester stel heersers had gezien dan deze mannen.

'Goed, dan ben ik met algemene stemmen gekozen.'

De princeps sprong overeind. 'Nee! We hebben niet gestemd.'

'Maar dat hebben we, domina, dat hebben we. Het was een mondelinge stemming en niemand zei nee.' Hij beende naar de oude troon en ging zitten. 'Nou, heil Sertio I, Regilis Romi.'

Een momentlang was alles stil. Toen vulde een zacht klokgelui de lucht. Hun lied dreef op de wind door de antichambre, langs het luik, en spreidde zich uit over het land. *Rom heeft een Koning!* zei het. *Vertel het de mensen.*

De volgende dag daalden Muus en Moirra de Monte Lessano af, begeleid door de koning van Rom.

'Riskeer je geen opstand?' vroeg Muus nieuwsgierig. 'Ze leken niet al te blij met je.'

Sertio schudde zijn hoofd. 'Van tevoren, misschien. Nu het gedaan is niet meer. Ze weten dat ik de juiste kandidaat ben. Ik ben een afstammeling van Karos en een lange reeks van patriciërs. Geen van hen kan hetzelfde zeggen; zelfs de princeps is niet van adellijk bloed. Trouwens, het kan ze niet schelen. Ze zitten daar al generaties lang en doen alsof. Het zijn mensen zoals Lenardo de Steenwacht, die de echte Roms zijn. Die senatoren zijn levende geesten. Zou een storm de hele Senaat ombrengen, dan verandert er helemaal niets.' Hij keek naar Muus en vervolgens naar Moirra. 'Het spijt me dat ik jullie heb gebruikt. Ik wist hoe idioot xenofobisch ze zijn en ik hoopte dat je zou reageren zoals je dat deed, Shardheld. Het maakte mijn overname zo veel makkelijker.'

Muus gaf een grimmige glimlach. 'Je mag blij zijn dat ik nog een beetje zelfcontrole over heb, graaf de Caspigari. Had een van die idioten iets stoms gedaan, dan zou ik je hele Senaat hebben uitgewist. Je hebt geen idee hoe beu ik het ben om steeds maar opgehouden te worden.'

Sertio verbleekte. 'Het spijt me echt.'

'Ik hoorde het geluid van een bel,' zei Moirra zacht. 'Het had een magische klank.'

'Dat is de Koningsbel,' zei Sertio. 'Hij klinkt alleen wanneer een nieuwe koning wordt aangekondigd.' Met een glimlach van tevredenheid voegde hij eraan toe: 'Hij zal over het hele land te horen zijn.'

'Dat betekent dat onze vijanden het ook zullen horen. De Oude Goden zullen u dankbaar zijn dat u ze gewaarschuwd hebt, Koning van Rom. Zij zullen zeker blij zijn Uwe Majesteit zijn graf in te schoppen.'

Sertio opende en sloot zijn mond. 'Daar heb ik niet aan gedacht,' zei hij zwakjes.

'Had je het overlegd, dan zou ik je eraan herinnerd hebben. De Ouden willen vast geen koning in Rom, denk ik.'

'Waarschijnlijk niet, nee.'

De druïdes zuchtte. 'Nou, laten we dan maar opschieten. We willen niet al je vijanden achter ons aan krijgen.'

'Misschien zullen ze zich concentreren op de senators.'

Muus' glimlach was bitter. 'Het zou ons een adempauze geven als alle volgelingen van de Oude Goden zich naar Monte Lessano haasten.'

Hoe verder naar het zuiden ze kwamen, hoe warmer het werd. Rivieren en beken gevuld met kokend aardbloed doorkruisten de vlakten en Muus wist dat ze zonder hun beschermende mantels allang dood zouden zijn geweest. Zelfs met de mantels dichtgeknoopt werd de hitte onaangenaam en het was vermoeiend lopen om bij elke stap te letten op onverwachts spuitende spleten, borrelende modderpoelen of vallende stenen uit vulkanen vele mijlen verderop.

Eindelijk, vijf weken nadat ze van de Senaat waren vertrokken, kwamen ze bij het legendarische Rom zelf. Een verzameling rotsachtige heuvels, zo'n twintig manslengten hoog, bedekt met ruïnes van tempels, paleizen en huizen, op de grens van een brede aardbloedstroom.

'Zie, de Zeven Heuvels,' zei Sertio en zijn stem klonk verstikt, alsof hij in de greep was van een hevige emotie.

'Het moet een grote stad zijn geweest,' zei Moirra.

'Rom was de grootste stad van de wereld. De rijkste en mooiste. Het moet een fantastisch gezicht zijn geweest, al dat marmer glinsterend in de zon, de rode tegels van de daken, het gras, de cipressen en het glinsterende blauw van de rivier de Tiber. Weg; allemaal weg.' Hij wierp een snelle blik op Moirra. 'Je beschuldigde ons van trots. Hoe konden we niet trots zijn op zo veel schoonheid, zo veel macht?'

'Rom was ons bolwerk tegen de Oude Goden,' zei Moirra en haar gezicht was streng. 'Je stad mocht nog zo mooi zijn, maar de waakzaamheid van jullie mensen was laks geworden. Dat is de reden waarom de Oude Goden jullie konden vernietigen. Je liet de deur op een kier, de waakhond vet en lui. Je hebt ons allemaal gefaald, Koning van Rom.'

Sertio huiverde. 'Het spijt me.'

'Waar is Karos' kasteel met de grot?' vroeg Muus ongeduldig. Dat alles was voorbij en gebeurd; het lot van Rom was irrelevant. Hij zag de ruïnes nauwelijks; hij wilde alleen maar verdergaan.

'Het is de heuvel in het centrum,' zei Sertio.

Kun je ons naar de Kalmanir brengen? dacht Muus.

De runen waren even stil en leken te overleggen. *Dat kunnen we.*

'De Knoken brengen Moirra en mij het laatste eind,' zei Muus. 'Het is beter dat onze wegen zich nu scheiden, Koning van Rom. Wij hebben geen gids meer nodig, maar de Senaat wel.'

Sertio boog. 'Dan verlaat ik u. Het was een eer jullie ontmoet te hebben, Shardheld en Druïdgeboren.'

'Vaarwel.' Ze schudden elkaar de hand en toen was Sertio alleen.

HOOFDSTUK 26 – BIJ DE GROT

'Daar is het,' zei Xabella. Ze leek magerder dan toen ze Briv had achtergelaten, met holle ogen dof van bezorgdheid over het lot van haar vader. Maar ze had hen zonder aarzeling naar de rand van de ruïnes van het oude Rom gebracht. 'De heuvel in het midden is de Paleisheuvel, met de ruïnes van Karos' kasteel op de top.'

'Het is niet zo ver,' zei Kjelle. 'Dat halen we vandaag nog wel.'

'Dat doen we niet,' zei hun gids. 'Dit laatste stuk is extra gevaarlijk vanwege de spoken.'

Terwijl ze liepen drong het woord geesten langzaam door de dromen in Birthes hoofd heen. De caleidoscopische beelden van Rev, Rannar en de Oude Goden trokken zich terug naar de achterkant van haar bewustzijn.

'Geesten...' mompelde ze. Ghasts, net als Kjelles dode voorouders waar ze hen langs had gezongen op hun vlucht uit Eidungruve. Witte, vaag menselijke gedaanten zwierven rond alsof ze een doel zochten. Twee ervan kwamen hen tegemoet en ze wist dat ze iets moest doen. Ze leken zo verstoord, zo boos. Birthe zong een rustgevend lied, zoals ze had gebruikt wanneer haar Búi zich ongelukkig voelde. Het leek de gedaanten te kalmeren en ze wandelden weg.

'...zijn weg, Birthe!' Kjelles stem klonk luid in haar oren en instinctief duwde ze hem weg.

'Stop met schreeuwen!' snauwde ze. 'Ik ben verdomme niet doof.'

Kjelle liet zijn armen zakken. 'Je reageerde niet,' zei hij beschuldigend. 'Er waren twee geesten.'

'Ik weet het.' Birthe keek rond. 'Ik moet even rusten.' De baby schopte alsof hij probeerde uit te breken en ze was doodmoe. In de schaduw van een grote rots gingen ze zitten.

'Ik zag de geesten,' zei ze, terwijl ze haar groeiende buik masseerde. 'Ze waren ontevreden; zochten iets. Onze aanwezigheid maakte hen boos, alsof we hier niet moesten zijn. Toen zong ik Bui's wiegeliedje...' De tranen stroomden over haar gezicht. Ze sprak nooit over haar eerste kindje, dat door Vulfs mannen was gedood. Het was een wond die niet genas, zelfs niet nu ze weer zwanger was.

Kjelle sloeg zijn arm om haar heen. 'Ik weet het,' zei hij. 'En toen?'

'Het leek de geesten ook te kalmeren, want ze gingen een andere kant uit. Ik weet niet waarom.'

'Ze leken op de ghasts bij Eidungruve; die waar je ons langs zong,' zei Kjelle.

'Ze zijn hetzelfde.' Birthe legde haar hoofd op zijn arm. 'Maar ik zie iets duidelijker nu, dankzij de Lithan. Ik voel dat er een manier moet zijn om met hen te spreken, maar ik weet niet hoe. Nog niet. Als ik tijd had...'

'Dat hebben we nooit geweten,' zei Xabella. 'Mijn vader dacht altijd dat de geesten hersenloze dingen waren.'

'Je moet het een Un–a–Dach vragen,' zei Birthe. 'Ze zullen niet alles weten, maar genoeg om je verder te helpen.'

Xabella's gezicht verstrakte. 'Ik weet niet wat mijn vader daarvan zou zeggen. We hebben een nogal ongelukkige relatie met de Rhan en de Dach.'

'Dus dat is het,' zei Elbrich. 'Nu weet ik waarom je nooit met Annlith en mij praat. Je bent een half–bloed.'

'Nee! Zeg dat niet!' riep Xabella. 'Het is niet waar! Wij...'

'Daarom heb je die gouden ogen,' zei de smid onverbiddelijk. 'Was het je moeder?'

Xabella begroef haar gezicht in haar handen. 'Mijn grootmoeder.'

Annlith raakte de arm van de gids aan. 'Waarom zit dat je dwars? Wij zijn ook mensen.'

'Dat is het niet. Ik ben bang. Zie je, we moesten Rom ontvluchten. Niet voor de brand of de giftige gas, maar voor de haat van de overlevenden voor alles wat eruitziet als een dvergar of zwartalf. Ik weet dat jullie niet zoals die monsters zijn, en dat was mijn oma ook niet. Maar toch moesten zij en mijn grootvader vluchten. Mijn vader lijkt meer op zijn vader, net als ik. In Merodric is het meer merkbaar. We hopen dat hij eroverheen groeit, want hij moet een Steenwacht worden, net als mijn vader.'

'Waarom haten de Rom ons?' Elbrich klonk verbaasd. 'Fjinge was een dvergar en Kalmans rechterhand.'

'De Roms zijn ervan overtuigd dat de dvergar de Branding veroorzaakten. Omdat ze in de aarde graven en zo.'

'Misschien deden ze dat ook. Maar wij zijn geen dvergar. We zijn Un–a–Rhan, afstammelingen van de Nieuwe Goden. En dat ben jij ook. Wees trots op je grootmoeder, ze stamt rechtstreeks af van Odin en Tellus, Roms Godin van de Aarde. Hun bloed is uw bloed, het mijne en het bloed van Annlith.'

'Maar hoe dan?' Xabella keek hulpeloos naar de smid. 'Hoe kunnen jullie en... ik voortkomen uit Odin en Tellus?'

Elbrich leunde naar voren. 'Tellus was een zwartalf,' zei hij. 'Een goede zwartalf, zoals Fjinge een goede dvergar was.'

'Ik herinner het me,' zei Birthe. 'De Lithan moet de kennis in mijn gedachten hebben geplant. Verdomme, hij is al net zo geniepig als Asgisla was. Luister, na de verbanning van de Ouden stierven hun wezens uit. Odin deelde het bed met Tellus, die de laatste goede zwartalf in leven was. Hij wilde de Rhan en de Dach scheppen, omdat alle slechte wezens een goede tegenhanger in de nieuwe orde der dingen zouden moeten hebben. Tellus trad toe tot het pantheon van Rom, want...' Birthe vloekte en wendde zich tot Kjelle. 'Die Odin van jou was net zo'n lafaard als alle andere mannetjes. Hij dumpte die arme Tellus onder de goden van Rom, omdat hij niet wilde dat zijn vrouw Frigg te weten kwam dat hij het meisje had geneukt.'

'Neem me niet kwalijk,' zei Kjelle met een grijns. 'Het was niet mijn schuld.'

'Nee,' zei Birthe somber. 'Maar als jij met een ander meisje bent geweest, doe je precies hetzelfde.'

'Ik? Met een ander meisje?' Kjelle staarde haar aan. 'Nadat ik seks met jou heb gehad? Je hebt me te veel verwend, meisje.' Hij sloeg zijn armen om haar heen en kuste haar stevig. 'Denk niet van die rare dingen, liefste.' Toen lachte hij. 'Trouwens, ik wed dat Frigg zich niet voor de gek liet houden. Ze was een profetes, tenslotte. Ze wist wat de oude schurk uitgehaald had.'

Birthe zuchtte. 'Je hebt gelijk. Neem me niet kwalijk; ik liet me gaan.' Ze sloot haar ogen en concentreerde zich op het kind in haar buik. *Ga slapen; alles is goed. Binnenkort is mama klaar en kunnen we naar huis gaan.* Op de een of andere manier ontspande de kleine zich.

Ajkell keek rond over het met ruïnes bezaaide landschap. 'Laten we gaan,' zei hij. 'Dit is niet de veiligste plek om uit te rusten.'

Zonder een woord stonden ze op en lieten de vergeten geesten achter zich. Hoe verder ze kwamen, des te meer ruïnes ze passeerden. Bij tijden waren de ghasts in menigten, al was het niet duidelijk waarom. Allen zwierven rond op dezelfde, bijna verbaasde manier, alsof ze iets hadden verloren, maar niet wisten wat het was.

Búi's wiegeliedje, de hoge melodie die Birthe van Asgisla had geleerd, was hun wachtwoord. Die stilde de onrust van de geesten en liet hun woede verdampen.

Uiteindelijk kwamen ze bij de heuvel van het paleis. Een lange reeks van gebroken treden leidde naar boven en Birthe kon een kreun niet onderdrukken.

'We hoeven niet naar de top te klimmen,' zei Xabella geruststellend. 'De ingang van de grot is ongeveer halverwege.'

Birthe knikte. Ze voelde zich misselijk, ziek. Zelfs de helft van de trap... Grimmig zette ze een voet op de eerste trede.

Ze kwamen bij een opening in de berg, geflankeerd door twee gebarsten zuilen, waarachter een weg naar binnen leidde.

'Dat is het.' Xabella haalde diep adem. 'We hebben die mannen met mijn vader nog steeds niet gezien.'

'Ze komen,' zei Birthe. Wat er ook gebeurde, ze was er zeker van dat Rev er zou zijn. Ze wist niets over Rannar of Xabella's vader, en het kon haar niet meer schelen. Rev was degene die ze moest hebben.

Ze liepen langs een hellende weg, in de richting van het geluid van kokend aardbloed. Birthe hoorde de anderen met zachte stemmen praten, maar ze wilde niet luisteren. Al haar zintuigen richtte ze op de afzichtelijke sjamaan. *Hij moet ergens in de buurt zijn,* dacht ze. *Ik voel hem.* De gedachte kalmeerde haar. Het zou tot een confrontatie komen. Ze zou winnen of sterven, maar het zou voorbij zijn.

'Niet rennen!'

Kjelles dringende gefluister waarschuwde haar dat ze sneller en sneller was gaan lopen. *Kalm aan, meisje; je zult je adem nodig hebben.* Ze hield haar pas in. Het pad was hier steil. Het draaide vanaf de heuvel naar beneden alsof het gegraven was door een kronkelende slang. Bij elke stap groeide het gevoel van Rev. Het was als een stank in haar neus; de smaak van rottend vlees op haar tong; een gruwel die haar dreigde te overweldigen.

Bij de volgende hoek stopte ze. 'Hij is hier,' zei ze zachtjes. De anderen wisten wie ze bedoelde.

'Waar?' Voorzichtig gluurde Kjelle om de hoek. 'Er is een grote open ruimte, met een opening in de rotsen. Als hij hier is, moet hij in die grot zijn.'

Birthe zonk moeizaam op haar knieën en keek ook. De ruimte voor hen was enorm, het plafond verdween in de duisternis. Overal klonk het borrelende geluid van kokend aardbloed en de hete gloed veranderde alles in een paleis van een vuurreus.

Terwijl ze keek werd het roodachtige licht even wazig en twee mensen verschenen in het midden van de ruimte.

'Het is Muus!' Kjelles gefluister klonk geschokt. 'Verdomme, hij ziet er verschrikkelijk uit.'

'Wie is zij?' vroeg Birthe. 'Dat moet de druïdes zijn. Ze kijken zo triest.'

Kjelle deed zijn mond open om te roepen, maar Birthe ramde haar vuist in zijn maag. 'Nog niet!'

'Ugh,' zei Kjelle, maar heel zachtjes.

HOOFDSTUK 27 – OFFERANDE

Na zijn afscheid van Ottil, nam Tuuri de weg terug die ze gekomen waren. Gelukkig was dit deel van de route niet moeilijk te volgen. Die nacht bivakkeerden ze tussen de rotsen.

'Morgen zijn we terug in Briv,' zei Hilja. 'Wat ga je dan doen?'

Tuuri dacht na. 'Wachten tot mijn prins terugkeert.' Hij klopte op zijn zak. 'De brief die hij me gaf zal zijn mensen zeggen dat ik nu aan hun kant sta. Hopelijk zal ik een welkom vinden onder hen.'

'Dan zal ik bij je blijven,' zei het meisje beslist.

Tuuri keek haar aan. *Ze is te jong*, dacht hij. Maar hij was blij met haar aanwezigheid.

Een trap in zijn zij wekte Tuuri. Hij opende zijn ogen en keek naar de lange man die zich over hem heen boog. *Nachtmerrie...* Nee, de pijn in zijn zij vertelde hem dat hij wakker was.

'Rannar...' zei hij, overweldigd door afschuw.

'Tuuri,' zei de jarl. 'Mijn eens vertrouwde boodschapper. Je hebt me verraden.'

Tuuri schudde zijn hoofd. 'U hebt ons verraden, Rannar. Uw omgang met die moordzuchtige Fynni verraadde alle Norden.'

De jarl bukte zich en sloeg hem. 'Je zult gedood worden, verrader. Je bent het perfecte offer voor onze goden. Verheug je dat je einde dient om ze kracht te geven, dwaas.' Hij trapte opnieuw. 'Sta op, verrader. Gebruik je voeten.' Over zijn schouder zei hij, 'Rev, doe je kunstje.'

'Natuurlijk, heer,' antwoordde de vreselijke stem van de hoge sjamaan. Hij stapte uit de schaduw van de jarl en wenkte de kleine graaf. 'Jongen, kom hier.'

Te bang om nog te huilen, liep Dagi naar voren. Een licht sprong van Revs hand en de uitdrukking op het gezicht van de jongen veranderde in iets beestachtigs. Hij gromde en keek hongerig naar Tuuri. Nogmaals sprong het witte licht over, en nu veranderde Hilja in iets vreselijks, met kwijlende kaken en klauwende handen.

De twee monsters hurkten neer en kropen in Tuuri's richting. Ze waren veranderd in de voorgangers van de mens zoals de Oude Goden ze hadden geschapen. Nog steeds herkenbaar, maar zo enorm anders, met hun gapende monden en dierlijke ogen.

Tuuri's keel leek dichtgesnoerd. 'Hilja...' De weerzin maakte hem ziek.

Bij het geluid van haar naam begon het meisje zacht te neuriën en speeksel droop van haar slappe lippen. Haar klauwende handen klopten op zijn benen. Haar ogen... Dit was niet Hilja! Een dodelijke angst greep Tuuri bij de keel. Dit monster zou hem levend verscheuren als het de kans kreeg.

'Zie, de mens zoals hij zou moeten zijn,' zei Rev extatisch. 'Zij zullen je bewaken, verrader van ons ras. Ze zullen je vermoorden als je probeert te ontsnappen of wanneer ik met mijn vingers knip.'

Rannar keek naar de twee monsters en zijn onverschilligheid schokte Tuuri.

'En zo keer je bij me terug,' zei de jarl met voldoening. 'Ik zal de grootste koning worden die de Norden ooit hadden.'

'Maar hoe komt u hier, Heer?' vroeg Tuuri. De eretitel deed hem bijna stikken.

'Ik heb een offer nodig voor wanneer onze goden terugkeren. Toen Rev jouw aanwezigheid op ons spoor voelde, was het duidelijk dat de goden dit geregeld hadden. Ze willen je bloed, Fynnikin. Rev kan met de kracht van zijn wil door deze landen reizen, dus hij bracht me hier om je te pakken. En nu gaan we naar de finale, naar mijn grote overwinning. Voeg je bij mijn andere gast, verrader. Ook hij zal als offer dienen. Ga naar hem toe, dan zullen we vertrekken.'

Gevolgd door de hongerige blik van zijn betoverde metgezellen, ging Tuuri naar de persoon die achter de jarl wachtte. Het was een lange man met grijzende krullen en een scherpe neus. Hij keek naar Tuuri, zijn gouden ogen uitdrukkingsloos. 'Ik ben Lenardo. Hoewel onze kennismaking kort zal zijn, vrees ik.'

Rannar lachte; een leeg, van elk gevoel verstoken geluid. 'Rev, als je klaar bent, breng ons weg.'

Alles werd donker, de aarde onder zijn voeten verdween en rondom hem waren sterren. Hij wilde schreeuwen, maar ontdekte dat hij het niet kon.

'Dit is de verblijfplaats van de Oude Goden,' zei Rev. 'Tijd noch ruimte bestaat in dit gebied. Terwijl ik spreek, brengt die dwaze Shardheld zijn laatste dagen ploeterend in het dode land door, en als ik ons er weer uit breng, zal hij in de grot zijn. Dan hebben we hem.'

Tuuri zag de dode ogen van Hilja en Dagi naar hem kijken en hij huiverde.

Na een eindeloos ogenblik werd de grond weer stevig en een luid gebrul vulde zijn oren. Hitte dreigde zijn lichaam te doen koken, maar toen werd de pijn alleen een ongemak. Tuuri keek om zich heen. Ze waren in een grot, een brandende grot met een rivier van aardbloed door het midden. Aan de andere kant stond een grote steen.

'Nu wachten we,' zei Rannar en hij vouwde zijn armen over elkaar. 'De Shardheld is er bijna.'

HOOFDSTUK 28 – SPOKEN

'Rom.' Merodric maakte een weids gebaar in de richting van de met ruïnes bedekte heuvels.

Geir staarde, overweldigd door de aanblik van de verwoeste metropool. Het was zo groot, de vernietiging zo massief, dat hij het nauwelijks kon verdragen.

'Is dat alles?' Achter hem klonk de prins teleurgesteld, alsof hij iets grootsers dan die mijlen gebroken zuilen en stenen had verwacht.

'Ja. Hier begon de aardbeving die Mont Marsile en de andere bergen uit hun slaap haalde. Het schudde en schudde en alles viel naar beneden. Toen ontwaakten de Witte Bergen. Zie je de rook? Het is een dag lopen vanaf hier. Hun as en wat naar beneden kwam duurde weken. En de zee kwam door de rivier de Tiber en reikte bijna tot in Karos' kasteel. De wolken die van de aarde opstegen, verduisterden de lucht en het regende tien jaar of meer.' De jongen sprak als in een droom en de anderen zwegen.

'Ik zie het,' zei Ottil uiteindelijk.

'Nee, dat doe je niet,' zei Merodric afwezig. 'Je wilt het ook niet zien. Dat was het einde van de wereld.'

'Nee hoor,' zei Hraab vastberaden. 'We zijn hier om dat einde nou juist te voorkomen.'

Geir huiverde. Hoe konden ze dat doen? De vier van hen in deze wereld van vernietiging. *Ik wou dat ik thuis was*, dacht hij. Nee, dat was niet waar. Hij wilde dat hij in Nidros was met de prins, en de wereld in vrede.

'Laten we gaan,' zei Ottil en ze liepen naar beneden het dal in.

'Wat is dat?' vroeg Hraab na een tijdje. Hij wees naar iets wits, dat over de steenachtige velden zwierf.

'Een spook,' zei Merodric. 'Verdomme, die was ik vergeten. Dus het is waar!'

'Laat het ons ook weten,' zei Ottil. 'Wat is er met die spoken?'

'Ik dacht dat Lenardo me voor de gek hield,' zei de jongen. 'Ik bedoel, spoken bestaan toch niet?'

Hraab lachte grimmig. 'Ze bestaan wel, jongen; ze bestaan heel zeker.'

'Zijn ze vijandig?' vroeg Ottil. 'Ik bedoel, spoken!'

'Lenardo zei van wel. Ze waren boos, zei hij. Ik geloofde hem niet.'

'Ze zijn bang,' zei Geir zacht. Hij zag de ogen van zijn prins op zich gericht en voelde zijn wangen gloeien.

'Wat bedoel je?' vroeg Ottil. 'Waarom zou een spook bang zijn? Ik bedoel, ze zijn dood!'

'Misschien weten ze niet dat ze dood zijn.' Geir zag een dikke lijfeigene in een vuile tuniek uit een schuur komen. Zijn mond ging open en dicht, maar er kwam geen geluid uit. Een andere man kwam uit de lage boerderij. *Hij moet de eigenaar zijn,* dacht Geir; hij had die houding, net als zijn vader. Ver weg hoorde hij de stem van zijn prins zijn naam roepen. Geir keek naar de boer, wiens mond bewoog als die van de andere man, maar er kwamen geen woorden. Zijn gezicht leek gefrustreerd, boos. Toen hoorde Geir iets. De boer uitte een hoge noot in het bovenste bereik. Impulsief zong Geir een vleugelnoot. De bard van de admiraal had hem de Gallische muzieknoten geleerd en hij herinnerde zich dat de vleugel het hoogst ging. De boer verstijfde en fronste zijn wenkbrauwen. Aangemoedigd duwde Geir zijn vleugel hoger. Zijn stem was flexibel, had de bard gezegd, en zijn bereik ongewoon breed. 'Amici,' zong hij, een woord dat hij kende uit een van de oude Romse liederen. Het betekende 'vriend' of iets dergelijks. Het leek genoeg om de spookachtige zorgen van de boer tot rust te brengen, want hij knikte. Hij zwaaide en ging terug naar het huis, terwijl de dikke lijfeigene weer naar de schuur ging. De schimmige schuur en de boerderij verdwenen en Geir wankelde in de sterke armen van zijn prins.

'Wat was je aan het doen?' riep Ottil in zijn oor. 'Je jankte en de geesten verdwenen.'

'Ik jankte niet!' Geir maakte zich los en vond zijn benen stabiel genoeg om op te staan. Hij wendde zich tot zijn prins. 'Het was zo echt. De schuur daar en de boerderij; de lijfeigene en de boer.'

Hij zag zijn prins fronsen, maar Hraab wees.

'Er was een gebouw, als je goed kijkt zie je nog steeds de fundamenten. Dat is waar de tweede geest vandaan kwam.'

'De boer. De andere was een knecht. Ze spraken, maar ik kon ze niet horen.' Geir vertelde de anderen van zijn hoge vleugel.

Hraab sloeg hem op de schouder. Geir wilde dat hij dat niet deed, maar hij zweeg.

'Je maakte contact!' Hraab wreef in zijn handen. 'Dit is geweldig! Anderen hebben geprobeerd met geesten te praten, maar nooit met enig succes. Je hebt een grote ontdekking gedaan! Laten we gaan kijken of we meer spoken kunnen vinden waar je mee kunt spreken.'

Na een mijl kwamen ze bij wat een klein dorpje moest zijn geweest. Aan de rand zag Geir zes doorschijnende kinderen spelen op een groene weide, in de buurt van een wijk met kleine, stenen huizen. *Een mooie plek*, dacht hij weemoedig, denkend aan zijn eenzame leven op de boerderij.

'Wat zijn dat?' zei Hraab.

'Kinderen,' zei Geir. 'Ze voetballen.'

Toen ze naderden, vergaten de kinderen hun spel en stonden naar hen te kijken, duidelijk onzeker wat te doen. Geir herhaalde zijn 'Amici' en onmiddellijk verzamelden de kleine spoken zich om hem heen. Hun monden gingen snel op en neer maar opnieuw zonder geluid. Nogmaals zong Geir een hoge noot en hij hield hem aan tot hij rood in het gezicht zag. De kleine spoken lachten geluidloos en vervolgens zong een van hen met hem mee. Een mager, klein spook van een jaar of negen, met een heldere, hoge stem.

Toen de twee een gemeenschappelijk ritme hadden gevonden, zonk Geir een halve noot. Het spookje ging mee. Geir probeerde een eenvoudige melodie en de jonge geest, zijn doorschijnende gezicht stralend, pakte hem snel op. Weer ging Geir een halve noot lager. De jongen aarzelde even, maar toen, met een grappig klein hikje bij de start, wist hij de lagere noot ook te bereiken.

Naast hem zong Merodric mee en even waren ze met zijn drieën. Toen kwam een meisje erbij, en een ander meisje en toen zongen ze allemaal.

Toen het lied uit was, klapte Merodric. 'Bellis,' zei hij. 'Mooi.'

De zes geesten staarden hem aan. Mero's stem was nog niet gebroken en hij sprak op de hogere toon van de kindertijd.

'Bellis?' vroeg de eerste jongen, en zijn stem ging op en neer. Toen brak een lach door. 'Bellise!'

Merodric knipperde met zijn ogen en knikte.

Alle spoken begonnen te praten. Hun stemmen waren nog steeds hoog, maar wel verstaanbaar. Het Roms dat Merodric sprak was duidelijk veranderd door de eeuwen heen, maar ze begrepen elkaar. Geir gebruikte zijn handen zoals hij in Kartakos had gedaan en deze spookachtige kinderen begrepen hem, net als de scheepsjongen toen.

'Ik hoor ze,' zei Ottil verbaasd. 'Ze klinken grappig, als een kooi vogels.'

Geir wist wat hij bedoelde. 'Net zoals hun lichamen alle vlees en botten verloren, raakten hun stemmen gewicht kwijt. Ze spraken zo hoog dat onze oren het geluid niet konden vangen. Ik weet niet hoe het werkt. Ik liet ze gewoon lager spreken en dat deden ze.'

'Waar ga je heen?' vroeg de eerste geestjongen.

'Naar het kasteel van de koning,' zei Geir.

De jongen hief zijn handen op. 'Gevaar.'

'Wat is het gevaar?'

De jongen zong een donkere noot. 'Veel mensen. Boos.'

Geir antwoordde met een blije riedel. 'Ik kan zingen.'

'Niet iedereen luistert. Hulp nodig.'

'Wie hier zou kunnen helpen?'

'Wij kunnen dat,' zei de jongen en de andere geestkinderen klapten in hun handen.

'Ja, ja, we kunnen helpen.'

'We gaan met je mee,' zei de jongen en een houten zwaard verscheen in zijn hand. 'We zijn dappere soldaten. Wij zullen jullie beschermen.'

Nu zwaaiden alle kinderen met zelfgemaakte zwaarden. Eén van hen droeg zelfs een gedeukte helm die hem veel te groot was.

'Kom,' zei de eerste jongen. 'Het is niet ver.'

'O geweldig,' zei Ottil. 'Ik word beschermd door spoken.' Hij zuchtte en grijnsde. 'Laten we gaan.'

Omringd door geestkinderen, volgden zij de weg die Geir als enige kon zien. *Het waren geen verzinsels*, dacht hij, boos. Hij was altijd degene geweest die meer zag dan anderen. Zijn vader was vaak hard geweest over wat hij de verzinsels van zijn jongste zoon noemde. Hij vond ze onmannelijk en beschamend, net als het zingen van zijn zoon. Het had Geirs leven meer tot een misère gemaakt dan hij ooit zou toegeven. Maar nu durfde hij het te denken. Zijn vader had het fout gehad! Geir realiseerde zich dat hij dieper in de werkelijkheid kon kijken dan andere mensen. Zelfs Hraab, die een hooggeboren Un–a–Dach was, kon de fantoomwereld om hen heen niet zien. Geir glimlachte.

Hun spookachtige gidsen leidden hen door een doolhof van straatjes, met winkels en kleine werkplaatsen, bloeiende bomen en fruitkraampjes. De schaduwen van mannen en vrouwen werkten, lachend en zwaaiend naar de kinderen als ze voorbij kwamen. *Het zijn zulke gewone mensen*, dacht Geir. De meeste mannen droegen korte tunieken, de vrouwen waren gehuld in lengtes linnen. Een of twee keer zag hij iemand die voornamer was gekleed. Een magistraat, veronderstelde hij, of een edelvrouw. Iedereen ging te voet, niet gehaast, en plotseling vroeg Geir zich af welke dag het voor hen was. Zou het de dag van de Branding zijn? De dag dat dit alles zou worden weggevaagd? Hij vocht tegen zijn tranen bij de gedachte.

'Daar is de tempel van Tellus,' zei de eerste jongen, en hij zwaaide met zijn houten zwaard naar een met zuilen omgeven gebouw aan de linkerkant.

Merodric vertaalde de woorden van de jongen voor de anderen in de echte wereld. Er was niet veel meer over van de plaats waar eens de mensen de Godin van de Aarde hadden aanbeden.

Hraab stopte en staarde naar de brokken verweerd marmer. Toen schudde hij zijn hoofd. 'Ik zal je over haar vertellen,' zei hij tegen Merodric. 'Maar niet nu; later. Toch, als je kunt, bidt naar haar. Ze wil dat graag en je overgrootmoeder ook.'

Een stoet verliet de tempel. Priesteressen met wuivende palmtakken, en spookachtige volgelingen. De mensen fronsten naar de vier indringers, maar hun stemming klaarde op toen de kinderen hen begroetten.

'Naar het kasteel gaan we, om onze vrienden te beschermen; dappere soldaten zijn wij, die Rom verdedigen,' zongen de kleine spoken, terwijl ze dansten en sprongen en met hun speelgoedzwaarden zwaaiden. De oudere spoken knikten en lachten om hun enthousiasme. Een hoge priesteres zwaaide met haar groene tak over hun hoofden en de kinderen bogen. *'Zo zijn we gezegend!'*

Toen de stoet voorbij was vervolgden ze hun weg en kwamen eindelijk aan de voet van een grote heuvel.

'De Palatijnse Heuvel,' schreeuwde de eerste jongen. 'Hier is de ingang naar de catacomben. Het leidt je naar het paleis.'

Geir zag een witte tempelgevel, gebouwd tegen de grazige kant van de heuvel. In werkelijkheid was de ingang slechts een gat, dat hen donker aangaapte.

'We mogen niet naar binnen,' zei de geestjongen bedroefd. 'Het is verboden voor kinderen. Dus moeten we je hier verlaten. Vaarwel, vrienden! Moge je pad vol glorie zijn.'

'Vaarwel,' riepen de andere kinderen en huppelend en dansend gingen ze terug naar hun vergeten veld en verloren huizen. Het laatste dat Geir van ze hoorde was het zingen van jonge stemmen, dat wegstierf in de verte. Hij keek naar de anderen en liet zijn tranen de vrije loop. 'Het is zo verschrikkelijk.'

Hraab knikte, zijn ogen glinsterden vochtig. 'Ik weet het.'

Ottils gezicht toonde dat hij dat niet deed, maar hij sloeg een arm om Geirs schouder. 'Kom op,' zei hij. 'We maken het allemaal weer goed.'

Geir schudde zijn hoofd. Deze keer konden de woorden van zijn prins hem niet geruststellen.

De ingang van de Romse catacomben gaapte als een donker gat voor hen.

'Wat zie je?' fluisterde Hraab, maar Geir schudde zijn hoofd.

'Hetzelfde als jij. Ik denk dat ik de levende doden nodig heb om het te zien zoals zij dat doen.'

Behoedzaam gingen ze de duisternis in, maar toen knipperden ze met hun ogen tegen het licht dat aan weerszijden opgloeide.

'Dat is beter,' zei Ottil.

Ze bevonden zich in een lange gang betegeld in crèmegeel, met na elke vijf manslengten een zwarte pilaar. Terwijl ze liepen wervelde het stof op rond hun enkels, en kleine stukjes van het plafond kraakten onder hun voeten, maar voor de rest was de gang schoon en onbeschadigd.

'Leuk om iets te zien wat heel is,' zei Ottil. 'Ze moeten deze hallen goed gebouwd hebben.'

'Vergeet niet dat dit de heuvel van de Kalmanir is,' zei Hraab. 'De steen wil zeker niet van de wereld worden afgesneden. De Shardheld moet nou eenmaal in staat zijn binnen te komen.'

Zwijgend liepen ze verder, met als enige geluid de echo van hun voetstappen tegen de muren.

Ottil stopte abrupt. 'Ik hoor iets bewegen.'

Voor hen uit maakte de gang een scherpe bocht naar rechts. Zonder een woord kroop Geir verder, dicht tegen de muur gedrukt. Ze zagen hem om de hoek kijken en toen schreeuwde hij.

'Draug!' riep hij en hij rende terug. Op zijn hielen kwam een logge figuur, grommend en kwijlend.

Ottil staarde naar de tegemoetkomende ondode, zijn geest op slag rustig en berekenend. De rottende draug was gekleed in een slecht passend, oud Roms pantser en hij droeg de korte speer van een legioenman. Zijn lichaam, samengebonden met linnen wikkels, was verkleurd en rook vreemd bekend.

'Geir! Laat je vallen!' riep de prins. 'Haal 'm onderuit!'

Blindelings wierp zijn hirdman zich op de logge voeten van de ondode. Op hetzelfde moment hakte Ottil naar de verschrompelde wapenhand en brak hem af bij de pols. Kletterend viel de speer van de draug op de grond. Merodric, zijn gezicht vertrokken in een grimas van afschuw, dook naar het wapen. Hij schudde de gemummificeerde hand los van de schacht en krijsend stak hij in op de ondode.

'Voor de Norden!' schreeuwde Ottil en hij hakte het hoofd van de draugs schouders. Met een geluid als een luide scheet barstte het ondode lichaam open en viel uiteen op de grond.

'Het is dood!' Ottils schreeuw van triomf bracht de anderen tot zwijgen. 'Ik doodde het!'

Hraab sloeg zijn armen om Geir heen, die in shock leek, en om Merodric, huilend als een baby. 'Goed gedaan, jullie twee! Verdomme, ik wou dat ik zo moedig was.'

Ottil deed zijn mond open, maar Hraabs blik deed hem veranderen wat hij wilde zeggen. 'Hraab heeft gelijk,' riep hij. 'Jullie zijn zo dapper als... als wat dan ook.'

Geir keek naar hem en een trage glimlach joeg de schok weg. 'Ik dank mijn prins,' zei hij zacht en Ottil kreeg een kleur.

'Gaat het?' vroeg Geir en hij stak zijn hand uit naar Merodric. De jongen knikte en liet zichzelf overeind trekken.

'Het was de schrik. Ik ben nu in orde.'

'Het spijt me,' zei Ottil berouwvol. 'Ik dacht niet na. Jullie waren de grootste. Geir, jouw moed is de beste die een Nord kan laten zien, en Mero, je bent een machtige krijger. Ik ben er trots op dat we samen zijn.'

'Wij zijn een episch kwartet,' zei Hraab, breed lachend. 'De Prins, de Bard, de Krijger en deze kleine Un–a–Dach. De wereld zal nog eeuwenlang van ons zingen.' Toen kuchte hij. 'Zullen we verdergaan?'

Ze lachten allemaal, zij het beverig, en dicht bij elkaar liepen ze door.

Er waren geen andere ondoden, totdat ze bij een zijkamer vol met kleine potjes, balen rottend linnen en houten kisten kwamen. Daarachter was een grote ruimte vol sarcofagen.

'Draug!' zei Geir op een hese fluistertoon. 'Minstens twintig van hen. Daar komen we nooit langs.'

'Hierheen,' zei Ottil en hij leidde hen naar de zijkamer. 'Vervloekt, er moet een manier zijn.' Hij keek om zich heen. 'Wat zit er in die potten?'

Geir probeerde er één te openen, maar het deksel gaf niet mee. Terwijl hij worstelde, gleed de pot uit zijn handen en brak op de stenen. Zwart, stinkend spul vloeide uit over de vloer.

'Teerolie!' riep Ottil. 'Dat is wat ik bij die eerste draug rook!' Hij keek naar de anderen. 'Zouden die ondoden branden?'

'Ik zou zeggen van wel,' zei Hraab langzaam. 'Maar hoe gaan we ze aansteken?'

'We moeten fakkels hebben.' Ottil gaf een van de kratten een harde schop. Met een luid gekraak brak het droge hout tegen de muur. 'Goden! Ik hoop niet dat ik die schoonheden wakker gemaakt heb!'

Merodric gluurde om de hoek. 'Er beweegt niets,' meldde hij.

Met linnen doeken gedrenkt in teerolie rond een plank gewikkeld maakte Ottil een redelijke toorts.

'Laten we nu eens kijken wat er gebeurt.' Hij hield de fakkel tegen een van de felle lampen aan de muur. Het duurde een tijdje en het ongeduld van de prins groeide, maar toen begon de toorts te roken en met een *whoosh* sprong het in brand. 'Dat werkt!' riep hij. 'Het brandt wel snel. Ik zal het niet lang vast kunnen houden. We moeten opschieten; iedereen grijpt wat van die potjes. Je gooit ze kapot in die stenen doodskisten en dan zal ik ze aansteken. Rennen!'

In een dolle vaart snelden ze naar buiten, elk met een arm vol potjes. Ze liepen de grote zaal in. De ondoden roerden zich en kwamen traag overeind. Schreeuwend van afschuw smeten de jongens de potten in de doodskisten. Toen kwam Ottil, die de fakkel in zijn hand als een toverstok over de sarcofagen zwaaide. Zowel de olie als de teerdampen waren licht ontvlambaar. Met de ondode lichamen droog als papier, vloog de ene na de andere in brand. Zwarte rook vulde de kamer. Kokhalzend haastten de jongens zich verder, dieper de heuvel in. Ze renden tot ze niet meer konden en toen stopten ze, hijgend en misselijk.

'Goden,' zei Ottil beverig. Toen kon hij zich niet meer inhouden en kotste de weinige inhoud van zijn maag over de tegels.

'Goden,' zei hij weer, toen hij leeg was. Meer woorden wilden niet komen. Vaag zag hij de anderen braken zoals hij had gedaan.

Trillend op hun benen keken ze elkaar aan.

'Maak hier geen ballade van,' kraste Ottil. 'Gewoon niet doen.'

Geir boerde en veegde de tranen van zijn gezicht. 'Nee.'

De jonge Merodric huilde stilletjes in Hraabs armen.

Na deze inspanningen was het Lot hen gunstig gezind en korte tijd later bereikten ze een kruispunt. Rechts van hen zat een marmeren plaquette aan de muur.

'Rechtdoor, Necropolis; linksaf Grotten van Eeuwig Vuur,' las Hraab hardop. 'Wat aardig van ze om de weg te wijzen.'

'Voor de Branding...' Merodric schraapte zijn keel en spuugde, 'kwamen hier veel mensen. Duizenden. Om de doden te bezoeken en om de Kalmanir te zien.'

'Ik neem aan dat de doden toentertijd sliepen?' Ottil probeerde tevergeefs te grijnzen.

'Ja. De Ouden hebben ze wakker gemaakt. Om indringers te stoppen die langs deze weg binnen willen komen.' Hraab veegde zijn neus af aan zijn mouw. 'Ik haat ze. Ik...' Hij zweeg. 'Ik weet het; we doen dat allemaal. Laten we gaan.'

De tunnel naar de grotten was een kronkelig pad. De wanden waren kaal, alleen de lichten brandden. In de verte hoorden ze een vaag borrelen dat duidelijker werd naarmate ze verder liepen.

'Wat is dat voor geluid?' vroeg Ottil na een tijdje.

Niemand antwoordde.

Toen zagen ze het antwoord. De tunnel opende in een grote ruimte, met overal kokend aardbloed en spleten die hete gassen braakten in een oorverdovend koor. Tegenover hen gaapte de opening van een grot.

'We zijn er,' zei Merodric vermoeid. 'Ik heb jullie erheen gebracht.'

'Je bent een echte held,' zei Ottil volkomen serieus. Hij greep de schouders van de jongen en keek hem recht in de ogen. 'Ik ben er trots op je vriend te mogen noemen.'

Merodrics ogen draaiden weg en hij viel flauw.

HOOFDSTUK 29 – EINDE

De wereld schemerde.

Duisternis.

Eindeloos.

Vormeloos.

De wereld schemerde.

Een machtig gebrul vulde Muus' oren. Het gebrul van een grote waterval van aardbloed, dat naar beneden stortte in een meer van kokende steen. Rondom steeg rook op van de roodgloeiende grond. De hitte was zo intens dat alles wazig leek. Aan de overkant van de aardbloedstroom zag Muus de Kalmanir. Een hoge zuil van grijze steen, bedekt met runen symbolen. Het bleef vreemd stil.

Een lange gedaante stapte naar voren door de vlammen.

'Welkom,' zei een zware stem in onberispelijk Nords.

Muus draaide zich om en staarde naar de witharige man.

'Wie bent u?' vroeg hij, met de helft van zijn geest bij de grote steen.

'Rannar Walesen, jarl van Westhal,' zei de lange man. 'Ik ben de nieuwe koning van de Norden.'

'Dus jij bent Rannar. Degene die ze de Slang noemen. 'Muus fronste, in een poging zich te concentreren. 'Wat doe je hier?'

'Ik wacht op jou, Shardheld. Je wist het niet, maar de plannen zijn veranderd. Je zult de Shard aan mij geven, niet aan die nutteloze Kalmanir steen.'

Dit maakte Muus aan het lachen. 'Aan jou geven? Het zou je dood zijn, jarl Rannar. '

Een schaduw bewoog. 'Het zal mij niet doden, bastaard van een ontaard ras.'

Wat een afschuwelijke stem, dacht Muus vaag. Toen zag hij de gebogen, lelijke man, met zijn gezicht vol symbolen, en hij wist het. 'Jij bent de Aanroeper van Strijd,' zei hij kalm.

De man richtte zich op en een aura, niet van schoonheid, maar het tegendeel – een prachtige verschrikking – omhulde hem.

'Ik ben de ware goden op Aarde. Ik zal de hemelscherf van je afpakken en mijn goden zullen almachtig zijn.' Muus hief zijn armen op. *Geef hem alles wat je hebt!* De runen antwoordden niet. Hij voelde ze gloeien en samensmelten tot één grote massa van macht. *Nu!* Muus gooide de massa naar Rev. Het bedekte de Aanroeper met een mantel van duisternis; een met sterren gevulde zwarte kou, die een leger zou hebben vernietigd, maar Rev absorbeerde het allemaal.

Hij lachte. 'Zielig,' zei hij en hij wees naar Muus.

'Nee!' schreeuwde Moirra en ze sprong voor de Shardheld.

De pop op Revs borst bewoog en een straal luchtledigheid schoot van Revs hand. Het overspoelde zowel Moirra als Muus, zoog hun longen leeg en zonder geluid zegen ze ineen.

Uit de duisternis verscheen Tuuri.

'Verdomme!' schreeuwde hij en hij sprong boven op Rev, terwijl hij de sjamaan met zijn vuisten bewerkte. Niet gewend aan fysieke aanvallen, was de Aanroeper even uit het veld geslagen. Daarna herstelde hij zich. Toen hij een hand naar de voormalige boodschapper uitstrekte, begon de lucht tussen hem en Tuuri te trillen. Een grote beer verscheen en sloeg een klauw uit naar de Aanroeper. Rev riep iets met hoge stem en zwartheid wasemde van hem uit als een zichtbare stank. De beer gromde en schudde het van zich af. Een nieuwe golf van duisternis en nu brulde de beer. Hij rees op zijn achterpoten en viel rokend neer.

'Sha'akaii!' riep Tuuri gekweld. Opnieuw sprong hij naar de sjamaan, maar nu was Rev klaar voor hem en een onzichtbare kracht slingerde Tuuri weg en smakte hem tegen de grotwand.

'Ze vechten!' riep Birthe uit. Haar hart klonk als een grote trom in haar borst en het bloed in haar oren brulde juichend. Ze maakte haar boog klaar terwijl ze naar de grot liep. 'Birthe!' Kjelle volgde haar.

'Nu!' Ottil hoorde de geluiden van de strijd en sprintte naar de grot, met de anderen achter zich aan. Toen zag de prins Birthe en Kjelle en een grote vreugde greep hem. Ze waren allemaal hier! Nu zouden ze deze hele zaak tot een eind brengen. Wild lachend sloeg hij Kjelle op de schouder en zag zowel herkenning als acceptatie in het gezicht van de theyn. Dit was zoals het zou moeten zijn.

Birthe was als eerste in de grot. Ze had alleen oog voor Rev, een dreigende figuur van gemeenheid. De pop! De gezichtsloze pop die de Oude Goden de sjamaan hadden gegeven in ruil voor zijn ziel! Birthe hief haar boog en in één vloeiende beweging schoot ze de belangrijkste pijl van haar leven af. Hij doorboorde Revs verzwakte afweer en trof de pop. Die schoot los van Revs tuniek en viel op de grond. De sjamaan schreeuwde en bukte zich om de pop op te rapen.
Iets kleins schoot langs de völva. Hraab, bleek en vastberaden, rende zoals hij nooit eerder had gelopen en schopte de pop onder Revs tastende handen vandaan in de aardbloedrivier.
Rev slaakte een kreet van pijn zo groot dat het de hemel deed trillen toen zijn gestolen ziel in zijn lichaam terugkeerde. Daarop loste Birthe haar tweede pijl. Het trof de nu weer menselijke sjamaan in de borst. Rev wankelde, schrompelde ineen zoals al die andere Aanroepers hadden gedaan en veranderde in een rottend karkas. Met een zucht stierf de macht die de vier Oude Goden hem hadden geleend.
'Nu!' riep Hraab met een menigte goddelijke stemmen.
Birthe trok zich diep in zichzelf terug, naar de droom die ze ooit had gehad, en meteen haastte ze zich weg in de

duisternis van het koninkrijk der goden. Hoger en hoger ging ze, totdat ze de grot van de Goden van Toen zag. Daar waren ze, Darh de Beukende Wind, Orwang de Verdrinker, Klabang de Onthoofder en Urus de Vernietiger. Ineengedoken in hun grot, hun kracht verdwenen met Revs dood.

'Ze zijn thuis,' zei een oneerbiedige stem naast haar. Het was Hraab, en met hem waren Iowynh, de God van de Magie, en Odin Freya, en vele anderen, zelfs Sol Invictus. Een schimmige vorm herkende ze als Kalman, met naast hem een knoestige dvergar en een blauw licht dat alleen de Shard zelf kon zijn.

'Schiet ze dood, liefste,' zei Hraab en hij klonk als Kjelle.

Birthe richtte haar boog. Ze voelde de gecombineerde macht van alle goden van de moderne wereld haar wezen vullen en loste een salvo pijlen. De gevederde schachten snelden naar de grot en trokken blauwe banen door de lucht, net zoals de hemelscherf had gedaan, die avond boven Eidungruve.

Een voor een raakten ze hun doelen. Darh de Beukende Wind, Orwang de Verdrinker, Klabang de Onthoofder en Urus de Vernietiger. Jammerend slonken de Goden van Toen tot minuscule wezentjes, die in paniek heen en weer renden. Toen lachte Birthe, een vreugdeloze, spottende lach die de voormalige goden op de vlucht joeg en hun grot leeg achterliet.

'We hebben deze plek niet nodig,' zei Hraab en het hele tafereel voor hen flikkerde en ging uit. Toen keerde hij zijn gezicht naar Birthe. 'Je hebt het gedaan. We kunnen terugkeren.'

Toen stond ze weer in de grot, op vrijwel hetzelfde moment dat ze hem had verlaten.

Rannar huiverde. Zijn gezicht vertrok en hij knipperde met zijn ogen, alsof hij net wakker werd.

'Ik... Het is allemaal voorbij?'

'Voor jou? Ja,' zei Ottil. 'Het is helemaal voorbij.'

'Het was een nachtmerrie, weet je,' zei Rannar emotieloos. 'Ik had hem niet moeten inhuren. Ik had gehoord van de kracht van de sjamanen, maar ik realiseerde me de waarheid niet. Rev was gevaarlijker dan ik dacht.'

'Hij heeft u gebruikt,' zei Hraab. 'Hij corrumpeerde u, jarl Rannar.'

'Geen jarl meer,' zei Ottil koeltjes. 'Je hebt alles verbeurd, Rannar Walesen. Titels, eer, het leven.' Hij stapte naar voren en hief zijn zwaard op. 'Verdedig jezelf.'

Kjelle bewoog zich. 'Ottil, zou je niet...' De blik die de jongen hem gaf, deed hem zwijgen.

'Hij is van mij, theyn Kjelle,' zei de prins.

'Zoals u wilt, Hoogheid,' zei Kjelle even formeel.

'Op je hoede!' schreeuwde Ottil en hij sprong op Rannar af.

De man was meer dan een kop groter en hij was sterk als een stier. Maar Ottil was snel en gedreven door woede. Hun zwaarden ontmoetten elkaar met het geluid van bellen.

Birthe had haar boog klaar.

'Nee!' fluisterde Kjelle.

'Rannar loopt hier niet levend vandaan,' zei ze met opeengeklemde tanden. 'Ottil moet koning zijn.'

'Hij moet Rannar zelf doden. Dat is zijn beer en hij zal het niet accepteren dat een ander het voor hem doet. Niet zoals ik deed.'

Birthe keek snel naar hem en liet haar boog zakken. 'Je hebt gelijk.'

Ottil was niet van plan om te verliezen. Het was vanaf het begin duidelijk dat hij veel wendbaarder was dan Rannar. De oudere man vocht in traditionele Nordse stijl, met een beroep op zijn kracht, waarmee hij zijn tegenstander tot overgave kon ranselen. Ottil had verschillende stijlen opgepakt en combineerde ze tot een wijze die alleen de zijne was, een vechtstijl die Rannar verwarde. Elke keer als de voormalige jarl probeerde zijn tegenstander te beuken was Ottil al ergens anders en prikte en peuterde aan Rannars verdediging. De grote man werd moe. De laatste maanden onder Revs invloed waren de dood van zijn conditie geweest en nu betaalde hij de prijs. Zijn ademhaling werd stokkerig en zijn bewegingen langzamer, totdat Ottil losbarstte in een serie slagen die hij niet kon volgen. Hij wankelde en met een wild 'De Norden!' ramde de prins zijn zwaard in Rannars borst.

Een moment lang stond Rannar daar. 'Ik verontschuldig me, prins,' zei hij en hij stierf.

'Aanvaard,' zei Ottil duizelig. Toen draaide hij zich om. 'Muus?'

'Ik ben er nog,' zei de Shardheld, pijnlijk hijgend. Hij stond met Moirra in zijn armen, haar hoofd tegen zijn schouder. De druïdes zag blauw van het gebrek aan de lucht die Rev uit haar longen had gescheurd.

'De Shard laat me niet doodgaan voordat ik klaar ben. Hoewel ik moet opschieten, want vanbinnen ben ik kapot en mijn lief is stervende in mijn armen. Je deed het geweldig, prins. Ik zweer dat je gegroeid bent. Kjelle, je kwam! Ik heb vaak aan je gedacht, oude vriend. Ik wou dat we meer tijd hadden, maar zo is het nu eenmaal. Hraab, kleintje, ik ken je nu. Je moed vult mijn hart met ontzag. Birthe, de goden zingen je naam met lof. Moge je leven nog lang en gelukkig zijn, meisje. Alle anderen, het ontbreekt me aan adem om jullie persoonlijk te bedanken, maar mijn hart doet het. Nu naar de Kalmanir. Laat ik deze belasting van me af zetten.'

Hij draaide zich om en terwijl hij Moirra met één arm rechtop hield, stak hij het kokende aardbloed over en stopte bij de steen. Met zijn vrije hand haalde hij de hemelscherf tevoorschijn. Blauw licht sprong van hem op in de richting van de Kalmanir. Een lage bromtoon vulde de grot en vervolgens, in een flits, was het voorbij. Twee lichamen zakten ineen op de grond; de Shard, nu een lege steen, rolde weg en de Kalmanir had een vage blauwe uitstraling.

'Ze zijn verdwenen,' zei Birthe en ze liet haar boog vallen.

HOOFDSTUK 30 – EN DAARNA

Terwijl ze daar stonden, brak een klein stukje van de Kalmanir af en viel aan Kjelles voeten. Zonder erbij na te denken, raapte de theyn het op.

'Een scherf van de Kalmanir? Is dit een boodschap van Muus?' Hij rechtte zijn rug. 'Ik zal een herinneringssteen bij Eidungruve plaatsen en dit zal er het hart van zijn. Zo zullen Muus en Moirra voor altijd bij ons blijven.'

Ottil snifte en veegde zijn neus aan zijn mouw af. 'Dit is niet wat ik had gehoopt,' zei hij. Toen keek hij om zich heen. 'Hoe gaat het met iedereen?'

Annlith zat naast Tuuri's lichaam. 'Deze leeft nog.'

Een schreeuw antwoordde haar, toen Hilja naar voren rende. Ze was vrij van Revs betovering en zelfs het teken op haar gezicht was verdwenen. Ze viel naast Tuuri neer.

'Hij leeft?'

'Ja, maar hij is er slecht aan toe. Hij heeft een stel ribben gebroken. Ik vrees dat hij de terugreis niet zal overleven.'

Birthe concentreerde haar gedachten op de Kalmanir. *Je bent ons wat schuldig,* dacht ze. *Breng ons allemaal terug naar Briv, wil je?*

Even was het alsof ze Muus hoorde grinniken. Toen welde een blauw duister op uit de Kalmanir en haar ogen werden wazig. *Vaarwel,* zei een stem in haar hoofd en ze voelde zich bewegen. Toen haar zicht weer opklaarde, stonden ze aan de voet van de oude Steenwacht toren.

'Verdomme!' schreeuwde een woedende stem. 'Ik schrok me wezenloos.'

'Het spijt me, paladijn,' zei Ottil grijnzend. 'Ik heb geen idee wat er gebeurd is, maar ik ben verdraaid blij je weer te zien.'

'Heb jij dat gedaan?' vroeg Hraab.

Birthe knikte. 'We waren niet in staat dat hele eind terug te reizen. Die steen had nog wat goed te maken.' Ze wendde zich tot Hilja. 'Tuuri kan hier herstellen. We zullen iemand naar de Barrièreberg sturen om een genezer te regelen. Het is tijd dat ze uit hun schuilplaatsen komen.'

'Als hij hersteld is, zeg hem dan dat hij naar Nidros komt,' zei Ottil. 'Ik heb een taak voor hem in de Ostmark.'

Hilja keek naar de prins. 'Meent u dat? Hij is... vrij om te komen?'

'Ik geef hem een volledig pardon,' zei Ottil. 'Hij handelde uit loyaliteit; zo iemand kan ik gebruiken. Ik neem de jonge Dagiberh mee naar mijn oom in Rhemes.' Toen het gezicht van de kleine jongen betrok, voegde hij eraan toe: 'Nu niet gaan snotteren. Je hebt je plicht te doen, heer graaf. Mijn oom zal je helpen Divion weer op te bouwen. Alles zal goed zijn en je zult een geweldige edelman worden. Begrepen?'

Dagi wreef met een groezelige vuist over zijn neus en knikte beverig.

'Het is net alsof de branden minder worden,' zei Ottil. De vier jongens stonden op de top van de Steenwacht en keken naar de Barrière.

'Nog niet,' zei Hraab. 'Maar dat zal snel veranderen. De goden zullen de aarde kalmeren en het land opnieuw inzaaien. Als Birthes zoon een oude man is, kunnen zijn kleinkinderen een herboren Rom bezoeken.'

'Dat is een goede gedachte.' Ottil grijnsde. 'En wij kunnen weer naar huis – eindelijk. Ik heb een koninkrijk te herwinnen. Misschien als handelaar Alextia genezen is, kunnen we een paar zakelijke afspraken maken. Ik zal het geld nodig hebben.' Hij keek naar Geir. 'Je zult het leuk vinden in Nidros. Stukken leuker dan bonen planten. En Merodric, jij zult blij zijn dat je weer in Briv bent?'

Merodric was niet meer de schuchtere papjongen die ze eerst hadden ontmoet. De lange weken waarin hij hun kleine groep door de brandende landen had gegidst en de gevaren die ze samen hadden overwonnen, hadden hem gehard. Nu schudde hij zijn hoofd.

'Ik blijf hier niet.' Hij aarzelde. 'Ik wil met jullie mee. Kunt u nog een man gebruiken?'

Ottil grijnsde. 'Best het niet tegen je neef Lenardo te zeggen, maar ik zou blij zijn als je meegaat. We zullen een geweldig team wezen in de Norden; ik en Geir, Hraab en jij. Ik maak jullie allemaal lendmenn. Laten we je vader verrassen, Geir.'

Geir keek sceptisch. 'Hij zal niet van gedachten veranderen.'

'Dat zal hij wel,' zei Ottil. 'Man, je bent nu een held.'

Zijn hirdman knikte langzaam.

'Ottil,' zei Hraab, zijn gezicht plotseling gelijnd en oud. 'Ik ga niet met je mee.'

'Wat?' zei Ottil.

'Ik ga niet met je mee.'

'Doe niet zo gek; natuurlijk wel.'

Hraab schudde zijn hoofd. 'Ik kan het niet.'

'Maar je moet komen!' riep Ottil. 'Je bent mijn beste vriend.'

'Ik kan niet je beste vriend zijn!' Er klonk een vleugje wanhoop door in Hraabs stem.

Ottil verstijfde. 'Waarom niet?'

Hraab sloeg zijn ogen neer. 'Ik... kan het niet.'

'Vertel het hem,' zei Geir. 'Zijne Hoogheid moet het weten en jij moet ophouden het te verbergen.'

Hraab gaapte hem aan. 'Je weet het?'

Geir knikte. 'Sinds… oh, sinds Brytanna, toen Muus de viking doodde. Ik was niet de enige. Moirra wist het en dat meisje Ciadra in Gallië ook.'

'Vertel het me,' zei Ottil. 'Als er iets is, dan wil ik... Ik wil het ook weten.'

Hraab slikte. 'Ik ben niet Hraab,' flapte hij eruit. 'Ik ben Hrade en... ik ben een meisje.'

Ottil leunde tegen de balustrade en staarde wezenloos naar zijn vriend. 'Je bent een meisje?'

Hrade begroef haar gezicht in haar handen en snikte zacht.

Toen gooide Ottil zijn hoofd achterover en bulderde van het lachen. 'Jij... jij... Al die tijd...' Ten slotte haalde hij diep adem. 'Dus dat was de reden waarom je nooit je kleren wilde uittrekken.'

Hrade knikte. 'Ik heb nu eenmaal geen jongenslijf, al had Iowynh mijn maandelijkse... nou ja, je weet wel, gepauzeerd.'

'Je bloeden,' zei de prins. 'Ik ben niet onnozel. Maar waarom een jongen?'

'Iowynh dacht dat het veiliger zou zijn. Een jonge jongen trekt minder aandacht dan een jong meisje. Trouwens... Ik denk dat hij zich ongemakkelijk voelde het lichaam van een meisje te delen. Waarschijnlijk was het prettiger voor hem als ik me gedroeg als een jongen.'

'De egoïst,' mompelde Ottil. 'Je mag wel blij zijn dat hij je niet helemaal in een jongen veranderde.'

'De andere goden stonden hem dat niet toe. En ik had al vaker voor jongen gespeeld, voor mijn vader...'

'De spion.'

Hrade schudde haar hoofd. 'Diplomaat. Mijn vader was de Un–a–Dach ambassadeur in de Norden, alleen wilde jouw vader hem niet accepteren of ontvangen.'

'En nu ben je de ambassadeur aan mijn hof,' zei Ottil.

Hrade staarde hem aan. 'Wil je dat?'

'Natuurlijk. Jongen of meisje, je bent nog steeds mijn vriend. Ik vertrouw je en ik zou niemand anders willen hebben. Trouwens, ik heb je hulp nodig bij de terugkeer van al die Un–a–Rhan en Dach.' Hij stak zijn hand uit.

'Goed dan,' zei ze zwaar. Toen pakte ze zijn hand beet. Ze glimlachte een eigen kleine glimlach. 'Voor wat de toekomst moge brengen.'

WOORDENLIJST

Basileus / Basileia titel van de Baljaren keizer / keizerin
Blodward Germaanse afgodsdienaars
Ding wetgevende vergadering van alle vrije mannen
Drakkar Nordse drakenboot
Draug ondode (meervoud: draugar)
Dromond grote twee– of driedekker galei
Drungarius hoge Baljaren militaire Gardeofficier
Dvergar voorvader van de Niflungers
Edele Teutoonse landedelman in rang beneden baron
Fynni sjamanistische bewoners van de Ostmark
Fynnikin halfbloed Fynni / Ostmarker
Hird privé–strijdmacht van een koning of Jarl
Hirdman persoonlijke aanhanger van een koning of Jarl
Jarl hoogste adellijke titel in de Norden (vgl hertog)
Kogge (schip) middelgroot schip uit Gallië of Brytanna
Lendmann raadslid van een koning of Jarl
Mandator Baljaren boodschapper
Medehal centrale ontmoetingshal waar men bier en mede schenkt
Ostmark het oostelijke deel van de Norden
Ovaat druïde van lage rang; senior student
Rest een afstand van ca twee uur lopen
Rune mannelijke magie met runentekens en elementen
Runenmeester beoefenaar van runenmagie
Sa'aman sjamanistische priester van de Fynni
Sa'amaniman de sjamanistische hogepriester van de Fynni
Seidr vrouwelijke magie met liederen, gezangen, profetieën
Shard de hemelscherf die de Kalmanir moet opladen
Tarkynn Fynni sjamanistische oorlogsleider
Theyn Nordse adellijke rang (baron)
Theynling de mannelijke erfgenaam van een theyn
Tiennacht periode van tien nachten
Ulvhednar Fynni wolf berserkers (enkelvoud en meervoud)
Vestaria Baljaren keizerlijk hofdame
Völva beoefenares van seidr magie (meervoud: völur)
Vrijgemaakte voormalige slaaf, gebonden aan het landgoed
Vrijman Vrijgeboren Nord (man of vrouw)
Wijsvrouw/-man beoefenaar van eenvoudige magie
Zevendag een week
Zwartalf voorvader van de Un–a–Dach
Jarl hoge adellijke titel, ong. hertog
Un-a-Dach nazaten van de zwartalven; magiebeoefenaars
Un-a-Rhan nazaten van de dvergar, mijnwerkers

NAMENLIJST

Adoxia Barones Ortoff, Vestaria van Prinses Irenia
Aeylla, Muus' moeder
Ajkell Gudrofsen, beerkrijger
Alextia, nobilissima, Baljaren keizerlijk handelaar
Alman, Theyn van Eidungruve; Kjelles vader
Annawn, Brytaanse Godin van de Geneeskunst
Annios, soldaat Baljaren Handelsagentschap
Annlith, krijgsgenezer uit Wedererberg
Arawan, Brytaanse God van de Dood
Arkenhapt, Meester van Wedererberg
Arraw, Hoogdruïde van de Binnenste Cirkel
Art de Boogschutter, een man van Eidungruve en Almansvoorde
Asger, Heer, een Nord Theyn van Dalland
Asgisla, de Völva van Belisheim
Asylios Hertog Marzinios, Baljarens minister van Politie
Athona, senior Druïdes, Cirkel van Baian
Austu 'Drievingers', piratenkapitein van de *Rejusta*
Avaristos, kapitein, van de *Kassanda*
Barn, Birthe's eerste echtgenoot, Bui's vader
Barulf Gudrofsen, Theyn van Leidwald
Belsarios Nefaristos, zoon van de Baljaren Handelsagent in Baian
Bemm, tienman, van de Niflunger uit Wedererberg
Birthe Gudesdotter, Völva en Jagermeester
Brundal, Jarl; landsregent
Búi Birthesen, Birthes babyzoon
Burkart, Edele van Lugenfall in Lotharn
Cardoc, dorpshoofd van Windiss, Brytanna
Ciadra, een smidsdochter
Cucharann, Hoogkoning van Brytanna
Dach, zoon van Odin en Tellus, stamvader Un-a-Dach
Dagiberh, graaf van Divion
Dallyw, een historische druïde
Darh de Beukende Wind, een van de vier Goden van Toen
Dettrich, Jarl van Dalland
Durant van Chalante, kleinzoon heer Ivais
Elbrich van de Zilverberg, een Niflunger meestersmid
Elward, een soldaat van Eidungruve
Ema, Kjelles liefje in Eidungruve
Euchanistos, een historisch Varantiaanse Garde officier
Ewynn, druïde van Windiss
Fardoragh, aartsdruïde
Fjinge, dvergar assistant van Kalman
Folkart van Lugenfall, zoon van de Edele Burkhart
Folki, een fantasierijk kind
Frey, Nordse en Gallische God van mannelijke magie, enz.
Freya, Nordse en Gallische Godin van de vrouwelijke magie, enz.

Fynch, een Druïde van Baian Cirkel
Geir, een boerenjongen
Gillach, zoon van Cardoc van Windiss
Göll Haldisdottr, boogschutter in Almansvoorde
Gude de Viking, Birthe's vader
Gunthchramn, kapitein van de *Madgund*
Hagen, een soldaat van Eidungruve
Hanoris, paardenhandelaar uit Baian
Harald Enske, voorman van Eidungruve
Hel, Nordse godin van de Onderwereld
Hernald Arnsen, Drungarius aan het hof van de Baljaren
Hilja, dorpsmeisje in Lotharn
Hraab, een jongen
Iowynh, Brytaanse God van List en Magie
Irenia Peristakola, Baljarens prinses
Ivais, Heer van Chalante
Jarrol, een man van Eidungruve en Almansvoorde
Kalech van de Berg, een historisch Knoken–drager
Kalman, Karos' broeder en wetgever
Karos, eerste Koning van Rom
Kireg, een scheepskapitein van Roian
Kjelle Almansen; Theynling van Eidungruve
Klabang de Onthoofder, één van de vier Goden van Toen
Kremmendor, een soldaat van Wedererberg
Landronis, Senior Druïde in Fois
Lenardo de Steenwacht, berggids te Briv
Leocastre, Koningin van de Norden, Ottils moeder
Leodowric, Koning van Gallië
Lithan, Dryskell de, spiritueel leider Un-a-Rhan/Dach
Logmar, Lendmann, raadsman Koning Vidmer
Maron, kapitein leger van Borgund
Marzinios, Admiraal van Baljaren
Mawgann, Brytaanse Oorlogsgodin
Meili Brandrsen, Theynling van Leidwald
Merodric, een jongen uit Briv
Midras, een Krijgsgod
Muus; een Nordse slaaf
Njördr, Nordse God van Zee en Stormen
Nydrissa, Meester van Barrièreberg
Odin, de Alvader, Hoofdgod van het Nordse pantheon
Olf Gormsen, broer van Geir
Orlach, krijgsleider van Ad–Cadol, Brytanna
Orwang de Verdrinker, een van de vier Goden van Toen
Oskar, wapenmeester van Eidungruve
Ottil Vidmersen, Prins van de Norden
Radgundis de Megern, Dettrichs vrouw
Rannar Walesen, Jarl van Westhal
Rev, de Sa'amaniman, de Fynni hogepriester.

Rhan, zoon van Odin en Tellus, stamvader Un-a-Rhan
Rochis, bejaarde druïde in Fois
Rodolf Utharsen, Jarl van Haugland
Sarrias de Dief historisch Knoken-drager
Sertio Graaf de Caspigari Roms edelman
Sha'akaii, Tuuri's totembeer
Siga, Wijsvrouw van Eidungruve
Sigard Halfardsen, luitenant in de Varantiaanse Garde
Skid Largassen Beermuil, de Viking van Helmshaven
Slade, Muus' vader, een druïde
Sol invictus, Helios, de God van de Baljaren
Swinne, aanhanger van Rannar, een Fynni tarkynn
Tellus, Aardgodin
Terrel, zoon van Slade; Muus' geboortenaam
Thor, Nordse en Gallische Oorlogs- en Dongergod
Tuuri Klein Mes, Rannars Bode
Tyllas, Koninklijke Druïde van Brytanna
Ullr, Nordse God van Boogschieten en Winter, Ostmarkse God
Urus de Vernietiger, een van de vier Goden van Toen
Uthar, krijgssleider van Dynar Byn, Brytanna
Valiantrude de Vergy, Paladijn
Vectitos, kapitein van het Parisi Garnizoen
Vidmer II; Koning van de Norden; Ottils vader
Vulf, aanhanger van Rannar, een Fynni tarkynn
Vyvain, de Eiken Bard van de Druïden Binnenste Cirkel
Waldrich, Jarl van Herigel
Wassimo van Matisc, kruidendokter
Welddich, Wachtmeester van Wedererberg
Xabella, dochter van Lenardo